AF397860

Schon als Kind hat sich **Dolores Mey** Geschichten ausgedacht, um nachts der Dunkelheit ihres Zimmers zu entfliehen. In ihrer Jugend formte sich dann der Wunsch, diese Geschichten aufzuschreiben, doch viele Jahre glaubte sie nicht, dazu befähigt zu sein, so etwas großes wie einen Roman schreiben zu können. In ihrer Familie, die vom Land kommt und deren Vorfahren Landwirte und Handwerker waren, galt alles, was keinen echten Nutzen hatte, als brotlose Künste. Vom Schreiben konnte sie Dolores Mey sogesehen zwar abhalten, nicht jedoch vom Lesen.

Durch all die Jahre hinweg hat die Autorin alles was aneinandergereihte Buchstaben aufwies verschlungen und sich immer wieder gewünscht, doch auch schreiben zu können. Nach Jahren, in denen Familie und Kindererziehung im Vordergrund standen, hat sie schließlich ihr Mann dazu animiert, ein Fernstudium für Belletristik zu absolvieren. Nach Abschluss dieses Studiums und weiterer Fortbildungen hat sich Dolores Mey endlich daran gemacht, ihren ersten Roman zu schreiben.

DOLORES MEY

Ein Gutshof zum Verlieben

Roman

Erstausgabe Juni 2020

© 2020 dp DIGITAL PUBLISHERS GmbH

Made in Stuttgart with ♥
Alle Rechte vorbehalten

Ein Gutshof zum Verlieben

ISBN 978-3-96087-187-6
E-Book-ISBN 978-3-96087-070-1

Covergestaltung: Rose & Chili Design
Umschlaggestaltung: ARTC.ore Design
Unter Verwendung von Abbildungen von
depositphotos.com: © Vilnis, © PantherMediaSeller, © ksena32
shutterstock.com: © Elnur, © FooTToo, © Sakda M, © ecco
Lektorat: Astrid Rahlfs
Satz: dp DIGITAL PUBLISHERS
Druck und Bindung: Books on Demand GmbH, Norderstedt

Prolog

Das Ticken der Uhr dröhnte unerträglich laut in Jessicas Ohren, während sie zusammengekauert auf der Eckbank saß und am ganzen Leib zitterte. Dabei befand sie sich an dem Ort, der ihr schon immer einer der liebsten war: der Küche. Eine große Wohnküche mit rustikaler Essecke. Von jeher der Dreh- und Angelpunkt der Familie. Trotz modernster Küchenausstattung sah man dem Raum an, dass es ihn seit gut hundert Jahren gab. Allein die Höhe der Decken und die Wölbungen der Fensternischen deuteten auf das Alter des gutsähnlichen Fachwerkgebäudes hin, das zu Beginn des 20. Jahrhunderts errichtet worden war und schon damals den Wohlstand der Bauernfamilie versinnbildlichen sollte. Zu dem mächtigen Bau, der an das Herrenhaus einer Domäne erinnerte, gehörten ringförmig angelegte Scheunen und Stallungen, die das Gehöft zu einer Festung werden ließen. Ein riesiges Tor, das jedoch meistens offen stand, schloss die gepflasterte Hoffläche ein. Hier in der Küche hatte Jessica stets Trost finden können. Egal ob sie eine schlechte Note mit nach Hause gebracht, sich mit ihren Freundinnen gestritten oder etwas ausgeheckt hatte. Automatisch tauchte Oma Margarethe in ihrer Erinnerung auf, die sie in solchen

Momenten mit heißer Schokolade oder warmem Pudding getröstet hatte. Die Wehmut über den Verlust ihrer geliebten Großmutter, die vor einigen Jahren plötzlich und unerwartet verstorben war, verstärkte das Gefühl der Hilflosigkeit noch zusätzlich. Bloß bei dem Dilemma, in dem sie jetzt steckte, würde ihr auch der leckerste Pudding nicht helfen können.

Bange sah sie zu ihrer Mutter hinüber, die ebenso ratlos und aufgelöst wirkte. Wenn auch nicht ganz so sehr wie sie selbst. Doch von Gelassenheit war auch sie weit entfernt, denn anstatt den Abendbrottisch zu decken, lief sie planlos vor der Küchenzeile hin und her, öffnete und schloss die Kühlschranktür, ohne etwas herauszuholen und atmete dabei schwer.

Jessica schluchzte auf. Wenn schon ihre sonst so unerschütterliche Mutter in dieser Verfassung war, wie würde dann erst ihr Vater reagieren, der jeden Moment zur Tür hereinkommen musste? Mutlos barg sie den Kopf in den Händen. Ihm zu beichten, dass sie ein Kind erwartete, ohne mit einem potenziellen Ehemann aufwarten zu können – einem, der auch noch auf den Hof passte – war schon schlimm genug. Aber dass sie sich ausgerechnet vom größten Hallodri im Umkreis von hundert Kilometern hatte schwängern lassen, war so ungeheuerlich, dass sie sich nur noch wünschte, die Erde täte sich unter ihr auf.

Die Tatsache, dass Dennis Schulz sie mit seinem Charme so hatte einwickeln können, dass sie völlig kopflos gewesen war, würde ihren Vater sicher nicht beeindrucken. Dennis, der sich nicht nur perfekt auf Pferde verstand, sondern nur zu gut um seine Wirkung bei Frauen wusste, hatte diesbezüglich einen Erfahrungsvorsprung, bei dem Jessica nicht mithalten konnte. Ihr Liebes-Know-how beschränkte sich lediglich auf eine dreijährige Jugendliebe im Teenageralter. Außerdem verband sie eine innige, aber platonische Freundschaft mit ihrem einstigen Klassenkameraden Steffen. Es war also nicht verwunderlich, dass sie Dennis' Charmeoffensive hilflos ausgeliefert war. Blind vor Verliebtheit hatte sie seine einschmeichelnden Worte geglaubt und das Gerede der Leute ignoriert, die sich über ihn und seine Weibergeschichten die Mäuler zerrissen. Leider war es nicht nur missgünstiges Geschwätz, als das sie den Klatsch anfangs abgetan hatte, sondern die ungeschminkte Wahrheit, der sie sich nun stellen musste.

Es war Zufall gewesen, dass sie den attraktiven Pferdewirt und erfolgreichen Springreiter kennengelernt hatte. Er war auf Gut Freyenhof beschäftigt, einem Gestüt, das am Rande der Ortschaft lag und auf dem sie sich häufig mit ihren Freundinnen zum Reiten traf. Alle mehr oder weniger versteckten Bemerkungen, die sie über Dennis machten, hatte Jessica als Eifersucht und Neid ausgelegt und in ihrer grenzenlosen Blauäugigkeit ignoriert. Dabei hatten die Mädels sie nur vor ihm warnen wollen. Leider erkannte sie das erst jetzt und zwar mit brutaler Klarheit. Genau genommen auf den Tag genau vor drei Wochen, als sie ihn mit einer anderen erwischt hatte. In flagranti! Besonders peinlich daran: Das gesamte Hofpersonal hatte um die Affäre gewusst, die er mit einer Verheirateten hatte – nur sie nicht. Wenigstens hatte sie ihm noch am selben Tag den Laufpass gegeben und das, obwohl sie da schon um die Schwangerschaft wusste. Geändert hatte sich ihre

Meinung dadurch aber nicht. Auch nicht, dass er prompt darauf zu Kreuze gekrochen war und sie mit fadenscheinigen Entschuldigungen um Verzeihung gebeten hatte. Eher würde sie ins Wasser gehen, als ihn zurückzunehmen. Dafür hatte er sie zu tief verletzt. Außerdem war sie sich nicht im Klaren darüber, ob sie das Kind überhaupt bekommen wollte. Genugtuung verschaffte ihr sein Versöhnungsversuch nicht. Nur eine schnelle Ernüchterung auf himmelhoch jauchzende Gefühle und eine brennende Scham darüber, welchem Blender sie auf den Leim gegangen war. Eine Welle von Übelkeit überrollte sie, wenn sie daran dachte, wie dumm und überheblich sie sich ihren Freundinnen gegenüber verhalten hatte.

Doch noch mehr als alles andere fürchtete sie die kritischen Worte ihres Vaters. Bisher hatte es in der Geschichte der Wackernagels, einer angesehenen Familie der Dorfgemeinschaft, keine Skandale gegeben. Alle Zukunftserwartungen lagen auf ihr, der einzigen Nachfahrin. Sie hatte die Aufgabe, die Tradition zu wahren. Und in einem kleinen beschaulichen Ort in einer durch und durch ländlichen Gegend, in der jeder jeden über die Dorfgrenzen hinweg kannte und rein gar nichts Privates geheim blieb, da galt so ein Ruf noch etwas. Mit den Fingern würde man auf sie zeigen, wenn es erst mal überall durchgesickert war, dass der berüchtigtste Casanova weit und breit die Tochter eines der angesehensten Großbauern geschwängert hatte. Und es war den Leuten nicht mal zu verübeln, wenn sie so dachten. Jessica hätte genau dieselben Vorurteile, wäre sie nicht betroffen, gestand sie sich fairerweise ein.

Eine Welle der Übelkeit überkam sie. Brechreiz, der nicht auf die noch sehr frühe Schwangerschaft zurückzuführen war, krabbelte in ihrer Kehle hoch und mündete in einem heftigen Hustenanfall. Mühselig würgte sie ihn herunter. Tränen schossen ihr in die Augen und sie verbarg ihr Gesicht in den Händen.

Bärbel, Jessicas Mutter, die nervös hin und her lief und immer wieder angespannt zur Küchentür hinüberschaute, kam herbei und strich ihrer Tochter tröstend über den Kopf, worauf Jessica erst recht aufschluchzte.

„Lass mich! Du musst mich nicht bemitleiden, Mama", schniefte sie und wischte sich mit einem Taschentuch übers Gesicht. „Dummheit muss bestraft werden ... das hast du selber gesagt!"

„Aber nicht in dem Zusammenhang und das weißt du ganz genau." Bärbel verdrehte die Augen. „Sei nicht so hart mit dir. Glaubst du etwa, du wärst die Erste, die so was erlebt?" Sie lachte bitter auf und setzte sich neben Jessica auf die Eckbank. „Natürlich nicht. Liebe macht blind. Das weiß jeder!"

Jessica hob den Kopf. „Jaja, ist mir auch klar ... aber ich bin das Dummchen, das man vorher gewarnt hat! Mehrfach! Und das ... ist das Schlimmste überhaupt. Also tu nicht so, als wäre bei mir alles genauso wie bei allen anderen." Erneut vergrub sie ihr Gesicht in den Händen.

Den nächsten Satz konnte Bärbel zwischen Schluchzern und Jammerlauten kaum verstehen.

„Oh, ich bin so doof, dass ich geglaubt habe, mit mir macht er das nicht ... aber ich ... ich dachte eben, dass er mich liebt, genauso wie ich ihn", röchelte sie und schlug sich mit der Hand vor die Stirn. „Ich blöde Kuh, als wenn ein Typ wie Dennis überhaupt wüsste, wie Liebe geschrieben wird. Und außerdem ändert der sich nie! Niemals! Und schon gar nicht für eine wie mich, so eine biedere Bauerstochter, die ..."

„Na, jetzt reicht's aber!" Bärbel sprang entrüstet auf. „Bieder? So ein Blödsinn! Weißt du eigentlich, was das bedeutet? Also unter bieder verstehe ich jedenfalls was anderes. Und überhaupt ... der Mann, der dich mal kriegt, der kann sich bloß glücklich schätzen! Du bist eine gesunde junge Frau, dazu bildhübsch, hast eine anständige Ausbildung und ..."

Jessica riss den Kopf hoch und starrte ihre Mutter unwirsch an. „Sag's nicht, Mama. Bitte! Ich kann's nicht mehr hören ... glaub mir, ich weiß unseren Hof wirklich zu schätzen, aber was habe ich denn ansonsten schon von der Welt gesehen? Hm, außer den Viechern – ja gut, den sehr teuren Viechern – den Hühnern, Kartoffeln und ... und ... Kälbern?"

Bärbel wollte Luft holen und etwas entgegnen, doch Jessica saß jetzt kerzengerade und ließ sie nicht zu Wort kommen.

„Ja okay, ich habe immerhin mit großem Erfolg ein Studium der Agrarwirtschaft absolviert, aber darüber hinaus ... was weiß ich denn schon vom Leben?"

„Alles, was ein anständiger Mensch wissen muss. Das weißt du. Und dabei ist es egal, wo in der Welt – wenn ich die jetzt auch mal herbeizitieren darf – man sich aufhält. Gewisse Regeln gelten überall. Zumindest in unserem Kulturkreis. Und nur weil du auf dem Land groß geworden bist, heißt das noch lange nicht, dass du jemandem aus der Großstadt unterlegen bist. So ein Nonsens! Wo hast du nur solche Gedanken her? Du solltest stolz auf das sein, was dir deine Vorfahren hinterlassen haben. Das ist eine Existenz, die dir niemand nehmen kann."

„Aber das weiß ich doch! Das höre ich mir ja seit ich denken kann an ... und ich handle auch danach. Wie oft habe ich denn geholfen, während andere gefeiert haben?"

Bärbel verdrehte erneut die Augen, was Jessica aber nicht sehen konnte, weil sie sich gerade mit einem Taschentuch die Tränen, die ihr unablässig unter den geschwollenen Lidern hervorquollen, abwischte. Ihre Mutter ging unterdessen zur Spüle und griff aufgewühlt nach dem feuchten Lappen, der dort lag. In einer heftigen Anwandlung warf sie ihn frustriert in das Spülbecken und stützte sich dann mit durchgestreckten Armen am Rand ab.

„Wie ich diese Diskussionen hasse", rief sie und starrte dabei die Kacheln an. „Immer die gleiche Leier, die zu nichts führt." Sie atmete tief ein und aus. Offensichtlich, um sich selbst zu beruhigen. Jessica erkannte das an der Art, wie sie ihre Schultern dehnte.

„Für das Problem, dass die Jungen den Alten in der Landwirtschaft helfen müssen", Bärbel wandte sich wieder um, „und zwar oftmals dann, wenn andere ihre Freizeit genießen können ... dafür wird es nie eine Lösung geben, die alle Beteiligten zufriedenstellt. Das weißt du!" Sie sah Jessica eindringlich an. „Lass uns damit aufhören. Das ist jetzt nicht unser Thema."

„Aber ... wenn ich ein bisschen mehr in der Welt herumgekommen wäre, vielleicht ein Auslandsjahr gemacht hätte, dann ..."

„Dann was? Glaubst du allen Ernstes, dass dir das dann nicht hätte passieren können? Da muss ich dich enttäuschen. Solche Dennis-Typen gibt's überall ..."

„Das interessiert mich nicht mehr. Ich will überhaupt keinen Mann mehr ... und schon gar keinen, auf den alle Frauen fliegen!", trotzte Jessica.

„Blödsinn! Das hat was mit Charakter zu tun und nichts mit Aussehen!", wischte Bärbel die Aussage mit einer energischen Handbewegung beiseite. „Auch wenn du dir das im Moment nicht vorstellen kannst ... es gibt tatsächlich eine ganze Menge attraktiver Männer, die nett und verantwortungsbewusst sind, und die sich niemals so abscheulich verhalten würden."

Bärbel holte tief Luft und kam näher. „Aber auch das ist im Moment nicht unser Thema. Viel wichtiger ist es, wie es weitergehen soll. Und darüber müssen wir jetzt mit deinem Vater sprechen! Er hat ein Recht darauf, zu erfahren, was mit dir ist, da beißt die Maus keinen Faden ab."

In diesem Moment fiel die schwere, mit Schnitzereien versehene Haustür mit einem satten Klang ins Schloss und unterstrich das Gesagte, worauf Jessica prompt erschrocken zusammenzuckte. Ihr Blick huschte beklommen zur offen stehenden Küchentür, die direkt zur Eingangshalle führte, aus der sie die näher kommenden Schritte ihres Vaters hörte.

„Er wird mich umbringen, ich weiß es ganz genau."

„Quatsch!" Bärbel schüttelte energisch den Kopf. „Jetzt lass aber mal die Kirche im Dorf. Hast du das jemals erlebt?"

„Okay – nein, das nicht, aber … er kann so furchtbar wütend werden", räumte Jessica ein und verschlang ihre Finger miteinander, als wolle sie beten.

„Viel schlimmer ist, wenn er nichts mehr sagt", gab Bärbel zu bedenken. „Na ja, er wird erst mal ein bisschen grantig sein und vielleicht auch etwas laut werden, aber dann beruhigt er sich auch wieder … nur … was den Dennis betrifft", seufzte sie, „da kann ich für nichts garantieren."

„Nein Mama, bitte nicht, das muss er nicht … ich will nicht … Dennis muss nicht erfahren, dass er … ich kann es doch auch wegmachen lassen."

Fassungslos schnappte Bärbel nach Luft. „Um Gottes willen, das kommt überhaupt nicht in Frage!" Sie sah ihre Tochter entsetzt an und raunte dann leise: „Dass du so etwas auch nur denken kannst. Sich so zu versündigen … nein nein, das Kind kriegen wir schon groß."

„Was kommt überhaupt nicht in Frage?" Jochen Wackernagel betrat den Raum. Seine Augen streiften den leeren Esstisch und suchten dann die Uhr, die über der Eckbank hing und kurz nach halb sieben anzeigte. Abendbrotzeit. Dann registrierte er, mit welcher Leichenbittermiene Jessica am Tisch saß und drehte sich verwundert zu seiner Frau um – seine sonst so ausgeglichene Frau – die wie ein kopfloses Huhn hin und her lief.

„Wie wär's, wenn mir mal jemand sagen würde, was hier los ist?"

Bärbel schüttelte den Kopf und Jessica fing von neuem an zu schluchzen. Eigentlich konnte man Jochen getrost einen Gemütsmenschen nennen. Er aß gern, was sich an einem leichten Bauchansatz zeigte und was er mit Mitte fünfzig für völlig akzeptabel hielt – seine Worte. Außerdem liebte er es, wenn alles seine Ordnung hatte. Bärbel wusste das und sorgte stets für sein Wohlbefinden. Es musste schon viel passieren, um Jochen aus der Ruhe zu bringen. Doch wenn das mal der Fall war, dann war Vorsicht geboten. Mit guten Worten konnte man ihm dann nicht mehr beikommen.

Bärbel befürchtete, dass es jetzt soweit sein könnte. Jessica war Jochens ganzer Stolz. Als jung verheiratete Eheleute hatten sie lange auf ein Kind warten müssen. Zeitweise hatten sie die Hoffnung auf Nachwuchs sogar ganz aufgegeben. Als Jessica dann zur Welt kam, wurde sie von ihrem Vater auf Händen getragen. Da brauchte man nicht viel Fantasie, um sich vorzustellen, wie er auf das Verhalten eines Herrn Schulz reagieren würde. Obwohl Dennis, und auch das wusste Jochen noch nicht, noch gar keine Ahnung davon hatte, dass er Vaterfreuden entgegensah.

Er sah die beiden abwartend an. „Also, wollt ihr mir jetzt endlich sagen, weshalb hier so eine Weltuntergangsstimmung herrscht?"

Bärbel ging auf ihn zu und berührte sanft seinen Arm.

„Setz dich erst mal." Sie zeigte zum anderen Ende der Eckbank, wo sein Stammplatz war. „Ich erzähl dir gleich alles."

„Wie? Soll ich etwa alleine essen? Und was ist mit euch?"

Jessica verzog das Gesicht, als müsse sie sich übergeben.

„Mir wird nur bei dem Gedanken schon schlecht", krächzte sie und presste sich eine Hand auf den Magen, während Bärbel tat, als hätte sie die Frage erst gar nicht gehört.

Kopfschüttelnd setzte sich Jochen auf seinen Platz am Tisch, an den Kopf der Eckbank. Fragend betrachtete er Jessicas gesenkten Kopf, derweil Bärbel mit einem bereits fertig bestückten Vesperbrett herbeieilte.

„Iss! Wer schwer arbeitet, muss auch ordentlich essen. Ich hol nur noch dein Bier und dann setze ich mich dazu." Jochens Blick, mit dem er seine Frau von unten herauf ansah, ließ sie wissen, dass er sehr wohl bemerkte, dass sie ihn beschwichtigen wollte. Aber weswegen?

Dabei war er doch der Einzige hier, der die Ruhe weghatte. So sehr er sich auch bemühte, er konnte sich keinen Reim auf das seltsame Verhalten der beiden Frauen machen.

Bärbel brachte das Bier und setzte sich schließlich auf einen Stuhl gleich neben ihn. In großen Kreisen strich sie über die mit einem Wachstuch belegte Tischplatte und vermied es, ihn anzusehen. Jochen nahm das wortlos hin, biss mit stoischer Ruhe ins Brot und trank einen Schluck Bier. Er würde schon noch erfahren, was los war. Er kannte Bärbel viel zu gut, als dass er daran Zweifel hätte und dennoch verspürte er eine vage Unruhe. Irgendetwas war heute anders als sonst.

Schließlich holte Bärbel tief Luft und sah ihn mit einem um Verständnis heischenden Blick an.

„Du wirst Opa."

Jessica fixierte ihren Vater wie erstarrt. Bleich wie die Wand sah sie aus, als würde sie jeden Moment in Ohnmacht fallen. Dennoch ließ er sich mit einer Antwort Zeit. Während er erneut in sein Brot biss und einen

Schluck aus dem Bierseidel trank, nahmen die Gedankenrädchen hinter seiner Stirn allmählich Geschwindigkeit auf.

„An und für sich ein Grund zur Freude, oder?", merkte er gefährlich ruhig an, nachdem er fertig gekaut hatte. Dabei ließ er seine Tochter nicht aus den Augen. „Sollte der zukünftige Vater nicht auch hier sein?"

Jessica wich seinem durchdringenden Blick aus, indem sie ihr Gesicht hinter ihren Händen verbarg.

„Der weiß noch nichts davon", erklärte Bärbel.

„Und das soll auch so bleiben!", entfuhr es Jessica nun, wobei sie die Arme trotzig vor der Brust verschränkte.

„Und warum?"

„Weil er … weil er mich nicht liebt … der kann mich mal!"

„Und das entscheidest du, ohne dass er was davon erfährt." Nun kam Jochen in Fahrt. „Jessica, so geht das nicht!", polterte er entrüstet los, „es geht jetzt nicht mehr nur um dich."

„Doch!", brüllte Jessica zurück. „Ich will keinen Mann der … der … ach egal! Es ist mein Körper und mit dem kann ich machen, was ich will!"

Jochen schob das Brett mit dem angebissenen Brot beiseite, trank einen weiteren Schluck Bier und stellte dann den Krug so heftig auf den Tisch, dass es nur so donnerte.

„Jetzt hör mir mal gut zu, mein Kind! Du weißt, dass ich alles für dich tue, aber hier liegt die Sache ein bisschen anders. Recht muss Recht bleiben. Allein mit deinem Körper wäre gar nichts passiert, da brauchte es noch einen zweiten. Wir wollen doch jetzt keine Aufklärung mehr betreiben. Du wirst vierundzwanzig und weißt genau, was los ist. Ich frage dich also noch mal: Wer ist der Vater, Jessica?"

Jessica stemmte die Hände gegen den Tisch und es sah aus, als würde sie jeden Augenblick aufspringen und weglaufen, doch im letzten Moment schien sie zu erkennen, dass ihr das auch nicht weiterhelfen würde. Jochens bohrender Blick verfehlte seine Wirkung dabei nicht. Vater und Tochter waren aus dem gleichen Holz geschnitzt. Natürlich wusste sie, dass er sie liebte und wusste auch, dass er ihr nichts Schlechtes wollte. Sie atmete schwer ein und aus und gab nach.

„Er heißt Dennis", murmelte sie, doch Jochen hatte verstanden.

„Dennis wer?"

„Dennis Schulz."

Jochens Wangenmuskeln arbeiteten intensiv, während er realisierte, von wem die Rede war. Seine Augen bekamen einen harten Glanz. „Der Playboy vom Gutshof!?", donnerte er schließlich los. „Guter Reiter, wie ich gehört habe, aber nicht nur ..." Er verschluckte sich beinahe an dem, was er eigentlich hatte sagen wollen. „Lass mich raten. Er hat schon wieder eine Neue! Ist das der Grund, warum er nichts von der Schwangerschaft wissen soll?"

Mit einem winzigen Kopfnicken bestätigte Jessica seine Vermutung, bevor alle Schleusen brachen. Haltlos schluchzend stützte sie die Ellenbogen auf den Tisch und barg das Gesicht in ihren Händen.

Bärbel sprang bestürzt vom Stuhl auf, setzte sich neben ihre Tochter und hielt sie an den Schultern. Vorwurfsvoll sah sie ihren Mann an.

„Jochen! Du machst es nur noch schlimmer! Es bringt jetzt auch nichts mehr, wenn du hier so herumbrüllst. Es ist nun mal nicht mehr zu ändern." Beruhigend tätschelte sie Jessicas Schulter.

„Man wird ja wohl noch mal was sagen dürfen", schnarrte er, doch sein Ton wurde sofort versöhnlicher. Er hielt es nie lange aus, wenn Jessica weinte. „Aber das kannst du mir glauben ..." Jochens Gesicht glühte jetzt vor Zorn, während er mit dem Zeigefinger durch die Luft fuchtelte. „So wahr ich hier sitze!", rief er mehr in Richtung seiner Frau. „Auch wenn sie ihn nicht mehr will! Ungeschoren kommt er mir nicht davon. Da kannst du reden, was du willst ... und ... das Kind kriegen wir auch ohne ihn groß."

Dankbar sah Bärbel ihren Mann an. Sie sprang auf und eilte zu ihm, der sie neben sich Platz nehmen ließ. Spontan umarmte sie ihn innig und gab ihm einen lauten Schmatzer auf den Mund. „Heute weiß ich einmal mehr, warum ich dich vor dreißig Jahren geheiratet habe." Sie lachte, als er eine Grimasse zog.

„Komm mir jetzt nur nicht so ... als wenn ich ein Unmensch wäre", brummte er nur, grinste aber dabei.

„Ach komm, ich weiß doch, dass du dich genauso freust wie ich. Ein Kind bringt wenigstens wieder Leben in die Bude."

Jessica hörte auf zu schluchzen und hob den Kopf.

Für einen Moment schien es, als hätten ihre Eltern die Welt um sich herum vergessen.

Wehmütig betrachtete sie die beiden. Würde sie wohl jemals einen Mann finden, der genauso liebevoll war wie ihr Vater? Sicher nicht. Besser, sie machte sich da erst gar keine Illusionen.

1

Fünf Jahre waren seit dem Gespräch in der Küche vergangen. Jahre, in denen Jessicas Denken und Handeln vor allem von ihrer inzwischen vierjährigen Tochter bestimmt worden war, der sie ihre ganze Liebe schenkte. Greta, die sie nach ihrer verstorbenen Großmutter Margarethe benannt hatte, war das süßeste Geschöpf, das ihr das Leben hatte schenken können. Das entzückende blond gelockte Wesen mit den großen, veilchenblauen Augen entschädigte sie komplett für alles Leid, das sie durch die kurze Liebschaft mit Dennis hatte ertragen müssen – und das, obwohl die Kleine ihrem Vater wie aus dem Gesicht geschnitten war. Gänzlich überwunden hatte Jessica die öffentliche Demütigung noch immer nicht. Das spürte sie jedes Mal, wenn sie im Ort unterwegs war und sich fragte, was die Leute wohl jetzt wieder hinter ihrem Rücken über sie tuschelten. Zwar waren alle freundlich zu ihr und taten, als wäre nie etwas geschehen, doch sie spürte, dass man über sie sprach. Stets mit einem höflichen Gruß auf den Lippen, ließ sie sich nicht anmerken, was in ihr vorging, doch sie vermied es, allzu häufig unter Leute zu gehen.

Zum Glück lebte Dennis nicht mehr im Dorf. Auch er war vor dem Gerede geflohen und hatte inzwischen eine Anstellung auf einem Gestüt in einem anderen Bundesland angenommen. Seither schlief Jessica deutlich ruhiger und fühlte sich von Tag zu Tag wohler in ihrer Haut. Greta kannte ihren Vater nicht, denn er hatte zu keiner Sekunde Interesse an seinem Kind gezeigt, was Jessica ganz recht war. Den Unterhalt zahlte er dennoch pünktlich. Eine Tatsache, über die sie jeden Monat aufs Neue staunte. Sie ahnte, dass da ihr Vater die Finger im Spiel hatte. Wehe dem, der bei Jochen in Ungnade fiel. Dabei fällte er prinzipiell keine schnellen Urteile, doch wer gegen seine moralischen Grundsätze verstieß, bekam seine Meinung dazu zu hören. Unverblümt und direkt. Da war er konsequent. Dennis würde es nicht wagen, keinen Unterhalt zu zahlen, hatte Jochen nur kurz nach Gretas Geburt angedeutet, danach aber kein Wort mehr darüber verloren. Wenn ihr Vater nicht reden wollte, hatte man keine Chance. Selbst ihre Mutter nicht, obwohl er ihr nur selten etwas abschlug. Jessica war es egal, ob Dennis zahlte oder nicht. Auch wenn das in fremden Ohren borniert klingen mochte. Erfreulicherweise war sie auf sein Geld nicht angewiesen.

All ihre Energie und Leidenschaft steckte sie in das landwirtschaftliche Unternehmen, das sie irgendwann einmal übernehmen sollte. Denn neben den Glücksmomenten, die ihr das Muttersein bescherte, freute sie sich darüber, dass sie ihre Ideen, den Betrieb umzustrukturieren, gemeinsam mit ihrem Vater hatte umsetzen können. Was für ein Segen, dass er so ein fortschrittlich denkender Mensch war. Jessicas Vorschlag, den Milchbetrieb einzustellen und stattdessen auf Rinderzucht umzusteigen, war bei Jochen auf offene Ohren gestoßen. Bärbel war wegen der nicht unerheblichen Investitionskosten anfangs skeptisch gewesen. Doch das änderte sich, als sie erkannte, dass die Umstrukturierung auch ihre Vorteile hatte. Begeistert registrierte sie, dass sie nun mehr Zeit in den Hofladen investieren konnte. Der Laden, in dem vor allem Kartoffeln, Eier und Fleisch verkauft wurden, war Bärbels ganzer Stolz. War sie doch eine der ersten Bäuerinnen im Landkreis gewesen, die diesen Schritt gewagt hatte. Zwanzig Jahre lag das nun schon zurück. Damals hatte die Renovierung des zweistöckigen Gesindehauses ohnehin auf dem Plan gestanden. Im Untergeschoss waren der Laden, ein Büro und zwei Lagerräume eingerichtet worden und im Obergeschoss waren drei Einzelzimmer nebst sanitären Anlagen entstanden, die bei Bedarf der Unterbringung von Angestellten zur Verfügung standen.

Es war ein kühler, regnerischer Sommertag und es roch nach feuchter Erde. Niemand – schon gar nicht die Landwirte – beklagten sich darüber, denn die Natur lechzte nach der Hitze der letzten Tage geradezu nach Wasser.

Die ländliche Stille, die an diesem Vormittag über dem Wackernagel'schen Gehöft lag, wurde nur vom leisen Gegacker der Hühner durchdrungen, die hinter den Ställen auf einer Wiese frei umherliefen, bis ein dumpfer platschender Knall dem ein Ende setzte.

Jessica, die, wenn Greta im Kindergarten war, die Morgenstunden für Büroarbeit nutzte, fuhr erschrocken auf. Ein markerschütternder Schrei, der nach ihrem Vater klang, folgte.

Die Bürotür zum Laden stand offen, genauso wie die Ladentür zum Hof. Kerzengerade aufgerichtet lauschte Jessica, was als Nächstes kommen würde und hörte, wie ihre Mutter, die dabei war, bestellte Waren einzupacken, „Oh mein Gott!" rief und fluchtartig zur Tür heraus auf den Hof rannte.

Endgültig alarmiert rammte Jessica den Bürostuhl rückwärts in einen achtlos auf dem Boden stehenden Karton mit Werbeflyern und sprintete hinterher.

Vom Laden bis zur Scheune auf der anderen Seite waren es nur wenige Meter. So konnte Jessica sofort sehen, was passiert war. Jochen musste gestürzt sein, denn er lag mit schmerzverzerrtem Gesicht seltsam gekrümmt neben den Trittstufen des laufenden Treckers auf dem Pflaster. Bärbel, die vorgerannt war, kniete keuchend neben ihm und murmelte bestürzt unentwegt unverständliche Worte vor sich hin. Bei dem Anblick gab es nichts mehr zu überlegen. Jessica zog das Handy aus ihrer Hosentasche und wählte die Nummer des Rettungsdienstes.

„Wir brauchen einen Krankenwagen. Schnell!", rief sie in den Hörer und nannte die Adresse.

„Papa, gleich kommt Hilfe. Bleib tapfer." Sie kniete sich nun auch neben ihren Vater und versuchte, Ruhe zu bewahren. Es reichte, wenn ihre Mutter völlig konfus war.

„Wie konnte das denn nur passieren und wo steckt Jasper eigentlich?", wollte Bärbel wissen. In ihren Augen schimmerten Tränen.

„Jasper hat Berufsschule“, erklärte Jessica, kletterte auf den riesigen Trecker und schaltete den Motor ab.

„Ich ... ich bin ...“, stöhnte Jochen, „... beim Absteigen mit dem Hosenbein irgendwo hängen geblieben und dann kopfüber ...“ Er beendete seine Worte mit einem lauten Schmerzenslaut. Sein rechter Arm hing wie leblos an seinem Körper. Besorgt sah Jessica ihre Mutter an. Jochen wollte sich aufrichten.

„Nein! Bitte Papa, bloß nicht“, rief Jessica, „das habe ich im Fernsehen gesehen. Du musst so bleiben, bis die Sanitäter kommen. Hinterher verschlimmern wir es noch, wenn wir dich bewegen.“

Bärbel nickte und strich Jochen sanft über den Kopf, dabei half sie ihm, sich vorsichtig wieder abzulegen.

Kurze Zeit später fuhr der Krankenwagen auf den Hof.

Am Abend bereitete Jessica das Abendbrot, als Bärbel, die dem Rettungswagen hinterhergefahren war, nach Hause kam. Beruhigt stellte sie fest, dass ihre Mutter inzwischen einen wesentlich zuversichtlicheren Eindruck machte als am Vormittag.

Greta, die am Esstisch saß und malte, sprang sofort auf, als sie ihre Oma in die Küche kommen sah und lief zu ihr.

„Omi, da bist du ja wieder!“, rief sie und streckte ihrer Großmutter die Arme entgegen, während sie über das ganze Gesicht strahlte.

Bärbel nahm die Kleine auf den Arm. „Ja, mein Schatz, ich bin da.“

„Und wo ist der Opi?“

„Der ist auch bald wieder daheim, aber ein bisschen müssen wir noch warten.“

Jasper, der als Auszubildender auf dem Hof weilte, half Jessica, den Tisch zu decken. Der einundzwanzigjährige hochgewachsene und kräftige Kerl wollte Bauer werden, wie er selbst sagte. Er kam aus Niedersachsen, wo seine Eltern ebenfalls einen großen Hof besaßen und bewohnte seit Beginn der Lehrzeit eins der Zimmer über dem Laden.

Seit Jochen angehende Landwirte aus dem ganzen Bundesgebiet ausbildete, war es gute Sitte, dass Familie und Angestellte die Hauptmahlzeiten gemeinsam einnahmen.

„So, ihr wollt bestimmt wissen, was mit Jochen ist.“ Bärbel atmete langsam aus. „Er wurde sehr gut versorgt und schläft jetzt. Morgen erfahren wir mehr“, berichtete sie und legte ihre Handtasche auf die Eckbank. „Soll ich euch was helfen?“

„Nein, brauchst du nicht“, schüttelte Jessica den Kopf. „Das macht Jasper schon. Erzähl uns lieber, was die Ärzte sagen. Ist was gebrochen?“

„Er wird morgen früh um sieben operiert, es geht nicht anders.“

Bärbel ging zum Fenster und sah auf den Hof. Jasper hatte den riesigen Traktor, von dem Jochen gestürzt war, unter das weit überstehende Scheunendach gefahren.

„Operiert?“ Jessica rutschte die Butterschale aus der Hand, sodass sie unsanft auf den Tisch knallte. „Aber ... äh ... hat er sich denn nicht nur was gebrochen?“

Bärbel drehte sich jetzt wieder vom Fenster weg, kam zum Tisch und setzte sich auf ihren Platz.

„Ja, das ist auch so, aber *nur* ... trifft es leider nicht", lachte sie ironisch auf und schlang die Hände ineinander. „Wenn dein Vater was macht, dann richtig. Ich fange mal mit den einfacheren Verletzungen an." Bärbel hob den Daumen und begann, mit den Fingern abzuzählen. „Abgesehen von mehreren kleineren Prellungen, die er natürlich erlitten hat, kommt noch eine leichte Gehirnerschütterung dazu. Außerdem hat er sich das Handgelenk gebrochen." Sie zog eine Grimasse. „Das ist zwar nicht schön, aber auch nicht so tragisch. Nur gegen die Schultergelenkssprengung, bei der unglücklicherweise gleich beide Bänder gerissen sind, ist alles andere ein Klacks." Sie zog scharf die Luft ein und faltete die Hände, als ob sie beten wollte, bevor sie weitersprach.

„Das ist der höchste Schweregrad bei einer solchen Verletzung, hat der Arzt gesagt. Ihr könnt euch denken, was das im Klartext bedeutet. Er wird sich die nächsten Monate schonen müssen. Und wenn ich schonen sage, dann meine ich auch schonen. Er darf sich auf keinen Fall körperlich anstrengen. Das hat mir der Doktor besonders ans Herz gelegt."

„Ach du lieber Himmel!", rief Jessica und auch Jasper blieb mit dem Brotkorb mitten in der Küche stehen.

„Wie lange wird er denn ausfallen?" Jasper machte ein entsetztes Gesicht.

„Das ist schwer zu sagen. Wie gesagt, er wird nur wieder richtig fit werden, wenn er sich streng an die Anweisungen hält und das bedeutet: Die Schulter muss ruhiggestellt werden. Ich denke, er wird mindestens ein Vierteljahr außer Gefecht sein."

Jasper stellte das geschnittene Brot auf dem Tisch ab. „Und was bedeutet das dann für mich? Muss ich hier wieder weg?"

„Nun mal langsam", beruhigte ihn Bärbel. „So schnell schießen die Preußen nicht. Du bist seit über einem Jahr hier und sehr gut eingearbeitet. Jochen darf zwar körperlich nicht arbeiten, aber reden kann er noch. Mach dir darüber keine Gedanken. Dafür finden wir eine Lösung. Jasper, wir brauchen dich! Ob das reicht, werden wir sehen. Aber das besprechen wir, wenn Jochen wieder daheim ist."

Es brauchte keinen Tag, bis auffiel, dass der Chef des Hauses an allen Ecken und Kanten fehlte. Abgesehen von seiner Arbeitskraft, die Jasper mit doppeltem Einsatz versuchte wettzumachen, vermisste man sein Organisationstalent, seine Meinung, seine Entscheidungskraft, seine Erfahrung und nicht zuletzt sein enormes Wissen, aber vor allem die Ruhe, mit der er schwierigste Situationen meisterte. Jessica, die zwar mit sämtlichen Arbeitsabläufen, die auf dem Hof anfielen, vertraut war, besaß noch lange nicht die Routine ihres Vaters. Ganz besonders nicht, wenn es um Jochens Steckenpferd, die kleine Herde Wagyū-Rinder ging, die er fast ausschließlich allein versorgte. Ausgerechnet jetzt, wo er im Krankenhaus lag, musste Jessica den Transport eines zur Schlachtung vorgesehenen Tieres organisieren und gleichzeitig ein anderes betreuen, das jeden Moment kalbte. Auch Jasper kannte den genauen Ablauf auf dem Schlachthof nicht, weil sich Jochen darum lieber selbst kümmerte, egal für welches Tier.

Jessica, die sich in den letzten Monaten hauptsächlich um die bundesweite Vermarktung des Warenangebotes gekümmert hatte, musste sich eingestehen, dass ihr die routinemäßigen Verpflichtungen ihres Vaters nur mühsam von der Hand gingen. Vor allem fehlte seine unerschöpfliche Erfahrung.

So gut es ging, gab Jochen telefonische Anweisungen, doch einiges ließ sich so auch nicht regeln. Bei Fragen zu den Terminen, die zum Mähen der reifen Fruchtstände organisiert werden mussten, wurde das knifflig. Wer sollte die Frucht mähdreschen, welches Feld zuerst und wann? Wohin mit dem Weizen? Auf den Lagerboden oder in ein Silo? Wie viel davon verkaufen, schroten oder lagern? Gleich oder später? Zu welchem Preis? Jessica schwirrte der Kopf. Sie wusste viel, hatte aber noch nie allein entscheiden müssen, auch Bärbel nicht, die nur hilflos mit den Schultern zucken konnte und auf Nachfrage ihrer Tochter antwortete: „Lieber Himmel, du fragst mich Sachen! Das weiß ich doch nicht. Jedenfalls nicht genau. Das macht dein Vater. Über Details haben wir nie gesprochen."

Ein paar Tage später – Jochen lag noch immer im Krankenhaus – standen zwei Frauen vom örtlichen Dorffrauen-Verein vor der Haustür. Bärbel, die dort mit im Vereinsvorstand saß, hätte ahnen müssen, dass man ihr einen Besuch abstatten würde. Der Unfall war schließlich *das* Gesprächsthema im Dorf und hatte sich wie ein Lauffeuer herumgesprochen.

Aus der Arbeit gerissen, bat Bärbel die beiden herein und stöhnte innerlich auf. Weder war sie auf Besuch eingerichtet noch stand ihr der Sinn danach. Es war früher Nachmittag. Christel allein wäre dabei nicht das Problem gewesen, mit ihr verband Bärbel seit Jahren eine gute Freundschaft, aber mit Edda hatte sie noch nie warm werden können. Beruhigt dachte sie daran, dass im Moment keiner auf sie wartete. Traudel Hühne, die gut eingearbeitete Teilzeitangestellte des Hofladens, kam sehr gut allein zurecht. Wie jeden Freitag kümmerte sie sich um die Restaurantbestellungen, die eingetütet werden mussten. Jessica hatte einen Termin beim Steuerberater und Jasper betreute die laufende Gerstenernte.

Wohl oder übel führte Bärbel die beiden Frauen in die gute Stube und sah sich dabei unauffällig nach augenscheinlichen Staubschichten um. Wenigstens herrschte in dem riesigen Wohn- und Esszimmer, das eigentlich nur zu größeren Anlässen der Familie genutzt wurde, Ordnung. Ganz im Gegensatz zur Küche, in der es aussah wie Kraut und Rüben. Christel kannte solche Umstände und wusste, wie es war, wenn einem alles über den Kopf wuchs. Bei Edda musste man dagegen vorsichtig sein. Sie war für ihr loses Mundwerk bekannt und suchte gern – besonders bei anderen – das Haar in der Suppe. Tatsächlich fühlte sich Bärbel seit Jochens Sturz ein wenig unorganisiert. Seit dem Tag ihrer Hochzeit waren sie nie getrennt gewesen. Nicht einen einzigen Tag und er fehlte ihr mehr, als sie hätte in Worte fassen können.

Einen Seufzer unterdrückend, lächelte sie Christel Weinreich an, die sie beobachtet hatte und ihr mit einem verständnisvollen Nicken zu verstehen gab, dass sie sich keine Umstände zu machen bräuchte. Bärbel besann sich dennoch auf ihre Gastgeberrolle und deutete auf die Plätze rund um den Esszimmertisch.

„Setzt euch. Was kann ich euch anbieten? Einen Kaffee vielleicht?"

„Mir reicht ein Glas Wasser. Es ist ja schon wieder so heiß geworden. Wenn ich jetzt auch noch etwas Heißes trinke – nicht auszudenken." Christel blieb stehen und hielt ihr ein in Geschenkpapier gewickeltes Päckchen entgegen. „Wir wollen dich auch wirklich nicht lange aufhalten, Bärbel. Du hast sicher genug zu tun. Wir sind nur hier, weil wir uns erkundigen möchten, wie es Jochen geht und um dir unsere Hilfe anzubieten."

„Für mich auch ein Wasser", kam es nun auch von Edda Vogt, die sich neugierig im Raum umsah. Auch sie machte keine Anstalten, sich zu setzen. „Mach dir nur keine Mühe", murmelte sie, während ihr Blick an dem alten Klavier hängenblieb, das weiter hinten im Wohnzimmer an der Wand stand. „Wer spielt denn bei euch? Habt ihr dafür noch Zeit?"

Bärbel antwortete nicht sofort, sondern sah auf die Uhr, um abzuwägen, wie lange sie sich für den Besuch Zeit nehmen konnte. Greta musste in einer Stunde vom Kindergarten abgeholt werden, was Bärbel gleich mit einem Kurzbesuch im Krankenhaus und dem anschließenden Einkauf im Supermarkt verbinden wollte.

„Jochens Mutter hat als junge Frau gespielt und Jessica hat vor Jahren Unterricht bekommen. Na ja, was soll ich sagen – sehr interessiert war sie nie, wollte immer lieber ihrem Papa draußen im Stall helfen oder reiten. Jetzt ist es vor allem Dekoration." Bärbel stellte Gläser auf den Tisch. „Nun setzt euch doch, ich hole nur noch das Wasser."

Wieder lief sie los und kam mit zwei Flaschen kühlem Wasser zurück. „Jochen geht es den Umständen entsprechend gut ..." Sie setzte sich. Während sie den beiden eingoss, begann sie von der Operation zu berichten. „Er wird eine Weile außer Gefecht sein, aber das wird schon wieder, die Ärzte sind zuversichtlich."

Ein kurzer Moment des Schweigens entstand, den sie dazu nutzte, unauffällig auf ihre Armbanduhr zu schauen. Himmel, hoffentlich hatten die beiden kein Sitzfleisch. Bärbel holte Luft, um weiterzusprechen, doch Edda fiel ihr ins Wort.

„Na, da hat er aber ordentlich Glück gehabt. Das hätte auch ganz anders ausgehen können. Einem Landwirt aus Bad Wildungen ist so was Ähnliches passiert. Der ist vom Mähdrescher gestürzt. Direkt auf den Kopf!" Ihre Miene wurde theatralisch. „Seitdem liegt er im Wachkoma ..."

Christel verdrehte entsetzt die Augen und schüttelte unwillig den Kopf. „Also ... uns interessiert viel mehr, wie wir dir helfen können, Bärbel", fuhr sie Edda dazwischen und zwinkerte Bärbel schließlich entschuldigend zu. „Ich habe schon mit anderen Frauen aus dem Verein gesprochen. Und ich soll dir sagen, du bräuchtest nur anzurufen und Bescheid geben. Bitte zier dich nicht, alle wollen gerne helfen."

Sichtlich gerührt legte Bärbel die Hand aufs Dekolleté und musste erst mal schlucken.

„Ach, das ist ja lieb, da komme ich gern drauf zurück. Im Moment fällt mir zwar nichts ein, aber ich werde daran denken. Gott sei Dank haben wir Jasper. Der Junge ist ein Glücksgriff." Bärbel legte den Finger ans Kinn, sah hoch zur Decke und schien zu überlegen.

„Hm, warte … eigentlich bräuchte ich nur eine Vertretung für den Kinderkochkurs – vorübergehend jedenfalls – ich weiß nämlich noch nicht, was auf mich zukommt, wenn Jochen wieder daheim ist. Er braucht mich und ich möchte ihn ungern allein lassen."

„Aber das ist doch selbstverständlich", nickte Christel, „und dürfte kein Problem sein. Sarah von Freyenhof will, so wie letztes Jahr, wieder zusammen mit ihrer Schwägerin mit den Kindern backen. Demnächst irgendwann. Sicher hat sie auch mit dem Kochkurs keine Berührungsängste."

„Aber ist sie denn nicht wieder schwanger … mit dem dritten Kind?" Edda zog die Augenbrauen hoch und machte ein wichtiges Gesicht.

Der hämische Unterton ließ Bärbel aufhorchen. Christel ging es ähnlich, denn sie presste für eine Sekunde ärgerlich die Lippen zusammen.

„Weiß ich nicht", merkte Bärbel kühl an, „und wenn's so wäre. Was geht das uns an? Außerdem ist sie, wenn, ja auch nur schwanger und nicht krank."

„Ich meine ja nur, das Mädchen, also das zweite Kind, ist doch gerade mal ein Jahr alt und der Älteste … warte mal, der ist …"

„Johannes ist so alt wie Greta. Nur knapp zwei Monate jünger", erklärte Bärbel und zwang sich dazu, geduldig zu bleiben. Edda gab ja sonst doch keine Ruhe. „Die beiden gehen zusammen in den Kindergarten. Aber wenn du mehr über die Freyenhof-Kinder wissen willst, musst du Sarah schon selbst fragen!"

„So war das doch nicht gemeint. Jetzt sei doch nicht so. Man wird ja wohl noch fragen dürfen. Das interessiert doch alle. Wenn man schon mal so eine Adelsfamilie im Dorf hat ...“

„Deswegen sind wir aber nicht hier, Edda!“, fuhr ihr Christel abermals ins Wort. „Wir wollen Bärbel und Jessica Hilfe anbieten. Sicher hat sie auch nicht viel Zeit.“

Bärbel, die ständig die Uhr im Blick hielt, hob die Achseln und nickte dezent.

„Ach, und bevor ich's vergesse“, redete Christel weiter, „ich soll dir auch von meinem Mann sagen, dass er jederzeit mit anpackt, wenn ihr noch eine starke Hand braucht. Wir wollen uns nichts vormachen ... Jasper kann ja nicht alles allein schaffen. Und die Kraft, die ein Mann hat, körperlich, meine ich, hat eine Frau nun mal nicht.“

Das schien für Edda das Stichwort zu sein. Sofort hakte sie ein. „Das lässt sich nicht leugnen ... äh, wie sieht's denn eigentlich mit eurer Jessica aus? Will sie sich denn nicht endlich mal einen Mann suchen? Bei dem großen Hof? Das kann sie doch unmöglich allein schaffen, äh ... ich meine für später ... ihr werdet ja auch nicht jünger.“

Bärbel wurde blass.

„Aber da wollte ich doch gar nicht drauf hinaus“, reagierte Christel ärgerlich. „Der Peter hat's doch nur gut gemeint ...“

„Lass Christel, ich habe dich schon verstanden. Sag deinem Mann einen lieben Dank für das Angebot. Vielleicht sollte ich Edda mal im Gegenzug fragen, warum ihr fast vierzigjähriger Bruder noch nicht verheiratet ist? Bei dem großen Hof, meine ich ...“ Bärbel zog eine Augenbraue hoch und fixierte Edda kühl. „Das wäre doch auch mal ein Thema, über das wir reden könnten, oder?"

„Ach, jetzt sei doch nicht so empfindlich, Bärbel. Das war doch nicht böse gemeint", ruderte Edda zurück. „Man macht sich eben so seine Gedanken. Deine Tochter ist doch eine bildhübsche junge Frau. Wenn sie wollte, könnte sie doch fünf an einer Hand haben … und das nicht nur wegen des Erbes …", setzte sie mit gewichtiger Miene nach.

„Und was ist mit *dem Erbe* vom Berti?", hakte Christel scharf nach. „Bildhübsch ist er zwar nicht, aber das, was er mal von eurer Mutter kriegt, hat schon über so manches Defizit hinweggetröstet."

„Ach, ihr wisst doch, wie er ist", zuckte Edda resigniert mit den Schultern und sah darüber hinweg, dass Bärbel sich die Hand vor den Mund hielt, um nicht loszuprusten.

Wenn man Christel verärgerte, konnte sie ziemlich direkt sein.

„Er lässt sich von niemandem etwas sagen … seine Freiheit will er genießen, tönt er", ließ Edda jetzt in einem klagenden Ton verlauten. „Die Richtige sei ihm noch nicht über den Weg gelaufen." Edda schüttelte verächtlich mit dem Kopf. „Es ist ihm doch auch keine gut genug. Aber das wird ihm noch sauer aufstoßen."

Bertram Schaumlöffel war Eddas dreizehn Jahre jüngerer Bruder, der den stattlichen Hof seiner Vorfahren bewirtschaftete. Allerdings gehörte dieser noch immer seiner knapp achtzigjährigen Mutter, mit der er allein im Haus lebte. Für die viele Arbeit beschäftigte er Betriebshelfer und Landarbeiter.

„Mit Ende Dreißig wäre es dann aber langsam mal an der Zeit, mit der Suche anzufangen", stichelte Christel weiter. „Auf was wartet der denn noch? Auf Heidi Klum?"

Bärbel und Christel warfen sich wissende Blicke zu. Das ganze Dorf wusste, dass Bertram die Gesellschaft seiner Skatrunde im Wirtshaus jeder Frau vorzog. Auch bei der Feuerwehr engagierte er sich. Vor allem deshalb, um den Nachwuchs herumzukommandieren. Berti war stets der Liebling seiner Eltern gewesen, die nie einen Hehl daraus gemacht hatten, dass ihnen ein Sohn willkommener war als eine Tochter. Und dass Edda sich mit ihm seit jeher in den Haaren lag, war ein offenes Geheimnis.

„Was meinst du damit, dass ihm das noch sauer aufstoßen wird?" Bärbel beäugte Edda mit einem wachsamen Blick. Warum durfte sie nicht auch mal neugierig sein?

„Er wird den Hof nicht erben, wenn er bis zum Tod meiner Mutter keine Familie gegründet hat."

„Ach, das hat sie doch bestimmt nur so dahingesagt. Das meint sie doch nicht ernst." Christel beugte sich über den Tisch und sah Edda ungläubig an. „Sie war doch immer so stolz auf *ihren* Berti."

„Ja, das stimmt", nickte Edda und wirkte plötzlich bekümmert, „aber die Mama wird in zwei Jahren achtzig und wird allmählich ungeduldig."

Bärbel bedauerte Edda insgeheim. Mit so einer Familie konnte man wahrscheinlich gar nicht anders, als seltsam zu werden.

„Sie ist plötzlich viel netter zu mir", redete Edda aufgeregt weiter, „ich glaube, sie hat erkannt, dass der

Berti gar nicht wirklich die Absicht hat, zu heiraten und Kinder zu kriegen. Das erzählt er ihr nur, damit sie ihm nicht ständig damit in den Ohren liegt. Doch meine Mutter ist nicht senil." Eddas Augen blitzten. „Ihr könnt euch nicht vorstellen, wie sehr sie sich gefreut hat, dass mein Junge, der Manuel, Landwirt werden will ... tja, und jetzt, wo er seine Ausbildung abgeschlossen hat und sogar noch ein Studium dranhängen will, da sieht es für meinen lieben Bruder gar nicht mehr so gut aus." Unverhohlene Schadenfreude leuchtete aus Eddas Augen. „Deshalb hat sie vor kurzem auch ihr Testament geändert. Letztes Wochenende, bei einem gemeinsamen Mittagessen mit der Familie, hat sie es uns erzählt. Sie meinte, sie hätte keine Zeit mehr zu verlieren ... und wenn der Berti ledig bleibt und auch nicht wirklich für Nachkommen sorgt ...", grinste sie hämisch, „... dann kriegt der Manuel den Hof. Basta."

„Na, das sind ja mal Nachrichten", konnte sich Bärbel nicht verkneifen und zwinkerte Christel zu. „Da können wir ja gespannt sein, was dein Bruder sich einfallen lässt. Ich kann mir nicht vorstellen, dass er den Hof freiwillig aufgibt."

„Allerdings", stimmte Christel ihr zu, „aber jetzt wollen wir dich nicht länger aufhalten." Sie erhob sich. „Melde dich bitte, wenn du Hilfe brauchst."

Am Abend meldete sich Christel dann noch einmal telefonisch bei Bärbel.

„Ich muss mich bei dir entschuldigen", rief sie aufgelöst in den Hörer. „Hätte ich doch nur meinen Mund gehalten."

„Ach, alles halb so wild“, lachte Bärbel, „das war Edda, wie sie leibt und lebt. Das schockt mich nicht. Sie hat nun mal ein loses Mundwerk. Da kannst du doch nichts dafür.“

„Es hat mich aber schon geärgert, vor allem, weil es ein echt blöder Zufall war, weswegen sie überhaupt bei dem Besuch dabei war. Es war nicht geplant, dass sie mitkommt, das kann ich dir sagen. Wer kann auch ahnen, wenn man sich belanglos mit seinem Nachbarn unterhält – im Supermarkt an der Käsetheke – dass ausgerechnet Edda um die Ecke kommt, wo sie doch sonst immer nach Bad Wildungen zum Einkaufen fährt.“

„Die wirst du jetzt öfter hier sehen. Bedenke, was sie von ihrer Mutter erzählt hat.“

„Ja, da kannst du recht haben. Sie wird das Eisen schon schmieden, damit ihr Sohn den Hof kriegt“, stimmte Christel zu. „Jedenfalls hat sie leider mitbekommen, über was ich mich mit meinem Nachbarn unterhalten habe. Er hat mich nach Jochen gefragt und ich habe ihm erzählt, dass ich vorhätte, dich zu besuchen. Tja, und plötzlich steht sie neben mir und meint doch frech weg: Da komm ich mit! Ich will auch helfen.“ Christel stieß einen Stoßseufzer aus. „Was hätte ich denn da sagen sollen? Ach Bärbel, ich wäre so viel lieber allein zu dir gekommen. Es tut mir leid. Auch, dass sie sich so über Sarah und Jessica ausgelassen hat. Das war wirklich ganz unmöglich.“

„Ja“, seufzte nun auch Bärbel, „typisch Edda eben. Sie lässt eben nichts unkommentiert. Leider hat sie mit Jessie auch noch ins Schwarze getroffen. Dir kann ich das ja sagen. Wir machen uns ernsthafte Sorgen. Sie ist von diesem gottverfluchten Weiberhelden ... diesem Casanova vom Gutshof so traumatisiert, dass sie keinen Mann mehr an sich ranlassen will. Hach, das macht mich manchmal so wütend ... ich bin nur so gnädig, weil Greta so ein Sonnenschein ist.“

„Wirklich eine Schande, dass er sich so gar nicht kümmert ...“

„Ach, es ist besser so. Nicht auszudenken, wenn er ihr dauernd begegnen würde.“ Bärbel stieß einen abgrundtiefen Seufzer aus. „Lieber Himmel, wenn sie das doch nur endlich vergessen könnte. Dabei ist es schon so lange her: fünf Jahre. Das muss doch mal ein Ende haben. Wir sind mit unserem Latein absolut am Ende, Christel. Du ahnst nicht, wie viele Gespräche wir deshalb schon hatten. Nichts dringt zu ihr vor. Nächstes Jahr wird sie dreißig. Ich weiß gar nicht, wo das noch hinführen soll. Sie verkriecht sich hier auf dem Hof. Arbeitet von morgens bis abends und scheut das Dorf wie der Teufel das Weihwasser ... nur weil sie glaubt, die Leute würden immer noch über sie reden ...“

„Das tun sie ja auch“, räumte Christel ein, „nur aus anderen Gründen, als sie denkt. Alle wussten, was er für einer war, beziehungsweise ist. Glaub nicht, dass er sich geändert hat.“

„Wohl kaum“, stimmte Bärbel zu und seufzte erneut.

„Ach, es ist aber auch wirklich ein Jammer, dass so eine hübsche und kluge junge Frau wie Jessica so verbittert ist.“ Christel hielt inne. „Gib mir ein bisschen Zeit, Bärbel. Vielleicht fällt mir ja was ein, wie wir sie aus ihrem Schneckenhaus rausholen können.“

2

Vierzehn Tage später durfte Jochen die Klinik verlassen. Seitdem er sich als Neunjähriger einer Mandeloperation hatte unterziehen müssen, hasste er Krankenhäuser wie die Pest und konnte es kaum erwarten, dass Bärbel ihn endlich abholte. So stand er bereits gestiefelt und gespornt um halb neun am Morgen mit gepackter Tasche im Foyer des Krankenhauses und wartetet darauf, dass sie vorfuhr.

Nicht minder ungeduldig hüpfte Greta daheim zwischen Küche und Diele hin und her. Die breite, doppeltürige Eingangstür des Haupthauses stand dabei sperrangelweit offen, um bloß keinen Mucks von draußen zu verpassen. Keine zehn Pferde hätten sie an diesem Morgen in den Kindergarten gebracht, wo doch ihr heiß geliebter Opa aus dem Krankenhaus nach Hause kam.

Als sie dann schließlich das vertraute Motorengeräusch des Mercedes-Geländewagens vernahm, hielt sie nichts mehr zurück. Ehe Jessica, die aus der Küche den freudigen Jauchzer ihrer Tochter hörte, sie aufhalten konnte, flitzte die Kleine schon die steinerne

Pyramidentreppe hinunter und rief immer wieder freudig: „Mein Opi ist da, mein Opi ist da!"

Jochen, der im Begriff war, auszusteigen und sich mit dem sperrigen Verband, der Schulter und Arm in der Schlinge hielt, umständlich aus dem Wagen schälte, taumelte lachend einen Schritt rückwärts, als Greta mit beiden Ärmchen enthusiastisch sein Bein umschlang.

„Mein liebster Opi, du bist wieder da! Das ist sooo schöööön!", seufzte sie herzzerreißend und drückte ihre Nase an den Stoff seiner Jeans.

Jochen schnüffelte verdächtig, als er sich zu seiner Enkelin hinunterbeugte und sie vorsichtig mit dem gesunden Arm umfing.

„Ach mein liebes Gretchen, was glaubst du, wie ich mich freue, dass ich wieder bei *dir* bin."

Am Abend dann, als Greta vom vielen Plappern völlig erschöpft ins Bett gefallen war und sich Jasper auf sein Zimmer zurückgezogen hatte, saßen Jochen, Bärbel und Jessica in der Küche zusammen und tranken ein Feierabendbier.

„Ihr habt überhaupt keine Idee, wie froh ich bin, daheim zu sein", seufzte Jochen glücklich. „Die Ärzte haben mir gute Hoffnungen gemacht, dass mein Arm wieder richtig in Ordnung kommt. So wie vorher. Ungefähr ein halbes Jahr soll das dauern, haben sie gemeint."

Bärbel, die neben ihrem Mann auf der Eckbank saß, strich ihm zärtlich über die sichtlich schmaler gewordene Wange. Im Krankenhaus war Jochen sein sonst so gesunder Appetit abhandengekommen. Sie hauchte ihm einen Kuss auf das Grübchen, das Jessica von ihrem Vater geerbt hatte und pflichtete ihm bei.

„Du sprichst mir aus der Seele. Aber jetzt musst du dich erst mal schonen, sonst wird das nix mit dem halben Jahr."

„Das stimmt", nickte Jochen, „ich will mich ja auch daran halten. Und dass meine Gesundheit vorgeht, weiß ich jetzt. Leider musste ich erst mal auf die Klappe fallen, um das zu kapieren." Gedankenverloren schwieg er einen Moment.

„Hm, ich weiß, ihr habt mich, was den Hof betrifft, immer auf dem Laufenden gehalten, aber gibt's trotzdem vielleicht noch irgendwas, was ich wissen müsste?"

„Nee, so oft, wie ich dich mit Fragen gelöchert habe, kann da nichts mehr sein." Jessica schüttelte langsam den Kopf, wobei man ihr ansah, dass sie insgeheim weiter überlegte, ob sie nicht doch etwas vergessen hatte.

„Ach", rief sie plötzlich, „da fällt mir ein, dass wir die Wagyū-Rinder auf eine andere Weide treiben müssen. Die Wiese, auf der sie jetzt stehen, ist restlos abgegrast. Ich dachte, Jasper und ich könnten sie gleich morgen zum hohen Rain bringen. Da müsste das Gras inzwischen wieder lang genug sein."

„Gute Idee", lobte Jochen sie und seufzte plötzlich. „Apropos Ideen ... man sollte nicht glauben, was einem alles durch den Kopf geht, wenn man den ganzen Tag Zeit zum Denken hat."

Irgendetwas in der Art, wie er das sagte, ließ Jessica aufhorchen. Sie richtete sich auf.

„Hat es was damit zu tun, wie ich dich hier in den letzten vierzehn Tagen vertreten habe? Es hat doch alles gut geklappt. Jasper und ich sind ein gutes Team. Klar hatten wir ein paar Anlaufschwierigkeiten, aber das ist doch normal ...“

Jochen sah sie verständnislos an. „Was? Nein. Was du wieder denkst ...“ Er hob beschwichtigend die Hand. „Es ist alles gut. Wirklich. Was regst du dich so auf? Ich hab doch nur gesagt, dass ich mir Gedanken gemacht habe. Völlig normal, wenn man mal die Zeit dafür bekommt. Außerdem war vorausschauendes Denken schon immer gute Sitte in dieser Familie, sonst stünden wir heute nicht da, wo wir stehen.“

„Ja, aber ...“ Jessica rutschte am Tisch nach vorn und stemmte die Ellenbogen auf die Tischplatte.

„Ihr Drei habt das ganz großartig gemeistert.“ Jochen ließ Jessica nicht zu Wort kommen. „Ich bin sehr stolz auf dich.“ Liebevoll umschloss er ihre erhobenen Hände mit seiner gesunden Pranke, wobei er ihr in die Augen sah. „Du bist eine hervorragende Landwirtin, das weiß ich schon lange.“ Ein schelmischer Ausdruck huschte über sein vom Wetter gegerbtes, kantiges Gesicht, wodurch die kleinen Augenfältchen zu sehen waren und die Grübchen hervortraten.

So betrachtete er sie einen Moment, bevor seine Miene ins Nachdenkliche wechselte. „Weißt du“, sprach er weiter, ohne sie loszulassen, „wenn ich einen Wunsch frei hätte, dann den, dass du die Arbeit auf dem Hof nicht ewig allein schaffen müsstest.“

„Aber ich bin doch gar nicht alleine!“, brauste Jessica sofort auf und entzog ihm ihre Hände. Sie ahnte, was nun kommen würde und wappnete sich. „Ihr seid da. Jasper ist da ...“

Jessica verstummte abrupt, weil sich ihre Eltern jetzt mit diesem besonderen Wann-wird-sie-es-endlichkapieren-Blick ansahen, der sie sofort und ohne Anlauf auf Hundertachtzig brachte. Was jetzt kam, war klar. Die ewige Litanei über ihre Weigerung, sich einen Freund zu suchen. Immer die gleichen Redensarten: Das Leben zu zweit ist doch viel schöner, du vergeudest deine besten Jahre, wo bleibt deine positive Lebenseinstellung und so weiter und so weiter.

„Ich brauche keinen Mann! Weder für den Hof noch für mich!", rebellierte sie, bevor einer der beiden auch nur einen Piep sagen konnte.

„Aber wir werden nicht immer da sein", gab Bärbel in betont ruhigem Ton zu bedenken, „wir werden älter. Unsere Leistungskraft lässt nach. Ich habe jetzt schon nicht mehr die Power, die ich mal hatte, als ich in deinem Alter war. Das ist der Lauf des Lebens. Deswegen ist es ja so wichtig, dass man den richtigen Partner an seiner Seite hat. Wir beide, dein Papa und ich, haben nur deshalb so viel geschafft, weil wir zu zweit sind und immer zusammengehalten haben."

„Jaja, das weiß ich alles. Wie oft willst du mir das noch sagen? Ich kann mir aber nun mal einen Mann wie Papa nicht stricken …"

„Wie denn auch, wenn du den Kerlen keine Chance gibst?", mokierte sich nun auch Jochen. „Die trauen sich doch erst gar nicht über die Hofeinfahrt. Sei doch mal ein bisschen netter zu ihnen, dann solltest du mal sehen …"

„Ach ja, und du meinst, das kannst du beurteilen? Du bist doch total voreingenommen."

„Kann sein, das will ich gar nicht abstreiten, aber deswegen bin ich noch lange nicht blind."

„Das sagst du doch nur, damit ich mich besser fühle ... und was ist, wenn ich wieder auf so einen ... einen ... Blödmann reinfalle?", krächzte Jessica aufgewühlt und verschränkte die Arme vor der Brust. Sie schüttelte nachdrücklich den Kopf. „Ach lasst mich doch, ich will das einfach nicht. Nie mehr! Die Leute reden doch heute noch über meine grenzenlose Dummheit ..."

„So ein Quatsch!" Bärbel zeigte Jessica den Vogel. „Das bildest du dir doch nur ein. *Die* wussten alle, dass Dennis ein Arschloch ist – Entschuldigung für den Ausdruck – aber es stimmt doch. Du warst nicht die Einzige, die er benutzt hat. Du bist schwanger geworden, das ist der Unterschied."

„Als wenn's das besser machen würde", murmelte Jessica vor sich hin.

Bärbel stand auf und stemmte die Hände aufgebracht in die Hüften. „Es macht sein Verhalten nicht besser! Natürlich nicht. Aber ... Greta war das einzig Gute, was er bis jetzt in seinem Leben fabriziert hat. Ich bin jeden Tag aufs Neue glücklich, dass wir dieses Kind in der Familie haben und ich würde mich freuen, wenn noch mehr Enkelkinder kämen."

„Ich auch", nickte Jochen und lächelte, „immer her damit. Ohne Kinder macht alles keinen Sinn." Er tastete nach der Hand seiner Frau und sah Jessica an. „Wir hätten so gerne einen ganzen Stall voll gehabt und waren so glücklich, als du endlich gekommen bist." Er ließ Bärbel los. „Jessie, ich will keinen Krach mit dir. Ich bitte dich nur, noch mal darüber nachzudenken ..."

„Ihr tut ja grad so, als hätte ich Greta nicht lieb. Ihr wisst genau, dass das nicht stimmt. Ich würde sie nicht mehr hergeben wollen. Und glaubt ihr etwa, ich denke nicht darüber nach, wie es weitergehen soll? Natürlich tue ich das!"

Ihr Vater lehnte sich auf der Bank zurück. „Na, das ist doch dann schon mal ein Anfang. Wenn du drüber nachdenkst, meine ich."

Jochen war immer derjenige, der versuchte, das Positive in einer Situation zu sehen. „Komm, lass uns den Abend nicht verderben", nickte er ihr versöhnlich zu. „Es bleibt dabei, ich bin sehr stolz auf dich, auch wenn ich nicht immer deiner Meinung bin. So ..."

Wieder warfen sich ihre Eltern einen Blick zu, den Jessica nur so deuten konnte, dass er noch nicht gesagt hatte, was er eigentlich hatte sagen wollen. Natürlich war ihre Mutter im Bilde. Das war sie immer, denn die beiden besprachen alles miteinander und bildeten eine Einheit, von der manch anderes Paar nur träumen konnte.

„Gleich morgen früh rufe ich bei der Alterskasse an", sprach Jochen weiter. „Die sollen uns einen Betriebshelfer schicken."

Jessica zog die Stirn kraus. „Aber warum denn? Es hat doch alles funktioniert."

„Weil es so zu viel für euch ist und ich mich schonen muss." Jochen ignorierte Jessicas Versuch, ihn von seinem Vorhaben abzubringen. „Da lasse ich nicht mit mir reden", erklärte er entschieden. „Und so wie du bestimmst, dass über gewisse Themen geschwiegen werden soll, bestimme ich, dass ein Betriebshelfer ins Haus kommt."

„Na gut", brummte Jessica, „sicher wird der Karl dann wieder zum Helfen kommen, oder?"

„Ich gehe davon aus“, nickte Jochen, der auf einmal müde aussah, „morgen früh weiß ich mehr.“ Er warf einen Blick auf die Uhr und gab seiner Frau einen sanften Schubs. „Lass uns rübergehen. Gleich kommen die Nachrichten, die würde ich mir gerne noch ansehen, bevor ich ins Bett gehe.“

Auf dem Weg ins Kaminzimmer, in dem der Fernseher stand, drehte er sich in der Küchentür noch einmal zu Jessica um und zwinkerte ihr zu. „Vielleicht klappt’s ja irgendwann mal mit deinem Busenfreund Steffen, der hat doch auch keine Freundin, oder?“

„Wie?“ Jessica sah ihn verständnislos an, bevor sie realisierte, wovon er gesprochen hatte. „Okay ...“ Sie zog das Wort ironisch in die Länge. „Nur wirst du dann auf weitere Enkel verzichten müssen“, zwinkerte sie übertrieben zurück. „Ich möchte mich nicht strafbar machen. Geschwister sollten keinen Sex haben und Steffen ist wie ein Bruder für mich ... ich glaub, das sieht er ähnlich.“

3

„Papa, dein Handy klingelt! Hörst du das denn nicht?"

Alexander, der in Gedanken bereits auf der Autobahn war, schob den Staubsauger ein letztes Mal durch die möblierte Wohnung und drehte sich erschrocken zu seinem sechsjährigen Sohn Louis um, der an seinem T-Shirt zupfte und ihm das Handy entgegenstreckte. Mit dem Fuß schaltete Alexander den Staubsauger aus und nahm Louis das Telefon ab.

„Nein. Du siehst doch, dass ich sauge. Göbel", meldete er sich.

„Ah, prima, dass ich Sie erreiche, Herr Göbel. Hier spricht Thorsten Funke von der landwirtschaftlichen Alterskasse."

Was wollte der denn von ihm, dachte Alexander verwundert. Funke war oberster Chef der Gesellschaft und kümmerte sich normalerweise nicht um personelle Belange. Zumal Alexander noch nicht mal mehr auf der Gehaltsliste stand.

„Sie wundern sich sicher, dass ich anrufe", nahm Funke ihm die Frage aus dem Mund, „lassen Sie mich das erklären." Er holte tief Luft.

„Eben hat sich Herr Wackernagel, einer der größten Landwirte der Region, bei mir gemeldet. Er steckt ziemlich in der Bredouille. Er hatte einen Betriebsunfall, der ihn derart außer Gefecht gesetzt hat, dass er für mehrere Wochen ausfällt. Ausgerechnet jetzt, mitten in der Erntezeit. Er braucht dringend einen zuverlässigen Betriebshelfer.“

„Aber ich habe doch gekündigt, Herr Funke, das ...“

„Ja, das ist mir bekannt und glauben Sie mir, ich würde nicht anrufen, wenn es nicht so überaus wichtig wäre. Gibt es denn keine Möglichkeit, Sie für ein paar Wochen länger zu halten? Ihr Weggang ist ein großer Verlust für uns, aber das hat Herr Jensch Ihnen sicher schon gesagt. Was muss ich tun, um Sie davon zu überzeugen, damit Sie es sich anders überlegen? Wollen Sie mehr Geld?“

„Nein, mehr Geld hilft mir nicht weiter, obwohl ich natürlich nichts dagegen hätte, mehr zu verdienen“, lachte Alexander. „Ich habe andere Gründe. Der Job und die Bezahlung sind es nicht. Ich bin alleinerziehender Vater. Mein Problem ist, dass mein Sohn ausreichend betreut werden muss, während ich arbeite. Außerdem kommt er in die Schule. Deshalb gehe ich zurück ins Ruhrgebiet. Dort leben meine Eltern. Tja, so ist das. Sie haben Glück, dass Sie mich noch erreichen. Eigentlich sollte ich längst im Auto sitzen ...“

„Wann wird Ihr Sohn eingeschult?“

„In der zweiten Septemberwoche. Wieso?“

„Haben Sie schon eine neue Anstellung?“

„Nein ... ich wollte erst mal ...“

„Prima. Vier Wochen reichen mir. Geben Sie mir eine halbe Stunde und ich organisiere alles für Sie.

Einschließlich einer ausreichenden Betreuung für Ihren Sohn, einer anständigen Unterkunft und einer guten Bezahlung. Könnte ich Sie mit diesem Angebot ein paar Wochen länger hier halten?"

„Äh ... ja ... äh ...“

„Hervorragend. Ich melde mich gleich wieder. Bitte fahren Sie nicht los!“

Alexander seufzte und gab Louis, der die Bettmatratze zum Trampolin umfunktioniert hatte, erneut ein Zeichen, mit dem Springen aufzuhören. Natürlich ignorierte der Lümmel das, besonders deshalb, weil er spürte, wie geistesabwesend sein Vater war. Achselzuckend legte Alexander das Handy beiseite. Funkes Worte, die in ihm nachhallten, brachten ihn so durcheinander, dass er den Sauger beiseite stellte und sich rücklings auf das Bett fallen ließ, auf dem Louis weiter herumhüpfte. Er registrierte es kaum.

Was war das jetzt wieder für eine verrückte Situation? Gerade jetzt, wo er sich innerlich endlich mit seinem neuen Leben arrangiert hatte, kam so etwas. Auch wenn es für die Betreuung von Louis das Beste war, in die Nähe seiner Eltern zu ziehen, leicht fiel es Alexander nicht, zurückzugehen. Über zehn Jahre war es her, dass er aufgrund der Ausbildung zum Landwirt von zu Hause weggegangen war. Eigentlich hatte er nur ein Praktikum im Waldecker Land machen wollen und war dann hängengeblieben. Nach der Gesellenprüfung hatte er vorwiegend als Betriebshelfer gearbeitet. Das gefiel ihm. Stets in freier Natur und ständig in Bewegung. Die Hauptgründe, warum er diesen Beruf gewählt hatte. Seine Eltern – beide Angestellte in großen Firmen – konnten das bis heute nicht nachvollziehen.

Überhaupt gab es in seiner Verwandtschaft keinen einzigen Landwirt und schon gar keine Ländereien, womit die Aussichten, jemals einen eigenen Hof zu bewirtschaften, genauso wahrscheinlich waren wie ein Sechser im Lotto. Tatsächlich erlaubte sich Alexander nur selten, davon zu träumen. Allein bei dem Gedanken an die Summen, die man zur Finanzierung eines solchen Projektes bräuchte, wurde ihm schwindlig. Also gab er sich zufrieden, *lediglich* in Lohn und Brot zu stehen. Eine Stelle zu finden, war bisher nie ein Problem gewesen. Überall im Land wurden gut ausgebildete Fachkräfte gebraucht.

Wieso sollte das in seiner Heimat anders sein?

Aber was, wenn Funke tatsächlich die Voraussetzungen schaffen könnte, die er angekündigt hatte? Diese Möglichkeit eröffnete Alexander ganz neue Perspektiven und brachte ihn ordentlich ins Grübeln. Unbestritten brauchte er die Unterstützung seiner Eltern, um Louis gut betreuen zu können, doch für ihn würde das auch bedeuten, nach Jahren der mühselig erkämpften Unabhängigkeit wieder unter die Gluckenfuchtel seiner Mutter zurückzukehren.

Wo warst du? Wo willst du hin?

Wann kommst du wieder?

Meinst du, das ist gut für dich?

Es gab nichts, was sie nicht bemerkte und auch nichts, was sie unkommentiert ließ. Außerdem beteten Sabine und Frank Göbel ihren Enkel an – verständlich. Aber Alexander befürchtete, dass die Dosis Liebe, die die Großeltern zu vergeben hatten, zu hoch war, um aus Louis den Jungen werden zu lassen, der er nach Alexanders Meinung werden sollte. Ein Kind mit einem gesunden Selbstbewusstsein, das sich etwas traute und nicht ein verhätschelter Angsthase, der vor jeder Herausforderung unter die Schürze der Oma flüchtete.

Bloß, welche Wahl hatte er?

Nach einem mehr als anstrengenden Telefongespräch mit seiner Mutter fuhr er am Nachmittag durch das weit geöffnete schmiedeeiserne Tor der Familie Wackernagel. Bewusst hatte er ihr nicht alle Fakten erklärt, die nun zu Verzögerungen beim Umzug führten. Sie würde es sowieso nicht verstehen oder besser, es nicht verstehen wollen. Alexander brauchte das Geld, denn er strebte nach Eigenständigkeit. Ganz besonders, wenn es um seine Eltern ging. Sie würden ihn unterstützen, auch finanziell, wenn es sein musste, doch das wollte er auf gar keinen Fall.

Sich nach einer Parkmöglichkeit umsehend, wusste er sofort, dass es diesen Hofherrn nicht kratzen würde, ihn für vier Wochen bezahlen zu müssen. Alleine das Hoftor – kunstvoll verschnörkelt und mit langen Spitzen, die wie aufgerichtete Lanzen aussahen, verlangte nach einem zweiten Blick.

Alexander stellte den vollgepackten königsblauen Kombi schließlich vor einem riesigen Scheunentor ab und schaltete den Motor aus. Durch die offenen Autoscheiben hörte er, dass zwei Hunde – wahrscheinlich Schäferhunde – irgendwo hinter dem quadratisch angelegten Fachwerk-Gebäudekomplex anschlugen. Mit bunten Sommerblumen bepflanzte Steintröge, die zwischen Stall- und Scheunentoren platziert waren, passten harmonisch ins Bild.

Doch am meisten beeindruckte Alexander das Haupthaus. Dreistöckig und mit dunkelrotem Fachwerk. Das Weiß der Fenster und der getünchten Zwischenräume hob sich reizvoll ab und unterschied sich von der zweiflügeligen Eingangstür aus Ebenholz, die man durchaus museumsreif nennen konnte. So wie jetzt, angestrahlt von warmem Sonnenlicht, bot sich ihm ein Bild wie ein Postkartenmotiv. Meine Herren! Na, das war mal ein Hof. Einer, von dem jeder passionierte Landwirt träumte.

„Sind wir da, Papa? Boah, das ist aber schön hier!", staunte Louis mit großen Augen und beobachtete zwei Katzen, die sich im Schatten des Scheunendaches gemächlich das Fell putzten.

„Ja, wir sind da", nickte Alexander, „komm, lass uns aussteigen, wir werden erwartet."

Er nahm den Jungen, der seinen Lieblingsteddy fest unter den Arm geklemmt hatte, bei der Hand und ging auf den Hofladen zu. Dort sollte ihn Frau Wackernagel empfangen.

„Und wann fahren wir zu Oma und Opa?" Louis' Stimme klang plötzlich weinerlich.

„Dann, wenn wir den Job hier erledigt haben."

„Ich dachte, ich soll in die Schule."

„Aber erst nach den Ferien."

„Muss ich wieder zu Mama, wenn du arbeitest?"

Alexander blieb stehen und hockte sich vor Louis. Zärtlich fuhr er ihm durch die dunkelblonden Locken.

„Nein, mein Großer, du bleibst bei mir. Das habe ich dir doch versprochen, mein Schatz. Versprochen ist versprochen und wird auch nicht gebrochen. Okay?"

„Okay", nickte der Kleine mit ernster Miene. Er schien etwas beruhigt. „Dann bin ich einverstanden."

Im Laden hielten sich mehrere Frauen unterschiedlichen Alters auf. Aber welche war jetzt Frau Wackernagel? Alexander blieb vor einem Regal stehen, in dem Eier und Kartoffeln in Körben dargeboten wurden und erkundete die Lage. Nach dem, was er draußen auf dem Hof hatte sehen können, wunderte es ihn nicht, dass man auch hier drinnen sehr viel Wert auf ein ansprechendes Ambiente gelegt hatte.

„Hallo! Sie müssen Alexander Göbel sein. Ich bin Bärbel Wackernagel", kam jetzt eine sympathisch wirkende Frau auf ihn zu und streckte ihm die Hand entgegen. „Und wen haben wir da?" Sie schüttelte Alexander die Hand und beugte sich mit einem warmen Lächeln nach unten zu Louis. Die ausgestreckte Hand nahm er ihr allerdings nicht ab, sondern klammerte sich vielmehr verschreckt an das Bein seines Vaters.

„Und du bist ...?"

„Er heißt Louis und ist Fremden gegenüber ein bisschen schüchtern", beantwortete Alexander die Frage.

„Das verstehe ich sehr gut." Bärbel richtete sich wieder auf. „Das wird sich bestimmt gleich ändern. Ich habe meiner Enkelin Greta nämlich schon die Nase lang gemacht, junger Mann", zwinkerte sie Louis neckisch zu, „die freut sich wie Bolle, dass sie einen Spielgefährten bekommt. Kommt mit. Mein Mann und Greta sind im Garten hinter dem Haus."

Bevor sie vorwegging, nahm sie Alexander kurz und eindringlich in Augenschein, doch was sie dabei dachte, ließ sie sich nicht anmerken.

„Hier oben über dem Hofladen", deutete sie draußen vor dem Gebäude mit dem Zeigefinger nach oben, „befinden sich die Gästezimmer. Dort wohnt auch Jasper, unser Auszubildender. Die Zimmer zeige ich Ihnen später."

Bärbel führte sie durch eine mit wildem Wein umrankte, schmale Pergola, die zwischen dem Haupthaus und dem Gebäude, in dem sich der Laden befand, einen geschützten Durchgang sicherte. Der Weg führte zum Garten. Alexander musste blinzeln, als er aus dem Schatten trat und plötzlich auf die in helles Sonnenlicht getauchte Ziergartenfläche aus Büschen und Bäumen blickte. Perfekt angeordnet wurden sie durch eine farblich aufeinander abgestimmte Blumenpracht unterbrochen, die bunte Farbtupfer in das satte Grün zauberte. Da hatte sich aber irgendwann mal jemand richtig Gedanken gemacht, registrierte Alexander, denn der Baumbestand sah aus, als stünde er schon etliche Jahrzehnte. Mittendrin, unter dem Schatten von zwei Bäumen, befand sich eine kreisrund gepflasterte Fläche, auf der rustikale Gartenmöbel aus Holz aufgestellt waren. Und etwas weiter hinten, ebenfalls durch den Schatten zweier Bäume geschützt, zeigte sich ein wahrhaftes Paradies für Kinder. Rutsche, Sandkasten, eine lange Baumschaukel, ein runder Swimmingpool, der groß genug war, um darin schwimmen zu lernen, sowie ein Baumhaus.

Louis war genauso beeindruckt wie Alexander. Staunend blieben sie stehen und sahen sich um. Bärbel kannte diese Begeisterung wohl schon von anderen Gästen, denn ihr Gesicht verriet die Freude über das unausgesprochene Lob. Als Louis dann auch noch das kleine Mädchen entdeckte, zerrte er plötzlich ungeduldig an Alexanders Hand.

„Darf ich da hin?" Mit ausgestreckter Hand deutete er auf die Schaukel und blickte hoffnungsvoll zu seinem Vater auf.

Bärbel nickte lächelnd, als Alexander sie fragend ansah.

„Aber natürlich darfst du. Komm!", nahm sie ihm die Entscheidung ab und reichte Louis die Hand. Ohne sich noch einmal umzudrehen, ließ er sich von Bärbel mit zu dem Mädchen ziehen.

Alexander wusste vor Überraschung nicht, was er sagen sollte und trottete hinterher. Wie vertrauensselig sein sonst so zurückhaltender Sohn plötzlich sein konnte ...

„Das ist Greta", erklärte Bärbel, die sich gleich darauf vor die Kinder hockte. Sie schlang einen Arm um ihre Enkelin, die von Louis neugierig beäugt wurde. „Schätzchen, das ist Louis, er wird jetzt für eine Weile bei uns wohnen. Vielleicht zeigst du ihm mal deine Sachen. Dann könnt ihr miteinander spielen, hm?"

Greta nickte begeistert und ergriff sofort Louis' Hand. Ohne auch nur eine Sekunde zu zögern, ließ sich sein Sohn, den Alexander nicht wiedererkannte, von dem Mädchen mitziehen und rannte mit ihr in einer Eintracht leise schwatzend hinüber zur Schaukel, als würden sie sich ewig kennen.

Gedankenverloren blickte Alexander hinterher und räusperte sich, als er den wachsamen Blick bemerkte, mit dem der Chef des Hauses ihn musterte.

„Entschuldigung ... ich ...", reichte er ihm die Hand.

„Herr Göbel, nicht wahr?" Jochen tat Alexanders Rechtfertigung mit einem Kopfschütteln ab. „Schon gut. So ist das, wenn Kinder dabei sind. Die stehlen uns Alten immer die Show. Ich bin Jochen Wackernagel." Er reichte ihm die linke Hand und deutete mit dem Kinn auf seinen lädierten rechten Arm, der von der Schulter bis zum gebrochenen Handgelenk bandagiert war und in einer Schlinge steckte. „Das ist der Grund, warum wir Sie hier so dringend brauchen."

„Ja, das habe ich schon von Herrn Funke gehört." Alexander schlug ein. Es folgte ein typischer Von-Mann-zu-Mann-Augen-Check-up. Er erkannte in Jochen sofort einen Mann der Tat, einen, der wusste, wovon die Rede war und dem man nichts vormachen konnte. Dafür brauchte es nicht viele Worte, denn Jochen strahlte auf eine sympathische Weise Autorität aus. Er war kein Mann, der es nötig hatte, auf den Putz zu hauen. Das Umfeld, in dem er sich befand, sprach für sich.

„Setzen Sie sich doch bitte." Bärbel rückte Alexander den Stuhl zu Jochens Linker zurück und schob die Papiere zusammen, die auf dem Tisch herumlagen, bevor sie sie gemeinsam mit zwei Ordnern auf einem Beistelltisch ablegte. „Während ich uns eine Kleinigkeit aus der Küche hole, könnt ihr euch schon mal kennenlernen."

Bärbel erinnerte Alexander an seine ehemalige Chefin, die Bäuerin, auf deren Hof er gelernt hatte. Kurze brünette, leicht gewellte Haare, die von ganz dezenten Strähnchen in einem warmen Rot durchzogen waren. Pfiffig, jedoch nicht zu modisch. Sie war nicht dick, aber auch nicht superschlank. Eben eine Frau in mittleren Jahren, die sich ihre Natürlichkeit bewahrt hatte und damit für ihr Alter durchaus attraktiv war.

Beschwingt lief sie eine steile Holztreppe hinauf, die zu einer überdachten Veranda führte. Wahrscheinlich kam man von da aus in die Küche, sinnierte Alexander. Von der hochsommerlichen Wärme spürte man unter dem Laubdach des riesigen Baumes kaum etwas. Ein laues Lüftchen sorgte zusätzlich für Abkühlung. Eine Wonne, an diesem idyllischen Ort entspannen zu können. Erleichtert, wie schnell sich Louis mit Greta angefreundet hatte, wandte er sich dem Hausherrn zu. „Ein schönes Plätzchen haben Sie hier."

„Ja, das finden wir auch. Besonders bei diesen Temperaturen kann man es hier gut aushalten."

Jochen nahm seiner Frau, die mit zwei vollbepackten Henkelkörben zurückkam, einen ab und begann, das Geschirr, das sie darin transportiert hatte, umständlich mit der linken Hand zu verteilen. Bärbel schüttelte mit dem Kopf, nahm ihm den Teller ab und deckte schließlich den Tisch mit dem restlichen Geschirr, Kaffee und Rührkuchen ein. Aufmerksam sah sie zwischen den Männern hin und her.

„Ihr habt noch nichts besprochen, oder?"

„Nein, ich finde es besser, wenn du dabei bist. Sonst muss uns Herr Göbel alles zweimal erzählen", erwiderte Jochen gelassen.

Bärbel schmunzelte. „Jetzt bin ich ja da. Dann legt mal los."

Alexander setzte sich gerade auf. „Für eine ordentliche Bewerbung ging alles ein bisschen fix. Wenn Sie mich also befragen würden, was Sie von mir wissen möchten …"

„Vielleicht ist es besser, wenn ich Ihnen zuerst erzähle, was uns Thorsten Funke über Sie berichtet hat. Uns ist einiges bereits bekannt." Jochen fixierte Alexander. „Wir sind seit vielen Jahren gute Partner, nur deshalb hat er Sie überhaupt in dieser Angelegenheit angesprochen. Er weiß um unsere Verhältnisse und welche Ansprüche wir an einen Betriebshelfer haben."

„So etwas habe ich mir schon gedacht", nickte Alexander, „ich war erstaunt, wie schnell er Formalitäten, Unterkunft, aber vor allem die Situation mit Louis, also der Kinderbetreuung, regeln konnte."

„Weil er unsere Familie und die Umstände sehr gut kennt. Ein Kind ist für uns nie ein Problem." Bärbels Augen bekamen einen warmen Glanz, als sie rasch zu den Kindern hinübersah, die gerade das Baumhaus für sich entdeckt hatten und schnatternd die gesicherte Leiter hinaufkletterten. „Greta war überglücklich, als wir ihr erzählt haben, dass ein kleiner Junge zu Besuch kommt."

„Herr Funke hat mir gegenüber nichts von Kindern erwähnt ... aber für Louis ist das natürlich ganz wunderbar. Er hat in den letzten Monaten einiges verkraften müssen ..."

„Hm ... um auf Ihre Frage, was wir wissen möchten, zurückzukommen...", Jochen nahm Alexander ruhig ins Visier, „...über Ihre beruflichen Qualifikationen brauchen wir nicht zu sprechen, die sind ausgezeichnet, wie mir berichtet wurde. Aber Sie werden verstehen, dass ich gern ein bisschen mehr über Sie persönlich erfahren möchte. Wir sind ein Familienbetrieb, da behandeln wir die Betriebshelfer während ihres Aufenthaltes auf unserem Hof wie unsere eigene Familie.

Und weil nun alles ziemlich schnell gehen musste und wir auf den ganzen Schriftverkehr verzichtet haben, wollen wir Sie gern noch ein bisschen näher kennenlernen, um einen Eindruck zu bekommen, wer die nächsten Wochen bei uns wohnt.“

„Ja, natürlich ... Herr Funke hat Ihnen noch nichts erzählt?“

„Nur, dass Sie gekündigt haben, weil Sie mit Ihrem Sohn zurück nach Nordrhein-Westfalen wollen ... na ja, und dass Sie alleinerziehend sind“, räumte Bärbel ein, „mehr nicht.“

„Tja, mehr gibt’s da eigentlich auch nicht zu erzählen. Ich habe meine Ausbildung in Frankenberg gemacht und arbeite seit einigen Jahren für die Alterskasse. Die Zeugnisse zeige ich Ihnen später. Aus denen können Sie entnehmen, dass ich Arbeit und Privatleben strikt trenne.“ Alexander seufzte. „Ich möchte Sie nicht mit meinen Privatangelegenheiten behelligen und ich versichere Ihnen, dass wir so unauffällig sind, dass Sie uns kaum bemerken werden ...“

Er brach ab, als er eine junge Frau erblickte, die mit federnden Schritten die Verandatreppe heruntergelaufen kam. Das lange brünette Haar wippte bei jeder Stufe mit. Einzelne, von der Sonne ausgebleichte Strähnen fielen ihr dabei ins Gesicht, was ihre klaren Züge reizvoll umspielte. Eine ungeheure Energie ging von ihr aus, weshalb es ihm schwerfiel, den Blick von ihr abzuwenden.

„Ah, das passt gut“, lachte Jochen auf, „dann können Sie auch gleich unsere Tochter kennenlernen. Sie musste nur ein Restaurant außer der Reihe beliefern.

Das kommt bei dem Wetter häufiger vor, dass denen das Grillfleisch ausgeht."

„Hallo, bin wieder zurück", rief die auffallend gut aussehende Frau, während ihr Blick hinüber zur Spielecke ging. „Greta, Schätzchen, ich habe dir was mitgebracht …"

Sie stockte, als sie ihre Tochter, die jetzt völlig versunken mit Louis im Sandkasten spielte, entdeckte. Ihr Blick erreichte Alexander, der sie noch immer ansah. Sie sah sofort wieder weg. Erst jetzt schien sie zu erfassen, dass der kleine Junge nicht der einzige Gast war und blieb ruckartig stehen. Die bunte Box, die sie in der Hand hielt, schwankte bedenklich.

„Oh, wir haben Besuch!" Sie wirkte mehr als überrascht und brauchte einen Moment, um sich zu sammeln. „Äh … das macht aber nichts, das Eis reicht auch für zwei Kinder."

Das ist also die Tochter des Hauses, dachte Alexander – Gretas Mutter. Ohne Zweifel eine sehr attraktive Frau, registrierte der Mann in ihm. Drahtig und trotzdem feminin. Ihr fein geschnittenes Gesicht, die hohen Wangenknochen und der volle Mund beeindruckten ihn mehr, als es gut für ihn war. Aber auch ihre schlanken, braun gebrannten Beine, die durch den Jeansmini erst richtig zur Geltung kamen, konnten sich sehen lassen.

Sie blieb vor dem Tisch stehen. Ein Paar grau-grüne Augen, umrandet von dichten Wimpern, nahmen ihn forschend unter die Lupe. Schon zuvor – noch auf der Treppe – hatte er kurz den Eindruck gehabt, sein Anblick hätte sie für einen winzigen Moment aus der

Fassung gebracht. Doch so kühl, wie sie ihn jetzt musterte, musste er sich geirrt haben.

„Herr …“ Ihr Händedruck war kurz und fest.

„Alexander Göbel“, lächelte er sie freundlich an, bekam aber nur die verkrampfte Andeutung eines Lächelns zurück.

Was war das, was er da in ihrem Gesichtsausdruck ausmachte? Panik? Völlig abstrus. Er verwarf die Idee. Vor was sollte eine Frau aus solchen Verhältnissen Angst haben, abgesehen davon, dass sie auf ihn nicht wirklich ängstlich wirkte. Und außerdem: Was kümmerte ihn, was die Tochter des Hauses für Probleme hatte? Seine eigenen reichten ihm allemal.

„Greta“, rief sie hinüber, „kommst du? Das Eis schmilzt. Bring deinen Freund mit. Ich habe deine Lieblingssorte mitgebracht.“

Sofort setzten sich die Kinder in Bewegung.

„Ich laufe nur noch mal schnell in die Küche“, erklärte Jessica, „muss noch ein zweites Schälchen besorgen, damit ich teilen kann. Wie heißt der Kleine eigentlich?“

„Louis, aber das müssen Sie doch nicht, Frau …“

Jessica blinzelte ihn stirnrunzelnd an. „Doch natürlich … sie muss lernen zu teilen. Keine Sorge, das Eis reicht für zwei.“

„Aber du musst doch nicht in die Küche laufen. Ich habe Geschirr und Besteck mitgebracht“, rief Bärbel dazwischen, „wir brauchen keine Extraschälchen mehr.“

„Umso besser“, nickte Jessica und lächelte den Kindern, die jauchzend herbeigelaufen kamen, entgegen.

Bestimmt hatte sie nicht bemerkt, dass er sie indirekt nach ihrem Namen gefragt habe, mutmaßte Alexander.

Und sicher war das zweite Kind schon unterwegs, wenn Greta lernen sollte zu teilen. Unwillkürlich suchte er nach einem Ring. Doch ihre schlanken Finger waren nackt. Außer einer zierlichen Silberkette, die ihr ansehnliches Dekolleté über dem Ausschnitt der ärmellosen Hemdbluse schmückte, trug sie keinen Schmuck. Ein „J“ als Anhänger? Hm, welcher männliche Vorname damit wohl gemeint sein konnte?

Sie verteilte das Eis auf zwei Untertassen. „Setzt euch. Im Stehen bekleckert ihr euch nur." Sie rückte zwei der insgesamt sechs Stühle nebeneinander, sodass die Kinder zusammensitzen konnten.

Alexander tippte seinen Sohn sachte an, als der sich gleich über das Eis hermachen wollte. „Ich denke, du hast was vergessen, Louis."

Der Junge sah schuldbewusst zu der Tochter des Hauses auf. „Dankeschön. Ähm ... für das Eis, meine ich", murmelte er kleinlaut, wobei er gleichzeitig den Löffel in die cremige Masse tauchte und das Schälchen nicht aus den Augen ließ.

„Lass es dir schmecken." Jessica zwinkerte Louis zu und stellte die zweite Untertasse vor Greta ab, die sich gleichfalls mit einem glücklichen Seufzer über die kühle Creme hermachte. „Ich verstehe das", nickte sie dem Jungen zu, „bei Eis kann ich auch nie widerstehen." Sie wandte sich ihrem Vater zu, der sie aufmerksamen betrachtete. „Sollte Karl nicht heute kommen?"

Die Blicke ihrer Eltern trafen sich kurz, so als wollten sie wortlos abstimmen, wer von beiden diese Frage nun beantworten sollte.

„Der wäre auch hier, wenn er nicht wegen seiner Silberhochzeit durchs Mittelmeer schippern würde", erklärte schließlich Bärbel, „aber dafür ist ja nun Herr Göbel da.“

Jochen räusperte sich. „Jessie …“

„Wie? Aber …“ Jessica ignorierte, dass ihr Vater etwas erklären wollte, verstummte jedoch abrupt, als ihr klar wurde, was das bedeutete. Eine tiefe Falte, die sich augenblicklich über ihrer Nasenwurzel bildete, deutete nicht nur auf ihr Unverständnis, sondern auch auf ihren Unwillen hin. Wie von selbst bohrten sich ihre Augen für einen atemlosen Augenblick in Alexanders bernsteinfarbene. Dass er so amüsiert wirkte, trug nicht unbedingt dazu bei, dass das seltsame Gefühl, das sich in Jessicas Magengegend aufbaute, weniger wurde. In seiner unübersehbaren männlichen Pracht irritierte er sie mehr, als sie sich eingestehen wollte, obwohl ihr die Art, wie er mit seinem Sohn umging, sehr gefiel. So einfühlsam. Genau, wie sie es von ihrem Vater in Erinnerung hatte. Eigentlich bis heute. Trotzdem! Wie sollte das funktionieren? Ein Betriebshelfer, der seinen Sohn im Schlepptau hatte. Kam die Mutter jetzt auch noch hinterher, oder was?

„Ich verstehe nicht …“, brachte sie schließlich hervor.

Nun bildete sich auf Alexanders Stirn eine steile Falte. „Wie? Ich dachte, Herr Funke hätte über meine Umstände keinen Zweifel gelassen“, wunderte er sich.

„Hat er auch nicht.“ Jochen legte die Kuchengabel zur Seite. „Nur – weil alles so schnell gehen musste, gab es leider noch keine Gelegenheit, die Details im Familienrat zu besprechen. Durch meinen Unfall sind wir alle, auch Jasper, unser Auszubildender, den Sie nachher kennenlernen werden, bis zum Anschlag mit Arbeit ausgelastet. Da blieb nicht mehr viel Zeit zum Reden.

Das Wichtigste ist doch erst mal, dass für Louis gesorgt ist. Er wird mit in den Kindergarten gehen. Darum hat sich meine Frau sofort gekümmert. Sie wird ihn danach genauso wie Greta betreuen und über die Unterbringung und Verpflegung müssen wir nicht reden. So, und damit sind meiner Meinung nach alle Probleme aus der Welt."

„Welche Umstände?" Jessica ärgerte sich, dass ihre Stimme so hoch klang. Warum musste sie auch immer erst alles im Nachhinein erfahren?

„Okay", räusperte sich Alexander, „ich wollte dazu eh – bevor Sie dazukamen – was sagen." Er warf einen besorgten Blick auf Louis. „Allerdings wäre es mir lieber, wir könnten das etwas vertagen ..." Mit einer Kopfbewegung deutete er auf die Kinder.

„Aber natürlich", kam es wie aus einem Munde von Bärbel und Jochen. Jessica nickte nur, verstand aber nur so viel, dass er den Jungen – mit was auch immer – verschonen wollte.

Nachdem die Kinder die Teller mit einem frechen Grinsen im Gesicht bis auf den letzten Klecks abgeschleckt hatten, rannten sie kichernd und schnatternd zurück zum Minispielplatz.

„Wie schon gesagt", fing Alexander an zu sprechen, „ich bin alleinerziehend." Mit der Kuchengabel, die er in der Hand hielt, zerdrückte er letzte Krümel auf dem Teller und man sah, dass es ihm nicht leichtfiel, darüber zu reden. „Das ist seit zwei Monaten amtlich besiegelt." Er räusperte sich und schwieg einen Moment.

„Mehr gibt es dazu eigentlich nicht zu sagen. Höchstens noch ... dass es nett wäre, wenn Sie Louis nicht auf seine Mutter ansprechen würden. Er hat immer noch Angst, dass er wieder zu ihr zurück muss …“

„Um Himmels willen!“, entfuhr es Bärbel. „Was hat sie denn mit dem Jungen gemacht? So ein lieber Bengel.“

„Besser wäre die Frage, was sie nicht gemacht hat …“

„Sie … sie hat ihn vernachlässigt? Wollte sie das Kind etwa nicht?“ Sofort nachdem die Worte ausgesprochen waren, hob Jessica die Hand. „Entschuldigung, das ist mir so rausgerutscht. Ich wollte nicht indiskret sein …“

„Ach, wissen Sie“, Alexander machte eine wegwerfende Handbewegung, „nachdem ich meine Privatangelegenheiten monatelang vor dem Jugendamt ausgebreitet habe, ist mir fast gar nichts mehr peinlich. Und weil Ihr Vater vorhin meinte, er wüsste gerne, wer unter seinem Dach schläft, will ich Ihnen das nicht verschweigen. Ich dachte nur, dass Herr Funke …“

„Nein“, Jochen schüttelte den Kopf, „darüber hat er nicht gesprochen. Er wollte Ihnen da sicher nicht vorgreifen. Er hasst Tratsch.“

„Okay, dann will ich’s hinter mich bringen. Louis ist ein Wunschkind“, erklärte Alexander leise. Sein Atem ging flach und er vermied es, jemanden anzusehen. „Nur, dass da kein falscher Eindruck entsteht“, fuhr er fort, „doch leider entwickelte sich das gemeinsame Leben mit seiner Mutter nicht so, wie ich mir das erhofft hatte. Nun bin ich allein für ihn verantwortlich. Mehr gibt’s da nicht zu erzählen.“

Dass die Dinge längst nicht so harmlos gewesen sein konnten, wie er das Glauben machen wollte, hörte man allein an der nahezu tonlosen Stimme, mit der er sprach.

Für einen Moment herrschte Schweigen am Tisch.

Jessica nutzte die Gelegenheit, ihn zu betrachten. Er bemerkte es nicht, weil er noch immer auf seinen Kuchenteller starrte. Sie war kräftige Kerle um sich herum gewohnt. Ihr Vater war ein Hüne von Mann und Jasper entwickelte sich genauso. Doch darüber hinaus war Alexander mehr als nur groß und kräftig. Er war ... sexy. Von der Sonne gebräunt – völlig normal, wenn man den Großteil des Tages im Freien verbrachte – wirkte er ein bisschen schlaksig, anziehend jungenhaft und kam somit ganz ohne jedweden modischen Schnickschnack aus. Etwas, das Jessica ganz besonders an einem Mann mochte. Wache Augen und ein anziehendes Lächeln machten seine Gesichtszüge erst richtig attraktiv. Das dichte dunkelblonde Haar trug er kurz und ohne einen speziell angesagten Schnitt. Über den Ohren und im Nacken kräuselte es sich ein wenig und machte den Gesamteindruck eines Naturburschen, der mit sich selbst im Reinen war, perfekt. Ein Mann, dessen unterschwellige erotische Ausstrahlung die Fantasie jeder Frau beflügelte, da war Jessica sich sicher. Nur wollte es ihr nicht in den Sinn, dass es eine Frau gab, die einen solchen Kerl einfach gehen ließ. Einen, der sich um sein Kind kümmerte, seinem Beruf nachging und ganz nebenbei noch eine echte Sahneschnitte war. Und was für eine!

Stopp! Was sollte das werden? Ein Dennis-Revival? Herzlichen Glückwunsch. Nur der dümmste Esel trampelte zweimal ins selbe Loch. Und bloß, weil dieser Typ nett zu seinem Sohn war, was jeder andere weniger ansehnliche Kerl, der sich Vater nannte auch hinbekam, würde sie nicht gleich vor Ehrfurcht in Ohnmacht fallen. Die Sache konnte doch nur einen Haken haben, mutmaßte sie.

Jessica atmete die unbewusst angehaltene Luft unauffällig aus. Jetzt musste eine Strategie her, wie sie ihm in der nächsten Zeit – verdammte vier Wochen – so selten wie möglich über den Weg lief.

Ihr Vater würde sich um ihn kümmern müssen, schließlich war er der Chef auf dem Hof und reden und erklären konnte er sowieso am besten. Puh, das war schon mal gut. Bestimmt wollte er Alexander alles selbst zeigen, beruhigte sie sich insgeheim. So hatte er es immer gehalten.

„Wir freuen uns jedenfalls sehr, dass Sie da sind", durchbrach Bärbel den Moment, in dem keiner gesprochen hatte, „nicht wahr, Jochen?"

Wieso musste ihre Mutter immer so furchtbar einen auf familiär machen?

„Aber na klar ... ähm, wo wir gerade so schön zusammensitzen und nun alle Formalitäten geklärt haben ..." Jochen richtete sich auf und hielt Alexander die gesunde Hand zum Einschlagen hin. „Üblicherweise verzichten wir auf dem Hof auf die Etikette. Es hat sich im Tagesgeschäft einfach nicht bewährt – Jochen", lachte er und zeigte auf die beiden Frauen. „Bärbel und Jessica."

Scheiße, auch das noch. Das „*Sie*"wäre Jessica so viel lieber gewesen.

„Alexander. Ja, so kenne ich das auch von anderen Höfen." Er schlug ein und reichte auch den beiden Frauen die Hand, was Jessica am liebsten verweigert hätte, aber ihr Anstand verbot es ihr.

„So, dann wird's Zeit, dass du den Hof und deine Unterkunft kennenlernst. Jessie kann dir alles zeigen und erklären. Sie ist übrigens studierte Agraringenieurin und hat den Hof mit ihren Ideen in das 21. Jahrhundert befördert." Jochen erhob sich. „Wir sehen uns zum Abendbrot. Ach ja, die Mahlzeiten nehmen wir gemeinsam ein. Bärbel ist die Chefin, wenn es um Küche und Hofladen geht. Sie wird dir sagen, zu welchen Zeiten wir essen."

„Aber ...", protestierte Jessica, „... ich hatte Jasper versprochen, dass ich ihm auf dem Feld helfe, er ..."

„Na, das passt doch prima. Da kannst du Alexander gleich mitnehmen", antwortete Jochen unbeirrt, „dann weiß er wenigstens, wo er morgen hin muss. Aber vorher zeigst zu ihm den Hof."

Dankbar über die Anwesenheit der Kinder, die sich nicht davon abbringen ließen, bei der Hofbesichtigung dabei zu sein, versuchte Jessica, die Neuigkeiten zu verdauen. Ein Betriebshelfer, der ohne Übertreibung Mister August des Bauernkalenders sein könnte. Na toll, ein gefundenes Fressen für die liebe Dorfgemeinschaft!

Habt ihr die Aushilfe von den Wackernagels schon gesehen? Hihi, wenn der mal nicht Jessicas Lustknecht wird! Die Arme, das wird aber auch Zeit, wo sie doch so lange ohne Mann war. Die ist doch bestimmt kurz vorm Austrocknen, haha ...

Tatsächlich schlugen Jessicas Hormone Purzelbäume, wenn sie Alexander nur ansah. Gegen die unwiderstehliche Männlichkeit, die er ausstrahlte, war ihre Vernunft machtlos. Verdammt, warum musste

Karl auch ausgerechnet jetzt auf Silberhochzeitsreise sein?

Um sich nichts anmerken zu lassen, führte sie Alexander betont geschäftsmäßig durch die Ställe und Scheunen. Erklärte die Abläufe und berichtete ihm über die Rinderzucht und den Vertrieb. In dem Bereich, wo die Kälber untergebracht waren, gerieten die Kinder in Verzückung und wieder konnte sie beobachten, wie liebevoll er mit seinem Sohn, aber auch mit Greta umging.

Alexander hörte aufmerksam zu und schwieg die meiste Zeit. Keine Prahlerei über bisherige Anstellungen oder über bereits angeeignetes Fachwissen. Nichts. Lediglich an der Art, wie er Fragen stellte, erkannte sie, dass er etwas von seinem Handwerk verstand. Es ging um Aufzucht, Haltung, Vertrieb und Vermarktung. Also um mehr, als nur Ställe auszumisten und für ausreichend Futter zu sorgen.

Während sie über das Gelände streiften, bemühte sich Jessica um größtmöglichen Abstand zu ihm. Er zeigte sich nur für einen Atemzug irritiert, weil sie es durchweg vermied, ihm in die Augen zu sehen. Doch auch in dieser Situation verriet er mit keiner Regung, was er darüber dachte. Er blieb gelassen, geradezu professionell freundlich, während ihr aufgewühltes Herz vor Aufregung Purzelbäume schlug. Normalerweise war es nicht Jessicas Art, so unhöflich zu sein, doch Alexander verunsicherte sie derart, dass sie sich nicht anders zu helfen wusste. Jetzt rächte sich, dass sie die letzten Jahre wie eine Nonne gelebt hatte und jedem Mann, der jünger als ihr Vater war, systematisch aus dem Wege gegangen war. Eine bewusste Entscheidung, weil sie sich für keinen Mann dieser Welt mehr zum Affen machen wollte.

Die Sehnsucht nach Nähe und Zärtlichkeit brach sich nur nachts in ihren Träumen Bahn. Und das immer häufiger. Die Idee, sich mechanisch zu beglücken, war ihr natürlich auch schon gekommen. Heutzutage war das schließlich überhaupt kein Problem mehr. Hoch lebe der Versandhandel mit diskreter Verpackung. Dumm nur, dass es so etwas wie ein Briefgeheimnis für Pakete im Hause Wackernagel nicht gab. Dafür kamen Tag für Tag zu viele Lieferungen für den Hofladen. Wie sollte sie da ihrer Mutter beibringen, dass sie das *ganz neutral* gehaltene Päckchen, das, wo gar nichts draufstand außer Jessicas Adresse, bitte nicht zu öffnen hatte. Ganz zu schweigen davon, dass auch Traudel alles, was wie ein Paket aussah, aufriss. Und der Postbote lieferte immer in den Laden. Ohne Ausnahme. Sehr praktisch für ihn, denn dort fand er stets einen Abnehmer.

So, da stand Jessica nun mit ihrem Talent für die richtigen Männer und musste zusehen, wie sie mit der Kleinigkeit klarkommen sollte, dass jetzt ein Exemplar auf dem Hof leben würde – wenn auch nur vorübergehend – das sie mit seiner bloßen Anwesenheit in den Wahnsinn trieb.

Nach der Führung blieben die Kinder im Garten, wo Jochen sie beaufsichtigte. Bärbel half Traudel im Laden und Jessica und Alexander fuhren zu Jasper aufs Feld.

Auch am Abend fand Bärbel keine Zeit, um Alexander und seinen Sohn zu ihrer Unterkunft über dem Hofladen zu bringen. Sie wolle lieber den Abendbrottisch vorbereiten, erklärte sie. Greta, Louis und Jessica halfen dabei, Alexanders Kombi auszuräumen und kamen mit Reisetaschen bepackt im Gästezimmer an. Vater und Sohn staunten nicht schlecht über das in sonnengelb gehaltene, geräumige Zimmer, das mit Möbeln aus Kiefernholz bestückt war. Aber vor allem freuten sie sich aber über das frisch gemachte Bett. Für Louis hatte Bärbel ein Bettsofa zu einem Kinderbett umgewandelt.

„Oh, und das ist meins?", rief der Kleine euphorisch und rannte los, um sich in die Kissen zu stürzen.

„Stopp, mein Freund!" Alexander schnappte ihn sich am Kragen. „Aber nicht mit Schuhen! Und außerdem gehen wir auch nicht ungewaschen ins Bett. Was soll denn die Greta von dir denken?"

„Aber das ist ja meine Bettwäsche!", rief die und starrte auf das Motiv von Benjamin Blümchen. Dabei klang sie ein wenig entrüstet.

„Das bleibt ja auch deine." Jessica hob hilflos die Schultern und musste über Louis' resignierten Gesichtsausdruck schmunzeln. „Greta meint das nicht so. Sie borgt dir die Bettwäsche gerne." Sie strich ihm über den Kopf und hielt ihm die Hand hin. „Du hast doch bestimmt auch Hunger, oder? Komm! Jetzt gibt's erst mal Abendbrot. Greta, du auch. Wir gehen. Du weißt, was vorher noch zu tun ist."

„Jaja, schon wieder Händewaschen", seufzte die Kleine und verdrehte dabei drollig die Augen.

Jessica erhaschte Alexanders Blick, der sich genauso wie sie über Greta amüsierte. Für einen Augenblick waren ihre Vorbehalte wie weggeblasen und sie konnte ihn völlig unvoreingenommen ansehen. Sie lachte ihn unbeschwert an und er lachte zurück.

Es war ein Moment, in dem sie sich eingestand, dass sie gerne ein Teil einer richtigen Familie wäre: Vater, Mutter, Kind. So wie sie es als kleines Mädchen mit ihren Freundinnen gespielt hatte. Ein Wunschtraum, den sie normalerweise verdrängte. Als ihr das bewusst wurde, wandte sie sich abrupt ab und gab den Kindern das Zeichen zum Mitkommen. Louis zögerte einen Augenblick, ließ sich dann aber doch von Greta mitziehen.

„Dann ist ja alles klar." Jessica klang gefasst, obwohl sie einen dicken Kloß im Hals verspürte. „Wir sehen uns in einer Viertelstunde zum Abendessen."

Als Alexander in die Küche kam, saßen schon alle um den großen, üppig gedeckten Tisch. Louis hockte seitlich neben Greta auf der Eckbank. Auf dieser hatte auch Jochen vor Kopf Platz genommen. Alexander rutschte zu seinem Sohn. Damit saß er Jessica gegenüber, die neben Jasper die andere Längsseite belegte. Der letzte Stuhl vor Kopf war Bärbels Stammplatz.

„So, jetzt wird sich gestärkt." Sie reichte den Brotkorb mit herrlich duftendem Roggenbrot herum, bevor auch sie sich setzte.

Jochen verwies auf die Getränke. „Greift zu. Bei uns muss keiner hungrig vom Tisch gehen, auch wenn man bei Jasper meinen könnte, er bekäme hier nichts zu essen, so ausgehungert wie er immer ist", lachte er und nahm sich selbst eine Scheibe.

Jasper grinste mit vollem Mund und deutete nur auf sein beladenes Brett. „Ich kann doch auch nichts dafür, dass ich immer so viel Hunger habe." Er schlug sich auf den flachen Bauch. „Ich kann essen, soviel ich will. Da bleibt nichts hängen."

Nachdem Alexander seinen Sohn mit einem Käsebrot versorgt hatte, langte er selber zu.

Die Gespräche plätscherten eine Weile über dies und das dahin, bis Jochen von den Wagyū-Rindern erzählte.

„Ehrlich gesagt habe ich mit dieser Rasse bisher überhaupt keine Erfahrungen sammeln können", räumte Alexander ein.

„Das macht nichts", erklärte Jochen. „Das, was du wissen musst, erzählen wir dir schon. Jasper hatte auch ganz schnell raus, auf was man achten muss. Wie ist es heute draußen überhaupt gelaufen?", wandte er sich dem Auszubildenden zu. „Du hast noch gar nichts erzählt."

„Hm", brummte der nur und beeilte sich, den Mund leer zu essen. „Soweit ganz okay. Die Gerste haben wir im Sack. Der Hubert, der den Mähdrescher verleiht, meinte, dass alles nach Plan läuft."

Alexander hörte zu und kümmerte sich darum, dass sein Sohn etwas zu sich nahm. Die gesellige Runde faszinierte Louis so sehr, dass er darüber vergaß, ins Brot zu beißen. Er aß nicht gern, noch nicht mal Süßes.

„Und sonst? Gibt's noch was?" Jochen nahm einen tiefen Schluck aus dem Glas.

Jasper starrte in die Luft und überlegte. „Nö, eigentlich nichts. Nee, alles Wichtige habe ich vorhin erzählt ... warte, äh ... voll krass ist nur, dass mir der Berti ständig vor den Füßen rumläuft. Der hat mich die Woche schon das dritte Mal vollgetextet, echt jetzt. Der nervt. Für so einen Quatsch hab ich keine Zeit. Ich weiß gar nicht, was der andauernd von mir will. Erzählt mir, was er für ein erfolgreicher Bauer wäre, und was er alles erntet und verkauft. Was soll ich damit? Mir doch egal. Er will übrigens auch herkommen und dir seine Hilfe anbieten ...“

Bärbel sah Jochen alarmiert an.

Jessica bemerkte den Blick und wusste, dass es zwischen ihren Eltern wieder eine Art geheimes Übereinkommen gab, das außer ihnen niemand erfuhr.

„Hat er sonst noch was gesagt?“ Ihre Mutter klang irgendwie kampflustig.

Den Ton kannte Jessica. „Kannst du uns vielleicht auch mal einweihen? Du weißt doch was!“

„Ach nur Gerede“, beschwichtigte Bärbel, „Edda hat da was erzählt.“

„Seit wann pflegst du denn Kontakte zu Edda?“ Jessica zog ironisch eine Augenbraue hoch und spürte deutlich, dass Alexander sie beobachtete.

„Ich pflege keinen Kontakt zu Edda. Gott bewahre“, rief Bärbel, „aber was soll ich denn machen, wenn sie uns besucht? Ich kann ihr doch nicht die Tür vor der Nase zuknallen. Das würdest du auch nicht tun.“

„Nein, natürlich nicht. Ach, mir doch auch egal“, brummte sie und ignorierte Alexanders Blick, „ich kann Edda einfach nicht leiden und den Berti noch viel weniger.“ Sie unterstrich die Aussage mit einer wegwerfenden Handbewegung und betrachtete dann versonnen die Kinder, die inzwischen leise murmelnd spielten. Greta hielt ihren Bären gegen den von Louis, so als würden die Stofftiere sich küssen.

Bärbel betrachtete die Szenerie mit Verzückung und rief: „Die haben sich aber lieb ...“

„Hm“, Louis nickte, „Ja, so wie ...“ Er verstummte und sah sich fragend in der Runde um, bevor er seine neue

Freundin betrachtete. „Wo ist eigentlich dein Papa?", wollte er plötzlich wissen.

Greta, die sich über die Frage zu amüsieren schien, sah Louis verdutzt an und zeigte prompt mit ausgestrecktem Arm auf ihren Opa.

„Da ... mein Opi ist mein Papa", lachte sie, als hätte Louis einen Witz gerissen.

Betretenes Schweigen legte sich über die Tischrunde.

Louis, der inzwischen Gretas Antwort überdacht hatte, schüttelte zurückhaltend den Kopf und brummelte vor sich hin: „Aber das geht doch gar nicht. Ein Opa ist ein Opa und ein Papa ist ein Papa ..."

„Ja, das zum Thema", resümierte Jessica trocken und für alle hörbar, dabei sah sie Alexander provokant an. „Wie du siehst, hat jeder so seine Baustellen."

Sie gab Greta das Zeichen zum Aufbruch. „So, mein Fräulein, du darfst jetzt gute Nacht sagen. Ich höre nämlich schon die ganze Zeit, wie Bunny von oben aus deinem Bett ruft. Hörst du ihn auch?"

Alle bis auf Louis, der sich erst mal vergewisserte, dass er seinen Bären noch im Arm hatte, schmunzelten, als Greta vehement mit dem Kopf schüttelte.

„Nein, du schwindelst, ich habe nichts gehört. Bitte bitte, ich bin auch gar nicht müde. Kein bisschen", versuchte die Kleine zu schäkern und schaute ihre Mutter herzerweichend drollig an. Doch Jessica schüttelte genauso vehement und unerbittlich mit dem Kopf.

„Bunny? Wer ist das?", interessierte sich Louis.

„Das ist Gretas Betthase", antwortete Jessica.

Als Jasper zu lachen anfing und Jochen und Bärbel schmunzelten, ging auch ihr die Doppeldeutigkeit der Bemerkung auf.

„Was gibt's da zu grinsen, hä?", lachte sie frech und überspielte die Verlegenheit, die sie nur deshalb verspürte, weil Alexander mit am Tisch saß. „Jedes Mädel sollte so einen Hasen haben".

Dass sich der Neuzugang eine Reaktion verkniff, war ihm anzusehen, denn seine Mundwinkel verirrten sich nur für den Bruchteil einer Sekunde in Richtung Ohren.

Alexander bemühte sich tatsächlich, eine neutrale Miene zu wahren. So gut kannte er die Familie noch nicht, dass er es wagen würde, sich so vertrauensselig und anmaßend zu geben. Außerdem musste er erst mal verarbeiten, dass seine reizende Juniorchefin möglicherweise noch zu haben war. Auch wenn sie ihm das Gefühl gab, Luft für sie zu sein und er im Prinzip auch auf gar nichts aus war, wusste er, dass Jessica Wackernagel eine nicht zu unterschätzende Gefahr für seinen Seelenfrieden darstellte.

„Louis muss jetzt auch ins Bett." Er sah seinen Sohn unmissverständlich an. „Komm! Es war ein aufregender Tag."

Er erhob sich. „Für heute reicht's. Morgen zeigt dir Greta den Kindergarten, da willst du doch ausgeschlafen sein, oder?"

4

„Papa! Du musst aufstehen!"

Nur allmählich drang Louis' Stimme in Alexanders Bewusstsein. Spätestens als der kleine Quengler unerbittlich an seiner Bettdecke zerrte, war er wach. Schlaftrunken hob er den Kopf, griff zum Handy und ließ sich dann mit einem frustrierten Seufzer zurück in das Kopfkissen fallen.

„Louis, es ist fünf Uhr. Leg dich wieder ins Bett." Murrend zog er sich die Decke über den Kopf und drehte sich auf die Seite.

„Ich will aber heute mit Greta in den Kindergarten gehen!" Den Teddy zwischen den verschränkten Armen eingeklemmt, stampfte Louis trotzig mit dem nackten Fuß auf und zog einen Flunsch.

„Ja, ich weiß, aber erst um acht!", seufzte Alexander. „Was glaubst du, wer dich dahinbringt?" Wieder stieß er einen herzzerreißenden Seufzer aus. „Na komm schon her, du Quälgeist, du gibst ja doch keine Ruhe. Aber zapple nicht so rum, sonst falle ich aus dem Bett."

Gut zwei Stunden später wartete Greta in der Küche schon ungeduldig auf ihren neuen Freund und strahlte ihm aufgeregt entgegen, als er an Alexanders Hand zur Tür hereinkam.

„Da bist du ja!", rief sie, als hätten sie sich ewig nicht gesehen. Louis strahlte zurück und rutschte neben Greta auf die Eckbank.

„Guten Morgen." Schmunzelnd stellte Bärbel eine Kanne frisch gebrühten Kaffee auf den Tisch. „Ich hoffe, ihr beiden habt gut geschlafen?"

„Nur zu kurz. Monsieur beliebte es, um fünf ausgeruht zu haben", brummte Alexander. „Hätte ich nicht heute Morgen mit in den Stall gehen sollen?"

Jochen, der auch gerade hereinkam, lachte laut auf. „Nein nein, das geht in Ordnung."

Er setzte sich und goss sich umständlich mit links Milch in den Kaffee. „Jasper ist mit Jessie draußen, die schaffen das auch alleine. Keine Sorge, du kommst schon noch zu deinem Einsatz. Ab morgen kriegen wir den Mähdrescher. Der Weizen muss ab und dann geht's richtig rund."

Bärbel, die Louis mit Kakao versorgte, nickte. „Da ist es doch gut, dass wir heute noch ein bisschen Zeit haben. Für Louis ist es wichtig, dass du an seinem ersten Kindergartentag dabei bist. Ich werde euch begleiten. Ab morgen nehme ich ihn dann mit. So gewöhnt er sich gleich an mich."

„Das hört sich gut an", stimmte Alexander zu, „bist du damit einverstanden, Sohnemann?"

„Und ich?", kam es von Greta, ehe Louis antworten konnte. Sie klang tatsächlich ein wenig pikiert.

„Wenn Greta nicht dabei ist, gehe ich auch nicht mit", erklärte sich Louis sofort solidarisch.

„Aber Schatz, was denkst du denn?“ Bärbel streichelte ihrer Enkelin über die Wange und lächelte den Jungen an. „Wir gehen doch alle zusammen in den Kindergarten. Das haben wir doch besprochen.“

„Aber er ist *mein* Freund!“ Greta schob die Unterlippe vor. „Nur *mein* Freund.“

Spontan schlang Louis ihr einen Arm um den Hals und drückte sie zum Beweis seiner Freundschaft fest an sich.

„Und du bist meine Freundin“, versicherte er und schmatzte ihr einen feuchten Kuss auf die Wange, bevor er sie wieder losließ.

Jochen musste über Alexanders entgeisterten Gesichtsausdruck grinsen. „Jaja, so ist das, wenn die Mädels was wollen. Und schon springen die Jungs durch den Reifen.“ Er schenkte Bärbel einen warmen Blick. „Da siehst du’s wieder.“

„Das lasse ich jetzt mal unkommentiert“, lachte sie, „ich könnte dir mindestens drei Beispiele nennen, wo es umgekehrt war. Jedenfalls bei uns. Ich denke, am Ende gleicht es sich immer wieder aus. Aber wenn du es gerne so darstellen möchtest – von mir aus.“

„Guten Morgen!“ Jessica kam in Strümpfen hereingestürmt. Mit Stallschuhen betrat keiner das Haus, das hatte Bärbel bereits am vergangenen Abend ausdrücklich betont und erklärt, dass das die ungeschriebene Hausordnung sei. Im Laufen wischte Jessica sich die vom Waschen noch nassen Hände an der locker sitzenden Latzhose ab und zog sich die jeansfarbene Ballonmütze vom Kopf. Darunter kam ihre seidig-glänzende Mähne zum Vorschein, die sich jetzt wie ein Wasserfall über ihre Schultern ergoss. Achtlos knüllte sie die

Kappe zusammen und steckte sie in die Hosentasche. Jasper, ebenfalls in Socken, folgte ihr auf dem Fuß. Jessica beugte sich an ihrem Vater vorbei hinüber zu Greta und gab ihr einen lauten Schmatz auf die Wange.

„Guten Morgen, du kleines Murmeltier. Schön, dass dich wenigstens die Oma wach gekriegt hat", raunte sie ihrer Tochter ins Ohr, was die anderen dennoch hörten. „Oh Mann, hab ich einen Hunger!" Sie ließ sich auf den Stuhl fallen und griff sofort nach einem Brötchen. „Ich muss mich beeilen. Gestern Abend kam noch eine Mail rein. Von Gruber. Der hat heute eine größere Veranstaltung. Ich muss das Fleisch bis spätestens um neun gebracht haben."

„Na, das fällt ihm aber früh ein …" Bärbel rollte mit den Augen.

„Hab ich auch gesagt, als ich ihn vorhin zurückgerufen habe. Seine komplette Küchenbrigade schuftet schon seit zwei Stunden, um die verlorene Zeit wieder einzuholen." Jessica klatschte sich Käse auf eine Brötchenhälfte. „Einer aus dem Service hatte den Termin nicht richtig ins System eingestellt. Es war Zufall, dass es aufgefallen ist. Jetzt überschlagen sie sich. Aber Gruber meinte, sie würden es noch gebacken kriegen, wenn ich ihm nur das Fleisch pünktlich brächte."

Was für ein Energiebündel, ging es Alexander durch den Kopf. Er spürte Bärbels Blicke auf sich, die ihm die Butter reichen wollte, und ertappte sich selbst dabei, wie er Jessica anstarrte. Hastig bedankte er sich und widmete sich sofort wieder seinem Frühstück.

Herrje! Seit Monaten kam er auch ohne Frau ganz gut zurecht. Meistens. Trotzdem kein Grund, das zu ändern. Vorerst jedenfalls nicht. Zu tief saß die Enttäuschung über Marisa, Louis' Mutter, von der er geglaubt hatte, sie wäre die Richtige, um eine Familie zu gründen. Nun musste er die Verantwortung alleine tragen. Und bezüglich dieser Tatsache lag ein langer, beschwerlicher Weg hinter ihm, den er nicht mit irgendwelchen Liebschaften aufs Spiel setzen wollte. Schon gar nicht am Arbeitsplatz. So kurzsichtig war er nie gewesen und er war nicht gewillt, sein Verhalten jetzt zu ändern. Warum er Jessica so faszinierend fand, wusste er noch nicht so genau, doch er spürte, dass sie ganz sicher nicht leicht zu haben war. Leider hatte er ein Faible für solche Frauen. Ein Manko, an dem er dringend arbeiten musste. Er wollte nicht noch mal auf eine Frau wie Marisa hereinfallen. Auch sie hatte ihn anfangs sehr mit ihrer kapriziösen Art beeindruckt. Jessica war zwar nicht unbedingt kapriziös, aber kam ihm schon ein wenig unnahbar und auch etwas schwierig vor. Vor allem im Verhalten ihm gegenüber, was er überhaupt nicht verstand. Er war hier, um zu arbeiten. Nicht mehr und nicht weniger. Alexander rückte sich innerlich gerade. Mumpitz! Im Moment zählte nur, dass er sich mit diesem Job noch ein paar Euro für seinen Neustart in der Heimat dazuverdienen konnte. Geld, das ihm sehr zupasskam. Eine Beziehung stand ohnehin im Moment nicht auf der Agenda. Da gab Louis die Richtung vor. Der Kleine hatte genug durchgemacht.

Liebevoll betrachtete er den Jungen, der schon lange nicht mehr so glücklich ausgesehen hatte wie jetzt, wo er neben seiner neuen Freundin saß und an einem Brötchen kaute.

„Christel hat mich gestern Abend noch angerufen“, unterbrach Bärbel den Moment der Ruhe, in dem alle nur genüsslich kauten. „Sie hat mir erzählt, dass die Jungen Dorffrauen ein paar Aktivitäten rund um die Kirmes planen. Du hast doch nicht vergessen, dass die in drei Wochen ist?“ Bärbels Blick, der auf Jessica ruhte, war eine Mischung aus Diplomatie und Resignation. „Sie wollen dich gern dabeihaben.“

Jessica schüttelte mit dem Kopf. „Nein, habe ich nicht vergessen, nur keine Zeit hinzugehen“, setzte sie brüsk hinterher. „Erst recht jetzt nicht, wo Papa ausfällt.“

Bärbel und Jochen tauschten einen ihrer berühmten Als-wenn-wir-das-nicht-schon-vorher-gewusst-hätten-Blicke aus, worauf Jessica genervt mit den Augen rollte.

Was ging denn da wieder ab? Normalerweise interessierte sich ihr Vater nur dann für die Aktivitäten der Jungen Dorffrauen, wenn sie ihn in den Genuss von leckerem Essen brachten. Was meistens der Fall war, wenn die Vereinsmitglieder sich versammelten.

„Das verstehen ja auch alle“, beschwichtigte Bärbel, „aber wenn es um die Kindertreffen geht, wirst du dir ja wohl die Zeit nehmen können.“

„Was für Kindertreffen?“ Jessica sah zu Greta, die bei dem Wort *Kinder* sofort die Ohren spitzte.

„Sarah und Dorit wollen mit den Zwergen Plätzchen backen …“

„Jetzt?“, runzelte Jessica die Stirn. „Ende Juli? Ist das nicht ein bisschen früh?“

„Aber doch keine Weihnachtsplätzchen“, lachte Bärbel, weil auch Jasper und Alexander irritiert dreinblickten. „Wo denkt ihr hin? Die Frauen haben sich nur Gedanken gemacht, wie man den Kleinen etwas zum

Naschen gönnen kann, ohne auf die herkömmlichen, viel zu süßen, genmanipulierten Kekse aus den Läden zurückgreifen zu müssen. Und da sind sie auf die Idee gekommen, mit den Kindern zu backen. Hafer- und Butterkekse mit guten, hochwertigen Zutaten. Und am Abend soll dann mit allen – auch mit den Vätern – gegrillt werden.“

„Schön. Nur muss ich abends in den Stall.“

„Wieso?“, meldete sich Jasper verdutzt. „Hat sich das jetzt geändert? Ich dachte, wir gehen nur noch vormittags in den Stall. Äh … ich schaff das abends aber auch alleine …“

„Ich kann das auch machen“, fühlte sich Alexander genötigt zu sagen.

„Gar nichts wird hier geändert!“ In Jochens Stimme lag ein drohender Unterton, der Jessica eigentlich zur Vorsicht hätte mahnen sollen. „Wir füttern und misten nur noch vormittags! So, wie wir das ausgemacht haben. Du hast also alle Zeit der Welt, dich deinem Kind zu widmen.“

„Ich weiß aber trotzdem noch nicht, ob ich dahingehen kann“, trotzte Jessica. Vater und Tochter starrten sich unnachgiebig an. „Wir kriegen grad wahnsinnig viele Fleischbestellungen rein. Das schafft Traudel alleine nicht.“

„Und ob du dahingehst! Und wenn ich mich höchstpersönlich zu Traudel in den Laden stelle. Du willst doch wohl Greta nicht den Spaß verderben?“ Jochens Gesichtsausdruck ließ keinen Widerspruch mehr zu, während er seiner Frau die leere Kaffeetasse zum Nachschenken hinhielt.

„Jasper und Alexander gehen *vormittags* in den Stall, Bärbel und Traudel erledigen die Bestellungen und du kümmerst dich um die Kinder. Abends wird Alexander dazukommen, damit Louis auch noch was von seinem Vater hat. So wird's gemacht. Das ist ein Treffen von jungen Leuten und da haben deine Mutter und ich nichts zu suchen. Ende der Diskussion!"

Unauffällig beobachtete Alexander, wie Jessica sich kommentarlos, aber mit zusammengepressten Lippen fügte. Sie war sauer. Das war überdeutlich. Aber sie akzeptierte die Entscheidung ihres Vaters. Anscheinend wusste sie, wann sie kapitulieren musste. Allerdings traute er ihr zu, dass sie einen Ausweg finden würde, um doch noch zu ihrem Recht zu kommen. Das zeigte die Art, wie sie das Kinn vorstreckte. Wenn er da an seine Ex dachte, die keinerlei Grenzen – weder moralische noch folgerichtige – akzeptiert hatte und skrupellos über alles hinweggegangen war, was sich ihr in den Weg stellte, zollte er Jessica Respekt. Zwar erschloss sich ihm noch nicht, warum sie sich so gegen ein harmloses Treffen mit einer Gruppe Gleichaltriger sträubte, aber das konnte ihm letztendlich egal sein.

Jochens Machtwort beendete die Frühstücksrunde. Die Kinder zappelten ohnehin schon unruhig auf ihren Plätzen, weil sie endlich in den Kindergarten aufbrechen wollten.

Gleich mehrere Mütter, die ebenfalls ihre Sprösslinge ablieferten, nahmen Alexander gründlich in Augenschein, als er mit Bärbel und den Kindern im Hort ankam. Die Blicke, mit denen sie ihn bedachten – wohlwollende Blicke – die mehr als nur die Anerkennung für seine väterliche Fürsorge zum Ausdruck brachten, nahm er gelassen hin. Neu war das nicht. Natürlich schmeichelte ihm, dass die Frauen ihn mochten. Auch wenn ihm das nicht mehr so viel bedeutete wie noch vor einigen Jahren, als er sich diesen Vorteil unverhohlen zunutze gemacht hatte. Seit dem kolossalen Fehlgriff mit seiner Ex war ihm daran die Lust vergangen. Sein Vertrauen würde er so schnell und unvoreingenommen nicht mehr verschenken.

Eine Lisa Höhmann stellte sich ihm und Bärbel als die neue Erzieherin vor. Er schätzte die hübsche Person mit der guten Figur auf Anfang zwanzig. Ab heute sollte sie sich um die älteren Kinder in der Gruppe kümmern, erklärte die Leiterin, eine Frau in Bärbels Alter, die dazukam.

Frau Höhmann, die nur mit Lisa angesprochen werden wollte, schenkte ihm ihr charmantestes Lächeln.

„Hallo", rief sie mit einem aufgeregten Hicksen in der Stimme, „ich habe schon gehört, dass wir heute ein neues Kind in der Gruppe begrüßen können. Das passt ja. Ich bin auch neu. Hier und im Ort", lachte sie und suchte seinen Blick. „Wenn das kein Zufall ist ...“

Erst jetzt beugte sie sich zu Louis und Greta hinunter. „Hey, ihr Mäuse, ich erkläre euch gleich, wo ihr hin müsst und eure Sachen ablegen könnt."

„Aber das weiß ich doch schon alles", entrüstete sich Greta und fasste ihren Freund an der Hand. „Komm Louis, ich zeige dir, wo deine Tasche hinkommt und die Schuhe auch."

Alexander musste lachen. Er konnte sich nur wundern und sein Glück dazu kaum fassen. Ohne sich noch einmal nach ihm umzudrehen, ließ sich sein Sohn von seiner neuen Freundin mitnehmen und verzog dabei keine Miene. Kein Jammern und kein Klammern – nichts. Einfach unglaublich. Er musste an Jochens Ausspruch beim Frühstückstisch denken, in dem er philosophiert hatte, dass die Mädels bereits im Kindesalter den Ton angeben und die Richtung bestimmen würden. Wie recht er hatte. Alexander zuckte nur lapidar mit den Achseln und quittierte den verdutzten Gesichtsausdruck der neuen Erzieherin, die noch immer neben ihm ausharrte, mit einem Schmunzeln. Sie schien sein Vergnügen jedoch auf sich zu beziehen, ging ihm plötzlich auf, als er ihren interessierten Blick wahrnahm und so versuchte er, schnell gegenzusteuern.

„Tja, so sind sie, die Mädels", witzelte er. „Sie wissen schon früh, wo's langgeht." Er wurde wieder ernst. „Wenn Louis bitte bei Greta in der Gruppe bleiben könnte? Ich glaube nicht, dass er von ihr getrennt werden kann."

„Natürlich, das verstehe ich doch", beeilte sich Lisa zu sagen und wirkte plötzlich etwas unschlüssig, was ihn irritierte. Sie benahm sich, als müsste sie ihm ihr Familiengeheimnis anvertrauen, so wie sie ihn ins Visier nahm.

Alexander ignorierte es schlicht. Er interessierte sich vielmehr dafür, wie sich sein Sohn integrierte. Als er beobachten konnte, wie Louis – dank Greta – ohne Zwischenfälle von den anderen Kindern aufgenommen wurde und begann, mit ihnen zu spielen, atmete er beruhigt auf. Ein Stein fiel ihm vom Herzen, weil sich der von ihm so gefürchtete Gang zum neuen Kindergarten derart unkompliziert gestaltete.

So in Gedanken, bemerkte er nicht gleich, wie vertraulich eng Lisa plötzlich neben ihm stand. Auch sie hielt die Kinder im Blick. Sollte sie sich nicht eigentlich um eine Gruppe von Vorschulkindern kümmern?

Alexander musterte sie unauffällig und wurde stutzig. Wollte sie ihn etwa anbaggern? Hier im Kindergarten? Das konnte doch nur bedeuten, dass es sich bereits herumgesprochen hatte, dass er alleinerziehend war. Er seufzte leise und rückte von ihr ab.

„Ist das nicht schön, dass der Kleine gleich eine Freundin gefunden hat?" Lisa lachte, als hätte eine imaginäre Stimme ihr einen besonders lustigen Witz erzählt. Ein bisschen zu unnatürlich und ein bisschen zu schrill. Ihre Augen verrieten, was sie nicht zu sagen wagte. Klar und unmissverständlich. Glaubte sie etwa, er bräuchte auch eine neue *Freundin*, so wie sein Sohn? Wo sie beide doch neu im Ort waren. Hilfe! Na, das ging ja gut los. Allein damit, dass sie sich mehr um ihn als um die Kinder kümmerte, hatte sie seine Sympathie bereits zum Teil verspielt. Das ließ er sie aber nicht spüren, denn er blieb gleichbleibend freundlich. Allein schon Louis zuliebe.

Bärbel, die in der Zwischenzeit die letzten Formalitäten mit der Leiterin verhandelt hatte, trat neben ihn.

„So, jetzt ist alles geklärt", nickte sie zufrieden und sah zwischen ihm und Lisa hin und her. Ihr Blick flackerte und das Lächeln verschwand aus ihrem Gesicht.

„Hat Louis gefremdelt? Gab's Probleme?", wollte sie wissen.

„Nein. Mit Greta an seiner Seite erkenne ich ihn nicht wieder. Er hat mich keines Blickes mehr gewürdigt und ist mir ihr rüber zu den anderen Kindern." Alexander kratzte sich grinsend am Hinterkopf. „Darüber sollte ich wohl froh sein."

„Gib mir doch einfach deine Handynummer, dann kann ich mich melden, wenn etwas mit ihm ist." Lisa zog ihr Mobiltelefon aus der Gesäßtasche hervor.

„Nein, das wird nicht nötig sein", erklärte Bärbel reserviert. „Wenn etwas mit den Kindern ist, erreichen Sie mich unter der Nummer, die Ihre Chefin abgespeichert hat. Herr Göbel wird tagsüber keine Zeit haben, sich zu kümmern. Dafür bin ich da."

„Äh ja, natürlich", beeilte sich Lisa zu sagen, „wenn das so ist ... Entschuldigung, aber ich muss jetzt nach den Kindern schauen."

Nach einer gefühlt endlosen Nacht, in der Jessica schlaflose Stunden damit verbracht hatte, zum tausendsten Mal erfolglos das elendige Drama mit Dennis zu verarbeiten, quälte sie sich am Morgen aus dem Bett. Es lag an Alexanders Anwesenheit, dass jedes schmerzhafte Detail wieder in ihr Bewusstsein drängte. Greta schlief noch. Zudem hatte Jessica versucht, sich einzureden, dass vier Wochen schneller vorbeigingen, als man dachte. Vor allem, wenn man viel zu tun hatte. Und sie war zu dem Entschluss gekommen, dass es vielleicht doch keine schlechte Idee wäre, mal einen Abstecher nach Kassel zu machen. So ganz nebenbei, wenn sie sowieso gerade geschäftlich in der Gegend wäre, um sich dort in einem einschlägig bekannten Laden für Ehehygiene mit einem Frauenbeglücker aus Silikon einzudecken.

Einzudecken!

Ach du liebes bisschen. Wie gut, dass ihr keiner beim Denken zuhörte! Nichtsdestotrotz. Worum ging's denn? Nur um ihre vernachlässigte Libido. Sie war schlicht und ergreifend notorisch unbefriedigt. Mein Gott, warum war sie da nicht schon längst drauf gekommen? Damit müsste doch das Problem aus der Welt zu schaffen sein. Noch auf dem Weg in den Stall dachte sie darüber nach, ob es albern aussähe, einen solchen Laden mit Sonnenbrille zu betreten. Hm, vielleicht doch ein bisschen sehr verschämt für eine Endzwanzigerin mit Kind, beschloss sie. Aber eine Baseballkappe sollte möglich sein. Zwar müsste sie sich dafür extra eine kaufen, aber egal. Auf die paar Euro mehr oder weniger kam es jetzt auch nicht mehr an.

Weil sie spät dran war, stopfte sie sich im Laufen die letzten Haarsträhnen unter die Ballonmütze und zog die herabhängenden Hosenträger der Latzhose mit beiden Händen über die Schulter. Wie jeden Morgen musste sie als Erstes die Kälber versorgen, was die auch ganz genau wussten, denn sie muhten ihr bereits ungeduldig und sehr lautstark entgegen. Im Eiltempo spurtete sie über den Hof zu den alten Kuhställen, die im Zuge der Umstrukturierung für die Zucht modernisiert worden waren. Nun standen dort die Jungtiere.

„Jaja, ich komm ja schon", rief sie und beschleunigte ihre Schritte. „Was macht ihr denn für ein Spektakel? Verwöhnte Bande! Ich bin grad mal zehn Minuten zu spät."

Zuerst bekamen die ganz jungen Tiere in den Einzelboxen ihre Getränkeration und dann die älteren. Nebenher verteilte Jessica Streicheleinheiten und tastete routinemäßig Leiber ab, um zu fühlen, ob der Nabel gut verheilt war.

„So, meine Süßen, ich muss weiter. Ihr seid nicht die Einzigen, die Hunger haben", streichelte sie zwei nebeneinanderstehenden schwarz-weiß-gefleckten Kälbern über die Stirn, die ihr die Köpfe entgegenstreckten. „Jetzt geht's euch wieder gut, hm? Satt ist doch ein schönes Gefühl, was?"

Sie nahm den Weg durch die Scheune, der zu den großflächigen Weiden dahinter führte. Ihre vorausschauenden Vorfahren hatten die Anlage seinerzeit an den Rand des Ortes gebaut und nach und nach alles Land erworben, was daran angrenzte. Ideal für die Bullenzucht, die große Flächen für die Unterbringung der Tiere benötigte.

Von weitem hörte sie Jasper, der die Bullen im neu errichteten Freiluftstall antrieb, nicht verrücktzuspielen. Die unberechenbaren Jungbullen standen in kleinen Gruppen beieinander und konnten mitunter sehr aggressiv sein. Allein wagte sich Jessica nicht in deren Gehege. Gott bewahre. Viel zu gefährlich.

Auf halber Strecke verlangsamte sie ihre Schritte. Auf der rechten Seite befand sich der Stall für die Muttertiere der Wagyū-Rinder, um die sich Alexander kümmerte. Er konnte sie nicht sehen, denn seine Aufmerksamkeit galt einer hoch trächtigen Kuh, der er beruhigend über den prall gewölbten Bauch strich. Die Bullen standen auf einer der Außenweiden, während die Kühe mit ihren Kälbern zur besseren Versorgung hier im Stall untergebracht waren. Jessica war hin- und hergerissen, einfach vorbeizulaufen oder ...

„Guten Morgen", drehte er sich lächelnd zu ihr um.

Jessica fühlte sich beim Anstarren ertappt, blieb aber cool. „Morgen ... kommst du klar?" Sie hörte selbst, wie muffelig das klang.

„Ja. Jasper hat mir alles gezeigt." Sein Lächeln verschwand, als sie es nicht erwiderte.

„Prima. Ich muss weiter. Die Pferde warten. Bis später."

Sie spürte genau, wie seine Blicke Löcher in ihren Rücken bohrten. Und was er dachte, wusste sie auch.

Eingebildete Ziege.

Okay, dann war das eben so. Vier Wochen. Verdammt! Das musste doch zu schaffen sein.

Am Frühstückstisch saßen sie sich schweigend gegenüber, während rundherum geplappert wurde. Vereinzelt spürte Jessica, dass Alexander sie verständnislos musterte. Doch sie tat, als würde sie das nicht bemerken und vermied es, in seine Richtung zu schauen.

Ihre Mutter und die Kinder bestritten das Gespräch am Tisch. Jochen hörte belustigt zu, als Bärbel erzählte, dass sie ab sofort den Weckdienst für Louis übernähme, weil der nicht so früh wie sein Vater aufstehen solle. Der Probelauf am Morgen habe hervorragend geklappt. Louis fühlte sich mit dem Rundumservice seiner Ersatzoma offensichtlich sehr wohl, denn er blühte unter ihrer Fürsorge richtig auf. Und Bärbel schwelgte in ihrer Rolle.

Jessica wusste noch nicht, was sie davon halten sollte. Die soziale Seite in ihr, die im Augenblick aus unerfindlichen Gründen extrem schwächelte, verstand, weshalb ihre Mutter so handelte und hieß ihre Fürsorge auch gut. Nur ihr schutzbedürftiges Herz witterte die näherkommende Bedrohung, die sich im Detail jedoch nicht ergründen ließ.

Vor allen anderen verließ sie den Tisch mit den Worten: „Wenn mich jemand sucht, ich bin im Büro."

Auch Alexander und Jasper brachen auf. Die Wagyū-Rinder mussten auf eine andere Weide getrieben werden, wo sie genug Futter finden konnten. Während der Arbeit sprachen die beiden nicht viel, was Alexander unfreiwillig die Gelegenheit gab, sich Jessicas absolut unverständliches Verhalten ins Gedächtnis zu rufen. Eigentlich hatte er sich schon am Abend zuvor verboten, über das eigenartige Benehmen seiner Juniorchefin nachzudenken. Das führte ohnehin zu nichts und einen Grund hatte er ihr dafür nicht gegeben. Da war er sich absolut sicher. Er wollte es einfach nur verstehen. Zu jedem anderen war sie nett und umgänglich. Auch Louis gegenüber. Nur ihn behandelte sie wie Luft. Würdigte ihn keines Blickes und gab ihm das Gefühl, einen riesigen Fehler begangen zu haben.

Nur weil er nicht dieser Karl war, nach dem sie gefragt hatte? Die erschrockene Miene, die sie aufgesetzt hatte, als sie realisierte, dass er, Alexander, an Stelle von Karl als Betriebshelfer auf den Hof kam, hatte er noch in bester Erinnerung. Das war nicht bloß eine Überraschung für sie gewesen, die man eben als solche abtat. Nein, sie hatte richtiggehend entsetzt ausgesehen. Wenn das mal keine übertriebene Reaktion war. Blöde Kuh! So was hatte er in all den Jahren noch kein einziges Mal erlebt. Besonders nicht von einer Frau in seinem Alter. Ganz im Gegenteil: Da waren einige, selbst Verheiratete gewesen, die ihn ziemlich scharf fanden und ihm das auch gezeigt hatten. Den Pfad der

Tugend hatte er nie verlassen. Den Stress ersparte er sich lieber. Frei nach dem Motto: *Schnaps ist Schnaps und Dienst ist Dienst.* Sein Arbeitszeugnis war ihm heilig.

„Ach, die kann mich mal, verdammt", grummelte er unbewusst vor sich hin, während er den einzigen Bullen der kleinen Herde hinter den Schlepper kettete.

„Alles okay?", wollte Jasper wissen.

Fragend sah Alexander auf. „Was?"

„Ich hab dich nicht verstanden, du hast zu leise gesprochen."

„Ach das! Nee nee, hab nur mit mir selber geredet", lachte Alexander und grinste schief, „manchmal habe ich solche Anwandlungen."

„Ach so." Jasper zuckte lapidar mit den Schultern und wies mit dem Kinn auf die drei Kühe, die abwartend dastanden. „Die Mädels laufen dem Bullen immer hinterher", feixte er, „die sind gut erzogen."

„Wenn das bei den Menschen auch mal so wäre ...", konnte sich Alexander nicht verkneifen.

„Hab ich noch nicht erlebt", grinste Jasper und zwinkerte ihm zu. „Aber drauf verzichten bringt's auch nicht ... das macht nur halb so viel Spaß."

„Aha", lachte nun auch Alexander, „das hört sich so an, als gäbe es da jemanden."

„Bingo. Sie ist aus dem Dorf."

„Dann viel Glück. Lass es langsam angehen, kann ich dir nur raten."

„Auf jeden Fall. Geht auch gar nicht anders. Sie schreibt im nächsten Jahr ihr Abi. Sie hat nicht viel Zeit für mich ... oh", Jasper sah erst auf seine Armbanduhr und dann zum Himmel hinauf, „lass uns Gas geben, damit wir die Lieblingsviecher vom Chef rechtzeitig auf die andere Weide kriegen. Die haben Gewitter angesagt und wir müssen den Zaun noch checken. Jessie hat mir versprochen, dass sie dazukommt und uns hilft, wenn sie mit dem Bürokram fertig ist."

Jasper bestieg den Schlepper und ließ ihn an, worauf eine Dieselwolke in den Himmel stieß.

„So, hat sie das?", murmelte Alexander in das Motorengeräusch und ärgerte sich über sich selbst, weil es ihn so störte, dass sie mit allen normal umging, nur nicht mit ihm.

Mit jeder Stunde, die voranschritt, wurde die Luft drückender und der Himmel diesiger.

„Boah, ist das heiß", stöhnte Jasper und zerrte sich das Shirt über den Kopf.

„Jepp. Gute Idee." Kurzerhand tat es ihm Alexander gleich. „Wie wär's mit einer kurzen Erfrischung?"

Achtlos warfen sie die Shirts auf einen der Pfosten und gingen die wenigen Schritte zum Bach.

„Schade, dass der so niedrig ist, sonst hätte ich die Hose schon aus", rief Jasper und ging in die Hocke, um sich mit beiden Händen das kühle Nass ins Gesicht zu schöpfen.

Alexander kauerte sich dazu. „Erstaunlich, dass das Wasser noch so kühl ist. Ich dachte, es wäre viel wärmer, weil der Bach hier so niedrig ist."

„Das liegt daran, weil er aus dem Wald kommt. Oh Mann, ist das geil", raunte Jasper und schüttelte sich die letzten Tropfen aus den Haaren. „Sag mal, hast du Bock, abends mal mit aufn Bier zu kommen? Im Dorf gibt's 'ne coole Kneipe. Die Leute sind echt ganz okay. Na, was meinst du?"

Alexander strich sich mit den Fingern durch das feuchte Haar und nickte verhalten.

„Hört sich nicht schlecht an ... nur ist das für mich nicht so einfach wie für dich. Ob ich mitkommen kann, hängt davon ab, wie Louis reagiert. Ich bin mir nicht sicher, ob ich ihn abends allein lassen kann. Aber wenn das passt, können wir noch mal drüber reden."

Erfrischt widmeten sie sich wieder der Arbeit. Nach und nach überprüften sie die einzelnen Holzpfähle und rammten die, die sich gelockert hatten, mit einem riesigen Hammer in die Erde. Abwechselnd hielt Alexander den Pfahl und Jasper schlug ihn in die Erde oder umgekehrt. So kamen sie gut voran.

Durch das laute Donnern der Schläge hörte Alexander das Geräusch des herannahenden Mercedes-Geländewagens nicht. Vielmehr konzentrierte er sich vollends darauf, den dicken Pfosten in die ausgetrocknete, knüppelharte Erde zu befördern. Als er Jessica schließlich bemerkte, verschloss sich seine Miene. Über einer an den Oberschenkeln abgeschnittenen ausgewaschenen Jeans trug sie ein rotes Top und festes Schuhwerk. Ihre langen Haare, die sie zu einem Pferdeschwanz gebunden hatte, schwangen bei jedem Schritt mit, den sie näher kam. Und nicht nur die Frisur wippte.

Unter anderen Vorzeichen würde er ihr mehr als nur einen zweiten Blick widmen. Ganz sicher sogar, aber nachdem er wusste, was für eine Zicke sie sein konnte, verkniff er sich das lieber. Von schwierigen Weibern hatte er genug. Ein für alle Mal. Als wäre der Pfosten an der Schwäche schuld, die er dennoch für sie hatte, ließ er den schweren Vorschlaghammer mit voller Wucht auf das dicke Holz sausen und stoppte abrupt, als

Jasper verwundert rief: „Hey, willst du, dass der in Australien rauskommt?"

„Oh Mann, nee." Alexander stellte den Hammer auf der Erde ab und wischte sich den Schweiß mit dem Handrücken von der Stirn. „Hab gar nicht gemerkt, dass der schon so weit drin ist." Er zog eine Grimasse und bückte sich, ohne hochzuschauen, sofort nach dem nächsten Pflock.

„Alter, das ist mir aufgefallen." Jasper wirkte einen Augenblick nachdenklich, bevor er sich erfreut umdrehte.

„Hi Jessie, der Zaun ist so gut wie fertig. Alex und ich sind ein super Team. Wir sind gut vorangekommen. Kannst du mal den Bachlauf und den Eingang checken, dann haben wir's auch gleich."

Sie hob die Hand. „Hi. Ja okay, geht klar."

Jessica musste sich zwingen, nicht länger zu den beiden Männern hinüberzustarren. Wie Jasper ohne Shirt aussah, wusste sie. Ohne Frage war er ein knackiges Kerlchen, aber bei Alexanders Anblick tanzten ihre weiblichen Hormone schon wieder Polka. Oh Gott, konnte es nicht wenigstens kühl sein? Jetzt hatte sie noch mehr Bilder im Kopf, die ihr den Schlaf raubten.

Sie holte tief Luft. Was war nur mit ihr los? Im Hochsommer war es bei der Landarbeit keine Seltenheit, dass die Männer ihre Hemden auszogen. Wieso hatte sie dann das Gefühl, Alexander wäre der erste Mann, den sie mit nacktem Oberkörper sah?

Lieber Himmel, so ging das nicht weiter!

Als Geschäftsfrau konnte sie sich so einen Schwachsinn nicht leisten. Es musste doch eine Möglichkeit geben, souverän mit der Situation umzugehen. Ganz locker und normal, so wie mit allen anderen männlichen Kollegen auch. Sie wusste, dass ihr seltsames Verhalten der letzten Stunden nicht mehr rückgängig zu machen war und ahnte, was er über sie dachte. Aber erstens war das nicht mehr zu ändern und zweitens musste ihr das egal sein.

Nur mit größter Mühe besann sie sich auf ihre Pflichten, ging zurück zum Wagen, holte den Trimmer heraus und lief hinunter zum Bach. Zu hohes Gras unter den Stromleitungen sorgte für Ausfälle der Leistung, weshalb es abgeschnitten werden musste. Systematisch überprüfte sie die Anlage und kürzte das Gras, wo es nötig war. Der Weidezaun verlief an dieser Stelle so, dass die Tiere an den Bachlauf konnten, um zu trinken. Einerseits war das praktisch, weil man keine zusätzliche Tränke brauchte, andererseits war der Bach auch eine Gefahrenquelle für die Tiere. Auf der anderen Seite des zwar flachen, aber auch breiten Wasserlaufes lag die Weidefläche eines Kleinbauern aus dem Nachbarort, auf der aber zurzeit kein Vieh stand. Jochen mochte die Weide ohnehin nicht sonderlich, weil es dort häufiger zu Problemen kam, wobei der Bach die geringste Rolle spielte. Die angrenzende Landstraße stellte die Bauern vor weitere Herausforderungen. Also mussten zwei Stromkreise am Zaun für mehr Sicherheit sorgen.

Mit diesem Wissen im Hinterkopf rüttelte Jessica an den Pfählen, sah nach, ob die Isolatoren fest angeschraubt waren und prüfte, ob die Stromschnüre stramm genug saßen. Sie hielt inne, weil sie auf einem der Pfosten ein T-Shirt entdeckte, das sie als das von

Alexander erkannte. Sie wollte danach greifen, kam aber nicht dazu, weil er plötzlich hinter ihr stand und an ihr vorbeilangte, um sich sein Hemd zu holen.

Sie erschrak so heftig, dass sie seitwärts taumelte und nur heilfroh war, dass sie knöchelhohe Schuhe anhatte, die sie davor bewahrten, umzuknicken.

Alexander, der schon den Arm nach ihr ausgestreckt hatte, um sie aufzufangen, zog ihn ruckartig zurück. Seine Miene verdüsterte sich.

„Wir sind fertig", erklärte er knapp und vermied es, sie anzusehen.

Ein Glück, denn ihre Augen klebten wie hypnotisiert an seinem kräftigen Brustkorb, den straffen Schultern, und wanderten schließlich zum regen Muskelspiel seiner Arme, während er sich das Shirt über den Kopf zog. Beim Armehochrecken zeigte sich das breite Gummiband der Boxershorts, das sich unter dem Jeansbund über den schmalen Hüften abzeichnete. Himmelherrgott noch mal, wütete sie gegen sich selbst und hoffte, dass er nicht bemerkte, dass sie wie ein sabbernder Teenager vor ihm stand.

„Prima, ich bin auch gleich ..."

Der schrille Ton ihres Handys ertönte. Das konnte nichts Gutes bedeuten. Fahrig zog sie das Gerät aus der Hosentasche.

„Wackernagel ..."

„Ja, das stimmt", erklärte sie dann, „meine Eltern sind im Krankenhaus – Nachsorge."

Wieder horchte sie, was die aufgeregte Stimme zu berichten hatte, worauf sich ihre Miene verdüsterte.

„Okay, ich bin schon unterwegs." Jessica steckte das Telefon wieder in die Tasche.

„Ich muss sofort in den Kindergarten. Da gibt's ein Problem ... ich weiß noch nicht genau, was da los ist, aber das werde ich ...“

„Ich komme mit. Es kann doch nur um Louis gehen. Er ist neu. Greta nicht.“

Das klang einleuchtend, weshalb Jessica zustimmend nickte.

„Gib mir einen Moment“, rief er und lief zum Bach, wo er sich Hände und Gesicht wusch.

Jessica ging voran und erklärte Jasper, warum er den Rest der Arbeit alleine verrichten musste. Sie verstaute den Trimmer und kletterte dann eilig hinters Steuer. Der Motor lief bereits, als sich Alexander auf den Beifahrersitz schwang, sich angurtete und die Arme vor der Brust verschränkte.

Die Reserviertheit, die von ihm ausging, war kälter als der Schwall Luft, der aus der Klimaanlage kam und dabei war, die schwüle Hitze im Auto zu vertreiben. Wenn sie ehrlich mit sich selbst war, konnte sie ihm das nicht mal verdenken. Daran war sie schuld. Nur sie konnte das Dilemma aus der Welt schaffen. Es war allerhöchste Zeit, dass sie das in den Griff bekam und ihn so behandelte, wie es alle anderen Hofangestellten von ihr gewohnt waren. Okay, wenigstens wollte sie es versuchen.

Sie fuhren los.

„Auf dem Rücksitz steht eine Kühltasche, da ist Mineralwasser drin ... falls du magst. Gib mir bitte auch eine Flasche.“

Sie ignorierte den erstaunten Blick, den er ihr zuwarf, als er ihr die aufgedrehte Plastikflasche reichte. Seine trank er beinahe in einem Zug aus. Als sie ihm ihre zum

Wegräumen hinhielt, berührten sich ihre Finger für den Bruchteil einer Sekunde, worauf sie reflexartig zusammenfuhr.

Die Art, wie er scharf die Luft einzog, sagte alles.

„Entschuldigung. Ich bin furchtbar schreckhaft …"

„Kannst du mir mal sagen, was dein Problem ist?", fuhr er sie aufgebracht an. „Ich würd's nämlich wirklich gern kapieren."

„Wie? Äh … was? Ich verstehe nicht."

„Und ich noch viel weniger. Aber es reicht mir!"

Mit so einem Ausbruch hatte Jessica nicht gerechnet. Das Lenkrad umklammernd, drosselte sie das Tempo.

„Wenn du ein Problem mit mir hast, dann sag's mir, dann packe ich nämlich die Koffer und gehe. Falls ich dich daran erinnern darf, ich bin nur hier, weil man mich angeblich so dringend braucht … wenn dir aber meine Nase nicht passt oder ich dir nicht gut genug bin, dann musst du's nur sagen und ich bin weg. Da kannst du dich drauf verlassen. So einen Quatsch muss ich mir echt nicht geben."

Ach du heilige Scheiße! Was hatte sie mit ihrem vorpubertären Verhalten nur angerichtet? Ihr Vater würde toben, wenn Alexander ihretwegen das Handtuch warf.

Das Ortsschild kam in Sicht. Egal, bevor sie das Problem im Kindergarten angehen konnte, musste sie ihn wieder beruhigen. Kurzerhand fuhr sie rechts ran und schaltete den Wagen aus.

Alexander sah sie verständnislos an.

„Was machst du jetzt wieder? Ich dachte, es ist so dringend."

„Ist es auch. Keine Sorge, wir fahren sofort weiter, aber es ist mindestens genauso dringend, dass wir reden. Es wird nicht lange dauern, weil …“ Jessica holte tief Luft und zwang sich, ihn anzusehen.

„Okay. Du hast recht. Ja, ich habe mich doof benommen. Da gibt es nichts zu deuteln und …“, sie sah an ihm vorbei durch die Scheibe auf die ersten Häuser der Ortschaft, „… es … es tut mir leid, wenn ich bei dir den Eindruck erweckt habe, dass mir deine Nase nicht passt. Das stimmt nicht. Ja, ich gebe zu, ich war irritiert, weil ich mit Karl gerechnet habe, aber … bitte, Alexander … es geht nicht gegen dich persönlich.“

Sie sah ihn kurz an und dann wieder weg, weil sie ihn einfach nicht lange ansehen konnte, ohne dummes Zeug zu denken.

„Ich … mehr möchte ich dazu nicht sagen. Reicht dir das als Entschuldigung?“

„Gut. Damit kann ich leben“, er atmete tief, „alles, was ich will, ist in Ruhe zu arbeiten. Sind wir uns da einig?“

„Das ist auch das, was ich will.“

„Dann fahr los. Die werden sich fragen, wo wir bleiben.“

5

Im Kinderhort war bereits Abholzeit. Viele Eltern kannte Jessica nur vom Sehen, während sie mit anderen in die Schule gegangen war und wieder andere Kunden des Hofladens waren. Jessica grüßte freundlich in die Runde. Alexander, dicht neben ihr, tat es ihr gleich. Es war für alle mehr als offensichtlich, dass sie zusammen hergekommen waren. Beinahe körperlich spürte Jessica, wie man sie und Alexander beäugte. Interessiert und auch ungeniert neugierig. Da musste man kein Hellseher sein, um zu wissen, was in ihren Köpfen vorging.

Oh, Jessica hat endlich auch einen Kerl abgekriegt?

Na, ob das aber dieses Mal gutgeht?

Frau Kunze, die auf sie zutrat, stoppte Jessicas Kopfkino.

„Schön, dass Sie da sind", nahm die Leiterin des Kindergartens sie in Empfang, „die Kinder haben sich wieder beruhigt, aber es wäre mir wichtig, kurz mit Ihnen zu sprechen."

„Ja, natürlich ..."

„Ich kümmere mich." Alexander ging mit einem Kopfnicken, das der Leiterin galt, weiter zum Aufenthaltsort, wo er Louis am Tag zuvor abgeliefert hatte.

„Setzen Sie sich." Frau Kunze schloss die Tür des Büros und nahm hinter dem Schreibtisch gegenüber Jessica Platz.

„Ehrlich gesagt weiß ich gar nicht, wie ich anfangen soll ..." Sie beugte sich über den Tisch nach vorn und legte die Hände zusammen, als wollte sie beten.

„Sehen Sie, der Grund, warum ich Sie um ein Gespräch gebeten habe, ist folgender: Heute Morgen kam es zu einer Diskussion zwischen den Kindern."

Jessicas verständnisloser Blick brachte sie dazu, trocken aufzulachen. „Ja, Sie haben richtig gehört. Auch wenn Sie das zu Hause wahrscheinlich seltener erleben, aber hier diskutieren die Kinder auch manchmal miteinander. Ich weiß es von Lisa, unserer neuen Kraft, die es mitangehört hat."

„Und um was ging's?"

„Darum, ob es sein könne, dass man nur eine Mutter hat, aber keinen Vater."

Jessica wurde unter ihre Bräune blass.

„Wie Kinder halt so sind." Frau Kunze zuckte mit den Schultern. „Sie nehmen kein Blatt vor den Mund und sagen direkt, was sie denken."

„Und weiter?"

„Es scheint, als hätte Greta durch die Diskussion ... hm, wie soll ich sagen, etwas begriffen, was ihr in der Form vorher noch nicht klar war."

Jessica ließ sich in den Stuhl zurückfallen und kämpfte mit den Tränen.

„Glauben Sie, ich hätte mir darüber noch keine Gedanken gemacht? Natürlich weiß ich, dass sie mich irgendwann danach fragen wird, wer ihr Vater ist ...“

„Greta glaubt, dass ihr Opa ihr Papa ist. Ich denke, das war das Schlimmste für die Kleine, als die Kinder sie dafür ausgelacht haben.“

„Oh Gott! Sie denken doch nicht etwa, dass ich Greta in dem Glauben unterstützt habe?“

„Das habe ich nicht gesagt. Ich vermute eher, dass dieses doch sehr heikle Thema *kein Thema* bei Ihnen daheim ist. Das sollte es aber jetzt werden.“

„Aber was soll ich denn machen? Gretas Vater hat kein Interesse an seiner Tochter. Das hatte er von Anfang an nicht. Er ... er hat mich, ach ... das ist ja jetzt auch egal. Es ändert sowieso nichts. Also, was raten Sie mir? Soll ich ihr etwa sagen: Greta, Schätzchen, du hast zwar einen Papa, aber der will dich nicht?“

„Um Himmels willen, nein! Natürlich nicht.“

„Aha, soweit war ich auch schon. Und? Was schlagen Sie vor?“

Im Flüsterton bekam Alexander die gleichen Informationen von Louis, als Greta ihre Frühstückstasche von der Garderobe holte.

„Papa, meinst du, Gretas Vater ist im Himmel?“ Der Junge sah ihn mit großen Augen an. „Irgendwo muss er doch sein, oder? Du hast mir gesagt, dass jedes Kind eine Mama und einen Papa hat. Das stimmt doch, oder hast du da vielleicht geschwindelt?“

„Nein, was denkst du denn? Bei so einem wichtigen Thema würde ich das niemals tun. Außerdem schwindele ich sowieso nicht, kleiner Mann. Hm, ich weiß auch nicht, was mit Gretas Papa ist. Dazu kann ich nichts sagen. Aber es freut mich, dass du zu deiner Freundin gehalten hast. Das ist ganz lieb von dir, mein Schatz. So, und jetzt fahren wir", sagte er gut hörbar, weil Greta zurückkam.

Auf der Rückfahrt hörte man von der Rückbank nur das Plappern der Kinder. Alexander verstand, dass sich Jessica erst mal sammeln musste. Ihre Augen hatten verdächtig geglänzt, als sie aus dem Büro der Leiterin gekommen war. Das strikte Verschweigen von Gretas Vater warf auch bei ihm Fragen auf. Es fiel ihm schwer, sich vorzustellen, dass jemand ein Kind wie Greta verleugnete. Vielleicht gab es ja noch einen ganz anderen Grund für Jessicas Verhalten.

Unwillkürlich stellte er sich die Frage, ob Jessica überhaupt ein Interesse an Männern hatte und Greta möglicherweise aus einer Samenspende entstanden sein könnte. Dann würde es verdammt schwierig werden, einen Vater aufzutreiben. Ob das aber im Sinne von Jochen und Bärbel Wackernagel gewesen sein konnte? Schwer vorstellbar, wo sie doch eher bodenständig auf ihn wirkten.

Alexander beschloss, sich keine weiteren Gedanken mehr zu dem Thema zu machen und warf einen Blick auf die Rückbank. Wie schnell Kinder doch wieder vergaßen. Die beiden spielten mit ihren Plüschtieren und schienen die Welt um sich herum vergessen zu haben.

Jessica räusperte sich und wandte sich über den Rückspiegel den Kindern zu.

„Hey ihr zwei, was haltet ihr davon, wenn ihr mir jetzt helft, die Kälbchen zu füttern?"

Als Antwort bekam sie ein freudiges Johlen.

„Ja, ist ja gut. Ich freue mich auch“, lachte sie und lenkte den schweren Wagen durch die Hofeinfahrt.

Was sollte man nur von dieser Frau halten, dachte Alexander bei sich. Sie konnte kaum widersprüchlicher sein.

Noch am Abendbrottisch schwatzten die Kinder von nichts anderem als der Fütterung. Außerdem berichtete Jasper von der Weide am Bach und Bärbel erzählte von neuen Kunden. Über den Kindergarten verlor Jessica kein Wort. Überhaupt war sie sehr schweigsam, was neben Alexander auch ihren Eltern auffiel. Er erkannte es an den Blicken, die sie austauschten.

Ein Klopfgeräusch an der Küchentür unterbrach das Tischgespräch. Bei den Wackernagels war es nichts Ungewöhnliches, wenn plötzlich unerwarteter Besuch in der Küche stand. Das wusste Alexander von Bärbel, als sie ihm die Schlüssel fürs Haus überreicht hatte. Sie hatte gemeint, die Haustür würde erst nach acht für die Nacht abgeschlossen. Wer später zu Besuch käme, müsse klingeln.

„Guten Abend. Lasst euch von mir nicht stören“, grüßte ein schlaksig wirkender junger Mann mit braunen Haaren in die Runde. Bürohengst, schoss es Alexander durch den Kopf. „Steffen!“, rief Bärbel erfreut und war zum Aufspringen bereit. „Komm, setz dich und iss was mit uns.“

„Danke, das ist nett, aber ich bin gerade von meiner Mutter gut versorgt worden.“ Er hielt den Computer hoch.

„Ist das dein Papa?“ Louis Miene war todernst.

„Nein, das ist der Steffen." Greta schien die Frage nicht zu stören. Unbekümmert biss sie in ihr Brot. „Du musst auch was essen." Sie deutete auf seine Schnitte, von der er kaum etwas gegessen hatte.

„Oh!" Das brachte Jessica in Bewegung. Absichtlich überging sie Louis Frage. „Hast du unsere Seite fertig?"

„Genau deswegen bin ich da. Sie ist jetzt so, wie du es wolltest. Ich zeige dir noch, wie du damit umgehen musst und danach stelle ich sie ins Netz."

„Ah, ich bin so gespannt." Jessica nahm mit Bärbel Blickkontakt auf. „Ist es okay, wenn wir kurz in Papas Büro gehen? Hier am Tisch ist es mir zu wuselig. Oder wollt ihr mit entscheiden?"

„Nein", Jochen schüttelte den Kopf. „Darum kümmere ich mich nicht. Das ist deine Baustelle. Für mich ist nur wichtig, dass der Laden brummt."

„Mensch, jetzt lass dich aber mal ansehen", rief Jessica, als sie mit Steffen allein im Büro ihres Vaters ankam. „Du siehst ja klasse aus. Was ist passiert? Bist du verliebt?"

„Quatsch", er rollte mit den Augen, „darf ich mir nichts Neues zum Anziehen kaufen?"

„Schon. Aber wenn du dir gleichzeitig einen modernen Haarschnitt zulegst ... äh ... fällt Ostern und Weihnachten in diesem Jahr zusammen?"

Verwundert stellte Jessica fest, dass Steffen nicht wie gewohnt auf ihren Scherz einging, schob es aber auf den beruflichen Stress, der sein Leben immer mehr bestimmte. Geschäftig klappte er den Laptop auf und fuhr ihn hoch. Das gab Jessica Gelegenheit, ihn in Ruhe zu betrachten. Als Fachinformatiker für einen großen

Lebensmittelkonzern war Steffen häufig im ganzen Land unterwegs. Sicherlich war das der Grund, warum er sich in letzter Zeit so rar gemacht hatte. Tatsächlich verbrachte er die meiste Zeit damit, zu arbeiten. Nebenberuflich erstellte er Webseiten, ein Metier, in dem er völlig aufging und in dem er seine Kreativität ausleben konnte. Daran, dass auch er Interesse an einem Liebesleben haben könnte, hatte sie bisher nie gedacht. Wie egoistisch, gestand sie sich ein. Dabei war Steffen durchaus ein Mann, der einer Frau gefallen konnte. Auf den ersten Blick war er nicht männlich genug. Vielleicht ein wenig zu dünn. Aber er hatte ein wirklich hübsches Gesicht, das jetzt durch den modernen Haarschnitt besonders gut zur Geltung kam. Mit ein bisschen mehr Styling hätte er schon in der Schule ein Mädchenschwarm sein können. Vor allem, weil er so verständnisvoll war. Bereits seit der Grundschulzeit waren sie eng befreundet. Eine beste Freundin hatte Jessica eigentlich nie wirklich gehabt, weil Steffen diesen Platz seit der ersten Klasse belegte. Wie ein Blitz schoss ihr die Bemerkung ihres Vaters durch den Kopf. „Vielleicht klappt's ja irgendwann mal mit deinem Busenfreund Steffen, der hat doch auch keine Freundin, oder?"

Tatsächlich wären sie ein perfektes Paar, blitzte es durch ihr Hirn. So gut, wie sie sich verstanden – beinahe wortlos. Wenn nicht etwas Entscheidendes fehlen würde.

Sex!

Über einen Kuss waren sie nie hinausgekommen. Und das war Jahre her. Ein bisschen mit Zunge und irgendwie schon – na ja – eben geknutscht. Aber ein

Versuch, der nach keiner Wiederholung verlangt hatte. Unausgesprochen und einvernehmlich. Zwar war die Stimmung hinterher einen Atemzug lang etwas seltsam gewesen, aber ihrer Freundschaft hatte es bis heute keinen Abbruch getan.

„Also jetzt sag schon: Was ist passiert, dass du dich so verändert hast? Hey, mir kannst du das doch anvertrauen."

Steffen sah sie irritiert an. Tatsächlich, und das fiel ihr erst jetzt so richtig auf, redeten sie über alle möglichen Beziehungsgeschichten aus dem Bekanntenkreis, aber nie über die eigenen. Er wusste natürlich von der Sache mit Gretas Vater. Schließlich war es Steffen gewesen, der sie getröstet, in den Arm genommen und ihr sogar versprochen hatte, den Drecksack, wie er Dennis stets nannte, wenn notwendig auch zu töten. Logischerweise nur im Scherz, aber ihr hatte es geholfen.

„Nichts ist passiert. Wenn ich dir das doch sage. Jetzt komm, sieh dir lieber an, ob du mit dem, was ich gemacht hab, zufrieden bist. Das wäre mir grad wichtiger. Ich muss heute Abend nämlich noch Koffer packen. Morgen muss ich in aller Herrgottsfrühe nach Köln. Teambesprechung für eine gigantische Werbekampagne. Da muss ich fit sein."

Das verstand Jessica und ließ sich die Seite von ihm zeigen. Sie notierte sich das Passwort und versuchte sich zu merken, wie man eigene Beiträge verfasste oder Preisänderungen eingab. Außerdem bekam sie eine Einführung, wie Onlinekäufe abgewickelt wurden. Sie war begeistert, was jetzt alles möglich war.

So verstrich die nächste Stunde im Nu. Jessica rieb sich vor Anstrengung die Augen, als Steffen den Laptop zusammenklappte.

„Gut, ich stelle die Seite heute Abend noch online. Melde dich, wenn du nicht weiterweißt.“

„Danke“, sie umarmte und drückte ihn, „schreib mir 'ne Rechnung.“

„Mache ich.“

Sie löste sich und sah ihm in die Augen. „Wollen wir nicht mal wieder was zusammen unternehmen, wenn du aus Köln zurück bist?“

„Klar, warum nicht? Das können wir aber dann besprechen, wenn ich wieder da bin. Ich melde mich, aber jetzt muss ich los.“

Jessica fand ihre Eltern im Kaminzimmer und erfuhr, dass Greta bereits schlief. Mit wenigen Worten erzählte sie von der neuen Seite, bevor sie mit dem Kinn auf den verletzten Arm ihres Vaters deutete.

„Was hat eigentlich der Arzt gesagt?“

„Der ist zufrieden und dann bin ich's auch.“ Jochen hob den angewinkelten Arm, der bis zum Handgelenk verbunden in einem zur Schlinge gebundenen Tuch hing, leicht an. Mit links – es sah wirklich sehr linkisch aus – regelte er mithilfe der Fernbedienung die Lautstärke des Fernsehers herunter, in dem eine Reisereportage lief, und sah forschend zu ihr auf.

„Und sonst? Wie war dein Tag?“

„Na ja, bis auf den Abstecher im Kindergarten ganz gut. Frau Kunze hat mich heute Nachmittag angerufen, als ihr im Krankenhaus wart.“

Bärbel, die auf dem Sofa gelegen hatte, richtete sich
auf.

„Was war los?" Jochen schaltete den Fernseher aus.
„Setz dich. Du nimmst mir sonst die Ruhe."

Jessica ließ sich in einen bequemen dunkelbraunen
Ledersessel fallen.

„Ich war mit den Jungs auf der Weide, als Frau Kunze
anrief. Wir dachten, es ginge um Louis, weshalb ich Alexander mitgenommen habe, aber es ging um Greta."

„Um Greta? Sie hat gar nichts gesagt ..." Bärbel
schwang die Beine auf den Boden und legte die leichte
Decke, die sie über sich geworfen hatte, zusammen.

„Im Nachhinein war das echt ein Segen. Überhaupt
war Louis heute das Beste, was Greta im Kindergarten
widerfahren konnte. Er hat sie regelrecht beschützt.
Das habe ich aber erst erfahren, als wir die Kälber gefüttert haben."

„In unserem Kindergarten? Ich verstehe kein Wort –
du liebes bisschen, was war denn da los?" Bärbel war
entsetzt.

„Ja, in unserem Kindergarten."

„Mensch, red doch mal Klartext. Ich verstehe nur
Bahnhof!", rief Jochen unwirsch.

„Greta glaubt, dass du ihr Papa bist. So, jetzt hast du
Klartext."

„Ach das", Jochen machte mit der gesunden Hand
eine wegwerfende Handbewegung, „das hat sie doch
schon öfters gesagt. Na und? Es dauert nicht mehr
lange und sie kriegt spitz, dass das nicht so ist ..."

„Haha, das denkst du. Das *nicht mehr lange* war
heute."

„Wie?"

„Ja, die Kinder haben im Kindergarten darüber diskutiert, ob es sein kann, dass ein Kind nur eine Mutter hat, aber keinen Vater." Jessica sah kurz zur Decke hoch und musste schlucken, weil sie die Angelegenheit, jetzt, wo sie darüber sprach, wieder so ohnmächtig machte. Ihre trockene Kehle schmerzte. Sie räusperte sich, griff kurzerhand nach Jochens halbvollen Bierseidel und trank einen kräftigen Schluck.

„Hey, das ist mein Bier, hol dir selbst eins", murrte er.

„Hmmm, das war gut und außerdem viel bequemer", grinste Jessica schief.

„Jetzt erzähl doch mal weiter", quengelte Bärbel, „das ist doch noch nicht alles."

„Nein, leider nicht", fuhr Jessica fort, „die Kinder haben Greta wegen ihrer Naivität ausgelacht und Louis, der kleine Schatz, hat sie beschützt. Ist das nicht süß?"

Wieder vergriff sie sich an Jochens Bierseidel, worauf der ihr spielerisch mit der linken Faust drohte.

„Jaja, ich geh ja gleich und hole dir Nachschub ...", winkte sie ab und fuhr fort: „So, und deswegen hat Frau Kunze mich zum Rapport gebeten. Sie ist der Meinung, dass wir Dennis als Vater in der Familie totschweigen würden. Und Greta hätte heute in der Diskussion mit den anderen Kindern etwas begriffen, das ihr so wohl noch nicht klar gewesen sei ..."

„Ja und wie stellt sie sich das vor?" Bärbel war so aufgebracht, dass sie vom Sofa aufsprang. „Was sollen wir dem Kind ihrer Meinung nach denn sagen?"

„Genau das habe ich sie auch gefragt."

„Ja und? Was hat sie geantwortet?"

„Das sei Familiensache, da würde sie sich nicht einmischen."

Jochen schüttelte verständnislos mit dem Kopf.

„Und so was nennt sich Pädagogin!" Bärbel schäumte vor Wut.

„Mama, reg dich nicht auf. Das bringt nichts. Ich warte ab, bis Greta mich fragt. Ich bin sicher, dass sie irgendwann wissen will, wer ihr Vater ist."

„Und was sagst du ihr dann?"

„Die Wahrheit."

„Das wird das Beste sein", nickte Jochen. „Du wirst schon einen Weg finden, es ihr schonend beizubringen."

Wenig später pflanzte sich Jessica auf ihr behagliches Sofa. Sie bewohnte mit Greta vier Räume unterm Dach, zu denen ein Bad, eine kleine Küche, ein gemütliches Wohnzimmer und zwei Schlafzimmer gehörten. Durch einen Nebel aus Reizüberflutung und Erschöpfung, den der ereignisreiche Tag mit sich gebracht hatte, registrierte sie nur am Rande, dass die angekündigte Gewitterfront den Ort inzwischen erreicht hatte. Grelle Blitze erhellten flackernd die Nacht, während der Wind um die Hausecken heulte und erste Tropfen an die Fensterscheiben klatschten. Greta ließ sich vom Gewittergrollen anscheinend nicht aus dem Schlaf reißen, denn aus ihrem Zimmer kam kein Laut. Wie schön. Endlich Feierabend!

Automatisch griff Jessica zur Fernbedienung, um sich ein wenig berieseln zu lassen, und zappte wahllos durch die Fernsehkanäle. Bei einem amüsanten Krimi blieb sie hängen und nickte prompt ein.

Aus weiter Ferne spürte sie plötzlich, wie jemand sie sanft an der Schulter rüttelte.

„Jessie, du musst aufstehen! Komm, werd wach!"

Widerwillig öffnet Jessica die Augen. Fröstelnd rollte sie sich zusammen und blinzelte in das grelle Deckenlicht. Ihre Mutter musste es eingeschaltet haben, denn sie stand im Bademantel vor ihr und schaltete den Fernseher aus, in dem der Abspann der Krimikomödie lief.

„Was ist denn los?", stöhnte Jessica und vergrub das Gesicht in den Händen. „Oh Mann, ich bin so müde …"

„Ja, es tut mir auch wirklich leid, dass ich dich aus dem Schlaf holen muss … warum liegst du denn nicht im Bett, auf der Couch ist es doch viel zu unbequem. Die Polizei hat angerufen."

„Weil ich … was? Die Polizei?"

„Ja, es hat einen Unfall gegeben, weil eins der Wagyū-Rinder auf der Landstraße gestanden hat."

Jetzt war Jessica hellwach. Ruckartig setzte sie sich auf. „Von der Weide, auf der wir sie heute erst untergebracht haben?"

„Ja. Jasper und Alexander wissen schon Bescheid."

„Aber …"

„Jessica, wir haben jetzt keine Zeit … bitte, die warten nur noch auf dich."

Während Jessica sich aufrappelte und sich anschließend im Bad kaltes Wasser ins Gesicht spritzte, holte Bärbel die Wetterkleidung von der Garderobe.

„Hier!" Sie hielt ihr die Regenjacke hin. „Du wirst auch eine lange Hose und Gummistiefel brauchen. Es schüttet, was vom Himmel kommt."

„Schaust du nach Greta? Sie schläft zwar tief und fest, aber sie mag doch kein Gewitter …"

Auf einem Bein hüpfend schlüpfte Jessica in die Jeans.

„Natürlich. Welches Kind mag schon Gewitter? Ich kümmere mich auch um Louis."

„Wie das denn?"

„Ich habe Alex unser altes Babyfon gegeben, damit ich schnell rüberlaufen kann, falls der Junge wach wird. Wir wissen ja nicht, wie lange ihr unterwegs seid."

„Soso – Alex! Und wann wird er adoptiert?", grummelte Jessica leise vor sich hin, als sie hinter ihrer Mutter die Treppe nach unten tapste und versuchte, mit einer Hand den Hosenträger hochzuziehen und mit dem anderen Arm in den Jackenärmel zu schlüpfen.

Sie beobachtete, wie Bärbels Schultern zuckten, als würde sie lachen, was Jessica zeigte, dass ihre Mutter sie sehr wohl verstanden hatte, aber nicht reagierte.

Alexander stand unterdessen in der Diele und wartete auf Jessica, mit der er im Geländewagen zur Weide fahren sollte. Ganz wohl war ihm nicht dabei, dass er Louis allein in dem großen, für ihn noch immer fremden Zimmer zurücklassen musste. Doch Bärbels Angebot, sich um beide Kinder zu kümmern, erleichterte ihn schon ungemein. Dennoch wollte er nicht länger fortbleiben, als unbedingt nötig war. Marisa, seine Ex, hatte den Jungen häufig allein gelassen, weshalb Louis sehr schnell in Panik geriet.

Als er die Schritte der beiden Frauen hörte, die vom Treppenhaus kamen, drehte er sich um und musste schmunzeln. Bärbel zuckte nur mit den Schultern und zwinkerte ihm zu. Jessica, die ziemlich verschlafen aussah, beachtete ihn nicht, denn sie versuchte noch immer – einhändig – die Träger der knallroten Latzhose hochzuschieben, während die andere Hand ihren Weg durch den Ärmel der Regenjacke suchte. Das konnte aber gar nicht gelingen, weil der Ärmel verdreht war. Sie murmelte leise Flüche vor sich hin und kam schließlich neben ihm an, ohne dass sie fertig angezogen war.

Kurzerhand half er ihr in die Jacke und erntete dafür nur einen kurzen, mürrischen Blick, weil sie nach den Gummistiefeln Ausschau hielt, die auf einer Schmutzmatte an der Wand standen.

„Die verfluchte Weide treibt mich noch in den Wahnsinn!", schimpfte Jochen, der aufgeregt hin und her lief. „Am liebsten würde ich mitfahren ..."

„Kommt überhaupt nicht in Frage!" Bärbel schüttelte energisch den Kopf. „Lass mal die Jungen machen. Du sollst dich schonen, hat der Doktor gesagt."

„Jaja, schonen. Das Wort kann ich nicht mehr hören, ich mache den ganzen Tag nichts anderes, als mich zu schonen, verdammt!" Er wandte sich seiner Tochter zu.

„Jessie, tu mir einen Gefallen und sieh zu, dass mir keins der Rinder Schaden nimmt. Das ertrage ich nicht."

Jochens Nerven lagen blank. Es war ihm anzusehen, dass er am liebsten gleich losrennen würde, um seine geliebten Wagyū-Rinder zu beschützen.

„Und komm endlich in die Hufe. Wie lange brauchst du denn, um dich anzuziehen?"

Jessica gähnte und fuhr sich mit der Hand über die Augen. „Papa, *du* machst mich wahnsinnig. Das weiß ich doch alles. Was denkst du, was ich jetzt vorhabe ... wir kümmern uns schon."

Bärbel verdrehte die Augen und wedelte mit dem Schlüsselbund, den Jessica mit einem erneut herzzerreißenden Gähnen entgegennahm.

„Du siehst ziemlich groggy aus. Möchtest du, dass ich fahre?" Alexander hielt Jessica die Hand hin, um ihr den Autoschlüssel abzunehmen.

„Na, du kannst ja charmant sein! Ist Jasper schon mit dem Schlepper vorausgefahren?"

Ihren Seitenhieb überging Alexander mit einem Schulterzucken. „Ja, ist er."

„Von mir aus." Mit einer lässigen Handbewegung ließ sie den Schlüssel in seine geöffnete Hand fallen.

Die Fahrt zur Weide verlief schweigend, was Alexander ganz recht war. So konnte er in Gedanken alle möglichen Szenarien durchgehen, die in der Vergangenheit meist die Ursache für den Ausbruch von Rindern gewesen waren und sich so darauf einstellen. Ein Glück, dass wenigstens der Regen allmählich nachließ, als sie bei der Wiese ankamen.

Zwei Polizeiwagen, die die Straße in beide Richtungen absperrten, schickten flackerndes Blaulicht in den pechschwarzen Himmel und lösten damit das immer schwächer werdende Wetterleuchten ab. Nur das ferne Grollen und der kühle Wind deuteten noch auf das abziehende Gewitter hin. Jasper stellte den Schlepper direkt in der Wieseneinfahrt ab und ließ die Scheinwerfer an, sodass sie einen Teil der Weide beleuchteten. Mit einer großen Taschenlampe bewaffnet, sprang er vom Traktor und ging langsam auf den Bullen zu, der noch immer mitten auf der Straße stand und das Geschehen misstrauisch beäugte. Bruno, so hieß das mächtige Tier, war der Grund, warum die junge Frau mit ihrem Kleinwagen von der Landstraße abgekommen war und dabei den Zaun mitgenommen hatte.

Alexander parkte den Geländewagen am Rand neben dem Schlepper und schaltete den Motor aus. „So, da sind wir. Du wirst wahrscheinlich erst mal die Fragen der Polizisten über dich ergehen lassen müssen."

„Ja, ich kann's kaum erwarten", nickte Jessica und blickte Jasper durch die geschlossenen Scheiben nach, der eilig zur Straße lief, um den Bullen zurück zur Herde zu bringen. „Gut, dass er sich um unseren Ausreißer kümmert. Er ist sozusagen per Du mit ihm." Sie wandte sich Alexander wieder zu.

„Du nicht?" Er sah sie von der Seite an und zog den Schlüssel ab, bevor er die Wagentür öffnete.

Jessica zog eine Augenbraue hoch und atmete hörbar ein. Dabei versuchte sie, die latente Gereiztheit, die in ihr gärte, mit einem angedeuteten Lächeln zu kaschieren.

„Kommt aufs Alter an." Fröstelnd zog sie den Reißverschluss der Jacke nach oben. „Immerhin füttere ich die Süßen mehrmals am Tag, aber wenn sie so alt sind wie der da", sie deutete auf den kraftvollen Bullen, den Jasper gerade versuchte zum Mitkommen zu überreden, „dann eher nicht. Die merken nämlich, wer ihnen gewachsen ist und wer nicht."

„Weise Entscheidung. Die Biester können ganz schön gefährlich werden, auch für die, die ihnen gewachsen sind", nickte Alexander und stieg aus. Er schnappte sich eine Stabtaschenlampe. „Gut, dann lass uns loslegen. Ich überprüfe zuerst den Zaun."

„Okay, ich helfe dir, sobald ich mit den Polizisten fertig bin."

Nun hob Alexander eine Augenbraue. „Soll ich schon mal den Rettungswagen bestellen?"

Jessica sah ihn erst verständnislos an, lachte dann aber trocken auf.

„Lohnt sich nicht, da bleibt nix übrig ... aber vielleicht willst du ja den Job übernehmen, dann kann ich ..."

„Nee nee, lass mal", sagte er laut und murmelte mit gesenktem Kopf, „was ein Glück, dass ich mich damals für die Landwirtschaft entschieden habe."

Jessica machte sich auf den Weg, um den Polizisten Rede und Antwort zu stehen. Nach ein paar Schritten rief sie: „Das hab ich gehö-ört!"

Alexander musste schmunzeln und das, obwohl sie ihm mit ihren Launen gehörig auf den Zeiger ging. Mein Gott, war das stressig, wenn man jedes Wort auf die Goldwaage legen musste. Dabei konnte sie so nett sein.

Was war das nur mit diesem Weib? In einem Moment brachte sie ihn auf hundertachtzig und im nächsten zum Lachen. Kopfschüttelnd sah er sich nach Jasper um und hob den Daumen, weil Bruno lammfromm neben ihm hertrottete. Jessica debattierte derweil sichtlich angestrengt mit der Frau, deren verbeulter Polo auf der Wiese stand und die sich lautstark über die verantwortungslosen Bauern beschwerte. Einer der Polizisten, ein junger schneidiger, dem das Gezeter der Unfallfahrerin offensichtlich genauso auf den Wecker ging wie Jessica, stellte sich moralisch auf die Seite der jungen Landwirtin. Alexander ahnte, warum. Trotz der zerzausten Frisur, der sackartigen Latzhose, die in

klobigen Gummistiefeln steckte, und der unförmigen
Regenjacke, die nicht im mindesten erahnen ließen,
welcher hammermäßiger Körper sich darunter verbarg, schien der Staatsdiener von ihr angetan zu sein.
Es mussten die ausdrucksstarken Augen und das hin-
reißende Lächeln sein, die ihren Charme ausmachten.

Also jedenfalls dann, wenn sie mal lachte.

Ihm gefielen besonders die vollen, samtigen Lippen.
Darunter verbargen sich strahlend weiße und gerade
Zähne, die ihren Anblick noch charismatischer machten. So wie eben, wenn sie die Abwehr gegen ihn mal
für wenige Sekunden ausgeschaltet hatte und ihr der
Schalk aus den Augen blitzte. Doch selbst wenn sie, so
wie jetzt, ärgerlich die Stirn krauszog oder ernst und in
sich gekehrt dreinschaute, strahlte sie noch etwas fast
Schutzloses und Anlehnungsbedürftiges aus, auf das
die meisten Männer garantiert ansprangen. Da war er
sich absolut sicher. Zweifelsfrei wollte sie so ganz bestimmt nicht wahrgenommen werden. Dennoch fand
er es merkwürdig, dass sie keinen Mann an ihrer Seite
hatte.

Alexander besann sich auf seine Arbeit und machte
sich auf, den Zaun nach Fehlern abzusuchen. Im Strahl
der Taschenlampe überprüfte er sämtliche Halterun-
gen, achtete darauf, dass die Pfähle ordentlich in der
Erde steckten und arbeitete sich so Meter für Meter voran. Die Gedanken an Jessica ließen ihn nicht los. Doch
noch während er über sie nachdachte, wurde ihm klar,
dass er definitiv keinen weiteren Bedarf an komplizier-
ten Frauen hatte. Wenn sie nur nicht so verdammt
scharf wäre. Sie besaß eine natürliche Anmut, die sie
ihm unwiderstehlich erscheinen ließ. Darauf war er

schon immer abgefahren. Er mochte es auch, wenn sich eine Frau stylte, aber nur solange sie es nicht übertrieb.

Verfluchter Mist! Er ertappte sich bei Sehnsüchten, um die er sich erst dann wieder kümmern wollte, wenn sein Leben in geordneten Bahnen verlief. Doch von so etwas wie *geordneten Bahnen* war er mindestens so weit entfernt wie Pluto von der Erde. Wieso stellte ihn das Leben nun schon wieder vor so eine Aufgabe? Er hatte sich verdammt noch mal, um das Wohl seines Sohnes zu kümmern! Der Kleine war noch längst nicht über den Berg, wie die Kinderpsychologin ausdrücklich betont hatte. Er brauche vor allem stabile Verhältnisse und ein bekanntes Personenumfeld, damit er wieder Vertrauen fassen könne, waren ihre Worte gewesen. Vor Groll gegen sich selbst, weil er sich hatte ablenken lassen, begann es in ihm zu brodeln.

„Gib Galle, du Blödmann", trieb er sich wütend selbst an. „Louis ist allein in einem fremden Zimmer und ich zerbreche mir den Kopf über meine zickige Juniorchefin", brummelte er vor sich hin. „Geht's noch?"

Wie von fremden Mächten getrieben, legte er los. Ohne noch einmal aufzuschauen, prüfte er Meter für Meter des Zauns und des Geländes ringsherum. Dabei nahm er das nervtötende Motorjaulen des Polos kaum wahr, der nur mit Mühe und der Schubkraft der Polzisten den Weg aus dem nassen Gras zurück auf die Straße fand.

Das flackernde Blaulicht erlosch. Die Beamten verabschiedeten sich ebenfalls. Während das dumpfe Hallen von Jaspers Hammerschlägen durch die empfindlich kühl gewordene Nacht wummerte – er rammte die umgefallenen Pfähle in den Boden, die durch den Unfall zu

Fall gekommen waren – kontrollierte Alexander unbeirrt weiter.

„Ich fange unten am Bach an und komme dir entgegen." Jessica lief eilig an ihm vorbei.

„Ist ja mal was ganz Neues", murmelte Alexander und war froh, dass der Wind seine Worte in die entgegengesetzte Richtung trug. Glücklicherweise hatte sie es nicht gehört, denn sie klang geradezu euphorisch, als sie kurz darauf rief: „Ich hab die Stelle, wo Bruno ausgebüxt ist!"

„Ich bin gleich bei dir, checke nur noch die restlichen Meter hier drüben!", meldete sich Jasper.

„Das gibt's doch gar nicht!", blaffte Jessica plötzlich entrüstet.

Alexander, der ihr gerade sagen wollte, dass er auch sofort bei ihr sein würde, kam nicht mehr zu Wort.

„Das glaubt ihr jetzt nicht! Schaut mal her. Das … das war niemals der Bruno … so eine verdammte Sauerei!"

Da er nur wenige Meter von ihr entfernt stand, waren es nur drei Schritte, bis er bei ihr war. Es brauchte keine Erklärung für das, was er sah.

Zwei Pfosten lagen umgeworfen im nassen Gras, der Elektrozaun dazwischen. So wie die Löcher aussahen, aus denen die Holzpfähle herausgerissen worden waren, musste sie jemand so lange hin und her bewegt haben, bis es ein Leichtes war, sie herauszuheben. Irgendwer hatte also den Zaun mutwillig geöffnet, damit die Tiere ausbrechen konnten. Aber warum sollte das jemand tun?

„Habt ihr so was schon öfter erlebt?"

Rasend vor Wut überhörte Jessica Alexanders Frage, stürzte sich auf einen der umgefallenen Pfosten und versuchte, ihn samt der anhängenden Drähte, die der Elektrospannung und Barriere dienten, aufzuheben und in eines der Löcher zu wuchten. Der nasse Boden war aber derart glitschig, dass ihre groben Gummisohlen keinen Halt fanden. Wie auf Eiern balancierte sie das schwere Holz, das sie fest umklammert hielt, und kam prompt ins Rutschen. Verbissen packte sie noch fester zu.

„Kannst du mal den Vorschlaghammer von da drüben holen?", presste sie ächzend hervor und starrte stoisch auf die andere Seite der Weide.

Alexander schüttelte ungehalten den Kopf, bemühte sich aber um einen lockeren Ton.

„Komm, lass mich das machen. Das ist doch viel zu schwer für dich."

„Ach ja? Nur weil ich eine Frau bin?", ächzte sie wütend und schwankte erneut. „Ich brauche keinen Mann, verdammt! Ich kann das auch alleine!"

„Wenn du meinst ..." Alexander musste sich beherrschen. Auch wenn er ihre Wut über den Sabotageakt verstand. Deswegen brauchte sie aber noch lange nicht gleich so auszuflippen.

„Sollen wir dich morgen früh hier abholen oder lässt du dir jetzt helfen?"

„Was glaubst du, was ich mache, wenn keiner von euch da ist, hm?", funkelte sie ihn an und knurrte: „Okay, dann muss ich mir den Hammer eben selber holen."

So schnell, wie sie sich bewegte, konnte er nur noch zusehen, wie ihr Vorhaben, den schweren Pfosten samt kräftezehrendem Kabelgewirr zurück auf die Erde zu legen, scheiterte. Die Drähte verhedderten sich mit den

Isolatoren und zogen den Pfahl nach unten. Trotz aller Anstrengungen fand Jessica keinen Halt auf dem rutschigen Untergrund, um sich dem schwankenden Gewicht entgegenzustemmen. Zeitlupenartig kam sie mit dem schweren Gepäck, das sie nicht so einfach ablegen konnte, ins Rutschen und drohte aufs Gesicht zu fallen.

Jessica spürte nur noch, wie ihre Stiefel den Halt verloren. Der nasse harte Boden kam immer näher, genauso wie der grobe Holzpfosten mit seinen spitzen Isolatoren und Drähten. Scheiße!

Mit einer Hand versuchte sie sich abzustemmen, rutschte aber auf der matschigen Erde ab. Die andere Hand verfing sich in den Stahldrähten. Oh Gott, wenn sie sich nun ein Auge ausstach ... Als sie Alexanders kräftigen Arm um ihre Taille spürte, schluchzte sie unfreiwillig auf.

„Für diesen Leichtsinn sollte man dir normalerweise den Hintern versohlen!"

Er stellte sie samt Pfosten wieder auf die Beine, als wäre sie so leicht wie eine Puppe. Erst jetzt sah sie, dass er grobe, knöchelhohe Sicherheitsschuhe trug, mit denen er einen viel besseren Halt auf dem glitschigen Untergrund hatte.

„Herrgott noch mal", wetterte er weiter, „du musst mir nichts beweisen. Ich bin sicher, dass du alles ganz alleine kannst, aber mir wär's trotzdem lieber, wenn wir keine unnütze Zeit vergeuden würden, nur weil du mir deine Unabhängigkeit demonstrieren musst. Dafür fehlt mir echt grad die Muße."

Er war gut einen Kopf größer als sie und sah grimmig auf sie hinunter. Schließlich entriss er ihr den Pfahl und half ihr, sich von den Drähten zu befreien.

„Wenn du dich erinnerst: Louis ist allein in einem fremden Zimmer. Er hat Angst im Dunkeln und wird schnell panisch, verstehst du? Ich hab wirklich andere Sorgen als so einen Quatsch hier!"

Schließlich ließ er sie abrupt los.

Jessica fröstelte. Nicht nur wegen der Kälte, sondern auch, weil sie sich so dumm vorkam. Trotzdem vermisste ihr verräterischer Körper seine Wärme, die sie überdeutlich gespürt hatte.

„Danke", brachte sie schließlich kleinlaut hervor.

„Lass gut sein. Können wir uns jetzt darauf einigen, dass ich das hier in Ordnung bringe und du den Hammer holst? Dann wären wir nämlich ziemlich schnell mit allem durch."

Doch den Vorschlaghammer brauchte keiner von beiden zu holen. Vorausschauend wie Jasper war, brachte er ihn mit, weil er mit dem Zaun auf der anderen Seite bereits fertig war.

„Jessie, alles klar bei dir?", wollte der Auszubildende wissen und sie hoffte inständig, dass er nichts von Alexanders Ansprache mitbekommen hatte. Zur männlichen Ehrenrettung würde Jasper sich garantiert auf seine Seite stellen.

„Ja, total klar."

„Prima. Alex und ich kümmern uns dann jetzt um das hier und du könntest drüben schon mal den Stromkreislauf checken. Ansonsten ist alles paletti."

Alexander war heilfroh, als er den Geländewagen eine gute Stunde später durch die Hofeinfahrt lenkte. In Gedanken bei Louis, betete er, dass der Kleine das Gewitter und seine Abwesenheit verschlafen hatte. Jessica war während der ganzen Fahrt sehr schweigsam gewesen. Eins musste er ihr lassen: Wenigstens konnte sie klein beigeben, wenn sie unterlegen war. Das stimmte ihn versöhnlich. Vor allem, weil er das von seiner Ex ganz anders in Erinnerung hatte. Nur Jessicas Gemütszustand wusste er nicht einzuschätzen. Schmollte sie oder schämte sie sich? Beides war möglich, so in sich gekehrt, wie sie sich im Moment gab.

Auf dem Hof angekommen, sprang sie eilig aus dem Auto und nahm ihm mit einem knappen „Gute Nacht" den Autoschlüssel ab, bevor sie losstürmte.

„Ebenso", rief er ihr hinterher, doch sie war bereits in der Dunkelheit verschwunden.

6

Der Schein der Hoflampe, einer Notbeleuchtung, die die ganze Nacht über brannte und das Gehöft nur spärlich ausleuchtete, reichte nicht, um den ganzen Hof zu erhellen. Jessica nutzte den Seiteneingang zum Keller, der versteckt zwischen Gesindehaus und Haupthaus im Bereich der schützenden Pergola ins Haus führte.

Alexanders Blick ging bang zu dem dunklen Schlafzimmerfenster hinauf, in dem er mit Louis Quartier bezogen hatte. Er hoffte inständig, dass der Kleine von dem ganzen Trubel nichts mitbekommen hatte. Wie so oft in solchen Momenten übermannten ihn schlimme Erinnerungen. Unwillkürlich atmete er schwer auf. Louis war gerade mal zwei Jahre alt gewesen, als Marisa plötzlich festgestellt hatte, dass die Mutterrolle sie langweilte. Zu wenig Action und Aufregung. Positive Aufregung. Sie befürchtete, etwas zu verpassen. Fortan war ihre einzige Sorge ihr Aussehen. Binnen kürzester Zeit hatte sie über zehn Kilo abgenommen, sich die Haare blondiert, sich die Nägel aufpolieren lassen und darüber ihr Kind total vernachlässigt. Sie brauche ein bisschen mehr Freiheit und Unbeschwertheit, hatte sie gemeint und darauf bestanden, regelmäßig mit ihren

Freundinnen loszuziehen. Abends und nachts. Ohne Rücksicht, ob er dann schon von der Arbeit zurück war.

So auch an jenem Abend vor über zwei Jahren. Ausgerechnet in dieser Nacht war es zu einem ähnlichen Zwischenfall wie heute mit den Wagyū-Rindern gekommen. Das Vieh hatte bei Unwetter auf einer gut befahrenen Landstraße gestanden und der Zaun war defekt gewesen. Völlig durchnässt, verfroren und erschöpft war Alexander danach in eine leere, stockdunkle Wohnung gekommen, in dem sein Kind jämmerlich schrie. Er hatte Stunden gebraucht, um den Jungen, der in seinen durchnässten Windeln lag, zu beruhigen.

Damit hatte das Drama seinen Lauf genommen. Es sollte nicht die letzte Nacht gewesen sein, in der sie erst in den Morgenstunden den Weg nach Hause fand. Endlose Debatten und heftige Streitereien waren gefolgt. Alexander hatte die Frau, in die er sich verliebt hatte, nicht wiedererkannt. Am Ende hatte er die Reißleine gezogen, sich rigoros von ihr getrennt und begonnen, um das alleinige Sorgerecht zu kämpfen, was ihm dann schließlich auch gelang.

In Strümpfen schlich er sich in das gemeinsame Schlafzimmer und lauschte angestrengt nach Louis' Atemzügen. Das dunkle Zimmer wurde lediglich von einem dürftigen LED-Nachtlicht in Form einer Micky Maus beleuchtet. Von der Hofleuchte kam zusätzlich noch etwas Licht durch das Fenster herein.

Als er endlich das leere Kinderbett ausmachen konnte, erschrak er. Bettzeug und Bär waren fort. Sofort ging sein Blick hinüber zu seinem Bett. Louis nutzte gerne jede Gelegenheit, um darin zu schlafen, selbst wenn er nicht da war. Doch auch das war leer.

Alexanders Herz raste. Sein Blick ging zur Steckdose. Das Babyfon lag daneben. Gott sei Dank, dann musste Bärbel hier gewesen sein. Aber wie hatte Louis darauf reagiert? In Windeseile entledigte er sich der nassen Sachen und zog sich Jeans und T-Shirt über. Auf dem Weg nach draußen entdeckte er einen orangefarbenen Zettel, der im Türrahmen klebte.

Louis ist bei Greta! (Smiley)
(Oben unterm Dach, letzte Tür links)
Komm durch den Nebeneingang.
Die Tür ist offen.
Bärbel (Zwinkersmiley)

Mit offenen Turnschuhen lief er los und traf in der Diele auf Jochen, der mit Jasper vor der Treppe stand und sich von ihm berichten ließ, was vorgefallen war.

„Gut gemacht", lobte er Alexander und klopfte ihm mit dem gesunden Arm auf die Schulter. Mit einem Blick auf die losen Schnürsenkel zwinkerte er: „Keine Sorge, den Kindern geht's gut. Bärbel hat Louis rübergeholt, als er wach wurde. Na nun mach schon, geh hoch, dann wirst du's selbst sehen."

„Danke. Auf der Weide ist alles in Ordnung, aber das wird dir Jasper ..."

„Hat er. Jessica auch. Nun geh schon. Das ist ja nicht mit anzusehen, wie hibbelig du bist."

Alexander nahm gleich zwei Stufen auf einmal. Trotz der Eile blieb ihm nicht verborgen, in welch stattlichem Haus er unterwegs war. Wo er hinsah, sah er liebevoll gestaltetes Fachwerk, antike Truhen, Schränke und Bilder, die ganz und gar zum Stil des Gebäudes passten.

Schließlich, unterm Dach angekommen, öffnete er eine Tür, die Jessicas private Räume – Jochens Worte – vom Treppenhaus trennten. Er kam in einem quadratischen Flur an. Hinter einer der fünf Türen drang Kinderlachen hervor. Mit einem leisen Anklopfen betrat er ein Paradies für Mädchen, in dem ein pastellfarbenes Himmelbett den ganzen Raum bestimmte. Er musste vor Rührung schlucken, als er seinen Sohn einträchtig neben Greta darin sitzen sah. Gott war er froh, ihn so glücklich zu sehen. Bärbel saß auf einem Stuhl am Bett und hielt ein Kinderbuch in der Hand, aus dem sie bis eben vorgelesen hatte.

„Komm rein und wundere dich nicht. Unsere kleinen Herrschaften sind noch ein bisschen aufgeregt“, schmunzelte sie. „An Nachtruhe war bis jetzt noch nicht zu denken.“

Er trat neben die Tür und lachte mit erhobenem Zeigefinger. „Was muss ich da hören?“

„Wir wollen aber noch nicht schlafen“, kreischten die beiden Rangen im Duett und quietschten dabei vor Vergnügen.

Bärbel hielt ein Kinderbuch hoch. „Bis eben waren sie noch ganz friedlich, doch als sie Jessica die Treppe hinaufkommen hörten, war es mit der Ruhe vorbei ...“

Als wäre das ihr Stichwort, betrat die Übeltäterin das Zimmer. Alexander stockte der Atem. Sie musste in Turbogeschwindigkeit geduscht haben, denn sie trug nur einen kurzen türkisfarbenen Bademantel, der kaum ihre Oberschenkel bedeckte. Die nassen Haare steckten unter einem weißen Handtuchturban, aus dem sich ein paar feuchte Locken befreit hatten. Sie bemerkte nicht sofort, dass er im Zimmer war, weil er, um dem sich öffnenden Türblatt auszuweichen, hinter der Tür stand.

„Einer muss ja schuld sein", ging sie auf die Aussage ihrer Mutter ein. „Schlimm, dass immer ich das bin", lachte sie und stellte sich mit dem Rücken zu ihm vor das Bett und drehte sich plötzlich entgeistert zu ihm um, als sie ihn schließlich bemerkte.

Alexander musste sich ein Schmunzeln verkneifen und gleichzeitig aufpassen, wo er hinsah. Sie sah in dem kurzen Ding höllisch sexy aus.

Jessica, die regelrecht fassungslos auf seine Anwesenheit reagierte, rang nach Atem. Pikiert sah sie an sich herunter.

„Oh, ich wusste nicht ... ich dachte ...", stammelte sie und heiße Röte krabbelte über ihre Wangen, was sie noch reizvoller aussehen ließ.

„Ich bin hier, weil ich noch mal kurz nach Louis sehen wollte", zuckte er entschuldigend mit der Schulter und trat neben sie.

Was sollte er auch sonst antworten? So, als hätte sie ihre geliebte Latzhose an, stellte er sich zu ihr und versuchte, ihren reizvollen Aufzug zu ignorieren. Die Kinder störten sich daran genauso wenig, wie an der der seltsamen Stimmung, die auf einmal herrschte. Bärbels Mundwinkel zuckten verdächtig, derweil sie das Geschehen zurückgelehnt beobachtete.

„Sieht so aus, als hätte ich hier eh nichts zu sagen, dann kann ich ja wieder gehen", trat Jessica rückwärts die Flucht an und zupfte dabei mit einer Hand verschämt am Saum des Bademantels, während sie mit der anderen im Rücken blindlings nach der Türklinke tastete.

„Ich gehe jetzt meine Haare föhnen, aber danach ist hier zappenduster, verstanden? Es ist schon sehr spät für so kleine Wichte, wie ihr es seid. Morgen früh ist Kindergarten angesagt. Da wird nicht ausgeschlafen!"

Der betont autoritäre Ton gab ihrem Aufzug und dem eiligen Rückzug erst recht eine ziemlich komische Note, was sie in ihrer Aufregung allerdings nicht zu bemerken schien.

„Aber der Louis schläft bei mir!", bestimmte Greta und bot ihrer Mutter unbeeindruckt Paroli.

„Schluss jetzt! Benehmt euch", rief Jessica sichtlich angespannt und trat schleunigst den Rückzug an. Rückwärts, ohne sich umzudrehen.

„Au ja, darf ich, Papa?" Louis strahlte.

„Äh … Moment mal …" Amüsiert zog Alexander eine Augenbraue hoch. Er war sich noch nicht sicher, was ihn mehr erheiterte, Jessicas Auftritt oder die Kinder. Mit erhobener Hand verschaffte er sich Gehör. „Nun mal langsam, wer hat denn das zu bestimmen?"

„Wir!", riefen die zwei Verbündeten so entrüstet, als wäre das die absurdeste Frage der Welt.

„Du bist so gemein." Louis Unterlippe fing bedenklich an zu zittern und es sah aus, als würden sich seine Schleusen jeden Moment öffnen.

Greta, die kleine raffinierte Verschwörerin, zählte da mehr auf die Unterstützung ihrer Großmutter. „Meine Omi hat aber gesagt, dass der Louis bei mir schlafen darf. Guck, da drüben hat sie ihm schon das Bett gemacht." Gebieterisch zeigte sie auf das bereits fertig bezogene Bettsofa, das auf der anderen Seite unter der Schräge stand.

Nun wusste Alexander auch, wo Louis' Bettzeug geblieben war. Wie anscheinend alle Räume des Hauses, war auch dieser relativ groß. Der hohe Kniestock des Dachstuhls gab zudem jede Menge Raum nach oben und schaffte durch die Dachschräge zusätzlich eine heimelige Atmosphäre. Alexander konnte seinen Sohn verstehen, wenn er lieber hierbleiben wollte, anstatt mit ihm zurück in das vergleichsweise kahle Zimmer zu gehen.

„Tja, an mir soll's nicht liegen", zeigte er sich nachgiebig. „Da müsst ihr euch an Jessica wenden. Das kann ich nicht entscheiden."

Für die Frage brauchte Greta keine zweite Aufforderung. Wie ein Torpedo düste sie aus dem Zimmer rüber ins Bad und ließ die Tür sperrangelweit offen. Das Dröhnen des Föhns verstummte prompt. Kurz darauf zerrte sie ihre Mutter hinter sich her, die jedoch – noch immer im Bademantel – zwischen der Türzarge ausharrte.

„Hab ich das nicht schon gesagt, dass das für mich in Ordnung geht?"

„Siehst du, haha", triumphierte die Kleine, sprang wieder ins Bett und hüpfte vor Freude wie ein Gummiball auf der Matratze auf und ab. „Wusst ich's doch, wusst ich's doch", lachte sie so ansteckend, dass Bärbel und Alexander mit einstimmten.

„Pass mal auf, du freche Göre!" Jessica musste sich ebenfalls beherrschen. „Aber nur, wenn ihr jetzt Ruhe gebt", gebot sie mit erhobenem Zeigefinger. „Die Oma liest noch etwas vor und dann ist Schluss. Zwei Seiten. Capito?"

Vor Freude waren die Kinder kaum zu bändigen. Alexander hatte Mühe, seinem Sohn einen Gutenachtkuss zu geben. Doch als Bärbel mit sanfter Stimme anfing zu lesen, wurden sie schlagartig ruhig. Mit einem Schulterzucken und einem Lächeln schickte sie ihn aus dem Zimmer.

Im Flur wollte sich Jessica mit einem flapsigen „Gute Nacht" verabschieden, doch er berührte sie an der Schulter und drängte sie damit, sich umzudrehen.

„Ist das auch wirklich okay für dich?"

Ihre Lider flatterten, als sie ihm flüchtig in die Augen sah. „Aber sicher. Ich hätte nicht zugestimmt, wenn es nicht so wäre. Da brauchst du dir keine Gedanken zu machen. Außerdem ist es doch morgens so viel einfacher für dich, wenn er mit Greta aufstehen kann."

„Das stimmt. Wie? Meinst du, dass er ab jetzt jede Nacht hier schlafen soll?" Träge ließ er seinen Blick über ihr Gesicht zum Dekolleté und schließlich zu ihren nackten Beinen wandern, die unter dem kurzen Bademantel einen aufregenden Anblick boten. Alles an ihr war verdammt aufregend.

Das Knistern, das plötzlich in der Luft lag, war mit den Händen zu greifen. Das schien auch Jessica zu spüren, denn sie nestelte nervös am Gürtel des Bademantels, der straff um die schmale Taille gebunden war.

„Glaubst du im Ernst, dass er morgen wieder drüben bei dir schläft?" Sie sprach den Satz so langsam, als müsse sie ihm jedes Wort auf Chinesisch übersetzen.

Als sein Blick den Rückweg antrat, verschränkte sie hastig die Arme vor ihrer Brust. Schade eigentlich. Der Anblick gefiel ihm. Nicht zu viel, nicht zu wenig. Genau die richtigen Maße für seinen Geschmack.

„Wahrscheinlich nicht", räumte er genauso bedächtig ein. Dabei wurde sein Blick nachdenklich.

„Was? Ist das etwa ein Problem für dich?" Irgendwie klang sie auf einmal gereizt.

„Nein. Ach was, doch nicht meinetwegen", schüttelte er den Kopf. „Ich freue mich, wenn er glücklich ist ... er ist so ungern allein ... ich habe nur vor dem Tag Angst, wenn wir wieder weg müssen. Er wird sich an Greta gewöhnen und ..." Alexander rieb sich müde durchs Gesicht. „Oh je, das wird ein schönes Drama geben."

„Ja, das glaube ich auch ... aber nicht nur für Louis. Greta ist wie verrückt nach deinem Sohn, falls du es noch nicht bemerkt haben solltest", seufzte sie. „Einen richtigen Zeitpunkt gibt es also jetzt schon nicht mehr. Und ein Drama wird es allemal."

„Ja, da hast du wahrscheinlich recht."

Er wandte sich ab, wollte gehen. Das war die einzig richtige Entscheidung, bevor er sich noch zu Sachen hinreißen ließ, die er anschließend bereuen würde. So wie die Luft zwischen ihnen flirrte, war das nicht auszuschließen.

„Alex?" Ihre Stimme war nicht mehr als ein Hauch.

Er drehte sich verwundert um. Bisher hatte sie es tunlichst vermieden, ihn beim Namen zu nennen. Und dann auch noch diese Koseform und dieser Ton. So schuldbewusst.

„Ja?"

„Wegen vorhin ... du weißt schon. Auf der Weide ...", sie schluckte, „es tut mir leid, dass ich mich da so ... so bescheuert aufgeführt habe, normalerweise ..." Sie zog eine selbstironische Grimasse und hob hilflos die Schultern.

Ein schelmisches Lächeln huschte über sein Gesicht, bevor er übertrieben seufzte. „Schon gut ... ich gewöhn mich allmählich dran."

Aus dem Moment heraus ging er einen Schritt auf sie zu und fing ihren Blick ein. Mit Genugtuung registrierte er, dass sie das nicht kaltließ, denn ihr Atem stockte und ihre Lider begannen wieder zu flattern. Symptome, die er sehr wohl zu deuten wusste. Aus einer Vorahnung heraus, die er nicht das erste Mal hatte – jedenfalls nicht bewusst – ging ihm ein Licht auf. Nein, ein ganzer Kronleuchter! Ihr Verhalten, das Herumgezicke, die Launen. Was war er doch für ein Einfaltspinsel, dass er das nicht früher geschnallt hatte?

Sie stand auf ihn! Und er hätte bis zu diesem Moment von sich behauptet, sich mit Frauen auszukennen. Warum ihm das bei ihr erst jetzt bewusst wurde – keine Ahnung. Vielleicht, weil sie so verdammt widersprüchlich war – und nicht zu vergessen – auch ein bisschen zur Chefetage gehörte.

Egal. Der Mann in ihm hatte Feuer gefangen und wollte es genau wissen. Gegen jede Vernunft und alle Konventionen. Spontan umfasste er ihre Taille und zog sie kraftvoll und schnell ganz nahe zu sich heran. So nahe, dass sie wie von selbst die Arme von ihrer Brust löste und unentschlossen an den Seiten herunterbaumeln ließ. Erschrocken schnappte sie nach Luft und war offensichtlich so überrascht, dass sie außerstande war, zu sprechen.

„Atme Jessica!" Zärtlich und amüsiert strich er ihr durch den weichen Stoff des Bademantels über den Rücken und musste sich zusammenreißen, seine Hände nicht weiter nach unten wandern zu lassen. Denn genau wie er vermutet hatte, war sie offenbar buchstäblich nackt darunter. Durch sein T-Shirt spürte er die weichen Rundungen ihrer Brust an seiner und musste tief Luft holen.

„Ich möchte nicht den Notarzt bestellen müssen, nur weil ich dir eine *gute Nacht* wünschen will."

Sie blieb still, starrte ihn lediglich mit großen Augen an, die vollen Lippen dabei leicht geöffnet.

Grundgütiger, wie sollte er da vernünftig bleiben? Er beugte sich zu ihr herunter und widerstand der Versuchung, sie auf den Mund küssen. Als seine Lippen ihre Wange streiften, schlang sie die Arme um ihn. Hilfe, jetzt wurde es gefährlich. Sie roch so verdammt gut. Und er hatte das Duschen noch vor sich. Seine Ex hatte das nie gestört, wenn sie scharf auf ihn gewesen war. Schwachsinn, schalt er sich. Als wenn das grade ein Thema wäre.

So spontan wie er sie umarmt hatte, ließ er sie auch wieder los.

„Muss ich mich jetzt bei dir entschuldigen oder sind wir quitt?", raunte er und grinste sie dabei so spitzbübisch an, wie es ihm unter den gegebenen Umständen möglich war. In Wirklichkeit war es für ihn allerhöchste Eisenbahn, flugs das Weite zu suchen. Ein mächtiger Ständer drückte ihm bereits schmerzhaft gegen die enge Jeans. Und das war nichts, was sie wissen musste.

Jessica verschränkte erneut die Arme vor der Brust und sprach betont langsam. „Dann sollte ich wohl besser aufpassen, nicht mehr in deine Schuld zu geraten. Wer weiß, was du sonst noch einforderst!" Ihr Blick war schwer zu deuten.

„Keine Sorge" zwinkerte er ihr zu. „Ich fordere – wenn überhaupt – nur ein, was man mir vorher angeboten hat. Schlaf gut, Jessie."

„Du auch, Alex."

Auf dem Weg in sein Zimmer wurde ihm das ganze Ausmaß seiner Spontanaktion klar. Heiliger Bimbam, was hatte er sich dabei nur gedacht? Gar nichts, weil ein anderer – ziemlich vernachlässigter Körperteil – die Regie übernommen hatte. Verfluchter Mist! Und wenn Louis tatsächlich weiterhin bei Greta übernachten würde – was ziemlich realistisch war – musste er auch noch regelmäßig in Jessicas Privaträume gehen. Lieber Himmel, wo sollte das nur hinführen? Er brauchte dringend Abstand, um seinen Prinzipien nicht untreu zu werden. Sehr dringend sogar, sonst konnte er für gar nichts garantieren. Zumal Jessica nicht abgeneigt gewesen war. Und er war schließlich nicht der heilige Franziskus.

7

Nach einer schlaflos verbrachten Nacht, in der sie an nichts anderes hatte denken können als an Alexander, Liebe im Allgemeinen, Sex im Besonderen – natürlich mit ihm – und ihr Debakel mit Dennis, quälte sich Jessica am nächsten Morgen völlig zerschlagen aus dem Bett. Wenn sie Alexander doch nur in seine Schranken verwiesen hätte, dann müsste sie sich jetzt nicht so fühlen. Hätte!

Als wenn die Grübelei noch etwas bringen würde. Wenn es um Männer ging, hatte sie wirklich einen Selbstzerstörungstrieb, der seinesgleichen suchte. Solange sie Alexander nur im Geheimen angeschmachtet hatte, war alles gut gewesen, doch nun wusste er ganz genau, wie es um sie stand. Hühnerkacke!

Doch so einfach würde sie es ihm nicht machen, schwor sie sich. Oh nein! Auch wenn sie ihm gezeigt hatte, dass er ihr nicht egal war, bedeutete das noch lange nicht, dass sie sich kampflos ergeben würde. Wütend auf sich selbst zu sein, konnte auch etwas Positives hervorbringen. Und Nachdenken half. Zwar hatte sie sich dafür unfreiwillig die ganze Nacht um die

Ohren geschlagen, aber sie war zu einem Ergebnis gekommen. Jepp, und zu keinem Schlechten, wie sie fand.

Ihr Vater spielte dabei eine nicht ganz unwesentliche Rolle. Genau genommen war es sogar seine Idee gewesen. Auf jeden Fall gab es nun einen Plan, den sie zu verfolgen gedachte. Noch heute würde sie ihn in die Tat umsetzen. Denn so viel stand fest: Kein Mann hatte das Recht, sie ein zweites Mal im heulenden Elend allein zurückzulassen, sodass sich das ganze Dorf das Maul darüber zerreißen konnte. Auch wenn der Kerl, um den es ging, noch so verflucht attraktiv war. Niemals! Eher gäbe es Tote.

Bevor sie sich auf den Weg machte, die Kälber zu füttern, warf sie noch einen schnellen Blick ins Kinderzimmer, in dem die beiden Nachtschwärmer natürlich noch tief und fest schliefen. Rasselbande.

Dankbar dafür, nicht länger Zeit zum Grübeln zu haben, stürzte Jessica sich in die Arbeit. Doch *so* anspruchsvoll war das Versorgen der Jungtiere nun auch wieder nicht, dass sie darüber die Flut von Gedanken über einen gewissen Kerl mit Traummaßen hätte aufhalten können. Ach, hatte der sich gut angefühlt! So unwiderstehlich kraftstrotzend und männlich. Da musste man doch auf dumme Gedanken kommen. Jessica befürchtete, dass sie die Sehnsucht nach mehr, die er in ihr entfacht hatte, so schnell nicht mehr aus dem Kopf bekommen würde und hatte ebenfalls Zweifel, dass ein Frauenversteher aus Silikon da Abhilfe leisten konnte. Vor allem, weil ihr das dafür benötigte Equipment noch nicht einmal zur Verfügung stand. Allein für die Blitzumarmung, mit der er sie so himmlisch stürmisch ... na ja ... ein bisschen überfallen hatte, würde sie schon ohne Wasserflasche durch die Wüste gehen. Heiliger Strohsack! Wie sollte sie ihm da noch unter die Augen treten, ohne sich daran zu erinnern, wo sie doch sowieso schon an nichts anderes mehr denken konnte, als ... kuscheln!

Jetzt ist aber mal Schluss, Frau Wackernagel!

Wütend feuerte sie eine Gabel mit Mist auf den Schubkarren, worauf der bedenklich ins Wanken kam. Wie gut, dass sie sich einen Plan ausgedacht hatte, um das sich anbahnende Desaster im Keim zu ersticken.

Inzwischen war es halb acht. Die Kälber waren rundum versorgt und es gab leider keinen einzigen Grund mehr, den Gang in die Küche noch länger hinauszuzögern. Könnte sie doch nur die Uhr um eine Stunde vordrehen. Dann hätte sie wenigstens das Frühstück hinter sich. Die nächsten Wochen würden noch schwierig genug werden. Herr, hilf!

Egal wie, sie musste jetzt irgendwie da durch. Oh Gott, und das bei ihrem Talent zum Glücklichsein! Never ever. Wie sehr beneidete sie die Frauen, die es ganz natürlich verstanden, zu flirten und zu kokettieren. Einfach so, mit einem kessen Augenaufschlag und einem verheißungsvollen Lächeln. Leider fehlte ihr dieses Gen. In ihre verflossenen Liebesgeschichten war sie hineingeschlittert, ohne recht zu wissen wie. Und jetzt sollte sie so tun, als wäre sie die coole, selbstsichere Jessica? Die war sie noch nie gewesen, zumindest nicht, wenn es um Männer ging, auch wenn sie mit ihrer großen Klappe so tat, als sei sie überlegen. Weit gefehlt. Zu verstehen war das nicht, denn bis auf Dennis hatte sie keine schlechten Erfahrungen mit dem starken Geschlecht gemacht.

Sie war eben schüchtern, auch wenn solche Gefühlsregungen ein bisschen aus der Mode gekommen zu sein schienen. Woher sollte sie auch wissen, wie das bei anderen war? Es gab keine beste Freundin, mit der sie sich darüber austauschen konnte. Ihre *beste Freundin* war ein Mann!

Apropos! In dem Zusammenhang fiel ihr der Notfallplan wieder ein, den sie in ihrer Verzweiflung letzte Nacht geschmiedet hatte. Hektisch zerrte sie das Handy aus der Hosentasche, um dann mit einem Blick auf den WhatsApp-Chat einen frustrierten Seufzer auszustoßen. Immer noch keine Nachricht von Steffen. Dabei hatte sie ihn so dringend gebeten, sie zurückzurufen. Sie wusste, dass das nicht daran scheiterte, dass er noch schlief. Ein Workaholic wie er arbeitete um diese Uhrzeit längst.

Nur die Vorstellung, Alexander gleich zu begegnen, ließ ihren Puls pfeilartig in die Höhe schnellen. Er würde sie noch nicht einmal ansprechen müssen, um sie aus dem Konzept zu bringen. Ein harmloser Blick würde da schon reichen. Und dann würde hundert Pro das passieren, was ihr in solchen Momenten immer passierte: Sie würde Geschirr umstoßen, Kaffee verschütten oder sich so arg verschlucken, dass garantiert jeder am Tisch etwas davon hatte. Schöne Vorstellung, zumal Alexander ihr gegenübersaß. Scheibenkleister! So hatte sie sich die Zusammenarbeit mit dem Betriebshelfer vorgestellt. Genau so!

„Mami, da bist du ja endlich", rief Greta freudestrahlend, als Jessica eine Viertelstunde später als sonst in die Küche kam. Das aufgeregte Gespräch, in dem es natürlich um die Sabotage auf der Weide ging, verstummte prompt. Jochen hatte einen hochroten Kopf und seine Augen sprühten vor Zorn. Bärbel streichelte ihm beschwichtigend über den gesunden Arm. Doch es half nichts. Wenn es um seine Lieblinge ging, verstand er weniger als keinen Spaß.

Alexander verfolgte das Geschehen ruhig, redete nur, wenn er gefragt wurde und behielt seinen Sohn im Auge, dem das Glück aus allen Poren spross. Als Jessica an den Tisch kam, reichte er ihm vorsichtig eine mit Marmelade bestrichene Brötchenhälfte und bat ihn, aufzupassen, dass er nichts auf sein T-Shirt kleckerte.

Ein wenig enttäuscht darüber, dass Alexander sie nicht beachtete, setzte Jessica sich zu den Kindern auf die Eckbank und ärgerte sich über sich selbst, weil sich ihre Augen nicht von seinem zerzausten Blondschopf lösen konnten. Wie es aussah, hatte er keine Zeit mehr gefunden, sich zur rasieren. Erst als sie die wachsamen Blicke ihrer Eltern auf sich spürte, wandte sie sich ertappt Greta zu.

„Was hat dich denn so lange aufgehalten?", wollte Jochen wissen.

Nun waren alle Augen auf sie gerichtet, auch die von Alexander, allerdings nicht lange, denn er widmete sich gleich darauf wieder seinem Sohn, der noch etwas Kakao haben wollte.

Na toll, und sie schlug sich für ihn die Nacht um die Ohren …

„Guten Morgen, meine Süße." Die Frage ihres Vaters vorerst ignorierend, küsste sie Greta auf die Wange und streichelte Louis nebenher über den Arm. „Na, wie habt ihr beiden denn heute Nacht geschlafen?"

„So gut wie noch nie, Mama. Ich will nur noch mit Louis schlafen", seufzte ihre Tochter theatralisch, während ihr Freund strahlend dazu nickte.

Jasper prustete sofort los, Jochen verdrehte die Augen und Bärbel schmunzelte.

„Ja …", räusperte sich Jessica und konnte nicht umhin, Alexander anzuschauen. Auch er hielt sich die Hand vor den Mund, um nicht laut aufzulachen. Sie war nicht im Mindesten so belustigt wie die anderen, dafür war sie viel zu angespannt. „Da können wir dann ja heute Abend noch mal drüber sprechen, hm?", ging sie auf Greta ein und richtete ihre Aufmerksamkeit auf die Kinder. „Wenn Louis' Papa …"

„Der hat schon ja gesagt", erklärte der Junge prompt mit einer Selbstsicherheit, die wieder die ganze Tischrunde zum Lachen brachte.

„Na, dann hätten wir das ja auch geklärt." Jessica nahm sich ein Brötchen und wandte sich schließlich ihrem Vater zu, der sich die Lachtränen aus den Augen rieb. „Es ist alles in Ordnung, Papa. Ich hab einfach nur die Zeit vertrödelt. Tut mir leid."

„Schon gut, Jessie", winkte er kichernd ab, „Gott sei Dank. Eine Baustelle reicht." Er holte noch mal tief Luft und dann wurde seine Miene ernst.

„Einer sollte auf der Weide nach dem Rechten sehen. Solange wir nicht wissen, wer dahintersteckt, müssen wir das im Auge behalten. Am besten zweimal am Tag."

„Morgens kann ich auf dem Weg zum Kindergarten dort vorbeifahren. Das ist kein Umweg", erklärte Bärbel.

„Dann übernehme ich abends", nickte Alexander, „jetzt, wo Louis bei Greta übernachtet, ist das für mich kein Problem. Aber sicher doch erst, wenn es schon dunkel ist, oder?"

„Ja, im Hellen wird sich das keiner trauen, am Zaun rumzufummeln. Die Straße ist gut befahren." Jochen schüttelte resigniert den Kopf. „Du kannst den Mercedes nehmen. Der Schlüssel hängt ..."

An der Haustür klingelte es Sturm. Dreimal kurz hintereinander.

„Mein Gott", schimpfte Bärbel, legte die angebissene Brötchenhälfte zurück auf den Teller und sprang von ihrem Stuhl auf, „was denken denn die Leute? Dass wir vor der Haustür frühstücken?"

„Kommt die Post jetzt neuerdings früher?" Jochen sah auf die Uhr.

„Na, wenn ich alles glaube, aber das nicht." Bärbel lief in den Flur. „Die bringen unsere Post doch in den Laden."

Sie riss die Tür auf, schnappte nach Luft und wollte sich schon über die Art und Weise zu klingeln beschweren, doch dabei blieb es. Vor ihr standen zwei Polizeibeamte.

„Guten Morgen", der Jüngere trat näher, „entschuldigen Sie die frühe Störung, aber wir sind hier, um die Ermittlung von gestern Abend zu beenden. Wenn ich bitte Frau Wackernagel sprechen könnte?"

„Die steht vor Ihnen." Bärbel war noch nicht bereit, ihn ohne Entschuldigung zu entlassen. Da konnte sie nachtragend sein.

„Oh", war alles, was der adrette Polizist sagen konnte.

„Die frühe Störung ist nicht das Problem", wies ihn Bärbel zurecht, „bei Landwirten ist es eher üblich, dass sie zeitig auf den Beinen sind. Wenn Sie das nächste

Mal nur so klingeln könnten, wie wir das von gesitteten Menschen gewohnt sind, wäre ich Ihnen dankbar."

Mit einer nonchalanten Handbewegung, die die Queen von England nicht besser gekonnt hätte, verabschiedete sie sich. „Kleinen Moment, ich schicke Ihnen meine Tochter."

Jochen sah seiner Frau feixend entgegen, als Bärbel hereinkam. Durch die offene Küchentür war das Gespräch zwischen ihr und den Polizisten nicht ungehört geblieben.

„Was?" Bärbels Augen blitzten. „Glaubt ihr vielleicht, ich kann nur nett sein? Das könnte ein Fehler sein ...", zwinkerte sie dann schon wieder versöhnlicher und hob den Zeigefinger in Richtung ihrer Tochter, als sie hörte, wie sie mit drollig verdrehten Augen murmelte: „Ich ganz bestimmt nicht."

„Vorsicht!"

„Was denn? Ich sage doch nur, dass *ich* das nicht glaube."

„Grade noch mal Glück gehabt, Fräulein. Du wirst übrigens draußen erwartet. Und jetzt würde ich gerne in Ruhe mein Brötchen aufessen, wenn's recht ist."

„Ich komme mit, Jessie", lachte Jochen und strich seiner Frau besänftigend über den Rücken. „Wollen wir doch mal sehen, ob wir den Herren Beamten nicht helfen können." Dann stapfte er hinter Jessica her.

So fand die Frühstücksrunde ein abruptes Ende. Die Kinder liefen ins Bad, um sich die Hände zu waschen, und Bärbel beeilte sich, hinterherzukommen.

„Könnt ihr wenigstens die frischen Lebensmittel in den Kühlschrank stellen?", rief sie, während sie die Rucksäcke der Kinder packte. „Ich schaff das nicht mehr. Alles andere könnt ihr stehen lassen. Räum ich nachher weg."

„Vermisst du eigentlich nichts?" Jasper stapelte Vorratsdosen mit Wurst und Käse übereinander und zwinkerte seinem neuen Kollegen zu.

Alexander, der die übrig gebliebenen Brötchen in die Tüte packte, hob ahnungslos die Schultern. „Nee, nicht dass ich wüsste."

„Hinten am Bach, neben dem Zaun, habe ich einen Arbeitshandschuh gefunden. Ich dachte, der gehört dir."

Alexander verstaute die Brötchentüte im Brotschrank und schüttelte den Kopf. „Nee, meiner kann das nicht sein. Ich weiß genau, dass ich beide eingesteckt habe. Der muss jemand anderem gehören."

„Komisch. Dann muss ich Jochen fragen, aber ...", Jasper sah nachdenklich zur Küchendecke, „... eigentlich kann das nicht sein, der Handschuh war trocken und kann nicht lange dort gelegen haben."

„Wirklich seltsam", nickte Alexander, „und wenn er Jessica gehört?"

„Nee, dafür ist er viel zu groß. Außerdem hat sie knallrote. Sie steht auf Rot."

„Aha. Dann sollten wir den Handschuh auf jeden Fall aufbewahren. Das wird Jochen sicher auch interessieren."

Sie gesellten sich zu Jessica und ihrem Vater, die den Polizisten auf dem Hof vor der Treppe Rede und Antwort standen. Bärbel hetzte mit den Kindern an ihnen vorbei. Es kam selten vor, dass sie so spät dran war. Im Hort wurde es nicht gern gesehen, wenn man den Tagesablauf durch Verspätung durcheinanderbrachte.

Wie schon am vergangenen Abend richtete der jüngere Beamte sein ganzes Augenmerk auf Jessica, während der ältere Jasper und Alexander befragte. Kaum dass das Wichtigste besprochen war und das Gespräch sich um allgemeine Themen drehte, fuhr ein nagelneuer Audi-SUV auf den Hof.

„Oh nein, der schon wieder", rutschte es Jasper heraus, bevor er sich räusperte. „Sorry, aber der geht mir echt auf den Sack."

Ein stämmig aussehender Mann mit dunklen Haaren warf die Autotür hinter sich zu und kam auf das Grüppchen zu.

„Na, das passt ja! Tag, die Herrschaften – Jochen, Jessica", platzte er in die Runde, ohne sich darum zu scheren, dass sie miteinander im Gespräch waren.

Sein prüfender Blick blieb besonders an Jessica hängen, die sich damit sofort unbehaglich fühlte. Das war jedes Mal so, wenn sie Bertram Schaumlöffel, der von allen nur Berti gerufen wurde, begegnete. Sie mochte ihn einfach nicht, ekelte sich regelrecht vor ihm. Es lag nicht nur daran, dass er ein wenig unförmig war, altbackene Kleidung trug und einen langweiligen Haarschnitt hatte. Ein bisschen ja, aber viel mehr an den blassen Schweinsaugen, aus denen heraus er die Welt stets misstrauisch und verschlagen betrachtete. Die passten bestens zu seiner schmierigen Art, der aufgesetzten Freundlichkeit und dem säuselnden Tonfall, wenn er etwas erreichen wollte.

„Berti. Was verschafft uns die Ehre?", grüßte ihn Jochen zurückhaltend.

„Na, du kannst Fragen stellen!", lachte Berti gönnerhaft. „Der Unfall, was denn sonst?"

„Und was hast du damit zu schaffen?" Jochens Blick blieb skeptisch.

Alexander, dem die unfreiwillige Gesprächsrunde schon viel zu lange dauerte, trat von einem Fuß auf den anderen und sah entnervt auf die Uhr.

„Braucht mich hier noch jemand? Wenn nicht, ich hätte nämlich noch ein bisschen was zu tun."

„Nein, mach dich los. Du weißt, was zu tun ist. Jasper, du mixt das Kraftfutter an, okay?"

„Aye aye, Chef." Der Auszubildende, dem die Erleichterung über die Aufgabe ebenfalls im Gesicht stand, salutierte mit der Hand an der Stirn und lief eilig los.

„Wir wollen dann auch mal los." Der ältere Polizeibeamte schüttelte nur Hände, während der jüngere Jessica obendrein noch ein hoffnungsvolles Lächeln schenkte.

„Ist doch immer ein komisches Gefühl, wenn man die Herren von Blau-Weiß-Wiesbaden zu Besuch hat, was?" Berti starrte dem Polizeiwagen hinterher, als dieser vom Hof fuhr.

„Lässt sich nun mal nicht ändern", entgegnete Jochen knapp.

„Aber deine Leute, die wissen, wer hier der Chef ist." Berti deutete mit dem runden Kinn auf Jasper, der in der Scheune verschwand.

Jessica hielt mit Mühe einen genervten Seufzer zurück. So ein Geschwafel fehlte ihr an diesem Morgen gerade noch.

„Wenn du mich brauchst, ich bin im Büro", nickte sie ihrem Vater zu. Viel länger würde sie den Brechreiz, der sie jedes Mal in Bertis Nähe überkam, nicht unterdrücken können.

„Aber aber", stellte sich der ihr in den Weg und sah sie grinsend an, „wer wird denn gleich? Ich freue mich doch, dich zu sehen."

Ich mich aber so was von gar nicht, du Blödmann, dachte sie. Der glaubte doch tatsächlich, er wäre unwiderstehlich, nur weil er mit so einer sündhaft teuren Karre vorfuhr.

Berti war ein bisschen größer als sie, weshalb sie ihm mitten ins Esszimmer schauen durfte. Dankeschön! Ein schönes Gebiss sah auch anderes aus. Mein Gott, der war ja echt vom Leben gestraft. Da würde auch das Privatfahrzeug der Queen von England nichts mehr ausrichten können.

„Du bist doch sicher hier, weil du zu meinem Vater willst, Berti. Ich muss mich leider verabschieden, denn ich habe zu tun", bemühte sie sich um einen freundlichen Ton und zwang sich zu einem angedeuteten Lächeln.

„So würde ich das an deiner Stelle aber nicht sehen, Jessie." Er berührte sie am Arm, worauf ihr sofort ein unbehaglicher Schauer den Rücken hinunterjagte. „Ich bin hier, weil ich *euch* helfen will, das wird dich sicher interessieren. Schließlich bist du die zukünftige Chefin."

„Da steht der Chef!" Jessicas Ton wurde schroffer. Allmählich wurde es ihr zu bunt. „Er wird mich, wenn er es für richtig hält, schon unterrichten. Und glaub mir, er wird noch sehr lange das Sagen hier haben. Und jetzt entschuldige mich bitte!"

Mit kerzengeradem Rücken eilte sie davon und musste sich zusammenreißen, um nicht lauthals loszuschimpfen.

„Ist die immer so zickig?“, meckerte Berti, nachdem Jessica verschwunden war.

„Kann ich so nicht sagen“, erwiderte Jochen gedehnt, wobei seine Mundwinkel zuckten. „Aber du bist doch nicht hier, weil du mit mir über Jessica reden willst.“

„Na ja, ein bisschen schon. Warum nicht? Abgesehen davon, dass ich von dem Unfall erfahren habe ...“

Jochen horchte auf und hob eine Augenbraue. „Woher weißt du das überhaupt?“

„Ach, wie das so geht. Ich war gestern Abend zum Skat spielen im Dorfkrug, da haben alle davon geredet. Na ja, und weil meine Weide auf der anderen Seite vom Bach liegt ...“

„Wie? Ich dachte, die gehört dem alten Hildebrand ...“

„Gehört sie ja auch. Ich hab sie nur von ihm gepachtet.“

„Hm, und mit was willst du uns helfen? Hast du selbst nicht genug zu tun?“

„Doch, natürlich, äh ... ich war nur grad auf dem Weg ins Dorf und da dachte ich mir, ich schau mal bei dir vorbei, wo du doch so ein Pech hattest ...“

Berti suchte nach Worten und wirkte auf einmal seltsam unsicher, wo er doch sonst eher großmäulig war. Jochens Verdacht verdichtete sich. Erst die zweideutige Aussage in Bezug auf Jessica und dann dieses eigenartige Verhalten. Ihm fiel die Geschichte mit dem Testament ein, von dem Bärbel erzählt hatte. Nun verstand er auch, weshalb sich Berti so über Jessicas Abfuhr mokierte.

„Danke der Nachfrage, aber wir brauchen keine externe Hilfe mehr“, reagierte Jochen schnell, „für solche

Fälle gibt's Betriebshelfer. Du siehst also, es geht alles seinen Gang."

„Der große Blonde eben, war er das?"

„Ja. Da haben wir richtig Glück gehabt. Der kann was."

„Ja, aber … den hab ich ja noch nie gesehen. Ist der neu?"

„Nein, aber woher willst du ihn auch kennen, wo du deine festen Arbeiter hast? Betriebshelfer werden doch nur in einem Fall wie bei uns eingesetzt. Aber dass ich dir das erklären muss …", schüttelte er verwundert den Kopf.

„Natürlich weiß ich das selbst, aber …"

„Berti, warum bist du wirklich hier?" Jochens Blick wurde stechend.

„Ähm, aber das hab ich dir doch gesagt … außerdem ist mir eingefallen, dass du vor Wochen mal nach der fahrbaren Viehtränke gefragt hast. Deine war zur Reparatur. Du kannst sie haben. Im Moment brauche ich sie nicht."

„Wie?" Jochen runzelte verständnislos die Stirn. „Was soll das denn jetzt? Wenn ich mich recht entsinne, hab ich dir schon am nächsten Tag gesagt, dass ich sie nicht mehr brauche. Die Reparatur war eine Lappalie. Die Tränke ist längst wieder im Einsatz."

Jochen machte einen Schritt auf Berti zu. Wenn er Bertram nicht schon seit seiner Geburt kennen würde, hätte er ihm das Hilfsangebot vielleicht sogar abgekauft. Doch das wäre dann das erste Mal, dass der etwas täte, was nicht eigennützig war. „Hör zu!" Jochen sah seinen unerwünschten Gast eindringlich an. „Ich freue mich über jeden, der helfen will, aber bei dir werde ich das Gefühl nicht los, dass du noch was anderes auf dem Herzen hast."

Berti ruderte mit den Armen und schnappte nach Luft. Dass Jochen so direkt sein musste.

„Also, da will man mal hilfsbereit sein", schnarrte er deshalb und wollte zu seinem Wagen gehen, „schade, dass du das so siehst." Pikiert zog er eine Art Chip aus der Hosentasche, mit dem er den Audi entriegelte.

Jochen folgte ihm, stellte sich ihm in den Weg und stach mit dem Zeigefinger in seine Richtung. „Ich weiß zwar nicht, was du im Schilde führst, aber merk dir ein für alle Mal: Kuhhandel kannst du hier keinen betreiben!"

Jeder der Jochen kannte, wusste, wenn er in dieser Tonlage sprach, war nicht mehr mit ihm zu spaßen.

„Wie meinst du das denn?" Berti öffnete die Wagentür und drehte sich noch einmal verwundert um.

„So wie ich's gesagt habe."

Mit diesen Worten ließ Jochen ihn stehen und stakste wütend ins Haus. Was manche Leute sich einbildeten! Lieber Gott, wenn Dummheit wehtäte.

8

Am frühen Nachmittag neigte sich Jessicas Leistungskurve bedenklich nach unten. Die schlaflose Nacht zeigte allmählich ihre Nachwirkungen. Weil an ein Mittagspäuschen nicht zu denken war, kompensierte sie den Schlafmangel mit Kaffee und Süßigkeiten. Ihre Eltern waren unterwegs, um einen Nachsorgetermin im Krankenhaus wahrzunehmen, zu dem ihr Vater regelmäßig musste. Dafür nutzten sie den Geländewagen. Weil Jessica Jochens Sportwagen nicht für eine Strecke von gerade mal einem Kilometer aus der Garage holen mochte, nur um ein paar Notwendigkeiten aus dem Dorf zu besorgen, entschied sie sich fürs Fahrrad.

Nachdem sie Bärbels Spezial-Gesichtscreme aus der Apotheke und Gretas herausgelassene Hose von der Änderungsschneiderin geholt hatte, machte sie sich auf den Weg zur letzten Station, dem Lebensmittelladen. Gedanklich mit dem, was sie auf gar keinen Fall vergessen durfte beschäftigt, schob sie das praktische Hollandrad mit dem geräumigen Korb vor dem Lenker in eine Metallstütze, die direkt vor dem Laden angebracht war und zog den Einkaufszettel aus dem Rucksack.

„Jessie! Oh, das passt ja prima, dass ich dich hier treffe. Ich hätte dich sonst angerufen."

Jessica hob den Kopf und blickte in das reizende Antlitz von Sarah von Freyenhof, der Frau, die sich vor einigen Jahren den begehrtesten Junggesellen des Dorfes geangelt hatte. Auch jetzt wieder, wenn man sie so ansah – selbst in Allerweltsklamotten – war die junge Baronin ein echter Hingucker. Wenn sie nicht so eine unglaublich nette und unkomplizierte Person wäre, hätte man wirklich neidisch werden können. Doch Sarah war einfach so sympathisch, dass man das nicht lange durchhalten würde.

„Sarah! Hey, wie geht's dir?"

„Danke, gut. Sehr gut sogar." Ihr Gesicht begann zu leuchten, als sie sich mit der Hand über den Bauch fuhr.

„Oh", rief Jessica, „du ... du bist wieder schwanger!"

„Ja", strahlte sie, „das stimmt. Komm, lass uns ein Stück zur Seite gehen, dann können wir reden. Ich freue mich wirklich, dich zu treffen, man sieht dich ja so selten im Dorf ..."

„Ich arbeite halt immer. Und jetzt, wo mein Vater den Unfall hatte, noch mehr."

Sarahs Blick, mit dem sie Jessica ruhig ansah, ließ erahnen, dass sie ihr Ausweichmanöver durchschaute, aber nicht darauf eingehen wollte.

Sie suchten sich eine ruhigere Stelle, abseits des Markteingangs, wo Sarah den prall gefüllten Weidenkorb vor ihren Füßen abstellte.

„Aber das verstehe ich doch", sagte sie nur und winkte einer Frau, die an ihnen vorbeiging, zu.

„Wann ist es denn soweit? Man sieht aber noch nichts." Jessica starrte auf Sarahs Bauch.

„Es dauert ja auch noch. Der Geburtstermin ist Ende Januar. Trotzdem ist Hendrik jetzt schon ganz aus dem Häuschen. Meine Schwiegereltern noch viel mehr, weil Dorit ...", Sarah schlug sich die Hand vor den Mund, „... ach, ist jetzt auch egal. Das halbe Dorf weiß es eh schon. Eike und Dorit bekommen ebenfalls Nachwuchs. Sie sind so glücklich, mussten wieder eine ganze Weile darauf warten, aber jetzt hat's endlich geklappt."

Jessica strich Sarah über den Arm. „Wie schön für euch ..." Ergriffen von der Neuigkeit, versagte ihr kurz die Stimme. Warum sie derart emotional darauf reagierte, dass Sarah und ihre Schwägerin wieder ein Kind erwarteten, verstand sie selbst nicht. Wahrscheinlich lag es daran, dass ihre Ältesten, Johannes und Elisa, genauso alt waren wie Greta. Natürlich gönnte Jessica ihnen das Familienglück. Uneingeschränkt. Dabei war sie sich sehr wohl bewusst, dass sie selbst ebenfalls großes Glück hatte – rein familiär gesehen – als Tochter eines der reichsten Bauern in der ganzen Gegend. Genauso wie Sarah und ihre Schwägerin, denen es materiell an nichts fehlte, im Gegensatz zu ihr. Aber sie wussten obendrein, wie es sich anfühlte, den richten Mann gefunden zu haben und Kinder zu kriegen, ohne befürchten zu müssen, sitzengelassen zu werden.

Leider konnte Jessica den naiven Wunschtraum, doch noch einen liebevollen Mann und Lebenspartner für sich zu gewinnen, nicht immer erfolgreich unterdrücken. Dieser Heile Welt-Traum befiel sie insbesondere in solchen Momenten, wenn sie Frauen ihres

Alters begegnete, die das lebten, über das sie nur phantasieren konnte.

Ein Grund mehr, solchen Gelegenheiten aus dem Weg zu gehen, beschloss sie und wusste im gleichen Moment, dass das unmöglich sein würde. Sie spürte Sarahs abwartenden Blick und war heilfroh, dass die hübsche Blondine keinen Schimmer hatte, worüber sie gerade nachdachte.

„Äh ... wegen was wolltest du mich denn anrufen?", beeilte sich Jessica weiterzusprechen.

„Es geht um die Kirmes." Sarah schob sich eine Strähne ihres weizenblonden Haares hinters Ohr. „Du weißt doch sicher, dass unser Dorf dieses Jahr das Fest ausrichtet, oder?"

„Ja, meine Mutter hat so was erwähnt."

„Prima. Wir haben ein paar Veranstaltungen für Kinder zu organisieren. Und dazu wollte ich dich einladen. Wir treffen uns morgen Abend bei meinem Schwager im *Edlen Ross*. Ich würde mich sehr freuen, genauso wie Maritta, Dorit und Simone, wenn du ..."

„Ich weiß nicht ... ich ..."

„Weiß Greta schon, dass sie in diesem Jahr mit ihrem Pony auch bei der Parade mitreiten darf?", ignorierte Sarah unschuldig dreinschauend erneut Jessicas Versuch, sich herauszureden. „Johannes und Elisa können es kaum erwarten, so zappelig sind sie deswegen schon", schüttelte sie nur lachend den Kopf.

Oh Gott, was war sie nur für eine Rabenmutter, rügte sich Jessica im Stillen. Wie hatte sie das nur vergessen können? Und was musste Sarah jetzt von ihr denken? Greta liebte das Reiten auf ihrem Pony genauso, wie sie es selbst als kleines Mädchen getan hatte. Ab dem vierten Lebensjahr durften die jüngsten Reiter bei der Parade mitreiten, sofern sie ein Pony hatten. Ehrensache für die Freyenhof-Kinder, schließlich betrieb die Familie ein Gestüt mit Ferienfreizeit, bei dem Jessica als Teenager oft und sehr gerne mitgeholfen hatte. So lange, bis Dennis in ihrem Leben aufgetaucht war. Danach war eine neue Zeitordnung angebrochen. Von Tag und Stunde an hatte Jessica alle gemieden, die von ihrer Affäre mit Dennis wussten – bis heute. Dumm nur, dass Dorit von Freyenhof, Sarahs Schwägerin, genau wie Jessica und Sarah im selben Jahr entbunden hatten. Alle aus einem Dorf, in einem Kindergarten und eben auch auf einer Kirmes, die im Gemeindeverbund von drei Dörfern, nun in diesem Jahr in ihrem Dorf stattfinden sollte. Scheibenkleister. Damit war es unvermeidlich, dass Greta von der Parade erfuhr.

„Ehrlich gesagt, nein …“, Jessica schluckte. „Das war für mich nicht so präsent. Du weißt ja, dass mein Vater diesen Unfall hatte und da war das Letzte, an das ich gedacht habe, die Kirmes.“

Sie faltete den Einkaufszettel auf Minimalgröße und vermied es, Sarah in die Augen zu schauen. Verdammt, warum war sie nur auf einmal so rührselig? Das Gefühl, ihr Kind zu vernachlässigen – natürlich nur in dieser Sache – übermannte sie. Greta sollte nicht darunter leiden müssen, wenn sie nicht unter Leute wollte. Tatsächlich bekam sie nur allein bei dem Gedanken, auf die Kirmes gehen zu müssen, Panikattacken. „Natürlich darf sie da mitreiten“, richtete Jessica sich auf und blickte in Sarahs strahlend blaue Augen. „Sie macht sich gut im Reiten und sie liebt ihr Pony. Nur … gibt es vielleicht noch eine andere Möglichkeit für sie, am

Umzug teilzunehmen? Ich weiß zwar noch nicht, wie ich ihr das beibringen soll ... aber du musst wissen, dass wir für die nächsten Wochen einen kleinen Jungen zu Gast haben. Greta hat sich sofort mit ihm angefreundet. Du kannst es dir nicht vorstellen, aber er schläft inzwischen sogar mit in ihrem Zimmer. Meine Mutter hat ihm das Bettsofa gerichtet und die zwei sind darüber so was von glücklich." Jessica rückte den Riemen ihres Rucksacks gerade und hob hilflos die Schultern. „Er ist der Sohn unseres Betriebshelfers und ein ganz liebenswerter Junge. Oh Gott oh Gott, mir graut jetzt schon vor dem Tag, an dem er wieder weg muss. Deshalb kann ich mir nicht vorstellen, dass sie ohne ihn an der Parade teilnehmen will. Nur weiß ich nicht, ob Louis, so heißt der Kleine, überhaupt reiten kann."

„Hm, warte, lass mich überlegen." Sarah rieb sich das Kinn. „Hat er denn Angst vor größeren Tieren oder Ponys?"

„I wo, überhaupt nicht, ganz im Gegenteil. Abends helfen die beiden mir gerne beim Kälberfüttern und danach geht's ab zu den Pferden. Da krieg ich sie nur mit Androhung von Sandmännchen-Verbot wieder weg."

„Na, dann haben wir's doch", klatschte Sarah in die Hände. Er kriegt ein Pony von uns", lachte sie, „du weißt doch selbst, wie kinderlieb die sind."

„Ja, aber ... das kann ich nicht alleine entscheiden. Vorher müssen wir seinen Vater fragen."

„Na klar, aber dann hätte ich noch eine bessere Idee." Sarah holte ihr Smartphone aus der Hosentasche und wischte übers Display. „Warte, lass mich schauen ..."

Jessica sah ihr mit einem mulmigen Gefühl dabei zu. Was kam jetzt noch? Eigentlich musste sie erst mal das verdauen, was sich gerade entwickelt hatte.

Gleich darauf piepte Sarahs Handy in einem fort. Während sie die angekommenen Nachrichten las, grinste sie zufrieden.

„So, das hätten wir. Hervorragend. Das läuft ja wie am Schnürchen." Sie sah von ihrem Telefon auf und blickte in Jessicas ratloses Gesicht. Ich hoffe, es passt auch für euch." Das Grinsen wurde noch breiter. „Keine Sorge, ich verrate dir gleich, was los ist. Ich rede vom kommenden Freitag. Du erinnerst dich vielleicht noch an den Grillabend zum Abschluss für die Ferienkinder?"

„Na klar. Die Party haben wir doch geliebt. Bratwürstchen mit Stockbrot ..."

„Genau. Daran hat sich nichts geändert. Gut, dann canceln wir das Treffen im *Edlen Ross* und treffen uns bei der Freitagabendparty. Punkt. So, und wie wär's, wenn du euren Betriebshelfer ... äh ... wie heißt er eigentlich ...?"

„Alexander Göbel."

„Also, wenn du Alexander einfach mitbringen würdest? Zusammen mit den Kindern. Freitagabend zum Grillen. Das wäre perfekt. Dabei können wir auch gleich besprechen, wer welchen Kuchen backt, das Kinderschminken übernimmt oder das Sackhüpfen managt. Ich habe gerade einen Rundruf über WhatsApp gestartet. Gibst du mir deine Nummer? Dann halte ich dich auch auf dem Laufenden."

Jessica nannte sie ihr.

„Dass mir das jetzt erst einfällt!", redete Sarah weiter, nachdem sie die Zahlen eingetippt hatte. Sie tippte sich an die Stirn. „Da hättest du schon längst mal mit dazukommen können. Ich finde das herrlich, solche Spontanaktionen. Hendrik hat sich inzwischen auch dran gewöhnt", zwinkerte sie.

„Äh ja ... meinst du, das ist notwendig? Jessica räusperte sich. „Es reicht doch, wenn wir ... außerdem ..."

„Ja, ich denke, dass es nicht nur notwendig ist, sondern auch sehr unterhaltsam sein wird", nickte sie. „Man kommt mal raus, hört etwas anderes, kann sich austauschen", überging Sarah Jessicas Einwand abermals, „aber ich kann euren Betriebshelfer natürlich auch selbst fragen, wenn du das möchtest. Ich denke, er wird sich freuen, wenn er ein paar Leute aus dem Dorf kennenlernen kann. Es gibt ihm das Gefühl, aufgenommen zu werden."

„Ich weiß nicht", blinzelte Jessica in die Sonne, „er bleibt nicht lange. In vier Wochen zieht er mit Louis zurück in seine Heimat nach Nordrhein-Westfalen. Das steht schon fest. Der Kleine kommt in die Schule", ergänzte Jessica, „ich weiß nicht, ob ihm was daran liegt, hier Leute kennenzulernen."

„Das kann er mir ja dann selbst sagen. Und ich bin die Person, die am ehesten weiß, wie es sich anfühlt, in einem fremden Dorf gestrandet zu sein. Mein Plan war es damals auch nicht, hierzubleiben. Sechs Wochen Ferienjob. Das war der Plan. Wie du siehst, bin ich immer noch hier. Erstens kommt es anders und zweitens als man denkt."

„Ja, aber bei dir war das damals irgendwie anders."

„Na wenn du das sagst ..." Sarah lächelte, wobei ihr
der Schalk in den Augen blitzte. „Wie ist es, soll ich ihn
nun selbst fragen oder erledigst du das?"

„Nein nein, brauchst du nicht. Ich mach das schon.
Greta soll ihren Spaß haben. Das ist mir wichtig."

„Prima, dann sorge ich in der Zwischenzeit dafür,
dass es mit dem Spaß dann für uns alle klappt." Sarah
griff nach dem Weidenkorb und hievte ihn hoch.

„Ich freue mich sehr, dass ihr kommt, Jessica. Und alle
anderen, die dich schon so lange vermissen, auch. Das
kannst du mir glauben. Also dann, bis zum Freitag."

Irritiert blickte Jessica ihr nach. Was war das denn
jetzt gewesen? Hatte sie tatsächlich zugesagt, zu den
Freyenhofs zu gehen? Dorthin, wo ihre Schmach begonnen hatte?

War sie völlig durchgeknallt?

Aber ein Zurück konnte es nun nicht mehr geben. Unmöglich, ohne sich ein weiteres Mal bis auf die Kno-
chen zu blamieren. Außerdem musste sie es für Greta
tun. Die Kleine sollte nicht unter ihrer Vergangenheit
leiden müssen. Aber wie hatte es Sarah geschafft, sie so
einzuwickeln? Kopfschüttelnd begab sich Jessica in
den Laden und war heilfroh, dass sie den Einkaufszettel noch lesen konnte, den sie bis zur Unkenntlichkeit
gefaltet und zerknüllt hatte.

Als sie zur Kasse ging, piepte ihr Handy. Eine Nachricht von Steffen. Na endlich!

*Hallo Jessie, sorry, dass ich jetzt erst schreibe. Bin im
Stress. Können wir heute Abend telefonieren? Vorher
schaffe ich das nicht. Habe aber nicht viel Zeit. Meeting.
Bis dann.*

Jessica traf gleichzeitig mit ihren Eltern, die Greta und Louis vom Kindergarten mitgebracht hatten, auf dem Hof ein. Eilig lief sie voraus, um die frischen Lebensmittel in den Kühlschrank zu räumen. Als auch die restlichen Einkäufe in der Vorratskammer verstaut waren und sie zurück in die Küche kam, stöhnte sie laut auf. Greta und Louis strotzten vor Dreck und sahen aus, als hätten sie ein Schlammbad genommen.

„Stopp!" Jessica konnte gerade noch verhindern, dass die beiden sich auf der Eckbank breitmachten.

„So wie ihr ausseht, könnt ihr euch unmöglich auf die sauberen Kissen setzen!"

„Aber die Omi hat uns Kakao versprochen", mokierte sich Greta, während Louis unschlüssig stehen blieb und schuldbewusst dreinschaute.

„Den könnt ihr auch noch trinken, wenn ihr wieder sauber seid. Abmarsch ins Bad. Schaut mal hin", sie deutete auf den Boden. „Man sieht genau, wo ihr überall wart."

Sie warf einen schnellen Blick auf die Uhr. Halb fünf. Noch ausreichend Zeit, bevor die Kälber gefüttert werden mussten. „Greta, du gehst mit Louis nach unten ins Bad. Ich hole euch frische Sachen von oben, dann könnt ihr euch abduschen. Am besten, ihr zieht euch direkt vor der Waschmaschine aus. Wie findet ihr das?"

„Och nöö, wir wollen aber viel lieber baden." Greta sah ihre Mutter mit einem herzzerreißenden Dackelblick an. „Bitte, Mami. Es ist sooo lange her, dass ich gebadet habe ... es soll wieder so schön gluckern. Immer muss ich nur duschen."

„Wir dürfen zusammen baden?“ Louis Augen glänzten vor Freude und Greta rief: „Siehst du, Louis will auch viel lieber baden!“

„Na gut. In Gottes Namen! Aber nur, wenn ihr euch vorher abgeduscht habt. So kommt ihr mir nämlich nicht in die Wanne.“

Als die beiden Racker einen Freudentanz vollführen wollten, scheuchte Jessica sie nach unten.

Bärbel, die vor Jochen in die Küche kam und das Jubelgeschrei mitangehört hatte, schlug lachend die Hände über dem Kopf zusammen.

„Raus hier! Jessie, sieh zu, dass du die Dreckspatzen wieder sauber kriegst. Ich hole den Besen. Auf dem Heimweg mussten die zwei schon auf der Hundedecke sitzen. Da hat Jochen drauf bestanden.“

Bereits im letzten Jahr hatten sich ihre Eltern einen langgehegten Wunsch erfüllt. Nach der Umstrukturierung des Hofes hatte ein Teil des ehemaligen Wirtschaftskellers leergestanden und konnte damals neu genutzt werden. Dort befand sich nun eine wahre Wohlfühloase mit Sauna, Whirlpool, Ruheraum sowie einer großen begehbaren Dusche.

Kaum, dass die Kinder im Whirlpool saßen, quietschten sie vor Vergnügen. Nach mehreren Ermahnungen, nicht zu wild zu sein, gab Jessica es auf. Es wurde gespritzt, was das Zeug hielt. Sie brachte es einfach nicht übers Herz, zu schimpfen. Die beiden so ausgelassen und fröhlich zu sehen, tröstete sie über den eigenen Kummer hinweg. Und solange sie so lautstark tobten, spürte sie ihre Müdigkeit und Verzweiflung ein bisschen weniger.

Alexander, der von Bärbel durch die Diele nach unten in den Kellerbereich geschickt worden war, hörte schon von weitem, wohin er musste. Wieder konnte er sich nur wundern, wie sehr Louis in den letzten Tagen aufgeblüht war. Durch eine auf alt getrimmte helle Holztür, deren patinierte Anschläge an eine Stalltür erinnerten, trat er staunend in eine andere Welt ein. Ganz im Stil des alten Fachwerkgebäudes gehalten, blickte er auf einen riesigen Raum mit weiß getünchten Lehmwänden, die bruchstückartig von Klinkern in Ziegelstein-Optik unterbrochen wurden. Er ahnte, dass er sich jetzt auf der Rückseite des Gebäudes befinden musste, denn eine Glastür führte über einen Treppenaufgang in den Garten. Eine geräumige Sauna auf der rechten Seite und die mittig angebrachte begehbare Dusche, in der locker drei Erwachsene unterkamen, fügten sich harmonisch ein. Dem Lärm nach zu urteilen, der hinter der gemauerten Abtrennung hervordrang, musste sich dort der Whirlpool befinden, von dem Bärbel gesprochen hatte. Davor, auf einer freien Fläche, luden zwei Relaxliegen und ein Hocker zum Entspannen ein. Die Bodenfliesen passten sich im Stil perfekt an, denn sie erinnerten ihn an in die Jahre gekommene Holzdielen und wurden in ihrer warmen Ausstrahlung noch von der indirekten Wandbeleuchtung unterstützt. Zwei hohe Grünpflanzen rundeten das einladende Ambiente so harmonisch ab, dass man sich am liebsten gleich ausziehen wollte.

Alexander folgte dem ohrenbetäubenden Trubel der Kinder und blieb bei dem Anblick, der sich ihm dann bot, abrupt stehen.

Jessica kniete mit dem Rücken zu ihm vor einem in den Boden eingelassenen runden Whirlpool und streckte ihm ihren knackigen Apfelhintern entgegen, der in Jeans-Shorts steckte. Mit den Ellenbogen stützte sie sich auf einen erhöhten Rand und mühte sich vergebens, Gretas und Louis' ausgelassenes Toben ein wenig einzudämmen, indem sie mit den Händen versuchte, das Spritzwasser abzuwehren. Keine Chance. Sie war bis auf die Haut durchnässt. Ringsherum lagen pitschnasse Handtücher verteilt und verhinderten, dass sich das Spritzwasser noch weiter im Raum ausbreitete.

Um nicht auszurutschen, zog Alexander Schuhe und Strümpfe aus und trat näher. Durch das Geschrei der Kinder hörte sie ihn nicht. Erst als Louis „Papa, guck mal, wir baden!" rief, drehte sie sich überrascht zu ihm um.

Sie hob zur Begrüßung kurz die Hand und wandte sich dann wieder den Kindern zu.

„Hilfe! Was ist das denn hier für eine Überschwemmung?", versuchte er, den Radau zu übertrumpfen und stellte sich vorsorglich etwas abseits.

„Keine Sorge, da musst du dich nicht drum kümmern", schrie sie zurück, „ich mach das schon." Jessica richtete sich auf, dehnte den Rücken und sah ihn forsch an.

Darüber verwundert, erwiderte er ihren starren Blick.

„Mein Gott, bist du empfindlich. So war's doch gar nicht gemeint."

Als er unwillkürlich an ihr heruntersah, verschluckte er sich beinahe an der eigenen Spucke. Heiliges

Kanonenrohr! Eilig richtete er seine Aufmerksamkeit auf die Kinder. Da bemühte er sich den ganzen Tag, die Umarmung vom vergangenen Abend zu vergessen und dann das! Was nützte es, sich von ihr fernzuhalten, wenn sie ihn dann so empfing? In einem bis auf die Haut durchnässten weißen T-Shirt, das sich durch die Nässe von blickdicht in durchsichtig verwandelt hatte. Der BH musste aus einem ähnlichen Material sein, so wie sich ihr Busen darunter abmalte. Verdammt, da blieb ihm doch gar nichts anderes mehr übrig, als sie sich nackt vorzustellen.

Sie schien nicht im Geringsten zu ahnen, welchen Anblick sie bot, denn sie verschränkte nicht einmal die Arme vor der Brust.

„So, Kinder", rief sie laut, „jetzt ist Schluss! Für heute reicht's."

Ohne Rücksicht auf das laute Murren ließ sie das Wasser aus dem Becken ab. Mit einem Fingerzeig deutete sie auf ein frei stehendes Regal, in dem Frotteetücher in verschiedenen Ausführungen lagen.

„Da drüben sind Handtücher. Kannst du mir bitte zwei geben? Ganz oben liegen die großen."

Alexander war froh, etwas tun zu können. Er reichte ihr das erste Tuch. Versehentlich berührten sich ihre Fingerkuppen. Die Luft elektrisierte. Wieder verhakten sich ihre Augen sekundenlang ineinander. So, wie sie sich abrupt von ihm abwandte und Louis eifrig ins Handtuch wickelte, spürte auch sie das Knistern, da war er sich sicher. Warum ihn das so high machte, wusste er selbst noch nicht. Zu seinen Plänen passte das jedenfalls nicht, auch nicht zu dem Vorsatz, sich erst mal von Liebesdingen fernzuhalten.

„Komm, lass mich das machen, kümmere du dich um deine Tochter." Er reichte ihr das zweite Handtuch und schnappte sich Louis.

Die Bombe platzte, als Greta frech grinsend mit dem Finger auf sie zeigte. „Mami, du bist pitschnass, hihi, das sieht ja komisch aus."

Entgeistert sah Jessica an sich herunter und errötete prompt. Schnell drehte sie sich um und fuhr Greta unwirsch an. „Jetzt komm schon! Sonst wirst du mir noch krank."

Ohne sich zu Alexander umzudrehen, der mit Louis unweit hinter ihr stand, nahm sie ihm das Handtuch ab, das er ihr entgegenhielt und wickelte Greta darin ein.

„Lauft schon mal hoch in dein Zimmer, ich komme gleich ..."

Jessica schnappte nach Luft, als sie spürte, dass Alexander sie von hinten in ein riesiges Badetuch einwickelte. Zufrieden registrierte er, wie sie erschauerte, als sie seine Arme um sich spürte.

„Was ... was machst du?"

„Ich sorge dafür, dass du nicht krank wirst", raunte er in ihr Ohr und ließ sie los. Noch bevor sie etwas sagen konnte, lud er sich Louis auf den Rücken und nahm Greta auf den Arm.

„Wir sind oben. Lass dir Zeit."

9

Auf dem Weg zum Kälberstall versuchte Jessica, nicht länger daran zu denken, dass sich schon wieder lächerlich gemacht hatte. Und noch weniger wollte sie darüber nachdenken, wie liebevoll er sein konnte. Ohne noch ein Wort über ihr Aussehen zu verlieren, hatte er sich die Kinder geschnappt und sie mit nach oben genommen. Das Chaos am Whirlpool würde sie dann später beseitigen müssen, jetzt waren erst mal die Kälber dran, die ihr schon lautstark entgegenmuhten. Steffens Nachricht fiel ihr wieder ein und ließ sie ruhiger werden. Auf ihn war Verlass.

In diesem Glauben gefasst, fand sie sich eine Stunde später, frisch geduscht und umgezogen, in der Küche ein, wo die anderen bereits um den Tisch saßen.

„Konntest du heute Morgen irgendetwas Auffälliges entdecken, als du zur Weide am Bach gefahren bist?", wollte Jochen von Alexander wissen.

„Nein, alles so, wie's gestern Abend auch schon war. Ich bin den kompletten Zaun abgelaufen. Auch die Tiere haben sich unauffällig verhalten. Ich denke, dass derjenige, der den Zaun sabotiert hat, vielleicht erst mal ein paar Tage verstreichen lässt, bevor er wieder was macht. Der muss doch damit rechnen, dass wir jetzt auf der Hut sind."

„Ganz sicher sogar", nickte Jochen, „deshalb ist es ja so wichtig, dass wir nicht nachlässig werden."

Während sie sich zwischen die Kinder setzte, verfingen sich Jessicas Augen ganz kurz mit Alexanders. Wie ertappt sahen beide sofort wieder weg.

Unschlüssig, ob sie überhaupt etwas essen wollte, legte Jessica das Handy mit dem Display nach oben auf den Tisch. Dafür erntete sie einen missbilligenden Blick von ihrer Mutter.

„Was denn? Ich warte auf einen Anruf von Steffen. Den will ich nicht verpassen."

„Stimmt mit der Webseite was nicht?" Bärbel runzelte die Stirn.

„Nein. Wir wollen uns treffen. Muss es denn immer nur geschäftlich sein, wenn mich jemand anruft?"

Jetzt sah Jochen auf. Auch von Jasper bekam sie einen neugierigen Blick. Alexander reagierte nicht. Er behielt seinen Sohn im Auge, der heute mit einem Appetit zulangte, dass er nur staunen konnte.

„Aha, dann kommt er ja vielleicht dieses Jahr zur Kirmes. Ich kann mich nicht entsinnen, wann er da das letzte Mal dabei war." Jochen nahm sich Brot aus dem Korb und hielt ihn Jessica hin. „Willst du nichts essen?"

„Doch." Sie nahm sich die kleinste Scheibe und legte sie vor sich auf den Teller, machte jedoch keine Anstalten, sich nach Belag umzusehen. „Apropos Kirmes. Ihr ahnt nicht, wen ich heute getroffen habe."

„Sarah oder Maritta?", rief Bärbel prompt.

„Woher weißt du das jetzt schon wieder?" Jessica verdrehte die Augen und schnitt sich ein Stückchen Gouda ab. „Sarah. Sie kam gerade aus dem Laden, als ich rein wollte."

„Intuition", schmunzelte Bärbel und sah kurz zu Jochen, der tat, als hätte er das nicht bemerkt. „Und? Was hat sie gesagt? Ich meine, wegen der Kirmes."

„Dass unser Dorf in diesem Jahr dran ist, das Fest auszurichten und ob ich nicht helfen wolle, die Kinder zu betreuen. Maritta, Dorit und Simone machen auch mit. Du weißt schon, Kinderschminken, malen, basteln und so weiter. Außerdem soll Greta in der Parade mitreiten. Und weil wir da viel zu besprechen hätten, meinte sie, dass ich am Freitagabend dazukommen soll, wenn für die Ferienkinder Abreisetag ist und die Abschlussfete stattfindet. Und außerdem …"

Das Handy schrillte. „Steffen! Na endlich … warte, ich nehme dich mit vor die Tür. Wir essen gerade."

Sie sprang auf, lief in die Diele und verschloss die Küchentür hinter sich.

„Was gibt's denn so Dringendes?" Steffen klang gehetzt.

„Nichts. Na ja, fast nichts. Aber das erzähle ich dir, wenn wir uns sehen", redete sie weiter, als sie allein war. „Was ist denn bei dir los? Du bist ja schwieriger zu erreichen als die Kanzlerin."

„Das Übliche. Viel Arbeit. Was sonst?"

„Sei froh, dass du mich hast. Ich erinnere dich daran, dass es noch mehr im Leben gibt als nur Arbeit. Und wenn du dich nicht bei mir meldest, muss ich es eben bei dir tun. Wann bist du wieder daheim? Ich möchte mich so gerne mit dir treffen."

„Diese Woche wird's schwierig, aber nächste sollte kein Problem sein. Was hast du vor? Wollen wir was essen gehen?"

„Gute Idee. Meldest du dich und sagst mir wann?"

„Natürlich. Ich denke, nächsten Mittwoch könnte klappen. Sorry, aber ich hab wenig Zeit. Bis dann, Jessie."

Regelrecht beschwingt setzte sie sich wieder an den Tisch. Ihr Brot lag unberührt auf dem Teller. Die anderen waren längst fertig und die Kinder rieben sich müde die Augen. In einer liebevollen Geste strich sie erst Greta und dann Louis über den Rücken.

„Ihr zwei Mäuse seid müde, was? Wie wär's, wenn ich euch noch was vorlese?"

Die beiden blickten ratlos erst zu Bärbel und dann zu Jessica.

„Eigentlich habe ich ihnen das gerade versprochen." Bärbel zuckte mit den Achseln. „Aber wenn du das machen willst ..."

„Muss ich nicht. Wirklich. Außerdem hab ich noch was zu tun. Unser Badeparadies sieht aus wie nach einem Bombenangriff. Es ist also nicht so, als hätte ich nichts mehr zu tun", lachte Jessica. „Gut, dann verschwindet ihr. Ich räume die Küche auf und gehe dann in den Keller."

„Die Küche gehört mir", meldete sich Jasper und stand auf. Erst jetzt fiel ihr auf, dass er entgegen seiner sonstigen Gewohnheit keine legere Baumwollhose trug, sondern eine knackige Jeans und ein hübsches Hemd.

„Ah, ich weiß, was du vorhast. Du bist mit Miriam verabredet, stimmt's?"

„Jepp", strahlte er sie an, „ich hab aber noch ein bisschen Zeit, deswegen übernehme ich die Küche. Dann vergeht die Zeit schneller", zwinkerte er.

„Bingo." Jessica zwinkerte zurück und ging zur Tür. „Ich bin unten."

„Ich komme mit."

„Was?"

„Ich helfe beim Aufräumen, das ist das Mindeste, was ich ..."

„Brauchst du nicht", schüttelte sie energischer als sie wollte den Kopf. „Du möchtest doch bestimmt Louis gute Nacht sagen, der vermisst dich sicher schon."

„Kann es sein, dass du mich loswerden willst?" Unbeirrt folgte er ihr die Treppe hinunter in den Keller.

„Kann es sein, dass du ein bisschen empfindlich bist?"

„Das ist dein Part. Nicht meiner."

„Warum willst du mir denn helfen, wenn du nicht musst? Ich schaff das auch ohne dich."

Die Eingangstür zum Wellnessbereich fiel hinter ihnen zu. Jessica drückte den Schalter und warmes Licht erhellte den Raum.

„Weil Louis genauso viel Chaos verbreitet hat wie Greta und ich es nur fair finde, wenn du das jetzt nicht allein aufräumen musst."

„Und wenn ich dir sage, dass du das nicht brauchst? Mein Gott, weshalb kannst du das nicht akzeptieren?" Jessica konnte ihren Unmut nur noch schwer verbergen. „Warum zum Teufel willst du es dann machen?"

„Womit wir wieder bei meiner Ausgangsfrage wären."

Sie ging durch eine Seitentür, die ihm am Nachmittag noch nicht aufgefallen war, und kam mit zwei ineinander gestapelten Eimern, Wischtüchern, einem Abzieher und einer kleinen Wanne zurück. Alexander nahm ihr die Eimer ab und übersah ihre entrüstete Miene.

„Von welcher Ausgangsfrage sprichst du?"

„Ach Jessie, jetzt tu doch nicht so. Du willst mich nicht dabeihaben. Und das, obwohl ich dir Arbeit abnehmen will und du so viel schneller auf deine Couch kommst."

„Wer hat denn gesagt, dass ich dich ..." Sie zeigte ihm einen Vogel und bückte sich dann nach den nassen Handtüchern. Geschäftig wrang sie sie aus und warf sie dann in die kleine Wanne. Er sammelte die restlichen auf.

„Das ist offensichtlich." Er trat nahe an sie heran und nahm ihr das letzte nasse Tuch ab. „Ich frage mich nur, warum das so ist. Ich dachte, wir hätten Waffenstillstand."

„Waffenstillstand? Na, jetzt geht's aber los."

Endlich sah sie ihn an. Ihr Gesicht war von einer feinen Röte überzogen. Doch es war eher Verlegenheit denn Wut, erkannte er.

„Wenn du mit mir im Krieg bist ...", entrüstete sie sich, „ich bin es jedenfalls nicht."

„Bist du sicher? Seitdem ich hier bin, habe ich den Eindruck, du bekämpfst mich. Ich würde wirklich gern verstehen, was dein Problem ist. Vielleicht finden wir ja gemeinsam einen Weg, es aus der Welt zu räumen. Ich muss hier noch drei Wochen arbeiten und Louis ist so glücklich hier bei euch. Ich fände es schön, wenn du dich auch damit anfreunden könntest."

„Ich habe kein Problem! Und eingebildet bist du überhaupt nicht, was?

„Nein, warum sollte ich? Ich bin zum Arbeiten hier. Dass ich dafür aber eine schusssichere Weste brauche, war mir nicht bewusst.“

„Waffenstillstand! Schusssichere Weste! Wer kann hier wen nicht leiden, hä?“

„Dann hör dir doch mal selbst zu. Egal was ich sage, du wertest es als Angriff. Das, was von dir zurückkommt, wenn du dich mal dazu herablässt, mit mir zu reden – meistens schneidest du mich ja – ist schlimmer als Kugelgeschosse ... meine Güte!“

Mit einem frustrierten Seufzer schnappte er sich die Wanne mit den nassen Handtüchern. „Keine Sorge, ich kenne den Weg nach oben und wo die Waschküche ist, weiß ich inzwischen auch. Schönen Abend noch, Jessica.“

„Alex! Warte! – Bitte!“

Langsam drehte er sich zu ihr um.

„Warum sollte ich?“ Er sprach ruhig und sah sie ernst an. Plötzlich wirkte sie nicht nur, als hätte sie ein schlechtes Gewissen, sondern auch, als sei sie maßlos erschöpft und hätte keine Kraft mehr, mit ihm zu diskutieren.

„Weil ich nicht mit dir streiten möchte“, antwortete Jessica leise. „Lass uns das Missverständnis bitte aus der Welt schaffen.“

Tatsächlich fühlte sie sich plötzlich so, als sei sie eine steile Anhöhe hinaufgelaufen. Es waren die Hilflosigkeit, die vielen verwirrenden Gefühle, die ihr neben dem Schlafmangel jegliche Kraft raubten. Sie spürte, dass sie kurz davor war, in Tränen auszubrechen. Das Letzte, woran sie ihn teilhaben lassen wollte. Warum musste er sie auch so in die Enge treiben? Warum

konnte er nicht einfach über ihr pubertäres Verhalten
– ja sie wusste selbst, dass sie sich albern verhielt – hin-
weggehen? So, als wenn nichts wäre. Sie konnte ihm ja
wohl kaum sagen, dass sie sich mehr als alles andere
auf der Welt danach sehnte, dass er sie noch einmal so
in den Arm nahm, wie er es am Nachmittag rein fürsorglich getan hatte. Wie sollte sie ihm sagen, dass ihre
Frustration vor allem darin bestand, nicht zu wissen,
wie sie dieses unglaublich wonnige Gefühl wieder aus
ihrem Gedächtnis bekam?

„Okay." Er stellte die Wanne vor ihren Füßen ab und
nahm sie mit hinüber zu den Relaxliegen. „Setz dich. So
lässt es sich leichter reden."

Er nahm die Liege ihr gegenüber, streckte sich darauf
aus und lächelte sie entwaffnend an. Ob er wusste, wie
sexy er war? So lässig, wie er sich mit seinem Vorzeige-
körper auf dem Geflecht räkelte. Unter dem anthrazit-
farbenen Shirt zeichneten sich die Muskeln ab und die
leichte Freizeithose ließ nicht nur die strammen Oberschenkel erahnen. Jessica atmete hörbar aus, weil es ihr
einfach nicht gelingen wollte, die richtigen Worte zu
finden. Die Parade fiel ihr wieder ein, von der sie ihm
noch berichten musste.

„Äh ... es tut mir leid, wenn ich ... also ... es ist wirklich
nicht böse gemeint und absolut keine Absicht, dass du
so oft in den Genuss meiner ... Also, was ich sagen will,
ist, du bist der Einzige, bei dem ich mich ständig für
meine Unfreundlichkeit entschuldigen muss. Ich verstehe das selbst nicht und eigentlich bin ich gar nicht
so ... so schwierig."

Alexander ließ sie nicht aus den Augen, was ihr das
Reden nicht gerade leichter machte. „Und außerdem

wollte ich dir noch was erzählen", begann sie, „es geht um Louis und um die Kirmes."

Sie wartete einen Moment ab, um zu sehen, wie er reagierte, doch er betrachtete sie noch immer mit einer selbstsicheren Ruhe, auf die sie nur neidisch sein konnte.

„Greta soll bei der Parade mitreiten", sprach sie weiter. „Du weißt, dass sie reiten kann ... wie sieht es mit Louis aus? Hat er schon mal auf einem Pony gesessen?"

„Außer auf dem Jahrmarkt nicht. Hat sich nie ergeben. Warum fragst du?"

Sie erzählte ihm von dem Gespräch mit Sarah und den Möglichkeiten, die sich daraus für Louis ergaben.

„Am Freitagabend sind wir – du, ich und die Kinder – bei den Freyenhofs eingeladen, um alles zu besprechen."

„Hm", Alexander starrte an die Decke, die mit vielen winzigen Spots versehen war, sodass man das Gefühl hatte, unter einem Sternenhimmel zu liegen. „Ich bin noch etwas überrascht, aber natürlich werde ich da nicht Nein sagen. Das würde mir Louis nicht verzeihen. Du hast keine Vorstellung, wie glücklich ich bin, weil er auf einmal so unbeschwert ist."

Alexander richtete sich auf und sah Jessica ernst an. „Auch wenn ich nicht wirklich verstehen kann, warum du mir gegenüber so feindselig bist." Sein Mund verzog sich resigniert. „Aber wie du mit den Kindern umgehst, gefällt mir – sehr sogar."

Die letzten Worte sprach er sehr leise, aber dennoch hörbar. „Gute Nacht Jessie."

Er stand auf und ging, ohne sich noch einmal umzudrehen, aus dem Raum.

Die neue Woche startete für Jessica mit der gleichen Routine, mit der die letzte aufgehört hatte. Morgens Kälber und Hühner füttern, Eier einsammeln und Bestellungen abarbeiten. Danach Laden und Büro. Bärbel sorgte unterdessen dafür, dass am Mittag etwas Warmes auf den Tisch kam.

Am Nachmittag kümmerte sich Jessica um die Kinder. Auch dabei verband sie das Nützliche mit dem Angenehmen. So saß sie mit Smartphone und Laptop bewaffnet an einem schattigen Plätzchen im Garten und beantwortete Mails. Greta und Louis waren völlig damit beschäftigt, das Baumhaus einzurichten. Unermüdlich schleppten sie alle möglichen Utensilien die Leiter hinauf und brabbelten dabei fröhlich vor sich hin. Jessica tütete Werbeflyer für Neukunden in Briefumschläge ein, die sie am Vormittag bereits akquiriert hatte. Sie freute sich darüber, wie gut die Kinder miteinander harmonierten. Wenigstens etwas, das funktionierte. An den Moment, wenn Louis abreisen würde, wollte sie lieber erst gar nicht denken. Seit dem Vorfall am Whirlpool ging ihr Alexander aus dem Weg – und sie ihm. Jedenfalls bemühten sich beide darum, sich nur zu den Mahlzeiten zu begegnen. Auf ausdrücklichen Wunsch der Kinder brachte Bärbel sie zu Bett und las eine Gutenachtgeschichte vor. Wenn Alexander nach oben ging, um gute Nacht zu sagen, wartete Jessica so lange, bis er wieder herunterkam. Nicht sehr heldenhaft, das wusste sie, aber wahrscheinlich das Beste, um mit der seltsamen Situation umzugehen.

Sie stieß einen herzzerreißenden Seufzer aus, drückte die Klebekanten des Briefumschlags zusammen und warf ihn anschließend auf einen Stapel. Sie fühlte sich mies, weil es nicht von der Hand zu weisen war, dass sie der ausschlaggebende Faktor für sein Verhalten war. Er hatte genug von ihren Launen, was man ihm nicht mal verdenken konnte.

Als sie den nächsten Flyer aus dem Karton nehmen wollte, schrillte das Mobiltelefon. Steffens Name erschien im Display. Ein Wink des Himmels. Gott sei Dank.

„Hi! Schön, dass du anrufst", begrüßte sie ihn und schob den Flyer zur Seite.

„Na klar, habe ich dir doch versprochen. Viel Zeit habe ich aber nicht. Ich habe mal meinen Kalender gecheckt. Von mir aus bleibt's bei dem Mittwochabend. Um sieben? Hast du Zeit?"

„Worauf du dich verlassen kannst. Die nehme ich mir. Was glaubst du, warum ich so drängele."

„Das wirst du mir sicher dann erzählen. Du machst mich echt neugierig. Na, ich werde es ja bald erfahren", lachte er. „So, ich muss weiter. Wir sehen uns."

Wir sehen uns.

Gedankenverloren steckte Jessica das Handy in die Hosentasche. Und wie sah Steffen sie? Wäre es nicht an der Zeit, an dem Bild, das er von ihr hatte, etwas zu verändern, damit er sie anders sehen konnte? Vor allem, wenn sie ihm nahebringen wollte, was ihr vorschwebte? In Gedanken ging sie ihren Kleiderschrank durch und bekam einen Schreck. Außer Jeans, T-Shirts und Pullis – okay, einen Jeansrock gab es auch – besaß sie nichts ausgesprochen Schickes oder gar Modisches. Insgesamt war ihre Kleidung wenig feminin. Vor allem praktisch und – wenn überhaupt – geschäftsmäßig. Für

Kundenbesuche beschränkte sie sich auf Blazer, Bluse und Hose. Aber wirklich sexy war das nun auch gerade nicht. Apropos sexy. Ihre in die Jahre gekommene Unterwäsche bräuchte ebenfalls dringend eine Erneuerung. Die Kälber interessierte es wenig, ob sie mit Push-up-BH und Spitzenhöschen zum Füttern kam, aber was man so hörte, fuhren die meisten Männer ziemlich darauf ab. Also musste sie in die Stadt und zwar schnell.

Glücklich darüber, dass ihr das bewusst geworden war, widmete sie sich wieder dem Eintüten der Flyer und erschrak, als ihr Handy erneut schrillte.

„Wackernagel."

„Bonjour. Claude Bernard hier. Isch habe Ihre Mail bekommen und bin sehr interessiert. Wie funktioniert das, also wie kann isch misch von die Qualität Ihrer Produkte überzeugen?"

„Vielen Dank für Ihr Interesse", freute sich Jessica. „Entschuldigen Sie, aber ich habe einige Mails verschickt. Wo finde ich Ihr Restaurant?"

„In Kassel. Direkt in die Innenstadt. *Maître Claude.* Wir sind neu in die Stadt."

Ein breites Grinsen ging über Jessicas Gesicht, als sie realisierte, wie wunderbar sich die Dinge manchmal fügten. „Wäre es morgen Vormittag recht? Dann würde ich mit einer Auswahl unserer Produkte bei Ihnen vorbeikommen. Gibt es etwas, was Sie besonders interessiert?"

„Mais oui, aber ja! Natürlisch, die Fleisch von die japanische Rinder. Unbedingt. Wann wollen Sie kommen?"

„Wann passt es Ihnen?"

„Früh. Sehr früh. Um neun.“
„Sehr gerne. Ich werde da sein.“

10

Typischer Kneipengeruch empfing sie schon in der Diele. Ein Wirtshaus, das seine besten Zeiten lange hinter sich hatte. Der Dorfkrug. Verblasster Putz und karierte, mit Macken behaftete Kacheln. Jeder Schritt hallte. Über einer Treppe, die nach unten führte, hing ein vergilbtes Plastikschild, das auf die Toiletten im Keller hinwies. Alexander wusste jetzt schon, wie die aussahen. Laute Gesprächsfetzen drangen hinter einer einfachen Holztür hervor, die in die Gaststube führte.

Jasper, der vorausging, bemerkte Alexanders Zögern.

„Nun komm schon", drehte er sich zu ihm um, „überlegst du immer noch, ob es richtig ist, herzugehen?"

„Nein, das nicht ... ach, du verstehst das nicht, wie es ist, Verantwortung für ein Kind zu haben."

„Entspann dich, Mann. Was soll schon sein? Wetten, dass er dich nicht mal vermisst? Wenn Greta bei ihm ist, ist er glücklich. Außerdem sind Jessie und Bärbel da." Jasper klopfte Alexander auf die Schulter und zog ihn mit sich. „Jetzt sei kein Mädchen. Ich hab nicht vor, mich abzuschießen. Ich will nur'n Bierchen trinken, 'n bisschen dummes Zeug quatschen und dann wieder heimgehen. Und das täte dir auch ganz gut, so zerknittert, wie du seit ein paar Tagen rumläufst."

„Ich bin nicht zerknittert. Wie kommst du denn darauf?"

Jasper antwortete nicht, sondern stürmte voran. Als Alexander hinter sich die Tür zumachte, verstummten die Gespräche in der Gaststube für einen Moment und er spürte neugierige Blicke auf sich. Am liebsten hätte er sich auf dem Absatz umgedreht. Wenn er etwas nicht leiden konnte, dann angestarrt zu werden wie ein Mondkalb. Jasper schien zu ahnen, dass er kurz davor war, kehrtzumachen und packte ihn am Arm. „Hey, die beißen nicht. Die wollen dich nur kennenlernen."

Er steuerte auf zwei gleichaltrige Männer zu, die unmittelbar vor der Theke standen und ihn, so wie es aussah, bereits erwarteten. Hinter dem Tresen sorgten die Wirtsleute, ein älteres Ehepaar, für Getränkenachschub und ein weiterer Mann, der offensichtlich zur Familie gehörte, bediente an den Tischen.

„Hi", klatschte Jasper seine Freunde ab „ich hab Verstärkung mitgebracht."

Alexander nickte nur freundlich in die Runde.

„Ich bin Kai", sprach ihn der Kräftigere von beiden an und hielt ihm seine Pranke hin. „Willkommen in unserer Feierabendrunde. Jasper und ich gehen zusammen in die Berufsschule."

„Und ich bin Marvin, hab die Berufsschule aber schon seit einem Jahr hinter mir. Bin kein Bauer, nee nee, ich bin Schrauber", lachte er frech und reichte ihm die Hand, wobei er ihn mit klugen grünen Augen begutachtete.

„Alex. Ich bin ein Arbeitskollege von Jasper."

„Ja", hakte der ein, „er ist auf meinem Hof Betriebshelfer und schwer in Ordnung."

„Auf deinem Hof?", schnalzte Kai mit der Zunge. „Scherzkeks. Von so einem Hof kannst du höchstens mal träumen, mein Lieber."

„Ach Mann" Jasper gab dem Wirt hinter der Theke ein Zeichen für vier Bier, „seit wann bist du so ein Korinthenkacker? Du weißt doch genau, wie ich's gemeint hab. Außerdem haben meine Eltern einen ähnlich großen Hof und den werde ich irgendwann erben, mein Lieber", äffte er Kai nach, lachte aber dabei.

Für einen Moment wurde jedes Gespräch unmöglich, weil die Fußballer, eine Spielgemeinschaft, die sich aus drei Ortschaften zusammensetzte, die Wirtsstube zum Bersten brachten. Ein Teil der Truppe stellte sich gleich nebenan an die Theke.

Mit einem Ausruf schob der Wirt das Bier über den Tresen, worauf Jasper die Gläser weiterreichte. Alexander nutzte die Gelegenheit, sich umzusehen. Seine Augen blieben an drei Männern hängen, die direkt gegenüber an einem Tisch vor dem Fenster saßen und Karten spielten. Er erkannte Berti als einen von ihnen.

„Hau weg das Zeug!", rief Jasper und ließ die Gläser klingen.

„Und, wie gefällt's dir bei uns?", wollte Marvin wissen.

„Absolut bestens." Alexander hob den Daumen. „Der Bauer ist schwer in Ordnung. Während ich arbeite, kümmert sich die Familie um meinen Sohn. Das macht's leicht. Mehr kann ich nicht sagen, bin noch nicht so lange da."

„Wie, um deinen Sohn? Und was ist mit deiner Frau? Wo ist die?"

„Das hat sich erledigt. Ich habe das Sorgerecht für ihn.“

„Ah, kapiere“, nickte Marvin, obwohl er nicht so aussah, als würde er wirklich verstehen, um was es ging. Ein wenig ratlos musterte er Alexander von Kopf bis Fuß und zögerte, bevor er weitersprach.

„Na, das passt ja dann mit Jessies Tochter. Wie kommst du eigentlich mit ihr zurecht?“

„Mit Greta?“ Alexander musste sich das Grinsen verkneifen. „Ganz wunderbar ... und Louis erst. Der ist regelrecht verliebt.“

„Dann kennst du ja auch schon unsere neue Kindergärtnerin, die Lisa. Die ist noch auf der Suche“, feixte Kai und ließ seine Augenbrauen hüpfen.

„Hey, wer hat denn gesagt, dass ihr ohne mich anfangen sollt?“, drängte sich einer der Fußballer dazwischen.

„Dann musst du halt mehr Gas geben, wenn du weißt, dass du langsam bist“, bretterte ihm Kai vor den Latz und grinste frech. „Die nächste Runde geht auf dich!“

„Na gut. Bin ja kein Spielverderber.“ Der drahtige Kicker inspizierte Alexander völlig ungeniert, bevor er ihm die Hand hinhielt. „Ich bin Boris und du?“

„Alex.“

„Okay Alex, du bist also der, der jetzt bei den Wackernagels arbeitet?“

„Muss sich rumgesprochen haben. Jepp, der bin ich.“

„Völlig normal, oder? Wir sind hier aufm Dorf, da ist das so“, grinste Boris. „Hey, Dieter, mach uns mal ’n Bier“, rief er dem Wirt zu, „ich verdurste.“ Er wandte sich wieder Alexander zu. „Na, gefällt’s dir bei den Wackernagels? Und wie kommst du mit Jessica klar?“

„Ha, das hab ich ihn auch schon gefragt", hakte Marvin ein, „ich glaub, dass wollen alle wissen."

Alarmiert horchte Jasper auf, weshalb er sein Gespräch mit Kai abbrach. Alle Augen ruhten auf Alexander. Selbst am Tisch hinter ihnen, dort wo Berti saß, schien es, als lauschte man auf das, was er dazu zu sagen hatte.

Verdammt, was hatten die denn alle mit ihm?

„Jetzt lasst ihn in Ruhe", mischte sich Jasper ein, „er kann euch genauso wenig sagen wie ich."

Die Wirtin schob die fünf Biere über den Tresen.

„Ach, das wird doch sowieso nix mehr mit Jessie. Weißt du, wie man sie nennt?" Boris sah Alexander forschend in die Augen. „Miss Unnahbar!" Der Fußballer lachte höhnisch und machte eine wegwerfende Handbewegung. „Den Namen hat sie aber erst, nachdem sie sich … also nach der Sache mit dem Turnierreiter. Ha, selber schuld, hätte sie besser mal einen von uns genommen." Er verteilte die Gläser. „Und außer ihrem Busenfreund Steffen kommt keiner mehr an sie ran. Sie geht jedem aus dem Weg, auch ihren alten Freunden, die mit der ganzen Scheiße überhaupt nichts zu tun haben." Boris stieß mit den anderen an. „Prost."

Er trank das Glas in einem Zug aus. „Tss, auf was wollen wir wetten …" Er wischte sich den Schaum vom Mund. „… mit dem Steffen wird das auch nix. Ha, niemals. Der wohnt doch immer noch bei Mutti."

„Mann, jetzt hör doch mal auf, hier die Leute so vollzulabern", kam ein Sportsfreund dazu und fasste Boris um die Schulter. „Heult er euch wieder was von seiner unerfüllten Jugendliebe vor? Meine Fresse, dabei laufen ihm die Weiber in Scharen hinterher. Mensch

Kumpel, dann nimm halt ’ne andere“, verdrehte er die Augen. „Jetzt reiß dich mal zusammen. Die Mannschaft hat was zu bequatschen. Das ist wichtiger.“

„Ey, aber ich komme wieder ... ich will das wissen.“ Boris ließ sich mitziehen.

„Er ist mit Jessica in eine Klasse gegangen und war wohl mächtig in sie verschossen, hört man“, erklärte Kai. „Das weiß ich von meiner ältesten Schwester. Die ist genauso alt wie Jessie. Und dass Steffen Jessies Busenfreund ist, das stimmt. Aber gelaufen wäre da nie was, hat meine Schwester gemeint. Und das, obwohl Steffen noch nie eine Freundin gehabt hat, sagt sie.“

„Was ist denn das heute Abend für ein Getratsche? Was geht uns denn das an?“, wurde es Jasper zu bunt. „Jessie ist total in Ordnung. Punkt.“

„Darauf gebe ich einen aus.“ Alexander ließ einen Stoßseufzer los. Allmählich verlor er die Geduld. Am liebsten wäre er gleich gegangen. Weil er sich aber nicht nachsagen lassen wollte, ein Schmarotzer zu sein, bestellte er eine Runde Bier.

Dank Jaspers Ansage wurden die Gespräche allgemeiner. Es ging um die Arbeit, den Sport, die Politik und zu guter Letzt um den Urlaub. Kai orderte die nächste Runde Bier und Alexander wusste, dass er kein weiteres Glas mehr schaffen würde, ohne seine Blase vorher zu entleeren. Er erinnerte sich an das Toilettenschild im Treppenhaus und verließ die Gaststube. „Bin gleich wieder da.“

Im Keller angekommen, hörte er Schritte hinter sich. Anscheinend war nicht nur seine Blase voll. Er stieß die Herrentoilette auf. Genauso hatte er es sich vorgestellt. Maisgelbe Minikacheln aus den Siebzigern und vergilbte Pissoirs. Aber wenigstens roch es vor allem nach Reinigungs- und Desinfektionsmitteln, so, als würde hier regelmäßig sauber gemacht. Als er den Reißverschluss seiner Jeans aufzog, trat ein Mann neben ihn. Bertram Schaumlöffel, der ihm unverschämt auf den Latz starrte, bevor er ihn mit einem seltsamen Ausdruck im Gesicht ansah.

„So sieht man sich wieder, was?"

Alexander sah sich um. Hatte er ihn gemeint? Sie waren alleine.

„Ja", nickte er deshalb nur.

Aus den Augenwinkeln registrierte er, wie Berti an seiner Hose werkelte und tat, als würde er sie öffnen, doch das typische Geräusch eines sich öffnenden Hosenstalls blieb aus. Einen richtigen Harndrang schien er nicht zu haben, im Gegensatz zu Alexander.

„Du wunderst dich wohl, dass dich alle auf die Tochter deines Chefs ansprechen, hä?" Bertis Schweinsäuglein funkelten hämisch. „Das kommt nur davon, weil du nicht weißt, mit wem du es da zu tun hast. Das Fräulein Wackernagel ist dafür bekannt, dass sie keiner Hose widerstehen kann." Wieder stieß er ein gehässiges Lachen aus, doch seine Hose blieb immer noch geschlossen.

Es brauchte einen Augenblick, bevor Alexander realisierte, was diese Begegnung bedeutete. Eigentlich hätte er schon viel eher darauf kommen müssen. Schließlich war es nicht das erste Mal, dass er so etwas erlebte, wenn er an einem neuen Ort arbeitete. Dennoch, so ein Schleimbeutel wie dieser Berti war ihm noch nirgends begegnet. Angeekelt drehte er sich weg. Was war das nur für ein armer Wicht? Folgte ihm aufs Klo, um ihm dann die Ansage „*Pass auf! Wir treten unsere Hühner selber*“ mitzugeben.

„Hör zu, Kumpel!“, redete Berti selbstgefällig weiter. „Ich will dich nur warnen! Die Tochter des Hauses ist mannstoll. Falls du das noch nicht mitgekriegt hast, wirst du es schon noch merken. Die lässt sich gern mal was unterschieben, wenn du verstehst, was ich meine. Wenn du also keine Vaterschaftsklage am Hals haben willst, ist es besser, du schließt deine Kammer ab!“

Alexander dachte nicht daran, auf so einen geistigen Müll zu reagieren. Mit stoischer Ruhe schloss er seine Hose, wusch sich die Hände und ließ ihn mit den Worten stehen: „Schönen Abend noch, Herr Schaumlöffel.“

Zurück in der Gaststube gab er Jasper ein Zeichen zum Aufbruch, was auch dessen Kumpels nicht verborgen blieb.

„Ach komm, nur noch ein Bier“, schlug ihm Marvin auf die Schulter. „Ich muss auch noch einen ausgeben. Das kannst du mir nicht verweigern. Ohne einen Scheidebecher gehen wir nicht heim.“

„Na gut, aber nur noch eins.“

Auch wenn Alexander sich in der Gesellschaft der drei ganz wohlfühlte, bereute er die Entscheidung, zu bleiben, keine fünf Minuten später. Boris, der inzwischen ziemlich angetrunken wirkte, steuerte ihn direkt an.

„Hey, du bist mir noch eine Antwort schuldig“, hing er sich an seine Schulter und legte ihm vertraulich die Hand auf den Arm. „Mensch, lass dir doch nicht jedes Wort aus der Nase ziehen ...“ Als hätte er eine plötzliche Eingebung, starrte er Alexander misstrauisch an. „Oder hast du selber was mit ihr, he?“

Boris machte sich ruckartig von ihm frei. „Ja klar!", der Fußballer schlug sich mit der flachen Hand auf die Stirn, „logo, du bist ja genau so'n Typ wie der Rittmeister." Sein Gesicht verzog sich zur Fratze und es war schwer zu sagen, in welcher Stimmung er sich nun befand.

Alexander zog scharf die Luft ein. „Hör zu, es reicht mir jetzt!" Er stellte das halb volle Glas mit Nachdruck auf die Theke und zog seine Geldbörse aus der Hosentasche. „Wenn du was über das Liebesleben meiner Juniorchefin wissen willst, rate ich dir, geh hin, und red mit ihr. Weder habe ich dazu etwas zu sagen, noch habe ich Lust, mich hier vor dir zu rechtfertigen!"

Er legte einen Schein auf die Theke und sah zu Jasper herüber, dem die Situation offensichtlich mehr als peinlich war. „Ich gehe jetzt."

„Warte! Lass mich nur bezahlen. Ich komme mit."

Wenig später fand er sich draußen neben ihm ein. Gemeinsam gingen sie los.

„Es tut mir leid", murmelte er, „wenn ich geahnt hätte, dass es zu solchen Gesprächen kommt ..."

„Und du weißt noch nicht, was ich mir auf dem Klo anhören musste."

„Wie?" Jasper blieb stehen. „Äh, ich wollte sagen ... wer?"

„Bertram Schaumlöffel. Er hat mich vor Jessie gewarnt. Es wäre besser, wenn ich meine Kammer abschließen würde, meinte er und ..."

„So ein Schwachsinn! So ein verdammter Schwachsinn!", schimpfte Jasper. „Die kennen sie doch alle gar nicht."

„Was ist denn da eigentlich los? Hat es was mit Gretas Vater zu tun? War er der Turnierreiter, von dem sie gesprochen haben?"

„Ich kenne ihn auch nicht", Jasper zuckte mit den Achseln und ging weiter. „Das Thema ist tabu in der Familie. Weniger von Bärbel und Jochen aus, aber ganz bestimmt von Jessica. Solange ich da bin – das sind jetzt bald anderthalb Jahre – gab es keinen einzigen Typen, mit dem sie was hatte. Und Steffen ist eher wie ein Bruder zu ihr. Also da hatte Boris schon recht, obwohl er auf ihn besonders eifersüchtig ist. Keine Ahnung, warum? Mehr weiß ich nicht."

„Ich würde nichts sagen, wenn die mich heute Abend nicht so getriezt hätten", seufzte Alexander. „Ich lebe nach dem Motto: Bier ist Bier und Schnaps ist Schnaps! Daran habe ich mich immer gehalten und wollte es jetzt nicht ändern."

„Echt? Du bist ja eisern. Und das hast du immer durchgehalten?"

„Jepp", lachte Alexander, „war aber nicht besonders schwer, weil meine Chefinnen selten um die Zwanzig waren. Ich steh nicht so auf Damen über fünfzig."

Sie erreichten den Hof. Jasper schloss die Tür auf, die neben dem Laden zu den Bedienstetenzimmern führte. Er stiefelte vor ihm die Treppe hoch und blieb vor Alexanders Zimmertür stehen.

„Soll ich dir mal was verraten?", flüsterte ihm Jasper zu und zog eine Grimasse. „Ich war anfangs ziemlich in Jessie verschossen. Ich weiß nicht, ob sie es gemerkt hat, aber sie war immer total nett zu mir. Wenn ich zehn Jahre älter wäre, hätte ich alles gemacht, um sie zu kriegen. Sie ist echt ein Mordskumpel und ...", er grinste frech und stieß Alexander in die Rippen, „... jetzt mal unter uns, Alex ... heiß ist sie auch, oder?" Er gähnte. „Aber seitdem ich mit Miriam zusammen bin, bin ich darüber weg. Miri macht mich total glücklich und ich kann's kaum abwarten, bis ich sie wiedersehe. Oh Mann, wie hältst du das nur so lange ohne Frau aus?"

„Na, du hast ja noch Themen drauf ... wie soll ich denn da noch in den Schlaf kommen? Lass uns ein anderes Mal darüber reden", gähnte Alexander nun auch und steckte den Schlüssel ins Schloss. Bevor er die Tür öffnete, drehte er sich noch mal zu Jasper um.

„Dein Geheimnis ist bei mir sicher ... und keine Sorge", grinste er schief, „blind bin ich auch nicht."

Geradezu beschwingt setzte Jessica sich am nächsten Morgen ins Auto. Sie nutzte den Sportflitzer ihres Vaters, weil ihre Mutter es hasste, damit zu fahren. Zu niedrig zum Rausschauen, zu hart auf der Straße und außerdem viel zu schnell, war Bärbels Meinung. Genau das liebte Jessica, als sie auf der Autobahn nach Kassel düste und das ganze Potenzial des Mercedes-Roadsters ausreizte. In einem ähnlichen Tempo hatte sie ihre allmorgendlichen Routinearbeiten verrichtet, die Kühlbox mit Fleisch, Eiern und Kartoffeln bestückt, im Stehen das Frühstück eingenommen – was nicht sonderlich schwierig war, wenn man sich auf Kaffee beschränkte – und Greta und Louis in den Kindergarten verabschiedet. Jaspers anerkennendes Pfeifen hatte sie wohlweislich ignoriert, obwohl es sie natürlich freute, dass sie ihn hatte beeindrucken können. Tss, nur, weil sie sich mal ein bisschen aufgebrezelt hatte. Jedenfalls für ihre Verhältnisse. Für andere Frauen war es das Normalste der Welt, Make-up, Wimperntusche und Lippenstift zu benutzen. Wozu sollte sie es auch sonst tun, wenn nicht für die Anwerbung neuer Kunden? Etwa für die Viecher?

Pünktlich um neun betrat sie das Restaurant von Claude Bernard und war positiv überrascht, dass er sie bereits erwartete.

„Bonjour, Madame", begrüßte er sie freudestrahlend, „isch liebe die deutsche Pünktlichkeit."

„Guten Morgen, Monsieur Bernard. Das freut mich."

Ohne Umschweife öffnete sie die Kühlbox, holte den Inhalt heraus und drapierte die Waren ansprechend auf dem Tisch.

„Ich habe Ihnen eine Auswahl unserer Produkte mitgebracht, damit Sie sie testen können." Sie tippte auf die Eier. „Wir sind zwar kein Biohof mit Zertifikat, aber sicher haben Sie in unserem Prospekt gesehen, dass es unseren Hühnern sehr gutgeht." Sie nahm zwei Säckchen mit Kartoffeln hoch. „Einmal festkochende und einmal mehligkochende." Zu guter Letzt verwies sie auf die eingeschweißten Steaks, die mit Aufklebern versehen waren. „Sie hatten zwar gesagt", erklärte sie, „dass Sie vor allem am Fleisch der Wagyū-Rinder interessiert sind, aber das der Simmentaler Rinder ist auch nicht zu verachten. Am besten, Sie probieren es aus. Was halten Sie davon?"

„Isch bin begeistert, Madame. Sie werden noch heute von mir hören. Sie müssen wissen, dass isch am Wochenende Eröffnung habe ... Sie haben doch genug Vorrat?"

„Aber ja. Da können Sie sicher sein." Jessica sah auf die Uhr. „Wie wär's, wenn Sie sich alles in Ruhe anschauen – ich habe noch einige Wege zu erledigen – dann komme ich später noch mal vorbei."

„Oui, so machen wir es. Isch bin den ganzen Tag hier. Sie müssen nur klingeln, weil wir noch nicht geöffnet haben."

Nach einer gemeinsamen Tasse Kaffee, bei der ihr Monsieur Bernard von seinen beruflichen Stationen in Frankreich und Deutschland erzählte, stand Jessica um kurz nach zehn auf der Königsstraße, Kassels Einkaufsmeile, und wusste nicht, wo sie mit ihrer Shoppingtour beginnen sollte. Noch war es ruhig in den Geschäften und Warenhäusern, die gerade erst ihre Pforten geöffnet hatten. Unschlüssig ging sie auf das Kaufhaus am Friedrichsplatz zu, in dem sie so oft schon mit ihrer Mutter einkaufen gewesen war und in dem sie stets etwas Brauchbares hatte finden können.

In der Damenabteilung räumte eine adrette Verkäuferin neu hereingekommene Herbstmode ein und sah auf, als Jessica als einzige Kundin durch die Gänge schlenderte.

„Kann ich Ihnen behilflich sein?"

„Ich glaube schon", Jessica blieb stehen, „ich … ich habe in den nächsten Tagen einen … na ja, eigentlich sind es zwei Termine, für die ich dringend ein neues Outfit brauche."

„An was hatten Sie denn gedacht oder anders gefragt, welche Anlässe sind das? Das müsste ich wissen, um Sie beraten zu können", erklärte die freundliche Frau, die selbst wie aus dem Ei gepellt aussah.

„Es ist für eine Party, die im Freien stattfindet und außerdem bräuchte ich noch was für ein ... tja, wie soll ich
sagen, es ist so, dass ich mich mit einem Mann treffen
möchte und ...“

„Ein Date meinen Sie, ja? Ah, verstehe, da brauchen
wir dann etwas Besonderes. Gut, das sollte kein Problem sein.“

„Ja“, nickte Jessica. „Leider hab ich selbst überhaupt
keine Idee ...“

„Ach, das soll Ihre Sorge nicht sein“, winkte sie lächelnd ab und nahm dabei mit den Augen Maß. „Bei Ihrer Figur ... glauben Sie mir, Sie werden am Ende nicht
wissen, was Sie nehmen sollen. Wenn Sie möchten, beginnen wir mit der Party im Freien.“

Die Dame sollte recht behalten. Nach einer wahren
Shoppingorgie, in der Jessica, dank der Anleitung einiger netter Verkäufer, durch mehrere Etagen des Hauses gezogen war, verließ sie das Kaufhaus mit so vielen
Einkaufstüten, dass sie Mühe hatte, sie ins Auto zu tragen. Nun war sie mit einem Sortiment von Kleidung,
Wäsche und Schuhen ausgestattet, bei dem es ihr allerdings schwerfallen könnte, sich zu entscheiden. Selbst
an eine neue Handtasche hatte sie gedacht. Wie gut,
dass ihr am Ende noch eingefallen war, dass sie noch
eine Baseballkappe brauchte. Und wie gut, dass es in
dem Kaufhaus auch eine Sportabteilung gab.

„Wenn ich Ihnen noch einen Tipp geben darf“, hatte
die nette Bedienung zum Abschied gemeint, „ich würde
Ihnen noch zu einem Besuch beim Friseur raten. Aber
bitte nicht zu viel abschneiden lassen, dafür ist Ihr
Haar viel zu schön. Vielleicht nur ein wenig mehr Pfiff

reinbringen. Zwei Straßen weiter ist ein kleiner Friseurladen, den kann ich nur empfehlen."

Tatsächlich lag Jessicas letzter Friseurbesuch Monate zurück. Da sie ihre Haare meistens zusammengebunden trug, war ihr das gar nicht sonderlich aufgefallen. Aber war es nicht ihr Ziel, dass Steffen sie mit anderen Augen sehen konnte?

Nachdem Sie sämtliche Taschen im Kofferraum verstaut hatte, wählte sie ihre Mutter an.

„Mama, ist es okay, wenn ich noch ein wenig länger bleibe? Du wirst dich wundern, wenn du siehst, was ich alles eingekauft habe", lachte sie, „aber zum Friseur müsste ich auch noch."

„Oh, was ist denn bei dir los? Du warst ja seit Ewigkeiten nicht mehr shoppen!" Aus Bärbels Stimme klang deutlich die Freude heraus.

„Besser spät als nie, oder? Du weißt doch, dass wir am Freitag bei den Freyenhofs eingeladen sind und da dachte ich mir ..."

„Und damit hast du auch völlig recht. Mach dir keine Sorgen, ich komme hier klar. Es wäre nur schön, wenn du pünktlich zum Kälberfüttern wieder da sein könntest. Papa liest mit den Kindern nachher die Eier aus den Hühnerställen, dann brauchst du die nur noch zu füttern. Das geht klar."

„Super, bis dahin bin ich längst zurück. Danke, Mama."

„Ach Jessie, da fällt mir noch ein, wenn du es irgendwie einrichten kannst, fahr doch noch mal im Steakhaus vorbei. Die kaufen so viel bei uns, das macht sich bestimmt gut, wenn du ihnen mal einen Besuch abstattest und nachfragst, ob alles okay ist. Lass dir was einfallen. Das ist einer unserer besten Kunden."

„Okay, zu Monsieur Bernard muss ich auch noch mal. Bei ihm habe ich ein gutes Gefühl, dass er sich von uns beliefern lässt. Er war von unserem Sortiment ganz angetan."

„Wunderbar. Das freut mich. Bis später. Genieß den Tag, wir haben hier alles im Griff."

Mit gutem Gefühl suchte Jessica den empfohlenen Friseursalon auf und hörte erfreut, dass man tatsächlich nicht unbedingt einen Termin brauchte, um an die Reihe zu kommen. Die Friseurin, eine hübsche und sehr sympathische Brünette in ihrem Alter, war ähnlicher Meinung wie die Dame aus dem Kaufhaus. Bloß nicht zu kurz. Bei einem Geht-aufs-Haus-Cappuccino stufte sie die Längen, rundete die Kanten und setzte mit einigen wenigen hellen Strähnchen ein paar dezente Glanzlichter in Jessicas brünette Haarpracht. Fasziniert drehte sie den Kopf und war begeistert, wie schimmernd ihr jetzt die sanften Wellen um die Schultern fielen. Zum Abschluss bekam sie als Neukundin eine kleine Typberatung mit Schminktipps und Tricks obendrauf.

Jessica schwebte auf Wolke sieben, weshalb sie den Preis, den sie für Haarschnitt und Schminkutensilien zahlen musste, gelassen nahm. Dieses unbeschreiblich himmlische Gefühl war ihr ein Vermögen wert, zumal sie sich nicht erinnern konnte, wann sie das letzte Mal so beschwingt gewesen war. War sie nach Gretas Geburt überhaupt mal shoppen gewesen? Nein. Ganz sicher nicht. Dafür hatte sie heute gleich ein paar Jahre nachgeholt.

Als sie auf die Straße trat, fiel ihr der Optikerladen nebenan auf, der im Schaufenster mit der neuesten Sonnenbrillenmode warb. Ungeachtet dessen, dass sie an diesem Tag bereits ein kleines Vermögen in der Stadt gelassen hatte, entschied sie sich kurz entschlossen dafür, auch noch eine Sonnenbrille mitzunehmen. Dann trat sie schleunigst den Weg zu Monsieur Bernard an.

„Mon dieu! Was haben Sie gemacht!", empfing der Franzose sie. „Fantastique ... in die kurze Zeit. Kommen Sie, kommen Sie. Wir müssen sprechen."

„Vielen Dank Monsieur, es freut mich, wenn es Ihnen gefällt." Jessica schmunzelte über seinen typisch französischen Akzent.

„Gefällt? Es ist ... äh ... wie sagt man ... hinreißend. Ganz hinreißend." Er legte die Stirn in Falten. „Wie heißt er?"

„Wie bitte?"

Der Maître verdrehte die Augen. „Wie er heißt, der Mann, für den Sie so schön sein wollen."

„Oh!", lachte Jessica verlegen und zuckte mit den Schultern. „Ehrlich gesagt gibt es keinen Mann ..."

„Das wird sich ändern, Mademoiselle. Sie werden sehen."

Er zog sie hinter sich her in die Küche. „Sicher möchten Sie wissen, wie meine Urteil über die Fleisch ist, nicht wahr?"

„Ja, sehr gerne." Sie sah auf ihre Armbanduhr.

„Sie sind in Eile. Keine Sorge, ich mache es kurz."

Er nahm einen Zettel, der auf der Arbeitsplatte lag, und reichte ihn ihr. „Wann können Sie liefern?"

Jessica überflog die Bestellung und sah ihn an. „Wann brauchen Sie die Ware?"

„Am liebsten gestern", lachte er.

„Morgen im Laufe des Tages wäre kein Problem. Ist Ihnen das recht?"

„Bien sûr … aber ja!"

„Prima. Wir arbeiten mit einem Kurierdienst für Frischkost zusammen, der Sie bei rechtzeitiger Bestellung von einem auf den anderen Tag beliefert. Sie sind nicht das einzige Restaurant in Kassel, das wir mit unseren Waren versorgen."

„Superb! Dann morgen."

Jessica reichte ihm die Hand. „Ich freue mich sehr, Monsieur Bernard und versichere Ihnen, unser Team wird alles tun, um Sie zufriedenzustellen. Die Rechnung schicke ich per Mail."

Mit einem erleichterten Seufzer und großer Genugtuung über die erfolgreiche Kundenakquise trat sie wieder auf die Straße. Mit der neuen geräumigen Handtasche unterm Arm, die sie gleich benutzt hatte, tauchte sie in das Getümmel der Leute ein, die durch die Innenstadt flanierten. Zu ihrem Leidwesen war die Sonne, die noch am Morgen so fröhlich vom Himmel geschienen hatte, nun hinter dicken Wolken verschwunden. Dabei hatte sie so sehr darauf gehofft, ihre neue Sonnenbrille, ein Gestell mit extragroßen Gläsern, ausführen zu können. Für das Vorhaben, das ihr schon seit Wochen im Hirn herumgeisterte, brauchte sie dringend ein bisschen Tarnung.

Auf dem Weg zum Parkhaus nahm sie bewusst einen Umweg, der sie abseits der gängigen Geschäfte entlangführte. Nun waren es nur noch wenige Meter bis zu dem Shop, der durch seine minimalistische Schaufensterdekoration ins Auge stach. Dummerweise lag das Fachgeschäft für Ehehygiene genau gegenüber dem Friedrichsplatz, einer ehemaligen Exerzierfläche, die mitten in der Stadt lag und auf der sich viele am Nachmittag die Beine vertraten. Auch bei aufkommendem Unwetter!

Das wäre tatsächlich noch zu vernachlässigen gewesen, wäre da nicht direkt neben dem Süße-Laster-Laden ein alteingesessenes Sportgeschäft gewesen, das sich bester Kundschaft erfreute. Ständig ging jemand herein oder kam heraus. Jessica verlangsamte ihre Schritte und blieb mit sicherem Abstand unschlüssig stehen. Was, wenn jemand, den sie kannte, sich gerade heute mit Sportklamotten eindeckte? Vielleicht sogar ein guter Geschäftskunde? Was sollte der denn denken?

Na, bei der muss die Not aber groß sein!

Ach du heilige Scheiße.

Und bei diesem Wetter eine Sonnenbrille zu tragen, sah einfach nur affig aus. Mindestens genauso, wie eine Baseballkappe aufzusetzen, die ihr erstens die schöne Frisur verhunzte und zweitens wie Arsch auf Eimer zu ihrem Businessoutfit passte.

Herzlichen Glückwunsch Frau Wackernagel.

Ganz tolle Idee, mal schnell in den Erotikshop gehen und einen Dildo zu holen. Überhaupt kein Problem für eine vertrocknete Landpomeranze.

Sie machte weitere zwei Schritte vor und zurück, überlegte hin und her, bis sie sich schließlich auf dem Absatz umdrehte und eilig zum Parkhaus lief.

Okay, ich bin feige. Sehr sogar.

Aber das musste ja keiner wissen.

11

„Ist Jessie immer noch nicht zurück?", Jochen warf erst einen Blick auf die Küchenuhr, bevor er seine Frau erstaunt ansah.

Alle bis auf Jessica saßen um den Abendbrottisch herum.

„Doch, natürlich", erklärte Bärbel, „sie ist nur, gleich nachdem sie aus Kassel zurück war, die Kälber füttern gegangen. Und um die Hühner kümmert sie sich auch."

Kaum dass sie den Satz zu Ende gesprochen hatte, ging die Küchentür auf und ruckartig flogen alle Köpfe in diese Richtung.

Jessica kam hereingelaufen, zog sich die Ballonmütze vom Kopf und steckte sie sich in die Tasche ihrer weiten Latzhose. Sie fuhr sich in ihrer typischen Art mit den Fingern durch die glänzende Mähne, die ihr wie flüssiges Karamell kaskadenartig über die Schultern fiel. Während sie sich auf ihren Platz setzte, schob sie sich lässig eine Strähne hinters Ohr und wollte sofort zum Brotkorb greifen, doch die Blicke, die auf ihr ruhten, ließen sie innehalten. Ihre grau-grünen Augen waren dezent geschminkt, wodurch sie mehr Tiefe bekamen, das Make-up machte ihren Teint ebenmäßiger und der Hauch von Rouge modellierte ihre ohnehin schönen Züge perfekt. Auf den Lippen war nur noch eine Andeutung von Lippenstift zu sehen. Alexander wollte sie nicht so anstarren, doch es gelang ihm nicht. Mein Gott, konnte sie gut aussehen! Aber auch die anderen, einschließlich ihrer Eltern, spürten den Bann, den ihr Anblick auslöste.

Greta brachte es schließlich auf den Punkt. „Ui, bist du hübsch, Mami!"

„Wie die Frauen im Fernsehen", stellte Louis trocken fest und biss ins Brot, das mit seiner Lieblingswurst belegt war.

Grienende Gesichter rund um den Tisch.

„Danke", lächelte Jessica ein bisschen verlegen, senkte die Lider und griff zur Wasserflasche. Als sie aufsah und immer noch alle Blicke auf sich spürte, bildete sich eine steile Falte zwischen ihren Augen.

„Was guckt ihr mich alle so an? Darf ich nicht auch mal ein bisschen Farbe im Gesicht haben? Andere Frauen laufen jeden Tag so rum. Mein Gott, ihr seid echt schrecklich ..."

„Also mir gefällt's." Jasper lachte und hob sein Wasserglas. „Auf dich, Jessie, du siehst echt so klasse aus ... äh ... ich meine, das tust du natürlich immer, aber heute besonders, wollte ich sagen."

„Jetzt sei doch nicht so empfindlich. Freu dich doch, dass es uns auffällt", brummte Jochen und verdrehte dabei die Augen, als wolle er *Immer diese Weiber* sagen. Bärbel tippte ihn unterm Tisch an und gab ihm mit einem dezenten Kopfschütteln zu verstehen, dass er nicht noch zusätzlich Öl ins Feuer gießen solle.

„Hört auf!", rief sie. „Mich interessiert die Sache mit dem Franzosen viel mehr. Was sagtest du, hat er für morgen bestellt?"

„Er heißt Claude Bernard und hat bisher vor allem in Frankreich und der Schweiz gearbeitet, weshalb er so gut Deutsch spricht. Er will die Kasseler Gastronomie mit französischer Küche der Spitzenklasse bereichern. Und das will er mit unserem Fleisch tun."

„Und wie viel hat er nun bestellt?" Jochen hatte Feuer gefangen.

„Genug. Ich kann es dir jetzt nicht im Einzelnen sagen, aber es ist ordentlich. Er nimmt aber nicht nur Fleisch, sondern auch Kartoffeln und Eier."

„Das ist ja toll!", klatschte Bärbel in die Hände. „Das ist dann schon das fünfte Restaurant in Kassel, das wir direkt beliefern. Klasse Jessie, ich bin stolz auf dich."

Bärbel reichte Alexander den Brotkorb, weil der zu weit von ihm weg stand und beobachtete, wie er Jessica verstohlen ansah. Ein feines Lächeln huschte über ihre Züge. „Und? Konntest du auch im Steakhaus vorbeifahren? Ist der Küchenchef noch zufrieden mit uns?"

„Aber ja. Sehr sogar. Ich finde, dass sich da auch keiner beschweren kann. Wir liefern gute Ware und machen faire Preise. Ich wüsste nicht, warum sie nicht zufrieden sein sollten." Jessica sah zu den Kindern. „Ihr beiden Mäuse, wart ihr schön lieb heute? Morgen habe ich wieder mehr Zeit für euch ... und soll ich euch noch was verraten?" Sie lächelte verschmitzt, sprach aber nicht weiter.

„Du hast uns was mitgebracht", krähte Greta und kicherte. „Oh bitte Mami, sag mir, was es ist."

„Erst, wenn ihr im Bett liegt, gewaschen, Zähne geputzt und im Schlafanzug, vorher nicht."

Louis strahlte, als er das hörte. Alexander bekam einen strahlenden Glanz in die Augen. Ihm wurde ganz warm ums Herz, weil für den Kleinen jeder Tag auf dem Hof ein Geschenk war. Er selbst fühlte sich ebenfalls sehr wohl, das ließ sich nicht von der Hand weisen. Die Wackernagels machten ihm das aber auch leicht. Jochen und Bärbel allemal. Bei Jessica fragte er sich nicht zum ersten Mal, was vorgefallen sein musste, dass sie ihm gegenüber so ... so merkwürdig kratzbürstig und launenhaft war. Soweit er es beobachten konnte, ging sie tatsächlich nur mit ihm so seltsam um. Auf jeden Fall mit keinem anderen, den er kannte. Schon den ganzen Tag versuchte er ihr widersprüchliches Verhalten mit dem, was er im Dorfkrug gehört hatte, zu verknüpfen. Irgendjemand – wahrscheinlich dieser Turnierreiter, der noch dazu Gretas Vater war – musste sie ganz furchtbar verletzt haben. Aber richtig schlau wurde er noch nicht aus dem, was er gehört hatte. Das dämliche Gelaber von Berti hakte er dagegen sofort ab. Eines war Jessie ganz sicher nicht: mannstoll. Da hatte Alexander schon andere Sachen erlebt.

„Was ist denn das am Freitagabend für eine Veranstaltung bei den Freyenhofs?" Jochen schob seinen Teller nach hinten und fixierte Jessica. „Und warum erzählst du mir nicht, dass du dort eingeladen bist?"

„Das weißt du doch schon alles von Mama. Reicht das nicht? Es geht um nichts Weltbewegendes. Es sei denn, du zählst die Kirmes dazu. Es gibt da ein paar Sachen zu organisieren und da soll ich mithelfen. Außerdem geht's um die Kinder. Die beiden sollen bei der Parade mitmachen."

Greta holte Luft, um etwas zu sagen, doch Jessica schüttelte den Kopf. „Das erzähle ich euch morgen, okay?"

Louis spitzte die Ohren und blickte nur verwundert zwischen den Erwachsenen hin und her.

„Ich bin mit Miriam auch dabei", meldete sich Jasper und seine Augen blitzten vor Vorfreude, „bei den Freyenhofs ist ganz schön was los. Die ganze Dorfjugend trifft sich da zum Helfen", feixte er.

„Und was ist daran so lustig?" Jessie konnte sich keinen Reim darauf machen. Auch zu ihrer Zeit waren viele Teenagermädchen aus dem Dorf zum Aushelfen dort gewesen, aber Jungs nicht.

„Das ist doch ganz einfach. Die Jungs sind da, wo die Mädchen sind und die Mädchen sind nun mal alle pferdeverrückt, deswegen sind alle dort."

„Das war aber schon immer so", nickte Jochen, „frag mal Jessica, die war als Teenager mehr dort als daheim. Und dass, obwohl sie ein Pferd hat."

„Es ist aber auch so saucool bei denen. Und was Liebesgeschichten betrifft … Mannomann, da geht so was von die Post ab. Da brauchst du echt kein Tinder, Friendscout24 oder irgend so ein anderes Partnergedöns mehr …"

Jessica, der Jaspers Worte erst allmählich ins Bewusstsein sickerten, wurde blass. Ruckartig erhob sie sich.

„Kommt ihr mit mir, ihr Mäuse? Ich habe euch doch was versprochen." Mit einem Fingerzeig deutete sie ihnen an, hinter ihr herzukommen.

„Wir gehen hoch", verabschiedete sie sich in die Runde, „wir wollen uns mal bettfertig machen."

Alexander erkannte die Panik in Bärbels Augen und registrierte, wie Jochen die Backen aufblies und nur langsam die Luft abließ. Es war das erste Mal, dass er die beiden so reagieren sah. Was steckte nur dahinter?

Jasper schien nun auch zu spüren, dass er irgendetwas Falsches gesagt haben musste, denn er verstummte und machte ein betroffenes Gesicht.

„Soll ich dir helfen?", bot Alexander Jessica an, während sie wartete, dass Greta von der Eckbank krabbelte. „Du brauchst das nicht alleine zu machen. Ich ..."

„Nee, lass mal." Eine tiefe Traurigkeit lag in ihrem Blick, als sie ihn ansah. „Ich war den ganzen Tag nicht hier, konnte mich nicht um sie kümmern. Gib mir ein bisschen Zeit mit ihnen ... wenn du natürlich ..."

„Für mich ist es okay, wenn es das für dich auch ist. Ich wollte nur helfen ..."

„Danke, das ist nett, aber brauchst du nicht. Du kommst doch sowieso hoch, wenn die beiden im Bett liegen."

„Natürlich."

„Prima. Kommt Kinder. Das Bad ruft."

Louis und Greta liefen hinter ihr her und verschwanden lärmend im Treppenhaus.

„Es tut mir leid", stammelte Jasper, „ich verstehe gar nicht, was ..."

Bärbel, die anfing, den Tisch abzuräumen, stellte das Geschirr wieder ab und legte ihm tröstend die Hand auf die Schulter. „Du kannst nichts dafür. Es ist alles gut. Wirklich. Mach dir keine Gedanken."

Jochen verschwand im Kaminzimmer, um die Nachrichten zu sehen, während Alexander und Jasper Bärbel halfen, die Küche aufzuräumen.

Erst eine gute Stunde später betrat Alexander geduscht und in Freizeitkleidung das Kinderzimmer und fand Jessica inmitten der Kinder auf dem Boden vor. In Jogginghose und wieder ungeschminkt. Dem Zauber, den sie auf ihn ausübte, tat das jedoch keinen Abbruch. Sie wirkte wie der berühmte Tropfen, der den Stein höhlt. Mit jedem Tag, den er auf dem Hof verbrachte, zog sie ihn mehr in ihren Bann. Ganz besonders, wenn er sie so sah, ging ihm das Herz auf. Auf Kissen und in eine Decke gehüllt, kuschelten sich Greta und Louis an sie, während sie aus einem Kinderbuch vorlas. Alexander war gerührt. Sie war unbeschwert, wenn es um die Kinder ging. Er empfand beinahe so etwas wie Eifersucht, weil sie sich ihm gegenüber so misstrauisch gab.

„Na, ihr drei? So kann man's aushalten, was?", trat er näher und hockte sich hin.

„Weißt du, was wir bekommen haben?" Louis sprach sehr langsam und gähnte.

„Was gaaanz Schönes", kam von Greta, die sich die Augen rieb. Dann fielen sie ihr zu.

Alexander gab Jessica ein Zeichen, dass er Louis in sein Bett verfrachten wollte. Vorsichtig zog er den Jungen in seine Arme, hob ihn hoch und legte ihn behutsam in sein Bett. Mit einem Seufzer rollte sich der Kleine auf die Seite und schlief sofort ein.

Als er sich umdrehte, bemerkte er, wie Jessica sich mit der Decke und dem schlafenden Kind in ihren Armen abmühte und eilte ihr zur Hilfe.

„Gib sie mir."

Wie eine Feder trug er Greta zum Bett und legte sie hinein. Jessica kam hinterher und beugte sich über die Kleine, um ihr noch einen Gutenachtkuss zu geben und sie zuzudecken. Dann löschte sie das Licht, anscheinend ohne zu bedenken, dass er noch auf der anderen Seite des Bettes stand. In einem Zimmer, dessen Ausmaße und Möblierung ihm nicht vertraut waren.

Vom Fenster drang kaum noch Helligkeit herein, weil die Dämmerung bereits fortgeschritten war und schwere Regenwolken den Prozess noch beschleunigten. Alexander tastete sich mit ausgestreckten Händen an Gretas Himmelbett entlang, um auf die andere Seite zur Tür zu gelangen. Er sah absolut nichts. Schritt für Schritt bewegte er sich vorsichtig voran, wollte auf gar keinen Fall Lärm verursachen und nahm an, Jessica würde vorangehen, um die Tür zum Flur zu öffnen. Er vermutete, dass sie bereits dort war – bis er Widerstand spürte. Hautwarmes, weiches Baumwollgewebe, darunter festes und gleichzeitig anschmiegsames Fleisch. Rund und satt. Er hatte ihren Busen unter den Händen. Ach du Alarm!

Sie erstarrte genauso wie er. Als hätte er sich die Finger verbrannt, zog er sie abrupt zurück. Sie war ihm so nahe, dass ihn der Duft ihrer Haut, ein unwiderstehliches Gemisch aus Seife und süßem Duft nach Weiblichkeit, drohte die Sinne und den Verstand zu rauben. Konnte etwas falsch sein, das sich so gut und richtig anfühlte?

Bist du verrückt geworden? Sie gehört zur Chefetage!

„Tschuldigung", murmelte er, „ich dachte, du wärst schon draußen."

„Ich ... ich hab auf dich gewartet ... es ist doch so dunkel." Sie klang kurzatmig. „Bleib stehen. Ich gehe vor, mache das Licht im Flur an ... dann wird's ein bisschen heller."

In der Diele angekommen, atmete er tief durch und nutzte den Moment, sich zu sammeln, während Jessica eine warme Fleecejacke von der Garderobe nahm. Sie trug einen kurzärmligen Jumpsuit und sah darin zum Anbeißen aus, obwohl das Ding weiß Gott mehr von ihrem Körper verhüllte als preisgab. Wie sich ihr Busen anfühlte, würde er jedenfalls so schnell nicht vergessen.

„Hast du noch einen Moment?" Sie zog den Reißverschluss bis zum Kinn hoch und schlang die Arme umeinander. Dabei begegneten sich ihre Blicke flüchtig und er erkannte, dass sie sich hinter der Maske von Geschäftsmäßigkeit verstecken wollte. Sie spürte genau wie er, dass etwas in der Luft lag und wusste, dass das mit jedem Mal stärker wurde, wenn sie aufeinandertrafen. *Weißt du, wie sie von allen genannt wird? Miss Unnahbar,* erinnerte sich Alexander an Boris' Worte und konnte nachvollziehen, was er damit meinte.

„Ich würde gerne etwas mit dir besprechen."

„Wegen Louis?"

„Ja." Sie deutete auf eine Tür neben dem Kinderzimmer. „Es dauert nicht lange, aber ich würde lieber erst dein Okay dafür haben, bevor ich es den Kindern sage."

„Jetzt machst du's aber spannend."

Er folgte ihr in ein geräumiges Wohnzimmer. Gemütlich mit Couch, Tisch und einem Relaxsessel ausgestattet, der vor einem an der Wand angebrachten Flachbildfernseher stand.

„Setz dich, es dauert nicht lange. Möchtest du was trinken?“

„Kommt darauf an, was du dahast.“ Er ließ sich auf der Couch nieder.

„So ziemlich alles bis auf französischen Champagner – kaltgestellt meine ich – aber ansonsten: Wasser, Saft, Bier, Wein, Schnaps.“ Sie lachte über sein verdutztes Gesicht. „Keine Sorge, ich bin dem Alkohol nicht verfallen, aber wenn meine Mutter mal zum Reden hochkommt und wir uns dann ein Gläschen von diesem oder jenem gönnen ... irgendwie lässt sichs dabei leichter quatschen.“ Sie zuckte mit den Schultern. „Wahrscheinlich ist das aber auch nur Einbildung.“

„So abwegig scheint mir das nicht zu sein. Man hört es immer öfter. Hab ich übrigens auch schon festgestellt“, zwinkerte er ihr zu und fügte trocken an: „Also gut, wenn du mich so fragst ... ich nehme den französischen Champagner.“ Er lachte auf, als er ihre verdutzte Miene sah. „Nein, schon gut. Wenn du’n kaltes Bier hättest, würde ich nicht Nein sagen.“

Was ist das nur mit dieser Frau, dachte Alexander, während er ihr dabei zuschaute, wie sie Gläser aus einer Vitrine nahm, auf den Tisch stellte und aus dem Raum lief, um das Bier zu holen. War sie es nicht gewesen, die ihm die letzten Tage aus dem Weg gegangen war, wo sie nur konnte? Gut, fairerweise musste er sich eingestehen, dass er sich genauso verhalten hatte. Und jetzt das wieder. Aus heiterem Himmel. Da war doch etwas vorgefallen, weshalb sie sich plötzlich so anders verhielt.

Sie reichte ihm Flasche und Öffner, stellte zwei Gläser auf den Tisch und ließ sich dann in den Sessel fallen.

„Gut, dass du hochgekommen bist. Ich wäre sonst mit den zwei Rabauken auf dem Boden eingepennt."

„Das kenne ich. Ist mir mit Louis auch schon passiert … aber für was brauchst du mein Okay?"

Er richtete seine Aufmerksamkeit auf die Gläser, die er befüllte, und sah nur kurz auf.

„Ich hab dir doch von der Kirmesparade erzählt, bei der Greta und Louis mitreiten sollen. Und weil Louis ja kaum Praxis hat, dachte ich mir, dass wir ihn ein bisschen mit unseren Pferden vertraut machen. Bis jetzt hat er ja nur zugeschaut, wenn Greta auf ihrem Pony geritten ist. Sie macht sich ganz gut und will ja auch unbedingt, dass Louis bei der Parade mitreitet. Sie hat bestimmt nichts dagegen, wenn er ihr Pony reitet und ich sie auf meine Stute setze. Natürlich nur, wenn du es erlaubst. Morgen Nachmittag könnte ich mir ein bisschen Zeit dafür abknapsen. Hinten auf der Wiese ist es ideal. Da habe ich schon das Reiten gelernt."

„Von wem?"

Er reichte ihr das Glas und sie stießen an. Für einen kurzen Moment sahen sie sich tief in die Augen.

Nach dem ersten kräftigen Schluck seufzte sie: „Hm, tut das gut … mein Vater hat's mir beigebracht. Er ist ein guter Reiter, aber ich glaube, er hat das Interesse daran verloren, nachdem sein Hengst eingeschläfert werden musste."

„Interessant. Hätte ich gar nicht gedacht."

„Wieso?"

„Weiß nicht, ich kenne keinen Landwirt, der das nicht pragmatisch sieht."

„Mein Vater hat eine raue Schale, aber einen ganz weichen Kern. Da lass dich mal nicht täuschen“, gähnte sie, „und was ist jetzt, gibst du mir dein Okay?“

„War ein anstrengender Tag, was?“, grinste er.

„Ja, das kann man so sagen, aber auch ein sehr erfolgreicher.“

„Absolut ... und in jeder Hinsicht!“ Seine Augen wanderten langsam über ihr Gesicht.

Verunsichert blinzelte sie. Dass er sie damit in die Bredouille brachte, gefiel ihm.

„Was denn? Da erzähl’ ich doch nichts Neues. Jasper hat das Gleiche beim Abendbrot gesagt ... nee, auf den Punkt gebracht. Und gesehen hat’s jeder.“

Sie strich sich eine Haarsträhne aus dem Gesicht und steckte sie hinters Ohr. „Was hat wer gesehen?“

„Dass du schön bist.“

„Du machst mich verlegen.“

„Das tut mir zwar leid ... nein, eigentlich nicht“, grinste er spitzbübisch, „aber ich fange deshalb nicht an zu lügen.“

„Das musst du auch nicht ... aber ...“ Sie schüttelte den Kopf und stellte das Glas ab.

„Warum fällt es dir so schwer, ein Kompliment anzunehmen?“

„Möglicherweise bin ich das nicht gewohnt.“

„Ach, jetzt hör aber auf! Willst du mir erzählen, dass die Männer hier alle blind sind?“

Er stellte sich die Frage, ob es Sinn machte, ihr darüber zu berichten, was er erfahren hatte, doch seine innere Stimme riet ihm davon ab.

„Was weiß denn ich ...“, rang sie mit Worten, „... ich will das auch gar nicht. Männer sind mir ... total egal.“

Es war nicht zu übersehen, dass sie sich bei dieser faustdicken Lüge innerlich wand und es war ihm mehr als bewusst, dass er zu weit ging, aber eine derart offensichtliche Selbsttäuschung konnte er so nicht stehen lassen.

„Du möchtest nicht, dass Männer dich attraktiv finden?“ Alexanders Stimme bekam einen schmeichlerischen Ton, bevor er ungläubig mit der Zunge schnalzte. „Wenn du mir jetzt auch noch erzählen willst, dass du lesbisch bist, fange ich an zu lachen.“

„Hab ich das gesagt?“

„Nein, hast du nicht ...“

„Was geht dich das überhaupt an?“ Sie sprang vom Sessel auf, ging zum Fenster und wandte sich ihm dann zu. „Ich will eben nichts von ... außerdem solltest du mir nur die Frage ...“ Sie stockte, weil er hinter ihr herkam und sich vor sie stellte.

„Jessie“, raunte er leise und sah sie wachsam an, „was soll das hier werden? Mein Okay für Louis habe ich dir längst gegeben. Ich vertraue dir, wenn es um die Kinder geht. Sehr sogar.“

Er zog hörbar den Atem ein, bevor er sich das volle Haar beim Ausatmen mit den Fingern durchkämmte. „Was ich aber nicht verstehe und was mich wahnsinnig macht, ist dein Verhalten mir gegenüber. Was ist das mit dir? Du bist so furchtbar widersprüchlich. Ich würde das wirklich gerne verstehen. Nur so gibst du mir die Chance, entsprechend darauf zu reagieren. Hat es was mit Gretas Vater zu tun?“

Sie wurde blass. Die ganze Enttäuschung, die sie ständig versuchte zu verbergen, stand ihr in Großbuchstaben im Gesicht.

„Ich bin nicht widersprüchlich ... okay, ein bisschen vielleicht, aber bitte ... ich möchte nicht darüber reden. Außerdem ist das ... das ist kalter Kaffee. Basta!"

„Und das glaubst du wirklich, oder was? Sieht aber nicht so aus." Er rückte ihr noch näher auf die Pelle und musste sich extrem zusammenreißen, sie nicht anzufassen. Mit Genugtuung beobachtete er, dass sein Verhalten Wirkung zeigte. Auf ihrer Oberlippe hatte sich ein feiner Schweißfilm gebildet, weshalb sie den Reißverschluss ihrer Fleecejacke förmlich aufriss. Empört blitzte sie ihn an.

„Warum tust du das?"

„Was?"

„Du ...", sie wich zurück, so weit sie konnte, und ließ den Zeigefinger zwischen ihnen beiden hin- und herfliegen, „... du bist zu ..."

„Aber aber, dagegen müsstest du doch eigentlich immun sein. Hast du mir nicht gerade gesagt, dass dir die Männer total egal sind?"

„Was hat denn das eine mit dem anderen zu tun?" Sie rückte so weit von ihm ab, dass sie mit dem Rücken in der Fensternische stand und nicht weiter zurückkonnte. „Mein ... mein Körper funktioniert ganz normal."

„Wäre auch jammerschade, wenn nicht ..."

„Alex, hör auf!"

„Womit? Meiner Meinung habe ich noch nicht mal angefangen. Ich stehe hier völlig unschuldig vor dir." Zum Beweis hob er beide Hände und drehte sie wie die Queen beim Winken hin und her. „Soll ich dir sagen, was passiert, wenn ich anfange?"

„Nicht nötig …“ Sie blies sich eine Haarsträhne aus der erhitzten Stirn und er frohlockte innerlich darüber, wie schnell ihre Halsschlagader pochte. „Ich kann's mir vorstellen.“

„Und wie oft hast du darüber schon nachgedacht?“

„Eingebildet bist du gar nicht, oder?“

„Normalerweise nicht. Ich mag es nur nicht, wenn jemand Spielchen mit mir spielt.“

„Ich spiele keine … und woher willst du überhaupt wissen, was ich denke?“

„Die Frage kannst du dir selbst beantworten.“ Alexander strich ihr mit dem Finger zärtlich über die Wange und trat dann den Rückzug an. „Ich glaube, es ist besser, wenn ich jetzt gehe.“

„Was?“ Sie sah aus, als hätte er sie vor den Kopf gestoßen. „Kriegst du auf einmal kalte Füße?“

Er blieb stehen und drehte sich zu ihr um. Seine Augen glitzerten gefährlich. „Nein, aber es kommt mir so vor, als würdest du gern ein bisschen mit dem Feuer spielen, obwohl zwischen uns ein Benzinkanister steht, Süße. Du stellst mir doch nicht ernsthaft die Frage, ob ich gern hierbleiben würde?“

Jessica erschrak vor sich selbst. Was machte sie da? War sie völlig verrückt geworden? Er hatte natürlich recht. Mit einer wegwerfenden Handbewegung, die ihrer Hilflosigkeit mehr Ausdruck verlieh als sie ahnte, rief sie: „Ach vergiss es! Ich weiß gar nicht, wie wir dazu gekommen sind, über solche Themen zu reden.“

„Ich schon, aber du hast recht, wir sollten für heute damit aufhören.“

Jessica beobachtete, wie er sich müde mit der Hand durchs Gesicht fuhr, bevor er sich aufrichtete und sie freundschaftlich anlächelte. „Vielen Dank, dass du so lieb mit Louis bist. Du hast keine Ahnung, wie gut ihm das tut.“

Verwirrt über den plötzlichen Sinneswandel folgte sie ihm zur Tür.

„Dafür nicht. Das ist für mich absolut selbstverständlich. Er ist so ein lieber kleiner Kerl.“

Alexander zwinkerte ihr versöhnlich zu. „Er kommt eben ganz nach seinem Papa.“

Im Hinausgehen drehte er sich noch einmal zu ihr um.

„Schlaf gut ... und Jessie ... kein Mann ist es wert, dass du dich so vergräbst. Fang endlich an, wieder zu leben.“

12

„So, haben wir jetzt alles für Bernard?" Bärbel überprüfte die beiden Kartons, die offen auf dem Ladentresen standen.

„Es müssen je zehn Kilo Filet und Roastbeef vom Japanischen sein, genauso wie vom Simmentaler. Außerdem dreißig Eier und fünfzehn Kilo festkochende Kartoffeln." Jessica hielt die Bestellliste in der Hand und gähnte herzhaft. „Hab ich dir schon erzählt, dass er mir den Bankeinzug unterschrieben hat? Er wollte in bar bezahlen, aber ich hab ihm gesagt, dass es uns wegen der Buchführung lieber ist, wenn die Zahlungen übers Konto laufen."

„Dass es überhaupt noch Geschäftsleute gibt, die so denken. Seltsam. Ist doch viel praktischer so." Bärbel zählte die einzelnen Verpackungen ab und zog dann die Stirn kraus. „Da fehlt doch was! Auf der Liste habe ich dreizehn Positionen, aber wenn ich durchzähle, komme ich nur auf zwölf."

Jessica hielt sich die Hand vor den Mund und gähnte schon wieder. „Ich weiß, was fehlt. Fünf Kilo mehlig kochende Kartoffeln."

Bärbel sah über den Rand ihrer Lesebrille. „Du liebe Zeit, das ist ja nicht mehr mit anzuhören. Hast du denn heute Nacht so schlecht geschlafen?" Sie schnappte sich eine leere Papiertüte, stellte sie auf die Waage und befüllte sie mit den Kartoffeln.

„Ich weiß auch nicht, was mit mir los ist."

Jessica nahm den Packband-Abroller und begann, den ersten Karton zuzukleben. Sie wusste sehr wohl, warum sie so schlecht geschlafen hatte. Das ließ sich in ein Wort fassen: Alexander. Dazu noch die Sorge um Greta, wenn Louis fort musste und ihr Plan, Steffen anzubaggern. Nach dem Gefühlschaos vom vergangenen Abend war sie sich nicht mehr ganz so sicher, ob dieser Plan der richtige war. Insgesamt also genügend Stoff für schlaflose Stunden. Gegen Morgen war sie dann endlich zur Ruhe gekommen, leider erst, kurz bevor der Wecker sie wieder aus dem Schlaf gerissen hatte.

„Hab ich dir erzählt, dass ich heute Nachmittag mit den Kindern hinten auf der Wiese reiten übe?"

„Du hast gesagt, dass du das vorhast, aber nicht wann. Gute Idee. Mit Greta wirst du nicht viel zu tun haben, sie reitet doch schon recht gut. Ich bin gespannt, wie Louis sich macht. Pass mal auf, wenn der erst mal Lunte gerochen hat."

Bärbel horchte auf und sah aus dem Ladenfenster, weil der Kurierfahrer gerade auf den Hof fuhr.

„Puh, der ist aber früh dran. Wie gut, dass wir uns so beeilt haben. Weiß Alexander, dass Louis heute seine erste Reitstunde bekommt? Womöglich möchte er gerne dabei sein."

„Ich hab's ihm gestern Abend erzählt. Er hat nix gesagt, vielleicht deswegen, weil er nicht wusste, wie lange es dauert, den restlichen Weizen einzuholen. Er meinte nur, dass er mir vertraut, wenn's um Louis geht, also gehe ich davon aus, dass er es nicht schafft, rechtzeitig vom Feld zu kommen. Ich möchte aber auch nicht länger warten. Es sind nur noch zweieinhalb Wochen bis zur Kirmes."

„Ach, da habe ich keine Bange. Man muss ihm nur die Angst nehmen, dann wird das schon." Bärbel sah auf.

„Guten Morgen Robert", rief sie dem Fahrer zu, der, von der Türglocke angekündigt, hereinkam. „Heute sind es insgesamt acht Kartons, die du mit nach Kassel nehmen musst."

Nachdem der Fahrer fort war, räumte Jessica den Verkaufstresen auf und zerknüllte ein Blatt Papier, bevor sie es in den Papierkorb warf.

„Ach, übrigens ... ich gehe heute Abend mit Steffen aus. Für mich also bitte kein Abendbrot."

„Oh, wie kommt's?" Bärbel sah sie verblüfft an. „Das hat es ja seit Ewigkeiten nicht mehr gegeben, dass ihr zusammen ausgeht."

„Tja, vielleicht ändert sich das ja jetzt", zwinkerte Jessica ihrer Mutter zu und wischte sich die Hände an der Jeans ab. „Ich bräuchte auch mal deinen Rat. Ich hab mir so viele neue Klamotten gekauft, dass ich gar nicht mehr weiß, was ich anziehen soll."

„Das mache ich gerne", nickte Bärbel, wirkte aber plötzlich etwas nachdenklich. „Ich wollte mir deine neuen Errungenschaften sowieso mal von dir vorführen lassen. Das Beste wird sein, wenn wir das kurz vor dem Abendbrot erledigen. Jasper kann Jochen beim Eindecken zur Hand zu gehen und die Kinder helfen dabei bestimmt auch sehr gerne, außerdem sind sie dann beschäftigt. Dann kann ich mir die Zeit für dich nehmen." Sie schnappte sich einen Weidenkorb. „Dann will ich mal die Eier lesen. Gefüttert hast du die Hühner aber, oder?"

„Ja, hab ich. Danke." Jessica versuchte, das Gähnen zu unterdrücken, doch es gelang ihr nicht.

„Na, das kann ja ein schöner Abend werden, wenn du jetzt schon so groggy bist. Vielleicht solltet ihr das auf ein andermal verschieben?"

„Nein! Das geht nicht!"

Jessicas schriller Tonfall brachte Bärbel dazu, sich noch einmal herumzudrehen. „Bist du sicher, dass mit dir alles in Ordnung ist?"

„Doch, natürlich. Ich kümmere mich jetzt um den Bürokram. Bist du nicht immer die, die mir erzählt, dass einem viel Arbeit über alles hinweghilft?"

„Das soll ich gesagt haben?" Bärbel stutzte. „Kann ich mich nicht dran erinnern." Sie wandte sich ab und rief im Hinausgehen: „In deinem Fall wüsste ich was Besseres."

Bis zum Mittagessen, bei dem Jessica mit ihren Eltern allein am Tisch saß, schaffte sie es, dank der vielen Arbeit ohne einzuschlafen über die Runden zu kommen. Jasper und Alexander verzehrten ihren Proviant auf dem Feld.

Sie nahm sich vor, auch am Nachmittag die Müdigkeit mit Arbeit zu bekämpfen. Es blieb bei dem frommen Wunsch. Als sie sich zum Ausruhen *nur* für ein Viertelstündchen auf die Couch im Kaminzimmer legte, schlief sie so fest ein, dass sie erst durch den fröhlichen Trubel der Kinder wach wurde, als sie vom

Kindergarten zurückkamen. Jochen, der sich gerne nach dem Essen die Beine vertrat, hatte die beiden zu ihrer großen Freude zu Fuß abgeholt und den Bollerwagen mitgenommen.

Der Reitunterricht für Louis brachte Jessicas Lebensgeister schließlich vollends zurück. Geschickt spannte sie Greta in ihr Vorhaben mit ein, sodass die ihr Pony gern an ihren Freund abtrat und die neue Rolle als erfahrene Reiterin auf Jessicas Stute weidlich genoss. Noch bei den Vorbereitungen für das Abendbrot, bei dem sie, wie von Bärbel geplant halfen, plapperten die beiden von nichts anderem.

„Jetzt gefällst du mir schon wieder viel besser.“

Bärbel begutachtete Jessica, die ihr mit einem Turban über dem feuchten Haar ein rotes ärmelloses Sommerkleid vorführte, das über und über mit winzigen Streublümchen bedruckt war.

„Die Farbe steht dir ausgezeichnet, besonders, wo du heute Nachmittag noch ein bisschen Bräune abbekommen hast. Willst du das Kleid am Freitagabend anziehen, wenn ihr zu den Freyenhofs geht?“

„Ja, hatte ich so geplant. Etwas Schickes, das nicht so overdressed wirkt.“ Jessica zog eine kurze Jeansjacke vom Bügel. „Und wenn’s ein bisschen kühler ist, kann ich die Jacke überziehen. Außerdem habe ich mich für weiße Chucks entschieden.“ Sie nahm sie aus der Schachtel und hielt das Paar ihrer Mutter hin. „Guck mal, das sieht doch echt cool aus, oder? Und wohl fühle ich mich damit auch.“

„Perfekt, Jessie.“ Bärbel erhob sich von dem bequemen Sitzsack, der neben der Garderobe im Flur stand.

„So schöne Sachen ... ach, ich freu mich so, dass du endlich wieder rauskommst. Dein Vater platzt vor Stolz, wenn er dich so sieht, das kannst du glauben." Bärbel betrachtete die vielen neuen Kleidungsstücke, die an den Garderobenhaken hingen. „Und was willst du heute Abend anziehen, wenn du mit Steffen ausgehst? Dann könnte ich die anderen Sachen schon mal in den Schrank hängen, damit du dir die Haare föhnen kannst."

Jessica schlüpfte aus Jacke und Kleid und hielt beides Bärbel hin, die die Sachen auf einen Bügel hing. Zielsicher zog sie eine dreiviertellange ausgebleichte Röhrenjeans und ein weißes Spitzentop hervor.

„Ich ziehe die Jeans an, das Top und den schwarzen Kurzblazer, den ich dir schon gezeigt habe. Und dazu ..." Jessica ließ alles auf den Hocker fallen, der neben einem wandhohen Spiegel stand, und holte eine Schuhschachtel hervor. „Ta ta ta taa! Sind die nicht saucool?"

An Zeige- und Mittelfinger schwenkte sie ein paar schwindelerregend hohe schwarze Pumps hin und her.

„In denen willst du laufen?" Bärbel hielt die Luft an.

„Was dachtest du denn, warum ich sie mir gekauft habe? Natürlich nicht den ganzen Abend, wir wollen schließlich in ein Restaurant. Soweit ich weiß, sitzen die Leute üblicherweise, wenn sie was essen gehen, Mama."

„Na dann ..." Bärbel verdrehte die Augen. „Danke für die Aufklärung. War mir so noch gar nicht bekannt, aber ... naja, da brauche ich mir ja keine Sorgen mehr zu machen."

Sie schnappte sich mehrere Bügel von der Garderobe. „Und jetzt zisch ab ins Bad, du Expertin für Restaurantbesuche. Ich räume die Sachen hier weg."

Jessica schlang einen Arm um den Hals ihrer Mutter und drückte ihr einen dicken Schmatzer auf die Wange. „Danke Mama, ich hab dich lieb."

„Ich dich auch und jetzt hau ab!"

Zwanzig Minuten später – Bärbel stellte gerade das letzte Paar Schuhe in den Wandschrank – trat Jessica geschminkt und geföhnt in die Diele.

„Und? Wie gefalle ich dir?" Sie streifte den Blazer über, zog sich die Haare aus dem Kragen und schlüpfte in die Schuhe, während sie sich im Spiegel begutachtete. „Warum sagst du denn nichts?"

„Bist du sicher, dass du heute Abend mit Steffen verabredet bist?"

„Ach Mama, das habe ich dir doch gesagt ..."

„Was veranstaltet ihr denn so lange hier oben? Wir warten nur noch auf euch ... wir haben Hunger."

Jochen erschien aufgebracht in der Tür und stieß dann einen leisen Pfiff aus. „Mein lieber Scholli, na, da hat aber eine was vor! Du willst uns doch nicht erzählen, dass du mit Steffen verabredet bist?"

Bärbel prustete sofort los, worauf Jochen sie nur verwundert ansah. „Hab ich was Falsches gesagt?" Er schloss die Tür zum Treppenhaus hinter sich.

Jessica fand das überhaupt nicht witzig. „Was gibt's denn daran auszusetzen, dass ich mit Steffen ausgehe? Wer liegt mir denn dauernd in den Ohren damit, dass ich mir einen Mann suchen soll, hm?"

Bärbel plumpste sprachlos auf den Hocker.

Jochens bis dahin heiterer Gesichtsausdruck änderte sich schlagartig. Mit verständnisloser Miene trat er näher an Jessica heran.

„Du willst uns doch nicht weismachen, dass du dabei an deinen Busenfreund Steffen gedacht hast?"

„Aber warum denn nicht? Ihr kennt ihn doch. *Du* selbst hast mir das vorgeschlagen! Hast du das schon vergessen?"

„Um Gottes willen, Jessie, das war ein Scherz! Sag nur, du hast das ernst genommen?"

„Ja, warum denn nicht?"

„Weil ... ach", schnappte er nach Luft, überlegte kurz und rief dann: „Moment mal! Ich glaube, ich muss deiner Erinnerung mal ein bisschen auf die Sprünge helfen. Wenn du dich daran so gut erinnerst, dann fällt dir bestimmt auch wieder ein, was du mir darauf geantwortet hast?"

„Äh, keine Ahnung, aber ..."

„Dass dich mit ihm eine geschwisterliche Liebe verbindet und dass wir dann auf weitere Enkel verzichten müssten."

„Dann habe ich eben jetzt meine Meinung geändert. Das wird ja wohl noch erlaubt sein."

„Aber sicher. Ich habe auch gar nichts gegen Steffen, ich mag ihn sogar ganz gerne, ich glaube nur nicht, dass das mit euch was geben kann."

„Aber warum denn nicht?", brauste Jessica auf. „Er geht seit gefühlten hundert Jahren hier ein und aus und er ist absolut vertrauenswürdig. Wo ist denn das Problem? Er versteht mich und wir streiten uns so gut wie nie. Er ist intelligent und gesund ..."

Entsetzt schnappte Bärbel nach Luft, schwieg dann aber.

„Das glaub ich jetzt nicht!", verdrehte Jochen die Augen und wurde nun auch lauter. „Sind wir denn auf dem Pferdemarkt, oder was? Hast du sein Gebiss schon geprüft?" Seine Stimme triefte vor Hohn. „Mein liebes Fräulein, geh mal in dich! Wann hast du Steffen das letzte Mal gesehen und wie war das da für dich? Hattest du das Gefühl, er will mehr als nur dein Freund sein?"

Jessica schluckte und wirkte peinlich berührt. „Papa, meinst du wirklich, wir beide – also du und ich – sollten darüber reden?"

„Deine Antwort lautet also Nein. Ist das so? Er hat dir also nicht das Gefühl gegeben, dass er ..."

„Nein, hat er nicht. Bist du jetzt zufrieden? Deswegen will ich ja ..."

Bärbel schlug sich bestürzt die Hand vor den Mund.

„Ah, verstehe ..." Jochen zog eine Augenbraue hoch. „Und du glaubst, du musst dich nur ein bisschen aufmöbeln und prompt verwandelt er sich vom Bettvorleger zum leidenschaftlichen Liebhaber?" Jochen fuhr sich mit der Hand durchs Gesicht. „Okay, dann will ich dir jetzt mal was verraten, mein Kind." Er zögerte, nahm einen tiefen Atemzug und sah sie ernst an. „Wenn ein Mann eine Frau will – richtig will – dann ist ihm dieser ganze Kokolores wie Schminke, Klamotten und teure Unterwäsche völlig egal. Dann packt er zu, sowie sich die Gelegenheit dafür ergibt. Er findet einen Weg und wartet nicht Jahre, bis er endlich Anlauf nimmt. Da frag mal deine Mutter. Sie wird dir erzählen, wie es war, als wir uns kennengelernt haben." Jochen strich Jessica über den Arm. „Schätzchen, es tut mir leid, aber wenn Steffen dich so sehen würde, wie du von ihm gesehen werden willst, wäre er schon längst aktiv geworden. Das kannst du mir glauben."

Einen Moment lang herrschte Schweigen.

„Aber ... das heißt deswegen noch lange nicht, dass das bei allen so ist und dass er seine Meinung nicht doch noch ändern kann", trotzte Jessica.

Sie riss sich zusammen, um nicht in Tränen auszubrechen. Warum nur musste er ihr den so sorgfältig ausgetüftelten Plan kaputtmachen? Ausgerechnet jetzt, wo sie zum Absprung bereit war und wo sie sich das alles so schön zurechtgelegt hatte. Sie brauchte so dringend diesen Strohhalm, um wenigstens mit ein bisschen Zuversicht in die Zukunft schauen zu können. Hatte ihr nicht Alexander am vergangenen Abend ganz deutlich zu verstehen gegeben, dass auch er kein Interesse an ihr hatte? Es wäre ein Leichtes für ihn gewesen, ihr näherzukommen, wenn er nur gewollt hätte. Nein! Sie würde nicht mehr auf etwas hoffen, das sich dann am Ende doch wieder nur als Mogelpackung herausstellte.

„Okay", räusperte sie sich, „wahrscheinlich wird er nie so ... so sehr Mann sein, wie du es bist, Papa, aber wenigstens weiß ich, was ich kriege und muss keine Angst haben, wieder so verarscht zu werden."

„Hast du so wenig Vertrauen in dich, dass du glaubst, es gäbe nirgends einen Mann, der dir das geben kann, wonach du dich sehnst?"

Stumm presste sie die Lippen zusammen und schüttelte den Kopf.

Hilflos suchte Jochen den Blick seiner Frau, doch die schüttelte nur resigniert den Kopf.

„Hör zu“, richtete er sich wieder an Jessica, „egal wie sehr wir uns auch wünschen, dass du einen Partner findest ... für uns musst du keine faulen Kompromisse eingehen. Das wollen wir nicht.“

„Aber das wäre doch gar kein fauler Kompromiss!“ Jessica stemmte die Hände in die Hüften. „Verstehst du das denn nicht? Er ist mein bester Freund ... er wird mich nicht enttäuschen.“

Bärbel, die mit entgeisterter Miene dasaß und nur zwischen Jessica und Jochen hin- und hersehen konnte, murmelte resigniert: „Es ist nicht zu fassen, dass jemand so blind durchs Leben laufen kann ... sieht den Wald vor lauter Bäumen nicht.“

Sie erhob sich und wirkte plötzlich kraftlos. Kopfschüttelnd schnappte sie sich die leeren Papiertaschen, die sie zusammengefaltet auf den Boden gelegt hatte und klemmte sie sich unter den Arm. „Ich geh dann schon mal runter“, erklärte sie. Man hörte ihrer Stimme deutlich an, wie entsetzt sie war. „Kommst du?“, rief sie ihrem Mann über die Schulter zu, „wir sind eh schon zu spät dran. Die Männer haben Hunger.“

Jochen antwortete ihr nicht, sondern blieb abwartend vor Jessica stehen. Mit angehaltenem Atem schien er darauf zu hoffen, dass sie etwas erwiderte, doch sie zuckte nur stur mit den Achseln.

„Gut“, atmete er schwer aus, „wenn du so bockig wie eine Sechzehnjährige sein willst ... wie du meinst. Für mich bist du erwachsen und solltest wissen, was du tust. Uns steht es nicht zu, uns da einzumischen.“ Er deutete mit dem Finger in ihre Richtung. „Aber ich sage dir klipp und klar, dass du das nicht für uns tust. Nur dass es da keine Missverständnisse gibt! Auch wenn wir uns noch so sehr wünschen, dass du nicht alleine bleibst ... einen Kuhhandel verlangen wir von dir nicht." Er streckte den gesunden Arm in Richtung Fenster aus. „Es laufen genügend nette Männer rum, die dich gern kennenlernen würden. Mach doch mal die Augen auf, dann siehst du sie auch ..." Er hielt kurz inne.

„Ich habe jetzt gesagt, was ich denke. Komm mir also nicht irgendwann damit, dass ich dich nicht gewarnt hätte." Er wandte sich ab. „Und wenn du der Meinung bist, dass dir Steffen das geben kann, was du brauchst und dir das zum glücklich sein reicht, dann müssen wir uns eben damit abfinden."

Ohne sich noch einmal umzudrehen, schloss er die Tür hinter sich und ging langsam die Treppe nach unten.

„So, ich muss dann jetzt los", rief Jessica betont aufgekratzt, als sie in die Küche kam und tat, als hätte es nie eine Diskussion gegeben. „Geht's euch gut ihr zwei?" Sie beugte sich zuerst zu Greta hin, um ihr einen Kuss zu geben, und wuschelte dann Louis über die Locken. „Schlaft schön und macht der Oma keinen Ärger, hört ihr?"

„Wow, Jessie, komm, lass dich mal anschauen! Gibt's da jemanden, für den du dich so schön gemacht hast?" Jasper sah sie forschend an.

Jessica verdrehte die Augen und lachte, um ihre Verlegenheit zu kaschieren. Sie hatte geahnt, dass er etwas sagen würde. Ein Grund, weshalb sie am liebsten nicht mehr in die Küche gekommen wäre. Doch das hätte sie den Kindern nicht antun können. Alexander kaute am

Brot und musterte sie dabei von Kopf bis Fuß, bis er seine Augen in ihre versenkte. Das Gefühl, durchschaut zu werden, vertiefte sich noch, als er mit samtweicher Stimme sagte: „Ich wünsche dir einen schönen Abend, Jessie!"

Kurze Zeit später parkte Jessica den Roadster in einem Parkhaus der Bad Wildunger Innenstadt. War sie froh, dass sie heute Abend zu Hause raus kam. Weg von den eindringlichen Worten ihres Vaters, weg von der enttäuschten Miene ihrer Mutter und weg von Alexanders funkelnden Augen, die sie noch immer verfolgten. Als wüsste er genau, was in ihr vorging. Mit nur einem lasermäßigen Blick hatte er sie verspottet. Dabei hörte sie ihn förmlich, wie er sie nachäffte: Soso, Männer sind dir also egal!

Selbst schuld. Wie hatte sie sich auch nur zu so einer Schwachsinnsaussage hinreißen lassen können? Vor allem, wo sie sich nun in dieser ... Aufmache präsentierte. Unwillkürlich zupfte sie den Ausschnitt des hautengen Spitzentops etwas höher, verschloss sich räuspernd den einzigen Knopf des knappen Blazers und steckte den Autoschlüssel in die Tasche. Ein wenig verschämt sah sie sich um, doch niemand sah ihr zu. So richtig angekommen war sie in ihrer Montur noch nicht. Der Unterschied zu ihrer superbequemen Jeanslatzhose war einfach zu krass.

Jammern nützt nichts, Jessie, da musst du jetzt durch!

Mit trotzig vorgerecktem Kinn machte sie sich auf den Weg zum Restaurant. Auf der Brunnenstraße angelangt – der Flaniermeile der Stadt – schlenderte sie langsam, den hohen Absätzen angemessen, an schicken Geschäften und Cafés vorbei. Nach den kurzen, aber heftigen Gewittern der letzten Tage hatte es sich tagsüber wieder so erwärmt, dass man das Gefühl hatte, in Südeuropa zu sein. Überall üppige Pflanzenkübel, bunte Sommerkleider und gut gelaunte Menschen. Die Außenterrassen der Restaurants und Cafés waren so gut besucht, dass Gäste auf einen freien Tisch warten mussten. Wie gut, dass sie darauf bestanden hatte, zu reservieren. Das idyllische Kurstädtchen im Waldecker Land zog angesichts seiner romantischen Architektur, dem imposanten Schloss und nicht zuletzt wegen der vielen Erholungsmöglichkeiten eine große Zahl von Kurgästen und Urlaubern an.

Um die Wartezeit zu überbrücken, schlenderte sie langsam vor den Geschäften entlang, blieb vor Boutiquen und Juwelieren stehen und betrachtete deren Auslage, ohne hinterher sagen zu können, was sie sich angeschaut hatte. Vielmehr hallten ihr die Worte ihres Vaters durch den Kopf. Auch wenn sie versucht hatte, es mit Sturheit zu kaschieren, er hatte sie bis ins Mark getroffen. Es kam selten vor, dass er so deutlich wurde. Grundsätzlich stand er hinter ihr und unterstützte sie, wo er nur konnte. Besonders der Vergleich mit dem Kuhhandel hatte sie verletzt, am meisten deshalb, weil er mit seiner Kritik nur ihre eigenen Zweifel anfeuerte.

Aber warum zweifelte sie plötzlich? Sie war doch so überzeugt von der Idee gewesen, dass Steffen einen wunderbaren und perfekten Partner abgäbe, selbst wenn er kein Landwirt war und nie einer werden würde. Das brauchte er doch auch gar nicht. Dafür gab es Saisonarbeiter. Jemanden wie Karl oder Alexander, der dort arbeitete, wo man ihn einsetzte.

Alexander.

Jeglicher Gedanke an Steffen verblasste sofort, wenn sie an ihn dachte. Scheiße. Warum konnte er nicht so aussehen wie Berti? Unförmig und unsympathisch. Abgesehen davon, dass Alexander so unwiderstehlich männlich und begehrenswert ausschaute, war er auch noch absolut liebenswert. Allein wie er mit seinem Sohn umging. Er war kein Mann, der eine schwangere Frau sitzenließ, weil dass das Ende von Spaß bedeutete. Nein, er war der Mann, der seinen Sohn alleine großzog.

Verdammt, sie wurde noch verrückt, weil sie sich so zusammenreißen musste, wenn er in ihrer Nähe war. Sie lechzte danach, diesen festen, starken Körper zu berühren, wollte ihn riechen und schmecken. Träumte davon, seine kräftigen Arme um sich zu spüren und sein markantes Gesicht in Ruhe studieren zu können. Nur einmal mit den Fingern durch den zerzausten Blondschopf fahren. Glatt gelogen, sie würde es immer wieder wollen ... ob er überhaupt einen Kamm besaß?

Schluss jetzt!

Hatte er ihr nicht mit der Äußerung „Du stellst mir doch nicht ernsthaft die Frage, ob ich hierbleiben möchte?" zu verstehen gegeben, dass er kein Interesse an ihr hatte? Wie hatte ihr Vater sich ausgedrückt?

„Wenn ein Mann dich will, dann greift er bei der erstbesten Gelegenheit zu."

Danke Papa, damit hast du mir die Antwort gegeben, die ich brauche, um wieder zu Verstand zu kommen.

Am vergangenen Abend wäre genug Gelegenheit gewesen, wenigstens, um sich verbal anzunähern.

„Message angekommen, Herr Göbel", murmelte sie vor sich hin.

Es war eben nicht jedem vergönnt, so ein Glück zu haben wie ihre Eltern, die binnen zweier Jahre verliebt, verlobt und verheiratet gewesen waren. Liebe wie in einem Hollywoodstreifen. Kein Wunder, warum die beiden so hohe Maßstäbe für sie setzten.

Mit einem Blick auf die Uhr erreichte Jessica den Eingang des italienischen Restaurants und sah sich nach Steffen um. Mist, sie war mal wieder zu spät. Es war kurz vor halb acht und der Tisch war für sieben bestellt worden. Aber Steffen war normalerweise immer zu früh, weshalb die Sache mit dem Tisch kein Problem sein sollte. Suchend sah sie über die Tische der Außenterrasse, konnte Steffen aber nirgends sehen.

Hm, eigentlich gehörte er zu den Leuten, die es hassten, zu spät zu kommen. Dank des Marsches vom Parkhaus bis zum Lokal begannen Jessicas Füße zu schmerzen. Wie schafften es andere Frauen nur, so mühelos in solchen Schuhen zu laufen? Sie sehnte sich jedenfalls jetzt schon danach, sich setzen zu können.

Wieder ließ sie ihren Blick über die vollbesetzten Tische wandern. Komisch. Wo blieb Steffen denn nur? Die nächsten zwanzig Minuten verbrachte sie damit, zwischen dem Eingang des Restaurants und dem Biergarten hin und her zu wandern. Wandern – in solchen Schuhen! Dabei fühlte sie sich extrem unwohl und schaute im Minutentakt auf ihre Armbanduhr. Sich zu bewegen, war in jedem Fall besser als zu stehen. Obwohl ihre Füße schmerzten. Konnte es sein, dass sie sich die falsche Zeit notiert hatte?

Drei Männer um die Dreißig gingen zielstrebig an ihr vorbei, verlangsamten ihre Schritte jedoch, als sie Jessica ausmachten. Sie zeigten unverhohlenes Interesse … und verschwanden schließlich im Innenbereich des Restaurants. Auf ihrem Weg vom Parkhaus hierher war ihr nicht zum ersten Mal aufgefallen, dass Männer so auf sie reagierten und das freute sie.

„Jessie, es tut mir wirklich leid, dass ich zu spät bin. Ich musste noch ein wichtiges Telefonat führen, das ließ sich leider nicht verschieben." Völlig außer Atem kam Steffen auf sie zugelaufen und umarmte sie flüchtig. Dezent kroch ihr sein Aftershave in die Nase und sie konnte sich nicht erinnern, dies je bei ihm bemerkt zu haben.

Er umfasste ihre Schulter und zog sie so mit in das Restaurant. „Das ist so ein Schwachsinn, dass man hier nur im Parkhaus parken kann. Ich wäre sonst schon viel eher hier gewesen."

„Kann ja mal passieren", winkte sie ab, „ich war nur etwas verwundert, weil *ich* normalerweise sonst diejenige bin, die zu spät kommt. Entschuldigen Sie", sprach sie den Kellner an, der auf dem Weg zur Außenterrasse auf sie zukam, „ich weiß, wir sind ein bisschen spät, aber ich hatte einen Tisch für zwei Personen reservieren lassen. Wackernagel ist mein Name."

Sie mussten zur Seite treten, um den Gang für vorübergehende Leute frei zu halten.

„Ah ja … hm", der Mann verzog bedauernd das Gesicht, „tja, es tut mir leid, aber … nach zwanzig Minuten Wartezeit dachten wir, Sie kämen nicht mehr, weshalb wir den Tisch an ein anderes Paar vergeben haben." Er machte eine Handbewegung, die auf das vollbesetzte

Lokal hinwies. „Aber, wenn Sie mit einem Platz im Innenbereich vorliebnehmen möchten, da könnte ich Ihnen behilflich sein."

„Kein Problem." Steffen zuckte mit den Schultern. „Oder war dir das so wichtig, ob wir drinnen oder draußen sitzen?"

„Na ja, bei dem Wetter ... na gut, ist ja jetzt eh nicht mehr zu ändern. Dann eben so."

Jessica wollte sich über ungünstige Vorzeichen lieber keine Gedanken machen, denn sonst hätte sie den Abend an dieser Stelle abbrechen und den Weg nach Hause antreten müssen. Erst das Theater daheim, dann Steffens Verspätung und nun auch noch die geplatzte Tischreservierung. Da konnte es ja nur noch besser werden.

Nachdem sie am Tisch saßen und fürs Erste eine Flasche Wasser bestellt hatten, blätterten beide in der Speisekarte. Im Lokal gab es noch einige freie Plätze, weshalb um sie herum niemand saß. Wenigstens ein Pluspunkt, dass sie sich ungestört unterhalten konnten, dachte Jessica und betrachtete Steffen, der noch immer die Karte studierte. Er hatte sich verändert. Das war ihr schon das letzte Mal aufgefallen, jedoch nicht so sehr, wie es ihr heute auffiel. Früher, erinnerte sie sich, hatte er sich wahllos etwas aus dem Schrank genommen, Hauptsache es erfüllte seinen Zweck. Sie kannte ihn nur in Jeans, T-Shirts oder Pullis. Jetzt war er perfekt gestylt. Zwar trug er immer noch Jeans, T-Shirt und einen feinen Strickpulli, den er sich lässig über die Schulter gelegt hatte, doch es handelte sich dabei nicht nur um Marken-, sondern sogar um Designerkleidung. Diese Erkenntnis ließ ihr das Herz in die

Kniekehlen rutschen. Wenn ein Mann plötzlich so gut gekleidet war, die Haare nach der neuesten Frisurenmode geschnitten hatte und auch noch so gut ... also nach einem teuren Aftershave roch, da konnte doch nur eine Frau dahinterstecken! Sollte ihr ganzes Vorhaben daran scheitern, weil Steffen bereits vergeben war? Und warum sagte er ihr das nicht?

„Ich nehme die Vier Jahreszeiten-Pizza. Die schmeckt mir einfach immer noch am besten."

„Das wird sich wahrscheinlich in hundert Jahren nicht ändern." Steffen legte die Karte zur Seite und lächelte. „Lass mich raten ... und gleich wirst du dir noch ein Bier bestellen. Ein Kristallweizen, stimmt's?"

„Und was ist daran so verwerflich?"

„Nichts", er zuckte mit den Achseln und sah an ihr vorbei, weil der Kellner kam. Jetzt ein anderer als eben. Ein junger, gut aussehender Italiener.

„Buona sera, haben Sie schon gewählt?"

Er lächelte Jessica vielsagend an, zündete die Kerze auf dem Tisch an und zückte schließlich Stift und Block.

„Guten Abend, ich nehme die Vier Jahreszeiten-Pizza und ein alkoholfreies Weizenbier bitte."

„Sehr gerne!" Wieder flogen seine Augen bewundernd über sie, bis er sich schließlich Steffen widmete und sein Verhalten merkwürdig abkühlte. Die Italiener müssen das Casanova-Gen doch schon von Geburt an im Blut haben, dachte Jessica und frohlockte über das unausgesprochene Kompliment. Gerade weil Steffen so gar nicht auf ihr Äußeres reagierte, freute sie sich darüber umso mehr.

„Per me, per favore, Panzeretto al Gorgonzola e un quarto della Valpolicella", orderte Steffen, als sei er in Italien geboren und drückte dem Ober die Karte in die Hand. Dabei vermied er es allerdings, ihn anzusehen, was Jessica ziemlich unhöflich fand. Seltsam, so kannte sie ihn gar nicht.

„Si, molto simele, Signore", antwortete der Kellner formvollendet und verabschiedete sich mit einem Nicken.

„Seit wann isst du Gorgonzola?", brach es aus ihr heraus. „Und woher kannst du so gut Italienisch?"

„Geschmäcker ändern sich. Du hast früher auch keinen Rosenkohl gegessen und jetzt isst du ihn."

„Ja okay, das stimmt. Aber trotzdem, Gorgonzola und Rosenkohl trennen Welten. Wie kam's dazu?"

„Es war auf einer Feier bei einem Freund, bei der man sich am italienischen Buffet bedienen konnte. Tja, was soll ich sagen, alle haben zugelangt, da habe ich mich halt auch herangewagt. Wie du siehst, hat es mir geschmeckt."

„Und deswegen hast du gleich Italienisch gelernt?", lachte sie. „Ach du meine Güte, ich gehe hin und wieder ganz gerne mal zum Chinesen ..."

„Nein", fiel er in ihr Lachen ein, „so war's natürlich nicht. Ich plane im September meinen Urlaub in der Toskana zu verbringen und da dachte ich, es kann nichts schaden, wenn ich ein paar Floskeln beherrsche. That's it."

Mit einer lässigen Handbewegung griff er zum Wasserglas, weshalb sich das Kerzenlicht in dem silbernen Gehäuse seiner Armbanduhr spiegelte. Verdammt teures Teil, mutmaßte Jessica. Das breite cognacfarbene

Lederarmband wirkte einerseits zwar schlicht, aber gleichzeitig auch sehr edel.

Der Kellner brachte die Getränke.

„Du siehst gut aus", prostete sie ihm anschließend zu und startete den Versuch, mehr von ihm zu erfahren. „Gibt es Veränderungen in deinem Leben, von denen ich noch nichts weiß?"

„Eigentlich nicht. Ich arbeite viel und komme dadurch natürlich auch viel herum, aber das weißt du ja schon alles. Neu ist höchstens, dass ich mich endlich dazu durchgerungen habe, mir eine Wohnung in der Nähe von Köln zu suchen. Ich bin diese ewigen Hotelzimmer leid."

„Oh, bedeutet das, dass du zukünftig noch weniger nach Hause kommst?"

„Ich denke schon. Du weißt ja, dass ich ständig durchs Land reise und mich bisher in erster Linie um unsere Märkte gekümmert habe, aber damit soll jetzt Schluss sein. Ich habe mich intern für einen anderen Job beworben und meine Chancen stehen nicht schlecht."

„Und was wirst du dann tun?"

„Eigentlich das gleiche wie immer, nur mit dem Unterschied, dass ich das in der Hauptzentrale in Köln machen kann und nicht mehr ständig umherreisen muss." Er nahm einen Schluck vom Wein. „Und bei dir? Wie laufen die Geschäfte mit der neuen Webseite?"

Vier junge Männer setzten sich um den Nachbartisch und sahen zu ihnen herüber. Der schnittige Kellner bediente auch dort. Wahrscheinlich kannte er sie, mutmaßte Jessica, so kumpelhaft und lässig wie er sich mit den vieren unterhielt.

„Gut. Sehr gut sogar. Wir können nicht klagen, verkaufen viel im Direktvertrieb. Zum einen durch Mund-zu-Mund-Propaganda, zum anderen aber natürlich auch wegen der guten Präsenz im Netz. Allmählich nutzen die Leute auch den Shop und greifen nicht mehr so häufig zum Telefon."

„Schön, das freut mich ... und sonst, was gibt's Neues bei dir?"

Sie schob das Besteck auf dem Tisch hin und her, bevor sie ihm in die Augen sah. Da war nichts, woraus sie schließen konnte, dass er glücklich war, hier neben ihr zu sitzen, stellte sie resigniert fest. Aber war das nicht immer so gewesen? Steffen bekam von seiner Umwelt nur dann etwas mit, wenn sie von einem Monitor umrandet war.

„Da gibt's nix", zuckte sie mit den Achseln. „Nein, eigentlich ist alles so wie immer ... aber fällt dir nichts auf?" Sie reckte sich und lächelte ihn kokett an.

„Was sollte mir denn auffallen?" Steffen sah sie so aufrichtig überrascht an, dass Jessica ihm eine hätte reinhauen können. Ihr Mut sank erneut. Wie war sie nur auf diese Schnapsidee gekommen, dass er mehr in ihr sah, als nur eine gute alte Freundin? Und wenn sie es recht betrachtete, war sie sich nicht einmal mehr sicher, ober er das überhaupt noch in ihr sah, so verschwiegen wie er war.

„Siehst du das nicht? Du bist der Einzige, dem das nicht auffällt."

„Ach *das*!", lachte er auf. „Stimmt, das wollte ich eh noch fragen ... äh, hast du heute noch was Größeres vor? Sieht ein bisschen nach Brautschau aus." Er hob den Daumen. „Könnte klappen. Dumm nur, dass ich hier mit dir sitze." Er beugte sich über den Tisch, zwinkerte in Richtung des Nachbartisches und raunte: „Dem Kerl da drüben fallen gleich die Augen raus, so wie der glotzt."

„Und das stört dich nicht?"

„Ach iwo, wie kommst du denn darauf?" Er lehnte sich wieder in seinem Stuhl zurück. „Ganz im Gegenteil, ich würde mich doch für dich freuen. Was denkst du von mir? Ich weiß doch, was du durchgemacht hast. Wenn es jemand verdient hat, dann du." Seine Stirn legte sich in Falten. „Außerdem, was hat das mit unserer Freundschaft zu tun?"

Das ohnehin schon wacklige Kartenhaus, das Jessica so mühevoll aufgestapelt hatte, fiel krachend in sich zusammen. Aber was, wenn er sich nur nicht traute, seine wahren Gefühle für sie zu zeigen?

„Und wenn du der Kerl wärst, dem ich gefallen wollte?", ging sie bewusst in die Offensive und sah ihn forsch an.

„Jessie, was soll die Frage? Du gefällst mir doch schon immer ...", reagierte er prompt und zog eine Grimasse.

Doch dann, nur eine Sekunde später, begriff er, dass sie nicht scherzte. Seine Belustigung verwandelte sich in Fassungslosigkeit. Befremdet schüttelte er den Kopf und wich ihrem bohrenden Blick aus.

Sekundenlang herrschte Schweigen.

Gerade, als sie ihm sagen wollte, dass es sich erledigt hätte, fing er an zu sprechen.

„Äh ... was wird das hier? Hast du die versteckte Kamera eingeladen?" Er hob beide Hände, als müsse er sich verteidigen. „Du machst mich echt fertig! Um

Gottes willen, was ist denn nur in dich gefahren, dass du aus heiterem Himmel mit so einer Idee daherkommst?"

„Es ist mehr als eine Idee und es kommt nicht aus heiterem Himmel."

„Für mich schon." Als bräuchte er etwas, nach dem er greifen konnte, stürzte er das Glas Wasser auf ex herunter, bevor er sie schwer atmend ansah. „Willst du mir damit sagen, dass du das geplant hast? Dass du das ernst meinst?"

„Warum nicht? Hast du eine Freundin, die was dagegen haben könnte?"

„Jessie ..." Er schwieg, weil der Kellner servierte und nachfragte, ob er noch etwas tun könne.

Jessica, die Steffen beobachtete, wie zerstreut er auf die Frage des Obers reagierte und wie stockend er ihm antwortete, begriff erst jetzt, wie schockiert er war. Mit der Reaktion hatte sie nicht gerechnet. Mit Überraschung schon, aber nicht mit dieser Bestürzung. Jegliche Hoffnung erstarb in ihr.

Steffen griff als Erster zum Besteck. Er senkte den Blick und widmete sich voll und ganz dem dampfenden Nudelgericht. Während er in die kochend heißen Nudeln stach, den überbackenen Käse mit der Gabel aufriss, um ein wenig Kühle hineinzubringen, konnte sie förmlich riechen, dass er am liebsten vor ihr geflohen wäre. Er wollte nicht mit ihr reden, das war klar. Jedenfalls nicht so wie früher, so, wie sie stets alles miteinander besprechen konnten. Dass sie diese Verbundenheit leichtfertig aufs Spiel gesetzt hatte und offensichtlich gerade zu Grabe trug, zog ihr den Boden unter den Füßen weg. Mit einem dicken Kloß im Hals, der sich in

Tränen auflösen wollte, schnitt sie die Pizza in kleine
Stücke, ohne einen Gedanken daran zu verschwenden,
auch nur einen Bissen davon zu essen. Warum konnte
er ihr nicht wenigstens sagen, dass er eine Freundin
hatte?

„Weshalb sagst du mir nicht, dass du ... dass es jemanden in deinem Leben gibt ... du eine Beziehung hast?
Man sieht es dir doch an. Du hast dich kolossal verändert. Warum machst du also so ein Geheimnis daraus?
Ist es nicht das Normalste von der Welt, dass man sich
darüber unterhält? Als Freunde, wie du sagst ...“

„Aber die Frage habe ich dir doch neulich erst beant-
wortet, erinnerst du dich? Da hast du mich dasselbe gefragt. Ich kann nichts anderes antworten, als das, was
ich bereits gesagt habe. Außerdem, was hat es mit unserer Freundschaft zu tun? Und nur, weil ich mich wei-
terentwickelt habe und neue Dinge für mich entdecke,
heißt das noch lange nicht, dass ich mich tief in mir
drin verändert habe. Das sind nur Äußerlichkeiten. Du
siehst heute Abend auch anders aus als sonst, aber ich
zweifle nicht daran, dass du die Jessie bist, die ich in-
und auswendig kenne.“

„Du weichst mir aus, Steffen.“

„Ach, und du weichst mir nicht aus, oder was? Willst
du mir nicht sagen, was hinter dem Theater steckt? Ich
würde das wirklich gerne verstehen ...“

„Ich ... ich ...“ Sie legte das Besteck zur Seite und
seufzte. „Es ist wegen meiner Eltern. Sie liegen mir ständig in den Ohren, dass ich mir einen Mann suchen soll
...“

„Und dabei haben sie an mich gedacht?“

Er hätte genauso gut fragen können, ob sie einen Ausflug ins All planten.

„Nein. Das war meine Idee." Jessica sah Steffen um Verständnis heischend an. „Hast du überhaupt eine Ahnung, wie es ist, wenn du nur als notwendiges Übel angesehen wirst?"

„Sorry, aber ich kann dir nicht folgen." Steffen begann zu essen.

„Das ist ganz einfach. Es hat sich unter den Jungbauern herumgesprochen, dass ich noch zu haben bin."

Steffen sah sie zweifelnd an.

„Ja, auch wenn du dir das vielleicht nicht vorstellen kannst, aber das geht auch, wenn man sich rarmacht. Das wolltest du mir doch jetzt sagen, oder?"

Steffen nickte kauend.

„Ich kann dir erklären, wie das geht", seufzte sie leise. Wir haben alle zwei bis drei Jahre neue Auszubildende auf dem Hof. Wir sitzen zu den Mahlzeiten gemeinsam am Tisch, da erfährt man so einiges ..."

„Du bist eine schöne Frau. Wäre es dir lieber, sie würden sich nicht für dich interessieren?"

„Kommt darauf an. Nicht, wenn sie mich nur deshalb so *schön* finden, weil ich die einzige Tochter eines angesehenen und wohlhabenden Großbauern bin."

„Du stellst dein Licht unter den Scheffel und nicht alle Männer sind wie Dennis. Es wird Zeit, dass du das abhakst, Jessie."

„Ach, lass gut sein. Ich weiß jetzt, was ich wissen muss."

Zwischen zwei Bissen sah er auf und betrachtete sie.

„Aha, was weißt du denn? Dass ich kein Interesse an eurem Hof habe? Das stimmt. Nie gehabt ... aber mir erschließt sich immer noch nicht, wie du auf die Idee gekommen bist, dass ich ...“

„Vergiss es!“ Sie schob den Teller von sich und griff stattdessen zum Bier. Von der Pizza hatte sie kaum etwas gegessen. „Es war ein Test, weil ich irgendwann mal darüber nachgedacht habe und dachte – warum eigentlich nicht, wir verstehen uns gut, haben ähnliche Interessen. Aus meiner Sicht wären wir das perfekte Paar! Aber ... ach lass.“ Sie nahm einen Schluck. „Es war nur so ein Gedanke.“

„Ein Test? Hm, dann bin ich jetzt wohl durchgefallen ...“

„Bestanden hast du jedenfalls nicht.“

„Soll ich dir was verraten, Jessie? Ich habe da auch schon drüber nachgedacht.“

„Echt? Und was ...?“

„Es würde nicht funktionieren.“ Er schüttelte bedauernd den Kopf. „So leid mir das auch tut. Weißt du, du bist für mich wie eine Schwester ... entschuldige, aber ...“

„Nein, du musst dich nicht entschuldigen. Das, woran du jetzt denkst, ist auch meine Schwachstelle“, zwinkerte sie ihm zu.

Es war so tröstlich, mit ihm darüber zu sprechen und es tat so gut, dass er ihr das offenbarte. Außerdem versöhnte es sie komplett mit der Situation.

„Jessie?“

„Hm?“

„Versprichst du mir was?“ Steffen griff nach ihrer Hand und hielt sie fest. Er sah sie ungewöhnlich bedrückt an.

„Was soll ich dir denn versprechen?“

„Das wir trotzdem Freunde bleiben und du zu mir kommst, wann immer du Hilfe brauchst ... auch, wenn das mit uns als Ehepaar nichts wird."

„Das gilt dann aber auch für dich."

13

Verdrossen klickte sich Alexander durch die Stellenangebote, die das Netz für die Region in Nordrhein-Westfalen hergab, in der seine Eltern lebten. Draußen brach allmählich die Dunkelheit herein und über dem Hof lag eine idyllische Ruhe. An Jobangeboten mangelte es wahrlich nicht. Trotzdem hatte er an jeder Stelle etwas auszusetzen. Die Vorstellung, den Wackernagel-Hof zu verlassen, einen Platz, an dem es Louis so gutging, wollte einfach nicht in seinen Schädel. Natürlich wusste er, dass dieser Tag kommen würde und in zwei Wochen unausweichlich bevorstand. Schließlich war er kein Idiot, der die Augen vor der Wirklichkeit verschloss. Aber es graute ihm schon jetzt davor. Wenn seine Ex doch nur ein bisschen so mit Louis umgegangen wäre, wie Jessica es tat. Sogar mit einem Kind, das gar nicht ihr eigenes war. Er wäre heute noch mit Marisa zusammen. Warum auch nicht, schließlich hatte er sie einmal geliebt. Und wenn Jessica nicht so verdammt launenhaft wäre ... oh Gott, besser er dachte nicht weiter. Mein Gott, war sie ihm beim Abendessen wieder unter die Haut gegangen. Diese Frau machte ihn noch komplett wahnsinnig. Dem zu entkommen, ohne schwach zu werden, dafür war es wohl das Beste, dass sie bald gehen mussten.

Sein Handy vibrierte und spielte eine Melodie, die er seiner Mutter zugeordnet hatte. Hatten sie nicht erst gestern miteinander telefoniert?

„Mutti! Was gibt's? Hast du vergessen, mir was zu erzählen?"

„Ja, ich bin ganz aufgeregt. Du wirst nicht glauben, was ich gerade erfahren habe! Papa hat es eben erst von Werner gehört, du weißt doch, dass der Werner der Schwager von Heinz ist. So, und dessen Schwester, also eigentlich ja von ihr der Mann, arbeitet bei der Genossenschaft ..."

Alexander ließ seine Mutter reden. Es war wie immer. Sie redete ohne Punkt und Komma von Leuten, die er nicht kannte und ließ sich davon auch nicht abhalten, wenn er sie darauf hinwies. Worum es ging, wusste er schon. Um den größten landwirtschaftlichen Betrieb, den es im ganzen Umkreis gab. Mit diesem Arbeitgeber lag sie ihm seit dem Moment in den Ohren, seitdem er beschlossen hatte, zurück in seine Heimat zu gehen. Er atmete schwer durch und nahm das Smartphone von einem Ohr zum anderen.

„... wenn du möchtest, dann kann Vati gleich morgen dort für dich vorstellig werden. Was denkst du?"

Danke, dass du überhaupt fragst, lag ihm auf der Zunge, doch das verkniff er sich. Die Litanei, die darauf folgen würde, wollte er sich ersparen.

„Das braucht er nicht, wirklich. Ich kümmere mich drum, gleich morgen, mach dir bitte nicht so viele Gedanken. Einen Job zu finden, ist echt kein Problem."

„Wie du meinst. Ich habe es ja nur gut gemeint ..."

„Das weiß ich doch, Mutti, aber das brauchst du nicht!"

„Schläft mein kleiner Engel schon?", schwenkte sie zu ihrem Lieblingsthema um. „Ach, du stellst dir ja gar nicht vor, welche Sehnsucht ich nach dem Jungen habe", seufzte sie. „Ich kann es kaum erwarten, bis ihr endlich wieder heimkommt. Wir haben so viel mit euch vor. Was wir alles unternehmen können ... Vati hat im Garten extra eine große Fläche für den Pool frei-gemacht. Wir haben sogar schon einen ausgesucht ..."

„Nun mach doch mal langsam. Wenn wir kommen, geht es auf den Herbst zu. Was willst du denn dann noch mit einem Pool? Er kann nächstes Jahr ins Schwimmbad gehen. Er braucht Kontakte zu anderen Kindern. Du glaubst gar nicht, wie sehr er hier auf-blüht, wo er den ganzen Tag mit Greta zusammen ist. Er lernt jetzt sogar reiten, weil er bei der Kirmesparade mitreiten darf."

„Na, dann kriegt er halt ein Pony! Wenn er daran Spaß hat, warum nicht? Wir wollen dem Jungen doch eine Freude machen ...

Das Aufleuchten von Scheinwerfern lenkte Alexan-der von den Ausführungen seiner Mutter ab. Unwill-kürlich stand er auf und blickte aus der Dunkelheit des Zimmers, in dem nur eine kleine Lampe brannte, nach draußen. Dabei sah er, wie Jessica den Roadster in die Garage fuhr. Kurz darauf hörte er, wie ihre Absätze klapperten. Sie schüttelte ihre Haare nach hinten und warf sich den *Koffer* – wieso Frauen immer so riesige Taschen benutzen mussten – über die Schulter und stakste aufs Haus zu. Mein Gott, mit solchen Schuhen über Kopfsteinpflaster zu laufen, war schon eine Herausforderung.

Besonders glücklich wirkte sie nicht. Eher bekümmert, fast so, als hätte es Tränen gegeben. Er schämte sich ein bisschen über die Erleichterung, die er verspürte, denn was sollte ihm das bringen, wenn sie … Vielleicht die Möglichkeit, mit ihr anzubandeln? Was wäre, wenn er sich ein bisschen um sie bemühen würde? Sein Instinkt sagte ihm, dass seine Chancen nicht schlecht standen.

„… dann stellen wir eben dorthin, wo der Pool stehen sollte, eine Schaukel", redete seine Mutter immer noch auf ihn ein.

„Er wird sieben, Mutti. Er braucht keinen Spielplatz mehr im Garten … außerdem können wir darüber dann reden, wenn es soweit ist. Ich denke, das ist jetzt noch zu früh."

Alexander gähnte und hatte überhaupt keine Lust mehr, zu argumentieren. „Lass uns Schluss machen. Ich bin müde und muss morgen früh raus."

Erleichtert legte er auf und besann sich auf das, was er noch für den nächsten Tag vorbereiten wollte. Was für ein Komfort, dass er sich da nicht um Louis kümmern musste. Bärbel war wirklich eine tolle Chefin. Gleich am ersten Tag hatte sie ihm angeboten, die Wäsche für alle zu übernehmen. Oh je, das würde er sehr vermissen. Von seiner Mutter nahm er diese Hilfe, die sie ihm schon tausendmal aufdrängen wollte, nicht an. Bloß nicht noch einen Grund bieten, um dankbar sein zu müssen.

Mit nackten Füßen tappte er durch das Zimmer und suchte den Korb mit frischer Wäsche und musste feststellen, dass er den im Haupthaus auf dem Flur hatte stehen lassen. Mist! Da blieb ihm nichts anderes übrig, als noch mal nach drüben zu gehen.

Jessica nahm den Weg durch den Seiteneingang unter der Laube, der durch den Keller nach oben in die Diele führte. Ihr Magen knurrte. Wie verrückt musste man eigentlich sein, eine ganze Pizza zurückgehen zu lassen, um dann daheim über den Kühlschrank herzufallen? Aber es war nun mal nicht zu ändern. Jetzt, nachdem sich ihre Aufregung gelegt hatte, verspürte sie eine große Leere in sich, die vor ihrem Magen keinen Halt machte. Sie hatte Hunger. Am liebsten auf etwas Kräftiges. Eine deftige Scheibe Sauerteigbrot, eine saure Gurke und ein großes Stück von ihrer Lieblingswurst, einer nordhessischen Spezialität, die auch *Alte Wurst* genannt wurde. Den unspektakulären Namen hatte sie ihrer Machart zu verdanken, denn sie wurde so lange luftgetrocknet, bis sie so hart war, dass man damit jemandem ein Loch in den Kopf schlagen konnte.

Sie schlüpfte aus den hohen Schuhen, die sie mitten in der Diele stehen ließ und stürmte barfuß in die Küche. Sie drückte auf den Lichtschalter, warf die Tasche auf die Arbeitsplatte und steuerte zielstrebig auf den Kühlschrank zu. Im Brotkasten lag, wie meistens, vom Abendbrot noch eine abgeschnittene Scheibe Brot. Perfekt. Von der Luftgetrockneten schnitt sie ein großes Stück ab, löste die Schale und biss mit einem tiefen Seufzer genüsslich hinein. Erst die Wurst und dann das

Brot. Die Gurken waren vergessen. Zufrieden schnappte sie sich die Tasche und drehte sich – den Mund bis zum Anschlag voll – um und wäre fast mit ihrem Vater zusammengestoßen, der plötzlich mitten im Raum stand. Forschend betrachtete er ihr Gesicht.

Sie wusste genau, was er sah. Verweinte Augen. Auf der Fahrt nach Hause war ihr das Leben plötzlich so trostlos wie schon lange nicht mehr erschienen, obwohl sie noch nicht einmal hätte sagen können, warum sie so fühlte. An Steffen lag es nicht. Mit etwas Abstand betrachtet, hatte er ihr sogar einen Gefallen getan, weil er auf ihren Kuhhandel, wie Jochen es genannt hatte, nicht eingegangen war.

„Baba!", nuschelte sie, „waff machfd ...?"

„Warten."

Sie nahm ihren Proviant, den sie eigentlich mit nach oben hatte nehmen wollen, wieder in eine Hand und deutete mit der anderen auf sich. Ihre Augen waren ein einziges Fragezeichen.

„Ja, auf dich! Oder glaubst du, ich wüsste nicht mehr, was ich tue? Ich will mir dir reden." Er wies auf die Eckbank. „Komm, setz dich, ich gehe nicht eher ins Bett, bis das zwischen uns geradegerückt ist."

„Muss das sein?" Jessica legte das Essen auf den Tisch und hockte sich auf die Kante der Bank. „Ich bin wirklich müde. Hat das denn nicht Zeit bis morgen?"

„Nein, und es dauert auch nicht lange."

Jessica fügte sich, obwohl ihr eigentlich überhaupt nicht mehr nach Diskutieren zumute war. Dafür fehlte ihr die Kraft.

„Gut, aber nur, wenn ich ein Bier kriege. Und zwar ein Richtiges. Das brauche ich jetzt."

„Das soll nicht das Problem sein. Darauf hatte ich sogar gehofft“, schmunzelte er. „Ich trinke eins mit. Und dann erzählst du mir, was los ist.“

Sie lief in die Speisekammer, holte das Bier und setzte sich dann neben ihn. Gläser waren jetzt überflüssig.

„Gar nichts ist los. Wirklich. Es sieht schlimmer aus als es ist. Also, über was willst du noch reden?“ Sie entkorkte die Flaschen und stieß mit Jochen an.

„Über dich, über uns, über alles.“ Er stellte die Bierflasche auf den Tisch und sah sie bedauernd an. „Es tut mir leid, wenn ich vorhin so ungehalten war, aber ...“

„Ist schon gut, Papa ... du hattest recht. Willst du wissen, was Steffen von meinem *tollen* Plan hält?“

„Lass mich raten“, grinste Jochen, „er hat dir gesagt, dass er dich zwar sehr lieb hat, aber nicht so, wie es unter Paaren üblich ist, stimmt’s?“

„So ungefähr. Ach Papa“, sie lehnte ihren Kopf an seine gesunde Schulter, „es tut mir so leid, dass ihr so eine verrückte Tochter habt.“

„Du weißt, dass ich dich um nichts in der Welt eintauschen würde. Es tut mir nur in der Seele weh, wenn ich sehe, wie du deine schönsten Jahre verschenkst. Alles was ich will, ist, dass du glücklich wirst. Und ich sehe, dass du das nicht bist.“

Jessica schnappte nach Luft und wollte sprechen, doch er ließ sie nicht zu Wort kommen.

„Kind, ich hab doch Augen im Kopf. Du bist jung und du bist gesund, da fehlt doch was. Warum sperrst du dich so sehr dagegen, jemanden an dich heranzulassen, den du noch nicht kennst?“

„Aber das weißt du doch!“ Jessica sprang auf und warf frustriert die Hände in die Luft.

Alexander kam vom Keller hoch und schlich sich auf Zehenspitzen in die hell erleuchtete Diele. Auf keinen Fall wollte er, dass man ihn bemerkte. Auch er hatte den Weg durch den Nebeneingang genommen. Verwundert blieb sein Blick an Jessicas High Heels hängen, die mitten im Flur standen. Prompt musste er daran denken, welche Figur sie in den mörderischen Absätzen abgegeben hatte. Endlose Beine und ein knackiger Po. Sein Kopfkino brauchte keine weiteren Impulse, um sofort auf das Programm für Erwachsenenunterhaltung zu schalten. Aus der Küche drang Licht, weil die Tür einen Spaltbreit offenstand. Gerade, als er sich den Korb mit der fein säuberlich zusammengelegten Wäsche nehmen wollte, hörte er Jochen sprechen.

„Ich weiß vor allem, dass du dich verbarrikadierst und niemanden an dich heranlässt. Du siehst in jedem Mann den Feind, nur weil du einmal böse enttäuscht wurdest. Das macht mir Angst, Jessie! Lieber Himmel, was muss denn noch geschehen, damit du deine Meinung änderst? Du bekommst ein Kompliment nach dem anderen. Merkst du denn nicht, wie die Männer dich ansehen? Du könntest an jedem Finger einen haben, wenn du nur wolltest."

„Jaja, das ist ja alles ganz wunderbar, nützt mir aber nichts", rief Jessica aufgeregt. *„Wer sagt mir denn, ob sie mich damit meinen?"*

„Was ist denn das für ein Quatsch? Glaubst du etwa, sie interessieren sich für deine Mutter?"

„Du verstehst das nicht, Papa. Du bist ein Mann ..."

„Na, das will ich doch hoffen."

„Jetzt lass mich doch mal. Für Männer ist immer alles anders. Einfacher. Viel einfacher. Soll ich dir sagen, was ich will? Ich will ... ach, das macht doch sowieso alles keinen Sinn.“

Alexander hörte, wie Jessica mit nackten Füßen hin- und herlief und schwer atmete.

„Soso, für Männer ist die Liebe also anders als für Frauen. Und was bitteschön soll einfacher sein? Das musst du mir näher erklären, das kapiere ich nämlich nicht – als Mann, meine ich.“

„Ach, du verstehst mich einfach nicht ...“

„Oh doch, ich verstehe dich sogar sehr gut. Mehr als du denkst. Soll ich dir was verraten? Es geht darum, geliebt zu werden. Nicht von deinen Eltern – du weißt, dass wir dich lieben – sondern von einem Mann, einem Partner. Das ist es, was du willst. Übrigens bist du mit diesem Wunsch in der absoluten Mehrheit. Alle wollen das. Wir damals auch. Da hat sich nichts geändert. Das liegt in der Natur der Sache. Also erzähl mir nicht, ich würde dich nicht verstehen.“

Alexander, der eigentlich sofort wieder hatte gehen wollen, harrte regungslos aus. Das Gespräch zog ihn magisch in den Bann. Normalerweise war es nicht seine Art, andere Leute zu belauschen, aber in dem Fall ging es um Jessica. Vielleicht konnte er so besser verstehen, wie sie tickte. Und selbst wenn er für das schlechte Benehmen – als getaufter Protestant – drei *Rosenkränze* beten müsste, würden ihn keine zehn Pferde hier wegbekommen.

„Ich habe aber nun mal nicht so viel Glück wie du mit Mama ... bei euch hat das gleich geklappt, wo ihr euch kennengelernt habt ... ach Mensch, als wenn das so *einfach wäre, den einen zu finden, der einen glücklich machen kann." Jessica klang verzweifelt.*

„Es ist sogar sehr einfach. Du musst dem Glück nur eine Chance geben", konterte Jochen ruhig.

„Und wie soll ich das machen, hä, wenn ich nie weiß, ob ich gemeint bin oder der Hof?"

„Nun mach aber mal einen Punkt! Du tust ja gerade so, als wäre ich der König von England und du die Kronprinzessin."

„Wie gut, dass du nicht zu Übertreibungen neigst. Natürlich bin ich das nicht, will ich auch gar nicht sein. Aber darf ich dich an die beiden Jungbauern erinnern, die dir dein Freund Funke von der Alterskasse als Betriebshelfer geschickt hatte? Nacheinander? Angeblich, weil der Karl schon woanders eingeteilt war."

Alexander horchte auf. Funke – Betriebshelfer. Oh je, da musste er dann ja wohl noch vorsichtiger sein. In den Topf wollte er nicht geworfen werden. Puh, wie gut, dass er sich bis jetzt so zurückgehalten hatte. Nein, da brauchte er sich nichts vorzuwerfen.

„Ach du liebe Zeit, das ist ja Jahre her", antwortete Jochen nun.

„Und was ändert das?" Man hörte deutlich, wie resigniert Jessica war. „Gar nichts. Hast du eine Ahnung, wie sich das anfühlt, wenn du merkst, dass du nur Mittel zum Zweck bist? Die beiden waren so was von scharf auf den schönen großen Hof. Danke, darauf hab ich echt keine Lust! Dann bleibe ich lieber alleine."

Für einen Moment herrschte Schweigen zwischen Vater und Tochter. Alexander machte sich darauf gefasst, ganz schnell flüchten zu müssen, doch dann sprach Jochen weiter.

„Ah, jetzt verstehe ich, warum du dir den Steffen aus-
erkoren hattest! Du wolltest sicher sein, dass er es nicht
auf den Hof abgesehen hat."

„Jepp, der interessiert ihn nicht die Bohne. Ach
Mensch, ist es denn so schwer zu verstehen, dass ich
mir einen Mann wünsche, der mich will? Und nicht
den Hof?"

„Nein. Natürlich nicht. Das habe dir doch eben schon
gesagt."

„Und? Siehst du eine Möglichkeit, wie ich das herausfinden soll? Ich sehe keine."

„Lass los. Hör auf dein Gefühl. Einen besseren Ratge-
ber gibt es nicht. Und ehe du dich versiehst, steht er vor
dir und du weißt nicht, wo er hergekommen ist."

Jessica lachte. „Papa, du kannst ja richtig romantisch
sein."

„Das findest du romantisch? Ich halte es für normal.
Und ob ich das bin, das kann dir nur deine Mutter beantworten. Bis jetzt hat sie sich aber noch nicht be-
klagt."

„Kann man dich nicht klonen? Ich würde dich sofort
nehmen."

Jetzt lachte Jochen laut auf. „Das wird nicht nötig sein.
Mach nur Augen und Ohren auf, dann weißt du ganz
schnell, welcher der Richtige ist. Es ist eine ganz simple
Angelegenheit. Wenn es kompliziert wäre, wäre die
Menschheit schon ausgestorben."

„Jetzt, wo du es sagst. Hört sich wirklich total einfach
an." Jessicas Stimme triefte vor Ironie. „Ich muss also
nur vor die Tür gehen, mich wie in der Schule melden
und sofort will mich einer. Mein Gott, warum hast du
mir das nicht früher gesagt? Dann hättest du jetzt

*schon einen Stall voller Enkel." Sie seufzte. „Ich hoffe,
ich erleb das noch, dass mich einer will."*

„Das wirst du. Wollen wir wetten?"

„Nee, das ist mir zu blöd."

*„Trotzdem gewinne ich. Komm, lass uns austrinken
und ins Bett gehen. Es war ein anstrengender Tag. Und
morgen kommt endlich der gottverdammte Gips ab. Du
hast keine Ahnung, wie glücklich mich das macht."*

Alexander war so im Bann der Worte, dass erst das
Knarzen der Dielen ihn aufschrecken ließ. Wie ein
Dieb schnappte er sich den Korb und schlich leise die
Treppe hinunter zurück in sein Zimmer. Er lag noch
eine ganze Weile wach und dachte über das nach, was
er gehört hatte.

14

Es war Montag. Mit jeder Minute, die das Ereignis – die Party auf Gut Freyenhof am Freitagabend – näherkam, stieg bei Greta und Louis die Vorfreude darauf. Im gleichen Maße wuchs Jessicas Unbehagen. Noch immer verband sie mit dem Gut die größte Schmach ihres bisherigen Lebens. Noch dazu, wo einige von denen, die das Drama mit Dennis damals hautnah mitbekommen hatten, wieder dort sein würden. Es war, als sollte sie die schmerzhafte Vergangenheit noch einmal erleben müssen. Dabei war ihr bewusst, dass das so nicht stimmte und dass sie völlig übertrieb. Ihr Verstand wusste das, nicht aber ihr Gefühl.

Jessica sah den Kindern zu, wie sie im Kreis ritten und musste zum hundertsten Mal über die Gespräche vom vergangenen Tag nachdenken. Die Erleichterung darüber, dass Steffen ihr einen Korb gegeben hatte, konnte sie kaum in Worte fassen. Wie war sie nur auf diese Schwachsinnsidee gekommen, dass aus ihnen ein Paar hätte werden können? Nur allein die Vorstellung an Sex mit ihm brachte sie dazu, sich zu schütteln. Nicht weil sie ihn abstoßend fand, sondern weil es ihr vorkam, als würde sie Inzucht betreiben und weil er überhaupt nicht ihr Typ war. Wenn es darum ging, schob sich ständig das Bild von Alexander vor ihr inneres Auge. Er hatte verdammt noch mal eine sexuelle Anziehungskraft auf sie, die ihr Angst einjagte.

Scheiße, jetzt dachte sie schon wieder über ihn nach und das wollte sie nicht. Was sollte das auch bringen? Am Ende würde es doch nur Tränen geben. Kein Mann war es wert, dass man seinetwegen heulte. Waren das nicht sogar seine Worte gewesen? Na ja, so ähnlich jedenfalls.

Sie richtete sich auf und schwor sich, bei allem, was ihr heilig war, stark zu bleiben. Nur noch zwei Wochen. Es musste doch möglich sein, die unbeschadet zu überstehen.

„So ist es gut, Louis. Du machst das ganz prima", lobte sie den Kleinen, der wie ein König auf Gretas Pony Stromer saß. „Was meinst du, hm? Wollen wir mal etwas anderes ausprobieren, als immer nur im Schritt zu reiten?"

„Guck mal, das geht so!" Greta trieb Chloe, Jessicas Stute, zum leichten Trab an und hüpfte bravourös im Takt auf und ab. „Ich finde auch, dass Louis das ganz toll macht", nickte sie dabei erhaben zu ihm herunter und sah aus, als fühle sie sich wie die große Schwester, obwohl sie eigentlich die Jüngere von beiden war.

Louis sah kurz zu ihr hoch und nickte dann kaum merklich. Jessica erkannte an seiner Miene, dass er zwar auch gern so reiten wollte, aber auch einen Höllenrespekt davor hatte, den sicheren Sattel auch nur einen Zentimeter zu verlassen. Jessica erinnerte sich noch sehr gut an ihre ersten Reitstunden als Kind. Vor allem daran, wie sehr die Bewegungen des Pferdes sie anfangs verunsichert hatten und beschloss, das zu tun, was auch ihr Vater seinerzeit unternommen hatte, um ihr die Angst zu nehmen. Wie heute war es hier auf der Wiese hinter den Ställen gewesen, als er ihr das Reiten beigebracht hatte.

Sie ging auf Chloe zu und brachte sie mit einer Handbewegung zum Stehen.

„So meine Süße, komm, steig ab. Wir wollen Louis beibringen, wie man Trab reitet, damit es keine Probleme bei der Parade gibt. Du musst dich jetzt um Stromer kümmern. Du bist doch schon eine gute Reiterin." Sie hielt die Arme auf und hob ihre Tochter herunter. „Du steigst auf dein Pony und ich setze mich mit Louis auf Chloe. Weißt du noch, dass wir beide das auch so gemacht haben?"

„Na klar, Mami", nickte Greta und schmiegte sich einen Moment an sie, „ich möchte das aber auch mal wieder."

„Natürlich mein Schatz, wenn Louis es ein bisschen besser kann. Vielleicht könnt ihr dann auch mal zu zweit auf die Stute ..."

Schwere Schritte, die näherkamen und keinem der Männer vom Hof gehörten, unterbrachen Jessica, worauf sie sich umdrehte. Oh je Papa, dafür lohnt es sich nun wirklich nicht, Augen und Ohren offenzuhalten, ging ihr der Rat ihres Vaters wieder durch den Kopf, als Bertram Schaumlöffel auf sie zu stiefelte und wie jedes Mal, wenn er sie sah, ein ganz furchtbar wichtiges Gesicht machte.

Und wenn das der letzte Mann auf der Welt wäre. *Ohne mich!*

„Berti? Was gibt's? Meine Eltern sind im Krankenhaus, falls du etwas mit meinem Vater besprechen möchtest. Heute kommt der Gips ab." Sie runzelte die Stirn. „Woher weißt du überhaupt, dass ich hier bin?"

„Traudel schickt mich. War grade vorne im Laden", grinste er sie mit einem verschwörerischen Augenzwinkern an und hielt das offensichtlich auch noch für sexy. *Großer Gott!*

„Okay." Unbeeindruckt hob sie Louis in den Sattel und begann, die Steigbügel auf ihre Beinlänge einzustellen.

„Ja ... äh", redete er auf ihre Rückseite ein, „warum ich hier bin ... also, du weißt doch, wir haben bald Kirmes und ich als Feuerwehrhauptmann sorge dafür, dass wir wieder eine ordentliche Tombola auf die Beine stellen. Und da dachte ich mir ..."

„Ach, du willst eine Spende? Dann sag das doch gleich." Sie drehte sich kurz zu ihm um. „An was hast du gedacht? Ware oder Geld?"

„Äh, ja ..."

Jessica bestieg die Stute und setzte sich hinter Louis. Kühl sah sie von oben auf Bertram herab und schämte sich nicht mal für ihre Überheblichkeit. „Du kannst uns ja später Bescheid sagen, wenn du es nicht sofort weißt. Das macht nichts. Es hat ja noch ein bisschen Zeit."

Sie legte Louis die Zügel in die Hand und schnalzte mit der Zunge. Chloe setzte sich in Bewegung. „Greta, Schatz, kommst du mit Stromer hinter uns her?" Erneut gab sie Bertram das Gefühl, gar nicht da zu sein.

„Natürlich beteiligen wir uns sehr gern an der Tombola", richtete sie das Wort wieder an ihn. „Das solltest du wissen. Das machen wir schließlich jedes Jahr.

Wenn du dich entschieden hast, richte es doch bitte Traudel aus. Sie gibt es dann schon an uns weiter." Die betont freundlichen Worte standen im Gegensatz zu ihrer reservierten Miene. „Wenn du sonst nichts hast … Du siehst ja, dass ich beschäftigt bin."

„Gut machst du das mit den Kindern", lobte Berti und tat, als würde er die Ablehnung nicht bemerken. „Wem gehört denn der Kleine? Den Bengel kenne ich ja gar noch gar nicht."

Vom Hof her näherten sich Jasper und Alexander, die sich am Nachmittag um die Rapsaussaat gekümmert hatten und gerade vom Feld zurückkamen.

„Papa! Guck mal, ich bin hier oben!", brüllte Louis plötzlich lautstark dazwischen und streckte glückstrahlend einen Arm in die Höhe.

Entgeistert drehte sich Berti um. Seine Miene wurde abschätzig. „Kümmerst du dich jetzt auch schon um die Bälger vom Personal?", zischte er verächtlich. „Na, so gut möcht ich's auch mal haben …"

„Dafür bräuchtest du erst mal Bälger, Bertram. Aber sag mir Bescheid, wenn es soweit ist."

Berti, der anscheinend jetzt kapierte, dass die Bemerkung für seine Absichten eher kontraproduktiv war, schwenkte schnell um und lachte, als hätte er den Witz gemacht. „Ach das hast du jetzt aber falsch verstanden. Das sollte ein Scherz sein. Mit dir würde ich mich dazu durchringen können, so schön wie du bist. Doch doch, das könnte ich mir gut vorstellen … sehr gut sogar."

Eher lasse ich mir alles zunähen.

„Hallo Jungs", rief Jessica enthusiastischer als ihr zumute war. „Seid ihr gut vorangekommen?"

„Jo, passt schon", grinste Jasper in seiner gewohnt schnodderigen Art. „Bis auf zwei Felder sind wir fertig, die säen wir morgen früh ein ... was gibt's, Berti?"

„Nichts, was dich etwas anginge, Grünschnabel. Interessante Arbeitseinteilung, wenn das Personal bestimmt, wann Feierabend ist." Berti schüttelte missbilligend den Kopf und stellte sich noch breitbeiniger auf.

Jessica ließ die Stute stillstehen. Sie musste an sich halten, um nicht aus der Haut zu fahren.

„Das Personal hat Order von meinem Vater, Bertram. Und wie wir mit unseren Leuten umgehen, musst du schon uns überlassen. Wir reden dir da auch nicht rein."

„So was gäbe es bei mir auch nicht. Ich kann nicht klagen. Mein Laden läuft. Ich habe jetzt schon mehr erwirtschaftet als letztes Jahr um die Zeit." Er wackelte wichtigtuerisch mit den Augenbrauen und ließ Alexander nicht aus den Augen, der auf die Stute zuging, um seinen Sohn zu begrüßen.

„Wir gehen jetzt rüber, die Bullen misten und füttern", erklärte Jasper an Jessica gerichtet. Berti würdigte er keines Blickes. „Brauchst du uns noch?"

Sie kam nicht dazu, zu antworten.

„Ich kann mich vor Arbeit nicht retten", palaverte Bertram weiter, als würde sich irgendjemand dafür interessieren, „hab so viel zu tun, dass ich sogar noch einen zusätzlichen Mann gebraucht habe. Nur für den Rest der Saison. Du kennst ihn, Jessica, er hat mal bei euch gearbeitet. Pah, den musste ich mir erst mal erziehen, brauchte ein bisschen Feuer unterm Arsch, wenn du verstehst, was ich meine", lachte er dreckig. „Aber jetzt läuft er wie am Schnürchen. Hat Pech gehabt, der

Bursche, seine Alte hat sich's anders überlegt und die Scheidung eingereicht. Außerdem hat sie ihm noch die Bude ausgeräumt. Dabei wollte er selber was auf die Beine stellen. Ha, daraus wird nun nix. Soll mir nur recht sein, der ist froh, dass er bei mir arbeiten darf."

Jessica rollte mit den Augen, sagte aber nichts zu Bertis Geschwätz. Sollte er sich doch selbst beweihräuchern. Es nahm ihn doch sowieso keiner ernst. Vielmehr musste sie schmunzeln, weil sich Alexander, der die Arme nach seinem Sohn ausstreckte, um ihn aus dem Sattel zu holen, eine Abfuhr von Louis holte. Der Kleine zog einen Schmollmund und überkreuzte die Arme vor der Brust.

„Jessie hat gesagt, dass ich noch weiter üben muss, wenn ich bei der Parade mitreiten will. Und ich will mitreiten. Genauso gut wie Greta", knurrte er seinen Vater regelrecht an.

„Ist ja schon gut." Alexander zog die Arme zurück, als hätte er sich verbrannt. Er zwinkerte Jessica zu, worauf sie für einen Moment vergaß, dass sie nicht allein waren. Jasper, der einen Schritt auf Berti zumachte, durchbrach den Augenblick.

„Wie heißt der denn, dein neuer Mitarbeiter?", wollte Jasper von Bertram wissen.

Louis fing an, unruhig zu werden. „Gleich geht's weiter", beruhigte Jessica ihn und drehte sich zu Greta um, die auch schon im Sattel herumzappelte. „Nur noch einen kleinen Moment, Schatz, wir hören sofort auf zu reden."

Berti fixierte Jasper misstrauisch. „Was geht dich das an? Nimmst dir ganz schön was raus. Vergisst wohl gerne mal, dass du noch in der Lehre bist ... alles, was ich zu sagen hab, berede ich mit deiner Chefin. Verstanden?"

„Total. Ich bin der deutschen Sprache mächtig und gewisse Umgangsformen sind mir auch geläufig. Ich wollte eigentlich nur wissen, ob bei euch einer einen Handschuh vermisst, das ist alles."

„Hä? Nee ... wieso?"

„Was ist daran nicht zu verstehen? Wir haben einen gefunden. Am Rand von deiner Weide. Uns gehört er nicht."

„Ach so", grummelte Berti, „nee, mir fehlt nichts. Und wenn du auf meinen neuen Mitarbeiter anspielst, der zieht keine Handschuhe an. Der kann es nicht leiden, wenn er damit arbeiten soll, hat er gemeint. Was machst du überhaupt für ein Aufheben um so ein dusseliges Teil? Schmeiß das Ding doch einfach weg."

Jessica konnte ihren Unmut nicht länger verbergen. Die Kinder wurden ungeduldig und sie hatte Bertis Gelaber auch mehr als satt.

„Mensch, jetzt mach doch nicht so ein Staatsgeheimnis aus der Sache. Wir erfahren ja doch, wie dein neuer Mitarbeiter heißt."

„Na, wenn das so wichtig für euch ist. Dann will ich mal nicht so sein. Erinnerst du dich noch an Markus Zielke? Er war mal Betriebshelfer bei euch. Das hat er jedenfalls gesagt."

Jessica nickte nur.

„Schön, dann hätten wir das nun auch geklärt. Prima. Wenn du sonst nichts hast, würde ich meine Leute jetzt gern an die Arbeit schicken. Ich bin hier leider auch noch nicht fertig ...", komplimentierte sie ihn frostig vor die nicht vorhandene Tür.

Feixend machten sich Alexander und Jasper sofort auf den Weg zum Bullenstall.

Bertram warf einen Blick auf seine Armbanduhr. „Ja, bei mir ruft auch die Pflicht. Gut, dann gebe ich Traudel wegen der Tombola Bescheid."

Jessica atmete erleichtert auf. Natürlich erinnerte sie sich an Markus Zielke, der nur wenig älter war als sie. Besonders die plumpen Sprüche, die er immer in ihrer Gegenwart abgelassen hatte, würde sie nicht vergessen. Er war einer von denen gewesen, die sie ganz unverblümt angebaggert hatten, um an den Hof zu kommen.

„Ich will aber keine Hose anziehen! Und das Wetter ist mir auch ganz egal. Ich will mein Weihnachtskleid und sonst gar nichts!"

Mit hochrotem Kopf befreite sich Greta trotzig aus Jessicas Umarmung und stampfte mit dem Fuß auf. Dann stürmte sie zu ihrem Kleiderschrank, schnappte sich energisch einen Stuhl, bestieg ihn und zog ein langärmliges Flanellkleid vom Kleiderbügel, bevor sie wieder herunterkletterte. Mit vorgeschobener Unterlippe presste sie sich das rote Samtkleid wie eine Trophäe vor die Brust.

Jessica warf Louis einen entnervten Blick zu, der es sich in einer türkisfarbenen Bermudahose und einem dunkelblauen T-Shirt auf einem der riesigen Sitzkissen, die am Boden lagen, bequem gemacht hatte und über Gretas Wutausbruch keine Miene verzog. Alexander, der zur Tür hereinkam, erkannte die Lage sofort und musste grinsen, wofür er einen bösen Blick von Jessica bekam. Auch er war natürlich längst zum Weggehen fertig, während Jessica noch mit bloßen Füßen umherlief, noch nicht wusste, ob sie eher die Jeansjacke oder die Strickjacke mitnehmen sollte und keinen Schimmer hatte, wo ihre Handtasche lag. Jesus Maria, konnte sie nicht einmal besser als er sein?

Anscheinend hatten sich die Jungs für Partnerlook entschieden, ging es Jessica durch den Sinn, als sie Alexander betrachtete. Abgesehen davon, dass seine Hose lang war, trug er die gleiche Farbkombination wie sein Sohn und sah hammermäßig gut damit aus. Er musste am Nachmittag beim Friseur gewesen sein, denn seine Haare fielen ihm in trendigem Wuschel-Style in die Stirn und machten ihn noch attraktiver als er ohnehin schon war.

„Das ist überhaupt nicht zum Lachen", brummte sie, verdrehte von Gretas Aktion genervt die Augen und wollte gerade wieder auf sie einreden, als Alexander sie mit einem unauffälligen Handzeichen davon abhielt.

„Lass mich mal machen." Er kniete sich vor die kleine Diva und sah ihr in die Augen. „Na, meine Süße, willst du mir nicht sagen, was los ist, hm? Vielleicht finden wir ja zusammen eine Lösung für das Problem."

„Ich will aber auch so schön sein wie Mami. Sie darf ein Kleid anziehen und ich nicht", schob sie die Unterlippe vor. „Das will ich auch. Immer nur Hosen. Das ist doof. Ich bin ein Mädchen ... verstehst du?" Allein Gretas herzzerreißender Augenaufschlag war filmreif. Wo hatte sie das nur her, fragte sich Jessica.

„Na klar verstehe ich das", gestand Alexander Greta ein, während er in aller Seelenruhe den Blick über Jessicas knallrotes, ärmelloses Sommerkleid und die schlanken Beine darunter wandern ließ. Gelassen wandte er sich wieder dem Kind zu und nickte.

„Da hast du recht. Deine Mami sieht wirklich sehr schön aus." Er zupfte an dem Flanellkleid, das sie immer noch fest umklammert hielt. „Hm, und du willst das hier anziehen? Hast du denn gar kein anderes, kein dünneres Kleid?"

„Nein, nur das ... nur Hosen", seufzte sie theatralisch, „Mami kauft mir ja keins. Immer nur Jeans. Ich bin doch kein Junge", stellte sie trocken fest.

„Das hast du aber auch recht, du Süße. Da müssen wir mal mit der Mama drüber reden, dass sie dir mehr Kleider kauft, was?"

Gretas Augen strahlten bei diesen Worten und Jessica stemmte die Fäuste in die Taille. So ein armes, bedauernswertes Kind. Und wieso war es ihm möglich, die Situation in Nullkommanix zu entschärfen, während es bei ihr immer zum Streit kam? Es konnte nur daran liegen, dass dieses kleine raffinierte Gör – genau wie beim Opa – ganz schnell raushatte, wie sie bei einem Mann ihren Willen bekam.

„Darf ich denn mal in deinen Sachen nachgucken? Vielleicht finden wir ja zusammen noch etwas viel Schöneres, was aber besser zum Sommer passt, hm?" Alexander lugte in den Schrank.

„Aber nur ein Rock, keine Hose." Gretas Ton wurde augenblicklich wieder energischer.

„Ja, meine Süße, wir schauen mal, was wir machen können." Während er das sagte, gab er Jessica ein Zeichen, ihm zu helfen.

„Na gut. Ich hab da noch was vom Kinderbasar. Eigentlich wollte ich das erst waschen. Und ich gebe jetzt auch nur nach, weil wir sonst überhaupt kein Ende mehr finden", murmelte sie und kippte eine riesige Papiertüte vor ihrer Tochter aus.

„Oh, das sind ja schöne Sachen", rief Greta mit glänzenden Augen und zog gleich ein pinkfarbenes T-Shirt hervor. Alles um sich herum vergessend, zerrte sie in Windeseile sämtliche Kleidungsstücke auseinander und klatschte begeistert in die Hände.

Alexanders Augen funkelten, als er Jessica augenzwinkernd ansah. Die Botschaft, die sie darin lesen konnte, war unmissverständlich.

Typisch Frau.

Auch Louis schien schon eine Idee davon zu haben, was Frauen, beziehungsweise Mädchen, glücklich machte. Seufzend verließ er seine bequeme Position, um zu sehen, was die ominöse Tüte beinhaltete und was seine Freundin in einen derartigen Freudentaumel versetzen konnte. Als er den Wust bunter Kleidung forschend betrachtete, sah man ihm an, dass er Gretas Gefühlsausbrüche nur schwer nachvollziehen konnte. Nach kurzer Überlegung fischte er einen Jeansmini aus dem Berg und hielt ihn Greta vor die Nase.

„Hier! Ein Rock. Das ist doch so was Ähnliches wie ein Kleid. Können wir dann los?"

Die Erwachsenen konnten nicht mehr an sich halten und prusteten los.

Von diesem Moment an war Alexander Gretas Held. Sie wich ihm nicht mehr von der Seite und schenkte ihm ihre ganze kindliche Zuneigung, als wäre er ihr leiblicher Vater. Jessica musste den Kloß, der sich in ihrem Hals entwickelte, mühsam hinunterschlucken. Nicht nur die Art, wie die Kleine sich sehnsüchtig an ihn schmiegte, war der Auslöser dafür, sondern vielmehr die Vermutung, dass die Tage, bis Greta drängende Fragen nach ihrem leiblichen Vater stellen würde, gezählt waren.

Wieder einmal wurde sie Zeuge, wie gut Alexander mit Kindern umgehen konnte. Als wäre es sein Tagesgeschäft, half er Greta beim Anziehen, hörte geduldig ihrem Geschnatter zu und lenkte sie, ohne dass sie es bemerkte, in die Richtung, in die er sie haben wollte. Jessica räumte währenddessen das Zimmer auf, fand ihre Handtasche, schlüpfte in bequeme Chucks und entschied sich dafür, die kurze Jeansjacke einzupacken. Louis drängte zwischendrin zur Eile. Über all die Erzählungen von dem Reitergut für Ferienkinder brannte er darauf, es zu entdecken.

Der Zeiger der Uhr hatte die Sechs-Uhr-Marke bereits überschritten, als die vier endlich aufbrachen, um zu Fuß zum Gut Freyenhof zu marschieren.

Der Weg führte durchs Dorf, denn beide Höfe befanden sich jeweils am anderen Ende des Ortes. Auf Höhe des Kindergartens, bei dem einige Fenster sperrangelweit offenstanden und aus denen laute Musik herausdrang, blieb Louis nachdenklich stehen.

„Sind da jetzt immer noch Kinder drin?“, wollte er von seinem Vater wissen.

„Nein“, schüttelte Alexander den Kopf, „so, wie es aussieht, ist das die Putzfrau, die vielleicht nur das Radio ein bisschen laut gestellt hat.“

„Kann ich gut verstehen“, nickte Jessica, „mit der richtigen Musik, am besten laut und fetzig, flutscht das nur so beim Saubermachen.“

Zur Bestätigung lehnte sich eine Mittvierzigerin aus einem der Fenster und schüttelte eine Decke aus.

„Oh, die Arme, ist sie ganz alleine?", interessierte sich nun auch Greta.

„Ja, sie muss das ganz allein machen. Dabei hilft ihr keiner", lachte Jessica.

Nun war es nicht mehr weit bis zum Gutshof. Den Namen durfte man zu Recht verwenden, dachte Alexander, als das breite Einfahrtstor in sein Blickfeld geriet. Das offenstehende Tor bildete den Durchlass einer hohen Mauer, die das Gehöft zur Straße hin umrandete. Bevor man jedoch in den Innenbereich der ringförmigen Anlage gelangte, kam man linker Hand an einem Romantikhotel mit Restaurant vorbei, das ganz offensichtlich dazugehörte. Hinter den Mauern eröffnete sich ein großer Innenhof, in dessen Mitte eine alte Eiche mit einer immensen Baumkrone beeindruckte. Um den Stamm wand sich eine hölzerne Bank. Louis und Greta liefen vorweg und sahen sich staunend um. Vor allem die Pferde, die ihre Köpfe aus den Ställen steckten, erregten ihre Aufmerksamkeit. Ähnlich wie schon beim Wackernagel'schen Hof fiel als Erstes das Herrenhaus ins Auge. Mittig angeordnet, drei Stockwerke hoch, im westfälischen Stil erbaut und mit einer hohen Pyramidentreppe versehen, imponierte es, ohne protzig zu wirken. Weitere Gebäudeteile schlossen sich neben Ställen und Scheunen an. Auf einer Seite des gepflasterten Innenhofes standen geparkte Autos und man hörte Stimmen, die aus einer offenen Stalltür kamen. Darüber hinaus war es ländlich still, nur zwei Katzen dösten zusammengerollt vor dem Scheunentor. Hufgetrappel drang von irgendwoher, aber zu sehen war nichts.

Alexander blieb an der Eiche stehen, nahm die Kinder an die Hand und wartete auf Jessica. Es hatte den Anschein, als hätten sich ihre Schritte verlangsamt. Verwundert bemerkte er den merkwürdigen Ausdruck in ihrem Gesicht. Was war denn nun wieder los?

„Wie geht's jetzt weiter?"

„Wir müssen nach da hinten", sie deutete auf eine Tür zwischen zwei Gebäuden, „von da aus kommen wir zum See."

„Zum See?", echote Alexander. „Einen See gibt's hier auch noch? Das ist ja auch so schon alles filmreif hier."

„Danke. Es freut mich, wenn Sie das so sehen." Eine männliche Stimme, aus der man den Humor heraushörte, ertönte hinter ihm.

Alexander drehte sich zu einem drahtigen älteren Mann um, dem man sofort ansah, dass er hier zu Hause war.

„Jessica, wie schön, dass wir dich mal wieder hier begrüßen dürfen." Hans-Hermann von Freyenhof gab ihr die Hand und reichte sie dann Alexander, den er gründlich ins Visier nahm. „Und Sie sind?"

„Herr von Freyenhof! Hallo!", rief Jessica erfreut. „Das ist Alexander Göbel, unser Betriebshelfer. Er ist für Papa eingesprungen. Sie haben bestimmt davon gehört, dass mein Vater vom Trecker gestürzt ist, oder?"

„Ja, natürlich." Der Freiherr schüttelte auch Alexander die Hand. „Die Nachricht hat auch vor unserem Haus keinen Halt gemacht. Ich hoffe, er ist auf dem Weg der Besserung?"

„Ja, das ist er. Er ist vor allem froh, dass der Gips endlich ab ist."

„Das kann ich mir gut vorstellen ... so, nun will ich euch aber nicht länger aufhalten. Ich habe hier nur die Aufgabe, euch zum See zu bringen. Sarah meinte, es wäre doch sehr unhöflich, wenn euch keiner begrüßt, denn im Moment haben sie hinten noch alle Hände voll zu tun, deshalb springe ich ein. Aber das kennst du ja noch von früher."

Hans-Hermann ging voraus durch die Scheune.

Greta, der es darin anscheinend nicht ganz geheuer war, wollte von Alexander auf den Arm genommen werden. Auch Louis suchte seine Nähe. Jessica, die Hans-Hermann direkt folgte, bemerkte das erst, als sie sich kurz umdrehte.

„Soll ich sie dir abnehmen?"

„Nein, ich will bei Alex bleiben", protestierte Greta prompt.

„Da hast du was angefangen", grinste Jessica achselzuckend, „aber ich nehme dir gerne Louis ab. Wir beide verstehen uns prächtig, oder?" Sie hielt dem Jungen lächelnd die Hand hin, der sie sofort ergriff.

„Kein Problem, das sehen wir genauso", zwinkerte Alexander erst Jessica und dann Greta zu, worauf ihm die Kleine als Antwort nickend die Ärmchen um den Hals schlang und sich verschmust an ihn schmiegte.

Im ersten Moment wusste er Jessicas Blick, mit dem sie die Situation betrachtete, nicht zu deuten. Es war eine Mischung aus Skepsis und ... er fand kein Wort dafür. Er stutzte. Aber doch nicht etwa, weil Greta lieber von ihm getragen werden wollte? Das wäre verrückt.

Doch nur einen Bruchteil später ahnte er, um was es ging. Es schien Gretas zärtlicher Klammergriff zu sein, der Jessica verwirrte. Verdammt, wenn er es nicht besser wüsste, würde er glauben, sie wollte auch auf den Arm genommen und liebkost werden. Absurd. Wenn das wirklich so wäre, gäbe es nur wenige Gründe dafür. Und einer davon würde ihn in Schwierigkeiten bringen. Der Augenblick verflüchtigte sich so schnell, wie er gekommen war und Alexander entschied, dass die Vermutungen nur seiner fantasiereichen Einbildungskraft geschuldet waren. Oder seinem Wunschdenken.

Gleich darauf traten sie wieder ins Freie und liefen an der Reithalle und einer Pferdekoppel vorbei, auf der einige Pferde grasten, bevor der künstlich angelegte Schwimmteich samt anliegenden Grillplatzes ins Blickfeld geriet. Zwischen den Grüppchen von Erwachsenen, die sie zum Teil kannte, und den Ferienkindern, die wie wilde Hummeln umherliefen, entdeckte sie Jasper. Er machte sich am Grill nützlich, während seine Freundin Miriam versuchte, die Ferienkinder unter Kontrolle zu bekommen.

Es hatte sich also in den letzten fünf Jahren nichts geändert, ging es Jessica durch den Kopf, denn genau so war es auch zu der Zeit gewesen, als sie Miriams Job gehabt hatte. Es ging lautstark zu. Gängige Popmusik dröhnte aus zwei Lautsprechern und vom Grill stiegen bereits Rauchschwaden auf.

„Oh, das ist ja toll hier", rief Louis und meinte damit den Schwimmteich, an dessen Ufer zwei Luftmatratzen strandeten und auch einige Wasserbälle in einem Korb lagen.

„Aber ich hab doch gar keinen Badeanzug dabei,
Mami", ereiferte sich Greta und wollte wieder selber
laufen.

„Bei schönem Wetter könnt ihr doch gerne mal zum
Schwimmen vorbeikommen", reagierte Hans-Hermann, der nun auch stehen geblieben war, prompt.
„Elisa und Johannes freuen sich immer, wenn sie Besuch bekommen."

„Entschuldung, Greta wollte sich ganz bestimmt nicht
selbst einladen", räusperte sich Jessica. Sie hatte nicht
vor, wieder herzukommen und wusste noch nicht einmal, wie sie den Abend auf dem Gut irgendwie lebend
überstehen sollte, da wollte sie auf gar keinen Fall
schon an einen nächsten Besuch denken. Jeder Quadratzentimeter erinnerte sie an die Zeit mit Dennis und
machte ihr das Herz schwer. All die Bilder, die sie so
lange unterdrückt hatte, drängten sich nun mit Wucht
in ihr Bewusstsein. Bilder, die ihr die Luft zum Atmen
nahmen und einen Druck in ihrer Magengrube verursachten, dass sie befürchtete, sich jeden Moment übergeben zu müssen.

„Papperlapapp." Hans-Hermann ließ keine Widerrede zu. „Die Einladung kam von mir und war ernst gemeint, Jessica. Sonst hätte ich es nicht gesagt." Er
streckte den Arm aus und deutete auf seine Enkelkinder, die ihnen freudestrahlend entgegengelaufen kamen. „Siehst du, wie sich die Kleinen freuen."

Johannes und Elisa, die Greta und Louis aus dem Kindergarten kannten, riefen schon von weitem ihre Namen und ehe sie sich versahen, waren alle vier im Pulk
der anderen Kinder verschwunden. Für Abwechslung
war gesorgt. Abgesehen davon, dass es gleich Würst

chen und Stockbrot gab, standen genügend Spielmöglichkeiten parat.

„So, dann wünsche ich noch einen schönen Abend", verabschiedete sich Hans-Herrmann und hob die Hand, bevor er wieder zurück zum Herrenhaus ging.

Sarah und Hendrik von Freyenhof, die Eltern von Johannes, lösten sich aus der Gruppe der Erwachsenen und kamen näher.

„Hallo, schön, dass ihr da seid." Sarah umarmte Jessica und umfasste ihren Arm, während Hendrik Hände schüttelte und Alexander aufforderte, mit ihm zu kommen.

Als gäbe es eine geheime Regieanweisung, versammelten sich die Männer an einer improvisierten Theke, während Sarah Jessica in die entgegengesetzte Richtung mitzog, wo sich die anderen Frauen bereits außer Hörweite der Männer um einen runden Stehtisch gruppiert hatten, auf dem ein Sektkühler und gefüllte Gläser standen. Nebenan prasselte das Lagerfeuer.

Mit gemischten Gefühlen ging Jessica auf die Frauen zu, die sichtlich erfreut waren, sie zu sehen. Sie kannte sie alle von früher. Da war Maritta, eine sympathische Mittvierzigerin, die seit Jahren die Reiterferien auf dem Hof organisierte und dort eigentlich schon immer die Ansprechpartnerin für alles gewesen war. Außerdem Dorit von Freyenhof, die sympathische Frau von Eike, Hendriks Bruder. Sie war gelernte Konditorin und hatte sich durch ihre beliebten Backseminare im Dorf einen Namen gemacht. Eigentlich kannte Jessica sie viel mehr durch die gleichaltrigen Kinder, was auch für Sarah galt. Neu war für sie lediglich Simone, die Frau des Landarztes Christian, der die Praxis seines Vaters übernommen hatte.

Maritta streckte die Arme aus. „Komm her! Lass dich drücken. Wie schön, dass du gekommen bist, Jessie."

Jessica blinzelte die Tränen weg und erwiderte die kurze und heftige Umarmung. „Du ahnst nicht, wie mich das freut, dass du da bist", redete Maritta weiter, „ich hoffe, das bleibt keine einmalige Sache."

Marittas Worte wurden von den anderen mit lautem Klopfen auf die Tischplatte unterstützt.

„Wir brauchen dich. Nicht nur zur Kirmes!" Maritta löste sich, umschlang aber weiterhin Jessicas Taille. „Darf ich offen vor den anderen sprechen?"

„Ja, warum nicht?" Jessica zuckte mit den Schultern. „Ich denke, aus meinem Leben gibt es nichts, was im ganzen Dorf nicht schon bekannt wäre."

„Genau deshalb wird's Zeit, dass du mal erfährst, was *das ganze Dorf* darüber denkt!" Maritta machte eine bedeutungsvolle Pause.

„Ich will dir das schon so lange sagen, aber du hast mir ja nie eine Gelegenheit dazu gegeben." Sie zog Jessica noch näher zu sich heran und ihre Stimme bekam einen verschwörerischen Ton. „Jessie, alle wissen, dass Dennis ein Arschloch war ... ach was rede ich denn – *ist* – hörst du? Wir wussten es immer. Bitte hör endlich damit auf, dich für etwas zu schämen, für das du dich nicht schämen musst."

Wieder klopften die Frauen auf den Tisch und Maritta unterbrach kurz ihre Rede, bevor sie weitersprach.

„Außerdem warst du nicht die Einzige, die ihm auf den Leim gegangen ist. Und es ist wirklich ein Jammer, dass du dich so lange verkrochen hast."

Nun klopften die Frauen so laut auf den Tisch, dass alle ringsherum aufsahen.

Überwältigt schnappte Jessica nach Luft. Sie konnte nur noch mit einem dicken Kloß im Hals nicken, während ihre Augen feucht wurden. Der Kloß in ihrem Hals ließ Sprechen nicht zu. Eine Antwort erwartete auch gar niemand. Maritta entschärfte die Situation auf andere Weise. Sie umfasste Jessicas Schultern und rief: „Mädels, hoch die Tassen! Dorit, gib uns mal was zu trinken. Wir wollen auf das beste Team anstoßen, das die Kirmes je gesehen hat."

Nach der ersten Flasche folgte die zweite und Simone prustete: „Hey, wenn wir so weitermachen, müsst ihr euch einen anderen Schriftführer suchen."

Der Hinweis genügte, um sich daran zu erinnern, warum sie zusammengekommen waren. Gleich darauf steckten die fünf Frauen ihre Nasen über ein Blatt Papier und beratschlagten, wer das Kinderschminken und wer das Sackhüpfen betreuen sollte. Dorit übernahm mit Sarah das Backen der Muffins und Waffeln, während Simone sich um die Beschaffung der Spendengelder kümmerte. Und Maritta und Jessica nahmen sich die Reiterparade vor.

Zwischendrin behielt Jessica die Kinder im Auge. Doch das war gar nicht nötig, denn Greta und Louis waren mit den vielen anderen Ferienkindern, die von Jugendlichen aus dem Ort betreut wurden, gut beschäftigt. Inzwischen saßen sie, nachdem sie die ersten Würstchen verputzt hatten, ums Lagerfeuer und hielten jeder eine Gerte mit Stockbrot über die Glut.

Ihr Blick ging zu den Männern, die in einem Pulk um den Grill standen. Wie von selbst saugten sich ihre

Augen an Alexander fest. Er war so ins Gespräch vertieft, dass sie ihn ungestört betrachten konnte, ohne dass er es bemerkte. Wehmut und Trauer überfielen sie aus dem Nichts, als sie das Offensichtliche erkannte. Da stand sie mit den Frauen, deren Männer sich mit ihm unterhielten – alle aufs Intimste miteinander verbandelt – nur sie und Alexander nicht. Ein wehmütiger Seufzer wollte aus ihrer Brust, doch sie konnte ihn gerade noch unterdrücken. Wie gut musste es sich anfühlen, den Liebespartner und engsten Vertrauten so in seiner Nähe zu wissen? Jeder Fremde, der diese Situation betrachtete, könnte glauben, dass auch sie und Alexander ...

Jessica schüttelte resigniert den Kopf. Besser, sie gab sich erst gar nicht solchen Tagträumen hin. Sicher, er war sehr nett zu ihr, freundlich und zuvorkommend, ganz ohne Zweifel. Doch wie ein Mann, der in sie verliebt sein könnte, verhielt er sich nicht. Was wollte sie sich also vormachen?

Ein anderer junger Mann, den sie in der Gruppe der Männer zum ersten Mal sah – er konnte noch nicht lange bei ihnen stehen – löste sich jetzt und kam auf die Frauen zu. Irgendwie wirkte er vertraut, doch Jessica war sich sicher, dass sie ihn nicht kannte. Er ging direkt auf Sarah zu und tippte sie auf die Schulter.

„Schwesterherz, ich brauche deine Hilfe. Zwei von den älteren Mädchen haben ein Wettessen veranstaltet und nun ist ihnen kotzübel. Ausgerechnet jetzt, wo die Rasselbande in die Betten soll."

Jetzt war klar, warum er Jessica so bekannt vorkam. Er war unverkennbar Sarahs Bruder. Mein Gott, der nächste Kerl, um den sich die Mädels reißen würden, so viel stand fest. Halt! War da nicht das Wort Bett gefallen? Heiliger Bimbam, über all die vielen Gespräche hatte sie völlig das Zeitgefühl verloren! Erschrocken sah sie auf ihre Armbanduhr. Kurz nach zehn. Ach du Schreck, dann wurde es aber allerhöchste Eisenbahn, dass sie Greta und Louis nach Hause brachte. Ihre Mutter wartete wahrscheinlich schon ungeduldig. Es war ausgemacht, dass Bärbel die Kinder zu Bett bringen sollte.

Das, was Sarah ihrem Bruder antwortete, bekam sie gar nicht mehr mit, weil sie sich nach den Kindern umsah. Sie musste lächeln, weil die zwei Rabauken im Kreis der anderen Ringe werfen spielten und kein bisschen müde wirkten – na ja, wenigstens nicht auf den ersten Blick. Bei genauerem Hinsehen rieb sich Greta verstohlen die Augen und Louis gähnte soeben herzzerreißend.

Jessica zog sich die kurze Jeansjacke über, die sie bislang nicht gebraucht hatte, schulterte ihre Handtasche und wollte sich gerade verabschieden, als Felix, Sarahs Bruder sie ansprach.

„Du bist Jessie, oder?"

„Ja."

„Ich soll dir von deinem Mann sagen, dass er die Kinder heimbringt. Er meinte, du sollst dich nicht stören lassen und ruhig bei den Kirmes Ladies bleiben ..."

„Er ist nicht ... nein", schüttelte sie lächelnd den Kopf, „du kannst ihm sagen, dass ich das übernehme. Er soll sich ruhig weiter unterhalten. Es ist ausgemacht, dass ich die Zwerge heimbringe."

Sie wusste selbst nicht, warum sie nicht einfach sagen konnte, dass Alexander nicht zu ihr gehörte. Vielleicht, weil sie allmählich verrückt wurde, mutmaßte sie.

„Aber nur, wenn du wiederkommst!" Maritta sah sie beschwörend an. „Untersteh dich und bleib daheim. Ich weiß ganz genau, dass deine Mutter sehr gerne aufpasst."

„Ja, ist ja gut. Ich hatte nicht vor ..."

„Das will ich auch gemeint haben", grinste Maritta.

15

Bärbel steuerte den Geländewagen auf den Randstreifen der Weide, auf der die Wagyū-Rinder standen, und schaltete den Motor ab. Jochen, der neben ihr saß, observierte das Gelände wie ein Habicht auf der Suche nach Beute. Es war kurz nach acht und noch hell genug, um die Zäune und den Unterstand gut überprüfen zu können.

„Meinst du wirklich, dass es jemand auf unsere Rinder abgesehen hat? So was hat es doch noch nie gegeben."

„Irgendwann ist immer das erste Mal", verzog Jochen ironisch die Mundwinkel. „Denk an die Wahnsinnigen, die unschuldige Pferde aufs Übelste verstümmeln. Das hat's früher auch nicht gegeben. Auch wenn es noch so verrückt klingt, ich werde das Gefühl nicht los, dass irgendjemand uns auf dem Kieker hat. Da könnte ich drauf wetten."

„Aber warum denn? Wir tun doch niemandem etwas." Bärbel schüttelte verständnislos den Kopf.

„Schatz, danach geht's aber leider nicht." Jochen öffnete die Beifahrertür und stieg aus. „Weiß der Geier, was Leute für Gründe haben, anderen das Leben schwer zu machen. Da habe ich auch keine Antwort drauf. Ich weiß nur, dass es welche gibt, die einem nicht das Schwarze unterm Fingernagel gönnen. Und das reicht." Er berührte kurz ihren Arm. „Du kannst ruhig sitzen bleiben, ich schaue mich nur mal um."

„Nein." Bärbel zog den Schlüssel ab. „Vier Augen sehen mehr als zwei."

Gemeinsam liefen sie den Zaun rund um die Weide ab, ohne eine Auffälligkeit zu entdecken.

„Siehst du? Du machst dich völlig umsonst verrückt. Ich weiß gar nicht, warum du neuerdings so misstrauisch bist." Bärbel schwenkte den Autoschlüssel hin und her.

„Abwarten." Jochen nahm den Unterstand ins Visier und sah in jede Ecke der halboffenen Holzhütte, die den Tieren bei Regen und Wind Unterschlupf bot. Jasper hatte im hinteren Teil, wo keine Nässe hinkam, Stroh verteilt, damit die Rinder sich dort hinlegen konnten. Weil es in der letzten Nacht geregnet hatte, war der Boden an einigen Stellen noch nicht wieder vollständig abgetrocknet und es roch nach feuchter Erde. An der Außenwand der Hütte, im Bereich zwischen Weidenrand und Elektrozaun, blieb er ruckartig stehen und ging in die Hocke, bevor er ein Büschel langer Grashalme auseinanderschob, das einen Erdflecken überdeckte.

„Hab ich's doch gewusst", knurrte Jochen. „Bärbel, komm mal her! Sag du mir, was du hier siehst." Er richtete sich auf und drehte sich suchend nach seiner Frau um und wunderte sich, dass sie nicht mehr neben ihm stand.

„Oh Gott! Das glaubst du nicht!“, rief Bärbel von der anderen Seite des Unterstandes. „Ich werde nie mehr sagen, dass du zu misstrauisch bist. Jochen! Komm schnell her! Da hat jemand versucht, Feuer zu legen.“ Bange sah sie ihren Mann an, der sofort neben ihr war und mit zusammengepressten Lippen auf das angekokelte Stroh starrte.

„Das passt. Hinter der Hütte sind Fußspuren ... und die sind noch nicht alt.“

„Was machen wir denn jetzt? Wir können doch nicht die ganze Nacht hierbleiben. Ich hab Jessie versprochen, die Kinder ins Bett zu bringen, damit sie mit den anderen feiern kann.“

„Das bleibt auch so.“ Er legte ihr die Hand auf den Arm und sie verstand. Er wollte nachdenken. Es vergingen einige Minuten, in denen keiner sprach.

„Ich denke, ich habe eine Idee“, murmelte Jochen und sah seine Frau an. „Hast du dein Handy dabei?“

„Ja, ich glaube ja.“ Bärbel kramte in ihrer Tasche, bis sie das Gerät in der Hand hielt. „Wen willst du denn ...“

„Hast du die Nummer von Erich Linke abgespeichert?“

„Von dem, der ...“

„Ja, von dem Jäger, der uns schon zigmal in seine Jagdhütte am Edersee eingeladen hat und den wir mit Kartoffeln und Eiern beliefern.“ Jochen klang gereizt. „Hast du, oder hast du nicht?“

„Woher soll ich das so schnell wissen, da muss ich auch erst mal nachschauen ... was willst du denn jetzt von ihm? Hat das denn nicht Zeit, bis wir wieder daheim sind?“

„Bärbel, bitte ... lass mich, ich weiß schon, was ich tue. Ich muss meine Gedanken sortieren und kann jetzt nicht mit dir diskutieren." Er hielt die Hand auf, um ihr das Handy abzunehmen. „Entweder du hast seine Nummer oder wir müssen sie irgendwie anders rauskriegen. Können wir uns darauf einigen, dass ich dir alles erkläre, wenn ich selber Durchblick habe?"

Bärbel entsperrte ihr Telefon und legte es ihm in die Hand. Schweigend.

Wenn Jochen in dieser Stimmung war – das wusste sie nach all den Ehejahren – war es besser, sie redeten erst wieder miteinander, wenn er sich abgeregt hatte.

Er fand die Telefonnummer.

„Erich, schön, dass ich dich erreiche. Ich brauche deine Hilfe ..."

Bärbel wunderte sich nicht, dass Jochen nicht lange um den heißen Brei herumredete. Das war noch nie seine Sache gewesen. Es kam immer schnell auf den Punkt. Damit kamen nicht alle klar, aber viele schätzten ihn auch genau dafür.

Nach wenigen Sätzen, die er mit dem Jäger gewechselt hatte, wusste sie, worum Jochen den Mann bitten wollte: um einen fahrbaren Hochsitz, eine Schlafkanzel, in der man auch übernachten konnte. Das Gefährt ließ sich wunderbar am Rand der Weide – zwischen Büschen und Sträuchern – verstecken, ohne dass jemand mitbekam, wenn er beobachtet wurde.

Bärbel sah auf die Uhr. Sie wurde langsam unruhig. Inzwischen war es kurz vor neun und es wurde allmählich dunkel.

„... prima, du ahnst nicht, wie sehr du mir damit hilfst. Du hast was gut bei mir. Vielen Dank", hörte sie Jochen zu Erich Linke sagen, bevor er ihr das Telefon zurückgab und sie spontan umarmte.

„Entschuldige Schatz, dass ich eben so ungehalten war, aber es macht mich so wütend, wenn andere ...“

„Schon gut.“ Bärbel gab ihm einen Kuss. „Sei froh, dass ich dich seit einer Ewigkeit kenne“, lachte sie, „aber jetzt habe ich keine Zeit mehr, hier herumzustehen. Es dauert nicht mehr lange, bis Jessie mit den Kindern kommt und ich möchte nicht, dass sie ausgerechnet heute Abend zu Hause bleiben muss.“

„Äh, und was versprichst du dir davon?“ Jochen sah sie verständnislos an. „Also, wenn sie es bis jetzt nicht auf die Reihe bekommen haben, die Kirmesparade zu besprechen, dann wird das heute auch nichts mehr.“

„Jochen! Seit wann bist du so begriffsstutzig?“, seufzte Bärbel. „Als wenn es nur darum ginge. Es ist das erste Mal seit der Sache mit Dennis, dass Jessica wieder auf dem Gut ist und sich mit jungen Leuten trifft ... außerdem ist Alexander dabei und sie haben Freizeit.“

„Oho! Nachtigall ich hör dir trapsen“, schnalzte Jochen mit der Zunge. „Erzähl mir jetzt nicht, dass du die beiden verkuppeln willst?“

„Verkuppeln ... tss ... das hört sich ja an, als wollte ich Jessie dem Nächstbesten anbieten.“ Bärbel verdrehte die Augen. „Findest du die Idee wirklich so abwegig? Und willst du mir erzählen, dass dir der Gedanke noch nicht gekommen ist? Dafür kenne ich dich viel zu gut. Erst vorgestern hast du mir gesagt, was für ein feiner Kerl er ist und dass es ein Jammer wäre, wenn so ein guter Landwirt keinen eigenen Hof hätte.“ Bärbel warf die Hände in die Luft und fing an, sich in Rage zu reden.

„Jochen, er wäre *der* perfekte Schwiegersohn! Ich kann nicht glauben, dass du das nicht siehst!"

„Ja, ich weiß, was ich gesagt habe. Ich hab eine lädierte Schulter. Aber meine Ohren und mein Verstand funktionieren noch ganz gut. Er ist ein prima Kerl, darüber müssen wir nicht streiten ... und ja, wenn du mich so fragst, der Gedanke ist mir tatsächlich auch schon mal gekommen, aber ..."

„Siehst du! Kein Aber. Und nicht nur dir. Christel meint auch, dass er sehr gut zu uns ... äh ... ich meine natürlich zu Jessie ... passen würde."

„Na ja, wenn Christel das schon sagt", Jochen dehnte den Satz und verzog belustigt die Mundwinkel, „dann muss da ja was dran sein."

„Was hast du nur immer mit Christel? Jedes Mal, wenn ich dir was von ihr erzähle, machst du dich über mich lustig. Hast du neuerdings was gegen sie?" Bärbel war sichtlich angesäuert.

Versöhnlich legte ihr Jochen den Arm um die Schulter und gab ihr einen Kuss auf die Wange.

„Ach Schatz, was denkst du nur? Nein, ich habe überhaupt nichts gegen Christel. Aber ich finde es zu schön, wenn du dich so aufregst. Und weißt du, was das Beste ist?", lachte er in sich hinein. „Dass du immer wieder drauf reinfällst, wenn ich dich ein bisschen aufziehe."

„Sei froh, dass ich dir nicht gleich mal kräftig auf die Schulter klopfe", brummte Bärbel, „und zwar auf die, wo du's auch merkst."

„Das machst du nicht ... dafür hast du mich viel zu lieb ..."

„Dein Glück.", brummte Bärbel.

Jochen lachte, als sie ihm die Zunge rausstreckte und warf einen Blick auf seine Armbanduhr. „So, und jetzt erzähl mir endlich, was du mit Christel vorhin am Telefon ausgeheckt hast. Du warst danach so euphorisch ... da ist doch was im Busch.“

„Aber nur, wenn du dich nicht wieder über mich lustig machst. Und ausgeheckt haben wir nichts.“

„Versprochen.“

„Also gut. Christel hat Sarah getroffen – beim Einkaufen, an der Fleischtheke – und Maritta kam auch noch dazu. Was für ein Zufall, oder? Und wie das so geht: Ein Wort gab das andere und dann haben sie sich über Jessie und Greta unterhalten. Über die Kirmes und wie alles laufen soll. Welches Pony sie für Louis nehmen wollen und dass er schon ganz gut reiten kann. Aber das war nur der Anfang. Eigentlich ging's um was anderes. Stell dir vor, sie machen sich auch große Sorgen um unsere Jessie, weil sie sich schon so lange in ihr Schneckenhaus verkrochen hat und überhaupt nicht mehr rauskommt und auch niemanden mehr an sich heranlässt. Keiner kann verstehen, warum sie nach der langen Zeit nicht endlich wieder unters Volk geht. Christel hat dann natürlich auch erzählt, wie sehr wir daran verzweifeln ...“

„Bärbel!“ Jochen zog scharf die Luft ein. „Willst du mir nicht endlich sagen, um was es geht? Linke wird jeden Moment hier sein. Er wollte gleich losfahren.“

„Jetzt drängele doch nicht so. Das hätte ich dir schon noch gesagt. Ich muss dir doch erst mal erzählen, wie es überhaupt dazu kam.“

„Das hast du ja jetzt“, verdrehte Jochen die Augen, grinste dann aber. „Also, was habt ihr denn nun ausbaldowert?“

„Also, was du wieder denkst … Du tust ja gerade so, als wollte ich etwas Schlechtes für sie. Es ist doch nur zu ihrem Besten und auch für Greta“, plusterte sich Bärbel auf, konnte aber die Zufriedenheit über das, was Christel ihr erzählt hatte, nicht verhehlen. „Sarah und Maritta wollen mit vereinten Kräften dafür sorgen, dass Jessie wieder mehr ins Dorf und unter die jungen Leute geht. Mehr weiß ich noch nicht. Aber vielleicht lässt es sich ja an Jessicas Stimmung ablesen, wenn sie mir gleich die Kinder bringt. Deswegen wird es Zeit, dass ich mich aufmache. Nicht, dass sie heimkommt und es ist keiner da.“

Nicht nur die angenehm warmen Temperaturen sorgten an diesem Abend dafür, dass man das Gefühl hatte, im Süden zu sein, auch die Idylle der parkähnlichen Anlage trug dazu bei. Um den künstlich angelegten Schwimmteich herum, der wegen seiner Größe auch See genannt werden durfte, leuchteten Fackeln, deren Lichter sich im Wasser spiegelten. Die von niedrigen Sträuchern und Büschen umsäumten Kieswege, die zur Scheune und zum Haus führten, waren dezent ausgeleuchtet und verliehen der Fläche eine bezaubernde Ausstrahlung. Das Zirpen der Grillen schwirrte durch die Luft und wurde höchstens durch die Gesprächsfetzen der Erwachsenen und das fröhliche Gelächter der Kinder übertönt.

Alles in allem war es ein Bilderbuchabend. Es roch nach Sommer, guter Laune und Liebe. Bei dem

Gedanken an Letzteres – besonders an diesem Ort – bekam Jessica unwillkürlich einen bitteren Zug um den Mund. Sofort kämpfte sie dagegen an, wollte nicht schon wieder an Dennis denken und vielmehr alles Schöne genießen. Die Kinder spielten auf der Wiese Golf-Krocket und amüsierten sich köstlich, als Jessica darauf zuging, um Greta und Louis abzuholen. Die Jugendlichen, die sich nicht vom Wettessen der anderen hatten anstecken lassen, wollten lieber unter sich sein und vergnügten sich etwas abseits beim Wikingerschach. Doch weder die Teenager noch die Kleinen machten Anstalten, ihre Runden abzubrechen, obwohl die Betreuerinnen das anmahnten.

Jessica bemerkte plötzlich rechts und links Schritte neben sich.

„Allein wirst du das nicht schaffen", lachte Sarah und Dorit nickte wissend dazu. Sie zeigte auf Greta, die gerade den Holzschläger schwang, um eine Kugel durch einen Bogen zu schieben.

Als hätte Greta die Gefahr gewittert, drehte sie sich um und erkannte den Plan ihrer Mutter. Sofort stemmte sie die Hände in die Hüften und brüllte: „Wir wollen aber noch nicht heim!"

„Ich denke doch, Schatz. Irgendwann muss mal Schluss sein. Du hast ganz kleine Augen und Louis auch. Außerdem wartet Oma Bärbel schon zu Hause auf euch. Sie hat versprochen, euch noch eine Geschichte vorzulesen. Hast du das etwa vergessen?"

„Aber jetzt noch nicht." Greta funkelte ihre Mutter kampflustig an.

„Doch." Jessica deutete auf die Jugendlichen, die nach einer Ansprache von Maritta die Holzkegel einsammelten.

„Siehst du, auch die großen Mädchen müssen jetzt ins Bett. Das gilt für alle. Nicht nur für euch beide."

„Ach Menno, das ist sooo gemein. Gerade, wo es so schön ist. Wir sind aber noch gar nicht fertig mit Spielen, Louis muss noch …"

„Tut mir leid, Süße. Für heute ist Schluss!" Jessica nahm Greta den Schläger aus der Hand.

Dorit ging auf ihre Tochter Elisa zu und Sarah auf Johannes. Auch die empörten sich lautstark.

Unterdessen sammelten die Teenager nicht nur die Holzkegel vom Wikingerschach ein, sondern auch die Utensilien vom Golf-Krocket. Dabei liefen sie schwatzend hin und her.

„Glaubst du mir jetzt?" Jessica hockte sich neben Greta und zog ihr eine Strickjacke über, weil es allmählich frischer wurde, „alle Kinder müssen jetzt in die Federallee, nicht nur du."

„Ihr könnt doch gerne wiederkommen", regte Sarah an, „dann spielt ihr einfach weiter. Ist das nicht eine tolle Idee?"

Jessica tat, als hätte sie die Einladung nicht gehört. Sie reichte auch Louis die Jacke. Außerdem hielt sie es für wenig wahrscheinlich, dass sie noch mal herkommen würde.

Der Kleine legte ihr einen Arm um den Hals und flüsterte ihr ins Ohr: „Ich komme mit. Ich mag Bärbels Geschichten und wenn wir sowieso wiederkommen können …"

Spontan gab Jessica ihm einen Kuss auf die Wange und wuschelte ihm durchs Haar, während sie auf der anderen Seite Greta festhielt.

„Du bist müde, was?", lächelte sie.

Louis nickte, wagte aber nicht, seine Freundin anzusehen, die ein bisschen beleidigt dreinschaute, weil er ihr in den Rücken fiel.

„Meinst du, du schaffst es noch, nach Hause zu laufen?"

Der Kleine drückte ihr die Nase in die Halsbeuge und nickte vorsichtig.

„Nein, ich weiß eine bessere Idee."

Sarah, die das beobachtet haben musste, berührte Jessica am Arm, weshalb sie zu ihr aufsah.

„Du nimmst unseren Bollerwagen mit. Da legen wir ein paar Kissen und eine Decke rein und dann kannst du die Kinder ziehen." Sie wandte sich ab und beauftragte ihren Bruder, der in der Nähe stand und sogleich loslief, um das Gefährt zu holen.

Aus den Augenwinkeln bemerkte Jessica, wie Alexander und Hendrik, Sarahs Ehemann, näherkamen und sich dazustellten. Sofort schlug ihr Herz drei Takte schneller, worüber sie sich unverzüglich ärgerte. Warum musste er auch so verdammt begehrenswert sein? Hätte er nicht wenigstens ein pickliges Gesicht, schlechte Zähne oder einen dicken Bauch haben können? Das Gegenteil war der Fall. Er war kein Schönling, aber unwiderstehlich männlich und so verdammt sexy. Das schien nicht nur ihre Meinung zu sein, denn ihr waren die verstohlenen Blicke der Mädchen nicht entgangen, die ihm auf Schritt und Tritt hinterherschmachteten.

Resignierte riss sie sich von seinem Anblick los, wollte nicht, dass er mehr sah, als sie bereit war preiszugeben. Er wusste eh schon viel zu viel. Als er fragend auf Louis schaute, der ihren Hals noch immer umschlungen hielt, überrollte sie eine riesige Welle Traurigkeit, denn sie begriff, dass sein Interesse nicht ihr, sondern nur seinem Sohn galt, um den er sich offensichtlich sorgte.

„Es ist nichts", beruhigte sie ihn mit belegter Stimme, als er sich neben sie hockte.

Besser, er hätte das nicht getan. Ein Hauch von holzig frischem Aftershave stieg ihr in die Nase und benebelte ihre Sinne. Schwäche, Sehnsucht und der Wunsch nach Hingabe überliefen sie und hinterließen eine Gänsehaut.

„Er ist nur müde." Jessica wich seinen forschenden Augen aus und erkannte erleichtert, dass Felix mit dem Bollerwagen näherkam.

„So, ihr Mäuse", sie löste sich von den Kindern, „wir fahren jetzt heim zu Oma, die wartet schon auf uns."

Jessica wandte sich Felix zu. „Danke, dass du uns den Wagen geholt hast."

„Keine Ursache, immer wieder gerne", grinste er und schnappte sich Johannes, der gerade weglaufen wollte. Der kleine Freyenhof-Sprössling fand den Gedanken, ins Bett zu müssen, ebenfalls nicht sonderlich attraktiv.

„Hendrik lachte. „Vielleicht kann der Onkel Felix unserem kleinen Tausendsassa ja beibringen, dass für heute Schluss ist. Für Sarah ist es besser, wenn sie ihn nicht mehr trägt." Ein zärtliches Lächeln umspielte seine Lippen, als er sie betrachtete. „Aber sei leise. Wir sind froh, dass Ricarda schläft. Die letzten Nächte waren anstrengend genug“, seufzte er.

Sarah nickte. „Ich komme gleich nach. Geh schon mal vor.“

Felix setzte sich Johannes auf die Schultern und lachte. „Ich versteh euch gar nicht. Bei mir ist der Junge immer lieb.“ Er stieß ein Wiehern und Schnauben aus, auf das der Kleine vor Lachen nur so krähte und lief dann in Richtung Haus.

Jessica schluckte. Zwar war es nichts Neues mehr für sie, dass Sarah ihr drittes Kind erwartete. Dennoch deprimierte sie diese Tatsache aufs Neue. Die nächste Welle von Traurigkeit übermannte sie. So, wie sich ihr Leben entwickelte, würde sie wohl kein zweites Mal mehr Mutter werden. Von wem auch?

Sie unterdrückte den Impuls zu weinen und richtete stattdessen die Kissen und Decken im Bollerwagen, um die Kinder hineinsetzen zu können. Zuerst hievte sie Greta in den Wagen, die inzwischen aufgehört hatte, gegen den Aufbruch zu protestieren und sich vielmehr vor Müdigkeit heftig die Augen rieb.

In dem Moment, als sie sich Louis schnappen wollte, erwischte sie Alexanders Hand, der gerade das Gleiche vorhatte. Als hätte sie einen Stromschlag bekommen, zuckte sie zurück und blinzelte irritiert. Er gab Louis einen Kuss, hob ihn in den Wagen und strich Greta über den Kopf, bevor er sich aufrichtete und Jessica dankbar ansah.

„Soll ich nicht doch mitkommen? Ist dir das nicht zu schwer?“

„Nein. Das ist okay.“

Mit gesenktem Blick griff sie nach der Deichsel und rief dann betont fröhlich in die Runde: „Bis später."

Von den Kindern kam nur noch ein lahmes Winken, so müde waren sie.

Alexander blickte den dreien nachdenklich hinterher. Jessica stellte seine bisherigen Erfahrungen mit Frauen völlig auf den Kopf. In der einen Minute wollte er sie nur kosen und beschützen und in der nächsten am liebsten solange schütteln, bis sie wieder vernünftig wurde. Er wurde einfach nicht schlau aus ihr. Wenn es darum ging, wie sie mit den Kindern umging, gab es absolut nichts auszusetzen. Wäre seine Ex nur ein bisschen so gewesen wie sie. Unvorstellbar. Marisa hätte nie zugelassen, dass er sich auf einer Party weiter amüsierte – ihre Interpretation – während sie alleine die Kinder nach Hause bringen sollte. Er dachte an Felix' Worte, die er ihm von Jessica ausgerichtet hatte. *Ich soll dir sagen, dass sie die beiden heimbringt. Du sollst ruhig hierbleiben. Das war schließlich so ausgemacht gewesen.*

Nicht das erste Mal heute Abend ertappte er sich dabei, wie er sie anstarrte. Besonders der kurze Tellerrock ihres rotgeblümten Kleides, der bei jedem Schritt um ihre schlanken, gebräunten Beine wippte, brachte ihn in Bedrängnis. Über dem ärmellosen Sommerkleid trug sie eine knappe ausgewaschene Jeansjacke und ihre Füße steckten in weißen bequemen Chucks. Die langen Haare fielen ihr in natürlichen Wellen auf die Schultern und umrahmten das dezent geschminkte Gesicht, das für ihn nur aus Augen und Mund bestand. Besonders aber reizte ihn ihr Mund, den er beinahe gekostet hätte und der ihn bis in den Schlaf verfolgte. Mein Gott, sie sah so hinreißend aus, dass es ihm den Atem verschlug.

„So sind sie, die kleinen Racker." Hendrik, der noch immer neben ihm stand und ebenfalls hinter Jessica herschaute, schüttelte lachend den Kopf. „Erst ist das Geschrei groß und dann schlafen sie dir in den Armen ein." Er deutete auf die Theke. „Komm, lass uns noch was trinken, der Abend ist noch jung."

„Okay ... ja, absolut. Das schwankt von einer Sekunde auf die andere", stimmte ihm Alexander zu. „Louis ist aber im Großen und Ganzen unkompliziert."

„Das merkt man. Er hat sich in der kurzen Zeit ziemlich gut eingelebt, was?"

Sie waren an der Bar angekommen, wo auch Uwe, Marittas Ehemann, und Christian, der Hausarzt und Mann von Simone, standen. Uwe stellte prompt vier Bierflaschen auf die Theke und öffnete sie. Hendrik reichte eine gleich an Alexander weiter, während Uwe Christian eine in die Hand drückte.

„Und er versteht sich offensichtlich sehr gut mit Greta ... na, das wird aber dann kein Zuckerschlecken, wenn ihr die beiden trennen müsst."

Das Thema schien Hendrik zu beschäftigen.

Alexander stieß darauf einen lauten Seufzer aus. „Hör mir nur auf. Da darf ich noch gar nicht dran denken." Er prostete den Männern zu.

„Dann bleibt doch hier!", lachte Christian. „Hier kann man sehr gut leben. Ich darf das sagen. Ich habe nach meinem Studium ein paar Jahre woanders verbracht und bin gerne zurückgekommen. Simone gefällt's auch. Sie ist eine waschechte Städterin. Das will schon was heißen, wenn sie das sagt."

„Wenn das so einfach wäre", seufzte Alexander erneut, „aber das ist es nicht. Ich bin alleinerziehend und muss arbeiten. Vollzeit. Dass das nicht immer ein Acht-Stunden-Tag ist, weiß jeder, der in der Landwirtschaft arbeitet. Also bleibt mir nichts anderes übrig, als in die Nähe meiner Eltern zu ziehen, damit sie sich um Louis kümmern können, wenn's brennt. Das ist mein Plan."

Hendrik lachte. „Dann frag mal Sarah, was sie für Pläne hatte, als sie vor ein paar Jahren zufällig hier gelandet ist. Sie wollte nicht länger als sechs Wochen bleiben. Tja, der Plan ging leider nicht auf. Ha, keine Chance!"

Alexander beobachtete, wie Uwe feixte und Christian und Hendrik sich grinsend anrempelten.

„Ah, verstehe", schlussfolgerte er und sah Hendrik lachend an, „*du* hast ihr keine Chance gelassen, ihre Pläne umzusetzen – nachvollziehbar."

„Ich hatte Glück", der junge Baron zuckte mit den Schultern und schmunzelte, „sie wollte mich. Du musst wissen, dass ich nicht der Einzige war, der sie erobern wollte." Er klimperte mit den Augen und starrte Christian an. „Unser Doktor hier hat sich auch ganz schön ins Zeug gelegt ..."

„Und dafür eine freundliche, aber deutliche Abfuhr kassiert", vervollständigte der Landarzt den Satz. „Wie man sieht, hab ich's überlebt. Mit Simone habe ich verdammt viel Glück gehabt."

„Vergesst Dennis nicht", hakte Uwe ein. „Unseren Mr. Tausend-Volt. Der war aber mal richtig sauer, als Sarah ihm einen Korb gegeben hat. Der ist völlig ausgetickt und hätte beinahe noch die ganze Abschlussveranstaltung geschmissen."

„Ja, stimmt", nickte Hendrik, „Dennis hält es nicht aus, wenn eine ihn nicht will."

„Der hat alles mitgenommen, was bei Drei nicht schnell genug auf den Bäumen war", erzählte Uwe weiter, „und dabei war es ihm völlig egal, ob verheiratet oder noch ein bisschen grün hinter den Ohren. Hauptsache, er kam ans Ziel und konnte unter Beweis stellen, wie gut er es drauf hat." Uwe verzog geringschätzig den Mund. „Bin ich froh, dass der weg ist."

Hendrik studierte abwartend Alexanders Miene, bevor er erklärte: „Wir sprechen von Gretas Vater."

„Oh! Aha." Mehr wusste er dazu nicht zu sagen und nahm einen tiefen Schluck aus der Flasche.

Einen Moment schwiegen die vier Männer und beobachteten, wie Simone und Maritta über die Wiese liefen und nachsahen, ob tatsächlich alle Spielsachen aufgeräumt waren.

Hendrik räusperte sich. „Du kennst die Geschichte nicht, oder? Ich meine, das, was Jessica mit Dennis erlebt hat."

Alexander knubbelte am Etikett der Bierflasche, starrte auf den Tisch und dachte an das, was der Fußballer in der Kneipe in seinem Frust auspalavert und an das, was Jasper erzählt hatte. Er hob den Kopf.

„Nein. Nicht wirklich. Na ja, da sind ein paar Sätze gefallen. Aber nichts Genaues. Alles nur in Bruchstücken. Das Einzige, was deutlich rüberkam, war, dass der Typ ein ziemliches Arschloch gewesen sein muss. Aber mehr weiß ich nicht."

„Könnte man so sagen", stimmte Hendrik kopfnickend zu. „Er war ein guter Arbeiter und Turnierreiter. Da kann man ihm nichts nachsagen, aber was seine Umgangsformen und sein Sozialverhalten angeht, ist er definitiv ein Totalausfall."

„Ein Jammer, dass Jessica ihm zu früh über den Weg gelaufen ist", nickte Uwe, „ich weiß von Maritta, dass die Mädels sie vor ihm gewarnt hatten ... leider zu spät, denn da hatte er sie bereits eingewickelt. Sie war frisch vom Studium zurück und er neu auf dem Hof. Wegen der vielen Prüfungen war sie eine Weile nicht da gewesen und wusste nichts von ihm. Als er sie dann für sich entdeckt hatte, gab es kein Halten mehr. Eigentlich hatte sie gar keine Chance, so, wie er hinter ihr her war."

„Was hat er denn gemacht, dass die Mädels so auf ihn abgefahren sind?" Man sah Christian an, dass er das nicht nachvollziehen konnte.

„Hässlich ist er nicht gerade", räumte Uwe ein. „Groß, muskulös und kein Gramm Fett am Körper, das gefällt den Frauen doch. Und Süßholz raspeln kann er auch ..."

„Ich kann mir das nur so erklären", dachte Hendrik laut nach, „dass bei Jessica eine ordentliche Portion Unerfahrenheit und Naivität mit im Spiel war. Sie ist sehr behütet aufgewachsen. Ich kann mir nicht vorstellen, dass sie vor ihm schon viele Erfahrungen sammeln konnte. Da fällt man doch schneller auf jemanden rein. Er versteht es ja auch sehr gut, den Damen das Gefühl zu geben, die wichtigste Person im Universum zu sein. Und wenn es um attraktive Frauen geht, muss er doch immer der Erste sein, der Hand anlegt. Das ist doch seine größte Angst überhaupt, dass ihm einer zuvorkommt."

„Absolut richtig." Uwe kräuselte verächtlich die Lippen. „Und auf hübsche junge Dinger, die noch ein bisschen grün hinter den Ohren sind, fährt er ganz besonders ab. Da knallen bei dem sofort alle Sicherungen durch."

Uwe stellte eine Schüssel Erdnüsse in die Mitte und tippte sich an die Stirn, als hätte er einen Geistesblitz. „Verdammt, irgendjemand hat mir doch erst die Tage erzählt, dass er wieder auf Jobsuche ist. Aber vielleicht habe ich mich da auch nur verhört."

„Bei uns braucht er es erst gar nicht zu versuchen." Hendrik unterstrich die Aussage mit einer eindeutigen Handbewegung.

„Und wie ging's dann weiter?" Die Frage war draußen, ehe Alexander sich für seine Neugierde auf die Zunge beißen konnte.

„Als Jessie gemerkt hat, dass sie von ihm schwanger war, wollte sie mit ihm reden", antwortete Uwe. „Stattdessen hat sie ihn in flagranti mit einer anderen erwischt. In der Sattelkammer! Das muss man sich mal vorstellen! Die Tür ist immer offen. Jederzeit. So was scheint ihn noch anzutörnen." Er imitierte mit der Hand einen Scheibenwischer vor seiner Stirn. „So ein ... ach, für den fällt mir wirklich kein Wort mehr ein."

„Richtig gut fand ich ..." Hendrik rieb sich die Hände, „dass Jochen ihm mal ordentlich den Kopf gewaschen hat. Das hatte er wirklich verdient."

Alexander sah Hendrik überrascht an. Er kannte seinen Chef nur als einen Mann, der zwar schnell auf den Punkt kam und auch aus seinem Herzen keine

Mördergrube machte, aber ansonsten doch eher sehr umgänglich war.

Uwe lachte, als er Alexanders Blick bemerkte. „Oh oh, da kennst du Jochen aber noch nicht. Er ist wirklich ein herzensguter Mensch, aber wehe dem, der ihn böse macht. Das kann ich dir versichern. Und wenn es um Jessica geht, ist die Hemmschwelle ziemlich weit unten. Verständlich, oder? Sie ist sein einziges Kind. Was glaubst du, was er mit Dennis veranstaltet hat? Er hat ihn so zusammengestaucht ... danach war Mr. Tausendsassa so klein mit Hut.“

Zur Veranschaulichung hielt Uwe Daumen und Zeigefinger so zusammen, dass nur noch ein Spalt zu sehen war. „Von dem hast du die nächsten Tage keinen Piep mehr gehört. Und normalerweise hatte er immer eine große Klappe.“

„Oh ja“, lachte Hendrik, „ich glaub, so kleinlaut hatte ihn vorher noch nie jemand erlebt. Und die Alimente zahlt er auch jeden Monat treu und brav. Was anderes traut er sich ganz sicher nicht.“

„Ich kann dazu gar nichts sagen.“ Christian zuckte mit den Schultern. „Das war zu der Zeit, als ich noch in Kassel beim Roten Kreuz gearbeitet habe und nur selten hier war. Kurz nachdem ich wieder hergezogen bin, hat er dann ja auch gekündigt.“

„Du hast nichts versäumt“, zischte Uwe geringschätzig und sah Hendrik an. „Wenn ich nur an die Sache mit Sarah denke ... so eine linke Bazille.“

„Hat er mit ihr auch ...“, rutschte es Alexander heraus, aber er schwieg dann, weil Hendrik mit dem Kopf schüttelte.

„Keine Chance – aber er hätte gerne ...“

Er verstummte und ein glückliches Lächeln huschte über sein Gesicht. Die anderen drei folgten seinem Blick. Rechts und links von Simone und Maritta eingehakt, steuerte Sarah auf sie zu. Dorit kam hinterher.

„So, Männer", rief Maritta, „eure Schonzeit ist vorbei, wir lassen euch nicht länger alleine. Gibt's denn keine Musik hier?"

„Als wenn das eine Last für uns wäre", schimpfte Uwe und lächelte, während er seine Frau in den Arm nahm.

Alexander trat einen Schritt zurück, als sich die Paare umarmten. In solchen Momenten kam Wehmut in ihm auf. Man konnte schon ein bisschen neidisch sein, wenn man sah, wie andere es geschafft hatten, einen Partner zu finden, mit dem man sich wortlos verstand. Dass die Paare um ihn herum sehr gut miteinander harmonierten, musste nicht betont werden, das spürte man einfach.

Alexander sah auf seine Uhr und wunderte sich, dass Jessica noch nicht zurück war. Er vermisste sie, auch wenn er den ganzen Abend über kaum mit ihr hatte sprechen können. Doch er wusste sie wenigstens in seiner Nähe. Er stutzte, als er realisierte, was ihm gerade durch den Kopf ging. Dass er etwas für sie fühlte, das mehr war als nur körperliches Begehren, wusste er längst. Doch nachdem er nun ihre Geschichte kannte und so viel mehr verstand, warum sie so zwiespältig und launisch war, musste er sich zusammenreißen, um ihr seine Zuneigung nicht bei der nächstbesten Gelegenheit zu beichten. Was man gegen ihr Misstrauen tun könnte, wusste er noch nicht. Natürlich wäre es schön, einen solchen Hof wie den ihrer Eltern zu haben. Keiner, der ihn kannte, würde glauben, wenn er etwas Gegenteiliges behauptete. Dafür war er durch und durch Landwirt und das war bekannt. Nur bedeutete das noch lange nicht, dass er deswegen auch bereit war, seine Seele zu verkaufen. Ihm kam nur eine Frau ins Haus, die er lieben und achten konnte. Unter dem lief nichts. Und ob sie reich oder arm war, interessierte ihn dabei nicht.

Uwe gesellte sich zu ihm, als er Jessica endlich zurückkommen sah. Er rempelte ihn freundlich mit dem Ellenbogen in die Seite, warf einen unmissverständlichen Blick auf Jessie und raunte: „Bist du sicher, dass du wirklich hier weg willst? Also ich an deiner Stelle würde mir das noch mal überlegen. Das mit der Kinderbetreuung klappt doch schon ganz gut, oder?"

„Ach!" Alexander sah Uwe kurz an und lachte trocken auf. „Da erzählst mir aber was Neues. Denkst du, ich hätte keine Augen im Kopf? Doch, habe ich, auch wenn es vielleicht nicht so rüberkommt. Was glaubst du, über was ich mir den Kopf zerbreche?" Er seufzte. „Was du aber nicht weißt, ist, dass sie davon ausgeht, ich würde mich mehr für ihren Hof als für sie interessieren."

„Hat sie dir das so gesagt?"

„Nein, ich meinte das mehr so im Allgemeinen. So weit sind wir noch lange nicht, dass wir uns über sowas unterhalten. Bis jetzt ist da gar nichts zwischen uns ... na ja, es knistert, aber passiert ist noch nix."

„Na dann ... lass doch mal was passieren!" Uwe zog mit seinem Zeigefinger ein Auge nach unten und grinste. „Je eher, desto besser. Auf was willst du denn noch warten?"

„Ich will vor allem keinen falschen Eindruck erwecken. Dann bin ich nämlich gleich aus dem Rennen. Sie
muss wohl schon öfter erlebt haben, dass ihr – insbesondere Betriebshelfer – schöne Augen gemacht haben,
dabei aber eigentlich vielmehr auf den Hof vom Papa
spekuliert haben. Da ist sie ziemlich misstrauisch und
außerdem bin ich so einer nicht.“

„Dann musst du ihr das beweisen – am besten ohne
Worte, wenn du verstehst, was ich meine. Danach
kannst du ihr dann erklären, dass es dir um sie geht
und nicht um das, was sie mal erben wird.“

Den leeren Bollerwagen hinter sich herziehend,
durchquerte Jessica das breite Tor des Gehöfts. Mit Sarah hatte sie vereinbart, dass sie den Wagen samt Decken und Kissen in der Sattelkammer abstellen sollte.

Sie betrat den mit Sätteln und Geschirr vollgestopften
Raum. Beinahe augenblicklich spulte ihr Hirn den Moment ab, in dem sie Dennis hier mit einer knapp vierzigjährigen Zahnarztgattin vorgefunden hatte. Als
wäre es gestern gewesen, befiel sie wieder diese Ohnmacht über seinen Verrat. Besonders, weil sie ihm hatte
sagen wollen, dass er Vater wurde. Nie würde sie den
Anblick vergessen, wie er mit heruntergelassenen Hosen vor der Frau stand, die auf dem alten Holztisch –
den Tisch gab es natürlich auch noch – gesessen und
ihre langen Beine um seine Hüften geschlungen hatte.
Die beiden waren so beschäftigt gewesen, dass sie nicht
einmal bemerkt hatten, dass jemand sie beobachtete.

Jessica schüttelte sich. Nein, sie wollte den Bildern
keine Macht mehr geben. Das alles war Vergangenheit

und mit Dennis hatte sie nichts mehr zu schaffen. Punkt.

Auf dem Weg durch die Scheune verlangsamten sich ihre Schritte. Obwohl sie das Gut an diesem Tag nun schon das zweite Mal aufsuchte, begann ihr Herz mit jedem Meter, den sie sich dem Grillplatz näherte, mehr und mehr zu holpern. Einerseits freute sie sich wirklich sehr über Marittas lieb gemeinte Worte und die Herzlichkeit, mit der Sarah, Simone und Dorit sie in ihrer Mitte aufgenommen hatten, andererseits war sie, wenn es um Frauenfreundschaften ging, so sehr aus der Übung, dass es ihr schwerfiel, sich unbeschwert darauf einzulassen. Das würde sie keinesfalls davon abhalten, es dennoch zu tun, aber irgendwie fühlte es sich an, als hätte ihre Seele Muskelkater. Die neuen Umstände waren natürlich nicht alleine der Grund dafür, da machte sie sich nichts vor. Alexanders Anwesenheit sorgte für weitere gefühlstechnische Turbulenzen. Ihn in einem völlig anderen Rahmen, in dem er nicht der Angestellte ihres Vaters war, zu sehen, brachte sie gänzlich aus dem Konzept. Ihre verkümmerte Weiblichkeit reagierte auf ihn, wie eine Pflanze sich im Frühjahr nach dem Sonnenlicht reckte. Jede seiner Bewegungen strotzte nur so vor Testosteron und sie musste sich beherrschen, nicht dem Drang nachzugeben, ihn zu berühren, wenn er neben ihr stand. Ein Kraftakt, weshalb sie sich zwang, ihm aus dem Weg zu gehen. Sie wusste einfach nicht, wie sie mit dem Gefühlschaos, das in ihr tobte, umgehen sollte, zumal er mit keinem Wort erwähnt oder auch nur angedeutet hatte, dass es etwas gäbe, das ihn davon abhalten könnte, aus dem Waldecker Land wegzugehen.

So in Gedanken vertieft, lief sie an der Reithalle entlang zur Pferdekoppel, wo ihr Musik und fröhliches Gelächter entgegenhallten, noch bevor sie jemanden sehen konnte. Sie hörte Maritta heraus, die laut über etwas lachte, was Christian gesagt hatte. Nun umrundete Jessica die Biegung und blickte auf die gesellige Runde, die sich an der Bar versammelt hatte. Sarah, Simone und Dorit hatten sich inzwischen zu ihren Männern gestellt. Jasper und seine Freundin Miriam sowie auch die anderen drei Betreuerinnen saßen auf der Bank rund um das verglühende Lagerfeuer und klönten.

Unwillkürlich suchte Jessica nach Alexander. Er unterhielt sich mit Uwe, der direkt neben ihm stand und etwas zu ihm sagte. Sie nahm alles in sich auf. Die attraktiven Gesichtszüge, die breiten Schultern, die schmalen Hüften und zu guter Letzt die sehnigen Arme. Plötzlich hob Alexander den Kopf und sah sie unvermittelt an. Ertappt spürte sie, wie ihr das Blut in die Wangen schoss.

„Jessica, da bist du ja!", rief Maritta erfreut. „Komm her, lass uns anstoßen. Wir haben gerade eine neue Flasche Schampus aufgemacht."

„Ich hab doch gesagt, dass ich zurückkomme." Sie trat näher und wollte sich eigentlich zu Sarah und Maritta stellen, die am hinteren Ende der Bar standen, doch Uwe räumte seinen Platz neben Alexander und drängte sich stattdessen zwischen die beiden Frauen.

„Jessie, schön, dass du wieder da bist." Hendriks freundliches Lächeln war von so einer Aufrichtigkeit, dass Jessica jeden Gedanken an Scham und Reue aufgab. Er reichte ihr das angekündigte Glas Sekt. Hier schien sie wirklich niemand dafür zu verachten, dass sie sich auf einen Idioten wie Dennis eingelassen hatte.

„Hey, ihr müsst euch beim Zuprosten in die Augen sehen", feixte Maritta in ihrer herzerfrischenden Direktheit, „sonst habt ihr die nächsten sieben Jahre schlechten Sex!"

„Oh Gott, nein! Bloß nicht!", rief Simone und verdrehte drollig die Augen. „Wir arbeiten an einem Baby!"
Alle lachten.

Spontan verließ Simone ihren Platz und stellte sich neben Christian, gab ihm einen Kuss und stieß mit dem Sektkelch an seine Bierflasche. Dabei riss sie die Augen auf und starrte ihn an. Wieder lachten alle. Nun kam Bewegung in die Runde. Uwe schnappte sich Maritta.

„Nur, weil wir mit dem Kindermachen durch sind, muss das ja nicht heißen, dass wir auf bestimmte Lebensfreuden verzichten müssen ..."

Hendrik umfing Sarah und zog sie liebevoll an sich. „Wo du recht hast, hast du recht, Uwe!"

Eike, der sowieso eher nur zuhörte, hob den Daumen, umschlang Dorit aber besitzergreifend und drückte ihr einen dicken Schmatzer auf den Mund.

Alexander schien das alles nicht im Geringsten peinlich zu sein. Er lachte verhalten, kommentierte die Szenen aber nicht. Allerdings sah er Jessica beim Zuprosten tief in die Augen, was sich anfühlte, als würde ihr ein Stromstoß durch die Adern fahren. In ihrer Befangenheit, für die sich selbst hätte ohrfeigen können, wollte sie wegsehen, doch Alexander schüttelte schmunzelnd den Kopf und zog ihren Kopf mit dem Zeigefinger wieder gerade.

„Denk an die nächsten sieben Jahre, Jessie! Das willst
du doch nicht riskieren, oder?"

Jessica setzte das Glas an. Bevor sie trank, nuschelte
sie mehr zu sich selbst: „Was glaubst du, an was man
sich alles gewöhnen kann ..."

Alexander verstand trotzdem, was sie gesagt hatte,
schwieg aber dazu. Ohnehin hätte er darauf keine Antwort gewusst. Zumindest keine, die er ihr in diesem
Moment laut hätte sagen können. Allerdings gab ihm
das einen weiteren Einblick in ihre Seele, der ziemlich
aufschlussreich war. Um eine Lösung für dieses spezi-
elle Problem war ihm nicht bange, nur war der richtige
Zeitpunkt dafür noch nicht da.

Es blieb nicht bei der einen Flasche Sekt. Während die
Laune immer ausgelassener wurde, kämpfte Sarah mit
den typischen Folgen der ersten Schwangerschaftswo-
chen und der alkoholfreie Sekt schien ihr auch nicht
besonders zu munden. Die gesellige Runde verlagerte
ihren Platz auf die Bank um das Lagerfeuer, den Jasper,
Miriam und ihre Freundinnen inzwischen verlassen
hatten.

So vergingen weitere zwei Stunden bei guten Gesprächen und jeder Menge Bier und Sekt. Doch die wenige
Glut, die noch im Feuer schwelte, kam nicht gegen die
kühler werdende Luft an. Trotz ihrer Jacke begann Jessica zu frösteln. Und nicht nur sie.

„Wenn ich noch länger hier draußen sitzen bleibe,
werde ich krank", krächzte Dorit und gähnte. „Leute,
seid mir nicht böse, aber ich bin total alle und will nur
noch ins Bett."

Unter lautstarken Bekundungen, dass man so einen Abend schnellstmöglich wiederholen sollte, löste sich die Gesellschaft dann kurz vor Mitternacht auf.

Erst jetzt, als sie auf dem Weg nach Hause über die Wiese Richtung Scheune liefen, fiel Alexander auf, wie sehr Jessica fror. Beide Arme um den Oberkörper geschlungen, ging sie schlotternd vor ihm her. Im schwachen Licht der Gartenbeleuchtung erkannte er die Gänsehaut, die ihre nackten Beine überzog. Dass sie mit zunehmender Stunde immer anlehnungsbedürftiger geworden war – sie hatte sich auf der Bank mehrfach an ihn geschmiegt – schob er vor allem auf ihren Sektkonsum. Genossen hatte er es dennoch und so getan, als wäre es das Normalste der Welt. Er bezweifelte, dass es häufig vorkam, dass sie eine ganze Flasche Sekt am Abend trank. Tatsächlich hatte sie mit Maritta, Dorit und Simone insgesamt fast vier Pullen Schampus getötet.

„Bitte, lass uns schneller gehen. Mir ist so kalt.“

Sarah, die mit Hendrik direkt hinter ihnen war, wusste Rat. „Warum holst du dir nicht die Decke aus dem Bollerwagen? Das ist in jedem Fall besser, als sich den Tod zu holen.“

„Gute Idee.“ Alexander beschleunigte seine Schritte und nahm Jessica bei der Hand. Mein Gott, sie war ja wirklich eiskalt. „Los, dann zeig mir, wo du ihn hingestellt hast. Das ist ja nicht mehr mit anzusehen, wie du frierst.“ Er drehte sich noch mal kurz zu den Freyenhofs um und hob die Hand. „Danke für den schönen Abend. Gute Nacht.“

Der Wagen befand sich noch immer in der Sattelkammer an der Stelle, an der Jessica ihn vor Stunden abgestellt hatte. Die Kammer war dunkel. Nur durch die Hofbeleuchtung fiel Licht durch die weit geöffnete Holztür. Er musste grinsen, als sie steif wie ein Zinnsoldat mitten im Raum stehen blieb. Die Arme fest um sich geschlungen, war ihr anscheinend so kalt, dass sie unfähig war, sich noch zu bewegen. Blass und müde beobachtete sie ihn mit vor Kälte blauen Lippen, während er die Decke aus dem Gefährt nahm und entfaltete.

„Warum hast du denn nicht eher was gesagt? Dann wären wir doch schon längst nach Hause gegangen, wenn dir so kalt ist." Alexander stellte sich vor sie und breitete hinter ihr die Decke aus, mit der er sie einwickelte. Mit beiden Händen rieb er ihr über den Rücken, um sie zu wärmen. Sie schmiegte sich mit einem herzzerreißenden Seufzer an seine Brust, umschlang seine Taille und steckte ihre Nase in seine Halsgrube.

„Hm, du riechst so gut und du bist sooo schön warm."

„Und du hast einen ordentlichen Schwips."

„Das ist mir ganz egal ...", sie hickste, „und weißt du auch, warum?"

„Ich kann's mir vorstellen."

„Weil es so ein verdammt schönes Gefühl ist, ein bisschen beschwipst zu sein."

Sie kicherte, als hätte er einen Witz gemacht. Alexander konnte nicht länger widerstehen. Er nahm sie für einen Moment fest in den Arm und musste sich zwingen, sie wieder sanft von sich zu schieben.

„Mal sehen, ob du das morgen früh immer noch so siehst."

Sie tastete nach seiner Hand und sah ihn nur mit großen Augen an.

„Ist es jetzt ein bisschen besser? Wird dir wärmer?"

Hilfe, so wie sie ihn ansah, war es klüger, sie machten sich sofort auf den Weg nach Hause. Ganz ohne Zweifel war sie liebesbedürftig. Er kannte das von seiner Ex. Wenn sie etwas getrunken hatte, hatte sie auch immer mit ihm schlafen wollen. Wenigstens wusste er nun, dass Jessica ihn mehr mochte, als sie im nüchternen Zustand zugeben würde. Aber ihr jetzt nachzugeben, wäre das Dümmste, was er tun konnte. Auch wenn es ihm verdammt schwerfiel, vernünftig zu bleiben.

„Komm. Lass uns gehen. Daheim wartet ein warmes Bett auf dich.“

Seine Hand fest umklammernd, ließ sie sich von ihm mitziehen und hielt mit der anderen die Decke fest, die ihr ein wenig Schutz vor der Kühle der Nacht gab.

Auf dem Hof angekommen, blieben sie vor der Tür stehen, die zu seinem Zimmer über dem Laden führte. Sie kam wieder ein Stückchen auf ihn zu und sah ihn an. Kurz und intensiv, bis Alexander versuchte, ihr die Hand vorsichtig zu entziehen. Sie schien es nicht zu bemerken, denn sie ließ ihn nicht los. Er trat einen Schritt zurück. „Schaffst du es jetzt allein weiter?“

Die Worte schienen sie zu ernüchtern.

„Jaja, natürlich.“ Als hätte sie sich die Finger an heißem Fett verbrannt, zog sie ihre Hand jäh zurück und machte auch einen Schritt rückwärts. „Entschuldige ... äh ... ja, ich geh dann mal. Gute Nacht.“

Verdammt. Eine Abfuhr hatte er ihr nicht erteilen wollen. Lieber Himmel, war das alles kompliziert. Wenn er sie in ihrem Zustand anfasste, würde es aber auch nicht besser. Egal wie er sich verhielt, es konnte ihm nur zum Nachteil ausgelegt werden. Spontan zog er sie wieder zu sich heran.

„Hey, nun mal nicht so schnell." Er sah die Traurigkeit in ihren Augen und die Sehnsucht. „Vielleicht möchte ich dir ja noch was sagen."

„Was denn?"

„Dankeschön."

„Für was?"

„Für den gelungenen Abend. Es war wirklich sehr schön, auch für Louis. Danke dafür."

Kaum hatte er das ausgesprochen, erkannte er, dass sie nun denken musste, dass es ihm vor allem um seinen Sohn ging. Verdammter Mist. Kurzerhand entschied er, dass es für das Problem nur eine Lösung gab. Mit einem schnellen Ruck zog er sie an sich, umfasste mit einer Hand ihren Nacken und drückte ihr einen Kuss auf den Mund. Kurz, fest und zärtlich. Dann ließ er sie wieder los.

Jessica schnappte sprachlos nach Luft und ihre Augen schimmerten verführerisch, obwohl er in ihnen auch die Frage nach dem Warum lesen konnte.

„Bitte Jessie, geh jetzt hoch. Meine Ritterlichkeit hat auch ihre Grenzen. Gute Nacht. Schlaf gut."

Bärbel, die aus dem Bad kam und ins Bett wollte, warf noch einen Blick auf den Hof. Ihr stockte der Atem, als sie Alexander und Jessica zusammen auf dem Hof stehen sah. Sie wartete, bis die beiden ins Haus gegangen waren und eilte dann zu ihrem Mann, der bereits im Bett lag.

„Jochen, du glaubst nicht, was ich gerade gesehen habe ..."

„Erzähl's mir morgen. Mir fallen die Augen zu. Und mach das Licht aus."

„Alexander hat Jessica geküsst. Gerade eben."

Nun drehte sich Jochen doch noch mal um.

„Und weiter? Wo sind sie hingegangen?" Er legte sich wieder auf die Seite.

„Jeder in sein Bett." Bärbel strahlte. „Hab ich's dir nicht gleich gesagt? Er ist der Richtige für Jessie … und er ist ein echter Gentleman."

„Das hätte ich dir auch vorher sagen können", brummte er noch und war dann auf der Stelle eingeschlafen.

16

„Mami, du musst aufstehen, wir wollen frühstücken.“

Anfangs drangen Gretas Worte wie aus weiter Ferne in Jessicas Bewusstsein, bis sie – ohne dass Greta wirklich lauter wurde – zu schier unerträglicher Lautstärke anschwollen. Im selben Moment zuckte ein stechender Schmerz hinter ihrer Stirn auf und begann unerbittlich zu pochen. Daran konnte nur der Sekt schuld sein.

Nun rüttelte die Kleine an der Decke und beugte sich zu Jessica hinunter, um ihr direkt ins Ohr zu sprechen: „Mami, du bist aber eine richtige Schlafmütze heute Morgen“, kicherte sie und wiederholte damit lediglich die Worte, die sie von den Erwachsenen nur zu gut kannte, wenn sie selbst in der Früh nicht aus dem Bett wollte.

„Lass uns gehen. Jessie will vielleicht noch ein bisschen schlafen“, hörte Jessica Louis im Hintergrund flüstern. Dagegen klang Gretas Stimme, als käme sie unmittelbar aus einem Megafon. Mit schmerzverzerrtem Gesicht richtete Jessica sich stöhnend auf und blinzelte in die Sonne, die ihr durch das Fenster direkt in die Augen schien. Schnell verdeckte sie sie mit der Hand und krächzte: „Geht schon mal runter, ich komme gleich nach." Und nach ein paar Sekunden rief sie den beiden, die bereits an der Tür waren, hinterher: „Greta, sag der Oma bitte, dass Jasper sich um die Kälber und die Hühner kümmern soll ... ich schaff das heute Morgen nicht."

„Ja-ha, ich sag's der Oma."

Nachdem die beiden die Tür hinter sich geschlossen hatten, war es wieder angenehm still im Raum. Doch es schien, als würde gerade diese Ruhe das Dröhnen in Jessicas Kopf noch heftiger werden lassen. Laut aufseufzend ließ sie sich zurück ins Kissen fallen und zog sich die Decke über den Kopf. Oh Gott, sie wollte sich gar nicht erst vorstellen, was für einen Anblick sie bot, so verkatert wie sie war. Nein, heute Morgen würde sie nicht eher in die Küche gehen, bis die Männer aus dem Haus waren. Sie wusste ohnehin nicht, wie sie Alexander unter die Augen treten sollte, wo sie ihm in ihrer gefühlsduseligen Sektlaune solche unmissverständlichen Angebote gemacht hatte. Allein der Gedanke daran brachte sie ins Schwitzen. Am liebsten würde sie ihm nie wieder begegnen. Und dass er so gentlemanlike geblieben war, machte die Sache auch nicht besser, eher noch peinlicher.

Ich trinke nie wieder Sekt! Nie wieder!

Als Alexander in die Küche kam, zog er überrascht die Augenbrauen hoch, als er Greta und Louis im Schlafanzug auf der Eckbank sitzen sah. Bärbel werkelte an der Küchenzeile, von wo aus ihm aromatischer Kaffeeduft in die Nase stieg. Genau das, was er jetzt brauchte. Sein Körper lechzte geradezu nach Koffein.

„Ein Glück, dass heute Samstag ist, was?", flachste er, strich den beiden über die Köpfe und lachte. „Habt ihr nichts mehr zum Anziehen oder wollt ihr gleich wieder ins Bett?" Unauffällig sah er sich nach Jessica um und bemerkte, wie Bärbel, die den Käse aus dem Kühlschrank holte, ihn aufmerksam musterte. Sie schmunzelte in sich hinein, sagte aber nichts. Es lag etwas in ihrem Blick, das ihn irritierte, ohne dass er benennen konnte, was.

„Die Kälber sind versorgt", erklärte er ihr, „das ging zu zweit ruckzuck."

„Prima." Bärbel drückte ihm die Käseschale in die Hand. „Um die Hühner kümmere ich mich dann. Ich nehme die Kinder mit. Die lieben es, wenn sie die Eier aus den Nestern holen dürfen."

Alexander wunderte sich, warum Jessie nicht endlich kam. Einerseits war er froh darüber, weil er noch keine Strategie hatte, wie er mit ihr umgehen sollte, und andererseits fehlte ihm ihr Anblick. Sie hatte ihm am vergangenen Abend mächtig eingeheizt. Obwohl er wirklich hundemüde gewesen war, hatte er lange gebraucht, um in den Schlaf zu finden.

„Und wo habt ihr Jessica gelassen?", konnte er sich die Frage dann doch nicht verkneifen.

„Die liegt noch im Bett", antwortete Louis nüchtern.

„Sie hat gaaanz dolle Schmerzen", fügte Greta hinzu und verzog dabei theatralisch das Gesicht.

„Oh je, was hat denn meine kleine Kröte?" Jochen kam ebenfalls in die Küche. „Bist du krank, mein Schatz?"

„Opi", krähte Greta hellerfreut, „ach nein, ich doch nicht." Ihre Miene wurde mitfühlend. „Die Mami, die hat gaaanz dolle Schmerzen und der Jasper musste die Kälbchen füttern", nickte sie mit dem Köpfchen auf und ab.

„Und mein Papa auch", fand Louis wichtig, zu erwähnen.

„Soso, das sind ja Sachen, die ihr mir da erzählt ..." Jochen setzte sich und sah auf, weil sein Auszubildender zur Tür hereinkam.

„Moin, alle zusammen." Jasper seufzte und begutachtete sehnsüchtig den bereits gedeckten Frühstückstisch. „Mann, hab ich einen Hunger!" Grinsend betrachtete er die Kinder im Schlafanzug. „Jessie hat heute Morgen keinen Appetit, was? Kein Wunder. Mannomann, ich hab das Leergut entsorgt und meine, ich hätte mindestens drei Flaschen Sekt gezählt."

„Es waren vier", nickte Alexander und man sah ihm an, dass ihn das eher belustigte, als dass er es blamabel fand.

„Für wie viele Frauen?" Bärbel stellte die gekochten Eier auf den Tisch und setzte sich auf ihren Platz.

„Auch vier. Sarah hat alkoholfreien Sekt getrunken." Alexander sah kurz auf, bevor er für Louis ein Ei köpfte und sich dann selber eines nahm.

„Na, wenn's weiter nichts ist ... so ein Kater geht vorbei", räusperte sich Jochen und sah mit ernster Miene abwechselnd zu Alexander und zu Jasper. „Das ist zwar alles ganz amüsant, aber leider müssen wir uns jetzt wichtigeren Themen widmen." Er zog die Augenbrauen hoch und atmete laut aus.

„Bärbel und ich haben gestern Abend auf der Weide eine Entdeckung gemacht, die uns in höchste Alarmbereitschaft versetzt hat."

„Hat das vielleicht was mit dem fahrbaren Hochsitz zu tun, der hinten unter dem Scheunendach steht?", wollte Jasper wissen.

„Genau", nickte Jochen, „den hat mir ein guter Bekannter geliehen, er ist Jäger. Wir können es uns nämlich nicht länger leisten, die Rinder nachts unbeaufsichtigt zu lassen."

„Wollte der Linke denn die Kanzel nicht direkt zur Weide bringen?" Bärbel befüllte die Gläser der Kinder mit Orangensaft und stellte sie vor ihnen ab.

„Ja, so hatte ich das zumindest am Telefon verstanden." Jochen machte eine wegwerfende Handbewegung. „Was soll's? Jetzt steht er halt hier. Ich bin froh, dass das überhaupt so schnell geklappt hat. Den Hochsitz auf die Weide zu bringen, ist kein Problem." Er nahm Alex ins Visier. „Du hängst ihn an den Geländewagen an und dann fahren wir ihn rüber. Jasper, du kommst mit dem Schlepper hinterher. Wir müssen das Ding so drapieren, dass man es nicht so leicht sieht, auch nicht am Tag."

„Was war denn? Hat wieder jemand den Zaun manipuliert?" Alexander sah seinen Chef überrascht an. „Weil ... gestern Morgen war doch noch alles in Ordnung."

„Nein, am Zaun war nichts. Wir haben es auch erst auf den zweiten Blick bemerkt. Hinter dem Unterstand waren Fußspuren zu sehen, die von keinem von uns stammen konnten, da sie noch ziemlich frisch aussahen. Kein Wunder, dass du sie gestern Morgen noch nicht gesehen hast. Außerdem hat jemand versucht, das Stroh anzuzünden."

„Was?" Jasper legte das Brötchen, in das er gerade beißen wollte, wieder auf den Teller. „Das Stroh, auf dem die Rinder liegen? Das ist ja eine Sauerei! Wer macht denn so was?"

„Das werden wir jetzt rausfinden." Jochens Augen funkelten grimmig. „Worauf du dich verlassen kannst."

Alexander verstand plötzlich, was Uwe damit gemeint hatte, als er gesagt hatte, dass man sich Jochen besser nicht zum Feind machte.

„Unten am Bach sind genug Büsche, da müsste was zu machen sein", dachte Alexander laut nach. „Wir sollten eine Astschere mitnehmen, dann können wir noch ein paar Äste abmachen und sie so vor den Hochstand drapieren, dass man ihn nicht mehr von den Büschen unterscheiden kann."

„Richtig", nickte Jochen. „Jasper weiß, wo alles liegt, was wir brauchen – Säge, Astschere und Seile, um die Äste festzubinden. Ich würde sagen, wir machen uns gleich nach dem Frühstück auf den Weg."

Als Bärbel mit den Kindern später wieder in die Küche kam, saß Jessica im Bademantel vor einer dampfenden Tasse Kaffee am Küchentisch. Die Arme auf die Ellenbogen gestützt, hielt sie sich den Kopf. Bärbel stellte einen kleinen Eimer mit frisch geernteten Erbsen auf die Arbeitsplatte und warf einen unauffälligen Blick auf die Uhr.

„Mami, da bist du ja!" Greta rannte freudestrahlend auf ihre Mutter zu und Louis lief hinter ihr her. „Weißt du, was wir gemacht haben? Wir haben Eier gelesen. Fünf Kisten voll … und Erbsen haben wir auch gepflückt."

Jessica presste sich die Hände auf die Ohren. „Bitte nicht so laut, Schatz, mein Kopf tut immer noch so weh."

„Kommt, Kinder!" Bärbel nahm die beiden an die Hand und zog sie mit zur Arbeitsplatte, wo sie ihnen zwei Hocker zurechtrückte. „Ihr wolltet mir doch helfen, oder?"

Einhelliges Nicken.

Sie stellte den Eimer in die Mitte, holte vier Schüsseln aus dem Schrank, wovon jedes Kind zwei bekam.

„Greta, Mäuschen, du weißt, wie das geht. Zeigst du es Louis?"

Freudestrahlend nickte die Kleine, kletterte auf den Hocker, kniete sich auf das Sitzkissen und nahm sich eine noch geschlossene Erbsenschote aus dem Eimer. Mit ihren kleinen Fingern drückte sie die Schote am oberen Ende auf und pulte dann die aneinandergereihten Erbsen heraus. Sie hielt ihrem Freund eine hin. „Probier mal! Hm, die sind so süß."

Louis begriff schnell und war sofort mit Feuereifer dabei.

„Ihr macht das ganz toll."

Bärbel überließ die Kinder sich selbst und setzte sich zu ihrer Tochter an den Tisch. Mitfühlend nahm sie sie in Augenschein. „Wie geht's dir?"

„Ich glaub, mein Schädel platzt gleich", brummte Jessica, räusperte sich und bemühte sich dann, verständlich zu sprechen. „Die Kopfschmerzen gehen einfach nicht weg, dabei habe ich schon zwei Flaschen Wasser getrunken."

„Nach dem, was ich heute Morgen gehört habe, wird Wasser wohl nicht reichen, um das Problem in den Griff zu kriegen", schüttelte Bärbel den Kopf. „Ich schmiere dir jetzt ein Brot und dann du nimmst was ein. Dann wird's dir auch schnell wieder bessergehen."

„Ich hab aber keinen Hunger, ich will nichts essen."

Bärbel stand auf und öffnete den Brotschrank. „Du musst! Sonst kriegst du Magenschmerzen von der Tablette. Außerdem braucht dein Körper jetzt Nahrung, um den Alkohol zu kompensieren. Glaub mir, in einer halben Stunde geht's dir besser."

Jessica schob die Tasse, an der sie nur genippt hatte, von sich. „Der Kaffee schmeckt mir auch nicht."

Einen Augenblick später reichte Bärbel ihr ein Käsebrot und ein Glas, in dem sich eine Brausetablette auflöste.

„Trink das und iss das Brot." Sie verzog bedauernd das Gesicht. „Jessie, so leid es mir tut, aber du musst heute noch ein paar Wege erledigen. Der Franzose, erinnerst du dich? Das ist der, den du neu geworben hattest. Er hat gestern Abend spät noch angerufen und hat es ganz dringend und eilig gemacht. Mannomann, der muss ja einen Zulauf haben. Dabei hat er Donnerstag erst eine Großbestellung aufgegeben. Auf jeden Fall hat er keine Wagyūsteaks mehr und braucht dringend Nachschub. Er wäre für heute Abend schon wieder ausgebucht, hat er gesagt. Deshalb. Ja, und wenn du sowieso in Kassel bist, könntest du gleich noch zwei andere Restaurants anfahren. Die haben sich bei der Donnerstagsbestellung genauso verkalkuliert. Es ist alles schon gepackt. Du brauchst dir die Kisten nur noch ins Auto zu laden. Es reicht aber, wenn du in einer Stunde losfährst."

„Oh je", stöhnte Jessica und leerte das Glas, „bevor ich irgendwohin fahre, muss ich erst mal duschen. Ganz dringend sogar."

„Das warme Wasser wird dir guttun." Bärbel sah sie vielsagend an. „Seid ihr denn gestern Abend zu einem Ergebnis gekommen? Wegen der Kirmes, meine ich."

„Jaja, alles gut. Ich habe die Aufgabe, mich um die Parade zu kümmern. Zusammen mit Maritta."

„Und sonst? Wie war es für dich, nach so langer Zeit wieder auf dem Gut zu sein? Das war sicher nicht einfach, oder?"

„Stimmt", nickte Jessica kauend. Allmählich bekam sie wieder etwas Farbe im Gesicht. „Aber ich bin so nett aufgenommen worden – von allen – da war es nicht so schlimm wie ich befürchtet hatte."

„Ach, du ahnst nicht, wie sehr mich das freut, Jessie." Bärbel berührte Jessicas Hand und rieb sie zärtlich. „So, ich denke, du musst dich jetzt sputen. Wir können später weiterreden. Während du dich unter die Dusche stellst, kümmere ich mich darum, dass du die Ware ins Auto kriegst, dann kannst du gleich los."

„Danke, Mama. Du bist ein Schatz ... ähm, wo sind eigentlich die Männer?"

Na endlich. Bärbel schmunzelte in sich hinein.

„Die sind auf der Weide. Du kennst doch den Linke. Den Jäger, du weißt schon. Papa kennt ihn seit Ewigkeiten. Er hat uns seine fahrbare Schlafkanzel ausgeliehen. Die Männer stellen sie gerade drüben bei den Rindern auf, weil wir sie nachts nicht mehr unbeaufsichtigt lassen können."

„Was ist denn schon wieder passiert ... äh ... und das machen wir selber? Nachts? Wie soll das denn gehen?"

Bärbel winkte ab. „Das geht. Wie, erzähle ich dir, wenn du aus Kassel zurück bist. Dafür haben wir keine

Zeit mehr. Los, ab jetzt! Spring unter die Dusche, damit du nicht zu spät kommst."

Bärbel ahnte, was in Jessica vorging, doch sie verkniff sich jeden Kommentar dazu. Meine Güte, wieso waren die jungen Leute von heute nur so fürchterlich kompliziert? Das sah doch ein Blinder mit einem Krückstock, was da zwischen den beiden los war. Auch ohne dass sie von einem Kuss wusste.

Auf dem Weg zum Hofladen sinnierte Bärbel darüber, wie man Alexander und Jessica am besten auf die Sprünge helfen konnte. Die Idee, die ihr dazu kam, trieb ihr ein verschmitztes Lächeln aufs Gesicht.

Am Nachmittag kam Jessica von ihrer Auslieferungstour zurück und fand den Hof menschenleer vor. Gott sei Dank. Zwar ging es ihr wieder besser – dank der Schmerztablette war der Kater überwunden – aber sie sah sich noch lange nicht in der Lage, Alexander zu begegnen. Was das anging, lief der Tag bis jetzt perfekt, aber spätestens beim Abendessen würde sie ihm gegenübertreten müssen. Es sei denn, ihr fiele etwas ein, wie sie das verhindern konnte. Aber wie?

Sie parkte den Roadster in der Garage, holte die leeren Plastikwannen aus dem Kofferraum und lief in den Garten, wo sie ihre Mutter und die Kinder vermutete und auch vorfand. Greta und Louis belagerten das Baumhaus und Bärbel hatte die Wäsche von der Leine genommen und legte sie nun auf dem Gartentisch zusammen.

„Bin wieder da!", rief Jessica. „Na, alles klar bei euch?"

„Und bei dir? Was machen die Kopfschmerzen?"

„Sind weg. Die Tablette hat schnell gewirkt und es war gut, dass ich etwas gegessen habe." Jessica zögerte, bevor sie weitersprach. „Und sonst? Gibt's was Neues?"

„Also in den letzten drei Stunden nicht. Denkst du da an was Bestimmtes?" Bärbel, die mit gesenktem Kopf eine Strickjacke zusammenlegte, stellte die Frage, als würde sie sich nach dem Wetter erkundigen.

„Nein, nur so ..." Jessica blickte in den Himmel und tat, als würde sie dort etwas Aufregendes sehen.

„Die Männer sind noch draußen, falls dich das interessiert." Bärbel sah auf. „Ich hab keine Ahnung, wann sie zurückkommen."

„Sind sie denn immer noch bei den Rindern?"

„Nein, wo denkst du hin? Jasper mixt Bullenfutter an, Alexander säht Raps aus und dein Vater wollte mit dem Förster reden, welche Bäume auf unserem Waldstück gefällt werden müssen."

„Hm, hm ... ähm, soll ich dir bei irgendwas helfen? Ansonsten würde ich bei mir oben mal ein bisschen klar Schiff machen. Das ist dringend nötig."

„Mach nur." Bärbel faltete Handtücher zusammen und wies mit dem Kinn zum Baumhaus. „Die beiden Racker sind so süß, wie sie miteinander spielen ... ach, ich mag gar nicht daran denken, wenn Louis nicht mehr da ist."

Wieder spürte Jessica den forschenden Blick ihrer Mutter auf sich.

„Tja", atmete sie hörbar aus, „da kommt dann wohl jede Menge Stress auf uns zu. Das wird nicht zu vermeiden sein", zuckte sie mit den Schultern.

„Vielleicht ja doch? Manchmal ändern sich Dinge auch, findest du nicht?" Bärbel zwinkerte Jessica schelmisch zu und brach abrupt ab, als sie deren finsteren Blick registrierte.

„Woher soll ich das wissen?" Mit fest zusammengepressten Lippen schüttelte sie unwirsch den Kopf. „Für die Frage bin ich nicht der richtige Ansprechpartner. Da musst du Alex interviewen, ob sich was ändert."

Sie holte tief Luft, überlegte, ob sie ihre Mutter einweihen sollte, entschied sich aber dagegen.

„Ich mache mich dann jetzt mal an meine Arbeit", rief Jessica im Weggehen, wobei sie den nachdenklichen Blick ihrer Mutter auf sich spürte, der sie bis ins Haus verfolgte. Das fehlte ihr gerade noch, über ein chaotisches Liebesleben zu sprechen, das eigentlich gar keins war. Sie dachte auch so schon viel zu oft darüber nach, wie leer der Hof ohne Alexander und Louis sein würde, da brauchte sie nicht auch noch Gespräche mit ihrer Mutter zu dem Thema.

Wieder überrollte sie ein Gefühl der Trauer und der Ohnmacht. Ähnlich wie das, was sie damals empfunden hatte, als klar war, dass sie auf einen herzlosen Casanova hereingefallen war. Verdammt, sie wollte nicht mehr leiden. Wollte endlich glücklich sein. Und wozu mit irgendjemandem darüber reden, wenn doch sowieso schon alles klar war? Als wenn es in ihrer Macht läge, dass Alexander blieb. Hatte sie sich ihm nicht erst letzte Nacht auf dem Silbertablett angeboten? Im Prinzip schon das zweite Mal. Mehr konnte man als Frau doch nun wirklich nicht tun.

Bei Tageslicht betrachtet – aber vor allem in jeder Hinsicht ernüchtert – überrollte sie die nächste Welle: grenzenlose Scham. Wie hatte sie sich nur schon wieder so zum Deppen machen können? Gott sei Dank wusste außer ihm niemand etwas davon. Er würde es nicht herumposaunen. Nein, das würde er nicht. So gut kannte sie ihn inzwischen und dafür sollte sie ihm dankbar sein.

Jasper fuhr mit dem Geländewagen auf den Randstreifen zu dem Feld, auf dem Alexander die letzte Reihe Raps einsäte. Mit dem Rücken an den hohen Wagen gelehnt, stülpte er sich den Kopfhörer über die Ohren und nutzte den Moment, um mit geschlossenen Augen ein wenig mit seiner Lieblingsmusik zu chillen.

„So lässt sich's aushalten, was?", stupste ihn Alexander kurze Zeit später an und deutete dann auf den Acker. „Ich bin hier fertig. Du auch?"

„Ja, bin mit allem durch, auch mit dem Füttern."

„Heute bist du aber verdammt schnell."

„Ja, ich weiß, äh ... könnte ich dich was fragen? Sorry, das kommt jetzt ein bisschen plötzlich, aber wenn Bärbel die Kinder ins Bett bringt – ausnahmsweise mal, ich meine, ohne dass du dabei bist – und ich dann heute Nacht erst ..."

Alexander verdrehte die Augen. „Lieber Himmel. Spucks aus, Mann. Lass mich raten, du willst dich mit Miriam treffen und unsere Schicht tauschen, oder?"

„Bingo", grinste Jasper schief. „Ja, stimmt, hm ... sie will ins Kino. In einen Film, in den sie schon letzte Woche wollte. Und ich, na ja, ich würde gern mitgehen, auf jeden Fall bin ich um Mitternacht da, um dich abzulösen."

„Und so, wie du hier rumzappelst, hältst du es keine Sekunde länger ohne sie aus, was?"

„So ungefähr. Ich weiß, wir haben uns erst letzte Nacht, äh ... ich meine gestern Abend gesehen, aber ..."

„Sehe ich aus, als würde ich auf den Bäumen schlafen? Glaubst du, ich weiß nicht, wie das ist, wenn man verknallt ist?"

„Na ja", Jasper schob sich die Kappe aus der Stirn und kratzte sich verlegen am Kopf, „ehrlich gesagt, so cool wie du immer drauf bist, fällt's mir schwer, mir vorzustellen, wie es ist, wenn bei dir mal die Sicherung durchknallt."

„Da täusch dich mal nicht", grinste Alexander, „aber egal, du hast doch sicher einen Plan, wie's jetzt weitergehen soll. Weiß Jochen davon?"

„Ja, er hat gemeint, dass wir das unter uns ausmachen müssten. Für ihn ist nur wichtig, dass immer jemand auf der Weide ist. Mein Vorschlag wäre: Du bleibst bis Mitternacht und ich übernehme dann bis morgen früh. Wäre das okay für dich?"

„Das geht in Ordnung."

Jasper strahlte. „Du bist ein echter Kumpel! Übrigens, das gilt nur fürs Wochenende. Jochen hat gesagt, dass am Montag eine Wach- und Schließgesellschaft den Job übernimmt. Vorher war keine aufzutreiben."

„Kann ich mir vorstellen", nickte Alexander, „also, ich bringe jetzt den Schlepper zurück und du fährst mich anschließend zur Weide. Es ist besser, wenn ich mich erst gar nicht bei den Kindern blicken lasse. Das gibt nur Diskussionen. Sag Louis Bescheid und sag ihm auch, dass ich ihm – Greta natürlich auch – morgen Abend eine Geschichte vorlese, das ist mir wichtig. Er ist da ein bisschen empfindlich."

„Aber doch nicht, wenn Jessie sich kümmert. Sorry, aber ich hab nicht den Eindruck, dass er dich dann vermisst."

Alexander grinste und nickte. „Ja, da hast du recht. Das macht die Sache ziemlich einfach ... äh ...", er sah auf die Uhr, „... bringst du mir dann noch was zu essen, also ... bevor du dich mit Miriam triffst?"

„Logo. Denkst du, ich will's mir mit Bärbel versauen?" Er grinste frech. „Mir dir natürlich auch nicht."

Bis auf die Unterwäsche verschwitzt, blies sich Jessica eine Haarsträhne aus dem Gesicht, die sich aus dem Pferdeschwanz gelöst hatte. Mit dem Schrubber in der Hand stand sie im Wohnzimmer und warf einen Blick auf die Uhr. Gleich halb sechs. Ihre Mutter würde jetzt, so wie jeden Abend, das Abendbrot zubereiten und damit rechnen, dass auch sie sich mit den anderen an den Abendbrottisch setzte. Ein Gedanke, der Jessica Magenschmerzen bereitete. Einerseits wollte sie weglaufen und andererseits verzehrte sie sich danach, Alexander zu sehen. Ihn endlich wieder anschauen zu können. Wo sie schon beinahe gar nicht mehr wusste, wie er aussah.

Was für ein Wahnsinn! Bei jeder anderen Person entstand sofort ein Bild in ihrem Kopf. Nicht aber bei ihm. Natürlich wusste sie, dass er dunkelblond war. Sie dachte an seine Haare, die meistens aussahen, als hätte er vergessen, sich zu kämmen und die im Sonnenlicht einen leicht rötlichen Schimmer hatten. An seine Augenfarbe, die je nach Lichteinfall ständig zwischen Grün und Braun wechselte. Trotzdem konnte sie ihn sich nicht im Ganzen vorstellen. Höchstens einzelne

Partien von ihm. Dabei fielen ihr besonders die breiten Schultern, die kräftigen Arme und die schmalen Hüften ein.

Hilfe, sie bräuchte dringend eine Therapie, wenn das so weiterging. Wenigstens hatte sie in den letzten Stunden etwas Sinnvolles vollbracht. Zufrieden sah sie sich um. So gründlich war sie schon lange nicht mehr vorgegangen. Die ganze Wohnung erstrahlte vor Sauberkeit und Ordnung. Sogar die Betten waren neu bezogen. Die Wäsche hing auf der Leine und musste inzwischen wahrscheinlich schon trocken sein. Mehr gab es bei aller Liebe nicht zu tun, außer dass sie selbst jetzt dringend eine Dusche brauchte. Die zweite an diesem Tag. Nicht dass das tragisch wäre, aber trotzdem – was für ein seltsamer Tag.

Auf dem Weg nach unten sprang sie kurz in die Küche und fand ihre Mutter vor, die den Tisch deckte.

„Für mich musst du nicht eindecken. Ich hab keinen Hunger", rief sie, durchquerte im Eilschritt die Küche, um zur Verandatür zu gelangen, die in den Garten führte. Dort wollte sie Wäsche abhängen.

„Na ihr macht mir Spaß!" Bärbel stellte den Teller hörbar auf dem Tisch ab und stemmte empört die Fäuste in die Hüften.

Schuldbewusst bremste Jessica ab und blieb stehen.

„Für wen mache ich das hier alles überhaupt?" Bärbels Augen sprühten Funken. „Jasper hat's eilig, weil er ins Kino will. Jochen ist auch noch nicht zurück ... und glaub ja nicht, dass er mir mal kurz Bescheid gibt, wann er fertig ist und wann ich ihn abholen soll. Die Kinder hätten das Essen gern im Baumhaus serviert. Alexander bleibt auf der Weide und du hast keinen Hunger. Noch Fragen?"

„Schon gut, ich esse mit. Gib mir nur ein bisschen Zeit", räumte Jessica kleinlaut ein, weil sie einsah, dass die Empörung ihrer Mutter berechtigt war. Außerdem veränderte die Aussicht, dass Alexander nicht am Abendbrot teilnehmen würde, alles.

„Ich will nur noch die Wäsche abhängen und duschen. Du musst Papa nicht holen. Das kann ich machen ... äh ... wann darf er eigentlich wieder selbst fahren?"

„Ich hoffe bald. Sehr bald sogar! Du hast überhaupt keine Ahnung, wie unleidlich er deswegen ist."

„Doch, ich kann's mir vorstellen. Sind zwanzig Minuten okay? Schneller schaffe ich es wahrscheinlich nicht."

„Natürlich." Bärbel lächelte Gott sei Dank wieder. „Eine halbe Stunde reicht auch. Wie du siehst, habe ich ja gerade erst angefangen einzudecken."

Jessica lief los und hörte, wie ihre Mutter ihr nachrief: „Wenn du in den Garten gehst, bring die Kinder mit rein."

17

Von der Komödie, die sich Jessica im Fernseher eingeschaltet hatte, nachdem die Kinder endlich im Bett lagen, bekam sie nicht viel mit. Ohnehin konnte sie sich nicht richtig auf den Inhalt konzentrieren, weil sie ständig an Alexander denken musste. Wahrscheinlich war es ihm ganz recht gewesen, dass Jasper ihn um einen Tausch gebeten hatte. So konnte er ihr wenigstens aus dem Weg gehen. Ihm war der Vorfall von letzter Nacht sicher genauso peinlich wie ihr. Nein, unmöglich. Ihm brauchte es nicht peinlich zu sein. Sie war es, die sich danebenbenommen hatte, während er mal wieder als leuchtendes Beispiel für männliche Tugend aufgetreten war. Mist, wenn sie das doch nur rückgängig machen könnte.

Als die Komödie allzu romantisch wurde, schaltete Jessica um. Am Ende zappte sie sich nur noch durch alle Kanäle und stellte den Fernseher letztendlich aus. Frustriert warf sie die Fernbedienung auf den Tisch. Sie verspürte eine Unruhe und eine Unzufriedenheit, die nicht in Worte zu fassen waren. Ihr war zum Schreien zumute. Ganz laut und schrill, bis ihr die Stimme versagte. So musste sich Wahnsinn anfühlen. Lieber

Himmel, in dem Zustand würde sie die ganze Nacht über kein Auge zubekommen.

Vielleicht half es, etwas zu essen. Aber sie verspürte keinen Hunger. Möglicherweise doch, wenn sie einen Blick in den Kühlschrank warf. Oder hatte sie gar noch etwas in ihrem Naschschrank? Sie sprang auf und durchsuchte die Anrichte, in der sie normalerweise Chips und Schokolade aufbewahrte. Doch da war nichts. Alles aufgebraucht. Also musste sie doch nach unten. Ihre Mutter sorgte immer für Vorrat. Allein schon wegen ihres Vaters. Er wurde unerträglich, wenn nichts zum Naschen im Haus war. Barfuß sprang sie die Treppen hinunter und lief in die Küche, wo sie ihre Mutter vorfand, die sich einen Eisbeutel an den Unterarm presste.

„Jessie, kannst du nicht schlafen? Ich dachte, du bist so müde."

„Nee, nicht mehr, dabei wäre ich vorhin fast eingepennt. Jetzt bin ich putzmunter und überlege, was ich machen kann, damit sich das ändert." Sie sah auf die knallrote Stelle an Bärbels Arm.

„Was ist dir denn passiert? Ist es schlimm?"

„Nein, halb so wild. Mich hat was gestochen. Die Kälte hilft gegen den Juckreiz."

„So spät ist es ja nun auch noch nicht, dass es ein Drama wäre, wenn Jessie noch nicht schläft. Liebe Zeit, es ist halb zehn und noch nicht einmal richtig dunkel draußen." Jochen kam herein und stellte ein sonderbar aussehendes, recht großes Fernglas auf den Tisch.

„Was ist das denn für ein Teil?" Jessica nahm es in die Hand und betrachtete es. „Irgendwie sieht es so anders aus, als das, was du normalerweise immer benutzt", bemerkte sie.

„Das ist ja auch anders. Das ist ein Nachtglas. Mit dem kann man auch in der Dämmerung noch gut sehen", erklärte Jochen, „dummerweise ist mir jetzt erst eingefallen, dass ich so ein Ding habe."

„Hast du das nicht zum Fünfzigsten von Linke geschenkt bekommen?" Bärbel legte den Eisbeutel wieder ins Gefrierfach und kam auch zum Tisch. Sie sah sich um und wiegte den Kopf hin und her, als würde ihr das beim Denken helfen.

„Kann sein", brummte Jochen, „verdammt, dass mir das nicht früher …"

„Das darf doch nicht wahr sein!", rief Bärbel dazwischen. Sie schnappte sich die Wolldecke, die auf der Eckbank lag, und hielt sie in die Luft. „Was ist denn nur mit Jasper los? Ich hatte ihm doch ausdrücklich gesagt, er sollte die Decke mit in die Kanzel nehmen. Das ist doch jetzt viel zu kühl draußen. Alex holt sich noch den Tod."

„Na, nun übertreib aber mal nicht …" Jochen verstummte, als er Bärbels Blick einfing.

„Ich übertreibe nicht! Ich bin nur pragmatisch. Wenn er krank wird, haben wir nichts gewonnen." Sie sah Jessica an. „Würdest du ihm die Decke bringen?"

„Och, nö … so kalt ist es doch gar nicht."

„Dann kannst du auch gleich das Nachtglas mitnehmen", merkte Jochen trocken an, „das braucht er auf jeden Fall."

„Warum denn ich?" Jessica sah ihre Eltern entsetzt an. „Aber … muss das sein? Mama … bitte!"

Bärbel schüttelte den Kopf. „Nein. Mein Arm tut mir weh und dein Vater darf noch nicht fahren.“

Sie warf Jochen einen dieser berühmten Blicke zu, so eine Art Geheimsprache zwischen ihnen, zu der Jessica kein Wörterbuch hatte.

„Wolltest du nicht müde werden?“, wandte sich Bärbel wieder ihrer Tochter zu. „Nimm doch das Fahrrad. Sind doch nur ein paar Meter zu fahren. Die frische Luft und die Bewegung werden dir guttun, glaub mir. Und mir ist wohler, wenn ich weiß, dass alles seine Ordnung hat.“

Jessica verdrehte die Augen. „Was denn für eine Ordnung? Versteh ich nicht.“ Sie sah an sich herunter. „So wie ich aussehe, will ich aber nicht raus. Ach Mensch, dann muss ich mich jetzt extra noch mal umziehen.“

„Quatsch! Du willst doch nicht nach Kassel auf die Königsstraße. Für Feldwege im Dunkeln bist du perfekt angezogen.“

Bärbel nahm sie in Augenschein. Jessica trug eine dunkelgraue Leggins und ein weich fallendes – zugegebenermaßen ausgewaschenes – rotes T-Shirt obendrüber, das ihr bis zu den Oberschenkeln ging.

„Sag ich doch. Du siehst prima aus. Zieh dir eine Jacke über und mach dich los, bevor es zu dunkel ist.“ Bärbel zog eine Grimasse. „Wer soll dich denn um die Uhrzeit schon noch sehen?“

Alexander, lag es Jessica auf der Zunge zu sagen, doch das verkniff sie sich lieber. Eigentlich hatte ihre Mutter recht. Womit sollte sie ihn jetzt noch beeindrucken, wenn es ihr am vergangenen Abend schon nicht gelungen war? In einem kurzen Kleid, bei dem die Verkäuferin gemeint hatte, sie würde damit alle Männer verrückt machen. Alle, nur ihn nicht.

„Ich erkläre dir, wo der Hochstand steht." Jochen tippte sich an die Stirn. „Warte, ich habe da eine Taschenlampe, die hat ordentlich Power, mit der kannst du wenigstens was sehen. Ich gehe nur schnell rüber und hole sie."

Jessica zog sich eine Kapuzenjacke über und Bärbel packte die Decke in einen Korb. Von Jochen nahm sie eine große Stabtaschenlampe entgegen und ließ sich von ihm erklären, worauf sie achten musste.

Mit heftigen Bauchgrummeln machte sich Jessica schließlich auf den Weg.

Wächter zu sein, war ein mieser, langweiliger und sehr ermüdender Job, entschied Alexander, während er auf der Schlafpritsche hockte und in die immer stärker werdende Dunkelheit starrte. Es war halb zehn und die Sonne war seit fast einer Stunde untergegangen. Hin und wieder checkte er die Sportnachrichten auf seinem Handy, aber auch das bot keine echte Abwechslung und ließ die Zeit nicht schneller voranschreiten.

In der Natur war es ruhig geworden. Auch die Vögel hatten ihr Gezwitscher eingestellt und sich zur Ruhe begeben. Nur das Schnauben der Rinder und das Zirpen der Grillen unterbrachen die Stille der hereinbrechenden Nacht. Die einzige wirkliche Abwechslung, die sich bot, war die nahe Landstraße. Alexander konnte sie gut einsehen. Vielbefahren war sie aber nicht. Jedenfalls nicht mehr um diese Uhrzeit. Wenn überhaupt, von ein paar jungen Leuten, die in Rudeln vorbeirasten. Es war nicht nur der rasante Fahrstil, an dem man die Fahrer sofort erkannte, sondern auch die wummernden Bässe, die dumpf durch die Wände der Karosserien dröhnten. Auf der gegenüberliegenden Straßenseite schien es einen geheimen Treffpunkt für sie zu geben. Dort befand sich eine geteerte, halbmondförmige Ausbuchtung neben der Straße. Eine Art Parkplatz, der auf der kurvigen Landstraße das Überholen der landwirtschaftlichen Fahrzeuge erleichterte. Sie trafen sich dort, um sich auszutauschen und um dann gemeinsam weiterzufahren.

Wieder sah Alexander auf die Uhr. Gerade mal zehn Minuten waren vergangen. Oh Mann, war das öde. Wie schön war es dagegen gestern um die gleiche Zeit auf dem Gut gewesen. Er konnte sich nicht entsinnen, wann er das letzte Mal einen solch unterhaltsamen Abend gehabt hatte. Und erst Louis. Einfach unglaublich, was der Junge in den drei Wochen, in denen sie bei den Wackernagels waren, für eine Entwicklung durchgemacht hatte. Der Kleine wirkte so glücklich wie seit Monaten nicht mehr. Bei der Vorstellung, Louis sagen zu müssen, dass sie in wenigen Tagen ohne Rückfahrkarte abreisen würden, überlief Alexander ein kalter Schauer.

Wie so oft in den letzten Stunden sprangen seine Gedanken automatisch zu Jessica und zum Ausklang des vergangenen Abends. Heiliger Bimbam. Ob sie wusste, wie sehr sie ihm mit ihrem Verhalten eingeheizt hatte? Verdammt! Und das nicht das erste Mal. Er wurde einfach nicht schlau aus ihr. Sie konnte so nett sein, so anschmiegsam und lieb, um dann bei der nächsten Gelegenheit wieder so verflucht zickig und nervig zu sein. Herrje, die Frau trieb ihn noch in den Wahnsinn!

Dabei sendete ihr Körper eindeutige Signale. Daran, dass die Chemie zwischen ihnen stimmte, gab es keinen Zweifel. Nur wusste er nicht, welche Strategie er anwenden sollte, um sie für mehr als nur für Sex zu gewinnen.

Alexander kannte seine Wirkung auf Frauen. Schon als Jugendlicher hatten ihn die Mädchen gemocht. Aus welchen Gründen auch immer verstand er es, mit ihnen umzugehen und hatte schnell kapiert, wie sie tickten. Ja, und es hatte Zeiten gegeben, da hätte er eine Situation wie die gestrige nicht ungenutzt verstreichen lassen. Wäre stattdessen wie ein brünstiger Stier vorgeprescht, um sie endlich zu erobern. Ein Teil von ihm brannte nur darauf, das zu tun. Lieber jetzt als gleich. Doch was käme dann? Seine Vergangenheit mit Marisa hatte ihn schmerzhaft gelehrt, bei Liebesangelegenheiten besonnener vorzugehen. Erst zu denken und dann zu handeln. Auf keinen Fall würde er zukünftige Entscheidungen, die nicht nur ihn, sondern auch Louis betrafen, seinem Schwanz überlassen.

Was wusste er schon, außer dem, was er von anderen gehört hatte? Nur weil er Jessicas Launen jetzt besser nachvollziehen konnte, hieß das noch lange nicht, dass sie auch seine Lebensumstände verstand. Was aber noch wichtiger war als das, war die Frage, was sie in ihm sah.

Sah sie den, der er tatsächlich war? Nicht nur den Mann, sondern auch den alleinerziehenden Vater? Oder wollte sie vielleicht nur einen Kerl, der ihr das Leben ein wenig aufregender gestaltete und ihr die Freuden verschaffte, auf die sie offensichtlich lange hatte verzichten müssen? Spaß, den sie möglicherweise noch nie richtig gehabt hatte.

Alexander strich sich über die zerfurchte Stirn. Fragen über Fragen und keine Antwort.

Und wenn sie sich tatsächlich in ihn verliebt haben sollte, so wie er sich in sie, wäre es für sie dann akzeptabel, dass er mit nichts anderem außer sich selbst und einem Kind im Gepäck kam? Das Kind einer anderen. Und würde es reichen, wenn er anstatt einer soliden Mitgift lediglich sein Wissen und Können mit einbrachte? Immerhin das.

Alexander schüttelte ratlos den Kopf.

Wieder sah er auf die Uhr. Noch zwei unendlich lange Stunden lagen vor ihm, bis er endlich hier wegkonnte. Er vergrub das Gesicht in seinen Händen. Eindeutig zu viel Zeit zum Grübeln. Er sehnte sich nach Schlaf. Nein, er sehnte sich nach Jessica. Er wollte sie so heftig, wie er schon lange keine Frau mehr gewollt hatte. Und er wusste, dass er sie nicht nur wegen ihres reizvollen Körpers und ihres hübschen Gesichts begehrte. Sie war so viel mehr für ihn, denn sie stellte all das dar, was er sich von einer Frau erträumte. Sie war fleißig, klug und besaß Familiensinn. Und ja, verdammt sexy war sie auch. Vor seinem inneren Auge tauchte das Bild ihrer langen Beine unter dem kurzen rotgeblümten Tellerrock, wie er um ihre nackten Schenkel wippte, auf. Hilfe! Wie sollte er denn da bei Verstand bleiben?

Alexander seufzte laut auf. Er streckte seine Glieder und gähnte herzzerreißend, was sein Hörvermögen für einen Moment trübte. Inmitten der Bewegung glaubte er, Schritte gehört zu haben. Abrupt setzte er sich auf und lauschte. Was war das? Sollte der Vollidiot, dem sie den ganzen Zirkus hier zu verdanken hatten, sich überlegt haben, gleich heute Nacht wieder vorbeizukommen?

Nun waren seine Sinne geschärft. Keine Spur mehr von Müdigkeit. Als Nächstes hörte er ein Rascheln, das weder von den Rindern noch von den Vögeln kam. Ein Geräusch, als wenn jemand durch hohes Gras streifte. Das Geraschel wurde deutlicher, lauter, kam näher. Alexander erhob sich. Na warte Freundchen, jetzt bist du reif! Er lugte durch die Fensteröffnungen nach draußen und entdeckte den Strahl einer Taschenlampe, der suchend umherirrte.

Der Innenraum der Kanzel war auf der Frontseite mit einer durchgehenden Plexiglasscheibe versehen, die nach oben aufklappbar war. Das Fenster befand sich auf Brust- und Augenhöhe, sodass ein Jäger das Wild nicht nur ausspähen, sondern auch abschießen konnte. Auf der Rückseite des rechteckigen Gefährts gab es lediglich zwei kleinere Ausgucke, die sich rechts und links auf der gleichen Höhe wie die vordere Fensterfront befanden.

Lautlos öffnete er die Tür der Kanzel und kletterte die Stufen nach unten. Wie eine Raubkatze schlich er sich von hinten an den Träger der Taschenlampe heran, um ihn dingfest zu machen. Nur die Umrisse ließen sich noch erkennen, so dunkel war es inzwischen.

Als der Typ – ein überraschend schmächtiges Kerlchen – ihn bemerkte, war es schon zu spät. Alexander schnappte erbarmungslos zu. Mit beiden Armen umklammerte er den Schuft von hinten und presste ihn sich fest gegen die Brust. Dabei flog die Taschenlampe in hohem Bogen auf den Boden und strahlte in den

Himmel. Danach folgte ein dumpfer Ton. So, als wenn noch etwas auf dem Boden gelandet wäre. Egal, er ließ nicht locker. Spätestens jedoch, als er die weichen Rundungen unter seinen Händen spürte, war ihm klar, dass das nicht der gesuchte Übeltäter sein konnte, den er sich hatte schnappen wollen.

„Alex! Bist du verrückt geworden? Du hast mich zu Tode erschreckt! Lass mich los! Du tust mir weh."

„Jessie?" Er ließ sie so abrupt los, dass sie taumelte. „Was machst du denn hier?"

„Das frage ich mich auch gerade", murmelte sie und sammelte die Taschenlampe ein. Mit dem Strahl ortete sie einen im Gras liegenden Korb – der hatte also den dumpfen Ton verursacht – und hob ihn auf. „Ich hab Order, dir das hier zu bringen."

Sie hielt ihm den Korb mit ausgestrecktem Arm entgegen, als hätte sie Angst, ihn erneut zu berühren.

„Meine Mutter befürchtet, dass du dir den Tod holst und mein Vater meint, du könntest ein Nachtglas gebrauchen." Sie seufzte. „Das mache ich hier! Bitteschön." Den Strahl der Lampe richtete sie auf den Boden, sodass ihre Gesichter in einem seltsamen Halbschatten erschienen.

„Also dann", sie hob die Hand, „ich will dich nicht länger stören. Schönen Abend noch."

„Nun warte doch mal! Du störst nicht. Hast du eine Ahnung, wie langweilig das hier ist? Da ist man über jede Abwechslung froh ..." Er hatte die Worte kaum ausgesprochen, als ihm klar wurde, was er da von sich gegeben hatte.

„Wow, du kannst ja Komplimente verteilen … da fällt es mir wirklich schwer, dich allein zurückzulassen. Ich tu es trotzdem. Gute Nacht.“

Neben der deutlichen Ironie, die in ihren Worten mitschwang, hörte er auch Resignation heraus.

„Okay okay. Du hast recht, das war missverständlich.“ Da sie sich nicht wirklich in die Augen sehen konnten, musste er alle Überzeugungskraft in seine Stimme legen. „Glaubst du mir, wenn ich dir sage, dass es so nicht gemeint war? – Jessie, bitte, ich würde mich freuen, wenn du mir noch ein bisschen Gesellschaft leisten könntest.“

Beide bemerkten gleichzeitig, wie sich im Schritttempo ein Auto näherte und auf die Einfahrt der Weide zufuhr. Zu einer Antwort kam Jessica nicht mehr, denn Alexander riss ihr blitzschnell die Taschenlampe aus der Hand und schaltete sie aus.

„Was machst du? Die brauche ich noch …“, zischte sie entrüstet.

„Später. Jetzt nicht. Komm, es ist besser, wenn uns keiner sieht.“ Er nahm ihre Hand und zog sie hinter sich her.

Sie ließ sich mitziehen, sah aber gleichzeitig nach dem Auto, das langsam auf die Weide zurollte und schließlich direkt vor dem elektrischen Zaun anhielt.

„Alex … der will ja wirklich hierher!“

Er musste über ihren Stimmungswechsel schmunzeln. Erst schnippisch, dann aufgeregt und nun ein bisschen ängstlich. Ob er sich je daran gewöhnen würde?

Musst du sowieso nicht, Alter …

„Sieht ganz so aus. Komm, lass uns zum Hochstand gehen, hinter den Büschen können wir uns besser verstecken. Mal sehen, was er vorhat."

Mit der Hand an ihrem Rücken dirigierte er sie durch das hohe Gras, bis sie an den Treppenstufen der Kanzel ankamen. Der fahrbare Hochstand befand sich in der Nähe des Baches, außerhalb der Einzäunung, in der die Rinder standen. Alexander kletterte die unteren Stufen der Leiter nach oben, öffnete die Tür und schob den Korb achtlos in den Innenraum. Er bewegte sich so lautlos, dass Jessica überrascht zusammenzuckte, als er ihr plötzlich ins Ohr flüsterte: „So, jetzt heißt es warten."

„Was du nicht sagst, da wäre ich nie drauf gekommen."

Er atmete hörbar aus. „Jessie! Lass uns später streiten, jetzt passt's grad nicht!"

„Ich streite doch gar ..."

Kurzerhand legte er ihr die Hand auf den Mund, warf die Taschenlampe auf den Boden und zog sie näher zu sich heran. Damit brachte er sie endgültig zum Schweigen. Himmelherrgott noch mal! Konnte dieses Weib nicht einmal die Klappe halten, wenn man es von ihr verlangte?

Zufrieden registrierte er, dass sein Manöver offensichtlich Wirkung zeigte, denn sie stand stocksteif da. Na ja, wenn man davon absah, dass sie sich nach Kräften darum bemühte, in Millimeterstücken von ihm abzurücken, dann schon. Keine Chance. Wenn einem das Leben Möglichkeiten bot, musste man sie nutzen. Das war etwas, das er früh kapiert hatte. Nicht nur bei den Frauen.

Je mehr sie versuchte zurückzuweichen, desto näher zog er sie zu sich heran. Mit einem leisen Knurren kapitulierte sie schließlich. Belustigt nahm er seine Hand von ihrem Mund. Allmählich fand er Gefallen an dem Abend. Was für eine interessante Wende. Uwes Rat fiel ihm ein. Vielleicht sollte er wirklich nicht so pessimistisch sein, sondern vielmehr auf sein Glück bauen, das ihn schon oft mit verblüffenden Möglichkeiten überrascht hatte. Viel Zeit blieb ihm dafür ohnehin nicht mehr. Noch eine Woche, um genau zu sein.

Der Motor des Wagens verstummte. Das Licht der Scheinwerfer erlosch, doch das Standlicht blieb an. Eine Autotür klappte. Die langen Schatten eines hageren Mannes tauchten auf. Der Fremde kam auf sie zu. Nach der Art und Weise, wie er sich bewegte, schätzte ihn Alexander nicht über Vierzig, eher jünger. Bei näherer Betrachtung sah er genauso aus wie jemand, der etwas zu verbergen hatte. Dunkler Hoodie, hochgezogene Kapuze, unter der das Schild einer Basecap herausragte. Der breitbeinige, wichtigtuerische Gang bestätigte seine Einschätzung noch, was Alexander dazu brachte, abschätzig zu grinsen. Den würde er am langen Arm verhungern lassen.

Wie um die seltsame Situation zu bestärken, wurden durch das Standlicht leichte Nebelschwaden sichtbar, die vom Bach her aufstiegen und die Wiese in eine mystische Stimmung tauchten. Jessica schien das auch zu spüren, denn sie erschauerte bei dem Anblick des Typen und presste sich instinktiv näher an Alexander.

„Was will der denn? Wer so aussieht, hat doch was vor!"

„Da kannst du sicher sein. Oder würdest du nachts einen Ausflug auf irgendeine Rinderweide machen? Einfach nur so?"

„Na klar. Was denkst du denn? Mach ich jeden Samstag. Find ich total romantisch."

„Okay ... und ich dachte, ich kenn die Frauen ..."

„Aha! Kann ich mir vorstellen ... ich bin eben anders."

„Was du nicht sagst, wäre ich echt nicht drauf gekommen", ahmte er ihre Rede von vor wenigen Minuten nach und fügte dann im normalem Ton an: „Wenn dich deine Vorstellungen da mal nicht täuschen ..."

Alexander sprach nicht weiter und auch Jessica wurde abgelenkt, als der Eindringling den Strahl seiner Taschenlampe über die Weide kreisen ließ und schließlich auf den Unterstand der Rinder richtete. Jessica hielt den Atem an.

Aber als der Eindringling wieder zurück zum Auto schlich, in gebeugter Haltung durch die Heckscheibe starrte und einen Befehl ausstieß, der nur einem Hund gelten konnte, richtete sie sich auf.

„Hast du das gehört? Der hat einen Hund im Auto. Wenn er den rauslässt ..."

„Könnte aber auch ein Helfer sein", gab Alexander zu bedenken.

„Stimmt. Ich dachte nur, weil die Art zu sprechen ... ähm ... wer redet denn so mit seinem Kumpel?"

„Was glaubst du, was es alles gibt."

Alexander schob Jessica sanft von sich, legte ihr aber eine Hand in die Taille, um sie zum Vorangehen zu bewegen. „Wir müssen in die Kanzel."

Jessica drehte sich noch mal um, harrte aus und schnappte dann nach Luft, bevor sie flüsterte: „Ich könnte schwören, dass ich den Typ irgendwoher kenne. Aber woher? Verdammt, irgendwas passt nicht, aber ich weiß nicht, was."

„Setz dich nicht unter Druck, dann kommt die Erinnerung von ganz alleine zurück."

„Was wollen wir jetzt tun?"

Sie war ihm so nahe, dass er ihren Atem am Hals spürte, den sie beim Sprechen ausstieß. Alexander benötigte seine ganze Konzentration, um das zu ignorieren. Der verführerische Duft ihrer Haare, der ihm in die Nase zog, war eine weitere Herausforderung, der er nur schwer widerstand. Der Wunsch, ihr mit allen Fingern hindurchzufahren, wurde übermächtig.

„Im Moment können wir gar nichts machen", atmete er heftig aus. „Nicht bevor er irgendetwas Unerlaubtes tut … hast du das Autokennzeichen erkannt?"

Sie erreichten die Leiter. Jessica stieg als Erste hinauf. „Nein. Vielleicht, wenn er wegfährt."

Doch der Kerl dachte gar nicht daran, wegzufahren. Vielmehr ging er um das Auto – einen alten klapprigen Kombi – herum und öffnete die Heckklappe. Durch die Innenbeleuchtung konnte man nun deutlich sehen, dass er tatsächlich einen Hund dabeihatte.

„Siehst du! Was ich dir gesagt habe. Der hat einen Hund dabei", zischte sie von oben auf ihn herab. „Mein Vater bringt ihn um, wenn er den Rindern was antut. Das wirst du erleben. Wenn's um die Wagyūs geht, versteht er weniger als gar keinen Spaß. Hast du eine Ahnung, wie viel Geld da drüben steht?"

„Nicht genau, aber in etwa … abgesehen davon: Ist es nicht egal, um welche Tiere es geht?"

Jessica stand zwei Stufen über ihm und Alexander ahnte, dass er jetzt direkt auf ihren Hintern blicken könnte, wenn es nicht so dunkel wäre. Den reizvollen Anblick brauchte er nicht unbedingt. Sein Kopfkino spuckte auch so die entsprechenden Bilder aus. Leicht frustriert zwang er sich, nicht länger darüber nachzudenken, was er am liebsten mit ihrem Hinterteil anstellen wollte, sondern beim Gesprächsthema zu bleiben.

„Ich bin sicher, dein Vater würde prinzipiell keinen Schaden an seinem Vieh dulden", antwortete er ihr erstaunlich ruhig. Sein Blick ging wieder hinüber zu Weide, wo er beobachten konnte, wie der Hund – ein mittelgroßes Tier – auf die Wiese sprang. Ein ungutes Gefühl beschlich ihn. Die Art, wie der Hund sich bewegte, erinnerte ihn an einen Schäferhund.

„Ja natürlich, so war das nicht gemeint, nur wenn es um die Wagyūs geht ..."

Jessica sprach nicht weiter. Auch sie schien den Hund gesehen zu haben. Sie schnappte nach Luft, wollte den Satz beenden, wurde jedoch von lautem Motorendröhnen, das von einem Sportwagen, der auf der Landstraße schnell näherkam, unterbrochen. Ein aufgemotzter BMW älteren Semesters stoppte abrupt vor der Wiese. Das eingeschaltete Fernlicht überflutete die Weidefläche mit gleißendem Licht, als er rückwärts auf die Parkfläche gegenüber einfuhr und den Motor abstellte. Das Standlicht brannte weiter. Ein unauffälliger Golf folgte und stellte sich in gleicher Manier daneben.

Dem Eindringling, der wie erstarrt das Manöver der beiden Fahrzeuge beobachtete, wurde es nun offenbar zu brenzlig. Mit einem kurzen, leisen Pfiff und einer eindeutigen Handbewegung befahl er dem Hund, zurück in den Kombi zu springen. Dann rannte er los, hechtete mit einem Sprint zum Auto, schaltete das Licht komplett ab und fuhr langsam aus der Einfahrt. Auf der Straße gab er Vollgas, schaltete die Scheinwerfer wieder ein und verschwand.

„Das gibt's doch gar nicht! Der hat das Nummernschild verdeckt. Hast du das gesehen?"

„Jepp." Alexander nickte. „Damit ist endgültig klar, dass er nicht als Freund gekommen ist."

„Verflixt, warum fällt mir denn nicht ein, woher ich den Typ kenne? Wie der sich bewegt ... ich weiß genau, dass ich dem schon mal begegnet bin!"

„Sei nicht so ungeduldig. Das kommt wieder. Meistens dann, wenn man gar nicht damit rechnet. Wie bist du eigentlich hergekommen?"

„Mit dem Fahrrad. Ich habe es hinter einen Baum gestellt, damit mich keiner sieht. Wieso fragst du?"

„Weil du allein im Dunkeln hergekommen bist."

„Ja, warum nicht? Ist doch nicht weit."

„Na ich weiß nicht. So ganz geheuer ist das nicht. Wer weiß, was hier noch für Typen rumlaufen ..."

„Ach was. Da denke ich gar nicht erst drüber nach. Und dass du so einer nicht bist, wissen wir ja."

„Es beruhigt mich sehr, wenn du das so siehst."

Aus Alexanders Stimme hörte man die Belustigung. Wieder dachte er an den vergangenen Abend und ahnte, warum sie das Thema anschnitt.

„Bestimmt kriegst du irgendwann die Ehrennadel dafür", hörte er sie murmeln, was seine Vermutung bestätigte.

„Hört sich an, als hättest du 'n Problem damit", konnte er nicht umhin, sie ein bisschen aufzuziehen.

„Nee, das hast du falsch verstanden. Außerdem wäre ich dann ja wohl eine echte Schande für meine Artgenossinnen. Und die will ich nicht sein. Aber ich glaube, du willst dir nur ein Lob von mir abholen.“

„Für was?“

„Dafür, dass du dich gestern Abend so vorbildlich verhalten hast und ich dankbar sein sollte, weil ich mich mal wieder …“

Alexander holte bereits Luft, um Jessica zu widersprechen, doch er wurde abgelenkt. Auf dem gegenüberliegenden Parkplatz öffnete sich die Tür des Golfs. Im Standlicht des Sportwagens sah man, wie eine blonde junge Frau mit einem verboten kurzen Kleid aus dem Auto stieg. Die Autotür klappte zu, die Autolichter leuchteten auf und verloschen, während sie sich in einer aufreizenden Bewegung den Rock zupfte und die Fernverriegelung betätigte. Sie hatte eine Figur, nach der die Männer sich umdrehten. Alexander spürte Jessicas forschende Blicke auf sich.

Sie holte tief Luft. „Lass mich hier runter. Es ist besser, wenn ich mich jetzt auf den Heimweg mache. Im Korb findest du die Decke und … ach Mist, das Nachtglas.“ Sie tippte sich an die Stirn. „Wie blöd, wir hätten den Typ damit noch besser sehen können!“ Sie hielt einen Moment inne und sah wieder zu der Frau auf der anderen Straßenseite.

„Tja, für Abwechslung ist ja nun gesorgt … nimm doch das Fernglas, dann kannst du besser sehen. Ich will heim. Wenn du mich jetzt bitte runterlassen könntest?“

Alexander reagierte nicht, sondern verfolgte wie gebannt das Geschehen auf dem Parkplatz. Erst als Jessica einen genervten Seufzer ausstieß und etwas von männlicher Einfältigkeit murmelte, rührte er sich.

„Keine Sorge, so spannend finde ich sie nicht, falls du das denkst. Außerdem käme ich da sowieso zu spät", schmunzelte er. Sie schien nicht zu ahnen, wie gut ihm ihr Anfall von Eifersucht gefiel.

„Da kann man sich täuschen", entgegnete sie frostig. „Das weißt du erst, wenn du sie kennengelernt hast."

„Kein Interesse ... aber es sieht so aus, als müsstest du noch ein bisschen hierbleiben."

„Was? Wieso?" Jessica gönnte dem Geschehen auf der anderen Seite einen weiteren Blick. Die Blondine schlenderte gerade mit schwingenden Hüften auf den BMW zu. Jemand stieß die Beifahrertür von innen auf. Lasziv ließ sie sich in die Polster des Sitzes fallen. Durch die Innenbeleuchtung konnte man für einen Augenblick den Lenker des Autos erkennen. Ein etwa gleichaltriger Mann begrüßte sie, indem er sich zu ihr hinbeugte. Dann erlosch das Licht im Innern des Wagens.

„Ach was." Jessica schüttelte den Kopf. „Nur, weil sie zu ihm ins Auto steigt? Die fahren bestimmt gleich zusammen weiter."

Alexander wunderte sich nicht über Jessicas Naivität. Irgendwie fand er sie sogar erfrischend. In ihrer Vergangenheit hatte es sicher wenig Gelegenheit gegeben, derartige Erfahrungen zu sammeln, die auf der anderen Straßenseite gerade ein Thema waren.

„Wenn du meinst."

„Wieso?"

Das Licht des BMWs erlosch und nun war es wirklich stockdunkel.

„Glaubst du jetzt immer noch, dass sie gleich weiterfahren?"

„Äh ... was machen die denn ... haben die kein Zuhause?"

„Ja, was machen die da wohl, Jessie?" Er lachte in sich hinein.

„Nee, das glaub ich jetzt nicht ..."

„Ich schon."

„Aber ... weshalb kann ich denn nicht gehen? Von mir aus machen die, was sie wollen."

Alexander rückte Stufe für Stufe zu ihr auf, bis er nur noch eine Leitersprosse tiefer stand. Durch seine Körpergröße war sein Gesicht nun fast auf der Höhe von ihrem und seine Brust drückte sich unwillkürlich gegen ihren Rücken.

„Weil es besser ist, wenn uns niemand sieht. Glaub mir, die bleiben nicht die ganze Nacht."

Alexander spürte, dass ihre Atmung durch seine Nähe unregelmäßiger wurde. Er musste sich zusammenreißen. Wenn nicht so verdammt viel auf dem Spiel stünde, hätte er sie sich längst geschnappt und so geküsst, dass sämtliche Zweifel über seine Absichten ausgeräumt wären. Doch er scheute davor zurück, es sich mit ihr zu verderben, nur weil er zu ungeduldig war.

Er griff an ihr vorbei und öffnete die Tür. Ihm fiel ein, dass er die Taschenlampe im Gras hatte liegenlassen, wollte aber nicht noch einmal nach unten gehen. Jessica machte einen Schritt nach oben, den letzten auf der Leiter, und blieb stehen.

„Ich kann überhaupt nicht mehr sehen, wo ich hintrete. Es ist so furchtbar dunkel."

„Mach langsam“, räusperte er sich, „wir haben keine Eile. So schnell sind die zwei garantiert nicht fertig.“

Alexander konnte nicht anders, alles in ihm drängte danach, sie ein bisschen aus der Reserve zu locken. Er musste wissen, wie sie auf ihn reagierte, wenn sie keinen Alkohol getrunken hatte. Ihre Nervosität bestätigte ihm mehr als jedes Wort.

Jessica griff in die Tasche ihrer Strickjacke.

„Meinst du, ich kann die Taschenlampe im Handy anschalten?“

„Wenn du den Strahl nur auf den Boden hältst, sollte es kein Problem sein.“

„Mist!“, fluchte sie in das aufflammende Licht des Displays. „Ich weiß nicht mehr, was ich machen muss, damit es funktioniert. Ich glaub, das habe ich noch nie gebraucht.“

„Gib mir das Handy. Ich mach das. Er fasste ihr um die Taille und beabsichtigte, ihr das Gerät aus der Hand zu nehmen, doch es flutschte ihr in dem Augenblick, in dem sie es ihm geben wollte, aus der Hand. Das Smartphone hatte so viel Schwung, dass es ein Stück weiter hinten im Raum auf den Boden fiel. Jessica verließ die Leiter und machte einen Schritt in die Kabine. Und noch einen. Alexander folgte ihr, ließ sie nicht los und hielt ihre Taille locker umfasst. Er kannte den Raum in seinen Ausmaßen und wusste, wie eng es darinnen war.

Als ihm der Korb, der irgendwo herumstand, wieder einfiel, war es schon zu spät. Im nächsten Moment hörte er sie bereits fluchen. Sie verlor das Gleichgewicht.

Alexander, der das befürchtet hatte, konnte es aber nicht mehr verhindern. Um nicht auf sie zu stürzen, zog er sie näher zu sich heran, drehte sie in seinen Armen um und wollte sie hinter sich herziehen, damit sie auf ihn fiel. Er schaffte es noch, sie umzudrehen, doch dann fielen sie auch schon. Sie sanken auf die gepolsterte Bank, die direkt unter dem Fenster aufgestellt war. Mit seinem ganzen Gewicht landete er auf ihr. Ein Bein zwischen ihren.

Lieber Himmel! Eigentlich hatte er nichts überstürzen wollen. Und jetzt lag er in einer Art auf ihr, dass ihm der Atem stockte.

Jessica wusste nicht, wie ihr geschah, als sie die feste Matte unter ihrer Rückseite spürte. Sie lag wie ein Maikäfer auf dem Rücken und konnte sich nicht bewegen. Alexander, der wie angenagelt auf ihr lag, bäumte sich auf. Eine Hand lag unter ihrem Kreuzbein, während er versuchte, sich mit der anderen abzustützen. Bei einer Auflagenbreite von gefühlt fünfzig Zentimetern ein unmögliches Unterfangen.

Obwohl er sie beinahe erdrückte, fühlte es sich verdammt gut an. Auch ohne dass er etwas dazutat, standen alle ihre erogenen Zonen von einer auf die andere Sekunde auf Empfang. Mit jeder Faser ihres Körpers wollte sie, dass er blieb, wo er war, auch wenn sich ihr Verstand dagegen wehrte, ihr sogar riet, sich so schnell wie möglich aus der verhängnisvollen Lage zu befreien, um sich nicht lächerlich zu machen. Doch ihrem Intellekt gingen die Argumente aus. Zu köstlich fühlte sich die süße Schwäche an, die Alexanders unwiderstehliche Nähe in ihr auslöste.

Er begann sich zu regen, ging ins Hohlkreuz und stützte sich auf einem Knie ab. Damit drückte er seinen Oberschenkel unwillkürlich stärker gegen ihre Mitte. Ihre Finger, die lose auf seiner Rückseite lagen, spürten jeden einzelnen Rückenmuskel, als er sich aufbäumte. Seine Wärme und sein Eigengeruch – er roch so gut, so männlich, nach sauberem Schweiß. Das brachte ihre weiblichen Hormone vollends in Aufruhr. Eine Welle heißer Lust wogte über sie hinweg. Innerhalb von Sekunden stellte sich ihr Körper auf Fortpflanzung ein.

Alexander, der das sicher nicht ahnte, kam ihrem Gesicht bei der Aktion, sich zu befreien, noch näher. Sein warmer Atem wehte gegen eine besonders empfindliche Stelle an ihrem Hals und ließ sie erschauern. Trotz der Gänsehaut, die sie überlief, fing sie an zu schwitzen. Hilfe! Ob er eine Ahnung hatte, was das mit ihr machte? Sie spürte, wie seine Hand vom Rücken in ihre Taille rutschte, während er mit der anderen auf dem Boden nach dem Handy tastete. Unbeabsichtigt drückte er dabei seinen kräftigen Oberschenkel noch tiefer zwischen ihre Beine und presste ihn so schwer gegen ihre vor Sehnsucht pochende Weiblichkeit. Das Gefühl war so süß und unwiderstehlich schön, dass sie den Druck instinktiv unterstützte, in dem sie ihm ihr Becken entgegenreckte. Wie eine Klammer nahmen ihre Schenkel seinen Oberschenkel in die Zange, um das Gefühl der Reibung nicht zu verlieren. Ihr Verstand, der nur noch mit kaum hörbarer Stimme mahnte, hatte keine Macht, diese Sehnsucht nach Erfüllung zu unterdrücken. Schon gar nicht, als sie seine Erektion bemerkte. Sie keuchte. Ein leiser, hoher Seufzer entkam ihrer Kehle. Um nicht noch mehr preiszugeben, drehte sie den Kopf zur Seite, weg von ihm, und presste die Lippen zusammen. Zu spät.

Die Art, wie er plötzlich innehielt, sagte ihr, dass Alexander spätestens jetzt wusste, was mit ihr geschah. Als hätte er auf eine Einladung gewartet, zog er ihren Kopf zu sich heran und küsste sie. Erst sanft und zärtlich, dann immer leidenschaftlicher. Mit der Zungenspitze drängte er ihre Lippen auseinander und eroberte ihre Mundhöhle. Jessica glaubte zu vergehen. Der Kuss hatte eine Intensität, als würde er nicht nur mit der Zunge in sie eindringen.

Eine neue Welle purer Lust spülte über sie hinweg und brachte ihr Becken in Ekstase. Sie schlang ihm die Arme um den Nacken und zog ihn noch näher zu sich heran, was eigentlich kaum möglich war. Mehr Einladung brauchte er nicht. Seine freie Hand fand den Weg unter ihre Jacke und ihr Shirt, unter dem sie nichts trug, und eroberte eine ihrer Brüste, während die andere den Weg zurück zu ihrem Kreuzbein fand, um sie von dort aus in ihren rhythmischen Bewegungen zu unterstützen. Sekunden später rauschte eine Welle der Erlösung und Erfüllung über sie, die sie für einen Moment keuchend zurückließ.

Alexander ließ sie langsam zu sich kommen und löste sich nur zögernd von ihr. Es entstand ein kurzes Schweigen, bis er sein Smartphone aus der Gesäßtasche holte, die Taschenlampe anschaltete und die Bodenfläche anstrahlte. Ein Frösteln überlief Jessica, als er sich aufrichtete und ihr seine Nähe und Wärme entzog. Auf Knie und Ellenbogen gestützt, krabbelte er von ihr und stellte sich auf den Boden.

Beide erschraken, als vom Parkplatz her das Motorengeräusch zweier Pkw in ihre Ohren drang. Das seltsame Pärchen fuhr weg. Mit Blick nach draußen richtete Alexander seine Kleidung und bückte sich nach der Taschenlampe, die er sich mitgebracht hatte. Er schaltete sie an und legte sie auf den Boden, sodass der Raum dürftig ausgeleuchtet war. Besorgt sah er wieder zu Jessica hinunter, weil sie sich noch immer nicht rührte. Als wüsste er, wie hilflos sie sich in der ungewohnten Situation fühlen musste, kniete er sich vor sie und gab ihr einen Kuss.

„Worüber haben wir uns gleich noch unterhalten, bevor wir ... ähm ... unterbrochen wurden?"

Jessica fiel es schwer, ihn anzusehen. „Ich hab dir gesagt, dass ich heim will." Sie setzte sich auf.

„Davor."

„Davor? Weiß ich nicht mehr."

„Wollen wir wetten, dass du's noch weißt?"

„Keine Ahnung, was du meinst. Ich hab alles gesagt, was ich sagen wollte."

An der Art, wie sie sprach – kurzatmig und stockend – bemerkte er, wie angespannt sie war.

„Gut, wenn du wieder bockig sein willst ..." Er setzte sich neben sie und legte ihr einen Arm um die Schulter. „Dann sage ich dir, über was wir uns unterhalten haben." Er zögerte einen Moment, bevor er weitersprach.

„Du meintest, du müsstest mir dankbar sein, weil ich mich gestern Abend so vorbildlich verhalten habe." Er sah sie ruhig an. „Darüber haben wir gesprochen. Und ich wüsste jetzt gerne, wofür genau du mir dankbar bist."

„Wirklich? Kann ich mich nicht dran erinnern … warum kannst du das denn nicht einfach so stehenlassen?“

„Weil ich den Eindruck habe, dass es da noch Klärungsbedarf gibt.“

Jessicas Brust hob und senkte sich. Nur weil sie sich so nahegekommen waren und er jetzt wusste, dass sie sich nach einem Mann sehnte, musste sie ihm noch lange nicht all ihre Geheimnisse verraten.

„Wie kommt's eigentlich, dass du Bauer geworden bist?“, versuchte sie, ihn auf eine andere Spur zu bringen. „Bei deinem Redetalent hättest du doch auch beim Fernsehen was werden können.“

Alexander grinste verschmitzt. „Ach weißt du, ich habe viele Talente … du kennst sie nur noch nicht alle.“ Er zwinkerte ihr zu. „Netter Ablenkungsversuch, Jessie! Funktioniert aber nicht. Also, wofür bist du mir dankbar?“

Sie stieß einen entrüsteten Seufzer aus. „Du weißt doch schon alles! Ich war betrunken und habe mich unmöglich benommen … was willst du denn noch hören?“

Sie löste sich aus seiner Umarmung und sprang auf. „Reicht es nicht, wenn ich sage, dass du dich ritterlich verhalten hast – deine Worte – und ich dir dafür dankbar bin?“

„Hört sich irgendwie nicht überzeugend an …“

„Nimm's einfach so, wie ich's gesagt hab. Du musst es nicht verstehen, wie auch? Schließlich bin ich hier die Weltmeisterin im Fettnäpfchen treten, nicht du! Kennst du die Disziplin? Ist leider noch nicht olympisch, sonst hätte ich schon die Goldmedaille. Ich stehe nämlich seit Jahren unerreicht an der Weltspitze.“

Er konnte nicht anders und lachte laut auf.

„Komm her!“

Er zog sie wieder neben sich auf die Bank und umschlang sie so, dass sie ihn ansehen musste. Sie erschauerte und er freute sich darüber sichtlich. In einer zärtlichen Geste strich er ihr eine seidenweiche Haarsträhne hinters Ohr.

„Du hast dich nicht unmöglich benommen, Jessie. Was für ein Quatsch! Aber Dankbarkeit will ich nicht und es gefällt mir auch überhaupt nicht, wenn du gekränkt bist. Dafür gibt es absolut keinen Grund ...“

„Als wenn du das beurteilen könntest ...“, krächzte sie.

Obwohl sie versuchte, es mit zickig sein zu vertuschen, klang sie sehr verletzlich.

Der zärtliche Kuss, den er ihr gab, trieb ihr die Tränen in die Augen. Er eroberte ihre Lippen, die sich sofort für ihn öffneten. Zum ersten Mal bekam sie eine Vorstellung davon, was in ihm vorging.

Schwer atmend löste er sich von ihr und zog sie rittlings auf seinen Schoß. „Glaubst du mir, wenn ich dir sage, dass es absolut keinen Grund für dich gibt, gekränkt zu sein?“

„Aber warum hast du dann nicht gestern Abend schon ...“

„Weil ich mir sicher sein wollte, dass du nicht nur deshalb so verschmust bist, weil du ein Gläschen Sekt zu viel getrunken hast.“

Sie strich mit den Händen über seine starken Arme. „Aber Alkohol bringt doch nur das ans Tageslicht, was ohnehin schon da ist.“

„Was glaubst du, warum ich die ganze Nacht kein Auge zugemacht habe?“

„Du auch nicht?“, lachte sie erleichtert auf. „Frag mich mal! Irgendwann bin ich dann eingeschlafen und mit einem dicken, fetten Kater wach geworden.“

„Siehst du, da hätte ich dann eh keinen Platz mehr in deinem Bett gehabt.“

Alexander warf einen Blick aufs Handy. „Meine Schicht ist gleich zu Ende, äh …“, er kratzte sich am Hinterkopf, „wenn du nicht möchtest, dass Jasper was mitkriegt, wäre es besser, du würdest dich jetzt auf den Weg machen. Er wird jeden Moment hier sein.“

„Und du? Macht es dir nichts aus, dass du …“, sie sah ihn entschuldigend an, „wie geht’s dir damit?“

Alexander erhob sich und zog sie mit sich hoch. Er gab ihr einen Kuss auf die Wange und schüttelte den Kopf.

„Mach dir darüber keine Gedanken. Ich bin okay.“ Er umarmte sie kurz und innig, bevor er ihr ins Ohr raunte: „Außerdem gefällt mir die Vorstellung, dass ich bei dir noch was gut hab.“

Alexander brachte Jessica noch bis zu ihrem Fahrrad. Den Heimweg trat sie mit flatternden Schmetterlingen im Bauch an.

18

Inzwischen war es früher Nachmittag und die Sonne schien, von wenigen Schönwetterwölkchen umgeben, ungetrübt vom Himmel. Voller Vorfreude auf die Sommerrodelbahn, die sie besuchen wollten, flitzten Greta und Louis über den Hof und stürmten zum Geländewagen, den Jessica am Morgen gründlich ausgesaugt hatte. Während die Kinder sich auf der Rückbank in ihren Sitzen anschnallten, verstaute sie einen Rucksack mit Notproviant im Kofferraum und packte Regenjacken dazu.

Der Hof war menschenleer. Jasper schlief noch. Er hatte nach seiner Nachtschicht auf der Weide am Morgen noch geholfen, die Bullen zu versorgen, bevor er schließlich schlafen gegangen war. Ihr Vater und Alexander waren draußen auf dem Feld, um die Weizenernte einzubringen, und ihre Mutter machte es sich im Garten gemütlich, nachdem sie den ganzen Morgen damit beschäftigt gewesen war, zu kochen, zu backen und Vorbereitungen für die nächsten Tage zu treffen.

Jessica beugte sich durch die hintere Tür zu Greta, um sicherzugehen, dass der Gurt richtig eingerastet war und checkte auch den von Louis. Plötzlich rief der Kleine ganz laut: „Papa, ich bin hier!"

Jessica zuckte vor Schreck zusammen und riss den Kopf hoch. Gott sei Dank sorgte die weiche Bespannung des Autohimmels dafür, dass sie sich nicht anstieß. Durch die Heckscheibe sah sie, wie Alexander und ihr Vater mit Schlepper und Anhänger auf den Hof fuhren. Seltsam. Noch am Morgen beim Frühstück war die Rede davon gewesen, dass sie den ganzen Tag auf dem Feld sein würden.

Kurz darauf verstummte der Schleppermotor. Sie hörte Schritte, die näherkamen. Alexander. Mit heftigem Herzklopfen zog Jessica den Kopf aus dem Wagen und stellte sich in die geöffnete Tür.

Seit dem Frühstück, bei dem sie sich immer wieder verstohlene Blicke zugeworfen hatten, kreisten ihre Gedanken nur um ihn. Eigentlich in jeder Sekunde, in der sie wach war. Selbst im Schlaf – gefühlt hatte sie die ganze Nacht wach gelegen und immer und immer wieder die Momente ihres Zusammenseins erlebt – war es ihr gewesen, als habe er sie sehen können und sei bei ihr gewesen. Und nun war er tatsächlich da.

In seiner ganzen kraftvollen Statur blieb er so dicht neben ihr stehen, dass sie ihn riechen konnte. Genau wie am Morgen, unrasiert, doch jetzt auch mit Staub übersäht, verschwitzt, erdig und mit einem Hauch von Seife. Einfach nur unwiderstehlich männlich. Wenn es den Geruch in Flaschen gäbe, sie würde ihn kaufen.

Jessica verschränkte die Arme vor der Brust. Es juckte ihr in den Fingern, ihn zu berühren. Seine Augen – in diesem Moment waren sie braun, beinahe schwarz – versenkten sich in ihren und für einen Augenblick war die Vertrautheit wieder da, die seit dem vergangenen Abend zeitweise zwischen ihnen existierte. Beim Frühstück, vor den anderen, hatte sie ihn kaum ansehen können, weil sie dachte, sie würde sich dann verraten. Alexander schien es ebenso gegangen zu sein. Auch er hatte sie nur verstohlen gemustert. Ganz im Gegensatz zu jetzt.

Das verheißungsvolle Lächeln, das er ihr gerade schenkte, berührte sie buchstäblich körperlich. Ihr Unterleib zog sich sehnsüchtig zusammen und ihre Brüste fingen an zu prickeln.

Herr, steh mir bei.

Mit aller Kraft besann sie sich darauf, dass zwischen ihnen nichts geklärt war und dass sie sich dazu an einem Ort befanden, wo sie nicht unbeobachtet waren. Sie wich seinem Blick aus und sah an ihm vorbei.

„Was ist passiert? Wolltet ihr nicht den ganzen Tag Weizen abmachen?"

„Jepp, wollten wir, aber der Mähdrescher nicht. Er hat den Geist aufgegeben. Vor morgen wird das nichts. Wir müssen warten, bis der Monteur das Ersatzteil besorgt hat. Sonntags ist das schwierig."

„Logisch." Jessica rückte ein wenig von ihm ab, um wieder Herr ihrer Gefühle zu werden, „und wo ist Papa? War der nicht eben noch bei dir?"

„Ja schon, aber ich weiß nicht, was er macht. Er hat mir nicht gesagt, was er vorhat."

Als wüsste Alexander, welche Wirkung er auf Jessica hatte, strich er ihr mit seinen von der Arbeit rauen Fingern beiläufig, so als wäre es unbeabsichtigt, über den nackten Arm, bevor er sich zu den Kindern ins Auto beugte, die auf ihren Sitzen bereits ungeduldig herumzappelten.

„Da sind ja meine Lieblingsquälgeister", schäkerte er lässig mit ihnen. „Wie sieht's aus? Nehmt ihr mich mit? Ich verspreche auch, dass ich mich beim Duschen beeile."

Louis klatschte vor Freude in die Hände und Greta quietschte vor Begeisterung. Jessica wurde von einer Welle von Glücksgefühlen überrollt und war froh, dass er ihr Grinsen nicht sehen konnte, weil er ihr seine ansehnliche Rückseite zukehrte. Und was für einen Rücken!

Greta und Louis brachen in Jubel aus und lösten ihre Gurte, bevor sie aus dem Wagen sprangen und einen Freudentanz aufführten.

„Geht noch einen Moment schaukeln", rief Jessica ihnen zu, „dann vergeht euch die Zeit schneller."

„Geht das in Ordnung für dich?"

„Was? Dass die beiden schaukeln?" Sie grinste ihn verschmitzt an. „Doch klar, warum nicht?"

Er drohte ihr mit dem Finger. „Dass ich euch begleite ... und jetzt tu nicht so, als wenn du nicht gewusst hättest, was ich meine."

„Wieso fragst du?"

„Warum antwortest du mir nicht?"

„Weil es besser wäre, wenn du jetzt duschen würdest, sonst verlieren wir zu viel Zeit. Du wirst sehen, dass die zwei gleich wieder auf der Matte stehen und loswollen und dann bist du immer noch hier ... und willst reden."

Alexander verdrehte amüsiert die Augen. „Okay. Da will man mal mit einer Frau reden ..." Er schüttelte den

Kopf. „Wie mans macht, ist es verkehrt." Abrupt wandte er sich ab und ging mit großen Schritten davon.

Froh über die kurze Verschnaufpause, die sie bekam, um sich mental auf Alexanders Nähe einzurichten, wanderte Jessica auf dem Hof auf und ab und beobachtete die Kinder. Alles war so neu, so aufregend und auch so ungewohnt und … ach verdammt, wenn sie sich doch bloß noch erinnern könnte, wie es anfangs mit ihrer Teenagerliebe Maik gewesen war und … ja, auch mit Dennis. Doch alles, was ihr dazu noch einfiel, war das missglückte *erste Mal* mit Maik und der Kummer, den ihr Gretas Vater angetan hatte. Erinnerungen an das erste intime Stelldichein mit den beiden – absolutes Blackout. So, als hätte es nie stattgefunden. Gegenüber Alexander kam sie sich vor, als sei sie noch so verklemmt wie in der Pubertät. Und es fühlte sich an, als stünde ihre Entjungferung noch bevor.

„Lasst euch aber Zeit, wenn ihr unterwegs seid!" Jochen kam von der Scheune hergelaufen. „Jasper kann sich heute Abend allein um die Bullen und die Kälber kümmern. Ich helfe ihm."

Erschrocken fuhr Jessica herum. Dass ihr Vater noch auf dem Hof unterwegs war, hatte sie bei all den verwirrenden Gedanken völlig verdrängt.

„Äh, ja, wenn du meinst … ist das nicht zu früh? Hat dir das der Arzt erlaubt?"

„Jessie! Wer von uns beiden ist hier das Kind? Du oder ich? Du hörst dich an wie deine Mutter. Ich sage dir, was ich ihr bereits gesagt habe: Hör auf, dir Gedanken darüber zu machen. Mir geht's gut. Der Doktor und ich, wir verstehen uns, da mach dir mal keine Sorgen und Jasper und ich sowieso."

Jochen war jetzt neben ihr und wollte weiterreden, schwieg jedoch, als er den Blick bemerkte, mit dem sie an ihm vorbei zum Hofladen hinübersah. Er sah sich um und entdeckte Alexander, der aus der Nebentür trat und auf sie beide zukam. Er trug eine khakifarbene Capri-Cargohose, zu der er ein schlichtes weißes T-Shirt ausgewählt hatte, das seine sommerliche Bräune betonte. Frisch rasiert und mit noch feucht-glänzenden, gekämmten Haaren war er eine wahre Augenweide, obwohl er ihr auch genauso gefiel, wenn er verstaubt, verschwitzt und strubbelig vom Feld kam.

Sie spürte die forschenden Augen ihres Vaters auf sich und hoffte, dass ihr schwärmerischer Blick sie nicht allzu sehr verriet.

„Macht euch einen schönen Tag, Jessie“, sagte er schließlich nur, als Alexander neben ihnen stehen blieb, „und vergesst die Zeit. Hier läuft es auch mal einen Nachmittag ohne euch beide.“

Greta und Louis kamen herbeigelaufen und kletterten in die offenen Türen des Geländewagens.

„Willst du fahren oder soll ich?“ Alexander sah sie abwartend an.

„Mir egal. Willst du?“

„Besser, man fragt nicht zu viel“, murmelte er und schwang sich hinters Lenkrad. Der Schlüssel steckte noch.

„Was war denn so falsch an meiner Antwort?“, mokierte Jessica sich. Sie pflanzte sich auf den geräumigen Beifahrersitz und zog die Tür hinter sich zu.

„Nichts. Außer, dass es keine Antwort war.“

„Gefällt es dir nicht, wenn ich dir die Wahl lasse?“

Er wendete und steuerte den Wagen vom Hof. „Prinzipiell ja. Aber darum geht's grad nicht. Ich habe dir eine Frage gestellt, die du mit einer Gegenfrage beantwortest. Das finde ich lästig. Aber wenn es dir gefällt, okay. Ich meine, es dauert dann zwar etwas länger, bis man zum Ergebnis kommt, aber gut, wenn's dich glücklich macht ..."

„Du machst mich noch verrückt", schnaubte Jessica.

„Der Satz hätte von mir sein können. Würde ich glatt unterschreiben.

„Bitte nicht streiten, Papa, bitte!" Louis machte plötzlich ein bekümmertes Gesicht.

„Wir streiten nicht, mein Großer, wir diskutieren nur. Das ist nichts Schlimmes." Alexander sah ihn durch den Rückspiegel an. „Das ist sogar wichtig, weißt du? Nur so kann man unterschiedliche Meinungen besprechen und klären."

Greta sah verwundert zu ihrem Freund hinüber und reichte ihm ihren Hasen, den sie wie immer dabei hatte. Jessica, die sich zu den beiden umgedreht hatte, fand die Geste so rührend, dass sie ihr eine Kusshand zuwarf und Louis, der hinter Alexander saß, über den Arm strich.

„Wir haben uns wirklich nicht gestritten, Louis", erklärte sie dem Kleinen mit sanfter Stimme. „Es ist alles gut."

Als Jessica sah, wie schuldbewusst Alexander auf Louis' Verhalten reagierte, gestand sie sich beschämt ein, dass sie gedankenlos drauflosgeplappert hatte, ohne bedacht zu haben, wie das bei den Kindern ankommen musste. Eigentlich nur bei Louis, denn Greta erzählte ihrem Hasen gerade, dass sie wie der Wind den

Berg hinuntersausen wollte. Ihr fielen die wenigen Bemerkungen wieder ein, die Alexander am Tag seiner Ankunft preisgegeben hatte. Scheiße. Warum konnte sie auch nicht einmal nachdenken, bevor sie anfing zu reden? Sie wusste kaum etwas über seine Vergangenheit und sein Leben. Eher gar nichts, denn er redete nicht darüber.

Unauffällig beobachtete sie ihn von der Seite. In sich gekehrt steuerte er den Wagen über die Landstraße und wirkte plötzlich so verschlossen, wie sie ihn noch nicht erlebt hatte.

Der Freizeitpark tauchte vor ihnen auf und Greta fing an, vor Freude zu quietschen. Aber auch Louis hatte seinen Kummer vergessen. Mit großen Augen betrachtete er die bunten Häuschen, die den Eingang der Anlage markierten. Langeweile würde bei dem Angebot jedenfalls nicht aufkommen. Neben der Sommerrodelbahn, einer Minigolfanlage, einem großen Spielplatz mit riesigem Trampolin und diversen Klettergerüsten gab es auch einen Biergarten.

Jessica blies sich eine Haarsträhne aus dem Gesicht, als sie in dem sonntäglichen Getümmel einen geeigneten Parkplatz für den sperrigen Geländewagen ausmachen konnte. „Da drüben. Siehst du", wandte sie sich Alexander zu, „da passen wir rein."

Er befolgte ihren Wink, sagte jedoch nichts. Kaum dass der Motor verstummt war, sprangen Greta und Louis auch schon aus dem Auto.

„Langsam, Kinder. Hier fahren Autos!"

Gerührt beobachtete Jessica, wie Louis Greta bei der Hand nahm. Gemeinsam gingen sie vor, ohne jedoch immer wieder nach hinten zu schauen, ob die

Erwachsenen ihnen nachkamen. Alexander stieg aus und begutachtete abschließend, ob er richtig in der Parklücke stand. Mit einem entschuldigenden Blick berührte sie ihn vorsichtig am Arm. Überrascht blickte er sie an.

„Alex … es tut mir leid. Ich wollte nicht, dass Louis denkt, dass wir streiten. Ich …“

„Lass gut sein.“ Er sah an ihr vorbei zu den Kindern, die bis zur Straße vorgelaufen waren. „Wir sind hier, um Spaß zu haben und nicht, um Probleme zu wälzen. Okay?“

„Ja, natürlich. Nicht heute. Erzählst du es mir irgendwann?“

Schulterzuckend drückte er auf die Fernverriegelung. „Mal sehen. Wenn es sich ergibt und wenn es passt.“

Er ging so eilig los, dass ihr nichts übrigblieb, als seine drahtige Gestalt von hinten zu bestaunen. Das Gefühl, außen vor zu sein, verstärkte sich noch, als er die Kinder rechts und links bei der Hand nahm und vorschriftsmäßig mit ihnen die Straße überquerte. Er war so fürsorglich und liebevoll mit den Kindern, dass sie schlucken musste. Vor allem, weil sie jetzt wusste, wie zärtlich er auch mit einer Frau sein konnte. Welche Frau war um Himmels willen so blöd, einen solchen Mann zu verschmähen? Das wollte ihr einfach nicht in den Kopf.

Was wäre, wenn seine Ex ihn nun plötzlich zurückwollen würde?

Und er? Würde er ihr verzeihen und sich wieder mit ihr versöhnen? Liebte er sie womöglich noch?

Jessica wusste aus eigener Erfahrung, wie lange es brauchte, über jemanden hinwegzukommen, selbst wenn derjenige gravierende Fehler begangen hatte. Diese Entscheidung war ihr damals mit Dennis erspart geblieben, weil er keine Reue gezeigt hatte. Wäre er nur einen Schritt auf sie zugekommen, hätte sie allein schon für Greta Kompromissbereitschaft an den Tag gelegt.

Trotz des übervollen Parkplatzes befanden sich in diesem Moment keine Wartenden vor dem knallbunten Kassenhäuschen. Alexander ging darauf zu und zog das Portemonnaie aus der Hosentasche, bevor er sich vor der Preistafel positionierte, um sie gründlich zu studieren. Angesichts der vielen Möglichkeiten wirkte er ein wenig ratlos, während die Kassiererin, die ihn schmunzelnd dabei beobachtete, längst registriert hatte, dass er nicht allein gekommen war. Jessica stellte sich neben ihn und öffnete die Lasche ihrer Handtasche.

„Ich empfehle das Familienticket", riet die ältere Frau freundlich, „damit kommen Sie am günstigsten weg."

„Klingt vernünftig", lachte Alexander, zog einen Fünfzigeuroschein aus dem Portemonnaie und stellte sich so demonstrativ vor den Verkaufsschalter, dass Jessica die Tasche wieder zuklappte.

„So, jetzt dürft ihr entscheiden, was wir zuerst machen." Alexander blieb auf dem geschotterten Weg stehen, der in die verschiedenen Bereiche der Anlage führte, und deutete auf eine ebenfalls quietschbunte Holzburg, die den Eingang zur Rodelbahn darstellte.

„Wollen wir zuerst rodeln, Trampolin springen oder Minigolf spielen? Ihr dürft bestimmen."

„Rodeln", kam es wie aus einem Munde. „Und dann Minigolf", befand Louis und Greta nickte dazu. Jessica konnte nur erstaunt gucken. So viel Einigkeit, ohne Absprache. Unglaublich.

„Gut." Alexander rieb sich die Hände. „Das ging ja flott. Jetzt müsst ihr uns nur noch sagen, mit wem ihr rodeln wollt. Greta mit Jessica und Louis mit mir, oder wie?"

Greta umschlang spontan sein Bein und sah ihn mit großen Dackelaugen an. „Ich will mit dir!"

Louis' Hand schlüpfte in Jessicas. „Darf ich mit dir?"

„Aber klar doch. Wir fahren zweimal, da könnt ihr immer noch tauschen."

Alexander kam aus dem Staunen nicht mehr heraus, als er mitansehen musste, wie vertrauensselig sein Sohn inzwischen mit Jessica umging. Dann erinnerte er sich, dass er diese Unbedarftheit auch schon auf dem Grillfest an den Tag gelegt hatte. Der Kleine schmiegte sich beim Rodeln an sie und ließ ihre Hand auch beim Aussteigen nicht los. Zudem war er mit Greta vollkommen einer Meinung, dass es auch bei der nächsten Rodelrunde keinen Tausch brauchte. Louis himmelte Jessica regelrecht an. Alexander ahnte, warum. Sein Sohn sehnte sich nach mütterlichem Beistand. Und Greta hatte offensichtlich die gleichen Sehnsüchte, so wie sie sich an ihn klammerte.

Großer Gott! Das musste Jessica doch auch auffallen. Sollte er mit ihr darüber reden? Oder wäre das zu missverständlich? Auf keinen Fall wollte er, dass sie den Eindruck gewann, er hätte es – wie einige seiner Vorgänger – nur auf ihren Hof abgesehen. Konnte er es überhaupt richtig machen? War nicht von vornherein alles, was er sagte, missverständlich? Nur eins war klar: Dass sie aufeinander flogen, ließ sich spätestens seit dem gestrigen Abend nicht mehr von der Hand weisen. War Sex vielleicht doch der Schlüssel zu allem? Alexander seufzte laut auf. Hätte doch nur dieser verdammte Mähdrescher nicht versagt! Er hasste den Zustand, wenn er keinen Rat mehr wusste.

Die nächsten beiden Stunden vergingen wie im Flug. Nach dem Rodeln besuchten sie die Minigolfanlage und danach tobten sich die Kinder auf dem Trampolin und auf dem Klettergerüst aus.

„Ich hab Hunger und muss mal Pipi!", flüsterte Louis Alexander ins Ohr. Er hüpfte von einem Bein auf das andere und verzog das Gesicht.

„Aber warum wartest du denn so lange? Dafür musst du dich doch nicht schämen. Das ist doch ganz normal … dann los, komm!" Alexander gab Jessica, die vor dem Klettergerüst stand und verwundert zu ihnen herübersah, ein Zeichen. „Wir gehen nur mal zu den Toiletten", rief er ihr zu und machte sich mit Louis im Eilschritt los.

Als sie aus der Herrentoilette herauskamen, entdeckten sie, dass Jessica und Greta den gleichen Weg zur Damentoilette nebenan angetreten hatten und nun in der Schlange standen und warteten.

„Jungs haben's besser", stellte Louis trocken fest, „wir müssen nie warten, wenn wir aufs Klo wollen."

„Stimmt. Und zur Not reichen auch mal die Büsche." Alexander strich ihm zärtlich über den dunkelblonden Haarschopf. „Gut beobachtet, mein Großer. Denkst du manchmal darüber nach, dass du bald in die Schule gehst? Oma und Opa freuen sich schon wie Bolle, dass wir zu ihnen ziehen." Alexander wurde das Herz schwer, wenn er darüber nachdachte, doch es wurde

Zeit, dass er Louis daran erinnerte. „Wie findest du unseren Ausflug heute eigentlich? Du hast noch gar nichts gesagt. Es gefällt dir doch, oder?“

Louis' Augen begannen zu strahlen, als er heftig nickte. Seine Hand schlüpfte in Alexanders. „Papa?“

Über seiner Nase bildete sich eine Falte und er sah verstohlen zu Jessica und Greta hinüber, die in der Schlange noch immer kaum vorangekommen waren. Sie standen mit dem Rücken zu ihnen und unterhielten sich.

„Ja?“

Louis' Augen, kugelrund und sehnsüchtig, blickten erwartungsvoll zu ihm auf. „Ähm ... kann Jessica nicht meine neue Mama sein?“

Wieder sah er kurz zu den beiden hinüber. Er sprach leise, als hätte er Angst, seine Wünsche laut zu äußern. „Sie ist so lieb zu mir ... und Greta auch. Ich mag sie sehr. Sie könnte doch meine Schwester sein. Außerdem braucht sie dringend einen Papa, damit sie nicht länger denkt, ihr Opa wäre das. Und ich ...“ Er holte tief Luft. „Ach Papa, das wäre so schön! Ich mache auch alles, was du mir sagst. Das verspreche ich dir. Bitte, Papa. Ich will nicht zu Oma und Opa. Ich will bei Greta und Jessie bleiben.“

Alexander war von Louis' Ausbruch so überrascht – er hatte diesen Wunsch bisher mit keiner Silbe angedeutet – dass er nicht wusste, was er sagen sollte. Es wunderte ihn allerdings nicht, dass sein Sohn so dachte. Welches Kind würde sich bei den Wackernagels nicht wohlfühlen? Er schnappte nach Luft. „Tja, du kannst dir sicher vorstellen, dass ich das nicht allein bestimmen kann. Weißt du, so einfach ist das nicht, wie du dir das ausgedacht hast. Es gibt da ein paar Dinge, die du noch nicht verstehst, weil du noch ein Kind bist …“

„Aber du magst Jessica und Greta doch auch!“ Louis sah seinen Vater verständnislos an. „Und Bärbel und Jochen sind auch so lieb. Wir müssen sie doch nur fragen …“

„Louis, hör zu! Versprichst du mir, dass du nichts dergleichen tun wirst? Auf keinen Fall darfst du mit irgendjemandem darüber sprechen … oder hast du schon mit Greta gesprochen?“

„Nein. Nur, dass wir richtig gute Freunde sind. Für immer. Mehr nicht. Wir haben *Familie* gespielt – im Baumhaus – dabei haben wir uns vorgestellt, dass du und Jessica für uns Papa und Mama seid … das schon. Ist das schlimm?“

„Nein, natürlich nicht. Ich möchte nur nicht, dass du mit Jessica und ihren Eltern darüber redest, okay? Versprichst du mir das?“

„Nein, mache ich nicht, aber kannst du denn nicht wenigstens mit Jessie sprechen? Sie ist doch so nett und so hübsch. Gefällt sie dir denn gar nicht?“

Alexander kam ins Schwitzen. „Doch, sicher … okay, ich verspreche dir, dass ich mein Bestes gebe, Louis. Mehr geht nicht. Stell dich lieber darauf ein, dass wir nächste Woche abreisen.“

„Für immer?“ In Louis’ Augen lag eine Trauer, die Alexander den Atem nahm.

„Das weiß ich selbst nicht. So leid es mir tut, aber ich kann dir nichts versprechen, was ich am Ende vielleicht nicht halten kann. Das hängt nicht nur von mir ab.“

Die Mädels kamen Hand in Hand von der Toilette zurück.

„So, da sind wir. Sorry, dass ihr so lange warten musstet, aber es ging nicht schneller."

Jessica zuckte mit den Schultern und verdrehte drollig die Augen. Dabei hielt sie Louis die andere Hand hin, die er sofort ergriff.

„Hab ich da eben was von Hunger gehört?"

Er nickte heftig und grinste vor Freude. Alexander ging das Herz auf, wenn er sie so mit Louis sah. Konnte man es seinem Sohn da verdenken, dass er sie sich als Mutter wünschte? Nein. Und er selbst wollte sie als Frau, als Partnerin und ... oh Gott ja, so schnell wie möglich als Geliebte, sonst würde er noch durchdrehen. Wenn er nur nicht so unter Zeitdruck stünde. Verdammt! Er brauchte einfach nur ein bisschen mehr Zeit.

„Gut. Dann schlage ich vor, dass wir jetzt einen Abstecher in den Biergarten machen. Ich hab gesehen, da gibt's Currywurst, Pommes und Limo. Wär das was für euch?"

Das Jauchzen der Kinder war Antwort genug.

Alexander lief hinter den dreien her. Louis' Worte gingen ihm nicht aus dem Sinn. Man sollte die Kids wirklich nicht unterschätzen. Sie bekamen viel mehr mit, als einem manchmal lieb war.

Nachdem alle vier ihre Menüs verzehrt hatten – wieder ließ es Alexander nicht zu, dass Jessica bezahlte –, wollten Louis und Greta noch eine Runde Scooter fahren.

Mit ausgesprochen glücklichen und müden Kindern traten sie schließlich eine Stunde später den Heimweg an, wobei die beiden nach wenigen Metern Kopf an Kopf vor Erschöpfung einschliefen.

„Aufwachen, ihr zwei Rabauken." Alexander löste die Sitzgurte. „Jetzt gibt's nur noch eine Katzenwäsche und dann geht's ab in die Heia."

Jessica schnappte sich Greta, während Alexander sich Louis über die Schulter hievte.

Auf dem Weg nach oben hörten sie, dass im Kaminzimmer der Fernseher lief. Ein Krimi. Meistens lief das Programm, das ihr Vater bevorzugte. Ihre Mutter interessierte sich nicht sonderlich für Krimis, wollte aber nicht allein in der Küche sitzen, weshalb sie häufig im Internet surfte, wenn ihr Mann Tatort schaute.

Unterm Dach angekommen, legten sie die Kinder in ihren Betten ab.

„Ich glaube nicht, dass du noch eine Geschichte vorlesen musst." Jessica zog Greta Schuhe und Shorts aus und breitete die Decke über ihr aus. „Heute Abend muss es mal ohne Zähneputzen gehen", grinste sie schief, bevor sie ins Bad lief, um mit einem feucht-warmen Waschlappen und einem Gästehandtuch zurückzukommen. Wenigstes Gesicht und Hände der Kinder sollten sauber sein.

„Haben wir das nicht auch überlebt?" Er nahm Jessica den Waschlappen ab und lief ins Badezimmer, um ihn erneut unters warme Wasser zu halten, bevor auch er Louis damit wusch.

„Logisch. Es kommt ja nicht jeden Tag vor." Sie ging ihm voraus zur Zimmertür und schaltete das Nachtlicht ein.

Alexander folgte ihr in den Flur und wedelte mit dem Waschlappen in der Hand hin und her. „Wohin damit?"

„Ins Bad. Leg ihn einfach ins Waschbecken. Ich räume ihn dann weg."

Irgendwie kam es Jessica so vor, als sei der Flur plötzlich kleiner geworden, als Alexander wieder aus dem Bad kam. Von einer Sekunde auf die andere war sie sich seiner charismatischen Nähe genauso bewusst wie der Tatsache, dass ein wunderschöner Tag zu Ende ging. Bedauerlicherweise viel zu früh. Sie war noch nicht müde. Ganz im Gegenteil, eher aufgekratzt.

„Es war ein schöner Tag", sagte sie, während er zur Tür strebte und dann mit der Hand an der Klinke abwartete.

Seine Augen wanderten über ihren Körper und blieben an ihrem Mund hängen.

„Ja, das war es. Mir hat er auch sehr gut gefallen. Wir sollten das wiederholen."

„Ja. Das sollten wir. Was war mit Louis? Als wir von der Toilette kamen, hatte ich den Eindruck, dass ihn irgendetwas bedrückt."

„Nein. Wir hatten nur ein Gespräch unter Männern, das ist alles. Er hat sich etwas ganz Bestimmtes zum Schulanfang gewünscht."

„Ah, wie ungewöhnlich. Zum Schulanfang? Nicht zu Weihnachten ... was denn?"

Alexander ließ die Klinke los und kam näher. Obwohl er sie nicht berührte, verspürte sie ein erregendes Prickeln.

„Bis Weihnachten ist noch ein bisschen hin ... es ist ein Geheimnis. Ich darf nicht drüber sprechen. Möglich, dass ich es dir irgendwann erzähle. Kommt darauf an."

„Oh! Worauf denn?"

„Zum Beispiel darauf, ob du mutig bist."

Er stand jetzt so dicht vor ihr, dass sie die Wärme spüren konnte, die von ihm ausging. Er strich ihr sanft über den Arm und lächelte sie an.

„Ich?"

„Hm, du."

Eine Etage tiefer klapperten Türen, weshalb Alexander spontan einen Schritt zurücktrat.

„Kann es sein, dass du darauf anspielst, dass du noch was gut hast bei mir?" Jessicas Herz stolperte und ihr Unterleib zog sich sehnsüchtig zusammen.

„Du bist ein kluges Mädchen." Er hauchte ihr einen Kuss auf die Wange und lauschte mit einem Ohr nach unten. „Wir hätten sturmfreie Bude. Jasper ist auf der Weide."

„Gibt es irgendwelche Bedingungen?" Jessica überlief es heiß und kalt bei dem Gedanken, was er ihr anbot.

„Nein, nur dich selbst und vielleicht ... das rote Blümchenkleid." Mit einem schelmischen Gesichtsausdruck blickte er kurz nachdenklich zur Decke, „Hm, ich denke, auf Unterwäsche und Make-up kannst du verzichten ..."

Er sah sie abwartend an. „Und was mir ziemlich gut gefallen würde, wäre, wenn du High Heels dazu tragen könntest."

Wieder strich er ihr wie beiläufig über den nackten Arm und sah ihr dann tief in die Augen. „Traust du dich das?"

Er gab ihr noch einen Kuss und lief dann, ohne ihre Antwort abzuwarten, mit federnden Schritten die Treppe hinunter.

Wie angewurzelt blieb sie stehen, lauschte, wie er im Erdgeschoss auf ihren Vater traf und mit ihm sprach.

Hilfe! Hoffentlich kommt jetzt keiner mehr hoch!

Ihr Körper stand in Flammen und das, obwohl er sie kaum berührt hatte. Großer Gott, was würde erst mit ihr geschehen, wenn er ... dabei war sie doch nach den vielen Jahren Abstinenz praktisch wieder zur Jungfrau mutiert.

Sie duschte ungewöhnlich lange. Cremte sich anschließend mit ihrem Lieblingsduft ein und föhnte ihre Haare nur leicht durch, sodass sie ihr in natürlichen Wellen auf die Schultern fielen. Sie streifte sich das rotgeblümte Sommerkleid über und ihre Haut begann sofort, unter der sanften Berührung des glatten Stoffes zu prickeln. Sie ahnte, warum es Alexander so gut gefiel. Abgesehen davon, dass es einen schwingenden kurzen Rock besaß, war es auf der Vorderseite bis zur Taille geknöpft. Den BH wegzulassen stellte keine so große Herausforderung dar, aber ohne Höschen zu gehen, kostete sie bei der Rocklänge echte Überwindung.

Wie oft er sich dieses Szenario wohl schon vorgestellt hatte? Bestimmt genauso oft, wie sie sich gewünscht hatte, mit ihm zu schlafen.

Auf dem Weg in ihr Schlafzimmer sah sie nach draußen. Gott sei Dank war es inzwischen stockfinster geworden. Jessica atmete tief ein und aus, um sich zu beruhigen. Sie war so unglaublich angetörnt und aufgekratzt, dass sich ihre Beckenbodenmuskeln vor Erregung zusammenzogen und damit eine Ganzkörpergänsehaut der besonderen Art einherging. Wie es ihm wohl jetzt erging, auf sie zu warten? Schließlich hatte sie nicht zugesagt, sich auf sein Spiel einzulassen. Es war doch nur ein Spiel, oder? War er genauso aufgeregt wie sie? Bestimmt nicht, schließlich besaß er viel mehr Erfahrung in solchen Dingen als sie.

Nachdem im Haus vollkommene Ruhe eingekehrt war, schlich sie – die High Heels in der Hand – barfuß die Treppen hinunter und lief auf Zehenspitzen durch den Flur. Sie nahm den Nebeneingang. Auf dem Hof angekommen, fuhr ihr eine Brise kühle Luft über ihr empfindliches nacktes Hinterteil und sie erschauerte. Ihr Blick ging nach oben. In Alexanders Zimmer brannte Licht. Als sie vor seiner Tür ankam, schlüpfte sie in die Schuhe. Vor Aufregung zitternd, klopfte sie zaghaft an.

Alexander stieg aus der Dusche und trocknete sich ab. Sein Gemüt glich einer Achterbahn. Hatte er ihr zu viel zugemutet? War er zu forsch vorgegangen? Würde sie es trotzdem wagen, zu ihm zu kommen?

Nur eins wusste er, na ja gut, ahnte er: Ihr Körper war mehr als bereit, sich auf ihn einzulassen. Auch wenn das kaum in die heutige Zeit passte – vor allem bei einer so schönen Frau – glaubte er Uwes und Hendriks Schilderungen. In Jessicas Leben hatte es nach der Entbindung von Greta keinen Mann mehr gegeben, da war er sich fast sicher. Aber wie ging man mit einer Frau um, die jahrelang abstinent gelebt hatte? Moment! Nur weil sie vielleicht keinen Mann aus Fleisch und Blut gehabt hatte, hieß das ja noch lange nicht, dass … Großer Gott, jetzt war er so aufgeregt, als hätte *er* selbst sein erstes Mal noch vor sich.

Vorsicht Falle, Alex! Das Zauberwort heißt Coolness. Die Ladies der Neuzeit wollen erfahrene Liebhaber, schon vergessen? Okay, dann hab ich noch nichts falsch gemacht.

Während er sich die Haare trocken rieb und in gestreifte Boxershorts stieg – er schätzte sich glücklich, dass seine schönsten sauber waren – ließ er das kurze Stück Hof, das sie für ihn sichtbar überqueren musste, um zum Ladengebäude zu kommen, nicht aus den Augen.

Endlich. Ein ganzes Gebirge von Steinen fiel ihm vom Herzen, als er sah, wie sie barfuß über den Hof tapste. Eilig brachte er das feuchte Handtuch ins Bad und löschte das Deckenlicht in seinem Zimmer. Nur ein Nachttischlämpchen brannte noch, das er ein wenig abseits positioniert hatte.

Als er das leise Klopfen an der Tür hörte, war er froh, dass er nun nicht mehr länger nachdenken konnte. Er öffnete langsam die Tür. In der schwachen Notbeleuchtung des Flures stand sie vor ihm und war so unglaublich attraktiv, dass er sich zusammenreißen musste, sie nicht sofort an sich zu reißen. In den hohen Schuhen wirkten ihre schlanken Beine noch länger, als sie ohnehin schon waren. Seine Augen streiften den Rocksaum ... langsam Alex, gaaanz langsam.

„Komm rein, ich freue mich, dass du da bist.“

„Hi.“

Jessica hörte selbst, dass sie klang, als wäre sie eine steile Anhöhe hinaufgerannt. So atemberaubend männlich, wie er in den locker sitzenden Boxershorts vor ihr stand, war sie froh, dass sie überhaupt einen Ton herausbrachte. Es sollte verboten werden, dass ein Mann in Unterhose so gut aussah. Das dichte dunkelblonde Haar, glänzte noch feucht von der Dusche und auf der muskulösen Brust kräuselten sich feine Härchen, die über dem flachen, festen Bauch in einem immer schmaler werdenden Pfad in den Boxershorts verschwanden.

Er schmunzelte, als er ihre Musterung bemerkte und reagierte, indem er sie mit einem Blick bedachte, der wie heiße Schokoladensoße über Vanilleeis an ihrem Körper entlanglief. Ein Wonneschauer landete direkt in ihrem Beckenboden. Alexander reichte ihr die Hand und zog sie in den Raum, schloss die Tür hinter ihr und presste sie dann sanft, aber bestimmt mit dem Rücken dagegen.

Als wüsste er, was er mit dieser Aktion auslöste, krabbelten seine Finger in einer federleichten Berührung ihren Arm hinauf, um dann ihren Nacken zu umfassen. Sie japste nach Luft, so sehr erregte die harmlose Annäherung ihre Sinne. Sein Duft, dieser dezente Geruch nach herbem Duschgel und Mann, würde sie wahrscheinlich nie wieder loslassen.

Er versenkte den nächsten verheißungsvollen Blick in ihren Augen, bevor er sie endlich küsste. Das samtige Drängen seiner Lippen, die forsche Zunge, die ihre fand, um mit ihr zu tanzen, ließ sie vor Entzückung erbeben. Hingebungsvoll schmiegte sie sich an ihn und schlang ihm die Arme um den Hals. Er war so stark, so muskulös, so fest und geschmeidig, dass ihr Körper sich augenblicklich anfühlte, als wäre er von einem warmen Sommerregen durchnässt. Heiß und feucht. Überall. Sein Oberschenkel zwängte sich sanft und dennoch unbeirrt zwischen ihre Schenkel und schob sich weiter nach oben, drängte sich in ihre Mitte, wo sich ihm ihr Becken sehnsüchtig entgegenreckte.

Er unterbrach den Kuss, löste ihre Arme von seinem Hals und fing an, die Knöpfe ihres Kleides zu öffnen.

Dabei legten sich seine kräftigen Pranken über ihren Brüsten ab, was ihr heiße Schauer in den Unterleib schickte. Als sich darauf ihr Becken in eindeutiger Weise selbstständig machte, küsste er sie.

„Langsam, mein Fräulein. Du bist zu ungeduldig.“

„Hm, wenn du das tust … du weißt doch jetzt, was das mit mir macht.“

„Oh ja, das weiß ich.“ Er stieß ein heiseres Lachen aus und seine rauen Finger begannen, ihre nackten Brüste zu massieren und ihre Brustwarzen zu reizen. Keuchend schloss Jessica die Augen und vergaß alles um sich herum. Wie von selbst fiel ihr Kopf nach hinten an die Tür und bot ihm so ihren schlanken Hals dar. Eine Einladung, der er nicht widerstehen konnte.

„Du machst mich verrückt, Jessie“, raunte er an ihrem Hals und hinterließ eine heiße Spur von Küssen bis zu ihrem Schlüsselbein.

Als Antwort seufzte sie nur leise und drängte sich noch dichter an ihn. Ihr Körper brannte lichterloh und sie stand kurz davor, zu kommen. Doch sie wollte mehr. Sinnlich strich sie ihm über die muskulösen Arme, den athletischen Brustkorb und stöhnte enttäuscht auf, als er ihr den Oberschenkel entzog. Ihr Atem blieb irgendwo zwischen Lunge und Kehle stecken, als sie spürte, wie seine Hand unter ihren Rocksaum krabbelte, über die zartweichen Rundungen ihrer Pobacken strich und dann ihre feuchte Hitze erkundeten. Kundig und zielstrebig. Ausdauernd und unerbittlich. Sie explodierte.

Mit beiden Armen fing er sie auf, hielt sie, bis das Beben nachließ, bevor er sie hochhob und zum Bett brachte, wo er sie behutsam ablegte. Sie wollte sich den

Rock, der ihr in die Taille gerutscht war, wieder nach unten ziehen, doch er hielt sie kopfschüttelnd davon ab und küsste ihre Scham fort.

„Bleib so. Du bist so unglaublich schön."

Geradezu andächtig ergötzte er sich an dem erotischen Abbild, das sie bot. Halbnackt, mit vor Leidenschaft geröteten Wangen und Lippen, lag sie da, die seidigen Haare um den Kopf herum ausgefächert. Alexander war von ihrem Anblick mit dem geöffneten roten Kleid, den langen Beinen und den Füßen, die noch immer in High Heels steckten, so angetan, dass er sich vornahm, alles in seiner Macht stehende zu tun, damit er der einzige Mann blieb, dem dieses Bild vergönnt war.

„Sieh mich nicht so an", lächelte sie, „komm lieber zu mir. Ich will mehr!" Mit Genugtuung saugten sich ihre Augen an den Boxershorts fest, die seine Erregung nicht verbergen konnten. „Es ist so lange her und ..."

„Ich weiß, meine Süße. Vertrau mir. Ich weiß, was du willst, und glaub mir, das will ich auch. Du hast keine Ahnung, wie sehr. Aber vorher möchte ich dich noch ein bisschen verwöhnen."

Er setzte sich auf die Bettkante, zog ihr langsam die Schuhe von den Füßen und strich an ihren wunderschönen langen Beinen entlang. Sie fuhr ihm durch die inzwischen trockenen Haare und rief seinen Namen. Er sah sie darauf nur aufreizend an und streichelte die Innenseite ihrer Oberschenkel, bis sie sich vor Erregung auf die Unterlippe biss und leise klagte: „Wie schaffst du das nur, dass du so geduldig bist? Ich halte das nicht mehr aus. Ich ... ich ... Alex, du machst mich so verrückt, dass ich gleich wieder ..." Ihre Hand umfasste seine und hielt sie auf. „Ich möchte dich spüren."

„Also, wenn das jetzt noch nicht so ist, dann muss ich irgendwas falsch machen", lachte er frech und streichelte ihr unschuldig über den Arm. „Es ist doch schön so."

Er ließ kurz von ihr ab und streifte ihr dann das Kleid über den Kopf, bevor er sie küsste und seine Hände erneut auf Wanderschaft schickte.

„Lass dich fallen und genieß das Geschenk, das die Natur euch Frauen gemacht hat. Über mich musst du dir keine Gedanken machen. Ich bin vorbereitet und hole mir das, was ich brauche, schon noch. Ganz sicher."

Aufs Neue brachte er sie mit gekonnten und erfahrenen Streicheleinheiten zur Erfüllung. Zitternd und seufzend ließ sie sich in seine Arme fallen, wo sie für eine Weile dicht aneinandergeschmiegt nebeneinanderlagen und sich zärtliche Worte zuflüsterten.

„Was hast du damit gemeint, du bist vorbereitet? Kondome?" Jessica blickte an ihm herunter. Er lag auf der Seite und trug noch immer die Boxershorts.

„Ja, das auch. Natürlich. Du verhütest doch sicher nicht, oder?"

„Nein. Dafür gab's bis jetzt keinen Grund."

Alexander strich ihr eine Haarsträhne aus der Stirn.

„Siehst du, das dachte ich mir. In gewisser Hinsicht geht es mir ähnlich. Seitdem ich mich von Louis' Mutter getrennt habe, bin ich keine Bindung mehr eingegangen. Der Typ für Affären bin ich nicht. Ist mir zu anstrengend und mit Kind sowieso nicht möglich. Tja, und dann treffe ich auf dich und ich weiß nicht, ob du dir vorstellen kannst, was es mit mir gemacht hat, als ich gemerkt habe, dass die Chemie zwischen uns stimmt. Ich bin auch nur ein Mensch."

„Aber du wusstest nicht, dass ich tatsächlich zu dir komme."

„Nein, das konnte ich natürlich nicht wissen. Aber wenn du wegen dieser – okay, ich gebe zu, etwas ungewöhnlichen – Einladung sauer gewesen wärst, hättest du mir gleich eine reingehauen." Er lachte leise auf. „Mein Glück, dass wir uns im Hochstand schon ein bisschen nähergekommen sind, das hat mir Sicherheit gegeben. Sonst hätte ich es nicht gewagt, dir solche Dinge zu sagen." Er zog eine Grimasse. „So, und da wollte ich natürlich nicht unvorbereitet sein."

Jessica grinste sichtlich erleichtert. „Ah, jetzt verstehe ich ... wann?"

„Vorhin unter der Dusche. Ich wusste, dass ich das nicht durchhalten kann und wollte dich nicht so überfallen, wo du so lange keinen Mann mehr hattest. Das ist doch so, oder?"

„Ja. Ich dachte, darüber spricht das ganze Dorf. Ich bin vielleicht ein bisschen aus der Übung, aber deswegen musst du nicht denken, dass ich wieder zugewachsen bin."

„Das werden wir gleich testen", raunte er ihr ins Ohr und zog sie näher zu sich heran.

Doch dieses Mal wollte Jessica das Zepter in die Hand nehmen. Ihre Hand schlüpfte in seine Shorts und umfasste ihn zärtlich.

„Oh, jetzt willst du's aber wissen", japste er und küsste sie dann stürmisch.

Ehe sie sich versah, lag sie auf dem Rücken. Alexander zog sich das Kondom, das er in greifbarerer Nähe liegen hatte, über und verlor keine Zeit mehr. Die Art, wie er ihre Schenkel öffnete, steigerte ihre Hingabebereitschaft und ihre Ekstase. Sein Mund erstickte den Lustschrei, der sich aus ihrer Kehle löste, als er endlich in sie eindrang. Erst vorsichtig und dann in immer heftiger werdenden Stößen. Jessica kam ihm entgegen und konnte gar nicht genug von der Leidenschaft bekommen, mit der er sie liebte. Selbst, als sie beide längst die Erfüllung gefunden hatten, schauderte ihr Körper noch. Nur allmählich schöpfte sie wieder ruhigeren Atem.

„Danke", flüsterte sie ihm ins Ohr. „Das war sehr, sehr schön", seufzte sie.

„Hm, den Dank gebe ich gern zurück. Ich fand es auch sehr, sehr schön." Er zog die Decke über sie, gab ihr einen sanften Kuss und verschwand dann im Bad.

So war es mit Dennis nie gewesen, erinnerte Jessica sich, auch wenn sie sich eigentlich kaum mehr an die wenigen intimen Momente mit ihm erinnern konnte. Außer einem sehr reizvollen Körper hatte Dennis mit Alexander nichts gemein. Schon gar nicht dessen Geduld, Rücksichtnahme und Einfühlungsvermögen. Mehr Vergleichsmöglichkeiten hatte sie nicht. Von ihrer Jugendliebe Maik war sie zwar entjungfert worden, aber berauschend war das nicht gewesen, daran erinnerte sie sich noch ganz genau. Und an die Zeit danach hatte sie ebenfalls keine Erinnerung mehr. Aber dass sie solche intensiven Gefühle, die sie gerade mit Alexander erlebt hatte, jemals vergessen würde, konnte sie sich beim besten Willen nicht vorstellen.

Alexander kam zurück und nahm ihre Aufmerksamkeit wieder für sich in Anspruch. Er kuschelte sich zu ihr unter die Decke und umschlang sie zärtlich.

„Na, hab ich dich ein bisschen schläfrig gemacht?"

„Und ich dich?"

Er küsste sie zärtlich auf die Wange.

„Auf jeden Fall", lachte er und hielt sich die Hand vor den Mund, weil er tatsächlich gähnen musste. „So leid es mir tut, aber du solltest dir jetzt überlegen, was du willst, Jessie. Möchtest du hierbleiben oder soll ich dich rüberbringen?

„So verlockend das auch klingt, aber ich kann leider nicht bei dir bleiben. Was ist, wenn die Kinder wach werden? Aber bringen musst du mich nicht. Die paar Meter – das wäre ja Quatsch." Sie sah sich suchend nach ihrem Kleid um.

„Gut, dann hole ich dir wenigstens meinen Bademantel, das ist wärmer. Nur mit Schuhen kann ich nicht dienen."

„Macht nichts. Ich gehe barfuß. Die hohen Hacken sind zu laut."

Er holte ihr den Frotteemantel und reichte ihr die Hand, um aus dem Bett zu kommen. „Komm her, lass dir helfen", raunte er ihr ins Ohr und hielt ihr den Mantel auf.

Mit dem Rücken zu ihm stellte sie sich vor ihn und schlüpfte in die riesigen Ärmel des marineblauen Bademantels. Sie musste kichern, weil er an ihrem Ohr knabberte. Wie ein Kind packte er sie in den dicken Frotteestoff, bevor er sie mit beiden Armen umschlang und seine Wange gegen ihre drückte.

„Alex?"

„Hm?“

Sie drehte sich in seinen Armen um und sah ihn an. „Wegen der Kinder … ich denke, es ist besser, wir behalten das hier lieber für uns. Was meinst du?“

„Ja“, nickte er, „wahrscheinlich hast du recht. Es wird für den Anfang das Beste sein.“

19

Am nächsten Morgen fand sich Jessica als Letzte am Frühstückstisch ein. Eigentlich war es wie jeden Morgen. Sie kam vom Kälberfüttern, wischte sich die noch feuchten Hände an der Latzhose ab und tapste in selbstgestrickten Strümpfen die Kellertreppe hoch Richtung Küche. Und doch war alles aufregend, neu und anders. Sie unterdrückte ein Gähnen.

Obwohl sie sehr müde gewesen war, hatte sie nur schwer in den Schlaf finden können. Ob es nur an den vielen verwirrenden Gedanken lag, die ihr nach wie vor durch den Kopf geisterten, oder am veränderten Körpergefühl, das sich ganz besonders an bestimmten Stellen bemerkbar machte, hatte sie nicht herausfinden können. Es fühlte sich ein bisschen an wie Muskelkater, aber natürlich unbeschreiblich schöner.

Sie musste sich zusammenreißen, um nicht laut aufzuseufzen, wenn sie an die vergangenen Stunden mit Alexander dachte. Prompt überlief sie schon wieder eine Gänsehaut, die sie erschauern ließ. Großer Gott, wie sollte sie sich da auf ihre Arbeit konzentrieren? Und jetzt, wo sie ihn in seiner Arbeitsmontur da sitzen sah, eigentlich so wie jeden Tag, musste sie sich zwingen, nicht blöd zu grinsen. Schließlich war sie es gewesen, die den Vorschlag gemacht hatte, ihre ... ja was denn nun ... Affäre, ihr Liebesverhältnis, Start einer Beziehung, unter Verschluss zu halten. *Start einer Beziehung*, tss, na das war ja nun wirklich noch nicht raus. Besser, sie stürzte sich da nicht in Illusionen. Und über Zukunftspläne zu reden, war definitiv zu früh. Eine Schwalbe macht noch keinen Sommer und einmal zusammen zu schlafen noch keine Beziehung. So naiv hätte sie noch vor fünf Jahren gedacht. Aber nach all dem, was sie in der Zwischenzeit erlebt hatte, heute ganz sicher nicht mehr. Okay, vielleicht nur manchmal ganz kurz, so wie letzte Nacht, als sie nicht schlafen konnte und lieber in Wunschträumen geschwelgt hatte. Wenn einem noch eine Heerschar von Endorphinen durch die Blutbahnen blubberte, durfte man auch mal einen kleinen Zwischenstopp auf Traumwolke Nummer sieben machen. Pink und glitzernd und mit einem Mann wie Alex, gemeinsamen Kindern und mindestens dreimal die Woche Sex. Vor allem welchem von der Sorte wie letzte Nacht!

Schluss jetzt, verdammt noch mal! Reiß dich am Riemen.

Sie streifte sich die Ballonmütze vom Kopf, warf sie auf einen leerstehenden Stuhl und zurrte das Haargummi fester, bevor sie auf die Essecke zumarschierte.

„Guten Morgen!", rief sie lächelnd in die Runde und fing dabei Alexanders funkelnden Blick ein, mit dem er sie für den Bruchteil einer Sekunde bedachte und sie sofort wieder schwindlig vor Glück werden ließ. Bemüht, sich davon nichts anmerken zu lassen, pflanzte sie sich neben die Kinder und langte nach einem Brötchen.

„Oh Mann, die Kälber waren aber heute Morgen ausgehungert, haben die gestern Abend nix gehabt?"

„Doch, natürlich." Jasper sah überrascht auf. „Den Kohldampf hatten die da auch schon, aber ich hab ihnen die normale Ration gegeben. Danach war's gut."

„Ich auch", nickte Jessica und sah ihren Vater an, „was meinst du? Geht das so oder soll ich ihnen noch was geben?"

Jochen goss sich Milch in den Kaffee. „Das ist wie bei den Menschen, wir haben auch nicht immer den gleichen Appetit. Behaltet die Sache im Auge und gebt ihnen, wenn's nötig ist, noch eine kleine Zwischenmahlzeit."

Plötzlich piepte die Zeitschaltuhr am Backofen. Bärbel, die irgendwie abwesend wirkte, sprang auf und zog sich schnell Topfhandschuhe an, bevor sie die Ofentür aufriss und eine dampfende Springform herauszog.

„Für wen backst du denn um die Uhrzeit schon Torten?" Erst jetzt sah Jessica, dass auf der Arbeitsplatte neben der Küchenmaschine und diversen Schüsseln auch schon ein bereits gebackener Tortenboden stand. „Hab ich irgendeinen Geburtstag vergessen?" Fragend sah sie Jasper und Alexander an, die aber sofort verneinend den Kopf schüttelten.

„Ach, die sind für Sigruns Sechzigsten. Das ist morgen. Du weißt doch, dass wir das bei jeder unserer Landfrauen so halten, dass diejenige, die Geburtstag hat, selber nichts vorbereiten muss. Und weil Christa heute einen wichtigen Arzttermin hat – das hat sie erst letzten Donnerstag erfahren – backe ich ihre Torte mit." Bärbel fuhr sich mit dem Handschuh über die erhitzte Stirn. „Ehrlich gesagt hatte ich das im Trubel der letzten Tage ein bisschen verdrängt und bin jetzt ziemlich unter Zeitdruck. Könnte vielleicht ausnahmsweise mal einer von euch die Kinder in den Kindergarten bringen?"

„Ich mach das", reagierte Alexander sofort, „der Mähdrescher soll sowieso erst am späten Vormittag fertig sein. Wenn sonst nichts anliegt?" Fragend sah er seinen Chef an.

Jochen, der sich kauend in die Tageszeitung vertieft hatte, aber dennoch den Gesprächen ringsherum folgen konnte, nickte nur dazu.

„Oh, das ist gut." Jessica sah suchend über den Tisch und griff dann zur Marmelade. „Ich habe nämlich eine Ladung von Bestellungen im Postfach, die dringend fertig gemacht werden müssen. Ist Traudel heute den ganzen Tag im Laden?"

„Ja." Bärbel brachte zwei leere Brotdosen mit und setzte sich wieder an den Tisch. „Ich bin so froh, dass sie es sich einrichten konnte, sonst hätten wir jetzt ein Problem."

„Und morgen hat Sigrun also Geburtstag. Hm, feiert sie zu Hause?" Jessica sah verstohlen zu Alexander, der Louis Orangensaft nachschüttete, und blieb an seinen Fingern hängen, als er die Flasche zudrehte. Wieder rieselte ein Schauer über ihren Körper.

Als hätte er ihre Gedanken erraten, huschte ein besonderes Lächeln über sein Gesicht. Als sie bemerkte, wie ihre Mutter sie ansah, lenkte sie ihren Blick schnell auf das Marmeladenbrötchen in ihrer Hand.

„Ja, sie veranstaltet so etwas wie einen Tag der offenen Tür. Jeder kann kommen, wann er will. Brigitte, Sabine und Erika übernehmen den Küchendienst und kümmern sich um die Schnittchen und die Getränke. Christa bringt noch einen Plattenkuchen mit, den hat sie schon gebacken. Das sollte dann reichen. Aber es werden sicher viele kommen."

„Dann bist du morgen gar nicht viel hier, oder?"

„Doch, natürlich, wo denkst du hin?" Bärbel teilte zwei belegte Wurstbrötchen und verstaute sie in den Tupperdosen. „Christa und ich treffen uns heute Abend, um ein paar Dinge zu besprechen, da nehme ich auch die Torten mit. Zu Sigrun werde ich erst morgen Nachmittag gehen können, aber das macht nichts, es sind ja genug andere Frauen da, die ihr helfen."

„Ja, die haben auch die Zeit dafür!", merkte Jochen an. „Wie soll das bei deinem Arbeitspensum auch sonst gehen?"

Alexander stand auf, holte die Kindergartentaschen und reichte sie Bärbel.

„Danke Alex." Sie sah kurz zu ihm auf, bevor sie sich wieder Jessica zuwandte. „Ach, da fällt mir ein: Christa lässt dir ausrichten, dass sie sich freut, dass du dieses Jahr an der Korbversteigerung teilnimmst. Sie meinte, sie bräuchte den Korb dann schon am Samstag."

„Wie bitte?" Jessicas Augen sprühten vor Empörung. „Ich kann mich nicht erinnern, dass ich ... nein, das muss ein Irrtum sein. Christel verwechselt das bestimmt. Ich ...", sie tippte sich energisch mit dem Zeigefinger auf den Brustknochen und schüttelte vehement den Kopf, „mache da nicht mit. Und ich habe dafür auch keine Zusage gegeben. Das wüsste ich. Das fehlte mir gerade noch, dass irgendein Typ meinen Korb ersteigert und dann meint, dass er sich sonst was erlauben kann. Nee nee, das lassen wir mal besser. Außerdem bin ich schon Mutter. Da nehmen doch nur Mädels ohne Vergangenheit teil."

Am Flackern von Bärbels Augenlidern, genauso wie an dem störrischen Zug, den sie um den Mund bekam, erkannte Jessica, dass ihre Mutter geglaubt hatte, sie würde auf ihre Taktik hereinfallen. Ihr Vater blickte von der Zeitung auf und war angesichts der Lautstärke, mit der sie ihrem Unmut Luft machte alarmiert, doch er hob nur eine Augenbraue. Allerdings warf er Bärbel einen Blick zu, den mal wieder keiner außer den beiden entschlüsseln konnte.

Jasper hob entschuldigend die Schultern. „Also ich finde, dass das eine super Sache ist, „dass man den Korb von einem Mädchen ... äh, einer Frau ersteigern kann. Ihr habt ja keinen Schimmer, wie froh ich darüber war. Ich hätte mich sonst nie an Miriam rangetraut."

Jochen hob den Daumen und grinste. „Richtig so Junge, die Frauen haben überhaupt keine Ahnung, was wir Männer für Seelenqualen erleiden, bevor wir uns trauen, eine anzusprechen."

„Aber du doch nicht, Papa!"

Jochen winkte ab und legte die Zeitung zur Seite. „Woher willst du das wissen, hm?", zwinkerte er ihr zu, ging aber nicht weiter darauf ein.

„Was wird denn da gemacht? Ich verstehe ehrlich gesagt gar nichts." Alexander sah fragend in die Runde.

„Das ist ganz einfach", begann Jasper zu erklären, „die Tradition sieht vor, dass unverheiratete Frauen aus dem Ort einen Picknickkorb bestücken, den sie dann am Sonntagnachmittag versteigern. Natürlich nur an unverheiratete Männer. Für das Geld, das der Spender gibt, bekommt er ein Date mit der Korbinhaberin seiner Wahl.“

„Genau“, fuhr Bärbel dazwischen, „es ist nur von unverheirateten die Rede, nicht von unverheirateten Frauen ohne Kinder.“

Jochen legte seiner Frau beschwichtigend die Hand auf den Unterarm.

„Das ist ein Brauch aus vergangenen Zeiten“, fuhr Jasper fort, „wo die jungen Leute die Möglichkeit bekamen, sich zu finden. Allzu viele Gelegenheiten gab es dafür ja nicht. Es war ja auch alles sehr viel steifer und strenger als heute. Das weiß ich von meiner Oma und Miriams Mutter hat das auch gesagt.“

„Ja und dann kann einer so lange bieten, bis kein anderer mehr mithalten kann?“ Alexander runzelte die Stirn. „Das würde dann ja bedeuten, dass die, die das meiste Geld haben, auch immer die schönsten Mädels abkriegen.“

„Ganz falsch ist das nicht“, nickte Jochen, „aber es gibt ein Mindestgebot und eine Höchstgrenze.“

„Stimmt.“ Jasper lachte und zog eine Grimasse. „Als ich gehört hatte, dass Miriam mitmacht, wusste ich noch von zwei anderen Kerlen, die auf sie bieten wollten, und hab mir extra viel Geld eingesteckt.“ Er hob den Daumen. „Das war mein Glück. Die Versteigerung läuft in Fünf-Euro-Schritten ab. Bei zweihundert ist Schluss. Ich musste bis auf fünfundsiebzig Piepen hochgehen. Ich kann euch sagen, das hat Miri ganz schön aus den Socken gehauen. Mit mir hatte sie nicht gerechnet." Glücklich grinsend reckte er die Siegerfaust in die Luft. „Aber ich hab sie gekriegt."

„Genau so muss das sein", lobte Jochen, „da weiß das Mädel gleich, was Sache ist."

„Aber deswegen ist das doch trotzdem kein ernsthaftes Versprechen, oder? Ich meine, nur weil man zusammen zum Picknick geht, weiß man doch noch nicht, ob es auch für mehr reicht, egal wie viel Geld der Spaß gekostet hat." Wieder sah Alexander fragend in die Runde.

„Nein, so ernst wird das heutzutage nicht mehr genommen", winkte Jochen ab. „Aber als Mann kannst du erst mal Kante zeigen und ... tatsächlich finden sich viele Paare noch immer auf diese Art, beziehungsweise haben sich so getraut, den ersten Schritt zu machen, wie Jasper gerade gesagt hat. Schließlich ist er ja auch jetzt mit Miriam zusammen, was sonst vielleicht nichts geworden wäre."

Jasper hob darauf erneut den Daumen. Man sah ihm an, wie glücklich er darüber war.

„Aber eigentlich soll es vor allem ein Spaß sein", fuhr Jochen fort. „Die Kirmesburschen und -mädels halten die Tradition aufrecht und organisieren die Versteigerung jedes Jahr, natürlich auch, um die Kirmes mitzufinanzieren."

„Hast du Bärbels Korb auch ersteigert?", wollte Alexander wissen.

„Nee", lachte Jochen, „sie kommt ja nicht aus unserem Dorf und hätte da gar nicht dran teilnehmen dürfen. Tatsächlich habe ich nie mitgemacht, weil ich keine falschen Hoffnungen wecken wollte", grinste er und ließ dabei seine Augenbrauen wackeln. „Ihr seht also, man bezieht damit schon öffentlich Stellung, wenn man den Korb eines Mädchens ersteigert. Mir gefiel keine, deshalb hab ich das lieber gelassen." Er nahm die Hand seiner Frau. „Bärbel war bei ihren Verwandten auf Besuch, die hier im Ort wohnen, als ich sie für mich entdeckt habe. Ich wusste gleich, dass ich sie will und durfte keine Zeit verlieren, weil sie ja nur ein paar Tage da war. Einen Picknickkorb brauchten wir dafür nicht."

„Und warum soll ich dann einen brauchen?" Jessica schob ihren Teller nach hinten.

„Also, ich würde das an deiner Stelle machen", zwinkerte Jasper ihr zu, „da kommen doch auch immer ein paar interessante Typen aus der Umgebung vorbei. Ich wette, wenn du einen Korb versteigerst, stehen die Kerle Schlange. Das würde ich mir an deiner Stelle nicht entgehen lassen."

Die Kinder, die zu Anfang der Tischdebatte noch mit Louis' Miniautos Rennen auf der Eckbank veranstaltet hatten, hörten seit Jessicas lautstarkem Widerspruch gespannt zu. Die Sache mit den Körben schien spannender zu sein als das Spiel mit den Rennautos.

Greta meldete sich zu Wort: „Omi, kann ich da auch mitmachen? Ich will aber, dass Louis meinen Korb bekommt."

Alle prusteten los.

„Warum lacht ihr denn so?" Greta war sichtlich entrüstet. „Wenn ich der Mami helfe, macht sie bestimmt auch mit."

Jessica atmete laut hörbar aus. Vielleicht sollte sie auch lauthals verkünden, dass sie nur dann mitmachen würde, wenn Alexander ihren Korb ersteigerte.

Doch der amüsierte sich nur köstlich über Gretas Wunsch und ließ mit keinem Wimpernschlag durchblicken, was er zu dem Thema wirklich dachte. Wahrscheinlich war es ihm einfach nur egal.

„Na gut, Schatz", gab Jessica nach. „Aber nur, damit wir endlich von was anderem reden können."

Sie fletschte die Zähne und starrte ihre Mutter an. „Bist du jetzt zufrieden? Du kannst Christel sagen, dass sie den Korb rechtzeitig von mir kriegt."

Bärbel lächelte unschuldig und versuchte, ihre Genugtuung zu verbergen. Ihr Blick streifte Alexander.

„Ich meins doch nur gut. Es ist schließlich auch schon so manch ein Junggeselle im Dorf geblieben, der das eigentlich nicht vorhatte."

Der Satz verhallte im Raum, so, als wäre er nicht gesagt worden, denn niemand reagierte darauf.

Jochen stemmte seine Pranken auf den Tisch. „So, ich denke, es wird Zeit, dass wir uns an die Arbeit machen."

Nach der Art zu urteilen, wie er das sagte, gab es ohnehin keinen Zweifel mehr daran, dass die Tischgespräche beendet waren.

„Jasper, womit vertreiben wir beide uns jetzt die Zeit, bis der Mähdrescher fertig ist?"

„Ich denke, wir sollten uns über den Bullentransport am kommenden Montag Gedanken machen", antwortete der wie aus der Pistole geschossen, „wir brauchen dringend Platz für die Halbwüchsigen."

Die Küche leerte sich, nur Bärbel blieb.

Jessica flüchtete ohne ein weiteres Wort in den Hofladen, um sich dort im Büro zu verkrümeln. Am liebsten wäre sie im Erdboden versunken. Was dachte sich ihre Mutter nur dabei, so plump vorzugehen? Was Alexander von dem Wink mit dem Zaunpfahl hielt, hatte sie nicht erkennen können, denn er war mit den Kindern bereits in den Flur gegangen, um ihnen die Schuhe anzuziehen. Für den Rest des Vormittags sah sie ihn nicht mehr.

***

Dennis Schulz knallte die Heckklappe des in die Jahre gekommenen Kombis zu und setzte sich hinters Steuer. Doch wohin sollte er fahren? Zurück zu seinen Eltern an die Weser? Nein, ganz sicher nicht. Sein ehemaliger Ausbilder hatte dafür gesorgt, dass er dort keine Anstellung mehr bekommen würde. Scheiße. Aber er brauchte ganz dringend einen Job. Natürlich nur einen als Pferdewirt. Was anderes kam nicht in Frage, auch wenn er soeben mit Schimpf und Schande vom Hof seines letzten Chefs geflogen war.

Was konnte er dafür, dass die Frauen auf ihn standen und sein Ex-Boss keinen mehr hochkriegte? Und wieso hatte die dusselige Kuh nicht einfach nur das Maul gehalten?

Ich kann meinen Mann nicht länger hintergehen. Das lässt mein Gewissen nicht zu.

Schwachsinn. Warum war sie ihm dann überhaupt erst hinterhergestiefelt? Jetzt saß er ohne Job da und die Lady würde so schnell nichts Warmes mehr in den Bauch kriegen. Selbst schuld. Verdammte Scheiße.

Dennis verzog verärgert den Mund. Der Verdienst auf dem Gestüt war echt erste Sahne gewesen. Dazu das Trinkgeld der Chefin, die sich seine *Abstecher* bei ihr den einen oder anderen Fünfziger hatte kosten lassen.

396

Zusätzlich. Welcher Idiot würde dazu Nein sagen? Vor allem, wenn man bedachte, für was. Er war nicht der Mann, der eine sexuell frustrierte Frau leiden sehen konnte. Außerdem – leichter ließ sich Geld wohl kaum verdienen. Ja gut, mit achtundvierzig Jahren war sie nicht mehr ganz so knackig, wie es seinen Wünschen entsprach, aber trotzdem war das Opfer so groß nicht gewesen. Wenn ihr Alter wüsste, wie viel Glut noch in dem Ofen steckte. Meine Güte, der hatte ja keine Ahnung, was er verpasste.

Dennis ließ den Motor an und fuhr los. Für eine absehbare Zeit würde er ohne Job auskommen, schließlich hatte er sein eigenes Geld kaum anrühren müssen. Kost und Logis frei, sozusagen als Bonus, weil er sich sieben Tage die Woche um die Pferde gekümmert hatte.

Er steuerte den Wagen langsam durch den kleinen Ort im Sauerland und musste an einem Zebrastreifen anhalten, weil eine junge Mutter mit einem Kinderwagen die Straße überqueren wollte. Moment mal ...

Dennis wusste mit einem Mal, wo er hin musste. Vielleicht fand er ja auf Gut Freyenhof wieder eine Anstellung. Dort war er nicht gekündigt worden, sondern freiwillig gegangen. Außerdem zahlte er jeden Monat Alimente an eine Frau, die einmal einen stattlichen Hof erben würde.

Ein Grinsen überzog sein Gesicht. Vielleicht wäre es jetzt an der Zeit, doch sesshaft zu werden? Von einem der Aushilfen auf Gut Freyenhof, mit dem Dennis seither sporadisch Kontakt hielt, wusste er, dass Jessica auch nach fünf Jahren keinen Mann mehr an sich herangelassen hatte. Da wäre sie doch bestimmt sehr dankbar für ein bisschen Zuwendung, vor allem, weil sie damals ja total auf ihn abgefahren war. Und eine Frau mit so einem Vermögen im Rücken sollte man prinzipiell nicht verschmähen. Warum ihm das seinerzeit nicht aufgefallen war, stellte ihn jetzt vor ein Rätsel. Aber noch war es ja nicht zu spät.

***

„So ihr Zwerge, ab mit euch." Alexander stellte Gretas und Louis' Schuhe ordentlich unter die Garderobe, wo alle Kinder ihre Anziehsachen aufbewahrten, und hielt beide Hände zum Abklatschen hin. „Ich weiß noch nicht, wer euch heute Nachmittag abholt, aber irgendeiner wird kommen", zwinkerte er und wandte sich zum Gehen. „Tschüss, ich mach mich los."

„Alexander!"

Er blieb überrascht stehen und drehte sich zu der weiblichen Stimme um, die mit raschen Schritten näher kam.

„Alex! Warte doch bitte mal kurz."

Lisa Höhmann, die neue Erzieherin, kam auf ihn zu und blieb kurzatmig und mit einem kokett-verlegenen Lächeln vor ihm stehen.

„Lisa. Gibt's Probleme mit den Kindern?" Er sah an ihr vorbei, doch außer ihr war niemand mehr im Flur. Im großen Spielraum herrschte dagegen ein heilloser Lärm.

„Nein nein ..." Sie fasste ihn vertraulich am Arm und dirigierte ihn nach draußen, wo der Lärm erträglicher war. „Ich wollte dich was fragen, äh ... ja ..." Mit einem schmachtenden Blick erfasste sie seine kräftigen Arme und sah ihm dann in die Augen.

„Am Wochenende ist Kirmes und ich dachte, weil wir doch beide neu im Ort sind und … vielleicht könnten wir mal ein Bier zusammen trinken? Hm, was meinst du?"

Ach, was waren das doch noch für Zeiten, in denen es Männern vorbehalten war, sich einer Frau zu nähern, ging es Alexander durch den Sinn. Er konnte sich nicht entsinnen, Lisa auch nur einen einzigen Anlass dafür gegeben zu haben, dass sie annehmen durfte, er sei an ihr interessiert.

„Oh, eine nette Idee … ja", Alexander wackelte abwägend mit dem Kopf hin und her, „versprechen kann ich da aber noch nichts. Tut mir leid. Ganz sicher werde ich mir am Samstagnachmittag die Parade anschauen, da reiten Greta und Louis nämlich mit und vielleicht schaue ich auch am Sonntag noch mal vorbei, aber sicher ist das noch nicht. So ist das. Wenn's passt, können wir das ja spontan entscheiden, falls wir uns dort treffen."

Lisas Lächeln erstarb. „Ja, sicher. Wenn's passt und falls wir uns dort treffen, na klar. Okay, schau'n wir mal." Sie bemühte sich, Haltung zu bewahren und lächelte tapfer weiter. „Schönen Tag noch."

„Dir auch. Ich muss jetzt los. Die Arbeit wartet."

„Meine auch. Man sieht sich."

Alexander wollte nur weg, weshalb er seine Schritte beschleunigte. Es tat ihm aufrichtig leid, Lisa verletzt zu haben, aber besser, sie kapierte gleich, dass er nicht an ihr interessiert war.

Nur mit größter Anstrengung bewältigte Jessica an diesem Vormittag ihre Aufgaben. Sie ging alle Bestellungen zweimal durch, nur um nichts zu übersehen oder andere Fehler zu machen. Gegen Mittag war sie dann endlich mit der Büroarbeit fertig und bereitete sich auf einen Besuch in einem neu eröffneten Feinschmeckerladen in Korbach vor, dessen Besitzer sie versprochen hatte, zum Einweihungstag vorbeizukommen. Gerade als sie den mit Fleisch, Eiern und Kartoffeln vollbepackten Korb in den Mercedes hievte, fuhr Alexander allein mit dem Schlepper vor. Er hatte sie sicher nicht gesehen, denn er rannte eilig in die Scheune.

Jessica sah auf die Uhr und überlegte. Eine genaue Uhrzeit hatte sie für ihren Besuch nicht angekündigt, weshalb es auch nichts machen würde, wenn sie ein wenig später käme. Bei dem Tumult, der bei Eröffnungstagen üblich war, würde es ohnehin nicht auffallen, zumal der Ladenbesitzer bereits eine große Lieferung bekommen hatte.

Wie auch immer. Sie wollte nur ganz kurz zu Alexander, hatte solche Sehnsucht nach ihm, dass es ihr fast Angst machte. Ungeachtet dessen, dass sie bereits für den Besuch in dem Laden umgezogen war, lief sie, so schnell es ihre Pumps erlaubten, über den Hof zur Scheune und hörte Alexander fluchen, der mit dem Kopf in der Werkzeugkiste ihres Vater steckte.

„Verdammter Mist, wo ist denn dieses Ding jetzt?"

Er schreckte hoch und blickte überrascht auf. Obwohl er über und über mit Staub und Schmutz übersäht war, wollte Jessica sich am liebsten an ihn drücken, aber sie sah ein, dass das unmöglich war, ohne dass sie sich dann von Kopf bis Fuß umziehen müsste.

„Jessie! Wo kommst du denn jetzt her?"

„Aus der Garage. Ich wollte gerade zu einer Neueröffnung fahren ... aber schön, dass du dich so freust, mich zu sehen."

Grinsend verdrehte er die Augen, stand auf und kam beinahe bedrohlich nahe an sie heran.

„Gut, du willst eine ordentliche Begrüßung", lachte er, „dann komm her!"

„Untersteh dich! Ich bin eh schon zu spät ..." Sie streckte ihm den Kopf entgegen und hielt ihm ihren Kussmund hin. „Nur einen unschuldigen Kuss, mehr will ich doch gar nicht."

Er stellte sich in der gleichen Manier vor sie und küsste sie mit spitzen Lippen. „Und das soll ich dir glauben?"

„Für den Moment ja", blitzte sie ihn schelmisch an, „auch wenn's mir schwerfällt." Sie deutete auf die Werkzeugkiste. „Was suchst du denn?"

„Kennst du dich aus?"

„Lass es uns testen."

„Okay. Ich brauche den Achtzehner Maulschlüssel mit Ringratsche. Der soll da drin sein."

„Ich dachte, der Mähdrescher wäre repariert worden. Wieso ..."

„Weil die Bremse vom Anhänger sich nicht lösen lässt."

„Und mein Vater hat kein Werkzeug dabei? Gibt's doch gar nicht. Na, der war aber auch schon mal besser organisiert ..."

„Jessie, Süße, würdest du mir jetzt bitte weiterhelfen, die warten nämlich auf mich."

„Okay, verstehe. Ich muss ja selber los. Mein Vater hat mindestens drei Werkzeugkisten und ich verrate dir jetzt, wo er sie verteilt hat. Was kriege ich dafür?"

„Sei froh, dass ich dich nicht anfassen darf, dann wüsstest du schon, was du dafür kriegst. So musst du leider bis heute Abend warten."

Und prompt war sie da, die Ganzkörpergänsehaut. Der Blick, mit dem er sie bedachte, löste noch ganz andere Reaktionen hervor, bis ihr die Bemerkung ihrer Mutter wieder einfiel, die sie am Frühstückstisch bezüglich des Korbes losgelassen hatte.

„Komm mit, ich zeig dir, wo du den Maulschlüssel findest. Ich muss sowieso in die Richtung."

Alexander folgte ihr in die Garage, wo der Roadster mit offener Fahrertür auf Jessica wartete.

„Guck mal da drüben in dem Metallkoffer, da könntest du fündig werden."

Tatsächlich fand er dort das benötigte Werkzeug. Jessica wartete in der Autotür stehend auf ihn. Er kam zu ihr, und gab ihr einen Kuss, der schon eher dem entsprach, was sie sich von ihm wünschte, und wollte gehen.

„Alex?

„Ja?"

„Es tut mir leid, dass meine Mutter heute Morgen so einen Quatsch erzählt hat, bitte fühl dich nicht zu irgendetwas ge..."

„Von was sprichst du?"

„Von der Korbversteigerung und der Sache mit den Junggesellen."

„Ach so, das meinst du. Heißt das, du willst nicht, dass ich deinen Korb ersteigere?" Eine Augenbraue ging unmerklich nach oben, während er sie wachsam ansah.

„Nein ... also ... na ja, eigentlich sind wir über das Picknick ja schon drüber weg, oder?"

„Hm, gut zu wissen ... okay", nickte er, „wir sehen uns heute Abend."

Sichtlich unter Zeitdruck sah Alexander erneut auf die Uhr, hauchte ihr noch einen Kuss auf die Wange und spurtete, ohne noch ein Wort zu sagen, zum Trecker.

Es war die Art, wie er *nichts* gesagt hatte, die ihr das Gefühl gab, dass er doch eine Meinung zu dem Thema hatte. Aber wahrscheinlich interpretierte sie viel zu viel in die Sache hinein, denn er hatte schließlich extrem unter Zeitdruck gestanden. Aber waren Männer – generell gesehen – nicht sowieso eher großzügig, wenn es um flapsige Bemerkungen ging? Und es war in jedem Fall eine sehr allgemein gehaltene, flapsige Bemerkung ihrer Mutter gewesen. Schließlich hatte sie keine Namen genannt, sondern nur von *den Junggesellen* gesprochen, die nach der Versteigerung im Dorf sesshaft geworden waren.

Am späten Nachmittag brachte Bärbel den Männern einen Korb voller belegter Brote, kalter Frikadellen und eisgekühlter Getränke aufs Feld. Ein gemeinsames Abendessen gab es nicht. Das mussten die beiden Frauen allein mit den Kindern einnehmen. Viel Zeit, Gespräche zu führen oder gar etwas zu klären, fand sich allerdings auch dann nicht. Ständig klingelte das Telefon, eine Nachbarin kam vorbei, weil sie vergessen hatte, rechtzeitig Eier zu holen, und auch Greta und Louis forderten mehr Aufmerksamkeit ein als sonst.

Um halb zehn – die Kinder schliefen schon tief und fest – hörte Jessica, wie die Männer mit schwer beladenen Fahrzeugen vom Feld zurückkamen. Schnell flitzte sie ins Treppenhaus und sah, wie Jasper und Alexander das Hoftor schlossen und gemeinsam zum Gebäude des Hofladens gingen. Unten im Erdgeschoss klappte eine Tür. Jochen, der vor allem als aufpassende Instanz dabei gewesen war, er durfte körperlich noch nicht viel machen, kam aus dem Keller nach oben.

Ob Alexander jetzt wohl an sie dachte? Sich auch so nach ihr sehnte wie sie sich nach ihm?

Warum verdammt, war sie denn nicht müde, wo sie doch die letzte Nacht kaum geschlafen hatte und ein wirklich volles Tagesprogramm absolviert hatte. Alles wäre so viel einfacher, wenn sie nur schlafen könnte.

Was würde sie dafür geben, die Uhr noch mal vierundzwanzig Stunden zurückdrehen zu können, um noch einmal das zu fühlen, was er sie hatte fühlen lassen. Er war so alles gewesen, so zärtlich, hart, erregend und leidenschaftlich. Und sie wusste jetzt schon, dass es ihm nicht annähernd so viel bedeutete wie ihr.

Ihr Herz machte einen Aussetzer, als sie sah, dass er zum Haupthaus hinaufschaute.

Und wenn er doch an sie dachte?

Jessica bekam es mit der Angst zu tun. Gleichzeitig glaubte sie, vor Aufregung sofort zerspringen zu müssen.

Lieber Gott, bitte lass es nicht genauso wie mit Dennis enden.

Sie erschrak, als ihr Handy, das ihr an der Hand angewachsen schien, vibrierte. Sofort verdoppelte sich ihr Herzschlag, als sie las, von wem die Nachricht kam. Alexander.

Ich wollte mich noch bei dir bedanken. Werkzeugkiste. Erinnerst du dich? Oder schläfst du schon?

Ihre Finger flogen über das Display, um zu antworten:

Oh, ich dachte schon, ich müsste das gewaltsam einfordern. Zwinker-Smiley.

Die Antwort kam prompt:

Gerne. Dann muss ich aber noch mal schnell los, um Handschellen zu besorgen. Kuss-Smiley.

Mit einem Lächeln antwortete sie erneut:

Nee, lass mal. Ich lass mir was anderes einfallen. Genießer-Smiley mit kleinen Herzchen ringsherum.

„Du bist ja noch angezogen", zog sie ihn kurz danach auf, als er ihr seine Tür in Boxershorts öffnete. „Ich dachte, du wolltest dich bei mir bedanken ..."
Eine Chance, noch mehr zu sagen, bekam sie nicht, denn dann lag sie auch schon mit dem Rücken auf der Matratze. Sein Bademantel, den sie sich über die nackte Haut gestreift hatte, war bei dem, was dann folgte, kein Hindernis.

So hektisch wie die Woche begann, so nahm sie ihren weiteren Lauf. Der Wetterbericht meldete trockenes und sonniges Wetter, was den Takt für die anstehende Weizenernte vorgab. Die Männer waren nun von morgens bis abends auf den Feldern.

Jessica, die sich wie jeden Tag um die Bestellungen zu kümmern hatte, bekam es mit einem neuen Trend der Grillsaison zu tun. Barbecue hieß das neue Zauberwort für ausgefallene Grillevents der Gastronomen. Wer etwas auf sich hielt, grillte feinste Steaks vom Rind und Lamm und verbannte die klassische Bratwurst vom Schwein vom heißen Rost. Nun machten sich die teuren und leistungsstarken Tiefkühltruhen bezahlt, die Jochen angeschafft hatte und in denen glücklicherweise so viel Vorrat lagerte, um der Flut von Bestellungen gerecht zu werden. Gemeinsam mit Traudel, die sich bereiterklärt hatte, Überstunden zu leisten, bewältigte Jessica den Andrang, während Bärbel dafür sorgte, dass der Haushalt lief.

Dank Maritta, die sich Greta und Louis annahm, um mit ihnen für die Parade zu üben, schätzte Jessica sich glücklich, diesen Part abgeben zu können, auch wenn es ihr ein wenig leidtat. Die Kinder störte das überhaupt nicht, waren sie doch mit den anderen zusammen und allein das zählte.

Darüber hinaus lebte Jessica nur noch für die Nächte, auch wenn ihr der wenige Schlaf – trotz der Euphorie, die ihr Flügel verlieh – von Tag zu Tag ein bisschen mehr zusetzte. Sobald Ruhe im Haus eingekehrt war, schlich sie zu Alexander und absolut nichts konnte sie davon abhalten. Viel zu reden gab es nicht, sie ließen nur ihre ausgehungerten Körper sprechen. Gretas

Babyphon, das Jessica zur Vorsorge aus der hintersten Ecke einer Schublade hervorgekramt hatte, erwies ihr nun wieder gute Dienste. Konnte sie doch so ihr schlechtes Gewissen, das sich tagsüber ziemlich deutlich zu Wort meldete, weil sie die Kinder nachts allein ließ, ein wenig besänftigen.

20

Steffen Breuer saß am Schreibtisch seines Homeoffice, als sein Handy klingelte. Aus der Küche hörte er, wie Peter mit dem Geschirr klapperte. Seit ein paar Wochen lebte der gelernte Koch bei ihm und übernahm nur zu gerne das Küchenregiment. Peter war noch ohne Job, weil er für ihn aus seiner Heimatstadt Erfurt nach Köln gezogen war, um ganz bei ihm sein zu können. Der Zufall hatte die beiden zusammengeführt, als Steffen dort auf Dienstreise gewesen war.

„Jessie! Wie geht's dir?"

„Danke gut, du treulose Tomate. Wollte mal hören, ob du noch lebst."

Steffen verzog reumütig den Mund und begegnete Peters fragendem Blick, der aus der Küche ins Büro gekommen war, um ihm einen Kaffee zu bringen, den sie gerne nach dem Mittagessen zu sich nahmen. An Peter gewandt, formte Steffen mit den Lippen lautlos Jessicas Namen, bevor er ihr antwortete.

„Tut mir leid, aber ich hatte echt viel zu tun. Ja, ich lebe noch und ja, es geht mir gut." Er schenkte Peter ein verheißungsvolles Lächeln. „Sehr gut sogar."

„Okay, du machst mich neugierig. Irgendwie klingst du anders als sonst. Gibt es etwas, das ich wissen sollte?", schnalzte Jessica mit der Zunge. „Dass man dir aber auch immer alles aus der Nase ziehen muss. Wird sich das jemals ändern? Ich breite mein ganzes Leben vor dir aus und du bist verschlossener als eine Auster."

„Du übertreibst maßlos." Steffen spürte Peters wachsame Blicke auf sich und ahnte, was er nun von ihm erwartete. Aber verdammt, er war überhaupt nicht auf so ein Gespräch vorbereitet. Man outete sich schließlich nicht jeden Tag. Schon gar nicht vor Menschen, die einem besonders nahestanden und die keinen blassen Schimmer von seinem Doppelleben hatten. Nein, entschied er, jetzt war nicht der richtige Moment, um Jessica zu beichten, dass er schwul war.

„Erzähl mir lieber, was du auf dem Herzen hast", redete er weiter und sah dabei auf das Display seines Computers. „Wenn du unter der Woche anrufst, hast du doch einen bestimmten Grund."

Aus den Augenwinkeln registrierte er, dass Peter kopfschüttelnd und mit enttäuschter Miene aus dem Zimmer ging. Die Küchentür knallte ins Schloss.

Gut, das würde er gleich klären müssen. Es war nicht die erste Reaktion dieser Art, seit er mit Peter zusammen war. Peter hatte sich schon vor Jahren geoutet.

„Na gut, ich will das mal so durchgehen lassen, dass du wie immer keine Zeit für mich hast", hörte er Jessica antworten, „aber ob du's glaubst oder nicht, ich sitze hier auch nicht nur blöd rum. Gerade diese Woche könnte ich von allem die doppelte Ausstattung gebrauchen – also vier Hände in jedem Fall – so viel Arbeit habe ich. Aber weshalb ich dich anrufe: Bei uns ist am

Wochenende Kirmes. Das hat dir doch sicher deine Mutter schon erzählt, oder?"

„Ja, ich glaube, sie hat so was erwähnt, warum?"

„Hm, kommst du?"

„Weiß noch nicht so genau, kann sein ... Jessie! Was ist los?"

„Ach Steffen, ich weiß gar nichts mehr. Könntest du bitte kommen? Ich brauche deine Unterstützung. Meine Mutter hat mich dazu verdonnert, bei der Korbversteigerung mitzumachen! Das kotzt mich so was von an. Du ahnst nicht, wie schrecklich das für mich ist."

„Warum hast du denn nicht einfach gesagt, dass du das nicht willst? Du bist doch sonst nicht auf den Mund gefallen und ... hm ... ich wusste gar nicht, dass deine Mutter so übergriffig ist. So war sie doch früher nicht."

„Du hast gut reden. Sag du mal nein, wenn dich vier Erwachsene und zwei Kinder anschauen und dir das Gefühl geben, dass du die Oberzicke in Person bist, wenn du nicht mitmachst. Sogar meine Tochter hat mir angeboten, auch einen Korb zu versteigern, um mir beizustehen. Noch Fragen?"

„Ja, dann mach's halt und verbuch's unter Gaudi. Was wird denn von dir erwartet, wenn jemand deinen Korb ersteigert?"

„Im Prinzip geht es um ein Date ... ach, was weiß denn ich! Ich hab noch nie mitgemacht und auch mit keiner gesprochen, die mir darüber berichten kann."

„Das kann doch so schlimm nicht sein, Jessie. Es erwartet doch keiner von dir, dass du den Kerl anschließend heiratest. Wo ist denn das Problem?"

„Hast du einen Moment? Dann erzähl ich's dir."

„Schieß los." Steffen lehnte sich weit im Sessel zurück und legte die Füße auf den Schreibtisch. „Der Vorteil, wenn man von zu Hause aus arbeitet, ist, dass man sich seine Pausen einteilen kann. Also, worum geht's?"

Er hörte, wie schwer sie atmete, als sie zu sprechen begann. „Erinnerst du dich, dass mein Vater einen Betriebshelfer engagiert hat? Er heißt Alexander und du hast ihn gesehen, als du mir die neue Homepage installiert hast."

„Lass mich raten", lachte Steffen verhalten, „du hast dich in ihn verliebt."

„Ja, ich mich in ihn und ..."

„Du schläfst mit ihm."

„Herrje, das nenne ich prompt. Kannst du Gedanken lesen?" Sie holte tief Luft. „Ja, ich hab was mit ihm – seit letztem Sonntag ... ich kann einfach nicht anders. Er macht mich verrückt. Nachts, wenn alle schlafen, schleiche ich mich zu ihm. Es ist, als wenn er einen Magneten im Bauch hätte und ich das Gegenstück dazu bin."

„Ich freue mich für dich, Jessie. Und es ist völlig normal, dass du so empfindest. Du bist verliebt. Genieß es. Du hast lange genug verzichtet. Jetzt wird alles gut, glaub mir."

„Abwarten! Nur weil wir zusammen schlafen, bedeutet das noch gar nix. Nee, Steffen, so naiv bin ich nicht mehr. Das hab ich bei Dennis damals auch gedacht und du weißt, was dabei rumgekommen ist." Sie holte tief Luft. „Bitte, nicht dass du das in den falschen Hals kriegst – ich liebe mein Kind, aber ich möchte so was wie mit ihm nicht noch mal erleben."

„Natürlich verstehe ich das, Jessie. Aber ich hoffe, du vergleichst jetzt nicht alle Männer mit Dennis. Er ist das größte Oberarschloch, das in ganz Deutschland rumläuft, so viele gibt's von der Sorte nun auch wieder nicht."

„Hoffentlich! Alexander hat einen Sohn, Louis, er ist ein ganz lieber Junge. Greta liebt ihn. Das macht mir auch Sorgen. Ich krieg jetzt schon Schnappatmung, wenn ich daran denke, dass sie abreisen. Das wird ein Drama, darauf kannst du dich verlassen. Sie ziehen zu seinen Eltern, weil Louis nach den Sommerferien eingeschult wird."

„Glaubst du, das bereitet ihm kein Kopfzerbrechen? Kann ich mir nicht vorstellen."

„Doch, bestimmt, aber er redet nicht mit mir darüber. Nie. Auch nicht, wenn wir mit den anderen zusammensitzen."

„Vielleicht weiß er selbst noch nicht, wie es weitergehen soll und er sagt deswegen nichts. Frag ihn doch oder gib ihm noch ein bisschen Zeit."

„Du machst Witze! Heute ist Donnerstag. In einer Woche ist er weg. So ist jedenfalls der Plan, den er zu Beginn angekündigt hat. Er will nächsten Mittwoch fahren. Weg. Auf und davon. Für immer."

„Aber das weißt du doch noch gar nicht. Wie wäre es denn, wenn er den Korb ersteigert und ihr die Probleme locker bei einem normalen Date klärt, bei dem ihr alleine seid und keine Möglichkeit habt, übereinander herzufallen?"

Steffen hatte den Satz noch nicht ganz zu Ende gesprochen, als er hörte, wie Jessica laut und verzweifelt aufstöhnte.

„Was ist denn daran so falsch, Jessie?“

„Das fragst du? Siehst du denn nicht, wie konstruiert und gemacht das alles ist? Außerdem weiß ich dann wieder nicht, ob er mich will – mich meint, mich und keine andere. Ich will wissen, ob er in mich verliebt ist, so wie ich in ihn. Darum geht es mir. Ich will keinen Mann, der nur deshalb bei mir bleibt, weil die Umstände, die ich zu bieten habe, so unschlagbar sind, dass man deswegen auf Liebe verzichten kann. Freundschaft mit Sex reicht mir nicht. Verstehst du das?“

„Hm, ja und nein. Wie kommst du darauf, dass du es nicht wert bist, so geliebt zu werden, wie du es dir wünscht? Das ist die Frage, die sich mir gerade stellt. Und woher willst du wissen, ob er das nicht längst tut – dich lieben oder richtig in dich verliebt zu sein? Wenn du ihn das nicht fragst, musst du warten, bis du es von ihm auf irgendeine Weise erfährst. Ansonsten sind deine Theorien nur Spekulation.“

„Das ist mal wieder typisch Mann! Ohne Fakten kein Beweis. Woher das kommt, kann ich dir erklären, eigentlich müsstest du das auch wissen. Ich habe dir von den tollen Kandidaten erzählt, die alle bei uns aufgeschlagen haben, um den Hof ... äh ... mich zu erobern. Nein, ich werde Alexander nicht fragen. Das traue ich mich nicht, weil ich Angst davor habe, was er sagt oder vielmehr, wie er es sagt. Alles, was ich sicher weiß, ist, dass er verrückt nach meinem Körper ist, das kommt deutlich rüber.“

„Wäre es dir lieber, das wäre nicht der Fall? Und er würde dich stattdessen *nur* von ganzem Herzen liebhaben? Platonisch, meine ich.“

„So weit müssen wir jetzt auch nicht gehen", räumte sie kleinlaut ein.

„Na also, dann gib ihm ein bisschen Zeit. Ich bin sicher, auch er ist sich dessen bewusst, dass er mit dir noch was zu klären hat."

„Es bleibt mir wohl nichts anderes übrig – kommst du nun auf die Kirmes?"

„Warum ist dir das so wichtig?"

„Weil du meinen Korb ersteigern sollst."

„Und das sieht dann nicht gemacht und konstruiert aus?"

„Für mich nicht. Für die anderen vielleicht. Aber das ist mir egal. Außerdem haben wir uns schon eine ganze Weile nicht mehr gesehen. Apropos: Was macht eigentlich dein Liebesleben? Das wäre doch mal ein Thema, über das wir sprechen könnten. Kommt sowieso viel zu kurz, findest du nicht?"

„Ich bin erstaunt, dass du so viel Zeit für mich hast, wo du doch so im Stress steckst."

„Das Zauberwort heißt Mittagspause. Traudel ist kurz heim, der Laden ist für eine Stunde zu und solange ignoriere ich eingehende Mails. Es ist ja auch nicht so, dass ich heute noch nicht gearbeitet hätte."

„Leider habe ich aber jetzt keine Zeit mehr, Jessie. Ich muss noch einen wichtigen Auftrag erledigen."

„Okay. Dann kommst du also nicht auf die Kirmes?"

„Ich will dir nichts versprechen, was ich nicht halten kann. Ich weiß es noch nicht. Tut mir leid."

„Schon gut. Wäre ja auch zu schön gewesen. Dann mach's gut."

„Du auch."

„Ach, es ist aber auch nur noch Mist in der Glotze“, schimpfte Jochen am selben Abend, nachdem er unzählige Fernsehkanäle hoch- und runtergezappt hatte und nichts finden konnte, was ihn interessierte. „Nur Mord und Totschlag, langweilige Quizsendungen oder das ewige Gequassel über Politik, wo am Ende, außer dass man sich ärgert, nix bei rumkommt.“

„Auch kein Fußball?“ Bärbel, die auf ihrem Tablet Solitär gespielt hatte, nahm die Lesebrille von der Nase und legte das Gerät zur Seite.

„Nee, es ist noch Sommerpause“, murrte Jochen.

„Dann mach den Fernseher aus. Ich will dir erzählen, was ich gestern Abend Neues erfahren habe.“

„Aus dem Dorf?“ Er schaltete das Gerät aus, weshalb es deutlich dunkler im Raum wurde. Lediglich ein kleines Lämpchen, das neben dem Fernsehgerät stand, schenkte dem Raum ein wenig Licht.

„Nicht ganz, aber fast. Aus dem Nachbardorf. Es geht um Berti.“

„Und bei dem soll’s was Neues geben? Kaum zu glauben.“

„Ja, wenn ich es dir doch sage. Die Edda, seine Schwester, war doch auch auf Sigruns Geburtstag. Na ja, du weißt ja, wie sie ist … sie haut ja gern mal auf den Putz. Aber wenn das stimmt, dass ihr Sohn, der Manuel, jetzt bei Berti auf dem Hof mitmischt … dann ist das eine Sensation, oder? Stell dir das mal vor.“

„Nee, das glaub ich nicht! Im Ernst? Oh je, das gibt Zoff, das wirst du sehen“, prustete Jochen los.

„Das denke ich auch. Aber da muss was dran sein. Erinnerst du dich? Ich habe dir doch vor ein paar Wochen erzählt, dass die alte Schaumlöffel angeblich ihr

Testament geändert haben soll, weil sie Angst hat, dass Berti keine Nachkommen produziert. In dem Punkt ist ihr anscheinend jetzt der Geduldsfaden gerissen. Kann man verstehen, finde ich. Wie alt ist der Berti? Der ist doch fast vierzig, soweit ich mich erinnere."

„Ja, weit davon entfernt ist er nicht. Aber trotzdem, wenn's ums Testament geht – tot ist sie offensichtlich noch nicht. Da muss es doch noch andere Gründe geben, weshalb sie jetzt so ein Tempo vorlegt."

„Ich bin ja auch noch nicht fertig mit Erzählen. Edda hat erzählt, dass sich Berti wegen der Angelegenheit wohl ziemlich mit ihr gestritten haben muss und ihr angeblich in seiner Wut gedroht haben soll, alles hinzuschmeißen und woanders hinzugehen. Er ließe sich nicht vorschreiben, ob und wann er heiraten würde, so hat sie weiter erzählt. Und da ist der Alten wohl der Kragen geplatzt. Und weil der Manuel nun schon länger eine feste Freundin hat und sie auch zum Standesamt führen will – angeblich sogar noch dieses Jahr – hat Mutter Schaumlöffel Nägel mit Köpfen gemacht. Manuels Freundin muss ein ganz patentes Mädel sein, die obendrein auch noch aus der Landwirtschaft kommt. Kannst du dir vorstellen, was das für ein innerer Reichsparteitag für Edda war, als ihre Mutter so entschieden hat?"

„Aber wie! Und zu Recht, wie ich finde. Ich lach mich schlapp." Jochen wischte sich die Lachtränen aus den Augen. „Dann wird unser Großagrarier Berti der Angestellte auf seinem eigenen Hof. Haha, selber schuld. Hochmut kommt vor dem Fall."

Für einen Augenblick schwiegen beide. Jeder in Gedanken, bis die nächtliche Stille durch ein Geräusch aus dem Treppenhaus unterbrochen wurde. Es klang, als wäre etwas die Treppe hinuntergefallen. Danach folgte ein gemurmelter Fluch.

„Hast du das auch gehört?"

„Ja", murmelte Jochen, „ich hätte da so einen Verdacht ..."

„Ich auch. Mal sehen, was da los ist."

Bärbel schlich zum Fenster, das zum Hof hin ausgerichtet war, und stellte sich seitlich neben den Gardinenschal, sodass sie am Stoff vorbei nach draußen schauen konnte.

„Jochen! Du glaubst nicht, was ich gerade sehe."

„Lass mich raten: Jessica ist auf dem Weg zu Alexander."

„Hm ... dann hätte ich ja gar nicht so einen Druck wegen der Korbversteigerung machen müssen", dachte Bärbel laut nach.

„Und was habe ich dir dazu gesagt?"

„Ja, ist ja gut, du hattest mal wieder recht. Es fügt sich alles von ganz alleine."

„Wenigstens siehst du es ein. Ich erinnere dich das nächste Mal daran.

„Hach", seufzte Bärbel glücklich, „so schlimm ist das jetzt auch nicht. Hauptsache, die zwei kommen zusammen. Mir fällt ein Stein vom Herzen, wenn Jessie endlich nicht mehr alleine sein muss. Du glaubst nicht, wie sehr mich das freut."

„Na klar weiß ich das, du redest ja seit zwei Wochen von nichts anderem."

„Soll das heißen, dass ich dir nicht mehr erzählen soll, was in meinem Kopf vorgeht? Auch gut", reagierte

Bärbel verschnupft. Sie verließ ihre Stellung am Fenster und setzte sich wieder auf die Couch.

„Jetzt sei nicht gleich beleidigt. Du weißt, dass ich das nicht böse meine. Du sollst dich nur nicht zu sehr einmischen, das ist alles, was ich will. Und ja, ich bin genauso froh wie du. Aus mehreren Gründen. Hoffentlich rücken die zwei bald mit der Sprache raus ... lieber Himmel, das ist ja nicht mehr mit anzusehen, wie oft der Alex am Tag gähnt. Selbst Jasper ist das schon aufgefallen.“

„Na und? Seine Arbeit schafft er doch trotzdem und Jessie auch. Da gibt's nichts zu meckern.“

„Stimmt.“

„Ach, was bin ich so froh, wenn das mit den beiden klappt, auch wegen Greta“, seufzte Bärbel erneut zufrieden, „das Kind würde doch kreuzunglücklich, wenn Louis wegmüsste.“

„Ja, und für den Hof ist es auch besser. Der Alex passt genau hierher und er ist der Richtige für Jessie. Der lässt sich nämlich nichts von ihr gefallen und das ist gut so.“

Jochen stand auf und ging zur Tür. Er gähnte. „Außerdem wird es Zeit, dass die nächste Generation ihren Pflichten nachkommt. Wir wollen schließlich noch ein bisschen was von der Welt sehen, bevor wir zu alt dazu sind.“

„Oh ja, als Erstes fahren wir eine Woche nach Wien. Da will ich schon so lange hin.“ Sie schaltete das kleine Lämpchen aus und ging hinter ihm her.

„Machen wir, aber jetzt gehen wir erst mal ins Bett. Es wird Zeit. Das war ein verdammt anstrengender Tag, das kann ich dir sagen.“

***

In der Nacht erwachte Jessica neben Alexander und erschrak. Ach du liebe Zeit! Sie musste eingeschlafen sein, denn eigentlich sollte sie längst zurück bei den Kindern sein. Wie spät war es überhaupt?

Bis auf den schwachen Lichtschein, der von der dürftigen Hofbeleuchtung hereinschien, war der Raum stockdunkel. Sie erinnerte sich, dass Alexanders Handy auf dem Nachttisch lag und tastete danach. Halb drei. Erleichtert legte sich vorsichtig wieder zurück ins Kissen, um ihn nicht zu wecken. Mit einem Anflug von Wehmut lauschte sie seinen regelmäßigen Atemzügen und genoss die Wärme, die von ihm ausging. Was würde sie dafür geben, jetzt liegen bleiben zu können – ein Königreich – aber das war unmöglich.

Mit Bedacht schob sie die Decke von sich und setzte sich auf. Irgendwo musste doch der Bademantel sein. Ganz sicher nicht weit entfernt vom Bett. Als sie den weichen Stoff auf dem Boden unter ihrem Fuß spürte, hätte sie beinahe erleichtert aufgeseufzt. Nackt über den Hof zu laufen, wäre ihr dann doch ein bisschen zu freizügig. Alexander rührte sich nicht. Er schlief so tief und fest, dass er nicht bemerkte, dass sie das Zimmer verließ.

Als Jessica dann endlich in ihrem eigenen kalten Bett lag, war ihr zum Weinen zumute, so sehr vermisste sie seine Nähe. Wenigstens hatten die Kinder nichts von ihren nächtlichen Ausflügen bemerkt.

Am Freitagabend lenkte Alexander den hochmodernen Großtraktor samt mit Getreide voll beladenem Anhänger auf den Wackernagel'schen Hof. Es war die letzte Fuhre und die Weizenernte war endlich ganz und gar eingeholt. Den Kindern zuliebe, die bei dieser Fahrt unbedingt hatten dabei sein wollen, fuhr er mit geschlossener Glaskabine. Greta saß auf seinem Schoß und Louis auf dem Notsitz. Die Entscheidung dafür hatte er nur in Absprache mit Jochen getroffen, denn ganz ungefährlich war es nicht, die Kinder mitzunehmen. Tatsächlich war er froh, dass er nun wieder auf dem Hofgelände ankam.

„So ihr Zwerge, wir sind da." Er sah seinen Sohn an. „Du bleibst sitzen, bis ich dich da runterhole. Ich muss erst Greta absetzen. Okay?"

„Aber ich kann das doch alleine, Papa", maulte Louis.

„Wenn du nicht hörst, war das das letzte Mal, dass du mitfahren durftest. Okay?" Alexander sah ihn streng an. „Das haben wir vorhin besprochen. Du weißt, dass ich da keinen Spaß verstehe."

„Na gut", murrte Louis und blieb beleidigt sitzen.

Alexander setzte Greta auf dem Boden ab und wollte auch den kleinen Querulanten von seinem Platz herunterholen, als er ihn rufen hörte: „Oma, was machst du denn hier?"

Im ersten Augenblick glaubte Alexander noch, dass Louis mit Bärbel sprach. Schließlich wurde er von ihr behandelt, als sei er ihr Enkelkind. Doch dann realisierte er, dass Greta sie meistens nur Omi nannte und Louis dann zwangsläufig denselben Namen benutzen würde ...

Von diesem Gedanken aufgeschreckt, blickte er in Richtung Hofeinfahrt und sah seine Befürchtungen bestätigt. Dort standen seine Eltern, Sabine und Frank Göbel, die Louis bereits entdeckt hatten und der ihnen nun fröhlich entgegenwinkte.

Alexander war sprachlos. Wie sahen die denn aus? Geschniegelt und gebügelt, als wollten sie zum Sonntagsspaziergang aufbrechen. Lieber Himmel! Das hatte ihm gerade noch gefehlt. Wofür gab es Telefone? Warum konnten sie sich nicht, wie andere zivilisierte Leute, einfach vorher anmelden, sodass er sich wenigstens ein bisschen auf ihre Ankunft hätte vorbereiten können? Er war extrem müde, hungrig und nicht zuletzt total verschwitzt und mehr als staubig. Verdammt, das Einzige, auf das er sich jetzt wirklich freute, war eine Dusche, etwas zu essen und ein bisschen Zeit zum Nachdenken. Nach Konversation mit seinen Eltern, insbesondere seiner Mutter, ganz sicher nicht. All die vielen Fragen nach dem Wann und dem Wo.

Scheiße! Er wusste doch selbst noch nicht, wie es nächste Woche weitergehen würde. Genau wie Louis wollte er bleiben. Und dafür brauchte er dringend noch ein bisschen Zeit mit Jessica. Alleine – und am besten außer Reichweite irgendeiner Liegemöglichkeit! Es war an der Zeit, zu reden. Nur wann und vor allem wo? Himmelherrgott noch mal!

Er hievte den Kleinen vom Traktor, der sofort zu seiner Oma lief, die ihm schon mit ausgebreiteten Armen entgegenkam.

„Geht der Louis jetzt weg?" Greta sah ihn mit großen, traurigen Augen an und ihre Lippen zitterten verdächtig. Sie streckte ihm die Arme entgegen.

Ach Kind, dachte er, mir ist im Moment auch mehr zum Heulen als zum Lachen zumute.

„Nein, du Süße, komm her", er nahm sie auf den Arm, „der Louis begrüßt nur seine Oma."

Alexander ging auf seine Eltern zu. Mit abgewandtem Gesicht schlang Greta ihm die Arme fest um den Hals und flüsterte ihm ins Ohr: „Ich will nicht, dass der Louis weggeht. Und du sollst auch bei uns bleiben."

Alexander wusste nicht, was er darauf antworten sollte, ohne sie zu enttäuschen, und begrüßte stattdessen seine Eltern. „Hallo ... das ist ja eine Überraschung! Aber es wäre besser gewesen, ihr hättet uns vorher Bescheid gegeben, dann ..."

„... damit du uns dann gesagt hättest, dass du keine Zeit hast – das kenne ich schon. Nein nein", schüttelte Sabine den Kopf und knuddelte Louis, „du glaubst doch nicht, dass wir uns das entgehen lassen, wenn unser einziger Enkel bei einer Parade mitreitet."

Heilige Scheiße, dann hatte er selbst den Anstoß dafür gegeben, dass die beiden jetzt auf der Matte standen. Verdammt, noch nicht mal simple Konversation konnte man betreiben, ohne dass seine Mutter gleich aktiv wurde.

„Stellst du den Anhänger noch unters Scheunendach?" Jochen stand plötzlich verwundert neben ihm und sah zwischen ihm und seinen Eltern hin und her.

Greta streckte die Arme nach ihrem Großvater aus. „Opili, guck mal, dem Louis' seine Oma ist da."

„Ja, na klar. Entschuldige, aber ich bin abgelenkt worden." Alexander deutete mit dem Kinn auf Sabine und Frank, während er Jochen Greta auf den gesunden Arm übergab.

„Das sind meine Eltern“, erklärte er. „Sie sind wegen Louis hier. Sie wollen sehen, wie er morgen auf der Parade mitreitet.“

Jochen setzte Greta ab und gab beiden die Hand, bevor er sich wieder an Alexander wandte. „Du willst dich sicher um deine Eltern kümmern. Jasper wird die Sache mit dem Schlepper erledigen. Du kannst Feierabend machen. Ich sag Bärbel Bescheid ...“

„Was willst du mir sagen?“, kam die von hinten dazu.

„Bärbel, meine Oma und mein Opa sind da!“, rief Louis und sprang auf sie zu, „sie sind gekommen, weil sie sehen wollen, wie ich morgen bei der Parade mitreite.“

„Wie schön. Das kann ich verstehen.“ Auch Bärbel reichte den beiden Neuankömmlingen die Hand. „Kommen Sie doch erst mal näher. Wie sieht denn das aus, wenn wir hier so zwischen Tür und Angel in der Hofeinfahrt stehen?“

Sie berührte Jochen am Arm und sah ihn dann von unten herauf an. Ein Blick, den er mit einem Wimpernschlag beantwortete. Das war also die besondere Kommunikation zwischen den beiden, von der Jessica irgendwann in den letzten Nächten gesprochen hatte. Jetzt begriff er, was es damit auf sich hatte. Eine derartige Kommunikation gab es zwischen seinen Eltern nicht. Seine Mutter entschied und sein Vater folgte. Auch wenn er das niemals zugeben würde, verachtete Alexander ihn insgeheim dafür. Als er erkannt hatte, dass Marisa, seine Ex, ebenfalls versuchte, solche Allüren an den Tag zu legen, hatte seine Liebe für sie zu erkalten begonnen. Es war der Anfang vom Ende ihrer Beziehung gewesen.

„Ja, gerne“, hörte er seine Mutter sagen. Wieder entschied *sie*, was zu tun war, ohne zu fragen, ob Frank das ebenso wollte. „Wir möchten Ihnen natürlich keine Umstände machen“, gurrte sie weiter, obwohl Alexander genau wusste, wie gerne sie die Anwesen anderer Leute begutachtete, nur um sie dann im Nachhinein zu bewerten und mit den eigenen Rahmenbedingungen zu vergleichen.

„Nein, Sie machen uns keine Umstände. So etwas wie Routine kennen wir nicht“, erklärte Bärbel und führte sie in den Garten. „Bei uns passiert ständig irgendetwas Unvorhergesehenes. Damit muss man leben, wenn man sich dafür entschieden hat, einen solchen Betrieb zu führen“, redete sie weiter.

„Alex“, wandte Bärbel sich an ihn, „würdest du deine Eltern in den Garten bringen? Und die Kinder auch? Ich komme gleich nach.“

Während Alexander die beiden zu der Sitzecke unter den Bäumen brachte und sie dort platzierte, konnte er aus den Augenwinkeln beobachteten, wie die Wackernagels sich beratschlagten.

„Wie wär's, wenn Sie zum Essen bleiben würden?“ Jochen tauchte kurz danach neben ihm auf. „Wir sind es gewohnt, nach getaner Arbeit das Abendbrot gemeinsam einzunehmen – es sei denn, Sie möchten lieber mit Alexander und Louis alleine sein.“ Jochen sah die Eheleute Göbel fragend an.

„Ja, also ...“, antwortete Sabine, „wenn Ihnen das wirklich nichts ausmacht ... für uns wäre das kein Problem.“

„Für uns auch nicht. Meine Frau holt Getränke“, erklärte Jochen weiter, „und wir Männer haben noch ein paar Dinge zu erledigen, bis Essenszeit ist. So lange müssten wir Sie allein lassen." Er wandte sich Bärbel zu, die mit einem Tablett heraneilte. „Wo ist Jessica eigentlich?"

„Sie musste noch schnell Ware in den Ratskeller nach Hofgeismar liefern. Sie wird sicher auch gleich zurück sein." Bärbel stellte das Tablett ab. „Bitte, bedienen Sie sich", lächelte sie, „wir lassen Sie nicht lange alleine."

Zwei Stunden später war endlich Essenszeit.

„Bitte, Sie müssen nicht stehen bleiben. Setzen Sie sich doch."

Bärbel verwies Frank und Sabine Göbel, die interessiert umherblickten, auf die Stühle, die rings um den großen ovalen Tisch standen. Sie hatte im Esszimmer mit angeschlossenem Wohnzimmer eingedeckt, einem ausladenden Raum, der außer zu Weihnachten und an Geburtstagen selten benutzt wurde. Alexander, der das erste Mal in der *guten Stube* war, wie seine Chefin den Raum nannte, ließ sich ebenfalls von der unterschwelligen Pracht und Vornehmheit des Raumes beeindrucken. Bärbel hatte das eher konservative und hochwertige Mobiliar, das noch von Jochens Eltern zu stammen schien, gekonnt mit trendigen Accessoires aufgepeppt und damit eine Atmosphäre geschaffen, in der man sich auch in der heutigen Zeit noch wohlfühlen konnte. Sicherlich trug dazu auch bei, dass sie auf bauschige Rüschengardinen und gleichartige Tischwäsche verzichtet hatte. Stattdessen umrahmten nur schlichte erdfarbene Fensterschals die großen Butzenscheiben. Für ein wenig Sichtschutz sorgten nur einige Grünpflanzen.

Alexander war mehr als beeindruckt, vor allem als er erkannte, dass die impressionistischen, in leuchtenden Farben gehaltenen Gemälde, die die hellen Wände wie perfekt inszenierte Farbkleckse belebten, zertifizierte Kunstwerke waren. Gekonnt durchbrachen sie die Monotonie des gediegenen Mobiliars aus Palisanderholz und hauchten ihm neues Leben ein. Auch ein Klavier aus Ebenholz war ein echter Hingucker. Das Baujahr, so schätzte Alexander, dürfte wegen der verschnörkelten Kerzenhalter bereits Jahrzehnte zurückliegen.

Seine Eltern setzten sich neben ihn, ließen jedoch einen Platz dazwischen für Louis frei. Sie würden noch früh genug merken, dass der lieber bei seiner Freundin sitzen wollte. Alexander wunderte sich nicht, dass der Kleine sich mehr für das Klavier, als für den richtigen Platz bei Tisch interessierte. Fasziniert ging er darauf zu und Greta folgte ihm. Mit den Fingern strich er ehrfürchtig über das glatte Holz.

„Kannst du spielen?", wandte Louis sich ihr zu und seine Augen spiegelten wider, wie sehr er sich wünschte, es zu können. Alexander kam der Gedanke, ihn für den Anfang in einer Musikschule anzumelden.

„Hm, nur ein bisschen ...", lachte sie verschämt. „Mami hat mir gezeigt, wie der Flohwalzer geht. Willst du wissen, wie?"

Nun strahlten Gretas Augen. Vorsichtig klappte sie den Holzdeckel nach oben und zog den Hocker hervor, bevor sie mit den Knien hinaufkletterte. Sie lachte ihn an und klopfte auf den Platz neben sich. „Komm! Ich zeig's dir."

„Louis!" Sabines Stimme klang schrill. „Pass auf! Das ist ein teures Gerät. Nicht, dass da noch was kaputtgeht. Das muss dein Vati dann bezahlen, hörst du?"

Louis sprang sofort aufgeschreckt vom Hocker und Greta unterbrach ihr Spiel. Auch Alexander zuckte vor Entsetzen zusammen. Als könnte er sich am Holz des Klaviers verbrennen, stellte sich der Kleine außer Reichweite des Musikinstruments und sah betreten auf seine Schuhspitzen.

Jochen, der neben seiner Frau mit einem prall gefüllten Brotkorb hereinkam, wirkte angesichts Sabines Tonlage ebenso irritiert.

„Ach was!", schritt Bärbel geistesgegenwärtig ein. Sie stellte die Platte mit Käse auf dem Tisch ab und eilte zu Louis, der wie ein Häufchen Elend dastand und nicht verstand, warum er derart in die Schranken gewiesen worden war. Beide Hände auf seinen Schultern führte Bärbel ihn zurück zum Klavierhocker, wo er sich wieder neben Greta setzen durfte. Liebevoll strich sie ihm über den Haarschopf und zwinkerte ihm zu.

„Natürlich darfst du das. Ich weiß doch, dass du ein lieber Junge bist und nichts kaputtmachst. Lass dir mal von Greta zeigen, wie der Flohwalzer geht. Und wenn du magst, kannst du jederzeit hergehen und üben."

Sie richtete sich auf und blickte zum Tisch, ohne Sabine direkt anzusehen. „Dieses Klavier hat Horden von Kinderhänden überstanden." Sie machte eine wegwerfende Handbewegung. „Mein Mann hat als Kind schon darauf herumgeklimpert, genauso wie Jessie und ihre Freunde. Das Ding ist unverwüstlich. Es müsste sowieso dringend mal gestimmt werden."

„Das wusste ich ja nicht", rechtfertigte sich Sabine, „trotzdem bin ich der Meinung, dass er lernen muss, dass man nicht an fremdes Eigentum gehen darf."

„Das weiß er bereits", reagierte Alexander energisch. „Er war es nicht, der das Klavier geöffnet hat, sondern Greta. Und sie darf das, denn sie ist hier zu Hause."

„Guten Abend." Jessica stand in der Türschwelle und sah sich verwundert um.

Stimmt, dachte Alexander, sie war ja bereits unterwegs gewesen, als seine Eltern angekommen waren. Wie immer, wenn sie Kundenbesuche erledigte, trug sie einen Rock oder ein Kleid. So auch heute. Sie wirkte ein wenig erschöpft und er kannte den wahren Grund dafür. Ihm wurde ganz schwindlig vor Glück, wenn er daran dachte, wie besessen sie davon war, sich von ihm lieben zu lassen. Für einen Moment gestattete er sich, ihre reizende Gestalt zu betrachten. Alle schauten sie an, weshalb es nicht auffallen sollte, wenn er dasselbe mit besonderer Hingabe tat. Ein Gefühl, angekommen zu sein und Frieden breiteten sich in ihm aus und er spürte, wie sehr es ihn beruhigte, sie in seiner Nähe zu wissen.

„Ist alles in Ordnung?" Jessicas forschender Blick ging zu den Kindern und dann zu ihm. Er ahnte, warum. Sie musste seine letzten Worte gehört haben.

„Jetzt schon", antwortete er ihr.

„Jessica! Gut, dass du da bist." Bärbel ging auf sie zu.

„Du kommst genau richtig. Wir haben Besuch. Alexanders Eltern sind überraschend gekommen. Und weil wir doch sowieso jetzt essen wollen, hab ich sie spontan eingeladen."

Alexander fiel auf, wie sein Vater die Tochter des Hauses mit Wohlwollen und Bewunderung inspizierte, während er bei seiner Mutter im gleichen Zuge eine Mischung aus Argwohn und Vorsicht entdeckte. Wieso musste sie nur immer so negativ sein, fragte sich Alexander und wünschte sich zum x-ten Mal, sie wären nicht hergekommen.

„Hallo, ich bin Jessica", reichte sie den Göbels lächelnd die Hand, bevor sie sich ihrer Mutter zuwandte. „Lass mich dir helfen, Mama." Sie musste lauter sprechen, weil Greta damit begann, den Flohwalzer zu klimpern.

Jochen stellte den Brotkorb ab, den er noch immer in der Hand hielt.

„Ich glaube, ich lasse das jetzt mal besser die Frauen regeln", grinste er spitzbübisch und setzte sich neben Frank.

„Ich kann doch auch helfen", bot Alexander sich an.

„So gefällt mir das", lachte Bärbel, „für solche Angebote bin ich immer zu haben."

Jasper, der die Kälber noch versorgt hatte, tauchte nun auch im Türrahmen auf. Seine Haare waren vom Duschen noch feucht. „Und was soll ich machen?"

„Wenn du Bier und Sprudel aus dem Keller holen könntest …", antwortete Bärbel prompt und wandte sich an Alexander. „Und du kannst unsere Pianisten an den Tisch zitieren", zwinkerte sie ihm zu. „Jessie, dich brauche ich in der Küche und dann können wir auch gleich essen."

Als endlich alle am Tisch saßen und es sich schmecken ließen, plätscherten die Gespräche über dies und das, gutes Essen, das Wetter und auch über

Urlaubswünsche gemächlich dahin. Angenehm unverfänglich und unterhaltsam – bis Sabine Louis anzwinkerte und sagte: „Ich soll dir auch schöne Grüße von Tessa ausrichten, mein Schatz, sie fragt jeden Tag nach dir."

Sabine wandte den Blick von ihrem Enkel ab und erklärte in die Runde: „Tessas Großeltern wohnen gleich nebenan und kümmern sich. Die Eltern sind beide berufstätig und leben mit im Haus. Nicht der Rede wert, dass man da überhaupt von spricht, es ist ja selbstverständlich, dass man als Oma nach dem Rechten sieht, nicht wahr?"

Ihre Augen strahlten, als wäre sie ein Kind, das zum ersten Mal vor einem geschmückten Weihnachtsbaum stand. „Jutta ist da der gleichen Meinung wie ich. Man muss seine Kinder doch unterstützen. Ach, ich bin so aufgeregt und habe bereits alles eingekauft, was du gerne isst, mein Schatz." Sie nahm Louis wieder ins Visier. „Freust du dich schon? Tessa kann es auch kaum abwarten."

Augenblicklich schwenkte die bislang unbeschwerte Stimmung am Tisch radikal um. So, als würde sich ein unvorhergesehenes Unwetter entladen. Bisher war Alexanders Abreise bei keinem Zusammentreffen auch nur andeutungsweise thematisiert worden. Man schätzte sich glücklich, dass die Kinder sich verstanden und der Alltag reibungslos verlief. Natürlich war den Erwachsenen klar gewesen, dass der Tag kommen würde, doch den Kindern sicher nicht in diesem Ausmaß.

Louis wich dem erwartungsfrohen Blick seiner Großmutter aus und sah stattdessen hilfesuchend zu seinem

Vater auf. Eine Antwort blieb der Kleine ihr allerdings schuldig. Alexander tätschelte ihm beruhigend die Hand und sah ihm zuversichtlich in die Augen. Er hoffte, dass sein Sohn die Botschaft verstand. Doch ohne dass er mit Jessie gesprochen hatte, konnte er einfach keine Aussagen treffen.

Auch sie sah mit besorgter Miene zwischen Greta und Louis hin und her. Die sonst so lebhafte Kleine saß wie versteinert da und hielt ihren Hasen fest im Arm. Mit großen Augen verfolgte sie das Geschehen, blieb aber still.

Auch Jochen und Bärbel wirkten bestürzt und wussten offensichtlich nichts dazu zu sagen. Selbst Alexanders Vater machte den Eindruck, als würde er bemerken, dass dieses Thema besser unerwähnt geblieben wäre. Nur seine unverbesserliche Frau, die nicht einen Funken Empathie im Leib zu haben schien, plapperte unbeirrt weiter. Jetzt hatte sie ihr Augenmerk auf Jasper gerichtet.

„Ah, und Sie hat es also der Liebe wegen hierher verschlagen?" So, als hätte sie ein Geheimnis erraten, flackerte ihr wachsamer Blick, mit einem hintergründigen Grinsen einhergehend, aufmerksam zwischen ihm und Jessica hin und her. Die beiden saßen ihr gegenüber und zufällig nebeneinander. „Ich hab da letztens erst eine Sendung im Fernsehen gesehen. Da ging es um junge Landwirte, die aus ganz Deutschland zusammenkommen, um zu feiern und sich kennenzulernen. War das bei Ihnen auch so?"

Nicht nur Jasper reagierte auf diese Unterstellung mit verständnisloser Miene, beobachtete Alexander, der genau wie Bärbel die Luft anhielt. Jochen verdrehte genervt die Augen und Alexander befürchtete, dass sein Chef – so wie er ihn kennengelernt hatte – kurz davor stand, aus der Haut zu fahren. Jochens Sorge galt seiner Tochter, die buchstäblich erstarrte.

Jasper, der sonst nie um eine Antwort verlegen war, war schlicht sprachlos. Alexander bemerkte sehr wohl den unsicheren Blick, mit dem sein Kollege ihn streifte, und wusste in diesem Moment, dass er ahnte, was zwischen ihm und Jessica lief.

„Wie? Ich?" Jasper, der nun offensichtlich begriffen hatte, dass tatsächlich er gemeint war, lachte ungläubig auf und tippte sich auf die Brust.

„Ach so!", rief er einen Augenblick später, „Sie meinen, weil ich nicht von hier bin und dass Jessica und ich ein Paar wären?"

Jetzt zeigte sich sein komödiantisches Talent. Bedauernd schüttelte er den Kopf und zwinkerte seiner Tischnachbarin zu, bevor er ein übertrieben trauriges Gesicht zog. „Leider nein, sie hat mich verschmäht", jammerte er theatralisch. „Ich glaube, ich bin ihr zu jung ... Scherz beiseite", redete er wieder normal. „Ich bin Auszubildender. Jochen hat einen ausgezeichneten Ruf als Lehrherr. Das ist der Grund, warum ich hier bin."

„Aber das geht uns doch auch gar nichts an", versuchte Frank, seine Frau zu bremsen. Erfolglos.

„Ach du liebe Zeit. Wie dumm von mir", lachte Sabine, als hätte sie einen Scherz gemacht. „Aber na ja", rechtfertigte sie sich, „das kommt doch immer häufiger vor, dass die Frauen älter sind als die Männer. Hm ... aber, wo ist denn dann Gretas Papa?", plapperte sie unbeirrt weiter, „isst er nicht mit?"

Alexander wäre über so viel Taktlosigkeit am liebsten im Erdboden versunken und schnappte entsetzt nach Luft.

Jessica die über Jaspers verkapptes Kompliment gerade wieder aus ihrer Erstarrung zurückgefunden hatte, zuckte nun regelrecht zusammen. Sie räusperte sich und Alexander sah an der Art, wie sie sich aufrichtete, dass ihre Geduld am Ende war. Mist, dachte er, dass Jasper zwischen ihnen saß. So war es ihm nicht möglich, sich bemerkbar zu machen, ohne die ganze Runde daran teilhaben zu lassen. So legte er lediglich seine Hand demonstrativ, wie eine Art Friedensangebot, flach auf den Tisch und deutete ihr damit an, dass er bereit war, die Situation zu klären.

Doch Jessica wollte die Hilfe nicht. So kannte er sie – stolz und kämpferisch. Entschlossen, den Kampf aufzunehmen, reckte sie ihr Kinn vor und schüttelte unwillig den Kopf.

„Nett, dass Sie sich sorgen, Frau Göbel." Der Blick, mit dem sie seine Mutter bedachte, ließ die Luft dazwischen gefrieren. „Auf Gretas Vater müssen wir nicht warten. Er wird nicht kommen. Er ist hier nicht erwünscht, wenn Sie verstehen, was ich meine."

Bewusst zögerte sie einen Moment, bis sie weitersprach: „Ich bin, genau wie Ihr Sohn, alleinerziehend. Reicht Ihnen das als Antwort? Oder haben Sie noch weitere Fragen zu unserer Familie?"

Stille. Nach dieser messerscharfen Ansage befanden sich alle in einer Art Schockstarre. Greta, der man ansah, dass sie über die Situation nachdachte – schließlich war ihr Name gefallen – rief plötzlich erstaunlich unbekümmert: „Ach Mami, das macht doch nix!" Sie zuckte mit den Schultern und schleuderte ihre kleine Hand in einer wegwerfenden Handbewegung von sich – eine Geste, die sie sicher schon oft bei Erwachsenen gesehen hatte. „Der Paul und die Lisa aus dem Kindergarten haben auch keinen Papa! So was gibt's, sagt Omi immer. Davon stirbt man nicht."

Damit war der Bann gebrochen. So ernst, wie die Kleine das sagte, klang es so komisch, sodass Alexander nicht anders konnte als zu lachen. Nach und nach stimmten alle mit ein. Danach wurde nur noch über Belangloses gesprochen und über den Beginn der Parade am nächsten Tag.

21

„Es tut mir so leid, Jessie." Alexander blieb vor der Wohnungstür stehen, zu der sie ihm gefolgt war, und zog sie ein letztes Mal in die Arme. Seitdem sie die Kinderzimmertür hinter sich verschlossen hatten, konnten sie sich nicht voneinander lösen. „Aber ich lasse das nicht so im Raum stehen. Es muss nur passen, dann werde ich die Situation aufklären ..."

„Was soll das bringen?", gähnte Jessica und winkte ab, „lass gut sein. So, wie ich deine Mutter kennengelernt habe, lässt sie nur ihre Meinung gelten. Das hast du ja eben wieder gehört."

Sabine hatte es sich nicht nehmen lassen, zu sehen, wo ihr Enkel die Nacht verbrachte. Frank war bei Bärbel und Jochen geblieben, während sie die Treppen hinauf zu Jessicas Wohnung gestiegen war und alles, was sie um sich herum sah, mit dem verglich und kommentiert hatte, was sie daheim hatte. Ihr Mundwerk hatte nicht stillgestanden, im Gegensatz zu Alexander und Jessica, die dazu eisern schwiegen. Selbst die Kinder waren stumm geblieben.

„Bei uns ist es auch schön, nicht wahr, mein Schatz? Du kommst doch immer gern zu Oma." An Alexander

und Jessica gewandt, hatte sie gemeint: „Bei uns hat er ein ganzes Zimmer voller Spielsachen. Am allerliebsten spielt er mit der Eisenbahn seines Vaters, die wir extra für ihn wieder aufgebaut haben." "Zum Schluss hatte sie noch hinzugefügt: „Hach, was freuen wir uns, wenn ihr ganz zu uns zieht."

Auf die Tatsache, dass Louis nicht in einem richtigen Bett, sondern nur auf einem Schlafsofa in Gretas Kinderzimmer übernachtete, hatte sie nichts Besseres zu sagen gewusst, als dass er ja nun bald sein eigenes Zimmer für sich ganz allein habe und darüber doch sicher sehr froh sei. Die verstörte Miene des Jungen hatte sie dabei entweder nicht bemerkt oder schlicht ignoriert.

„Mach dir nichts draus." Jessica schlang Alexander liebevoll die Arme um den Hals und horchte dann auf das Gemurmel, das durch die geschlossene Kinderzimmertür in den Flur drang. Sie drückte ihm einen Kuss auf die Wange. „Ich hoffe, unsere Plaudertaschen schlafen bald ein. Dann komme ich zu dir."

„Hm, wäre schön, wenn ich jetzt gar nicht erst gehen müsste", raunte er an ihrem und Ohr und löste sich dann widerwillig von ihr.

Als Jessica zu einer Antwort ansetzen wollte, rief Greta: „Mami, darf der Louis in meinem Bett schlafen? Bitte. Er will das auch."

Alexander grinste und gähnte herzzerreißend. „Siehst du, die beiden wollen auch kuscheln. Ich mach mich jetzt los."

Nach fast einer Stunde Geschichten vorlesen, bei denen Jessica selbst fast eingeschlafen wäre, schliefen die beiden Schnatterenten immer noch nicht. Zwischendrin kam x-mal die Frage, ob *Louis wirklich weg müsse* oder die Aussage des Jungen, er wolle aber viel lieber hierbleiben.

Darauf antworten konnte Jessica nicht, hätte sie doch selbst gern gewusst, wohin die Reise ging. Ihr wurde es schwer ums Herz, wenn sie daran dachte, dass Alexander aus ihrem Leben verschwinden sollte. Auch wenn sie es ihm nicht sagen konnte – noch nicht – wusste sie doch inzwischen, dass sie ihn liebte. Er war so alles, was sie sich von einem Mann wünschte. Absolut alles – und das schloss Louis selbstverständlich mit ein. Auch der Kleine war ihr sehr ans Herz gewachsen und sie wusste, dass das auch ihren Eltern so ging.

Aber fühlte Alexander genauso für sie, wie sie für ihn? Wollte er mehr von ihr als nur Sex? Es war eine Binsenweisheit, dass Männer nicht so lange ohne Sex auskamen wie Frauen. Durfte sie darauf hoffen, dass er blieb, wo er seiner Mutter nicht einmal widersprochen hatte, als sie auf den Umzug in der nächsten Woche angespielt hatte? Er hatte sich über ihre Art geärgert – sehr sogar – das war nicht zu übersehen gewesen, aber das bedeutete ja noch lange nicht, dass er deswegen auch seine Meinung geändert haben musste.

Jessica, die kaum noch die Augen offen halten konnte und an der Unruhe der Kinder erkannte, dass es keinen Sinn mehr machte, zu Alexander zu gehen, entschloss sich, ihm eine Nachricht zu schicken. Die Kleinen waren so aufgewühlt von den Neuigkeiten des Tages, dass sie es nicht wagte, sie alleine zu lassen. Vor Erschöpfung frierend, zog sie die Strickjacke enger um sich und holte ihr Handy hervor.

*Es tut mir leid, aber ich kann die Kinder heute Nacht
nicht allein lassen. Sie sind zu aufgewühlt. Ich be-
fürchte, sie werden nicht wie sonst durchschlafen.
Bussi-Smiley*

Er antwortete nicht. Kein Wunder. So müde und erschöpft wie er ausgesehen hatte, war er sicher längst
eingeschlafen. Vielleicht war es ganz gut, wenn sie
beide mal eine ordentliche Mütze Schlaf abbekamen.
Die Erkenntnis hielt sie jedoch nicht davon ab, sich
grenzenlos nach ihm zu sehnen. Sie liebte das Gefühl,
in seinen starken Armen zu versinken.

Der nächste Tag – ein von der Sonne verwöhnter
Samstag – stand ganz unter dem Stern der Kirmes. Und
für die Kinder vor allem in dem der Parade, auf die sie
sich nun seit Wochen vorbereitet hatten. Anlässlich
dieses Spektakels vergaßen sie vorübergehend ihren
Kummer.

Tatsächlich klappte die Parade reibungslos. Vom
Start bis zum Ziel liefen die Ponys in Reih und Glied,
weshalb Jessica und Maritta erleichtert aufatmeten.
Bärbel und Jochen kümmerten sich um die Aufsicht
und scheuchten das Jungvolk auf die Kirmes. Die Göbels verabschiedeten sich nach der Parade. Sabine, die
erstaunlicherweise etwas leisere Töne anschlug,
konnte sich trotzdem nicht verkneifen, für den nächsten Tag eine Überraschung für Louis anzukündigen.
Greta hörte das glücklicherweise nicht, weil sie abgelenkt war.

Obwohl Jessica sich bereits am Nachmittag unter die
Dorfbevölkerung gemischt hatte und sich dabei auch

durchaus wohlfühlte, bemerkte sie jetzt ein mulmiges Gefühl in der Magengegend, als sie sich mit Alexander und Jasper aufmachte, zum Festplatz zu gehen. Den Schutzschild, hinter den sie sich durch die Aufgabe mit den Kindern und auch in der Gemeinschaft mit Maritta und den anderen Kirmesfrauen hatte stellen können, war nicht mehr da.

Alexander, der neben ihr herging, unterhielt sich mit Jasper über das, was die Wach-und Schließgesellschaft bisher auf der Weide entdeckt hatte. Leider gab es da noch immer keine Hinweise, aus denen man Schlüsse hätte ziehen können. Auch der Kerl mit dem Hoodie war nicht mehr aufgetaucht.

Während Jessica so neben Alexander herlief, musste sie sich beherrschen, nicht nach seiner Hand zu greifen. Seitdem sie miteinander schliefen, war es so selbstverständlich für sie geworden, ihn zu berühren. Doch für das Auftreten in der Öffentlichkeit gab es zwischen ihnen eine unausgesprochene Vereinbarung. Nämlich die, dass es niemanden etwas anging, was sie miteinander teilten. Auch wenn ihr Verstand das begrüßte – sie wollte nicht schon wieder die fettgedruckte Schlagzeile für den Dorffunk liefern – würde sie es doch interessieren, warum er das so widerspruchslos akzeptierte. Garantiert aus ähnlichen Gründen wie sie, mutmaßte sie. Vielleicht, weil es in seinem Sinne war? Alexander war kein Showman, der alles hinausposaunen musste, so wie sie es bei Dennis erlebt hatte. Außerdem war er sehr gradlinig und stand zu dem, was er tat. Das würde dann ja im Umkehrschluss bedeuten, dass er nicht öffentlich zu ihr stehen wollte, weil es nicht seiner innersten Überzeugung entsprach.

Diese nüchterne Erkenntnis versetzte ihr einen Stich. Sie blinzelte und rief sich in Erinnerung, wo sie war. Das war kein Thema für einen Samstagabend auf der Kirmes.

Jessica behalf sich, indem sie es vermied, ihn zu berühren. Überhaupt tat sie, als wären sie nicht mehr als Arbeitskollegen.

Im Festzelt wurden Jessica und Alexander von den Freyenhof-Brüdern und ihren Frauen herzlich begrüßt. Sie saßen mit den Ritters und Schlüters an einem der langen Tische und sie erwarteten sie bereits. Auch Jasper und Miriam setzen sich dazu. Sie fanden Platz bei den anderen Betreuern, die regelmäßig auf dem Gut halfen.

Vom Tisch aus hatte man den Zelteingang und die Theke im Blick. Jessica wunderte sich nicht, dass Alexander von den Männern gleich kumpelhaft abgeklatscht wurde. Er setzte sich zu ihnen, während sie in der Runde der Frauen unterkam. Es war nicht nur seine ruhige und überlegte Art zu argumentieren, sondern auch der trockene Humor, der ihn so beliebt machte, folgerte Jessica. Von Sabine konnte er das unmöglich haben. So wie sie seine Mutter kennengelernt hatte, war das nur schwer vollstellbar.

Hendrik nahm unterdessen der Bedienung einen Meter Bier ab und verteilte mit Uwe die Gläser. Sarah und Dorit stießen wegen der Schwangerschaft mit Apfelschorle an. Automatisch ging Jessicas Blick zu Alexander, der anhand von Bierdeckeln und Gläsern, die er hin- und herschob, versuchte, irgendeine Situation bildhaft zu erklären. Fasziniert betrachtete sie das Muskelspiel seiner Hände und Arme. Was gesprochen wurde, bekam sie nicht mit, denn Sarah ahmte gerade mit affektierter Stimme die Mutter einer ihrer Schülerinnen nach, die sich beim Elternabend beschwert hatte, dass ihr Kind nicht richtig behandelt worden wäre. Sie unterrichtete als Teilzeitlehrerin an einem Gymnasium.

Jessica hörte nur mit einem Ohr zu, weil sie in ihren eigenen Gedanken gefangen war. Sie war hin- und hergerissen. Einerseits wollte sie, dass alle Welt wusste, dass sie zu Alexander gehörte und andererseits ... ja, was andererseits? So wie er dasaß, sich unterhielt, locker-lässig und völlig mit sich zufrieden, hatte sie nicht den Eindruck, dass es ihn störte, dass keiner davon erfahren durfte. Ein sehnsüchtiges Ziehen durchlief sie, als sie sah, wie er sich eine Strähne aus der Stirn strich und zum Glas griff. Sie liebte diese Geste, wenn er sich mit den Fingern durchs Haar fuhr und es zerfurchte. Sie wusste inzwischen sehr genau, was er mit seinen Händen anstellen konnte.

Wieder überlief sie ein Schauer. Sie war süchtig nach dem, was er mit ihr im Bett anstellte und sie brauchte keine hellseherischen Fähigkeiten, um zu wissen, wie sich der Verzicht anfühlen würde, wenn er nicht mehr da war. Sie schluckte den Kloß, der sich in ihrem Hals breitmachen wollte, energisch hinunter. Wie ein Kind wohl aussähe, wenn sie von ihm ...? Sie dachte an Louis und atmete schwer.

Verflucht und zugenäht! Sie musste unbedingt mit diesen bescheuerten Gedanken aufhören. Sofort!

Spontan lächelte sie in die Runde, so, als wenn nichts wäre, und tat, als sei sie nicht nur körperlich anwesend. Galgenhumor war immer noch besser als gar keiner.

Maritta und die anderen hoben ihre Gläser und prosteten Hendrik zu. Was ein Glück, dachte Jessica, das hätte sie doch jetzt glatt verschwitzt und beeilte sich, es ihnen gleichzutun. Liebe Güte, wo war nur ihre gute Kinderstube geblieben?

So plätscherten die ersten zwei Stunden angenehm nichtssagend dahin. Sie unterhielt sich mit allen möglichen Leuten, die zu ihnen an den Tisch kamen, und die sie seit ihrer Kindheit kannte. Es wurde getrunken – sie trank Alster mit viel Sprudel – und gelacht und Jessica fühlte sich rundum wohl.

Nach der vierten Getränkerunde wurde es Zeit, die Toiletten aufzusuchen, die etwas abseits auf der Festwiese standen. Zurück im Zelt drängte sie sich an den Grüppchen, die vor der Theke auf ihre Bestellung warteten, vorbei, um wieder zu ihrem Tisch zu kommen. Es waren hauptsächlich Männer, weshalb sie vor lauter breiten Schultern und Rücken kaum den Weg erkennen konnte. Prompt lief sie deshalb einem jungen Mann in die Arme, der in jeder Hand ein frisch gezapftes Bier hielt und sich in dem Moment umdrehte, als sie an ihm vorbeiwollte. Das Leben meinte es gerade gut mit ihr, dachte sie scherzhaft, denn der Mann, auf dessen breite Brust sie starrte, fühlte sich gut an. Als sie hochsah, erkannte sie – allerdings erst auf den zweiten Blick – dass es Boris Wagener, ihr ehemaliger Schulkamerad war.

„Boris! Entschuldige, aber ich konnte nicht mehr ausweichen." Sie trat einen Schritt zurück und lächelte ihn an. Liebe Leute, der hatte sich aber verändert. Aus dem schlaksigen Jungen war ein wahres Muskelpaket geworden. Beide Arme waren bis zu den Handgelenken bunt tätowiert und fielen wegen des schlichten weißen T-Shirts deutlich ins Auge.

Vor Jessicas innerem Auge erschien Alexander und sie dachte an die gemeinsam verbrachten intimen Stunden, an seinen schönen Körper – ganz ohne Tattoos – dafür aber mit sonnengebräunter Haut, auf der feine blonde Härchen seidig glänzten. Trotz aller Trends und Modeerscheinungen stellte sie für sich fest, dass ihr das besser gefiel als bunt bemalte Haut. Es war das erste Mal, dass sie überhaupt darüber nachdachte. Bei Dennis hatten ihr die vielen Tätowierungen nichts ausgemacht, erinnerte sie sich. Oder mochte sie deshalb keine mehr?

Wieder betrachtete sie Boris' Muskelpakete und ihr fiel ein, was Steffen irgendwann mal beiläufig über ihn erwähnt hatte. Er sei inzwischen ein recht erfolgreicher Fußballer geworden und hätte es sogar bis in die Regionalliga geschafft.

„Jessie! Hi, macht doch nix." Mit dem Kinn deutete er auf einen runden Stehtisch hin, der etwas abseits von der Theke stand, und an dem ein stämmiger Mann mittleren Alters auf ihn wartete. Jessica kannte ihn. Werner Pflüger war ein weitläufiger Bekannter ihres Vaters, der sich im Sportverein ehrenamtlich engagierte und der im ganzen Dorf sehr beliebt war.

„Wen haben wir denn da?", rief der auch sofort, als er sah, wen Boris da im Schlepptau hatte. „Jessica! Na, das ist ja eine Freude! Komm erst mal her und lass dich drücken. Wie schön, dass du dich wieder unters Volk mischst. Das wird aber auch Zeit."

Ehe sie sich versah, drückte er sie an seinen massigen Körper und umarmte sie, als wären sie seit jeher die besten Freunde. Es war nicht das erste Mal an diesem Abend, dass man so auf ihre Anwesenheit reagierte und es tat gut, so empfangen zu werden.

„Danke", sagte sie nur schlicht und löste sich wieder von ihm.

„Was stehst du noch hier rum?", frotzelte Werner und meinte damit Boris, „sieh zu, dass du Jessica was zu trinken besorgst. Du glaubst doch nicht, dass wir dich gleich wieder weg lassen, ohne dass du mit uns angestoßen hast", wandte er sich ihr zu. „Was soll er dir mitbringen? Bier, Wein, Schorle?"

„Ich nehme ein Radler mit ganz viel Sprudel, sonst überstehe ich den Abend nicht. Und ja, na klar trinke ich was mit euch."

Während Boris erneut loszog, um das gewünschte Getränk zu besorgen, plauderte Jessica mit Werner über die Familie, ihre Aufgaben auf dem Hof und darüber, dass sie kaum noch dazu kam, auszureiten.

„So, hier dein Radler!" Boris reichte ihr das Glas, wobei er ein breites Grinsen im Gesicht hatte. „Dann lass uns anstoßen."

So unverfänglich wie die Unterhaltung mit Werner allein war, so verkrampft entwickelte sie sich, als Boris dabeistand. Jessica dachte an die Schulzeit. Von der fünften bis zur zehnten Klasse waren sie zusammen in die Schule gegangen und irgendwie war es schon damals so gewesen, dass die Kommunikation mit ihm hakte.

Verstohlen sah sie hinüber zu ihrem Tisch, wo Alexander zwischen Uwe und Hendrik saß und sich munter unterhielt. Ein Lächeln huschte über ihr Gesicht. Selbst wenn sie sich mit ihm stritt, war die

Unterhaltung angenehmer als mit Boris. Und es machte Spaß, sich mit Alex zu kabbeln. Sie liebte diese Gespräche, in denen sie sich pingpongmäßig die Bälle zuspielten. Immer darauf bedacht, den Ball nicht zu verlieren. Alexander besaß Humor und konnte über sich selbst lachen. Eigenschaften, die Boris völlig abgingen. Schrecklich. Humorlose Menschen waren wirklich nur schwer zu ertragen.

„Ich sorge mal dafür, dass die Luft aus den Gläsern kommt. Das dauert ja eine Ewigkeit, bis hier mal einer vorbeikommt." Jasper erhob sich und ließ seinen Blick über den Tisch wandern. „Äh … will jemand was anderes außer Bier?"

Allgemeines Kopfschütteln bei den Männern.

„Wir haben was Besseres", rief Maritta. Zur Veranschaulichung hielten alle Frauen ihre bunten Cocktailgläser in die Luft, die Simone organisiert hatte.

„Okay, dann nur Bier für uns. Bin dann mal weg", rief er und lief los.

„Und?" Uwe, der neben Alexander saß, rempelte ihn dezent an. „Koffer schon gepackt oder bleibst du jetzt doch hier?"

Alexander hielt unauffällig nach Jessica Ausschau, die seit mindestens einer Viertelstunde nicht mehr am Tisch saß, und fühlte sich ertappt. Es machte ihn kirre, wenn er nicht wusste, wo sie war.

„Wäre wirklich schade, finde ich", hörte er Uwe, der sich nachdenklich das Kinn rieb, sagen. „Du passt gut hierher …"

Er hielt kurz inne und starrte dann demonstrativ zum Zelteingang hinüber, wo Jessica gerade wieder hereinkam.

Hendrik, der gegenüber von Alexander mit dem Rücken zum Eingang saß, wollte nun auch wissen, was es da Interessantes zu sehen gab und drehte sich kurz dorthin um. Ein feines Lächeln huschte über seine Lippen, als er begriff, worum es ging. Nun nahmen Uwe und Hendrik ihn mit forschenden Blicken ins Visier.

Derart überrumpelt, blies er die Wangen auf, bevor er den Atem schließlich langsam wieder ausstieß. „Was Genaues kann ich dazu im Moment noch nicht sagen ... aber wer weiß schon, was nächste Woche ist, das Leben ändert sich so schnell."

„Oh ja", lachte Hendrik, „absolut richtig, sozusagen von einer Sekunde auf die andere. Kommt mir ziemlich bekannt vor." Um seine Worte zu bekräftigen, hob er augenzwinkernd sein leeres Glas. „Ich sage nur: Chancen nutzen!"

Im Augenblick saßen die drei alleine an ihrer Tischseite, denn Eike tanzte mit Dorit und Christian saß mit redseligen Patienten, die ihn angesprochen hatten, am Nachbartisch.

„Ja und wenn es um einen Job geht", redete Hendrik weiter, „höre ich mich gerne um. Das sollte nicht das Problem sein. Gute Leute werden immer gebraucht."

„Danke. Das ist nett, aber um den Job mache ich mir eigentlich keine Sorgen. Mein Ex-Chef hatte mich nur ungern gehen lassen und mir gesagt, ich soll ihm sofort Bescheid sagen, wenn ich's mir anders überlegen würde."

„Um was machst du dir dann Sorgen?", hakte Uwe
nach. „Wenn wir was für dich tun können, immer
gerne. Da kannst du dich im ganzen Dorf umhören. Wir
helfen uns hier gegenseitig."

„Nee, schon gut. Ihr kennt das. Es gibt Sachen, die
muss man alleine durchziehen, da kann einem keiner
bei helfen." Alexander sprach jedes Wort langsam, so,
als müsse er sich den Sinn erst aus einer Fremdsprache
übersetzen, doch der wahre Grund für die Sprachver-
zögerung war ein anderer. Beunruhigt beobachtete er,
wie Jessica, die sich den Weg zum Tisch bahnte, und vor
der Theke durch die Menge musste, versehentlich einem jungen Mann in die Arme lief. Es war ein Missge-
schick, weil der Typ in jeder Hand ein Weizenbier trug,
und sich in dem Moment umdrehte, als sie an ihm vorbeiwollte. Wenn man es nicht besser wusste, konnte
man glauben, sie lägen in einer innigen Umarmung, so
nahe waren sich die zwei. Irrationale Eifersucht durch-
zuckte ihn. Ein Gefühl, das ihm normalerweise fremd
war. Er sah den drahtigen Kerl nur von hinten und
schluckte, als er ihm das Gesicht zuwandte. Verdammt,
den Kerl kannte er doch. Aber woher?

„Na, das wird unserem Boris aber gefallen", sprach
Uwe das aus, was Alexander dachte, „der ist doch
schon, seit ich denken kann, hinter ihr her."

„Was? Verdammt, ich komm mal rüber. Ich krieg hier
ja gar nix mit!", rief Hendrik, umrundete ruckzuck den
Tisch und setzte sich rechts neben Alexander. „Aha,
sieh mal einer an."

„Wetten, dass es nicht lange dauert und er baggert sie
an?", grinste Uwe und rempelte Alexander erneut an.

Der konnte nur nicken. „Hm, da kannst du Gift drauf nehmen. Ich weiß jetzt auch wieder, woher ich den kenne. Er war mit ihr in einer Klasse und fährt voll auf sie ab.“

„Und wieso weißt du das?“ Uwe wirkt überrascht.

„Weil ich ihn bei einem Kneipengang mit Jasper getroffen habe und er – ich sag's mal vorsichtig – eifersüchtig auf mich war, nur weil ich bei ihrem Vater arbeite.“

„Ach du lieber Himmel, und dann hofft der immer noch?“ Hendrik verzog skeptisch das Gesicht. „Was für ein Optimist. Meine Prognose ist negativ.“

„Ich glaub da auch nicht dran. Wenn sie ihn wollte, hätte er längst eine Chance gekriegt“, nickte Uwe, „aber versteh einer die Frauen.“

„Apropos ...“ Hendrik zog die Stirn in Falten und sah mit ernster Miene hinüber zu Jessica, die sich mit Boris und einem anderen, etwas älteren Mann unterhielt. „Es gibt Neuigkeiten. Dennis ist zurück. Er hat sich bei uns um einen Job beworben.“

„Scheiße“, entfuhr es Uwe. „Was will der denn hier?“

„Er muss wohl mal wieder irgendwo rausgeflogen sein“, erklärte Hendrik, „er hat nämlich weder eine feste Bleibe noch eine Anstellung. Wenn ich's richtig verstanden hab, hat er die Frau seines Chefs flachgelegt. Wäre ja nicht das erste Mal. Ein Zeugnis konnte er jedenfalls nicht vorlegen.“

„Aber ihr habt ihn doch nicht genommen, oder?“, hakte Uwe nach.

„Nein.“ Hendrik zog eine Miene, als hätte er in einen sauren Apfel gebissen. „Eher stelle ich mich selber in den Stall. Wir brauchen ihn nicht. Felix hat ausgelernt und schmeißt den Laden perfekt. Außerdem wollen wir wieder ausbilden.“

„Gott sei Dank. Der hat vielleicht Nerven! Glaubt der ernsthaft, er wird hier, wo er nur verbrannte Erde hinterlassen hat, mit offenen Armen empfangen?“ Uwe schüttelte fassungslos den Kopf. „Kann man wirklich so dämlich sein … aber warte mal … vielleicht führt der noch was ganz anderes im Schilde.“

Alexander saß zwischen den beiden und hörte nur zu. Was hätte er auch dazu sagen sollen? Doch es bereitete ihm Sorgen.

Wie würde Jessica reagieren, wenn dieser Dennis wieder vor ihr stand? Gerade jetzt, wo sie sich öffnete und unter die Leute ging. Er war Gretas Vater. Daran führte kein Weg vorbei.

„Bingo! Wer ihn lange genug kennt, so wie ich, weiß, dass es dann nur noch einen Grund geben kann, warum er hier aufschlägt“, ging Hendrik auf Uwes Andeutung ein. „Jetzt, wo er sämtliches *Weideland abgegrast hat,* glaubt er, dass er wieder bei Jessica landen kann. Soviel ich weiß, hat er noch Kontakt zu Leuten im Dorf. Die werden ihm wohl gesteckt haben, dass sie noch zu haben ist. Und …“, Hendrik verzog ironisch die Mundwinkel, „… weil er ja der selbsterklärte Retter frustrierter Frauen ist und sich außerdem daran erinnert, welche *Möglichkeiten* er damals ungenutzt hat liegenlassen, startet er jetzt den Versuch, seine vertanen Chancen wieder gutzumachen.“

Hendrik zog mit dem Zeigefinger sein linkes unteres Augenlid etwas nach unten und schnalzte mit der Zunge. „Man wird schließlich nicht jünger, oder?“

„Du meinst die finanziellen Möglichkeiten, die er hätte, wenn Jessica ihn heiraten würde? Ja", nickte Uwe, „damit liegst du garantiert richtig. So ein Arschloch. Verdammt, das macht mich echt wütend."

„Auf Typen, die es nur auf den Hof abgesehen haben, reagiert sie äußerst empfindlich", mischte sich Alexander nun doch ins Gespräch, obwohl er das anfangs hatte vermeiden wollen. Doch das Thema ging ihm derart an die Nieren, dass er nicht still sein konnte.

„Es muss wohl schon ein paar gegeben haben – Erntehelfer, hab ich gehört – die ganz scharf darauf waren, bei den Wackernagels zu arbeiten, nur um bei ihr Schönwetter zu machen. Angeblich gab es mehr als einen plumpen Versuch, einzuheiraten."

Alexander bemerkte selbst nicht, wie hoffnungslos seine Stimme klang, während er das sagte. „Sie hat sowieso schon kein besonderes Vertrauen in die Männer, aber am allerwenigsten in die Jungbauern."

„Aha." Uwe sah ihn von der Seite forschend an und klopfte ihm dann kumpelhaft auf die Schulter.

„Du solltest das nicht auf dich beziehen und deshalb schon gar nicht aufgeben", lachte er und zwinkerte dabei Hendrik zu. „Erstens: Wenn Zwei das Gleiche tun, ist es noch lange nicht dasselbe! Zweitens: Frauen lieben es, wenn die Kerle sich ein bisschen anstrengen und drittens: Mensch, schnapp sie dir, bevor's ein anderer tut."

Uwe deutete auf Hendrik. „Und falls du dafür ein gutes Beispiel brauchst, solltest du dich an ihn wenden. „Frag ihn mal, wie es mit Sarah war. Soviel steht fest: Er hat den Kampf gewonnen und *du*... hast ihn noch nicht verloren. So musst du das sehen."

„Wollen wir uns nicht mal treffen?“, hörte Jessica Boris nun fragen und musste aufpassen, dass sie sich nicht vor lauter Schreck verschluckte. Großer Gott! Auch das noch! Wie einfach wäre es, jetzt sagen zu können: *Sorry, aber es gibt da jemanden, der da was gegen hat.*

Aber woher sollte sie wissen, ob Alexander das tatsächlich so sah? Indem ich mit ihm rede, beantwortete sie sich selbst die Frage und wusste im gleichen Moment, dass ihr dafür der Mut fehlte. Seit einer Woche lag sie Nacht für Nacht in seinem Bett. Na ja, bis auf letzte. Das war schon hart genug gewesen, ihn nicht neben sich zu haben. Und ... okay, viel Zeit zum Reden hatten sie nicht gehabt, das hielt sie ihm zugute, aber große Worte bräuchte er doch auch gar nicht zu machen.

Vielleicht nur: *Wie wär's, wenn ich hierbliebe? Würde dir das gefallen? Ich möchte nicht gehen oder ich will dich nicht verlieren.*

Irgendetwas in der Art wäre völlig ausreichend. Doch keine Silbe kam dazu über seine Lippen. Nicht eine einzige. Dabei war er so unvorstellbar zärtlich und liebevoll mit ihr. Jessica hasste es, sich aufzudrängen. Das verbot ihr allein schon ihr weibliches Ehrgefühl.

„Ähm, ja“, druckste sie herum und wich Boris' Blicken aus. „Ja weißt du, so ganz einfach ist das bei mir nicht ...“

Das Handy vibrierte in ihrer Gesäßtasche – Gott sei Dank. Das ersparte ihr eine Antwort. Alarmiert erkannte sie ihre eigene Festnetznummer und wusste, dass das nur ihre Mutter sein konnte.

„Entschuldigung, aber da muss ich rangehen. Mama? Ist was passiert?"

„Nein, so schlimm ist es nicht, aber … es tut mir leid, ihr müsst heimkommen. Louis erbricht sich und weint. Der Junge ist total überdreht. Ich kann ihn nicht mehr beruhigen. Mit Greta ist es nicht besser. Papa und ich, wir schaffen das alleine nicht mehr. Bitte macht euch auf den Weg."

Direkt vor der Theke gab es kein Vorankommen mehr. In einer endlos scheinenden Schlange warteten die Bierdurstigen auf ihre Bestellungen. Jasper blies sich eine vorwitzige Strähne aus der Stirn und verschränkte die Arme vor der Brust. Okay, dann eben warten.

Er sah sich um. In unmittelbarer Nähe hinter ihm stand ein Grüppchen von Männern zusammen, von denen er zwar einige vom Sehen her kannte, aber nicht vom Namen. Volle Biergläser in der Hand haltend, hörten sie einem hageren Mann zu, der lautstark über seine Zukunftspläne palaverte. Irgendwoher kannte er den Typ, den er erst kürzlich unten am Bach gesehen hatte. Es war auf der anderen Seite des Ufers gewesen. Er hatte auf Bertis Weidenstück Gras gewendet und misstrauisch zu ihnen herübergestarrt. Der Typ fiel Jasper auch jetzt wieder unangenehm auf, weil er lautstark dummes Zeug schwafelte.

Blödmann, dachte er, rückte einen Meter vor und sah auf die Uhr. Mamma Mia, das dauerte aber wieder. Garantiert fragten sich die anderen schon, *wo* der Wirt das Bier holte. Auf Hawaii oder so? Auch die Wartenden vor ihm wurden allmählich ungeduldig. Es dauerte aber auch eine Ewigkeit, bis es mal einen halben Meter voranging. Die ungewöhnliche Hektik hinter der Theke machte ihn ohnehin stutzig, bis er sah, was dort vor sich ging.

Der Bürgermeister, in weißem Hemd, rotem Schlips und aufgekrempelten Hemdsärmeln, strahlte wie in Honigkuchenpferd und tat, als hätte er das alleinige Vorkaufsrecht. Er orderte nämlich gleich fünf Meter Bier für seine Untertanen. Fünfzig Biere – auf einmal. Nur für einen. Verständlich, dass das Thekenteam, trotz Unmengen vorgezapfter Biere, da ins Trudeln kam. Bürgermeister musste man sein.

Jasper verdrehte ironisch die Augen und horchte auf, als jetzt ein anderer aus dem Grüppchen hinter ihm grölte: *„Für fünfundzwanzig Riesen nach Malle?"*

Ganz *alleine* war der aber auch nicht mehr.

„Ich lach mich scheckig. Äh ... haste da 'ne Arbeit oder wie kommste auf so'n Schwachsinn? Haha. Auf Malle! Na klar, die warten ja auch auf einen wie dich. Und was willste da machen? Kühe melken?" Wieder lachte einer der Zuhörer hämisch. *„Meinste echt, auf Malle wird's Leben besser, wennde nix auf'm Läppchen hast? Da brauchste genauso Knete wie hier!"*

Viele, die in der Schlange standen, reckten nun den Hals, um zu erfahren, wer nach Mallorca auswandern wollte. Jasper, der nun auch wissen wollte, von wem die Rede war, drehte sich nun auch um. Kein Wunder, dass die Männer höhnten. Es war der von Bertis Weide, der nach Mallorca wollte.

„Wer ist denn hinter dir her?", wollte Maritta wissen, als Jessica auf den Tisch zugestürmt kam – und das in High Heels – und auf die Tischplatte klopfte.

„Es tut mir leid, aber wir können nicht bleiben."

Jessica sah zu Alexander hinüber, der zu ihr hinsah und erschrocken seine Unterhaltung abbrach. Sie winkte ihm zu und erklärte den Frauen weiter: „Meine Mutter hat angerufen. Louis geht's nicht gut. Er muss sich ständig übergeben und weint. Greta ist dadurch total verstört und fängt nun auch an zu jammern." Jessica sah auf die Uhr. „Normalerweise schlafen die beiden um die Uhrzeit längst."

„Hast du die passenden Medikamente daheim?", wollte Simone wissen.

„Ich weiß es nicht genau", zuckte Jessica hilflos mit den Schultern. „Es ist schon so lange her, dass Greta mal über Übelkeit geklagt hat."

„Dann hast du nichts", entschied Simone und erhob sich. „Es ist besser, ich komme mit. In der Praxis finden wir alles, was du brauchst. Bei den Zäpfchen geht es nach Alter und Gewicht und für Greta habe ich was Pflanzliches, das hilft sehr gut bei nervöser Unruhe."

Besorgt kam Alexander dazu. „Was ist los? Warum …?"

„Wir müssen heim. Louis hat sich übergeben."

Schockiert sah er sie an und wurde unter der Bräune blass.

„Keine Panik." Jessica legte ihm beruhigend die Hand auf den Arm. „Meine Mutter kümmert sich, aber sie möchte, dass wir sofort heimkommen. Vorher wird uns Simone aber noch mit Medikamenten versorgen."

Nachdem sie die Arztpraxis verlassen hatten, lief Alexander immer schneller und schien nicht zu bemerken, dass es Jessica zunehmend schwerer fiel, mit ihm Schritt zu halten.

„Alex! Bitte, was glaubst du eigentlich, was ich für Schuhe anhabe?"

Augenblicklich verlangsamte er sein Tempo. „Entschuldige. Ich bin nur so furchtbar wütend, ich könnte in die Luft gehen, so sauer bin ich."

„Auf mich?"

„Quatsch. Auf meine Mutter! Als wenn ich's nicht gesagt hätte, dass er es nicht verträgt, so viel durcheinanderzuessen. Verdammt! Wieso kann sie auch nicht einmal hören, wenn man ihr etwas sagt!"

Schlagartig begriff Jessica, dass er von Schuldgefühlen zerfressen wurde. Und wenn sich jemand mit Schuldgefühlen auskannte, dann sie.

Sie sah sich um. Es war trocken und mild. Sie befanden sich mitten im Dorf. Kurzerhand packte sie ihn am Arm, weshalb er notgedrungen stehen blieb, und schlüpfte dann aus den Pumps. Dabei sah er sie so entgeistert an, dass sie lachen musste. Ehe er sich versah, rannte sie – Schuhe und Tasche in den Händen – barfuß los und rief: „Na komm schon! Auf was wartest du? Ich dachte, du hast's eilig?"

22

Jochen und Bärbel begrüßten sie sichtlich erleichtert, als sie im Sturmschritt unterm Dach ankamen. Alexander eilte sofort zu Louis ans Bett, wo der Kleine seinem Vater schluchzend die Arme um den Hals schlang.

„Es ist alles gut, mein Schatz, ich bin ja da. Wir haben Medizin für dich. Du wirst sehen, gleich geht's dir wieder gut."

Während Jessica sich um Greta kümmerte, die trotz Erschöpfung und Müdigkeit kerzengerade im Bett saß, weil es ihrem Freund nicht gutging, verabreichte Alexander seinem Sohn ein Zäpfchen. Dank des beruhigenden Wirkstoffs fiel der Kleine dann endlich in einen unruhigen Schlaf.

Unterdessen sorgte Bärbel dafür, dass die schmutzige Wäsche in den Keller kam und Jessica versorgte Greta mit einem ihrer Lieblingshörspiele, das sie schließlich auch beruhigte. Danach fanden sich alle drei bei Jochen in Jessicas kleiner Küche ein, wo der ein wenig für Ordnung gesorgt hatte.

Alexander nahm Bärbels Hand und sah zwischen ihr und Jochen hin und her.

„Es tut mir so leid, dass ihr das ausbaden musstet", entschuldigte er sich aufgewühlt. „Vielen Dank für eure Unterstützung."

Er ließ sie los und seine Miene verzog sich bekümmert. „Es wäre besser gewesen, wenn ich erst gar nicht weggegangen wäre. Es hätte mir klar sein müssen, dass er nach einem solchen Tag mit so vielen Aufregungen total durch den Wind sein würde. Vor allem, weil er viel zu viel durcheinandergegessen hat." Verärgert presste er kurz die Lippen zusammen. „Aber man kann meine unverbesserliche Mutter ja einfach nicht bremsen. Ich habe ihr mehrmals gesagt, dass er das nicht verträgt. Schokolade, Eis, Bratwurst, Pommes, ganz zu schweigen von der vielen Cola. Das ist er doch überhaupt nicht gewohnt. Bei mir kriegt er nur ganz selten Cola. Wer weiß, was er noch in sich reingeschaufelt hat. Nur weil meine Mutter die tollste Oma der Welt sein möchte."

Bärbel nickte. „Das ist ja nun alles wieder draußen und das ist auch gut so." Sie legte ihm beruhigend die Hand auf den Arm. „Du musst uns nicht danken. Wir haben das gerne gemacht. Normalerweise sind die zwei völlig problemlos ... so leid es mir tut, Alex, ich glaube, das viele Essen war nicht der einzige Grund dafür, dass er heute Abend so aufgewühlt war." Wieder hielt sie inne und verzog bekümmert das Gesicht.

„Das Schlimmste für den kleinen Kerl ... und auch für Greta, ist ..." Bärbel warf Jochen einen Blick zu, den er mit einem Nicken bestätigte und fuhr dann fort.

„Also das, womit die Kinder wirklich überhaupt nicht klarkommen, ist die bevorstehende Trennung und dass sie nicht genau wissen, wie es weitergehen wird." Ein Hauch von Missbilligung huschte über ihre sonst so freundlichen Gesichtszüge. „Und ... tja, ich weiß nicht, wie ich das ...“

„Schon gut. Ich weiß genau, was du sagen willst.“

Die blanke Resignation klang aus Alexanders Worten und er schüttelte den Kopf. „Meine Mutter hat mit ihrem Gerede über das, was demnächst auf Louis zukommt, nur noch Öl ins Feuer gegossen. Leider konnte ich sie auch da nicht bremsen. Und mein Vater leider auch nicht. Glaub mir, ich hab's wirklich versucht.“

Bärbel winkte ab. „Ich weiß. Du kannst ja nichts dafür.“

„Ich denke, für heute reicht's. Kommst du?“, gähnte Jochen und sah seine Frau an. „Ich will ins Bett.“

„Danke Mama, Papa, dass ihr euch so lieb gekümmert habt.“ Jessica brachte die beiden zur Wohnungstür. „Schlaft gut.“

Als sie zurück in die Küche kam, starrte Alexander gedankenverloren durch das Dachfenster, hinaus in die Dunkelheit der Nacht, und wirkte dabei so unerreichbar, als wäre er in einer anderen Galaxie unterwegs.

Nicht ein Wort fiel ihr ein, womit sie ihn in die Gegenwart zurückholen konnte. Überhaupt wusste sie nicht, was genau gerade völlig aus dem Ruder lief. Von einem Moment auf den anderen hatte sich alles verändert. Von unbeschwert auf total kompliziert. Eigentlich erst, seitdem seine Eltern aufgetaucht waren. Er litt, das war mehr als deutlich.

Aber warum redete er denn dann nicht mit ihr? Es gäbe doch eine Lösung, wenn er nur endlich einmal etwas zu ihrem Beziehungsstatus sagen würde. Vorsichtig berührte sie ihn an der Schulter, worauf er sich umdrehte und ihr in die Augen sah. Ernst. Beinahe schon düster.

„Alex ... wo bist du?"

„Hier ... ich habe ihn allein gelassen." Er wandte sich wieder von ihr ab und blickte erneut aus dem Fenster.

„Hast du nicht. Du hast ihn in die beste Obhut gegeben, die du für dein Kind kriegen konntest."

Er drehte sich um. „So war das nicht gemeint. Das verstehst du nicht."

„Dann erklär's mir."

„Ach Jessie, ich weiß gar nicht, wo ich anfangen soll. Ich dachte, wir hätten es überstanden. Er war in letzter Zeit so unbeschwert, so glücklich. Du hast überhaupt keine Ahnung, was er durchgemacht hat."

„Magst du darüber reden?"

„Was soll das bringen? Es ändert nichts. Gar nichts."

„Vielleicht doch ... ich finde, darüber zu reden erleichtert. Natürlich nur, wenn du willst."

Er lehnte sich mit der Hüfte an die Spüle und verschränkte die Arme vor der Brust. Er wirkte dabei immer noch so unerreichbar, dass es sie fröstelte.

„Als ich Marisa – das ist Louis' Mutter – kennengelernt habe, war ich hin und weg von ihr. Ich hatte gerade meine Ausbildung abgeschlossen und eine Anstellung gefunden. Sie war lebenslustig, optimistisch und immer gut gelaunt. Das hat mir gefallen. Wir sind sehr schnell zusammengezogen. Nach ein paar Monaten – bei ihr lief es beruflich nicht so gut, eigentlich wollte sie eine neue Ausbildung anfangen – meinte sie plötzlich, dass es doch schön wäre, ein Kind zu haben. Wir waren zu dem Zeitpunkt noch kein Jahr zusammen und ich war froh, endlich ein bisschen mehr Geld zu verdienen.

Ich habe sie um etwas Zeit gebeten aber …“, resigniert schüttelte er den Kopf, „keine Chance. Alle Gegenargumente haben sie in ihrem Vorhaben nur noch bestärkt. Am Ende habe ich nachgegeben.“ Er presste die Lippen zusammen und schüttelte den Kopf.

„Nach zwei Monaten war sie schwanger.“ Alexander röchelte. „Entschuldige, aber hast du mal ein Glas Wasser für mich?“

„Natürlich. Setz dich.“ Sie deutete auf den kleinen Tisch, vor dem zwei Stühle standen, und reichte ihm eine Flasche Wasser. Sie stellte zwei Gläser auf die Tischplatte und setzte sich zu ihm. „Erzähl weiter.“

„Als Louis dann auf der Welt war – er war gerade mal ein halbes Jahr alt – ist ihr aufgefallen, wie unspektakulär es ist, Mutter zu sein. Sie wurde unzufrieden, hat nur noch gemeckert und ihre schlechte Laune an mir ausgelassen. Immer häufiger ging sie abends weg. Allein. Wenn ich nach Hause kam, war sie schon fix und fertig gestylt, um auf die Piste zu gehen. Es gab Krach. Regelmäßig. Der Kleine war so verunsichert, dass er nicht mehr in seinem Bett schlafen wollte, weil er Angst hatte. Das ging so weit, dass er sich vor allem und jedem fürchtete, was sie noch mehr genervt hat. Die Krönung war schließlich, dass sie ihn in der Wohnung alleine gelassen hat, wenn ich mal nicht rechtzeitig von der Arbeit zurückkommen konnte. Erst nur Minuten, dann Stunden und schließlich die ganze Nacht, als ich wegen eines Notfalls nicht heim konnte. Du hast eben gesehen, wie ich ihn dann vorgefunden habe. Danach habe ich die Reißleine gezogen und mich von ihr getrennt.“

Jessica schlug sich vor Erschütterung die Hand vor den Mund. „Einfach unglaublich, dass eine Mutter ihrem Kind so etwas antut …“

Sie ließ sich im Stuhl zurückfallen und schüttelte fassungslos den Kopf.

„Aber leider wahr.“ Er stand auf und lief unruhig hin und her. Dabei sah er sie nicht an.

Sie richtete sich auf. „Du denkst doch nicht im Ernst, Louis nimmt dir das übel, dass du heute Abend auf der Kirmes warst?“ Wieder schüttelte sie den Kopf. „Nein, das glaube ich nicht. Es ging ihm schlecht, weil er zu viel durcheinandergegessen hatte, aber nicht, weil er, wie übrigens schon einige Male zuvor, von meiner Mutter ins Bett gebracht worden ist.“

„Man weiß nie, was in einem Kind vorgeht.“

„Er wird es dir sicher morgen erzählen“, versuchte Jessica, ihn zu beschwichtigen, stand auf und wollte auf ihn zugehen, um ihn zu umarmen. Als Trost. Doch er wandte sich wieder von ihr ab, als sei sie gar nicht da, und starrte erneut aus dem Fenster. Enttäuscht ließ sie die Arme fallen.

„Nun warten wir erst mal ab, wie er sich morgen verhält“, sagte sie beinahe mehr zu sich selbst, als zu ihm.

Sie spürte deutlich, dass es egal war, welche Argumente sie vorbrachte. Die *richtigen* Worte gab es in so einem Fall wohl nicht, um die Mauer, die er um sich herum errichtet hatte, einzureißen.

Aber wie sollte sie ihm beweisen, dass sie anders war als seine Ex? Eigentlich müsste er doch inzwischen bemerkt haben, wie viel ihr an ihm lag. Glaubte er ernsthaft, sie hätte sich mit ihm eingelassen, wenn das nicht so wäre? Nein, für so dumm hielt sie ihn nicht. Oh, am liebsten würde sie diese Marisa dafür würgen, dass sie ihn so misstrauisch hatte werden lassen.

„Alex. Wir finden eine Lösung für das Problem", versuchte sie erneut, ihn zu trösten und berührte ihn zaghaft am Rücken, „komm, lass uns ..."

Ein jämmerlicher Laut, der aus dem Kinderzimmer kam und von Louis stammte, drang durch die offenen Türen über den Flur in die Küche. Der Kleine begann wieder zu weinen. Alexander stürmte sofort zu ihm hinüber.

Jessica folgte ihm und fühlte sich so schrecklich überflüssig. Während er Louis in den Arm nahm und leise flüsternd tröstete, setzte sie sich zu Greta ans Bett, die Gott sei Dank friedlich schlief.

Es war wohl besser, wenn sie Vater und Sohn ein wenig allein ließ, entschied sie und begab sich ins Bad, um sich bettfertig zu machen.

Als sie fertig war, huschte sie im Schlafanzug ins Kinderzimmer. Alexander lag zusammengekrümmt und in voller Montur neben Louis im Bett und schlief. Auch wenn sie das nicht verwunderte, enttäuschte sie es doch.

Vorsichtig zog sie ihm die Schuhe aus. Sie konnte nur erahnen, wie erschöpft und müde er sein musste, wenn er davon nicht wach wurde. Die vergangene Woche war auch für sie sehr anstrengend gewesen, aber für ihn ganz sicher noch mehr. Sie beide hatten sehr wenig Schlaf abbekommen. Es war also logisch, dass seine Nerven in so einem Fall blank lagen.

Bevor sie ihn mit Gretas rosafarbener Wolldecke zudeckte, gab sie ihm noch einen zarten Kuss auf die Wange und schlüpfte dann im Nachbarzimmer in ihr eigenes Bett. Was für ein seltsamer und trauriger Ausgang eines Abends, der so schön angefangen hatte. Hoffentlich würde es morgen besser werden.

„Ich finde das so gemein, dass Greta nicht mitkommen durfte." Louis verschränke die Arme vor der Brust und schob mit trotziger Miene die Unterlippe vor.

„Ach, mein kleiner Schatz", strich Sabine ihrem Enkel tröstend über die Wange, „nun sei doch nicht traurig. Du wirst sehen, wenn gleich die Märchenfrau anfängt, uns die Geschichte von Hänsel und Gretel zu erzählen, hast du deinen Kummer ganz schnell vergessen."

Louis schien wenig überzeugt, denn er zog seinen Kopf zur Seite und schaute nur noch finsterer drein.

„Jetzt komm, sei wieder gut. Du siehst Greta doch heute Abend schon wieder."

An ihren Mann und Alexander gewandt, rechtfertigte sie sich mit leiser Stimme: „Wie hätte ich denn ahnen sollen, dass ich noch für ein zweites Kind reservieren muss? Ihr habt ja keine Vorstellung, wie schwer es war, überhaupt einen freien Platz für eine Märchenlesung zu bekommen. Diese *Märchenessen* sind immer ganz schnell ausgebucht und ich wollte meinen kleinen Liebling doch so gerne mal wieder überraschen", säuselte sie und ignorierte Louis' Trotz, bevor sie ihn an ihren Busen zog. „Ach, nun gönn mir doch die Freude, mein Schatz. Wer weiß, ob die Kleine überhaupt mit uns gekommen wäre."

Energisch befreite sich der Junge. „Aber Greta war sehr traurig. Sie hat sogar geweint ... und das macht sie sonst nie", protestierte er mit unveränderter Miene. Dabei deutete er auf den freien Platz am Tisch ihm direkt gegenüber. „Da ist doch noch ein Stuhl frei und sie wäre ganz bestimmt mitgekommen, das weiß ich ganz genau. Sie mag nämlich Märchen. Bärbel liest immer welche vor und Greta hat noch nie gemeckert."

Er sah seinen Vater an. „Papa, jetzt sag doch mal der Oma, dass das stimmt. Du glaubst doch auch, dass sie mitgekommen wäre, oder?"

Alexander nickte. „Ja, das glaube ich auch. Und es tut mir genauso leid wie dir, dass sie geweint hat und dass sie jetzt nicht bei uns sein kann", seufzte er. „Aber es nützt nichts. Ich wusste doch auch nicht, womit uns Oma überraschen wollte, sonst hätte ich ..."

Er unterbrach, weil der Kellner kam, um die leeren Teller abzuräumen. Als der fragte, ob jemand Nachtisch wolle, wandte sich Sabine mit zuckersüßer Stimme an ihren Enkel. „Mein Schatz, du möchtest doch sicher noch ein Eis, hm? Schokolade mit Vanille oder lieber Erdbeere?"

Alexander holte tief Luft, um das zu unterbinden, beobachtete dann aber mehr als zufrieden, wie Louis heftig mit dem Kopf schüttelte. Hatte sie etwa schon vergessen, wie schlecht es dem Jungen letzte Nacht ergangen war? Richtig so, mein Kleiner, dachte er und war stolz auf seinen Sohn, dass er sich nicht mit einem Wiedergutmachungseis als unausgesprochene Entschuldigung abspeisen ließ.

Wann würde sie jemals damit aufhören, andere durch Bestechung manipulieren zu wollen, nur um ihren eigenen Willen durchzusetzen? Dabei ignorierte sie Louis' Enttäuschung und Verärgerung schlicht, so als gäbe es sie gar nicht. Ob sie sich darüber im Klaren war, dass er sie dafür irgendwann verachten würde?

Wahrscheinlich nicht. Bei ihm selbst fiel es ihr bis heute nicht auf. Es war aber auch herzzerreißend gewesen, Greta so in Tränen aufgelöst zu sehen. Ihm war es mindestens genauso nahegegangen wie Louis, der seine Freundin nur widerwillig und mit feuchten Augen zurückgelassen hatte. Tatsächlich dachte Alexander noch jetzt – zwei Stunden später – ständig darüber nach, wie er das Drama hätte verhindern können, beziehungsweise wie er es vor allem wiedergutmachen konnte, wo die Wackernagels Louis und ihm als Arbeitgeber so familiär entgegengekommen waren. Doch wie er es auch drehte und wendete, Sabine hatte ihm nicht den Funken einer Chance gelassen, die haarsträubende Situation in eine andere Richtung zu lenken, weil sie ein solches Bohei um *ihre* Überraschung gemacht hatte. *Ihre* Überraschung für *ihren* Schatz.

Allein für diese Betonung hätte sie schon eine Standpauke verdient gehabt. Nur bei dem Gedanken daran könnte er noch jetzt durch die Decke gehen.

Alexander hasste es, so ohnmächtig zu sein und konnte nicht nachvollziehen, warum seine Mutter so extrem unsensibel handelte, wo sie doch sonst so gerne die Barmherzige gab. Was bezweckte sie damit?

Vor Louis ließ er sich seinen Zorn nicht anmerken, um den Frust des Jungen nicht noch zu verschlimmern. Doch die Gelegenheit würde kommen, wo er sich würde Luft machen können. Ganz gewiss!

Der Kellner trollte sich und eine Frau trat in die Mitte der Gaststube. Sie präsentierte sich in einem schlichten blassblauen Gewand und einer gleichfarbigen Haube und sah damit aus, als wäre sie direkt aus dem frühen neunzehnten Jahrhundert in die Gegenwart gesprungen. Erst jetzt fiel Alexander die geschlossene Klapptafel auf, die für alle gut sichtbar an einer mit Holz vertäfelten Wand hing und die ein Mitarbeiter jetzt öffnete. Das Bild, welches zum Vorschein kam, zeigte das Dickicht hoher Tannen, einen schmalen Pfad, der sich darin verlor und ganz hinten, kaum erkennbar, die Schemen eines kleinen Häuschens. Als dann auch noch leise Musik aus unsichtbaren Lautsprechern ertönte, die zeitlich zu dem Gewand der Frau passte, wurde es in der rustikalen Wirtsstube augenblicklich mucksmäuschenstill.

„Welch eine Freude, die Gaststube so voll zu sehen", begann sie zu sprechen und stellte sich neben der Tafel auf, „seid gegrüßt und herzlich willkommen, werte Gäste. Vielleicht habt ihr schon von mir gehört? Mein Name ist Dorothea Viehmann und ich wurde hier, in der Knallhütte zu Zwehren, vor den Toren Kassels am 8. November anno 1755 geboren. Hier habe ich gelebt und gearbeitet. In dieser Gaststube trug es sich zu, dass ich den Gebrüdern Grimm all die Geschichten erzählt habe, die ich von den durchreisenden Kaufleuten, Handwerksburschen und Fuhrleuten gehört habe. Ihr werdet sie kennen, die Märchen der Gebrüder Grimm. Ja, das kann ich euch sagen, hier herrschte ein reges Treiben. Es wurde viel erzählt und von einer der Geschichten will ich euch heute berichten. Es ist das Märchen von Hänsel und Gretel ..."

Alexander hörte nicht länger hin, denn er war bei den erwähnten *durchreisenden Handwerksburschen* hängengeblieben, die ihn daran erinnerten, dass dieser Blödmann von Dennis irgendetwas im Schilde führen musste, wenn er plötzlich im Dorf auftauchte. So wie

Hendrik die Sache geschildert hatte, glaubte Alexander nicht an Zufälle. Schon gar nicht unter diesen Voraussetzungen.

Aus den Augenwinkeln registrierte er beruhigt, dass Louis nicht mehr ganz so verstimmt wirkte und sich offensichtlich von der *Märchenfrau* in den Bann des Märchens ziehen ließ. Wenigstens etwas.

Seine Gedanken gingen zurück zu Dennis und damit natürlich auch zu Jessica, die am Morgen sehr nachdenklich gewirkt hatte, als sie ihn am Frühstückstisch – im Beisein der anderen – begrüßt hatte. Es war so absonderlich, so zu tun, als seien sie noch immer wie Fremde. Mit jeder Stunde, die verging, fiel es ihm schwerer, diesen Schein zu wahren. Er wollte endlich aller Welt zeigen, dass sie zu ihm gehörte.

Stattdessen war er im Morgengrauen, als er wie gerädert neben Louis aufgewacht war, auf leisen Sohlen aus dem Haus geschlichen, um sich in seinem eigenen Bett noch ein bisschen zu erholen, anstatt sich zu ihr in das komfortable King-Size-Bett zu legen. Die Versuchung war groß gewesen, aber die Vernunft hatte ihn davon abgehalten. Noch war nichts zwischen ihnen besprochen. Und es wurde wirklich allerhöchste Zeit, dass das geschah. Auch von seiner Seite, das war klar. Jedes Mal, wenn er dachte, er wüsste, wie sie tickte, verhielt sie sich so, dass er sich nicht mehr sicher sein konnte.

Erst am Morgen, beim Frühstück, hatte sie ihn wieder völlig aus dem Konzept gebracht. Jasper hatte unfreiwillig den Anstoß dazu gegeben. Augenzwinkernd hatte er auf die Korbversteigerung am Nachmittag angespielt und gefrotzelt: *„Ich bin mal gespannt, wer bei* *dir alles bietet. Das wird' ne geile Show, das weiß ich jetzt schon."*

"Tss ...'ne geile Show. Du bist ja lustig. Am liebsten würde ich den Quatsch absagen", hatte Jessie augenrollend geantwortet, *"eigentlich sollte Steffen mich retten, das war der Plan, aber der kann nicht. Keine Zeit. Wenn ich mal einen Freund brauche – verdammt."* Sie hatte eine Grimasse gezogen und dann gemeint: *"Und hör auf, so einen Blödsinn zu reden ... ha, als wenn alleinerziehende Mütter der Hauptgewinn wären!"* Bis dahin war für Alexander noch alles okay gewesen, obwohl er ihre Meinung über alleinerziehende Mütter lächerlich fand. Aber dann hatte sie ihn und Jasper mit drohend erhobenem Zeigefinger angesehen und hinzugefügt: *"Und kommt bloß nicht auf die Schnapsidee, mitzubieten! Das stinkt nämlich nach abgekartetem Spiel. Ich will nicht noch mehr Gerede über mich. Ich schaff das auch so, okay?"*

Dafür hätte Alexander sie am liebsten geschüttelt. Was dachte sie sich eigentlich? Dass er zusah, wie irgendein notgeiler Typ sich vor seinen Augen an sie ranmachte? So weit würde er es ganz sicher nicht kommen lassen. Bei aller Liebe! Verflucht noch mal, manchmal war es einfach zum Haare raufen mit ihr! Anfangs, als das erste Mal die Rede von dieser bekloppten Versteigerung gewesen war, hatte er nicht im Traum daran gedacht, ihren Korb zu ersteigern. Wozu? Er sah sie jeden Tag – inzwischen auch nachts – und hatte überhaupt keine Veranlassung gesehen, ein bezahltes Picknick mit ihr zu veranstalten.

Doch mittlerweile, wo die eine entscheidende – bis jetzt noch unausgesprochene – Frage zwischen ihnen stand, sah er diesen Akt als willkommenes Hilfsmittel an, um ihr zu zeigen, was er für sie empfand. Und nun bestand sie plötzlich darauf, dass er da nicht mitmachen sollte? Versteh einer die Frauen ...

Verdammt, er wollte und musste ein klares Zeichen setzen. Eines, das sie eigentlich nicht missverstehen konnte. Hoffentlich jedenfalls. Bei Jessica wusste man nie, was in ihrem Kopf vorging und wenn es um die Männer ging noch weniger. Herr hilf! Viel Zeit hatte er jetzt wirklich nicht mehr.

Mit diesen Gedanken im Kopf zog die Märchenerzählung, die noch mit entsprechenden Geräuschen und Musik aus den Lautsprechern untermalt wurde, an ihm vorbei. Allein an den Bildern, die auf der Klapptafel präsentiert wurden, erkannte er, an welcher Stelle sie sich in der Geschichte befanden. Als die *Viehmännin,* wie sie sich selbst nannte, die Schlussworte sprach, beugte sich Louis zu ihm hin und deutete auf das Bild auf der Tafel, das jetzt das Knusperhäuschen zeigte.

„Das sieht genauso aus, wie unsere Kuschelhöhle im Kindergarten", kicherte Louis und Alexander war froh, dass der Kleine wieder lachen konnte.

Er zog sein Portemonnaie aus der Hosentasche und stellte mit Entsetzen fest, dass er kaum noch Bargeld hatte.

„Auf dem Heimweg muss ich unbedingt am Geldautomaten vorbei. Ich hoffe, man kann hier mit Karte bezahlen."

„Lass stecken, wir zahlen. Schließlich war es auch unsere Idee, hierherzugehen." Sabine strich ihm über den Arm und nahm dann Louis ins Visier. „Hat's dir gefallen, mein Schatz?"

„Ja, das war toll, aber auch ein bisschen gruselig ... Greta hätte es auch gefallen.“

Am Nachmittag wollten Frank und Sabine sich auf den Heimweg nach Gelsenkirchen machen.

„Wir freuen uns auf Mittwoch“, umarmte Sabine ihren Sohn und küsste anschließend Louis auf die Wange. „Ich koche dein Lieblingsessen, mein Schatz: Nudeln mit Tomatensoße. Das magst du doch so gern.“

Bevor sie in den Wagen stieg, wandte sie sich an Alexander: „Ruf mich an, wann ich mit euch rechnen kann, dann könnt ihr gleich essen, wenn ihr ankommt.“

Währenddessen saß Jessica mit ihren Eltern im Kirmeszelt auf einer der zahlreichen Bänke inmitten der anderen Dorfbewohner, die sich an diesem Sonntagmittag zum Bratwurstessen dort trafen.

Greta saß auf ihrem Schoß und wich ihr nicht von der Seite. So anhänglich war die Kleine sonst nicht. Nach dem tränenreichen Abschied von Louis war sie nur schwer zu beruhigen gewesen. Es war an der Zeit, mit Alexander zu reden. Welche Worte sie dafür wählen sollte, wusste sie allerdings noch nicht. Denn mindestens genauso dringlich wie der Wunsch, mit ihm zu sprechen, war die Angst, sich lächerlich zu machen. Egal, die Kinder durften nicht länger leiden müssen.

Doch das war noch nicht alles, was ihr Unbehagen bereitete. Die verfluchte Korbversteigerung lag ihr ebenfalls wie ein Stein im Magen. So locker, wie sie sich noch am Morgen den anderen gegenüber verkauft hatte, war ihr längst nicht mehr zumute. Hätte sie doch bloß rigoros nein zu diesem Schwachsinn gesagt. Doch nun gab es kein Zurück mehr.

Sie drehte sich suchend um. Schon die ganze Zeit spürte sie, dass jemand sie beobachtete. Greta wollte ihr ein Stück Currywurst in den Mund stecken. Hilfe, das fehlte ihr noch, dass sie sich vollkleckerte, nur weil sie nun auch noch unter Verfolgungswahn litt. Wie hatte sich Jasper ausgedrückt? Sie sei die begehrteste Junggesellin der ganzen Gegend. Anfangs hatte sie darüber noch gelacht, doch als auch ihr Vater, zwar augenzwinkernd, aber dennoch kopfnickend, darauf reagiert hatte, war ihr mulmig zumute gewesen. Er war ein kluger Mann und besaß viel Humor, doch sein Verhalten wäre ein anderes gewesen, wenn er Jaspers Meinung nicht geteilt hätte.

So ein Mist! Das Letzte was sie sein wollte, war eine Trophäe, die man johlend in Empfang nahm. Um Himmels willen! Was für ein Albtraum!

Sie strich Greta über die blonden Locken und schüttelte den Kopf, als sie ihr schon wieder ein Stück Wurst in den Mund schieben wollte. Energisch verbot sich Jessica, noch weiter an die Verlosung zu denken. Von wegen Trophäe! Da würde sie aber auch noch ein Wörtchen mitzureden haben. Schließlich war die Veranstaltung keine Tombola und sie nicht der von allen begehrte Städtetrip nach Paris oder weiß der Geier, was man sonst noch zum Hauptpreis machen konnte.

Wieder fühlte sie sich beobachtet und drehte sich abermals nach allen Seiten um. Komisch. Da war niemand, der sie ansah. Seltsam.

Kurz darauf stand Christel bei den Wackernagels am Tisch und sah Jessica ermutigend an.

„So, Jessie, es ist soweit. Dein Korb steht schon auf der Bühne und die anderen finden sich auch gerade dort ein. Komm! Ich begleite dich.“

Jessica gab Greta einen Kuss und schob sie ihrer Mutter auf den Schoß. Im Weggehen murmelte sie: „Bringen wir's hinter uns.“

Neben der Tanzfläche, auf einer Bühne direkt vor der Kapelle, die noch auf ihren Einsatz warten musste, hatte man alle Körbe – es waren acht an der Zahl – in einer Reihe aufgestellt. Jessicas war der zweite. Auch gut, dann würde sie es hoffentlich schnell hinter sich bringen und musste sich nicht eine gefühlte Ewigkeit beim Warten zur Schau stellen, bis die anderen Körbe ersteigert worden waren.

Ohne nach links oder rechts zu schauen, lief sie hinter Christel an den vollen Tischreihen vorbei und strich sich den kurzen Tellerrock ihres taubenblauen ärmellosen Kleides glatt, bevor sie die drei Stufen nach oben erklomm. Auf ausdrückliche Empfehlung der Kirmesleitung hatte sie sich breitschlagen lassen, keine Hose zu tragen. In einer Jeans hätte sie sich jetzt tausendmal wohler gefühlt. Jessica musste sich beherrschen, wegen der Formulierung *„Empfehlung“* nicht schon wieder mit den Augen zu rollen. *„Diktat“* wäre ihrer Ansicht nach der passendere Begriff gewesen. Weil aber das rote Blümchenkleid absolut nicht infrage kam – zu viele heiße Erinnerungen an eine unvergessliche Nacht mit Alexander – hatte sie kurzerhand ein ähnliches Sommerkleid im Versandhandel bestellt und war froh, dass es ihr laut Aussage ihrer Mutter sehr gut stand. Nun gut, dann eben im Kleid.

„Hallo zusammen", klopfte Alexander auf den Tisch, an dem Jochen mit Männern seines Alters saß, von denen er nur einen vom Sehen her kannte. Er spürte, wie aufmerksam er von ihnen beäugt wurde.

„Deine Eltern sind auf dem Heimweg, was?", mutmaßte Jochen.

„Ja und wir haben uns gleich aufgemacht herzukommen. Ich musste vorher nur noch einen Weg erledigen. Wenn es nach Louis gegangen wäre, hätten wir einen Helikopter angeheuert, so eilig wie er es hatte, zu Greta zu kommen."

Die ganze Runde lachte.

„Wundert mich nicht", schmunzelte Jochen, „Bärbel ist mit ihr draußen bei den anderen Frauen mit Kindern."

„Ja, ich weiß. Hab sie schon getroffen und Louis direkt da gelassen. Gegen die geballte Ladung Frauenpower hätte ich eh keine Chance gehabt", grinste er.

„Je eher man das kapiert, umso besser", rief einer aus der Runde und die anderen brummten lachend Zustimmung.

Verstohlen ließ Alexander seine Blicke durch das Zelt und zur Tribüne hinüberwandern und atmete erleichtert aus, als er Jessica, die in einem schicken neuen Kleid an zweiter Stelle in der Reihe stand, entdeckte. Am liebsten hätte er ihr ein bodenlanges Cape umgehängt. Sie sah in dem kurzen Kleid höllisch sexy aus, das für seinen Geschmack viel zu viel von ihrer Figur preisgab – jedenfalls für diesen Anlass. Die Vorstellung, welche Fantasien das bei einigen Kerlen weckte, wenn sie Jessica so sahen, ließ ihn frösteln.

Mein Gott, wie sehr er ihren Anblick vermisst hatte. Verrückt, wo sie sich doch beim Frühstück noch gesehen hatten. Wieder wurde ihm bewusst, wie dringend er mit ihr reden musste.

Um nicht zu auffällig zu ihr hinüberzustarren, blickte er sich um und blieb am Nebentisch, an dem Hendrik, Uwe und Christian saßen, hängen. Wirklich erfreut darüber, vertraute Gesichter zu sehen, grüßte er sie mit erhobener Hand.

„Komm her!", rief Uwe, „Setz dich zu uns. Hier hast du alles im Blick."

Tatsächlich saßen die Männer so, dass sie das Geschehen auf der Bühne gut verfolgen konnten.

Jochen entließ ihn mit einem verständnisvollen Nicken, worauf sich Alexander zum Nachbartisch begab. Er stellte sich neben Hendrik, der am vorderen Rand der langen Tafel auf der Bank saß und für ihn reinrutschen wollte.

„Hi. Nee, warte, erst hole ich uns mal Nachschub. Gestern Abend hab ich das ja nicht mehr geschafft", zwinkerte er. „Für jeden ein Bier?"

Einhelliges Nicken.

Ein warmes Glücksgefühl rauschte durch ihre Adern, als Jessica Alexander endlich entdeckte. Er ging zur Theke. Allerdings verflüchtigte sich die Freude augenblicklich, als sie mitansehen musste, wie Lisa, die Kindergärtnerin, nichts Eiligeres zu tun hatte, als ihn mit einem breiten Lächeln vor dem Tresen abzufangen. Jessica, die sich in ihrer erhöhten Position unter dem aufgeheizten Zeltdach ohnehin schon sehr unwohl fühlte, fing jetzt erst richtig an zu schwitzen. Was hatte diese

Lisa nur ständig mit ihm zu bequatschen? Machte die sich etwa Hoffnungen? Verdammt, und sie stand wie einbetoniert da und musste auch noch zuschauen!

Verzweifelt versuchte sie die Angst, die in ihr aufwallte, zu unterdrücken. Sie wollte ihn nicht verlieren. Aber was sollte sie dagegen tun? Er war Single. Das wussten alle, also hatte Lisa auch ein Recht darauf, ihn anzubaggern. Verdenken konnte man ihr das nicht. Es liefen nicht allzu viele Sahneschnitten frei herum. Aber wenn es nach Jessica ginge, war er nicht mehr frei und das wollte sie ihm auch bei der nächstbesten Gelegenheit stecken.

Verfluchter Mist, warum hatte sie ihm das nicht schon längst gesagt? Gestern Abend wäre perfekt dafür gewesen. Beinahe jedenfalls. Denn in einer solchen Stimmung hatte sie ihn noch nicht erlebt. Nach dem, was er über seine Ex erzählt hatte, konnte sie ihm das zwar nicht verübeln, es brachte sie in ihrer Sache aber auch keinen Zentimeter weiter. Am Ende war er neben Louis eingeschlafen und nicht mehr aufgewacht. Und sie war so gottverdammt feige gewesen, ihn zu wecken und zu sich ins Bett zu holen.

Noch immer fand die Versteigerung keinen Anfang. Angeblich fehlte der Auktionator. Lieber Himmel, jetzt machten die auch noch einen auf Sotheby's. Typisch Christel, manchmal war sie wirklich päpstlicher als der Papst.

Jessica musste sich beherrschen, um nicht auf und davon zu laufen. Sie dachte an Steffen. Warum konnte er nicht herkommen, ihren Korb ersteigern und fertig. Sie hasste die Vorstellung, mit irgendeinem X-beliebigen picknicken zu müssen.

23

„Glaubst du wirklich, dass das eine gute Idee ist?"

Steffen sah Peter zweifelnd an. „Sie erwartet, dass ich ihren Korb ersteigere und nicht, dass ich mich oute und ihr meinen schwulen Freund präsentiere", protestierte er leise. Sie befanden sich am Eingang des Zeltes, wo Steffen gerade den Eintritt für beide gelöst hatte.

„Da musst du jetzt durch." Peter flüsterte ebenfalls, ließ aber keinen Zweifel daran, dass er meinte, was er sagte.

„Du hättest es ihr längst erzählen können", fuhr er fort. „Und wenn du dich noch einmal vor dieser Entscheidung drückst, bin ich weg. Endgültig. Da verstehe ich keinen Spaß mehr, auch wenn's mir noch so leidtut. Meine Geduld ist definitiv am Ende."

Steffen atmete schwer, als er voran ins Innere des Festzeltes ging und nach allen Seiten nickend grüßte. Der Schweiß brach ihm aus, wenn er an seine Mutter und den Tratsch dachte, den er nun mit seinem Outing auslösen und dem sie über Wochen ausgesetzt sein würde. Das war so sicher wie das Amen in der Kirche. Aber wenn er Peter nicht verlieren wollte, musste er endgültig Farbe bekennen. Und das wollte er definitiv nicht. Großer Gott, nein!

Es war kaum mehr ein Durchkommen, so voll war es inzwischen. So war es immer gewesen. Niemand ließ sich die Versteigerung entgehen. Das Herz blutete ihm, Jessica so enttäuschen zu müssen, aber seine Zukunft hing von dieser für ihn elementaren Entscheidung ab. Eine Wahl hatte er nicht. Es blieb ihm nur die Hoffnung, dass sie ihm irgendwann verzeihen würde, dass er sie hier hängenließ und – was noch schlimmer war – dass er ihr bisher seine Homosexualität verschwiegen hatte.

Dennis grüßte niemanden, als er sich durch die Menge nach vorne zur Tribüne durchkämpfte. Brauchte er auch nicht, denn er war ja bereits seit Stunden auf dem Gelände. Die Dorfbewohner, die er noch aus seiner Zeit bei den Freyenhofs kannte, begegneten ihm mit Zurückhaltung. Geradezu argwöhnisch. Als wenn *er* etwas verbrochen hätte. Typisch Kaff, dachte er verächtlich. Wehe, wenn einer ein bisschen anders war als die anderen. Dennis ließ sich von solchen Umständen nicht einschüchtern. An diese Reaktionen hatte er sich mit den Jahren gewöhnt. Wertete es mittlerweile sogar als Auszeichnung. Und es würde ihn auf keinen Fall davon abhalten, seine Ziele zu verfolgen.

Sein Ziel hieß Jessica. Sie sollte seine Lebensversicherung werden, umso besser, wenn sie das nicht ahnte. Um sie machte er sich keine Sorgen. Wie man eine Frau für sich einnehmen konnte, damit kannte er sich aus. Nur vor Jochen hatte er Respekt. Der würde nicht so leicht zu beeindrucken sein. Also war es strategisch günstig, zuerst Jessica von seinen ehrenwerten Absichten zu überzeugen. Und er wusste auch schon wie. Worte würde er dafür nicht benötigen.

Selbstgefällig grinsend sah er sich um und erblickte sie auf der Bühne. Bisher hatte er es wohlweislich vermieden, ihr zu begegnen, auch wenn er sie, seitdem sie den Fuß auf die Kirmesfläche gesetzt hatte, nicht aus den Augen gelassen hatte. Und sie war es wert, dass man sie ansah. Von all seinen Eroberungen war sie eine der schönsten. Man sah ihr nicht an, dass sie bereits eine Schwangerschaft gehabt hatte. Sie war schlank wie eh und je. Und eigentlich noch hübscher geworden. Hatte mehr Busen als früher. Ein Umstand, den er prinzipiell zu schätzen wusste. Flachbrüstig kam ihm erst gar nicht ins Haus. Schließlich hatte auch er einiges zu bieten, also wollte er auch etwas zurück. Die Mädels standen auf seine Muckis. Nur wie er mit dem kleinen Mädchen, das seine Tochter war, umgehen sollte, dafür hatte er noch keinen Plan. Aber darüber würde er sich Gedanken machen, wenn es soweit war.

Endlich fand sich der Bürgermeister als Auktionator ein. Wo hatte der denn nur so lange gesteckt, fragte sich nicht nur Jessica, sondern auch ihre Nachbarin, eine Zugezogene namens Maja, die sie das erste Mal sah. Die Glückliche wusste wenigstens schon, wer ihren Korb ersteigerte. Nämlich ihr Freund, der damit allen zeigen wollte, dass es ihm ernst mit ihr war.

Beneidenswert, dachte Jessica und begriff, welchen Kardinalfehler sie am Frühstückstisch begangen hatte. Wenn sie nicht so einen Blödsinn dahergeredet hätte, würde Alexander vielleicht jetzt genauso handeln wie

Majas Freund. Aber nur vielleicht. Scheiße. *Einfach nur
mal nachdenken und dann reden, Jessie. Soll helfen.*

Wie sich herausstellte, hatte sich der Bürgermeister
nach eigenen Auskünften an der Theke verquatscht –
na toll – und wollte dafür aber jetzt Gas geben.

Vor der Bühne fanden sich im Halbkreis immer mehr
Männer ein. Christel und zwei weitere Vereinsfrauen
sorgten dafür, dass die freie Fläche direkt davor ge-
wahrt blieb, um interessierten Männern die Chance geben, nach vorn zu treten.

Jessica versuchte, bekannte Gesichter zu orten, was
ihr in ihrer Aufregung jedoch schwerfiel. Die meisten
kannte sie nicht. War das schon immer so gewesen,
dass so viele Fremde herkamen? Einen konnte man
ganz gewiss nicht übersehen: Berti Schaumlöffel. Heilige Scheiße, der würde doch wohl jetzt nicht auf die
Idee kommen, für sie zu bieten?

Vorsichtig sah sie sich in der Reihe der Frauen um, die
als *Opfer* ebenfalls in Frage kämen, äh ... auch teilnah-
men, und stellte mit Entsetzen fest, dass alle anderen
mindestens vier bis fünf Jahre jünger waren als sie.
Hilfe! Dann konnte er nur ihretwegen hier sein. Großer
Gott, bloß nicht! Das würde sie nicht überleben.

„So, meine Herren“, sprach der Bürgermeister wieder
ins Mikrofon, „das Mindestgebot liegt bei fünfzehn
Euro und das Höchstgebot bei zweihundert. Es wird in
Fünf-Euro-Schritten gesteigert. Haha, die Zweihundert-
marke haben wir noch nie geknackt. Vielleicht klappt’s
ja heute. Ja, und wer die Höchstmarke als Erster erreicht, hat den Korb unbestritten ersteigert. Ganz klar.
Dort drüben“, er deutete auf eine Reihe leerer Stühle,
„können die erfolgreichen Männer auf ihre Aus-

erwählten warten, bis der letzte Korb unterm Hammer ist. Anschließend bitten wir die glücklichen Gewinner zum Tanz mit ihren Damen. Ach ja, und wer sich fragt, wem ein Teil des gebotenen Geldes in diesem Jahr zugutekommt, dem will ich nicht vorenthalten, dass wir uns für den Kindergarten entschieden haben. So, nun dürften alle Formalitäten erfüllt sein und wir können beginnen ...“

Seine Worte verhallten in Jessicas Ohren. Panik wallte in ihr auf. Ihr Blick ging zu der dreistufigen hölzernen Tribünentreppe, vor der ein Kirmesbursche patrouillierte. Ob schon mal eine abgehauen war? Wäre sie die Erste? Sollte ihren Korb doch haben, wer wollte, bloß ohne sie.

Suchend sah sie erneut über die Köpfe hinweg und wurde vor Erleichterung fast ohnmächtig, als sie Steffen dazwischen entdeckte. Ihre Gebete waren anscheinend erhört worden. Gott sei Dank!

„Sorry, aber es war einfach kein Durchkommen“, entschuldigte sich Alexander, als er wieder am Tisch ankam und die Getränke verteilte. Anschließend hockte er sich zwischen Uwe und Hendrik, die ihm dafür Platz machten.

„Alles im grünen Bereich“, klopfte ihm Uwe auf die Schulter. „Du kommst genau richtig. Jetzt geht das Spektakel los.“

Sie sieht verdammt unglücklich aus, dachte Alexander, als er Jessica da oben stehen sah. Ihr verkrampftes Lächeln sprach Bände.

„Heiliger Strohsack, was macht der denn hier?", hörte er Hendrik neben sich murmeln und sah, wie er Uwe über den Tisch am Arm berührte.

„Dennis!", zischte der. „Nee, der wird doch nicht ... und weißt du, wen ich auch gesehen habe?"

„Nee, woher denn?"

„Steffen Brauer ist auch hier. Aber nicht alleine."

„Oh oh", schaltete sich Christian ein. „Als wenn ich's nicht schon längst geahnt hätte."

Bei dem Namen Dennis spitzte Alexander die Ohren.

„Was?" Hendrik sah den Arzt verständnislos an.

„Jepp", grinste Uwe und wackelte mit den Augenbrauen, bevor er mit einer tuntenhaften Geste veranschaulichte, was er meinte. „Mich wundert das nicht im Geringsten. Ob Jessica das schon weiß?"

„Hey, könnt ihr mir das mal übersetzen, ich verstehe gar nichts." Alexander sah ratlos zwischen Christian und Uwe hin und her.

„Gleich ... warte! Muss es selbst erst mal alles kapieren", versuchte ihn Christian zu vertrösten.

Hendrik, der zuvor jemanden in der Menge anvisierte hatte, nickte nun auch. „Ja, stimmt. So deutlich wie heute kam das aber noch nie rüber."

„Jetzt wird's spannend", lachte Christian. „Lasst uns aufstehen, dann sehen wir mehr."

Die Männer erhoben sich geschlossen und stiegen auf die Bank, so wie viele andere es nun auch taten. Weil sie einen Tisch in der ersten Reihe hatten, bekamen sie den Logenblick auf die Geschehnisse auf der Bühne.

Uwe rempelte Alexander an, der immer noch versuchte zu verstehen. „So, jetzt. Also, da vorn links, der Blonde mit den auffälligen Tätowierungen, das ist

Dennis, Gretas Vater ... und da drüben ...", er deutete mit dem Kinn in die Richtung, wo Steffen und Peter am Außenrand des Zeltes etwas abseits der Menge standen, „siehst du die beiden Typen, den Dunkelhaarigen und den Blonden?"

„Du meinst die zwei heißen Höschen?"

„Jepp! Gut erkannt", grinste Uwe. „Der Dunkelhaarige ist Steffen."

„Echt jetzt? Ich hab den zwar schon mal gesehen, hätte ihn aber nicht wiedererkannt", bekannte Alexander, bevor sein Blick zu Jessica ging. „Ach du Scheiße. Das weiß sie nicht!" Er war sich absolut sicher, dass sie nicht annähernd ahnte, dass ihr Busenfreund schwul war. Das würde sie schocken. Garantiert.

Ihm fiel der Abend wieder ein, an dem Steffen zu den Wackernagels gekommen war, um die Homepage einzurichten. Schon damals hatte Alexander den Verdacht gehabt, dass ihr Busenfreund eher auf Männer stand. Warum genau, konnte er noch nicht mal mehr sagen. Es war die Art, wie Steffen ihn angesehen hatte ... nur ein kurzer, vager Moment, der ihn das hatte vermuten lassen. Er hatte den Gedanken dann aber wieder verworfen, weil keiner in der Familie irgendeine Andeutung dazu gemacht hatte. War es nicht sogar dieser Steffen gewesen, den sie für sich hatte erobern wollen?

„Kann ich mir vorstellen. Da ist sie nicht die Einzige. Ich denke, das wird einige überraschen. Zumindest die Frauen. Die Männer vielleicht nicht so", grinste Uwe.

„Stimmt. So, wie der einen ansieht."

„Es geht los!", rief Christian und alle starrten nach vorn.

Der erste Korb ging für fünfundzwanzig Euro an den Bieter. Wie erwartet war es Majas Freund.

Als der Bürgermeister dann Jessicas Namen ankündigte, begannen einige Männer sofort zu johlen und zu pfeifen, während sie nach vorne drängten.

In Alexanders Magen begann es zu grummeln.

„Sag nur, du bleibst jetzt hier stehen und guckst dabei zu?", rempelte Uwe ihn an.

Aber auch Hendrik und Christian starrten ihn entgeistert an. „Mensch, sieh zu, dass du nach vorne kommst und dir den Korb holst!", klopfte ihm Uwe jetzt auf die Schulter.

„Ja, auf was wartest du noch?", wollte auch Hendrik wissen.

„Auf gar nichts, Mann. Sie will nicht, dass ich den Korb ersteigere, verdammt. Das würde aussehen, als wäre es ein abgekartetes Spiel, hat sie gemeint."

„Und das interessiert dich?"

Eike, der sonst kaum etwas sagte, sah ihn genauso verständnislos an wie die anderen Männer. Christian schüttelte sogar missbilligend mit dem Kopf, bevor sein Interesse wieder dem Hammer galt, der jetzt das erste Mal auf die Holzplatte knallte. Ein junger Mann, den keiner kannte, hatte fünfzehn Euro geboten.

Jessica gefror das Lächeln im Gesicht. Wo blieb Steffen denn nur? Oder war sie einer Fata Morgana erlegen? Aber sie hatte ihn doch gesehen! Zwar hatte er sich heute besonders herausgeputzt, die Haare hatten dunkler geglänzt … und seit wann benutzte er Gel? Doch sie war sich absolut sicher, ihn gesehen zu haben.

Drei Männer, die sie nicht kannte, hatten bisher geboten. Nun trat Boris vor. Okay, mit ihm könnte sie sich arrangieren. Doch kaum dass er einen Schritt nach vorn gemacht hatte, kam Berti hinterher. Während die anderen sich ab der Fünfzig-Euro-Marke zurückzogen, lieferten die beiden sich ein Gefecht, bis Boris schließlich bei fünfundachtzig Euro ausstieg, was Berti mit einem hämischen Grinsen quittierte und sich schon als sicheren Sieger wähnte.

Jessica, die sich innerlich wappnete – sie wollte nicht die Contenance verlieren, wenn der Bürgermeister ihm gleich den Zuschlag erteilen würde und den Korb übergab – bemerkte nicht, dass nun ein anderer Mann die Arena betrat. Ein Raunen ging durch die Menge, was sie aufschauen ließ. Jessica ließ ihren Blick durchs Zelt wandern und traute ihren Augen nicht ...

„Oh Gott! Das wird sie mir nie verzeihen."
Bärbel stand neben Jochen am Tisch und starrte auf die Bühne. Sie schlug sich die Hand vor den Mund, als sie sah, wer jetzt nach vorne ging.
„Liebe Zeit, was hab ich nur angerichtet? Hätt ich das gewusst ... ich hätte doch niemals den Vorschlag gemacht ... ich ..."
„Bärbel! Es nützt jetzt niemandem etwas, wenn du dich innerlich zerfleischst. Kümmere dich um die Kinder, ich mach das hier schon. Du glaubst doch nicht, dass ich da zusehe. Was denkst du eigentlich von mir?"
„Greta und Louis brauchen mich im Moment nicht. Sie sind versorgt. Die sind mit Lisa und den anderen aus ihrer Kindergartengruppe auf dem Spielplatz. Das macht mir keine Sorgen."

Hilflos irrten Jessicas Augen durch das Zelt und blieben an einem großen, kräftigen Mann aus dem Ort hängen, der seinen Platz aufgab und damit den Blick nach hinten freigab. Dort stand Steffen. Arm in Arm mit einem Mann. Mit einem Mann?!

Als der ihn liebevoll umfasste und ihm einen Kuss gab, glaubte sie, der Boden müsse sich unter ihr auftun. Alle Farbe wich aus ihrem Gesicht. Warum hatte er ihr das nicht gesagt? Warum nicht? Was war sie für eine Freundin, wenn man ihr solche wichtigen Sachen vorenthielt? Während sie ihm ihr Herz ausgeschüttet und sich ihm sogar angeboten hatte!

Heiliger Strohsack! Wie dumm war sie gewesen? Sich darauf besinnend, wo sie war, wandte sie den Blick nach vorn und ergab sich in das Unvermeidliche. Dann würde sie eben ein Date mit Mr. Supersexy-Berti aushandeln müssen.

Erst Steffen, jetzt Berti, viel schlimmer konnte es eigentlich nicht mehr kommen. Doch! Es konnte sogar noch viel schlimmer kommen!

Ein breit grinsender Dennis stand plötzlich neben dem klobigen Bauern und erhöhte überheblich auf hundert Euro. Großer Gott, bitte hab Erbarmen mit mir, betete sie insgeheim. Warum tat sich nicht endlich der Boden unter ihr auf und verschluckte sie für immer?

Wie von selbst suchten ihre Augen nach Alexander. Doch der stand nicht mehr dort, wo er die ganze Zeit gestanden hatte. Sie musste sich zusammenreißen, nicht in Tränen auszubrechen. Wahrscheinlich hatte er ihren jämmerlichen Anblick nicht länger ertragen können. Und sie war selbst schuld. Hätte sie nur am Morgen ihre große Klappe gehalten.

Aber eins wusste sie, auch wenn sie hier gegen alle Regeln verstoßen würde: Mit Dennis würde es kein Date geben. Nur über ihre Leiche!

Mit Entsetzen verfolgte Alexander das Geschehen.

„So, jetzt reicht's.“ Er sprang von der Bank.

„Zeig's ihm!“ Uwe klopfte ihm auf die Schulter und die anderen beiden klatschten ihn ab.

„Hol sie dir“, rief Hendrik, „bevor's zu spät ist!“

Alexander bahnte sich einen Weg durch die grölende Menge – so viel war schon lange nicht mehr für einen Korb geboten worden – und stellte sich neben seinem Kontrahenten auf. Berti hatte gerade auf hundertzwanzig Euro erhöht.

„Zweihundert!“ Alexanders Stimme war klar und fest. Zufrieden beobachtete er, wie Jessica sich entspannte. Mit einem frechen Grinsen im Gesicht begegnete er ihrem dankbaren Blick, obwohl ihm innerlich überhaupt nicht so zumute war. Eigentlich war er kurz davor, um sich zu schlagen. All die grölenden Männer, die sie anstarrten, als wäre sie Freiwild.

Während Jessica ihm den Korb überreichte, spürte er beinahe körperlich, wie erleichtert und dankbar sie war. Das las er in ihren feuchten Augen.

Als er sich setzte, gab er sich Mühe, seine Schadenfreude, die er gegenüber Berti und Dennis ehrlicherweise empfand, zu verbergen. Er gesellte sich zu Majas Freund, der der Erste auf der Stuhlreihe war und verspürte nur eine große Genugtuung darüber, dass er Jessicas Anweisung ignoriert hatte. Ihre Dankbarkeit entschädigte ihn mehr als alles andere für die Seelenqualen, die er zwischendrin ausgehalten hatte.

Mit Verachtung blickte er Dennis, ihrem Ex, hinterher, der mit ausholenden Schritten und einem überheblichen Grinsen im Gesicht zum Ausgang des Zelts strebte. Dabei konnte seine großkotzige Art trotzdem nicht darüber hinwegtäuschen, dass er vor Wut über die erlittene Niederlage innerlich schäumte. Was hatte Jessica nur irgendwann mal an diesem Idiot gefunden?

Gerade als der Pferdewirt aus dem Zelt marschieren wollte, stellte sich ihm Hendrik in den Weg. Eike, Uwe und der Doktor kamen dazu und umringten Dennis, der daraufhin kleinlaut die Gesichtsfarbe wechselte. Nach Uwes Erzählungen musste der junge Freyenhof noch eine alte Rechnung mit Mr. Teflon, wie sie ihn unter sich nur nannten, offen haben.

Obwohl noch andere an diesem Schauspiel interessiert waren, hatte Alexander von der Tribüne aus eine gute Position, das Geschehen zu betrachten. Die vier Männer umzingelten Dennis, wobei Hendrik ihm ins Gesicht sah. Es gab einen kurzen Schlagabtausch, bei dem der künftige Gutsherr souverän das Wort ergriff. Zum ersten Mal beobachtete Alexander, wie aristokratisch der junge Baron sein konnte. Viel sagte er nicht. Doch seine Worte mussten bei Dennis einen solch bleibenden Eindruck hinterlassen haben, dass er mit leichenbitterer Miene abzog, ohne sich noch einmal umzudrehen.

Als der letzte Korb ersteigert war, begann die Musik zu spielen und der Pulk von Menschen löste sich auf.

Genau wie die anderen sieben Männer erhob Alexander sich von seinem Platz und ging nach vorne, wo

Jessica auf ihn wartete. Er nahm ihre Hand, sah ihr in die Augen und führte sie in die Mitte der Tanzfläche. Ringsherum hatten sich die Menschen versammelt und er machte auch Jochen und Bärbel darunter aus.

„Danke", sagte sie schlicht.

Zu mehr war sie nicht in der Lage. Der Kloß, den sie seit Dennis' Anblick im Hals hatte, saß fest. Auch die Tatsache, dass Steffen schwul war und es ihr nicht anvertraut hatte, trug nicht dazu bei, dass er sich löste.

„Du musst gar nichts sagen. Nur lächeln, Jessica. Das erwartet man jetzt von dir."

Besitzergreifend zog Alexander sie zu sich heran und ließ damit aus seiner Sicht keine Fragen mehr offen. Fest und stark hielt er sie in den Armen, während sie sich mit den anderen im Kreise drehten.

Auf dem Heimweg – Bärbel und Jochen waren mit den Kindern schon vorweggegangen – brach Jessica das bis dahin einvernehmliche Schweigen über die Geschehnisse der letzten Stunden. Sie gingen nebeneinander her, ohne sich zu berühren.

„Danke, dass du mich erlöst hast. Das war so lieb von dir." Jessica strich ihm zärtlich über den Arm.

„Kein Problem."

„Das Geld kriegst du morgen gleich zurück."

„Wie bitte?" Alexander blieb abrupt stehen.

„Ja, ich hab nicht so viel zu Hause, muss erst welches von der Bank holen."

Sie stutzte, weil er sie plötzlich so finster anstarrte. „Hab ich was Falsches gesagt? Warum bist du denn so ..."

„Hättest du das Berti oder deinem Arschloch von Ex auch angeboten?"

„Was?"

„Das Geld zurückzugeben?"

„Äh … nein, natürlich nicht. Das ist doch was ganz anderes …"

„So? Was genau ist denn da so anders?"

„Na ja, alles. Die arbeiten nicht bei uns und die haben auch nicht …"

„Ach so, na das klingt wirklich verdammt logisch. Danke, die Antwort reicht mir."

„Blödsinn, du verstehst das total falsch. Bitte Alex, lass mich dir das erklären."

Er wurde schneller, nur noch wenige Meter trennten sie von der Einfahrt des Hofes. „Danke, aber ich glaube, ich habe auch so verstanden."

„Alex? Was ist denn auf einmal los?"

„Nichts. Vergiss es einfach."

Auf dem Hof blieb er kurz stehen, sah sie aber nicht an. Jessica begann zu frieren, solch eine Kälte ging plötzlich von ihm aus. Zu verwirrt von all dem, was in den letzten Stunden über sie hereingebrochen war, fühlte sie sich wie gelähmt oder betäubt, auf jeden Fall absolut außerstande, zu reagieren.

„Okay", sagte er eine gefühlte Ewigkeit später und klang resigniert. „Sag deinem Vater, dass ich jetzt auf die Weide fahre und nach dem Rechten schaue. Danach komme noch mal rüber, um den Kindern gute Nacht zu sagen."

Ohne ein weiteres Wort und ohne sich noch einmal umzudrehen, zog er den Schlüssel aus der Hosentasche

und verschwand hinter der Tür, die zu seinem Zimmer
über dem Laden führte.

24

Am nächsten Morgen herrschte gedrückte Stimmung am Frühstückstisch. Jasper war bei Miriam geblieben und war von dort aus direkt zum Bullen füttern gefahren. Selbst die Kinder spürten das und plapperten nicht so wild wie sonst drauflos. Jessica hatte kaum geschlafen. Nicht nur, weil sie sich stundenlang den Kopf zerbrochen hatte, welcher Satz der falsche gewesen war, sondern auch, weil sie eine ellenlange E-Mail verdauen musste, die ihr Steffen geschickt hatte.

Eine Antwort war sie ihm noch schuldig geblieben. Zu frisch waren die Neuigkeiten, mit denen er sie aus heiterem Himmel konfrontiert hatte. Zu groß der Vertrauensbruch. Warum hatte er ihr das nicht gesagt? Sie konnte es einfach nicht verstehen.

Genauso wenig wie sie verstand, weshalb Alex so sauer auf sie war. Und nun saß sie mit tiefen Augenringen neben ihm und hatte das Gefühl, sie befände sich auf einem anderen Kontinent. Appetit verspürte sie keinen. Er anscheinend auch nicht, denn er aß nicht einmal ein Drittel von dem, was er sonst morgens verputzte.

Der Vormittag verstrich mit viel Arbeit, so wie jeden Montag. Die Männer mussten einen großen Viehtransport zum Schlachthof bewältigen, Bärbel kümmerte sich um die Kinder und die Küche und Jessica bearbeitete einen Stapel Bestellungen. Mit jeder Stunde, die verging, regte sich Widerstand gegen alle Männer der Welt in ihr. Ausgenommen ihr Vater.

Gegen diesen Schwachkopf von Dennis. Was hatte der sich überhaupt eingebildet, ihren Korb ersteigern zu wollen? Einfach unglaublich, nach allem, was er sich in der Vergangenheit geleistet hatte! Gegen Steffen, weil er so verdammt feige gewesen war. Wie lange eigentlich schon?

Und natürlich auch gegen Alexander, der sie wegen eines einzigen falschen Satzes einfach so stehenließ, als hätte sie das Gold der Queen geklaut. Mein Gott, sie war in einer Ausnahmesituation gewesen, nach all dem, was auf sie eingebrochen war. War das denn so schwer zu begreifen? Und nur weil sie die falsche Wortwahl getroffen hatte, musste er so beleidigt sein?

Mit Tränen in den Augen ballte sie die Fäuste. „Nee, ohne mich!", schimpfte sie den PC vor sich an. „Nicht noch mal. Die können mich doch alle mal im Mondschein besuchen. Dann bleibe ich eben alleine."

Auch Alexander brütete den ganzen Morgen wortkarg vor sich hin. Die verständnislosen Blicke, die sich Jochen und Jasper deswegen zuwarfen, ignorierte er. Stattdessen arbeitete er wie ein Besessener. Der Schweiß trat ihm vor Anstrengung aus allen Poren, aber das kümmerte ihn nicht. Irgendwo musste er schließlich mit der Wut auf Jessica hin. Er war stinksauer und fühlte sich in seiner Ehre gekränkt. Da zeigte man einer Frau, was man für sie empfand, indem man vor versammelter Mannschaft ihren Korb ersteigerte – auch noch zum Höchstpreis – und dann wollte sie ihm das Geld dafür zurückgeben. Das war doch wohl der Witz schlechthin! Weil er für sie arbeitete und weil sie mit ihm schlief, äffte er sie in Gedanken nach. Das mit dem Sex hatte sie zwar so nicht ausgesprochen, aber genau so gemeint, da war er sich absolut sicher. Gerade weil er sich mit ihr in den Kissen wälzte, hatte er ein Recht darauf, den Korb zu ersteigern, verdammt. Wer denn sonst? Weiber! Wie man nur ein solches Brett vor dem Kopf haben konnte!

Oder war er ihr nicht gut genug? Na, dann war ja alles klar. Dann war es wohl besser, zu gehen und zwar so schnell wie möglich. Auf was sollte er jetzt auch noch warten?

In der Nacht hatte er, weil er nicht schlafen konnte, schon vieles in den Koffer gepackt. Die wenigen Utensilien, die noch im Zimmer waren, sollten kein Problem mehr sein. Nur Louis' Sachen mussten noch ins Auto.

Louis! Oh je! Das war der schwerste Part der Abreise. Es half nichts. Unter diesen Umständen wollte er keinen Tag mehr länger bleiben. Die Wackernagels brauchten ihn nicht mehr. Die Ernte war eingefahren. Wozu also noch warten? Nein, er beabsichtigte, noch heute abzufahren.

Zur Mittagszeit, als sie vom Schlachthof zurückkamen, fanden sich die drei Männer auf dem Hof unterm Scheunendach ein.

„Gut gemacht", klopfte Jochen ihm und Jasper auf die Schulter. „Das war ein hartes Stück Arbeit. Da haben wir uns jetzt ein Päuschen verdient."

„Ich muss erst mal duschen. Wartet nicht auf mich." Alexander wandte sich ab und vermied es, die beiden anzusehen.

Jochen zögerte, wollte noch etwas sagen, packte dann aber Jasper um die Schulter und rief ihm zu: „Gut. Dann bis gleich."

In der Küche wurde Jochen von den Kindern freudig empfangen, während Bärbel ihm sorgenvoll entgegensah.

„Geht ihr mal mit Jasper Hände waschen", rief sie und packte ihren Mann am Arm. „Jochen! Wir müssen uns was einfallen lassen. So geht das doch nicht weiter. Siehst du denn nicht, was gerade passiert?"

„Mal nicht den Teufel an die Wand, Bärbel. Im Moment passiert noch gar nix. Wir haben es mit zwei bockigen Verliebten zu tun. Das sehe ich. Lass die mal, die beruhigen sich auch wieder. Sei doch froh, dass sie ein bisschen zickig sind. So weißt du jedenfalls, dass die Sache ernst ist. Komm, lass uns was essen. Ich hab Hunger und Jasper garantiert auch."

Als er aus dem Bad zurückkam, saßen alle am Tisch, bis auf Alexander und Jessica.

„Ist Jessie von ihrer Tour noch nicht zurück? Musste sie nach Kassel?"

Bärbel zuckte nur hilflos mit den Schultern, als sie sich an den Tisch setzte. „Sie war den ganzen Morgen im Büro und hätte heute Mittag keinen Hunger, hat sie mir gesagt."

Sie sah ihrem Mann unmissverständlich in die Augen. „Noch Fragen?“

Kopfschüttelnd begann Jochen zu essen.

Als Alexander auch nach zwanzig Minuten nicht am Mittagstisch erschienen war, stand Jochen auf und ging zum Fenster. Stirnrunzelnd sah er zu, wie Alex einen Koffer ins Auto packte.

Die Kinder wollten nun auch sehen, was draußen geschah und kamen ebenfalls zum Fenster. Bärbel, die sich dazustellte, schüttelte fassungslos den Kopf.

Louis, dem bei dem Anblick sofort die Tränen in die Augen schossen, stieß schließlich einen markerschütternden Schrei aus. Er stampfte mit dem Fuß auf und rief: „Ich fahre nicht mit. Ich will bei Greta bleiben!“

Dann rannte er wie angestochen auf den Hof zu seinem Vater.

Nun wurde es Jochen zu bunt.

„Hier fährt niemand einfach so weg! Wo gibt's denn sowas?“ Entschlossen wandte er sich seiner Frau zu. „Ich knöpfe mir jetzt mal unseren Angestellten vor und du kümmerst dich um Jessica.“

„Gut, so wird's gemacht“, nickte sie und flüsterte ihm ins Ohr: „Ich beruhige die Kinder und schicke sie in den Garten.“

Jochen wandte sich an Jasper. „Wenn du die Weiden alleine überprüfen würdest, wäre mir sehr geholfen. Ich hab hier was Wichtiges zu erledigen.“

„Klar Chef. Kein Problem. Bin schon weg.“

Alexander fuhr den Kombi aus der Scheune und stellte ihn so unters Dach, dass er ihn gut beladen konnte. Gerade als er den Koffer hineinhieven wollte, bekam er einen Schlag gegen den Oberschenkel.

„Ich will nicht hier weg. Du bist so gemein! Du hast mir versprochen, dass wir hierbleiben können ..."

Alexander, der mit diesem Überfall nicht gerechnet hatte – noch nicht – war einen Augenblick sprachlos.

„Halt! Stopp!", rief er schließlich und versuchte Louis am Arm zu fassen, doch der Kleine entzog sich ihm.

„Hör zu, das habe ich dir nicht versprochen, weil ich es dir nicht versprechen konnte, weil es nicht nur von mir abhängt, das habe ich gesagt. Ich habe gesagt, dass ich es versuchen will, mehr nicht. Es tut mir leid, aber es hat nicht funktioniert."

„Aber warum denn nicht?", schrie Louis erneut, sodass Alexander sich peinlich berührt nach allen Seiten umsah. „Es war doch alles gut, warum denn jetzt nicht mehr?"

„Leise, Louis", warnte er, „wenn du so schreist, rede ich gar nicht mehr mit dir. Hörst du? Ich kann dir das nicht erklären, dafür bist du noch nicht alt genug."

„Das sagst du immer, wenn ich was nicht wissen soll. Das war schon mit Mama so", schmollte Louis und sah seinen Vater böse an. „Ich will aber nicht hier weg. Du kannst alleine wegfahren. Ich komme nicht mit."

Alexander fuhr sich mit der Hand übers Gesicht und durch die Haare. Lieber Himmel, war das anstrengend.

„Geh erst mal mit Greta in den Garten spielen. Wir reden später weiter."

Kaum dass der Kleine wütend davongerannt war, hörte er wieder Schritte. Herrschaftszeiten, konnte man denn nicht mal in Ruhe seine Klamotten einpacken?

Er drehte sich mit regungsloser Miene um. Jessica, die erst auf den Koffer deutete und ihn dann provokant ansah, zischte: „Muss ich das verstehen?"

„Davon gehe ich aus. Schließlich bist du nicht dumm."

„Okay, wenn du einfach so abhauen musst ..." Ihre Augen bohrten sich in seine. „Nur fürs Protokoll: Was ist das alles hier eigentlich für dich?"

„Sag du es mir."

Sie verschränkte die Arme vor der Brust und streckte ihr Kinn vor. „Ich muss dir gar nichts sagen. So will ich nicht mit dir reden, wenn ich das Gefühl habe, ich bin in einem Verhör."

Sie drehte sich auf dem Absatz um und lief ins Haus.

Aufgewühlt stürmte sie in die Küche und lief zur Spüle, um ein Glas Leitungswasser zu zapfen. Ihre Kehle war trocken und das Herz wollte ihr vor Wut, Entsetzen und Enttäuschung aus der Brust springen. Sie setzte das Glas an und trank es auf einmal leer. Nun war ihre Kehle zwar wieder feucht, aber der Schmerz über die Abweisung ließ sich dadurch nicht vertreiben.

Was war nur in ihn gefahren?

Warum war er auf einmal nur so unversöhnlich?

Nur weil sie ihm gesagt hatte, dass sie ihm das Geld für die Versteigerung zurückgeben wollte? Zweihundert Euro waren ja nun wirklich kein Pappenstiel für einen Picknickkorb. So ein verdammter Schwachsinn! Als hätte sie es nicht gewusst, dass diese verfluchte Korbgeschichte nur für Ärger sorgen würde. Aber auf sie hörte ja niemand. Ist doch nur eine Gaudi – das macht doch Spaß, äffte sie in Gedanken die Sprüche der anderen nach. Toller Spaß! Und jetzt war Alex sauer und sagte ihr nicht mal warum. Noch schlimmer, er wollte weg und wirkte so feindselig, dass sie alle Hoffnung verlor, ihn noch für sich gewinnen zu können.

Ihre Mutter, die mit einem Geschirrtuch in der Hand aus dem Fenster auf den Hof starrte und beobachtete, wie Jochen auf Alexander zuging, wandte sich mit kühler Miene zu ihr um. Na prima, noch jemand, der sauer auf sie war.

„Gibt es einen bestimmten Grund, warum Alex es so eilig mit dem Packen hat? Wollte er nicht erst am Mittwoch fahren?" Allein wie ihre Mutter eine Antwort von ihr einforderte, machte deutlich, dass sie darüber nicht nur ein bisschen sauer war.

„Das musst du ihn selbst fragen. Mir hat er's nicht gesagt."

„Hast du ihn denn wenigstens gefragt?"

„Ja, was denkst du denn?", brauste Jessica auf. „Er redet aber nicht mit mir. Schon wegen Greta will ich das wissen. Die Kinder sind ja total verunsichert, seitdem seine Eltern da waren."

„Hm hm, Greta ..." Bärbel kam auf sie zu und sah ihr in die Augen. „Und dir ist es völlig gleich, wenn er so sang- und klanglos abreist?"

„Hab ich das gesagt? Aber wenn er nicht mit mir reden will ... Was soll ich denn machen?"

„Vielleicht hat er dir ja schon alles erzählt und du hast nur nicht richtig zugehört?"

Jessica stellte das Glas auf die Spüle und stemmte die Fäuste in die Hüften. „Mama! Sag endlich, was du sagen willst und hör auf, so um den heißen Brei rumzureden. Das kann ich nicht leiden. Wenn *du* verstehst, was er hat und ich nicht, dann sag's mir. Ich kapier es nämlich nicht. So!"

„Gut." Bärbel holte tief Luft. „Das soll das Problem nicht sein. Mach dich auf was gefasst, ich bin gerade so in Stimmung!" Sie warf das Geschirrhandtuch über einen Stuhl und kam auf Jessica zu.

„Ich denke, es ist an der Zeit, dass du mal aus deinem hundertjährigen Dornröschenschlaf erwachst", deutete sie mit dem Zeigefinger in Jessicas Richtung. „Was muss Alex eigentlich noch machen, bis in deinen Wackernagel'schen Dickschädel reingeht, dass er in dich verliebt ist?" Aufgebracht warf Bärbel die Arme in die Luft. „Und wann willst du endlich mal damit aufhören, alle Männer mit Dennis zu vergleichen?"

Jessica holte Luft, um zu antworten, doch Bärbel schnitt ihr das Wort ab.

„Was kann Alex denn dafür, dass Dennis ein gewissenloser Idiot ist? Nichts! Und dafür, dass Steffen zu feige war, dir zu beichten, dass er schwul ist, kann er auch nichts. Es gibt also überhaupt keinen Grund, dich beleidigt in dein Schneckenhaus zu verziehen. Dieser Weg führt nämlich direkt in die Sackgasse, aus der du so schnell nicht wieder rauskommst. Absolute Zeitverschwendung. Lebenszeit, wohlbemerkt. Du wirst bekanntlich auch nicht jünger."

„Jetzt mach doch mal 'nen Punkt!", rief Jessica aufgebracht.

„Gleich. Ich bin noch nicht fertig." Bärbel war so in Rage, wie Jessica sie bisher nur ganz selten erlebt hatte, weswegen sie lieber schwieg.

„Der Steffen", argumentierte Bärbel weiter, „ist ein riesengroßer Feigling – das war er übrigens schon immer. Oder was glaubst du, warum er sich in eurer Schulzeit ständig hinter dir versteckt hat?" Sie schüttelte energisch den Kopf. „Herrgott noch mal, davon wollte ich gar nicht reden. Steffen ist mir im Moment so was von egal. Ich bin nur nicht bereit, kommentarlos mitanzusehen, dass du Alex das ausbaden lässt, was andere verbockt haben. Merkst du denn überhaupt nicht, wie gefühllos und ungerecht du in deinem Selbstmitleid bist?“

Jetzt musste sich Jessica setzen.

Gefühllos – ungerecht – Selbstmitleid. Sie sank in sich zusammen. Angesichts der schonungslosen Worte ihrer Mutter war sie blass geworden.

„Dann bin ich es also mal wieder, die an allem schuld ist“, krächzte sie resigniert. „War ja klar. Ich war ja auch selber schuld, als ich auf Dennis reingefallen bin. Schließlich bin ich sogar vor ihm gewarnt worden ...“

Bärbel blieb stehen und seufzte laut hörbar auf. „Ich glaube, du verwechselst da grade Äpfel mit Birnen! Wer redet hier von Schuld? Niemand! Ich rede auch nicht von der Vergangenheit, sondern davon, dass du die Augen aufmachen sollst, damit du siehst, was ist! Ich will dich nur vor einem Fehler bewahren, den du vielleicht nicht mehr gutmachen kannst. Alexander ist kein Spielball, den du heute in die eine Ecke und morgen in die andere werfen kannst. Das lässt er sich nämlich – mit Recht – nicht gefallen, dafür hat er schon zu viel mit seiner Ex durchgemacht. Oder wieso glaubst du, hat er das alleinige Sorgerecht?“

Verzweifelt schloss Jessica die Augen. Sie spürte, dass an den Worten ihrer Mutter viel Wahres war. Tatsächlich hatte Alexander sich sehr loyal ihr gegenüber verhalten. Er hatte den Korb ersteigert. Für den Höchstpreis, um sie zu retten und das, obwohl sie sich vorher dagegen ausgesprochen hatte. Und er war die ganze Zeit so lieb zu ihr gewesen, bis zu dem Moment, wo sie ihm das Geld für den verfluchten Korb hatte zurückgeben wollen. Aber verdammt, warum sagte er ihr denn nicht einfach, was los war? Sie war jede Nacht bei ihm gewesen, hätte er denn da nicht mal was sagen können?

Reumütig blickte Jessica zu ihrer Mutter auf, die offensichtlich auf eine Reaktion von ihr wartete.

„Ist ja gut. Wahrscheinlich hast du recht und ich habe mich nicht richtig verhalten. Ich ...“, sie schluckte, „ich wollte das nicht. Aber er hat auch Fehler gemacht. Und ich ... ach Mist, bin ich wirklich so ... so ...?“

„Im Moment schon. Normalerweise nicht. Aber du kannst es wieder geradebiegen, wenn du nur von deinem hohen Ross runterkommst.“

„Wie hast du das mit Papa hingekriegt? Er kann ja auch manchmal ...“

„... ein ziemlicher Sturschädel sein. Oh ja, das kann er. Aber ich liebe ihn und er ist es wert, dass ich mich hin und wieder ein bisschen mit ihm zoffe. Früher kam das öfter vor. Die Zeit bringt es mit sich, dass es weniger wird. Aber es gehört dazu. Eine Beziehung ohne Reibereien gibt es nicht. Ansonsten ist es keine. Und sich zu versöhnen, ist doch auch ganz schön, oder?“

„Ich habe mich mit Alex nicht gestritten. Er sagt mir ja nichts. Siehst du, dann können wir uns auch nicht versöhnen ... außerdem weiß ich ja auch gar nicht, ob ...“

„Doch, Jessie, du weißt im Grunde deines Herzens sehr wohl, dass er dich liebhat, da bin ich mir ganz sicher. So etwas spürt man, auch wenn es nicht ausgesprochen wird.“

Bärbel setzte sich neben Jessica auf die Eckbank und schlang einen Arm um sie.

„Ich muss dir doch nicht sagen, dass Männer wie dein Vater oder Alexander nicht auf den Bäumen wachsen. So einen gibt man doch nicht wieder her. Oder willst du, dass ich dich für dumm halte?“

„Nein, aber …“

„Hör mir auf mit *aber!* Mensch, tu was. Nur sich zu ihm ins Bett zu legen reicht da nicht, das kann ich dir versprechen. Das hätte er auch von der Kindergärtnerin haben können.“

Jessica machte große Augen, während ihr Mund auf- und zuklappte.

„Was?“ Bärbel lachte ironisch auf und ließ sie los. „Glaubst du, Sex wurde für euch erfunden? Und meinst du, dein Vater hätte mich nur mit seinem großen Hof locken können? Was denkst du dir nur? Er war und ist ein stattlicher Mann, genau wie dein Alex.“

„Ja … nein … natürlich, das ist mir schon klar, aber woher weißt du, dass ich … er ist nicht *mein* Alex!“

„Ich denke doch.“ Bärbel lachte auf. „Wir haben dich gesehen, als du in einem riesigen Bademantel, der nicht dir gehört, über den Hof gelaufen bist. Dazu das ständige Gähnen. Nicht zu vergessen das breite Grinsen, wenn du geglaubt hast, es würde keiner sehen – und nicht zuletzt die Art, wie ihr euch angesehen habt. Ich denke, bis auf die Kinder ist das allen – auch Jasper – aufgefallen.“

„Oh je!" Jessica verdrehte verzweifelt die Augen und schlug sich die Hand vor den Mund. „Was sagt Papa dazu?"

Bärbel grinste angesichts der verlegenen Röte, die sich über Jessicas Wangen ausbreitete.

„Dein Papa ist von dieser Welt und weiß, dass du eine gesunde junge Frau bist. Und er ist der gleichen Meinung wie ich. Einen besseren Mann als Alex wirst du nicht finden."

Bärbel wurde wieder ernst. „Jessie, sei nicht so stur. Damit verbaust du dir nur dein eigenes Glück. Und mit Steffen solltest du dich auch versöhnen. Er hat einen guten Charakter, nur das zählt. Und nun hör auf, mit mir zu reden und sieh zu, dass du dich mit Alex aussprichst."

„Mache ich. Gleich. Aber ein paar Minuten brauche ich noch für mich. Muss nachdenken. Ich gehe zu den Pferden."

Alexander beeilte sich nun noch mehr, seine Sachen ins Auto zu räumen. Verdammte Scheiße, wie hatte die Situation so aus dem Ruder laufen können? Aber egal. Er hatte einfach keinen Bock mehr auf schwierige Weiber.

In seiner Rage bemerkte er nicht sofort, dass Jochen plötzlich neben ihm war. Er steckte mit dem Kopf im Kofferraum und war so beschäftigt damit, alle Sachen zu verstauen, dass er seine Schritte überhört haben musste. Dem stoischen Blick und den verschränkten Armen nach zu urteilen, beobachtete sein Chef ihn anscheinend schon eine ganze Weile.

„Jochen! Was machst du denn hier?"

„Die Frage könnte ich dir auch stellen, meinst du nicht?" Er kam einen Schritt auf ihn zu. „Sieht nach schneller Abreise aus. Wäre nett, wenn du mir das erklären würdest. Nach meinem letzten Stand wolltest du zum Mittagessen kommen und soweit ich in Erinnerung habe, war der Abreisetag der Mittwochabend. Gibt's für deine Eile einen besonderen Grund?"

„Das hat nichts mit dir zu tun ... äh ... woher weißt du überhaupt ...?"

„Was? Das du vorhast, abzureisen? Hältst du mich für beschränkt?"

Alexander presste die Lippen zusammen und warf einen Beutel mit Schuhen mit einer solchen Wucht in den Kofferraum, dass es nur so knallte.

„Verdammt noch mal!", brauste Jochen auf. „Jetzt hör doch mal auf damit! Noch bist du bei mir angestellt. So läuft das bei uns nicht! Einfach abhauen. Ich glaubs wohl!"

Die Art, wie er ihn ansah, ließ keinen Widerspruch zu.

„Wir zwei gehen jetzt in mein Büro und dann reden wir von Mann zu Mann.

Alexander verschränkte die Arme vor der Brust. „Und was soll das bringen?"

„Das wirst du sehen, wenn wir damit fertig sind."

In Jochens Büro angekommen, deutete er auf einen Stuhl, doch Alexander schüttelte den Kopf. „Ich kann jetzt nicht sitzen."

„Dann bleib halt stehen."

Jochen stellte sich vor ihn. „Was ist zwischen dir und Jessica vorgefallen, dass du gleich davonrennen willst?"

Verblüfft riss Alexander die Augen auf und schnappte nach Luft. Ihm fehlten die Worte.

„Woher ...“

„Für wie blöd haltet ihr uns?“, knurrte Jochen. „Meinst du, wir können nicht eins und eins zusammenzählen? Also, raus mit der Sprache, weshalb habt ihr euch gestritten?“

„Wir haben uns nicht gestritten ... sie, sie ... ach Scheiße, ich weiß nicht mal, wie ich dir das sagen soll. Ich kapiere ja selber nicht, was ist. Sie ... sie sagt es mir ja nicht, was mit ihr ist. Egal, was ich mache, alles ist falsch.“

„Na, so viel kann das nicht gewesen sein, wenn sie jede Nacht zu dir ins Bett steigt.“

Eines musste man Jochen lassen: Er brachte die Dinge auf den Punkt.

Alexander zuckte mit den Schultern. „Für mehr scheine ich nicht zu taugen. Sie will mir unbedingt das Geld für den Korb wiedergeben. Das will ich aber nicht, verdammt noch mal!“

Jochen schüttelte kaum merklich den Kopf und atmete schwer aus. „Setz dich!“

Er drückte Alexander in den Lehnstuhl, der gegenüber seines Schreibtisches stand, und ging zu einer Vitrine, aus der er eine Flasche Whiskey hervorholte. Er schenkte die braune Flüssigkeit so in zwei Gläser, dass zwei Fingerbreit den Boden bedeckten und reichte Alexander ein Glas.

„Wir zwei reden jetzt mal von Mann zu Mann und vergessen, dass du mein Angestellter bist.“ Jochen sah ihm die Augen. „Prost.“

„Der ist gut“, krächzte Alexander nach einem Moment des Schweigens. Nachdem er so wenig gegessen hatte, ging ihm der Alkohol sofort ins Blut.

„Das will ich meinen. Was Schlechtes kommt uns nicht über die Türschwelle. Das halten wir übrigens mit allem so. Das bezieht sich auch auf Menschen ...“

„Danke.“

„Dafür musst du dich nicht bedanken. Das hast du dir verdient. Erzähl mir vielmehr, ob du sie liebst oder nur Dampf ablassen wolltest?“

„Puh ... du bist aber ...“

„Was? Direkt?“ Jochen lachte humorlos auf. „Ja, kann ich sein. Vor allem, wenn ich keine Zeit zu verlieren habe. Ich denke, so einen Moment haben wir jetzt. Also, was ist an der Frage so schwer? Du bist seit vier Wochen hier, da wirst du mir das doch beantworten können. Ich wusste bei Bärbel nach ein paar Minuten Bescheid.“

„Das wusste ich auch. Willst du wissen, seit wann?“

„Na klar.“

„Seit dem ersten Tag, als sie die Treppe der Veranda runtergekommen ist. Das war, als ich mit euch im Garten gesessen habe. Tja, da hat sie mich schon umgehauen. Na ja, sagen wir mal so, ich war ziemlich beeindruckt“, erklärte Alexander. „Zu dem Zeitpunkt dachte ich ja noch, dass sie verheiratet ist.“ Er lachte. „Besonders nett war sie nicht zu mir. Eher eine richtige Zicke. Aber ich hab mich trotzdem in sie verknallt.“

„Und was glaubst du wohl, warum sie so rumgezickt hat?“, grinste Jochen.

„Sie hat gespürt, dass die Chemie zwischen uns stimmt und wollte es nicht wahrhaben.“

Jochen hob zustimmend den Daumen.

„So …" Er schwenkte die braune Flüssigkeit im Glas und sah Alexander dann durchdringend an. „Aber irgendetwas muss sich …", er überlegte, „… sagen wir … vor circa acht Tagen geändert haben, oder? Seit dem stimmt's ja wohl so richtig mit der Chemie bei euch."

„Ja, kann man so sagen. Das hat sich einfach ergeben … Jochen!" Alexander sprang auf. „Ich liebe sie! Wirklich, und ich will mehr als nur heimlich mit ihr … ach, verdammt!" Er fuhr sich mit den Fingern durch die Haare. „Aber jedes Mal, wenn ich versuche, mit ihr darüber zu reden, kommt irgendetwas dazwischen oder …"

„Oder ihr kommt erst gar nicht zum Reden."

Alexander grinste schief. „Ja."

„Gut." Jochen verwies mit ausgestrecktem Arm wieder auf den Lehnstuhl. „Setz dich. Du machst mich ganz nervös, wenn du wie ein angestochenes Huhn hier rumläufst."

Er wartete, bis Alexander saß.

„Jessica will dich, auch wenn sie dir das so deutlich noch nicht gesagt hat."

Jochen lachte, als er an der Miene seines Gegenübers erkannte, dass das sein wunder Punkt war.

„Du musst wissen, dass sie wegen dieses Nichtsnutzes von Dennis durch die Hölle gegangen ist – und wir mit." Jochen bekam einen bitteren Zug um den Mund.

„Es geht hier nicht um die Leute. Die reden heute so und morgen so." Wieder zögerte er, bevor er weitersprach.

„Glaub mir, wir hatten richtig Angst um sie. Du hast keine Vorstellung, wie verbittert sie war. Wir dachten schon, sie lässt überhaupt keinen Mann mehr an sich ran." Jochen hob eine Augenbraue. „Eigentlich muss ich jetzt gar nicht weiterreden, weil ich dich für so intelligent halte, dass du verstehst, was ich meine."

Alexander nickte. „Alles klar. Hab ich mir schon gedacht."

„Jessica hat viel von mir", redete Jochen weiter. „Sie ist durch und durch gradlinig und loyal." Er beugte sich nach vorne und fixierte Alexander. „Und sei dir sicher, wenn sie nachts im Bademantel über den Hof rennt, um zu dir zu kommen, dann ist da mehr."

„Glaubst du wirklich?"

„Ich glaube nicht, ich weiß."

„Aber ..." Alexander senkte den Blick und sah Jochen dann um Verständnis heischend an. „Ich muss dir was beichten. Es ist schon ein paar Tage her, da hab ich ein Gespräch zwischen dir und Jessie mitangehört." Er hob entschuldigend die Hände. „Es war wirklich keine Absicht. Ich kam aus dem Keller und ihr beide wart in der Küche – na ja, und weil ihr euch über Beziehungen unterhalten habt und ich unbedingt wissen wollte, wie sie tickt, bin ich stehen geblieben und habe zugehört." Er grinste schief. „Soweit ich mich erinnere, hat sie da klar und deutlich zum Ausdruck gebracht, dass sie keinen Kerl will, der es nur auf den Hof abgesehen hat." Wieder hob Alexander abwehrend die Hände.

„Natürlich wünscht sich jeder Landwirt so einen Hof wie euren. Jochen, das ist doch normal, oder? Da bin ich keine Ausnahme, aber ich verkaufe doch deswegen meine Seele nicht! Nur weil ich gerne Großbauer sein will. Es geht mir so ja auch nicht schlecht. Ich heirate nur eine Frau, die ich auch liebe."

Jochen schüttelte grinsend den Kopf und nahm einen kleinen Schluck vom Whiskey.

„Ah, jetzt wird mir einiges klar. Deshalb der Eiertanz!", lachte er auf und wirkte erleichtert. „Ich konnte mir einfach keinen Reim darauf machen, warum du so zögerlich warst. Gut, dann wollen wir das auch noch aus der Welt schaffen." Er holte tief Luft.

„Als Erstes: Wir beide würden hier nicht sitzen, wenn ich bei dir diesen Verdacht hätte. Und wir, Bärbel und ich, kennen den Unterschied. Da kannst du dir sicher sein. Es gab einige *Heiratsvorschläge* aus dem Umkreis, von denen Jessie gar nichts weiß. Darüber solltest du dir also keine Gedanken mehr machen. So, und zweitens: Wir sind der Meinung, dass du ganz wunderbar zu uns passt, nicht nur zu uns, sondern vor allem zu unserer Tochter. Ihr beide seid die Zukunft, aber die letzte Entscheidung darüber hat natürlich Jessie. Aus meiner Sicht hat sie die längst getroffen. Bärbel und ich würden uns sehr freuen, wenn du mit Louis hierbleibst ... äh, was euch aber nicht davon abhalten soll, noch weitere Enkel zu produzieren", zwinkerte Jochen und reichte ihm die Hand. „Wir haben wahrlich genug Platz."

Alexander lachte erleichtert auf und schlug ein.

„Danke, Jochen. Du hast keine Ahnung, wie viel mir deine Worte bedeuten. Ich werde mein Bestes geben."

„Dann mach dich los und schnapp sie dir. Und lass dich nicht von ihrem Rumgezicke ins Bockshorn jagen", zwinkerte er ihm zu. „Die Kinder spielen hinten im Garten, ihr habt also Zeit für euch."

25

Er fand sie bei der Pferdekoppel, wo sie auf einer wuchtigen Bank saß, die aus einem Holzstamm gezimmert war, und den Pferden beim Grasen zusah.

Alexander trat neben sie, verschränkte die Arme vor der Brust und blies die Wangen auf, bevor er die Luft langsam wieder ausstieß.

„Ich bin hier. Du wolltest reden."

Jessica sank das Herz in die Hose. Er klang so nüchtern, dass diese Unterredung nichts Gutes für sie bedeuten konnte.

„Wenn du nur mit mir reden willst, weil mein Vater dich in die Mangel genommen hat, können wir's auch lassen."

„Was hat denn dein Vater damit zu tun? Außerdem – warum sollte er mich in die Mangel nehmen?"

„Hat er nicht?"

Alexander ignorierte die Frage. „Mit wem ich rede, bestimme ich immer noch selbst."

„Und warum willst du mit mir reden?"

„Sag du's mir." Er sah sie unverwandt an.

„Das hatten wir vorhin schon", seufzte sie. „Was soll das für ein Gespräch geben, wenn du nicht weißt, über was du mit mir reden willst? Wenn du's nicht weißt, weiß ich's auch nicht", blaffte sie ihn an.

„Okay." Er zuckte resigniert mit den Schultern. „Du bist also der Meinung, dass wir beide nichts mehr zu bereden hätten? Alles klar, dann weiß ich jetzt Bescheid … wollte mich nur noch mal vergewissern."

Kopfschüttelnd wandte er sich ab, bevor er sich dann doch noch einmal kurz zu ihr umdrehte. „Falls wir uns nicht mehr sehen … wir fahren heute noch! Ich wünsche dir alles Gute."

Jessica fühlte sich, als hätte sie einen Kinnhaken bekommen.

Er wollte wirklich weg!

Panik überfiel sie.

„Alex! Warte!"

Der Schrei kam mit einer Inbrunst und Verzweiflung aus ihrer Kehle, dass sie keine Chance gehabt hätte, ihn zu verhindern. Sie hechtete hinter ihm her und blieb schwer atmend vor ihm stehen.

Ein winziges Lächeln huschte über sein Gesicht.

Die Vorstellung, ihn zu verlieren, war so schrecklich, dass Jessica ihren Stolz vergaß.

„Können wir vielleicht zurück zur Weide gehen? Ein bisschen reden? Bitte. Es beruhigt mich immer so, wenn ich den Pferden beim Grasen zusehen kann."

„Wenn dir das hilft. Soll mir recht sein", nickte er.

Sie blieben vor dem stabilen hölzernen Gatter stehen, das die Koppel zur Scheune hin einzäunte.

Jessica, die erleichtert registrierte, dass Alexander kompromissbereit war, atmete wieder ruhiger und holte schließlich tief Luft. Um Zeit zu gewinnen – sie wollte jetzt nichts Falsches sagen – legte sie die

Unterarme auf die brusthohe breite Kante und nahm sein attraktives Profil in Augenschein. Nach außen hin wirkte er gelassen. Es war nicht auszumachen, was in ihm vorging. Jessica wusste, sie würde keine weitere Gelegenheit mehr haben, ihn zum Bleiben zu überreden, wenn sie es jetzt nicht tat.

„Hab ich dir schon erzählt, dass Chloe noch ein Fohlen war, als ich sie geschenkt bekommen habe? Vorher hatte ich ein Pony, so eins wie Stromer."

„Nein, ich glaube nicht."

Er sah sie kurz an und betrachtete dann wieder die Pferde. Für einen Augenblick schwiegen beide.

„Alex?"

„Ja." Abwartend sah er ihr in die Augen.

„Papa findet, dass ich einen gestandenen Bauer an meiner Seite bräuchte ... er hält dich für geeignet."

Jessica beglückwünschte sich dazu, dass sie so locker klang, obwohl ihr ganz und gar nicht so zumute war. Sie zwang sich, weiter zu atmen.

„Und du hörst auf ihn?" Alexander sah sie immer noch unverwandt an.

„Meistens. Er ist ein kluger Mann."

Atme, Jessica.

„Könntest du dir vorstellen ... äh ... ich meine, hättest du ... also ... würdest du die Stelle haben wollen?" Sie konnte nicht verhindern, dass ihre Stimme bei den letzten Worten mehr als kurzatmig klang.

Sein rechter Mundwinkel ging amüsiert nach oben. „Kommt darauf an, was für mich dabei rausspringt."

Ihre Augen versanken in seinen und sie trat einen Schritt näher an ihn heran. Sie zögerte, bis sie antwortete: „Liebe. 365 Tage. Urlaub gibt's aber keinen."

Alexander legte die Stirn in Falten und gab vor, über ihren Vorschlag nachzudenken. Es war mehr als offensichtlich, dass er die Situation genoss.

„Tja, da sollte ich wohl nicht lange überlegen, was? Er rückte ebenfalls ein wenig näher. „Gibt's noch andere Bewerber?"

„Jetzt wirst du aber frech!"

Er schmunzelte und zog sie in die Arme.

„Moment!" Sie schob ihn wieder etwas von sich. „Nimmst du an?"

„Na, du stellst Fragen! Meinst du, ich lasse mir so ein Angebot entgehen? Für wie dumm hältst du mich?"

„Hey, das ist keine Antwort! Ich will wissen, warum du annimmst."

„Als wenn das nicht auf der Hand liegen würde", lachte er an ihrer Wange, „Urlaub wird völlig überbewertet, findest du nicht?"

Sie schob ihn etwas von sich, wollte sein Gesicht sehen, wenn er antwortete. „Und ... äh ... das ist alles, was du dazu zu sagen hast?"

Anstatt sofort zu antworten, nahm Alexander ihre Hand und zog sie hinter sich her zur Bank und drückte sie mit den Schultern sanft nach unten, sodass sie sich setzen musste. Er ließ sich neben ihr nieder. Seine Miene, die plötzlich sehr ernst geworden war, bereitete ihr Sorgen. Wollte er etwa doch fort?

Alexander suchte ihren Blick.

„Gegenfrage, Jessica, was muss ich tun, damit du mir das glaubst, was ich zu sagen habe?"

„Wie bitte? Ich verstehe kein Wort."

„Okay, dann frage ich dich anders: Was wünschst du dir von mir? Ich will wissen, was in dir vorgeht."

Sie schüttelte den Kopf. „Und ich dachte, *ich* hätte dir eine Frage gestellt ...“

„Jaja, die hab ich gehört. Aber nach all den Gegenfragen, die du mir schon gestellt hast, denke ich, bin ich jetzt mal dran. Also: Was wünschst du dir?“

„Was willst du hören?“, rief sie erregt. „Dass ich möchte, dass du bleibst, für immer, richtig, wie eine Familie, vielleicht sogar mit noch einem Kind? Oder dass ich mir wünsche, dass du mich liebst, wirklich liebst? Aufrichtig und dass das so bleibt, so wie bei meinen Eltern?“

„Zum Beispiel.“

„Ich kann mir nicht vorstellen, dass es so was für mich gibt“, murmelte sie kleinlaut.

„Blödsinn.“

„Und warum weichst du mir dann aus, wenn ich das von dir wissen will?“

„Was? Dass ich das längst tue?“ Er beugte sich nach vorne und sah sie herausfordernd an. „Wollen wir die Sache doch mal von der anderen Seite beleuchten, Jessie. Was hättest du von mir gedacht, wenn ich dir genau das erzählt hätte? Dass ich dich will, weil du mir gefällst, weil ich mich in dich verliebt habe, mir sehr gut vorstellen kann, mit dir eine Familie zu sein und noch ein bis drei Kinder zu kriegen? Hm? Was hättest du dann gedacht? Dass ich einer bin, der mit seinem Kind nur auf der Suche nach einem gemachten Nest ist. Die Gelegenheit nutzt ...“

Entgeistert schüttelte Jessica den Kopf. Schnappte nach Luft, schloss den Mund wieder und schwieg schließlich.

„Siehst du! Genau deswegen habe ich nichts gesagt.“

Er nahm ihre Hand. „Hast du nicht bemerkt, was ich für dich empfinde? Was denkst du eigentlich von mir? Dass ich dich nur für eine Affäre so nahe an mich rangelassen hätte? Das glaubst du doch selbst nicht. Apropos. Ich meine erwähnt zu haben, dass Affären nicht so mein Ding sind.“

Nachdenklich nickte sie, bevor sie zögerlich antwortete: „Ja, das hast du. Entschuldige bitte, dass ich das nicht ernst genommen habe.“

„Schon gut. Würdest du mir denn jetzt glauben, wenn ich dir sage, dass ich mich gleich am ersten Tag in dich verliebt habe, dass ich das alles will, was du auch willst?“

„Wirklich?“

„Was glaubst du, warum ich hier bin?“

„Mein Vater.“

„Jessie! Jetzt mal ehrlich … okay, er hat mit mir gesprochen – von Mann zu Mann – weil er gesehen hat, dass ich bereit war, wegzufahren. Aber mal im Ernst … dein Vater hätte nicht die geringste Chance gehabt, mich zu irgendetwas zu überreden, wenn ich das nicht selber gewollt hätte. Normalerweise fange ich bei der Arbeit keine Liebschaften an. Das ist mir zu stressig.“

„So habe ich dich eingeschätzt.“ Jessica freute sich so sehr über seine Worte, dass sie verschmitzt grinsen musste.

„Aha, und warum glaubst du, bin ich meinem Vorsatz untreu geworden?“

„Sags mir!“

Ehe sie sich versah, saß sie bei ihm auf dem Schoß. Er hielt sie, als wolle er sie nie mehr loslassen und gab ihr einen Kuss.

„Reden bringt nichts. Bei dir muss man handeln. Eine andere Sprache verstehst du nicht! Das hab ich ziemlich schnell kapiert.“

„Ah, du redest von der Sache im Hochsitz.“

„Nicht nur. Da hatte ich Glück, dass die Dinge sich günstig entwickelt haben“, grinste Alexander und warf mit hochgezogener Augenbraue einen Blick auf seine Armbanduhr. „Schade, fürs Standesamt ist es heute schon zu spät ... es sei denn, du möchtest das im großen Stil planen ...“

„Wie bitte?“

„Ja was denn nun? Ich dachte, du wolltest Fakten von mir.“

„Aber doch nicht so ... außerdem hast du mich noch nicht mal gefragt.“

„Tu ich grade ... also?“

„Warum?“

Er gab ihr einen Kuss. „Liebe.“

„Jetzt sei doch nicht so kurz und knapp.“

„Dafür bin ich in anderen Bereichen ausführlicher“, zwinkerte er.

„Dein Glück“, lachte sie. „Halt!“ Jessica rückte etwas von ihm ab. „Und was ist mit Lisa?“

„Ach Jessie, was soll schon mit ihr sein? Sie steht auf mich ... von Anfang an. Was kann ich dafür?“

„Und du?“

Alexander rollte mit den Augen. „Ich stehe auf dich – auch von Anfang an.“

Sie küsste ihn auf die Nase. „Ich liebe dich – und Louis auch. Er ist so ein süßes Kerlchen.“

„Geht gar nicht anders. Ist ja meiner.“

„Alex?“

„Hm?“

„Ich möchte noch ein Baby.“

„Ja, so was Ähnliches hast du bereits erwähnt“, resümierte er trocken. „Jetzt gleich?“ Alexander sah sich suchend um, als wolle er nachsehen, ob sie jemand stören könnte.

„Bist du verrückt?“ Sie klopfte ihm lachend auf die Brust und strich ihm sinnlich über die starken Arme, bevor sie ihm ins Ohr raunte: „Nein, so schnell nun auch wieder nicht. Ich möchte doch noch ein bisschen …“

„Ach so“, amüsiert zog er eine Augenbraue hoch, „okay, den Aufgaben stelle ich mich …“ Er schmunzelte hintergründig, wobei seine Augen glitzerten. „Im wahrsten Sinne des Wortes! Hm … vielleicht sollte ich vorher besser noch was essen …“ Er rieb sich das Kinn und gab vor, nachzudenken. „Du kannst ja ziemlich anspruchsvoll sein.“

Bevor sie protestieren konnte, zog er sie in eine leidenschaftliche Umarmung und küsste sie so ungestüm, dass ihr die Luft wegblieb.

„Lass es uns zuerst den Kindern sagen“, flüsterte Jessica an seinem Hals und löste sich von ihm. „Ich freue mich jetzt schon auf ihre Gesichter.“

„Oh ja, du hättest Louis eben mal hören sollen, als er mich gesehen hat, wie ich den Koffer eingepackt habe. Er hat mich angeschrien und gemeint, ich müsste ohne ihn fahren. Er würde bei Greta bleiben“, lachte Alexander. „So energisch habe ich den kleinen Stinker noch nie erlebt.“

Er schob sie sanft von seinem Schoß und nahm ihre Hand. „Sie sind im Garten. Komm, lass uns zu ihnen gehen."

„Die beiden sind so süß miteinander", lächelte Jessica selig. „Greta liebt Louis, als wäre er wirklich ihr Bruder."

„Und er sie genauso. Jetzt kann ich's dir ja sagen ... erinnerst du dich, als wir auf der Sommerrodelbahn waren und Louis und ich vor den Toiletten auf euch gewartet haben?"

„Ja, na klar. Ich hab dich doch noch darauf angesprochen, warum er so ernst war ..."

„Genau. An diesem Nachmittag hat er mich gefragt, ob du nicht seine neue Mama werden könntest."

„Echt? Und was hast du ihm geantwortet?"

„Dass ich das nicht allein zu entscheiden hätte und dass ich mein Bestes geben würde."

„Na, dann freue ich mich jetzt umso mehr auf sein Gesicht." Wieder hielten sie kurz an, um sich zu küssen, beschleunigten dann aber ihre Schritte.

Als sie die Schaukel und die Rutsche leer vorfanden, legte sich Jessica den Zeigefinger auf den Mund und deutete auf das Baumhaus. Leichtfüßig kletterte sie die Stufen nach oben und kam mit enttäuschter Miene wieder herunter.

„Da sind sie auch nicht. Komisch." Sie verdrehte die Augen und schüttelte ungläubig den Kopf. „Aber wenn sie sich dann genug über uns gefreut haben, müssen sie unbedingt da oben aufräumen. Keine Ahnung, was sie gespielt haben. Bestimmt Kaufmannsladen oder so was Ähnliches. Da sieht's aus wie bei Hottentotten."

„Ach, sie werden sicherlich in der Küche bei Bärbel sein." Alexander nahm ihre Hand. „Sie sind es ja gewohnt, überall frei herumzulaufen."

Eilig liefen sie ins Haus. Doch auch in der Küche waren die Kinder nicht. Genauso wenig wie bei Jochen im Büro und bei den Pferden. Weder in ihrem Zimmer noch im Keller und auch nicht im Stall, in der Scheune oder bei den Tieren.

Sie waren nirgends zu finden.

Jessica beschlich ein ungutes Gefühl. Das schien nicht nur ihr so zu gehen, denn – aufgeschreckt von der Suche – fanden sich schließlich alle, auch Jasper, der von den Weiden zurück war, in der Küche ein. Die Stimmung änderte sich abrupt. Panik brach aus. Plötzlich redeten alle aufgeregt durcheinander.

„Stopp!" Mit todernster Miene verschaffte sich Jochen Gehör. Schweißtröpfchen bildeten sich auf seiner Stirn. „So kommen wir keinen Schritt voran. Wir müssen die Ruhe bewahren. Wir leben hier in einem kleinen Dorf, das sollte die Sache leichter machen, sie zu finden."

„Aber einfach nur herumsitzen und warten kann ich nicht", appellierte Bärbel, die vor Aufregung kaum noch Luft bekam. „Ich habe kein gutes Gefühl. Die beiden sind noch nie weggelaufen. Kein einziges Mal."

„Das ist eigentlich auch nicht Louis' Art", stimmte Alexander Bärbel zu, „aber so wütend wie vorhin habe ich ihn noch nicht erlebt ... wer weiß also, was ihnen im Kopf herumspukt."

Jessica strich ihm tröstend über den Arm.

„Deswegen müssen sie aber nicht gleich weggelaufen sein. Das glaube ich nicht. Ich bin dafür, dass wir bei den Freyenhofs anrufen. Vielleicht sind sie ja dorthin gegangen? Durch die Kirmes waren sie doch ständig mit Elisa und Johannes zusammen. Ich rede mit Sarah ...“

„Und ich rufe Christel an“, klinkte sich Bärbel ein, die nun etwas optimistischer klang. „Sie weiß doch immer, wenn was im Dorf los ist.“

„Ich gehe noch mal zurück in den Garten, vielleicht wollten sie uns nur necken und haben sich nur versteckt“, wandte Alexander sich ab.

„Dann werde ich mit Miriam durchs Dorf laufen und schauen, ob wir sie irgendwo finden.“

„Gute Idee“, klopfte Jochen Jasper auf die Schulter. „Dann bleibe ich hier und halte die Stellung. Wir können ja nicht alle davonlaufen.“

Das Schrillen des Festnetzgerätes, das auf dem Küchentisch lag, schreckte alle auf. Jochen, der direkt danebenstand, nahm ab und lauschte.

„Herr Funke! Was verschafft mir die Ehre?“, rief er in den Hörer und blickte ringsherum in enttäuschte Gesichter.

„Ach, wenn ich Ihnen das erzähle ...“, bemühte er sich um einen heiteren Ton und zwinkerte Alexander, der stehen geblieben war, zu. „So, wie es aussieht, läuft das bei Herrn Göbel auf eine Dauerstellung raus. Da hat sich meine Tochter durchgesetzt.“

Bärbel stieß hörbar die Luft aus und murmelte: „So schön das auch ist, aber dafür fehlt mir jetzt die Muße. Wo ist denn nur mein Handy?“

„Sehe ich genauso“, wandte sich auch Jessica ab und zog ihr Mobilgerät aus der Hosentasche, um Sarah anzurufen.

Nur Jasper, der von den allerjüngsten Entwicklungen noch nichts mitbekommen hatte, klopfte Alexander grinsend auf die Schulter.

„Wurde ja auch Zeit, Mann. Dieses Hickhack mit euch war ja nicht mehr mit anzusehen."

„Was?" Alexander, der mit seinen Gedanken offensichtlich ganz woanders gewesen war, sah ihn verständnislos an, schüttelte dann aber den Kopf. „Ach so. Später, ich bin im Garten, falls mich jemand sucht."

Doch Jasper hörte ihm schon gar nicht mehr zu, sondern hielt sein Mobiltelefon ans Ohr und verabredete sich mit Miriam.

„Mist!", schnaubte Bärbel und pfefferte ihr Handy auf den Tisch. Aufgebracht stürmte sie zur Tür. Im Laufen riss sie den Ladenschlüssel aus dem Schlüsselkasten, der an der Wand im Flur hing und rief: „Mein Akku ist leer. Ich telefoniere im Laden."

Wie jeden Abend hatte Traudel die Jalousien heruntergelassen, sodass nur wenig Licht durch die Butzenscheiben der Ladentür in den Verkaufsraum fiel. Bärbel tastete nach dem Lichtschalter. Gleich darauf war es taghell. Schnell umrundete sie den mächtigen Holztresen, der an alte Kolonialläden erinnerte – Bärbel hatte lange suchen müssen, bis sie dieses Exemplar gefunden hatte – und holte das Telefon hervor. Unsichtbar für die Kunden befand es sich auf einem Regalboden an der Wand unterhalb des Tresens.

Christels Nummer wusste sie aus dem Kopf, nur hatte sie dummerweise in der Eile die Brille, die sie dringend zum Lesen brauchte, in der Küche vergessen. Nichts Außergewöhnliches, weshalb für solche Fälle ein

Billigmodell in der Schublade hier im Laden lag. Sie bückte sich, um die Lesebrille hervorzuholen, nahm sie und während sie die Lade wieder zuschob, harrte sie einen Augenblick in dieser Stellung. In Gedanken schon bei dem Gespräch mit Christel, starrte sie unwillkürlich auf die zugefallene Ladentür. In der Tür – einer schweren Holztür – befand sich eine Art eingebauter Briefkasten, in den man von außen durch einen Schlitz Briefe einwerfen konnte. Der Kasten wurde so gut wie nie benutzt, da die Postfrau hauptsächlich Pakete brachte und die Briefpost auf diesem Wege verständlicherweise gleich mit abgab. Ein Stück weißes Papier blitzte durch den Schlitz hervor.

Seit wann warf dort jemand etwas ein?

Bärbel ließ Brille und Telefon auf den Tresen knallen, umrundete die Theke abermals und öffnete den Kasten, der nur mit einem hölzernen Drehhebel verschlossen war.

Ein weißes ungefaltetes DIN A4 Blatt flatterte auf den Boden. Mit zitterten Fingern hob sie es auf und begann zu lesen. Eine Lesebrille brauchte sie dafür allerdings nicht. Der Verfasser hatte Worte aus Zeitungsüberschriften zu einem Text verfasst, die so groß waren, dass man sie aus drei Metern Entfernung hätte lesen können.

Sie las:

Ich kann noch mehr Ärger machen, wenn ihr wollt!
Wenn nicht – 25.000 Euro in bar und ihr seid mich los!
Kleine Scheine in einer schwarzen Plastiktüte!
Übermorgen 22 Uhr!

Spielplatz unter der Rutsche!
ICH WARNE EUCH!
KEINE POLIZEI ODER IHR WERDET ES BEREUEN!!

Bärbel schossen die Tränen in die Augen. Deshalb waren die Kinder also fort. Eine Entführung! Gütiger Gott!

Wie von Furien gehetzt lief sie in die Küche, wo Jochen mit einem befreundeten Feuerwehrmann telefonierte. Eine Hand vor den Mund gepresst, um nicht laut aufzuschluchzen, hielt sie ihm mit der anderen das Blatt Papier gut sichtbar vors Gesicht.

„Heiner ..." Jochen, der ebenfalls geschockt auf die Erpresserzeilen starrte, stockte. Seine Stimme verlor an Kraft. „Ich muss Schluss machen. Wir hören uns. Danke, dass du helfen willst."

Während er auflegte, riss er ihr auch schon den Zettel aus der Hand. Mit zusammengepressten Lippen studierte er die Zeilen, bevor er zum Küchenfenster ging und hinausschaute.

„Das kann doch nur derselbe Typ sein, der es auch auf die Rinder abgesehen hat ... aber die letzten Tage war doch niemand mehr auf der Weide gewesen. Verdammt!"

Als er sich umwandte, war alle Farbe aus seinem Gesicht gewichen. Bärbel stand immer noch reglos da, die Hand vor den Mund gepresst, weil ihre Lippen so zitterten.

„Jochen", wimmerte sie, „in einer Stunde wird es dunkel."

„Ich weiß." Er zog sie beschützend in den Arm. „Wollen wir hoffen, dass ein Wunder geschieht und sie bis dahin zurück sind."

Abrupt löste er sich wieder von ihr. „Sorg dafür, dass Alex, Jessie und Jasper herkommen. Ich rufe jetzt die Polizei."

Die Hüter des Gesetzes versprachen, sich auf den Weg zu machen. Das würde allerdings einige Zeit dauern, da das Dorf keine eigene Polizeistation hatte und sie von auswärts kommen mussten.

Umso schneller fanden sich Uwe, Hendrik und Felix auf dem Wackernagel'schen Hof ein – Sarah hatte sie nach Jessicas Anruf sofort mobilisiert – und wurden von Alexander, Jessica, Jasper und Miriam empfangen.

„Erzählt doch mal ein bisschen was, damit wir besser verstehen können. Wie ist es denn dazu gekommen, dass die beiden weggelaufen sind?" Hendrik kam auf Jessica und Alexander zu. „Wir brauchen eine Strategie, nach der wir vorgehen. So einfach blindlings draufloslaufen halte ich für wenig sinnvoll."

Jessica sah schulterzuckend zwischen Hendrik und Alexander hin und her. Sie war so konfus, dass ihr die Worte fehlten, weshalb sie nur den Mund öffnete, aber keinen Ton hervorbrachte.

Alexander, der nicht minder aufgewühlt war, kam ihr zuvor. Er stellte sich neben sie und umschlang ihre Schulter.

„Wir Erwachsenen hatten heute Nachmittag ein wenig Gesprächsbedarf. Die Kinder waren währenddessen im Garten und haben gespielt. Völlig normal. Das machen sie fast jeden Nachmittag."

Hendrik zuckte mit den Augenbrauen und ließ seinen Blick zwischen den beiden hin- und herwandern. „Verstehe ..."

„Ja, wir sind zu einer guten Lösung gekommen“, erklärte Alexander und gab Jessica spontan einen Kuss auf die Wange. „Ich würde euch gern mehr erzählen, denn es sind wirklich gute Neuigkeiten ... aber das hole ich später nach.“

Er wandte sich nun auch den anderen zu. „Was aber tatsächlich einen Ausschlag gegeben haben könnte, ist ... Louis war furchtbar sauer, als er gesehen hat, dass ich vorhatte, abzureisen.“ Er warf Jessica einen warmen Blick zu.

„Er möchte nämlich auf keinen Fall hier weg, was er mir deutlich zu verstehen gegeben hat. Tja, so viel dazu. Wie gesagt, Bärbel und Jochen haben die beiden zuletzt im Garten gesehen, mehr wissen wir nicht.“

„Okay“, nickte Hendrik, „ihr geht also davon aus, dass sie ausgebüxt sind, weil sie euch eins auswischen wollen, oder?“

„Ja, das könnte gut sein“, pflichtete ihm Jessica bei. „Greta wollte auch nicht, dass Louis wegmuss ...“

„Aber sonst war alles so wie immer?“ Uwe, der die Frage stellte, trat näher, weshalb Hendrik einen Schritt zurück machte, sodass sich automatisch ein Kreis formte, in dem alle zugewandt miteinander kommunizieren konnten.

„Eigentlich schon ...“, begann Jessica und wurde prompt von Jasper unterbrochen.

„Nee, eigentlich nicht! Hast du vergessen, dass wir seit vierzehn Tagen die Weide mit den Wagyūs bewachen müssen, weil sie von irgendeinem Vollidioten bedroht werden?“

„Ach ja, stimmt!“ Jessica fasste sich an die Stirn. „Sorry, ich kann nicht mehr klar denken. Natürlich, das hatte ich total verdrängt.“

„Und? Habt ihr schon einen Verdacht?“ Hendrik wandte sich Jasper zu.

„Nein, aber …“

Von hinten, angekündigt von schnellen Schritten, kamen Jochen und Bärbel näher, sodass sich alle zu ihnen umdrehten.

„Es gibt Neuigkeiten!“, rief Jochen und stellte sich mit seiner Frau in die Mitte, wobei er das Erpresserschreiben hin und her wedelte.

„Das hier … hat Bärbel vor ein paar Minuten aus dem Briefkasten in der Ladentür gezogen.“

Er hielt das Schreiben Alexander hin, der sich den Zettel sofort schnappte. Trotz der einsetzenden Dämmerung konnte er den Text gut lesen. Sichtlich entsetzt studierte er das Geschriebene, bevor er es den anderen stockend vorlas.

„Das gibt's doch gar nicht! Wer macht denn so was?“, entfuhr es Felix, der bislang stumm dabeigestanden hatte.

„Wir können nur hoffen, dass wir das herausfinden.“ Hendrik fuhr sich mit den Fingern durch das dichte Haar. „Am besten wir hören uns mal im Dorf um. Was Besseres fällt mir auf die Schnelle nicht ein.“

„Ja, hört sich gut an“, stimmte ihm Alexander zu und Uwe nickte.

„Und ich fahre zur Weide“, kündigte Jasper an, „vielleicht wissen die vom Wachdienst was Neues.“

„Gut.“ Jochen klang müde. „Bärbel und ich bleiben hier. Es muss jemand da sein, wenn die Polizei kommt.“

„Wir treffen uns in einer Stunde wieder hier." Alexander sah auf die Uhr. „Wenn wir bis dahin nichts gefunden haben, können sie nicht im Dorf sein."

Jasper war der Erste, der zurückkam. Kurz darauf auch alle anderen. Leider unverrichteter Dinge. Bärbel bat sie in die Küche, wo sie nun um den Tisch herumsaßen. Statt Bier wurde Wasser getrunken.

Jasper räusperte sich. „Auf dem Weg zur Weide ... da ... da ist mir was eingefallen. Ich weiß zwar nicht, ob das was zu bedeuten hat, aber ..."

„Mann, sags einfach! Jeder Hinweis kann wichtig sein", rief Alexander ungeduldig. Er saß mit vor Sorge zerfurchter Stirn zum Sprung bereit auf der Stuhlkante und drehte ohne Unterlass einen Kugelschreiber in den Händen. Es war mehr als offensichtlich, dass seine Nerven blanklagen. Er fuhr sich mit der Hand durchs Gesicht.

„Entschuldige, ich wollte dich nicht so anschreien ... verdammt, aber ich halte die Warterei bald nicht mehr aus."

„Ist schon gut, das verstehe ich doch." Jasper klopfte ihm kameradschaftlich auf die Schulter. „Ja also, was ich sagen wollte: Der Erpresser hat doch was von 25.000 Euro geschrieben, oder?"

Alle nickten.

„So, und als ich auf der Kirmes an der Theke darauf gewartet habe, unsere Bierbestellung aufzugeben, habe ich zufällig ein Gespräch mitangehört, in dem Bertis Angestellter rumkrakeelt hat, dass er nur fünfundzwanzig Riesen bräuchte, um auszuwandern. Ihr kennt ihn, er heißt Markus und muss hier schon mal als Betriebshelfer gearbeitet haben.“

Einen kurzen Moment sah Jasper in ratlose Gesichter.

„Was? Hier auf dem Hof?“, Jochen legte die Stirn in Falten.

„Ja“, nickte Jasper.

„Dann redest du von Markus Zielke?“

„Ich weiß nicht so genau, wie der mit Nachnamen heißt“, runzelte Jasper die Stirn, „aber ich weiß, wie er aussieht. Ziemlich fertig, kann ich nur sagen. Der sieht aus wie drei Jahre Hungersnot, dürr und blass.“

„*Der* Markus? Nee, der war doch immer ganz gut dabei, hat uns buchstäblich die Haare vom Kopf gefressen.“ Jochen schüttelte ungläubig den Kopf. „Dann ist das nicht der, an den ich gedacht habe. So einen, wie du beschreibst, hatten wir hier nicht.“

„Doch! Das könnte er sein“, mischte sich Uwe ein. „Von einem Markus hat das ganze Dorf gesprochen. Das ist aber mehr als ein Jahr her. Der hat es nämlich geschafft, binnen kürzester Zeit sein komplettes Leben in den Sand zu setzen.“ Uwe schüttelte missbilligend den Kopf. „Das musst du erst mal hinkriegen. Dabei wollte er ganz groß rauskommen. Hat sich einen alten Hof gekauft, Maschinen und Land gepachtet ... und hat sich damit total übernommen. Der steht heute noch bei vielen in der Kreide. Tja, und dann ist auch noch seine Ehe in die Brüche gegangen.“ Er lachte trocken auf. „Ich finde, da kann einem dann schon mal der Appetit vergehen, oder?“

„Und jetzt will er auswandern? Wie geht das denn? Und wohin?“, wollte Bärbel wissen.

„Nach Spanien, also Mallorca, hat er erzählt.“

„Hatte der nicht auch einen Schäferhund?“, erinnerte sich Jochen.

„Tss, der und Spanisch sprechen, dass ich nicht lache“, meldete sich nun auch Jessica zu Wort. Sie hatte die ganze Zeit wie versteinert dagesessen. „Der soll erst mal Deutsch lernen.“ Dann, als wäre sie erwacht, rief sie: „Dann ist er das! Der auf der Weide hatte einen Hund dabei. Das war ein Schäferhund. Deshalb kam der mir so bekannt vor.“

„Stimmt! Genau. Ich erinnere mich.“ Alexander, der ohnehin Schwierigkeiten hatte, ruhig auf dem Stuhl sitzen zu bleiben, sprang auf. „Dann lass uns dahin fahren und ihn fragen. Das will ich jetzt wissen.“

„Ich komme mit!“ Jessica sprang ebenfalls auf.

„Nein, es ist besser, wenn du hier bist, wenn die Kinder zurückkommen“, schüttelte Alexander den Kopf, „ich nehme Jasper mit.“

„Das halte ich auch für besser“, pflichtete Jochen ihm bei. „Ach ja, die Polizisten waren auch da, um den Fall aufzunehmen. Sie werden eine Fahndung einleiten, haben sie gesagt.“

„Wenigstens etwas. Also gut, ich bleibe hier“, murmelte Jessica.

Doch auch diese so vielversprechende Spur verlief im Sande. Sie trafen Markus, Bertis Betriebshelfer, in seinem Zimmer auf dessen Hof an. Allein die Art, wie er Alexander und Jasper die Tür öffnete – über die Maßen erschrocken und feindselig – machte ihn sofort verdächtig. Anfangs bestritt er, etwas mit dem Drohbrief zu tun zu haben, doch als ihm Jasper den gefundenen Handschuh vor die Nase hielt und ihm mit einem DNA-Test drohte, gab er auf. Gleichzeitig hatte er noch alle

Hände voll damit zu tun, Alexander, dem die Diskussion viel zu lange dauerte, davon abzuhalten, *schlagkräftigere* Erklärungen abzugeben.

Niemals hätte Jasper vermutet, dass sein ansonsten so friedlicher Kollege derart aus der Haut fahren könnte. Wie ein Donnergott hatte Alexander sich vor dem Betriebshelfer aufgebaut, bereit, bedingungslos von seiner immensen Kraft Gebrauch zu machen.

Solchen *Argumenten* ausgesetzt, fand der Beschuldigte keine Ausreden mehr und versicherte unter Tränen, dass er mit dem Verschwinden der Kinder ganz sicher nichts zu tun hätte. Er gestand jedoch, dass er den Zaun mutwillig niedergerissen und auch, dass er Feuer gelegt hatte. In Anbetracht der jämmerlichen Figur, die er dabei abgab, glaubten ihm Alexander und Jasper und fuhren frustriert wieder ab.

Die Nacht brach herein und es gab noch immer keine Spur von Greta und Louis. Hendrik, Uwe, Felix und Miriam verabschiedeten sich. Sie baten um Nachricht, sowie sich etwas ändern sollte. Bärbel kochte Kräutertee, den keiner trank. So saßen alle fünf stumm und mit versteinerten Mienen um den Küchentisch. Nur die in die Jahre gekommene Wanduhr tickte hörbar in die Stille.

Minute für Minute und Stunde für Stunde.

Es war kurz nach Mitternacht, als das Schrillen der Türglocke das unerträgliche Nichtstun durchbrach.

Alexander schoss als Erster in die Höhe, stürmte zur Haustür und riss sie beim Öffnen förmlich aus den Angeln. Jessica heftete sich an seine Fersen.

Schließlich fanden sich alle vor der Tür ein, wo Greta und Louis standen. Völlig unversehrt, im Rücken zwei Polizisten, die sichtlich stolz auf ihren Erfolg waren und ihnen zufrieden entgegenstrahlten. Nur die Kinder wirkten angesichts der späten Familienversammlung etwas verwundert.

„Papa! Du bist ja noch da! Wolltest du nicht zu Oma fahren … ich hab dir doch gesagt, dass ich nicht mitkomme", plapperte Louis unbekümmert drauflos, konnte aber nicht weitersprechen, weil Jessica vor ihnen in die Knie ging, ihn und Greta vor Erleichterung schluchzend in die Arme zog und fest an sich presste.

„Oh Gott, bin ich froh", stammelte sie.

„Omi", rief Greta über die Schulter ihrer Mutter hinweg, „warum weinst du denn? Freust du dich denn gar nicht, dass ich wieder da bin?"

„Wo wart ihr bloß?", krächzte Jessica.

„In unserer Kuschelecke … da sind wir so gerne."

„Ja, wir haben nur einen kleinen Ausflug gemacht", erklärte nun Louis mit der Selbstverständlichkeit eines Sechsjährigen.

„Was denn für einen Ausflug?", verdrehte Alexander die Augen und Jessica rief: „Aber warum denn alleine? So was machen wir doch zusammen!" Sie richtete sich auf und nahm die beiden an die Hand.

Alexander strich ihnen über die Köpfe. Er wirkte fassungslos und zugleich grenzenlos erleichtert.

„Ich bringe sie ins Bett." Jessica lächelte ihn unter Tränen an. „Kommst du? Wir wollten ihnen doch noch was sagen."

„Ja. Gib mir Greta." Er hob die Kleine auf den Arm und folgte ihr.

Jochen sah ihnen genauso gerührt hinterher wie Bärbel und Jasper. Doch dann erinnerte er sich daran, dass die beiden Beamten noch in der Tür standen und dass es höflicher wäre, sie hereinzubitten.

„Kommen Sie. Es interessiert uns brennend, wo Sie die kleinen Ausreißer gefunden haben."

„Jetzt aber ab ins Bad mit euch!" Jessica schaltete das Licht im Flur ein und lief voraus ins Bad, um es auch dort einzuschalten. „Heute ausnahmsweise nur noch Katzenwäsche. Fangt schon mal an. Ich hole die Schlafanzüge."

Alexander setzte Greta ab, während Louis begann, sich auszuziehen. Er bereitete die Zahnbürsten der beiden vor und befüllte die Zahnputzgläser, als Jessica wieder hereinkam und die Schlafanzüge auf den Wannenrand der Sitzbadewanne legte.

„Oh je, da werden wir uns was einfallen lassen müssen", seufzte sie, „für vier Leute ist einfach viel zu wenig Platz hier."

„Ich will aber nicht, dass der Louis weggeht", reagierte Greta prompt. Sie steckte die Sachen, derer sie sich gerade entledigt hatte, in einer blitzschnellen Bewegung in den Wäschekorb, kletterte auf den Hocker und presste ihren nackten Bauch ans Waschbecken. „Guck mal, ich mache mich auch ganz klein."

„Ich auch nicht", stimmte Louis mit ein. Ruckzuck saß er auf dem Klodeckel und begann sich ebenfalls auszuziehen. Zum Ausziehen der Hose stellte er sich flink obendrauf und hielt Alexander die schmutzige Wäsche wie eine Trophäe hin. „Könntest du sie in den Korb tun?"

So wie er dastand, nackt, mit unerschrockenem Blick und einem trotzigen Zug um den Mund, sah er so komisch aus, dass Alexander und Jessica lachen mussten. Als sie sich ansahen, war klar, dass jetzt der Zeitpunkt der Aufklärung gekommen war.

Sie nahm ihm Louis' Wäsche ab, steckte sie in den Korb und umschlang seine Taille. Automatisch legte er den Arm um ihre Schulter.

„Ich denke, der Zeitpunkt ist zwar nicht perfekt, aber wir sollten nicht länger warten, oder?"

Anstatt zu antworten, gab Alexander ihr einen Kuss auf die Nase. Noch bevor er auch nur ein Wort sagen konnte, breitete sich ein Strahlen auf den Gesichtern der Kinder aus, die auf einmal kein bisschen müde mehr zu sein schienen. Der Kleine riss sofort die Arme hoch und jubelte lautstark, während Greta vor Freude so überwältigt war, dass sie anfing zu weinen.

„Ach meine Süße, so lieb hast du den Louis?" Jessica hielt ihrer Tochter die Schlafanzughose auf.

Heftig nickend schlang Greta ihr die Arme um den Hals und schlüpfte hinein.

Alexander kümmerte sich darum, dass sein Sohn fertig wurde, und erklärte: „Wir freuen uns auch und unterhalten uns weiter, wenn ihr die Katzenwäsche hinter euch habt."

Zehn Minuten später lagen die Kinder in Gretas Bett.

„So, jetzt mal raus mit der Sprache", griff Alexander das Thema wieder auf. „Wie war denn das nun mit dem Ausflug?"

Es war vor allem Louis, der darüber berichtete, dass sie im Baumhaus gewesen waren und spontan entschieden hatten, einen Spaziergang zu machen. Wie

Erwachsene das auch taten, hatten sie sich mit Proviant versorgt und sich dann auf den Weg gemacht – und waren bis zum Kindergarten gekommen. Dort war die Tür offen gewesen.

„Die Saubermachfrau hat gar nicht gemerkt, dass wir in unsere Kuschelecke gegangen sind", kicherte Greta schadenfroh. „Sie hat nämlich gaaanz laute Musik gehört und ständig telefoniert."

Die Erwachsenen sahen sich grinsend an.

„Und weiter?" Alexander, der hinter Jessica auf dem Bett saß, sah seinen Sohn abwartend an.

„Sie war irgendwann fertig mit Putzen und ist gegangen. Und dann haben wir erst gemerkt, dass sie die Tür abgeschlossen hat."

Louis gähnte herzzerreißend und auch Gretas Lider wurden immer schwerer. „Aber das war gar nicht so schlimm, weil ich eine Taschenlampe eingepackt hatte … und zu Essen hatten wir ja auch was dabei."

Jessica erhob sich und zog Alexander mit.

„Komm! Lassen wir sie schlafen", flüsterte sie ihm ins Ohr. „Morgen ist auch noch ein Tag."

In der Küche wurden sie von Bärbel, Jochen und Jasper bereits erwartet. Auf dem Küchentisch stand ein Tablett mit Gläsern und einer Flasche Sekt.

„Was schaust du so? Es gibt Momente, da muss man spontan sein", kommentierte Bärbel Jessicas verwunderten Blick. „Und jetzt, wo die Kinder Gott sei Dank wieder daheim sind, haben wir gleich zwei Dinge zu feiern."

„Zwei? Was denn noch?" Jasper sah überrascht auf.

„Ach, das weißt du noch gar nicht“, lachte Jochen, „na dann schau dir mal die zwei an.“ Er deutete mit der Sektflasche, bei der er den Draht entfernte, auf Jessica und Alexander. „Und? Was fällt dir auf?“

„Ach so, das weiß ich doch längst. Dachtet ihr, ich bin blind? Ich hatte es nur wegen der Aufregung total verdrängt“, winkte Jasper ab und zwinkerte seinem Kollegen dabei zu. „Wurde ja auch Zeit. Lieber Himmel, wie lange wolltet ihr denn noch so rumeiern?“

„Pass mal auf, du!“, drohte ihm Alexander mit dem Zeigefinger, „dass ich nicht gleich morgen Miriam dazu befrage, wie lange du rumgeeiert hast! Wer erst auf die Korbversteigerung bei der Kirmes warten muss, um sich endlich ranzutrauen, sollte besser ganz still sein.“

„Jaja“, lachte Jochen und winkte alle herbei, „wer mit Steinen schmeißt …“ Er goss den Sekt in die Gläser und Bärbel reichte sie weiter.

„Schlafen die beiden jetzt?“, wollte sie wissen. „Liebe Zeit, von dem Schreck werde ich mich so schnell nicht erholen.“

Alle setzten sich und stießen miteinander an.

„Wie kam es denn nun, dass die Polizei sie gefunden hat?“ Jessica, der die Erschöpfung ins Gesicht geschrieben stand, lehnte sich mit der Schulter an Alexander.

„Die Kinder haben uns erzählt, dass sie die ganze Zeit im Kindergarten waren, weil die Putzfrau sie eingeschlossen hatte“, antwortete Alexander ungefragt in die Runde. „Sie hatten sich Proviant mitgenommen und fanden ihren *Ausflug* ziemlich spannend.“

„Ja und da müssen sie mit einer Taschenlampe herumgefuchtelt haben“, erklärte Jochen, „das hat uns einer der Beamten erzählt. Die alte Frau Schneider, die

im Haus gegenüber vom Kindergarten wohnt, fand das
so merkwürdig, weshalb sie die Polizei benachrichtigt
hat. Tja, und die haben dann unsere Ausreißer herge-
bracht."

Jasper sah auf die Uhr – halb zwei – und erhob sich.
„Ich verzieh mich jetzt. Wird eh eine kurze Nacht."

Alexander erwachte am nächsten Morgen in einer
ziemlich unbequemen Lage. Auf dem Bauch liegend,
blinzelte er in die Morgensonne und versuchte sich zu
orientieren.

Er lag bäuchlings mehr oder weniger schräg neben Jessica in einem komfortablen Bett, das die Größe eines
Ehebettes hatte und starrte auf eine cremefarben ge-
strichene Wand, Vorhänge in ockergelb und wenn er
nach unten sah, auf zimtfarbene Bettvorleger.

Er sah sich um. Sehr feminin, aber es gefiel ihm. Er
mochte warme Farben. So viel stand fest, in diesem
Raum war er noch nicht gewesen. Noch im gleichen
Moment wurde er sich bewusst, dass sich das nun ändern würde. Mit ihr in einem Schlafzimmer. Für immer? Er horchte in sich hinein und suchte ein weniger
dramatisches Wort. Doch, auch wenn *immer* nach dieser kurzen Zeit, in der sie sich kannten, ein ziemlich
waghalsiger Begriff war, spürte er doch, dass es ihn
nicht ängstigte, sondern einfach nur passte. Er drehte
den Kopf und betrachtete sie, wie sie friedlich schlum-
mernd neben ihm lag. Ein warmes Gefühl von Liebe, Erfüllung und großer Zufriedenheit durchströmte ihn.

Wie entspannt sie aussah, wenn sie schlief. Auch sie
lag auf dem Bauch und hatte ihm das Gesicht zugewandt. Ein Arm und ein Bein lugten auf der anderen

Seite unter der Decke hervor. Er stutzte, als er wahrnahm, dass sie noch immer das Shirt vom vergangenen Abend trug. Sein Blick ging zum Bein. Genauso wie die Jeans. Erst jetzt bemerkte er, dass er selbst ebenfalls noch bis auf die Schuhe vollständig angezogen war – was erklärte, weshalb er sich so unbehaglich fühlte. Etwas Festes, Hartes drückte sich unangenehm gegen seine Bauchhöhle. Die Gürtelschnalle.

Er rührte sich. Jede Bewegung war sperrig, weil Hose oder Hemd ihn eingeengten. Das musste dann ja eine heiße Nacht gewesen sein, dachte er amüsiert. Vollständig angezogen und erinnerungslos. Alkohol war wenig geflossen, daran konnte es nicht gelegen haben. Er wusste nur noch, dass sie sich irgendwann spät, weit nach Mitternacht, zur Nachtruhe verabschiedet hatten. Nach intensiven und tiefsinnigen Gesprächen mit Jochen und Bärbel – Jasper hatte zu dem Zeitpunkt längst in der Koje gelegen – in denen es um Familie, Liebe und die Übel der Welt gegangen war, hatte er sich dann Arm in Arm mit Jessie die Treppen nach oben geschleppt. Danach konnte er sich nur noch an den Moment erinnern, wie sie in inniger Umarmung aufs Bett geplumpst waren. Folglich mussten sie dann direkt eingeschlafen sein. Kein Wunder, nach diesem aufregenden Tag.

Er stemmte sich auf die Unterarme, um so unauffällig wie möglich aus dem Bett zu kommen. Seine Blase verlangte dringend nach einem Toilettengang. Doch er wollte verhindern, dass Jessica wach wurde. Vorsichtig schlug er die Bettdecke zurück, die quer über ihnen lag, bevor er sich langsam aufrichtete – und erschrak, als er plötzlich ihre warme Hand auf seinem Arm spürte.

„Nicht weggehen", brummte sie verschlafen.

„Keine Sorge, ich geh nicht weg, ich will nur ins Bad."

Jessica hob den Kopf und sah ihn mit zusammengekniffenen Augen an. „Oh nein, ist es schon soweit, dass wir aufstehen müssen? Ich will aber noch nicht. Kann es sein, dass wir kein bisschen geschlafen haben?"

Er sah kurz aus dem Fenster, bevor er sich ihr wieder zuwandte. „Sehr lange nicht, ein wenig aber schon."

Er gab ihr einen Kuss auf die Wange und lehnte sich wieder zurück in die Kissen, bevor er nach dem Handy Ausschau hielt, das auf dem Nachtisch lag. „Aber wenn ich sehe, wo die Sonne steht, haben wir leider nicht mehr viel Zeit, um liegen zu bleiben. Wir können Jasper nicht mit allem allein lassen …", gähnte er und stöhnte leise. „Keine Ahnung, wann ich das letzte Mal mit Klamotten geschlafen habe." Jetzt grinste er. „Und dass, obwohl neben mir eine schöne Frau gelegen hat – das muss echt unter uns bleiben."

Jessica streckte sich und rieb sich die Augen. „Gib mir fünf Minuten im Bad und du wirst sehen, dass sich das sofort ändert."

„So lange brauche ich nicht, lässt du mich vor?" Alexander schob die Decke zur Seite und sah an sich herunter. Seine volle Blase zeigte deutliche Auswirkungen.

„Schade eigentlich …"

„Keine Sorge. Danach werde ich keine fünf Minuten brauchen. Aber du vielleicht?"

„Darauf würde ich nicht wetten!"

Kichernd stürmten beide ins Bad. Wie ein seit Jahren eingespieltes Team nutzte er die Toilette, während sie sich die Zähne putzte. Ohne falsche Scham und einvernehmlich wechselnden sie die Positionen. Am Ende bewies sie ihm, wie gut sie vorbereitet war. Denn als er zurück ins Zimmer kam, lag ihre Kleidung wild auf einem Sessel und sie lag bis zur Nasenspitze zugedeckt unter der Decke.

„Alex, jetzt mach schon, mir ist kalt!"

„Nicht mehr lange."

Gleich darauf flogen seine Sachen ebenfalls auf den Sessel und er kroch zu ihr unter die Decke. Es gefiel ihm sehr, wie sie ihn empfing. Nicht nur mit offenen Armen, sondern auch mit ebensolchen Schenkeln. Und sie war genauso hungrig und bereit wie er. Die Art, wie sie sehnsüchtig seufzte und erschauerte, als er sie mit seiner Wärme bedeckte und sanft in sie hineinglitt, erfüllte ihn mit einer Glückseligkeit, die ihm die Tränen in die Augen trieb.

Irgendwie war die Stimmung, seitdem sie sich einander erklärt hatten, anders. Noch inniger und vertrauter – einfach nicht in Worte zu fassen. Eben diese Stimmung bestimmte an diesem Morgen den Rhythmus. Aus den anfänglich sanften Bewegungen wurden immer heftigere, bis die Wellen der Leidenschaft über ihnen zusammenschlugen und sie ermattet, aber auch sehr befriedigt, zur Ruhe kamen.

Alexander legte sich neben sie. Einvernehmlich schweigend starrten sie sekundenlang an die Decke.

„Hab ich dir schon gesagt, dass ich der glücklichste Mensch im Universum bin?", fing Jessica an zu sprechen.

„Heute Morgen noch nicht. Warum?"

„Weil du da bist und bleibst und ... hach, ich könnte die ganze Welt umarmen, so glücklich bin ich."

„Lass mal. Es reicht, wenn du mich umarmst", murmelte er und küsste sie zart auf den Mund. „Ähm ... gut, dass du mich erinnerst."

„Woran?"

Alexander zog sie in seine Arme. „Tja, also ... nur für den Fall, dass das gestern nicht so richtig rübergekommen ist ...", er sah ihr in die Augen, „ich rede von der Sache mit der Hochzeit. Also, ich wäre mindestens der zweitglücklichste Mensch im Universum, wenn du dazu irgendwann ... am liebsten aber demnächst mal ... Ja sagen würdest."

Jessicas Augen strahlten. „Hm ... du hast mich zwar immer noch nicht richtig gefragt, aber da will ich jetzt mal nicht so kleinlich sein! Okay ... dann sag ich ja", nickte sie übertrieben und überschüttete ihn dann mit hauchzarten Küssen.

„Doch, das war eine Frage!", protestierte er und schob sie ein wenig von sich. „Ganz klar. Und nachdem du mir den Job angeboten hast, dachte ich mir, hätte sich die konkrete Frage erübrigt und ..."

„Aber eine Bedingung war es nicht ... zumal es mir darum nicht ging und ich nicht möchte, dass du dich ..."

„Blödsinn ... dass du mir immer ins Wort fallen musst. Ich war doch noch gar nicht fertig. Glaubst du etwa, ich würde mich bei so einem Thema drängen lassen?" Er schüttelte den Kopf. „Dann wäre ich jetzt geschieden."

„Ah, deine Ex wollte ..."

„Ja, wollte sie. Aber ich nicht und das, obwohl alle Welt auf mich eingeredet hat. Auch meine Eltern."

„Oh ..." Jessica war für einen Moment sprachlos. „Und warum ist das jetzt anders? Du kennst mich doch noch gar nicht so lange ..."

Sie fasste sich kurz an die Stirn und riss dann überrascht die Augen auf. „Ach du, das sind ja gerade mal vier Wochen, kommt mir irgendwie viel länger vor. Äh, bist du sicher, dass du das ...“

„Ja, bin ich und ich will! Frag mich nicht warum, darauf hab ich keine Antwort. .“

Er zögerte, bevor er ihr in die Augen sah. „Und um noch eine entscheidende Sache zwischen uns zu klären ... der Hof deines Vaters hat damit nichts zu tun. Nur dass du da nicht auf dumme Gedanken kommst.“

„Das hab ich doch gar nicht ...“

„Ich weiß, aber trotzdem. Das ist mir wichtig. Ich will dich. Mit und ohne Hof. Mein Bauchgefühl sagt mir, dass das mit uns funktioniert, deswegen habe ich dich gefragt.“

Sie lächelte glücklich und schlang ihm die Arme um den Hals. „Genau das sagt mir mein Bauchgefühl auch und deshalb hab ich Ja gesagt.“

Epilog

Acht Monate später, Ostersonntag, morgens um halb zehn.

„Ich bringe die Eier auf den Tisch … die hab ich nämlich im Garten gefunden", rief Greta.

„Aber nicht so viele wie ich! Deswegen darf ich sie bringen. Immer willst du alles machen!", protestierte Louis.

„Schluss jetzt", ging Alexander dazwischen. „Wir stellen zwei Eierkörbchen auf den Tisch. Eines nimmt Greta und das andere nimmst du. Es ist egal, wer die meisten Eier gefunden hat. Und so wird es auch mit der Butter und den Brötchen gemacht. Der Tisch ist lang, da passt viel drauf."

Weil Alexanders Eltern zu Besuch waren, fand das Familienfrühstück an diesem Feiertag in der guten Stube statt.

„Rasselbande!" Jessica flitzte vorbei, um eine Platte mit Aufschnitt abzustellen. „Ist mir schon seit ein paar Tagen aufgefallen, dass wir jetzt endgültig im Geschwistermodus angekommen sind", verdrehte Jessica die Augen und lachte. „Hach, war das herrlich, als sie sich noch vertragen haben – ade du schöne Einigkeit."

„Ach was!" Bärbel stellte den noch warmen Hefestuten in Zopfform auf den Tisch, den sie unlängst aus dem Ofen geholt hatte und begutachtete die Tafel. „Das gibt sich doch gleich wieder. Ein bisschen Zank gehört dazu. Wäre ja unnormal, wenn sie sich überhaupt nicht streiten würden", lachte sie, „und außerdem halten sie es ja doch nicht lange aus, wenn sie sich böse sind."

„Fehlt noch was oder kann ich mich setzen?" Jochen kam wenig später herein und blickte mit zufriedenem Gesichtsausdruck über die reich gedeckte Tafel. Er hatte in der Frühe die Hühner übernommen, während Jessica wie immer die Kälber versorgt und Alexander sich um die Bullen gekümmert hatte. Jasper hatte Urlaub und war mit Miriam zu seinen Eltern gefahren, um dort die Feiertage zu verbringen.

Als schließlich alle, einschließlich Sabine und Frank, um den Tisch saßen und sich fröhlich und schwatzend bedienten, ließ Alexander zufrieden die Szenerie auf sich wirken.

Jessica, die neben ihm saß, goss Greta und Louis Orangensaft ein und gab jedem ein Stück vom warmen Hefezopf. Immer wieder aufs Neue imponierte ihm, wie fürsorglich und liebevoll sie war, nicht nur zu den Kindern, sondern auch zu ihm. Es musste an seiner Ex und auch an seiner Mutter liegen, dass ihn das auch nach einem Dreivierteljahr noch genauso beeindruckte wie am Anfang. Seitdem er sie von seiner Liebe hatte überzeugen können, gehörte jede Art von Zickigkeit der Vergangenheit an, was aber nicht bedeutete, dass sie stets einer Meinung waren. Er liebte besonders die wortgewaltigen Diskussionen mit ihr, die kontroversen Gespräche und den Schlagabtausch, den sie sich mitunter lieferten. Nie respektlos und stets bereit, den Standpunkt des anderen zu akzeptieren. Sie konnten stundenlang miteinander reden, ernsthaft, philosophisch und immer mit einem humorvollen Unterton. Auch etwas, das er früher vermisst hatte und auch von seinen Eltern nicht kannte, aber sehr schätzte.

Am vergangenen Weihnachtsfest, im Kreise der ganzen Familie, hatten Jessica und er sich versprochen, zu heiraten. Die Hochzeit sollte im kommenden Herbst, dann, wenn die Felder bestellt waren und die Arbeit auf dem Hof weniger wurde, stattfinden. Es würde ein rauschendes Fest geben. Jessica wünschte sich eine große Feier und ihre Eltern begrüßten das. Ohnehin die bessere Wahl, wo sie doch jetzt wieder unter Leute ging und sich im Dorf engagierte. An Gästen würde es also nicht mangeln.

Seit Wochen studierte seine Liebste nun schon einschlägige Brautmagazine, denn sie träumte davon – wie wahrscheinlich die meisten Frauen – einmal im Leben ein solch aufwendiges Kleid zu tragen. Ein Prinzessinnenkleid, wie Greta mit leuchtenden Augen verkündet hatte. Es war jetzt schon klar, dass die Kleine da auch nicht leer ausgehen würde. Und er freute sich darauf, die beiden so zu sehen.

Aber seine Mädels sollten nicht davon ausgehen, dass die Jungs sich nicht auch schick machen konnten. Er und Louis würden schon dafür sorgen, dass alle Stielaugen bekämen. Da war er sich bereits in einem Gespräch von Mann zu Mann mit seinem Sohn einig geworden. Aber nur mit Fliege hatte Louis gemeint. Das hätte er mal im Fernsehen gesehen. Er wollte unbedingt einen Propeller am Hals.

Alexander war die Kleiderordnung so ziemlich egal. Viel wichtiger war ihm, dass er endlich auch vor dem Gesetz Jessicas Mann wurde. Und danach sollte auch die Sache mit Kind Nummer drei angegangen werden. Im Moment genossen sie noch den Umstand, dass Greta und Louis mit jedem Tag selbstständiger wurden und ihnen Raum und Muße für die Liebe ließen.

Das Herz wurde ihm leicht, wenn er bedachte, welches Glück ihm durch den Sondereinsatz auf dem Wackernagel'schen Hof widerfahren war.

Seine Eltern – vor allem seine Mutter – gewöhnten sich unterdessen an den Gedanken, dass ihr einziger Sohn sein Glück in der Ferne gefunden hatte und nicht wieder zurückkommen würde. Das erste Gespräch – kurz vor Louis' Einschulung – war eines seiner schwersten gewesen, die er je hatte führen müssen. Doch mittlerweile philosophierten die Großeltern sogar laut über die Möglichkeit, ihre Zelte in Nordrhein-Westfalen abzubrechen und ganz in die Nähe ihres Enkels zu ziehen. Sabine verfolgte die Idee bereits seit Weihnachten. Alexander sah dem mit gemischten Gefühlen entgegen, konnte sie aber auch verstehen, dass sie ein wenig von seinem Familienglück abhaben wollte.

Im Dorf lief das Leben in gewohnten Bahnen – bei den meisten jedenfalls. Sarah von Freyenhof hatte vor wenigen Tagen ihr drittes Kind, einen gesunden Jungen, bekommen. Auch Dorit stand kurz vor der Entbindung, allerdings wollte sie bis zur Geburt nicht verraten, welches Geschlecht das Kind hatte. Auch Christian und Simone waren guter Hoffnung. Maritta und Uwe, deren

Kinder bereits flügge waren, freuten sich auf ihre erste Fernreise, die sie in Kürze antreten wollten.

Nur Bertram Berti Schaumlöffel hatte wenig Grund zum Feiern. Seine Mutter hatte Nägel mit Köpfen gemacht und ihren Enkel – sehr zu Bertis Ärger hatte der seine Freundin in einer Blitzhochzeit geheiratet – als einzigen Erben notariell beglaubigt. Der Junge dankte es ihr mit der Nachricht, dass er auch was die nächste Generation betraf, keine Zeit verschwendet hatte. Er sah bereits Vaterfreuden entgegen. Für Edda Vogt war das der Ritterschlag, auf den sie so viele Jahre hatte warten müssen.

Berti, der nun als Angestellter seines Neffen arbeiten sollte, verweigerte nicht nur empört den Dienst, sondern fing obendrein an, sich zum Gespött der Leute zu machen. Verbittert über das ungerechte Schicksal, das er ertragen musste, beklagte er sich seitdem allabendlich im Dorfkrug. Verlottert und ungepflegt pöbelte er die Leute an, die nicht verhehlten, dass man ihm die Schuld an der Misere gab. Der Wirt drohte ihm schließlich Hausverbot an. Auch Bertis Skatrunde trennte sich aus diesem Grund von ihm.

Markus Zielke bekam für den erwiesenen Erpressungsversuch Bewährungsauflagen und verließ die Region.

Und Dennis Schulz? Von einem seiner Bekannten hörte man, dass er aufgrund seines schlechten Rufes keine Anstellung mehr als Pferdewirt fand. Stattdessen verdiente er sich seine Brötchen nun als Dienstleister in der Paketzustellung. Den Unterhaltsverpflichtungen kam er überraschenderweise dennoch nach. Man hörte, dass nicht nur Hendrik ihm auf der Kirmes ein paar warme Worte mit auf den Weg gegeben hatte. Auch Jochen, der seinen Auftritt mitansehen musste, hatte es sich nicht nehmen lassen, den Heißsporn an seine gesetzlichen Verpflichtungen zu erinnern. Das erwähnte der Großbauer daheim aber mit keiner Silbe. Wenn Steffen, der Jochen mit Dennis vor dem Zelt hatte stehen sehen, es nicht erzählt hätte, wüsste es bis heute nur Bärbel, aber die konnte schweigen wie ein Grab, wenn ihr Mann das wünschte.

Jessica verzieh Steffen, dass er ihr seine sexuelle Gesinnung so lange verheimlicht hatte, obwohl sie überhaupt nicht nachvollziehen konnte, warum. Der in ihrer Freundschaft entstandene Riss würde dadurch wohl nie wieder ganz geheilt werden. Das spürte sie mit einer gewissen Wehmut, wusste aber auch, dass sich daran nichts ändern ließ.

„Und wie soll das dann gehen, wenn noch ein Kind dazukommt?" Sabine sah erst Jochen und dann Jessica an. „Ist dann unterm Dach nicht arg wenig Platz?"

„Wir räumen eine Etage", erklärte Jochen, „und zwar komplett. Das heißt, Jessie und Alex renovieren die mittlere Etage, haben dazu das Dachgeschoss und Bärbel und ich verlegen all unsere Räumlichkeiten ins Erdgeschoss. Platz ist genug da. Er wird jetzt nur anders verteilt."

„Oh, davon hast du ja noch gar nichts gesagt", rief Jessica sichtlich erfreut. „Ach Papa, du bist der Beste! Wir brauchen dringend noch ein Bad."

„Und eine Küche auch, oder?"

„Wozu?" Bärbel sah Sabine verständnislos an. „Gekocht wird wie seit eh und je im Erdgeschoss. Daran wird sich auch in Zukunft nichts ändern, außerdem hat sie unterm Dach eine Notküche. Mehr braucht sie nicht.“

„Ach so …“ Sabine verstummte und Frank schüttelte nur verhalten mit dem Kopf.

„Hauptsache, die Wohnung ist fertig, wenn wir heiraten, nicht wahr?“ Jessica gab Alexander einen Kuss auf die Wange.

„Jepp, das sehe ich genauso“, schmunzelte der, „im Übrigen hätte ich dazu noch was Wichtiges zu sagen. Etwas, das ihr noch nicht wisst.“

Er blickte in erwartungsvolle Gesichter und sah dann Jessica in die Augen, die auch noch nicht wissen konnte, was jetzt kam. Alexander räusperte sich.

„Tja, ich habe mich entschieden, nach der Trauung den Namen meiner zukünftigen Frau anzunehmen. Ich finde es sehr passend, dass der traditionelle Name der Familie hier auf dem Hof nicht geändert wird.“

„Oh, du bist ja so süß!“ Jessica legte das Brötchen beiseite, schnappte sich sein Gesicht mit beiden Händen – wie gut, dass er die Tasse gerade abgestellt hatte – und gab ihm einen so lauten Schmatzer, dass alle lachten. Sabine und Frank etwas verhaltener, aber dennoch …

„Und ich?“, wollte Louis wissen.

„Du natürlich auch“, nickte Alexander und war glücklich, dass ihm seine Überraschung gelungen war.